KB116128

마의 산

마의 산 (상)

Der Zauberberg

토마스 만 장편소설 윤순식 옮김

DER ZAUBERBERG
by THOMAS MANN (1924)

이 책은 실로 꿰매어 제본하는 정통적인 사철 방식으로 만들어졌습니다.
사철 방식으로 제본된 책은 오랫동안 보관해도 손상되지 않습니다.

머리말 9

제1장

도착 13

34호실 26

식당에서 32

제2장

세례반(洗禮盤)과 두 얼굴의 할아버지에 관하여 43

티나펠 영사의 집에서 그리고
한스 카스토르프의 도덕적 상태에 관하여 61

제3장

근엄하게 찌푸린 얼굴 77

아침 식사 82

농담, 임종의 영성체, 중단된 웃음 95

악마 112

명석한 두뇌 129

너무 심한 말 한마디 140

물론, 여자야! 147

알빈 씨 155

악마가 무례한 제안을 하다 160

제4장

필요한 물건 사들이기 181

시간 감각에 대한 보충 설명 199

프랑스어로 대화를 시도하다 205

정치적으로 수상쩍은 음악 214

히페 224

사랑과 병의 분석 241

의문과 숙고 253

식탁에서 나눈 대화들 260

고조되는 불안, 두 분의 할아버지와
해 질 녘의 뱃놀이에 관하여 273

체온계 311

제5장

영원히 계속되는 수프와 갑자기 밝아지는 방 355

아, 보인다! 396

자유 428

수은주의 변덕 439

백과사전 459

머리말

    우리가 하고자 하는 한스 카스토르프의 이야기는 ── 그를 위한 것이 아니라(비록 호감이 가는 젊은이이기는 하지만, 그가 매우 평범한 젊은이란 사실을 독자들은 알게 될 것이므로), 상당히 얘기해 줄 만한 가치가 있어 보이는 이야기 그 자체를 위한 것이다(그렇지만 이 이야기는 그의 이야기라는 것, 그리고 누구에게나 일어나는 그런 일이 아니라는 것, 이 두 가지는 카스토르프를 위해서도 기억해 두지 않으면 안 된다). 이 이야기는 아주 오래된 옛날이야기로, 소위 말하자면 벌써 역사에 의해 녹이 잔뜩 슬어 버려서 반드시 멀고 먼 과거의 시칭으로 서술되어야만 한다.

    이러한 사실은 이야기 그 자체를 위해 불리하다기보다는 오히려 유리한 일인지도 모르겠다. 왜냐하면 이야기란 지나간 것이어야 하기 때문이다. 그리고 더 지나간 과거의 것일수록 이야기로서의 속성에 더 어울리며, 또 이야기를 과거 시제로 속삭이듯 불러내는 마법사인 작가에게도 그게 더 어울린다고 말할 수 있기 때문이다. 그러나 우리의 이야기는 오늘날에도 사람들 사이에 해당되는 일이며, 특히 그들 중이야기를 들려주는 작가들에게 더욱 해당되는 일이라고 할 수 있다. 즉 이야기는 이야기되는 그 순간보다 훨씬 더 오래된 이야기이므로 그 나이를 날짜로 셀 수 없을뿐더러, 또한 이야기가 품고 있는 세월의 햇수는 태양 주위를 도는 행성의 무수한 회전수로도 헤아릴 수 없다. 한마디로 말해 이야기의 과거성 정도는 사실 시간과는 관계가 없는 것이다. 이렇게 말하는 이유는, 시간이라는 비밀스러운 요소의 의문성과 독특한 이중성을 암시하기 위해서 잠시 언급하는 게 좋을 듯싶어서이다.

하지만 어떤 명백한 사태를 일부러 애매하게 만들지 않기 위해 말하자면, 우리 이야기가 아주 오래된 옛날이야기라고 하는 까닭은 이 이야기가 삶과 의식을 심각하게 균열시키는 어떤 전환점이자 경계점 이전에 일어난 이야기이기 때문이다……. 이 이야기는 일어나고 있다, 아니 현재형을 일부러 피해서 말한다면, 이 이야기는 이전에, 옛날에, 오래전에 일어났다. 그것이 시작됨으로써 많은 사건이 일어났고, 지금도 그 여파가 아직 다했다고 할 수 없는 저 세계 대전 이전에 일어난 이야기이다. 그러니까 이 이야기는 아주 오래전의 일은 아니라 하더라도 어쨌든 그것보다는 이전에 일어난 이야기이다. 하지만 어떤 이야기가 갖는 과거적 성격이란 그것이 보다 〈예전에〉 일어난 것일수록 더 심오하고 완전하며 동화와 같이 되는 것이 아닐까? 더욱이 우리의 이야기는 내면적 속성이나 그 밖의 점으로 판단해 볼 때 동화와 서로 상통하는 점이 있다고 할 수 있다.

우리는 이 이야기를 자세하게 할 것이다. 그것도 아주 세밀하고도 철저하게. 이야기가 요구하는 공간과 시간 때문에 이야기가 재미있게 느껴지거나 지루하게 느껴진 적이 도대체 언제였던가? 이야기가 고통을 준다는 악평을 두려워하기보다는, 오히려 철저한 것만이 정말로 재미가 있다는 견해가 옳다고 우리는 생각한다.

그러므로 작가는 한스 카스토르프의 이야기를 손바닥 뒤집듯 금방 끝내 버리지는 않을 것이다. 일주일의 7일도 부족할 것이고, 7개월로도 모자랄 것이다. 가장 좋은 것은, 작가인 내가 이야기에 휘감기는 동안 지상의 시간이 얼마나 나를 스쳐 지나가는지 미리 정하지 않는 것이다. 설마 7년이나 걸리지는 않겠지!

자 그럼, 이제 이야기를 시작해 보기로 하자.

제1장

도착

어느 평범한 젊은이가 한여름에 고향 도시인 함부르크를 떠나 그라우뷘덴 주[1]의 다보스 플라츠로 여행을 떠났다. 3주 예정으로 누군가를 방문하러 가는 길이었다.

하지만 함부르크에서 그곳까지는 긴 여정이다. 3주라는 짧은 기간을 머물기에는 사실 너무 먼 거리이다. 여러 나라를 지나 산을 오르내리고, 남독일의 고원에서 슈바벤의 호숫가로 내려가, 거기에서 배를 타고 넘실거리는 파도를 헤치며 그 옛날부터 밑바닥을 알 수 없던 심연을 건너가야 한다.

지금까지는 편안하게 일직선으로 진행되던 여행이 이제부터는 다소 복잡해진다. 멈춰 기다려야 하는 일이 자주 생기고 또 갖가지 번거로운 일들이 생긴다. 스위스 국경 지역인 로르샤흐 마을에서 다시 기차를 타게 되지만, 그것도 일단 알프스의 작은 역인 란트쿠아르트까지만 가기 때문에 거기서 기차를 또 갈아타야만 한다. 기차라고 해봐야 바람도

1 스위스의 주 이름.

13

세게 불고 이렇다 할 경치도 없는 곳에서 오랫동안 기다리다가 타는 협궤(挾軌) 철도이다. 작지만 그래도 힘이 대단한 기관차가 움직이기 시작하는 순간부터 이제 정말 모험적인 여행이 시작된다. 즉 깎아지른 듯 험준한 오르막길이 계속되며, 그것이 언제 끝날지도 모른다. 란트쿠아르트 역은 비교적 높지 않은 중턱에 있지만, 여기서부터는 점점 더 거칠고 험준한 바윗길을 따라 높은 알프스 고산 지역 깊숙이 들어가야 하기 때문이다.

한스 카스토르프 — 이것이 그 젊은이의 이름이다 — 는 회색 쿠션이 깔려 있는 작은 칸막이 객실에서 바둑판무늬 담요를 두르고 혼자 앉아 있었다. 옆에는 자신을 길러 준 양아버지인 외종조부 티나펠(이 이름도 여기서 곧 소개하지만) 영사(領事)가 선물한 악어가죽 손가방이 놓여 있었고, 옷걸이에는 겨울 외투가 걸려 흔들거렸다. 그는 닫힌 차창에 기대어 앉아 있었다. 그런데 오후가 되어 날씨가 점점 차가워지자, 가족의 귀여움을 받으며 응석받이로 자라난 그는 당시 유행하던 넓은 여름 외투의 깃을 세웠다. 외투는 비단으로 가공되어 있었다. 또 그의 좌석 옆에는 『대양 기선(大洋汽船)』이라는 제목의 가제본한 책이 놓여 있었다. 여행을 시작하던 무렵에는 이따금씩 그 책을 들여다보기도 했지만 이젠 관심이 없어졌는지 책은 그냥 팽개쳐져 있었다. 게다가 헐떡이며 힘겹게 올라가는 기관차가 뿜어내는 석탄 매연이 기차 안으로 날아 들어와 책 표지는 그을음으로 더러워져 있었다.

여행을 떠나 이틀만 지나면 사람은 — 삶에 아직 굳건히 뿌리를 박지 않은 젊은이가 특히 그렇듯이 — 의무, 이해관계, 근심과 희망이라고 부르는 모든 것으로부터, 즉 일상생활로부터 멀어지게 된다. 그것도 역으로 가는 마차 안에서 어쩌면 자신이 꿈꾸었을지도 모르는 것보다 훨씬 더 멀어지게 된다. 여행자와 고향 사이에서 돌고 날면서 굴러가는 공간은 보통 시간만이 갖고 있다고 생각되는 힘을 발휘한다. 그 공간도 시시각각 시간과 꼭 마찬가지로 내적 변화를 일으키는데, 어떤 의미에선 시간을 훨씬 능가하는 내적 변화를 일으킨다. 공간도 시간과 마찬가지로 망각의 힘을 지닌다. 더구나 공간은 인간을 여러 관계로부터 해방시켜 주며, 인간을 자유로운 원래 그대로의 상태로 옮겨 놓으면서 그러한 망각의 힘을 지니고 있는 것이다. 그렇다, 공간은 고루한 사람이나 속물조차도 잠깐 사이에 방랑자와 같은 인간으로 바꾸어 버린다. 사람들은 시간을 망각의 강[2]이라고 하지만, 멀리 떨어진 곳의 공기도 그러한 종류의 음료수이다. 그리고 그 효력은 시간만큼 철저하지는 못하지만 시간의 효력보다 더 빠르게 나타난다.

한스 카스토르프 역시 이와 같은 경험을 하였다. 그는 이번 여행을 특별히 중요하게 생각하지 않았고, 이 여행에 큰 의미를 부여하고 싶은 마음도 없었다. 오히려 그는 어차피 끝내야 하는 여행이므로 이 여행을 빨리 끝내 버리고 싶은 심정이었다. 그래서 여행을 떠날 때와 똑같은 인간으로 되돌아가서 잠시 중단했던 일상생활을 바로 그 지점에서 다시 시작하려 했다. 어제까지만 해도 그는 평상시의 생각에 완전

---

2 레테Lethe. 그리스 신화에 나오는 망각의 강 또는 망각의 화신. 헤시오도스에 따르면 레테는 불화의 여신 에리스의 딸이라고 하며, 잠의 신 힙노스가 사는 저승의 동굴을 지나면 망각의 레테 강이 흐른다고 한다.

히 사로잡혀 있었고, 최근에 끝낸 시험과 코앞에 다가온 툰더 운트 빌름스 회사(조선, 기계 제조 및 보일러 제조 회사)에 실습차 입사하는 일에 정신이 팔려 있었다. 그래서 그 같은 기질의 인간이 감당할 수 있는 조바심을 지닌 채, 이제 다가오는 3주는 그저 적당히 지나쳐 갈 것으로 여기고 있었다. 그러나 지금은 주위의 상황이 그에게 모든 주의력을 요구하는 듯 여겨져, 이것을 대수롭지 않게 다루어서는 안 되겠다는 생각이 들었다. 그가 지금껏 직접 가서 숨을 쉬어 본 적이 없는 고산 지대, 더욱이 아주 생소하며 별나게 빈약하고 또 척박한 생활 조건이 지배하는 이런 고산 지대에 올라와 보니, 그의 마음은 흥분되고 알 수 없는 불안감에 사로잡히기 시작했다. 고향과 일상적인 질서는 뒤로 멀리 사라졌을 뿐만 아니라 그의 발밑 수천 길 아래로 떨어져 갔음에도 그는 여전히 위로 올라가고 있었다. 고향과 일상적인 질서, 그리고 미지의 세계, 이 두 세계 사이를 떠돌면서, 그는 저 위에 올라가면 어떻게 될까 하고 스스로에게 물어보았다. 겨우 해발 2~3미터의 높이에서 숨을 쉬게끔 태어나 이에 익숙해진 그가, 적어도 2~3일 중간 정도 높이의 지대에 머무르는 과정도 없이, 갑자기 이렇게 극도로 높은 지대로 옮겨진다는 것은 현명치 못한 일이거니와 몸에도 견디기 어려운 일이 아닐까? 하지만 그는 일단 위에 도착하면 어디에서나 마찬가지이듯 생활을 할 수 있을 것이며, 고산 지대로 올라가고 있는 지금처럼 자기에게 맞지 않는 곳에 있다고 느껴지지는 않을 것이라고 생각했다. 그래서 그는 목적지에 빨리 도착하기를 바랐다. 창밖을 내다보니 기차는 좁은 계곡을 이리저리 구부러지며 달리고 있었다. 앞쪽으로 차량들이 보였고, 바람에 이리저리 흩날리는 갈색, 녹색, 검은색의 연기 덩어리를 숨 가쁘게 토해 내며 달리는 기관차가 보였다. 오른편 골짜기에서는 쏴쏴 물소리가 났고, 왼편 암벽 사이로는 거무스름한 가문비나무가 은회색 하늘로 높이 치솟아 있다. 칠흑같이 어두운 터널이 여러 개 계속되다가, 다시 밝아지자 저 아래 촌락과 더불어 널찍한 골짜기가 모습을 드러냈다. 얼마 안 가 그 골짜기는 보이지 않고 새로이 좁은 골짜기들이 나타나더니, 그 갈라진 틈으로 잔설들이 반짝였다. 초라하고 작은 역들에서 기차는 몇 번인가 멈추어 섰다. 기차가 역에서 반대 방향으로 떠나는 바람에, 도대체 어디로 달리고 있는지 이제는 방향마저 알 수 없어서 머리가 혼란해졌다. 기차가 고산 지대의 꼭대기로 올라감에 따라, 성스럽고 기괴한 모습으로 우뚝 솟은 알프스의 웅대한 전경이 열리기 시작했다. 그러다가 선로가 구부러지자 그 웅대한 전경은 경외감에 찬 눈에서 다시 사라져 버렸다. 한스 카스토르프는 활엽수 지대를 지났고, 새들이 지저귀는 지대도 이미 지나지 않았을까 하고 생각했다. 이렇게 모든 것이 사라지고 황량해졌다고 생각하니 가벼운 현기증이 일어났으며, 토하고 싶은 생각이 들어 2초 동안 손으로 눈을 가리고 있었다. 그러자 이러한 현기증도 이내 없어졌다. 오르막길이 끝났고, 고개의 높은 곳을 다 넘어선 것도 알 수 있었다. 기차는 이제 평탄한 골짜기의 밑바닥을 보다 여유롭게 달리고 있었다.

저녁 8시쯤 되었지만 아직 해가 남아 있었다. 호수가 저 멀리서 모습을 드러냈고, 수면은 잿빛을 띠고 있었다. 가문비나무 숲이 호숫가를 따라 주위의 언덕으로 검게 퍼져 있었다. 숲은 위로 갈수록 듬성듬성해지다가, 그것마저 결국 없어져서는 꼭대기에 안개 자욱한 벌거숭이 바위만을 남기고 있었다. 작은 역에서 기차가 멈추었다. 창밖에서 외치는 소리를 들으니 그곳이 바로 다보스도르프 역이라는 것을 알 수 있었다. 한스 카스토르프는 이제 얼마 안 있으면 목적지에 도착하리라고 생각했다. 그때 갑자기 사촌인 요아힘 침센의 목소리가 바로 옆에서 들리는 것이었다. 「야, 잘 왔구나, 이제 내려야지 응!」 차분한 함부르크 목소리였다. 한스 카스토르프가 창밖을 내다보니 차창 아래 승강장에서 요아힘이 모자도 쓰지 않고 갈색의 얼스터코트를 입은 채, 그 어느 때보다도 건강한 모습으로 서 있었다. 요아힘은 웃으면서 다시 말했다.

「자, 나와, 그렇게 꾸물대지 말고!」

「그렇지만, 아직 다 온 게 아니잖아.」 한스 카스토르프는 당황스러워서 여전히 앉은 채로 말했다.

「아니, 다 왔어. 여기가 다보스도르프야. 요양원은 여기서 가는 게 훨씬 가까워. 마차를 가져왔으니 짐들을 이리 줘.」

그리하여 한스 카스토르프는 도착과 재회의 기쁨에 흥분해서 웃기도 하고, 당황하기도 하며 요아힘에게 손가방, 겨울 외투, 둘둘 만 여행용 담요와 지팡이, 우산, 그리고 마지막으로 『대양 기선』이라는 책까지도 건네주었다. 그러고는 기차 안의 좁은 통로를 빠져나와 승강장으로 뛰어내려서는 정식으로, 말하자면 그제야 사촌과 직접 인사를 나누었다. 그것은 냉정하고 점잖은 예절을 아는 사람들 사이에서 하는 인사처럼, 전혀 격정적인 데가 없는 그런 인사였다. 이상하다고 할 수 있겠지만, 이들은 오로지 과도한 감정을 드러내는 것이 부끄러워서 옛날부터 서로 이름을 부르는 것을 한 사코 피해 왔다. 그렇다고 해서 서로 성을 부를 수도 없었기 때문에 그냥 〈너〉, 〈자네〉 정도로 부르고 있었다. 이것이 사촌들끼리 오랫동안 몸에 밴 습관이었다.

허름한 제복을 입고 풀이 달린 모자를 쓴 한 사나이가 두 사람이 재빨리 그러나 좀 멋쩍은 듯이 악수하는 모습을 — 젊은 침센은 군대식으로 악수하였다 — 지켜보더니, 가까이 다가와서 한스 카스토르프에게 수하물 표를 달라고 요구했다. 그는 국제 요양원 〈베르크호프〉의 수위였는데, 두 사람이 곧장 마차를 타고 저녁 식사를 하러 가는 동안 자기는 〈플라츠〉 역에서 손님의 커다란 트렁크를 가지고 가겠다고 했다. 그 사나이가 다리를 꽤나 심하게 절었기 때문에 한스 카스토르프가 요아힘 침센에게 물어보았던 첫마디 말은 다음과 같은 것이었다.

「저 사람은 전쟁에 참전했던 퇴역 군인인가? 왜 저토록 심하게 다리를 저는 거야?」

「그렇다면 감사한 일이게! 퇴역 군인이라면 말이야!」 침센은 다소 신랄한 말투로 대답했다. 「그게 아니라 무릎이 안 좋아. 아니, 무릎이 좋지 않았었지. 그래서 무릎 연골을 아예 뽑아냈거든.」

한스 카스토르프는 될 수 있는 대로 빨리 머리를 굴렸다. 「아, 그렇구나!」 그는 걸어가면서 머리를 들어 주위를 힐끗 둘러보면서 말했다. 「그런데 넌 아직도 몸이 안 좋다고 나를 속일 작정은 아니겠지? 마치 술 달린 긴 칼을 차고 방금 기동 훈련에서 돌아온 것처럼 보여.」 이렇게 말하면서 그는 사촌을 옆으로 쳐다보았다.

요아힘은 카스토르프보다 키도 더 크고 어깨도 더 벌어졌다. 청춘의 힘을 상징하는 체격을 갖추고 있어 군복을 입기 위해 이 세상에 태어난 사람 같았다. 그는 금발이 많은 고향 함부르크에서 흔히 볼 수 있는 짙은 갈색 유형의 남자였는데, 그러지 않아도 검은 얼굴마저 햇볕에 그을려 거의 청동색이 되어 있었다. 크고 검은 눈과 반듯하고 두꺼운 입술 위에 검은 콧수염을 달고 있어서, 만약 두 귀가 좌우로 펼쳐져 있지 않았더라면, 무척 잘생긴 얼굴이라고 할 수 있었을 것이다. 어느 시기까지는 귀가 그의 유일한 걱정거리이자 고민거리였다. 지금은 그에게 다른 걱정거리가 있었다. 한스 카스토르프는 계속해서 말했다.

　「나하고 곧 산을 내려갈 거지? 내가 보기에 넌 이제 아무 지장이 없는 것 같은데.」

　「곧 너하고 같이 내려간다고?」 사촌은 이렇게 묻고는 커다란 눈을 카스토르프에게 돌렸다. 언제나 부드러워 보이던 눈이었는데, 이 다섯 달 사이에 다소 지친 것 같은, 아니 슬픈 표정을 띠고 있었다. 「곧이라니, 언제 말이지?」

　「으응, 3주 후 말이야.」

　「아, 그래, 너는 벌써 집으로 다시 돌아갈 궁리를 하는 모양이구나.」 요아힘이 대답했다. 「좀 기다려 봐, 너는 이제 막 도착했잖아. 물론 여기 산 위의 우리들에게 3주란 아무것도 아닌 셈이야. 하지만 이곳에 찾아와서 3주간만 머물겠다는 너에게는 꽤 긴 시간이겠지. 무엇보다 먼저 이곳 기후에 적응해야 하는데, 그게 결코 쉽지 않아. 이제 알게 될 거야. 우리들에게 별난 것은 기후뿐만이 아니야. 넌 이곳에서 여러 가지 새로운 것을 알게 될 거야. 주의해서 지켜보라고! 그리

고 너는 내 얘기를 했는데, 그것도 그렇게 간단한 것은 아니
야. 〈3주 후에 집으로 간다〉는 말은 저 아래 세상의 생각이
야. 물론 나는 얼굴이 검게 탔어. 하지만 이것은 주로 눈에
그을려서이고, 베렌스가 늘 말하듯 별로 대수로운 일은 아
니야. 지난번에 실시한 종합 검진에서 베렌스는 앞으로 반
년은 족히 걸릴 거라고 말했어.」

「앞으로 반년이라고? 너 돌았어?」 한스 카스토르프가 소
리쳤다. 이들은 헛간처럼 생긴 역 건물 앞에서 노란색 마차
에 올라탔다. 이 마차는 돌이 많은 광장에서 진작부터 대기
하고 있었다. 갈색 말 두 마리가 마차를 끄는 동안 한스 카
스토르프는 화가 나서 딱딱한 쿠션 위에서 이리저리 방향을
바꾸어 가며 앉았다. 「반년이라고? 너는 벌써 거의 반년 동
안이나 이곳에 있었어! 우리에겐 시간이 많이 없어, 너만 그
렇게 시간이 많은가 보군―!」

「그래, 그 시간 말인데.」 요아힘은 이렇게 말하고, 사촌의
분개에도 전혀 신경 쓰지 않고 앞을 똑바로 쳐다보면서 여러
번 고개를 끄덕였다. 「여기에 있는 친구들은 세상 사람들이
말하는 시간은 중요하게 생각지 않아. 넌 아무래도 믿지 않
겠지만 말이야. 3주란 이들에겐 하루와 같은 거야. 너도 곧
알게 될 거야. 그 모든 것을 배우게 될 거라고.」 이렇게 말하
고 그는 덧붙였다. 「여기서는 사람들의 개념도 변해 버려.」

한스 카스토르프는 사촌을 옆에서 한참 동안 눈여겨보았다.

「하지만 넌 굉장히 많이 회복된 것 같은데.」 그는 머리를
흔들며 말했다.

「그래? 그렇게 보여?」 요아힘이 대답했다. 「하긴 그렇지.
나도 그렇게 생각해!」 그는 이렇게 말하고 쿠션 위에 똑바로

앉았으나 이내 다시 원래대로 비스듬한 자세를 취했다. 「그래 전보다는 몸이 더 나아졌어.」 그가 설명했다. 「하지만 아직 건강하다고는 할 수 없어. 전에 수포음(水泡音)이 들리던 폐의 왼쪽 윗부분에선 지금 좀 거슬리는 소리가 날 뿐이지 그리 나쁘진 않아. 하지만 폐의 아래쪽에서는 무척 거슬리는 소리가 들려. 그뿐만 아니라 두 번째 갈비뼈에서도 잡음이 들려.」

「상당히 박식해졌군.」 한스 카스토르프가 말했다.

「그래, 정말 박식해졌지. 이러한 지식은 군 복무를 하면서 깨끗하게 잊었으면 좋았을 것을.」 요아힘이 대답했다. 「하지만 아직 가래침이 있어.」 그는 이렇게 말하며 별 관심 없다는 듯이 어깨를 심하게 으쓱해 보였는데, 이러한 동작은 그에게는 아무래도 어울려 보이지 않았다. 그런 다음 그는 사촌 쪽으로 향해 있는 방한 외투의 옆 주머니에서 무언가를 절반쯤 꺼내더니 도로 집어넣었다. 그것은 금속 뚜껑이 달린, 납작하고 배가 옴폭 들어간 푸른 유리병이었다. 「이 위에 사는 우리들은 대부분 이걸 갖고 있어.」 그가 말했다. 「별명이긴 하지만 우리들 사이에서 부르는 이름도 있지. 아주 유쾌한 거야. 그런데 이곳 경치는 어때?」

한스 카스토르프는 경치를 보며 이렇게 대답했다. 「참으로 웅장하군!」

「그렇게 생각해?」 요아힘이 물었다.

이들이 탄 마차는 선로와 평행으로 난 폭이 불규칙한 길을 따라 골짜기 안쪽 방향으로 달렸다. 그런 다음 좁은 선로를 왼쪽으로 횡단해서는 시냇물을 하나 건너고, 이번에는 숲으로 싸인 경사가 완만한 곳을 향해 달렸다. 이 경사진 곳으로부터 나지막하게 앞으로 튀어나온 목초지 같은 고원 위에는 지붕이 둥근 납이 있는 건물 한 채가 정면을 남서쪽으로 향한 채 길게 뻗어 있었다. 이 건물은 순전히 발코니뿐이어서 멀리서 보면 해면(海綿)처럼 구멍이 뚫려 있는 듯 보였다. 이제 막 불이 켜지기 시작했다. 어느덧 날이 저물어 갔다. 사방이 구름에 덮인 하늘을 한동안 골고루 밝혀 주던 어스름한 석양이 어느덧 빛을 잃고 사라져 버렸다. 그래서 완전히 어두운 밤이 되기 직전, 무색의 생기 없는 슬픈 과도기 상태가 세상을 지배하고 있었다. 길게 뻗어 조금 구불구불한 인가가 있는 골짜기에도 이제 곳곳에 불이 켜져 있었다. 골짜기의 저지(低地)에도, 산비탈 양편에도, 특히 앞쪽으로 튀어나온 산비탈 오른쪽의 계단식 집들이 있는 곳에도 불이 많이 켜져 있었다. 왼쪽 산비탈에는 풀밭 사이로 오솔길이 몇 개 나 있었고, 길들은 울창한 침엽수림 속으로 사라져 갔다. 골짜기는 뒤쪽의 출구를 향해 좁아지고, 그 너머 배경으로 멀리 보이는 산은 무미건조한 슬레트르의 푸른빛을 띠고 있었다. 바람이 일기 시작하자 밤의 찬 기운이 느껴지기 시작했다.

「아니야, 솔직히 말해서 그렇게 사람을 압도할 정도의 장관은 아닌 것 같아.」 한스 카스토르프가 말했다. 「빙하며 만년설이며 장대한 거봉(巨峰)은 어디 있다는 거야? 내가 보기에 저것들은 그리 높은 것 같지 않은데.」

「아니야, 저 산들은 다 높아.」 요아힘이 대답했다. 「거의 모든 곳에서 수목의 생육 한계선이 보이잖아. 경계가 눈에 띄게 표시되어 있지 않니. 가문비나무가 없어지면 모든 것이 따라서 없어져. 네가 보고 있는 것처럼 바위뿐이야. 저기 저쪽 슈바르츠호른의 오른쪽 말이야. 거기 뾰족한 곳이 보이지. 그곳에는 빙하도 있어. 아직도 푸른 곳이 보이지? 크지는 않지만 틀림없는 빙하야. 스칼레타 빙하라고 하지. 그 틈새에 있는 피츠 미헬과 틴첸호른은 여기서는 보이지 않지만 1년 내내 눈에 덮여 있지.」

「영원히 눈에 덮여 있단 말이지.」 한스 카스토르프가 말했다.

「그래, 그렇게 말하고 싶으면 〈영원히〉라고 해도 좋아. 아무튼 모두 높은 곳이야. 그런데 우리 자신이 엄청나게 높은 곳에 있다는 사실도 고려해야 해. 해발 1천6백 미터니까. 그래서 저 산봉우리들이 별로 높아 보이지 않는 거지.」

「그렇구나, 암벽 타기라도 한 것처럼 높이도 올라왔네! 사실 난 불안하고 무서워졌어. 1천6백 미터라니! 대충 계산해도 5천 피트는 되겠구나. 살면서 이렇게 높이 올라와 본 적은 없어.」 그렇게 말하면서 한스 카스토르프는 호기심에 차서 아직 낯선 공기를 시험하듯 깊이 들이마셨다. 공기는 상쾌했고 그 이상 아무것도 아니었다. 거기엔 향기도 내용물도 습기도 없었다. 그냥 가볍게 흘러들어 와 마음속에 아무런 말도 남기지 않았다.

「정말 좋은데!」 그는 점잖게 이렇게 말했다.

「그래, 여기 공기는 아주 유명해. 그런데 오늘 밤 이 근방의 경치는 썩 좋지 않군. 가끔 더 좋아 보일 때도 있어, 특히 눈으로 덮여 있을 때 말이야. 하지만 이런 경치에도 싫증이 났어. 이 위에 사는 우리들은 정말 말도 못 할 정도로 싫증이 나 있다고 할 수 있어. 내 말 믿을 수 있겠지.」 요아힘은 이렇게 말하며, 정말 싫증이 나 역겨운 듯 입술을 비쭉거렸다. 하지만 이런 표정은 과장되고 자제력이 없어 보였으며 역시 그에게는 어울리지 않았다.

「너는 정말 이상하게 말하는구나.」 한스 카스토르프가 말했다.

「내가 이상하게 말한다고?」 요아힘은 다소 걱정스러운 듯 물으며 사촌 쪽으로 향했다…….

「아니, 아니야, 미안해, 잠시 그런 생각이 들었을 뿐이야!」 한스 카스토르프는 서둘러 말했다. 그러나 사실 요아힘이 아까부터 벌써 서너 번 사용한 〈이 위에 사는 우리〉란 표현이 그에게 무언가 마음에 걸리고 이상한 느낌이 들게 했다.

「보다시피 우리 요양원은 마을보다 더 높은 곳에 있어.」 요아힘은 말을 계속했다. 「50미터 더 높은 곳에 말이야. 안내서에는 〈1백 미터〉라고 되어 있지만 사실은 겨우 50미터 더 높아. 가장 높은 곳은 저 건너편의 샤츠알프 요양원이야. 여기서는 보이지 않지만 말이야. 겨울이 되면 눈이 많이 와서 길이 막히니까 4인승 썰매로 시체를 내려 보내야 해.」

「시체라고? 아, 그래! 그럼, 내 말 좀 들어 봐!」 한스 카스토르프가 소리쳤다. 그리고 갑자기 웃음을 터뜨렸다. 억누를 수 없는 격렬한 웃음이었다. 그 바람에 가슴이 뒤흔들렸으며, 찬바람에 약간 굳어진 얼굴은 고통스러운 표정으로 일그러졌다. 「그 썰매로 말이지! 그런데 그런 말을 어쩌면 그렇게 태연한 얼굴로 나에게 이야기할 수 있지? 넌 5개월 동안 여기 있으면서 아주 냉소적으로 변했어, 정말!」

「전혀 냉소적으로 변한 게 아니야.」 요아힘이 어깨를 움츠리며 대답했다. 「어째서 내가 그렇다는 거야? 시체에게야 그런 것쯤은 아무래도 상관없는 일이지……. 아무튼 우리들이 있는 이곳에서 사람들은 어쩌면 냉소적으로 변해 가는지도 몰라. 베렌스부터가 냉소적인 사람의 표본이니까. 그는 또 아주 재미있는 사람이야. 학생 조합원 선배로 수술의 대가라니까. 네 마음에도 들 거야. 그리고 조수인 크로코브스키는 아주 영리한 사람이지. 안내서에 특별히 그가 하는 일에 대해 언급되어 있어. 말하자면 그는 환자들의 정신 분석을 하고 있어.」

「무엇을 한다고? 정신 분석? 그건 정말 꺼림칙한데!」 한스 카스토르프가 소리치며 말했다. 그런데 이제는 정말 웃음을 주체할 수 없었다. 그는 정신 분석이라는 말 앞에 더 이상 체면을 차리는 신사가 아니었다. 여러 가지 이야기 끝에 정신 분석이란 말이 나오자 완전히 두 손을 들어 버렸다. 너무 웃음이 나와 몸을 구부리며 손으로 눈을 가렸는데, 가린 손 밑으로 눈물이 흘러내렸다. 요아힘도 마찬가지로 마음껏 웃었다 — 그렇게 웃으니 무척 기분이 좋은 모양이었다 — 이리하여 마침내 두 사람을 실은 마차는 가파른 커브 길을 천천히 달려 국제 요양원 베르크호프의 정문 앞에 다다랐고, 두 젊은이는 아주 즐거운 마음으로 마차에서 내렸다.

34호실

입구 바로 오른쪽, 현관문과 바람막이 공간 사이에 수위실이 있었다. 그 안에서 프랑스인으로 보이는 직원 하나가 전화기 옆에 앉아 신문을 읽고 있다가 밖으로 나왔는데, 그 역시 역으로 마중 나왔던 절름발이 남자처럼 회색 제복을 입고 있었다. 그는 환하게 불 밝혀진 현관홀로 두 사람을 안내했다. 홀의 왼쪽에는 사교실이 몇 개 있었다. 한스 카스토르프가 지나가면서 안을 기웃거려 보았지만 모든 사교실이 텅 비어 있었다. 손님들은 대체 어디 있느냐고 물어보니 사촌은 이렇게 대답했다.

「안정 요양 중이야. 난 오늘 너를 마중하러 가려고 외출한 거야. 나도 보통 때는 저녁 식사 후에 발코니에 누워 있어.」

하마터면 한스 카스토르프는 다시 한 번 웃음을 터뜨릴 뻔했다.

「뭐라고, 너희들은 안개 낀 밤에도 발코니에 누워 지낸다고?」 그는 주저하는 듯한 목소리로 물었다…….

「그래, 그건 규칙이야. 8시부터 10시까지는 그래. 자, 그건 그렇고, 가자. 자네 방도 구경하고 손도 씻어야지.」

이들은 그 프랑스인이 전기 동력 장치를 가동하는 엘리베이터를 탔다. 한스 카스토르프는 올라가면서 눈을 닦았다.

「너무 웃어서 완전히 녹초가 됐어.」 그는 헐떡거리며 이렇게 말했다. 「네가 너무 이상한 말을 해서 그래……. 정신 분석 얘기 같은 것은 너무 심했어. 그런 말은 하지 않는 게 좋았을 텐데. 게다가 난 여행하느라 좀 지치기도 했어. 너도 발이 시려? 난 발이 아주 차가워. 그런데도 얼굴에 열이 달아오르니 별로 기분이 안 좋아. 식사는 곧 하는 거니? 배가 고프네. 이 위의 너희들이 있는 곳에서도 제대로 식사를 할 수 있니?」

두 사람은 좁은 복도에 깔린 야자수 카펫 위를 소리 없이 걸어갔다. 둥근 우윳빛 유리잔을 씌운 전등이 천장에서 희미한 빛을 보냈다. 래커같이 반짝거리는 유성 페인트를 칠한 벽이 희고 차갑게 빛났다. 하얀 두건을 쓰고 코안경을 걸친 간호사가 어딘가에서 모습을 드러냈는데, 코안경의 줄은 귀 뒤에 걸려 있었다. 보아하니 그녀는 자신의 직무에 그다지 전념하고 있지 않은 신교 신자임에 분명했다. 그녀는 호기심 이 강한 데다 지루함에 시달려 불안하고 지친 기색이었다. 복도 두 군데에, 희게 래커 칠이 되어 있는 번호가 붙은 문들 앞 바닥에 풍선 같은 것이 놓여 있었다. 목이 짧고 배가 불룩한 커다란 용기였는데, 한스 카스토르프는 먼저 그것이 무엇인지 물어보는 것을 잊고 있었다.

「여기야.」 요아힘이 말했다. 「34호실이지. 오른쪽은 내 방 이고, 왼쪽은 러시아인 부부가 쓰고 있어. 좀 칠칠치 못하고 시끄러운 사람들이지만 달리 어쩔 도리가 없어. 그건 그렇고 이 방은 어때, 말해 보게.」

문은 이중으로 되어 있고, 그 사이의 빈 공간에는 옷을 거 는 못이 있었다. 요아힘이 천장에 달린 등을 켜자 떨리는 듯 한 불빛이 희고 실용적인 가구와, 마찬가지로 희고 튼튼하며 세탁할 수 있게 된 벽걸이 양탄자, 깨끗한 리놀륨의 바닥재, 근대식 취향으로 간소하고 운치 있게 수놓인 아마포 커튼이 달린 방을 환하게 비추어 주었다. 발코니로 나가는 문은 열 려 있어, 골짜기의 불빛이 눈에 들어왔고, 멀리서 댄스곡이 들려왔다. 선하고 친절한 요아힘은 꽃 몇 송이를 조그만 꽃 병에 꽂아 옷장 위에 놓아두었다. 사실 한 번 베어 낸 풀밭에 서 두 번째 돋아난 이 꽃들은 톱풀꽃과 방울꽃 몇 송이였다. 요아힘이 손수 경사진 곳에 가서 꺾어 온 것들이었다.

「정말 고맙네.」 한스 카스토르프가 말했다. 「아주 멋진 방이군! 이 방 같으면 몇 주 동안 기분 좋게 지낼 수 있겠어.」

「그저께 이곳에서 미국 여자가 죽었지.」 요아힘이 말했다. 「베렌스는 네가 올 때까지 그 여자를 치울 수 있을 테니까 네가 이 방을 쓸 수 있을 거라고 말했어. 그녀의 약혼자인 영국 해군 장교가 그녀 곁을 지키고 있었는데, 그 사람은 군인다운 행동을 보여 주지 못하더군. 걸핏하면 복도에 나와 눈물을 흘렸어. 마치 어린애처럼 말이야. 그러고는 뺨에 콜드크림을 바르더군. 면도를 했는데, 눈물이 흐르니까 뺨이 따가웠던 모양이지. 그저께 밤에 그 미국 여자는 두 번 심한 각혈을 하고는 그것으로 끝나 버렸어. 그런데 그녀의 유해는 어제 아침에 벌써 치워졌어. 물론 그런 다음 이 방을 철저하게 소독했어. 포르말린으로. 너도 알잖아. 소독에는 포르말린이 그렇게 좋다는 걸.」

한스 카스토르프는 이 이야기를 흥분되고 어지러운 상태로 그저 듣고 있었다. 그는 소매를 걷어 올리고, 니켈 금속 수도꼭지가 전기 불빛에 반짝이고 있는 큰 세면대 앞에 서서 흰색의 금속제 침대 쪽으로 잠깐 눈길을 돌렸다. 침대에는 시트가 깨끗하게 깔려 있었다.

「소독을 했다고? 그거 대단한데.」 그는 손을 씻고 수건으로 닦으면서, 앞뒤가 좀 맞지 않는 말을 지껄였다. 「그래, 메틸알데히드 말이지. 아무리 강한 박테리아도 그것에는 견뎌 내지 못하지. H_2CO야. 그렇지만 코를 찌르는군. 안 그래? 물론 철저한 위생이 근본 조건이긴 하지만……」 요아힘은 학생 시절부터 버릇처럼 해왔던 함부르크식 발음으로 〈물론〉이라고 말했지만, 한스 카스토르프는 글자를 떼어서 〈물, 론〉이라고 발음했다. 카스토르프는 거침없이 물 흐르듯 말을 이어 갔다. 「내가 말하고 싶은 것은…… 아마도 그 해군 장교는 안전면도기로 면도했을 거라는 거야. 그것으로 면도를 하면, 잘 드는 면도칼로 하는 것보다 피부가 상하기 쉬워. 적어도 내 경험으로는 그래. 그래서 나는 그 두 가지를 번갈아 가면서 사용하지……. 그렇지, 자극받은 피부에 소금물을 바르면 당연히 따끔하겠지. 그래서 그는 아마 해상 근무를 했던 경험으로 콜드크림을 바르는 데 익숙해져 있었을 거야. 나는 그게 전혀 이상하다고 생각하지 않아…….」 이렇게 그는 계속 지껄이면서, 자기가 애용하는 여송연인 마리아 만치니 2백 개를 트렁크에 가지고 왔는데 세관에서 짐 검사를 하면서 상당히 관대하게 해주었다고 말했다. 그러고는 고향의 여러 사람들에게서 받은 안부를 전해 주었다. 「그런데 여기는 난방을 안 하나?」 그는 갑자기 이렇게 말하고 손을 대보기 위해 스팀 관 쪽으로 다가갔다…….

「응, 안 해. 그래서 우리들은 여기서 상당히 춥게 지내야 될 거야.」 요아힘이 대답했다. 「8월부터 난방 장치가 가동되려면 기후가 달라져야 해.」

「8월, 8월이라!」 한스 카스토르프가 말했다. 「난 추워 죽겠어! 추워서 못 견디겠어, 그런데 몸만 춥고 얼굴은 이상하게 달아오르네. 한번 내 얼굴 만져 봐, 얼마나 달아오르고 있는지!」

자기 얼굴을 만져 보라고 요구하는 것은 한스 카스토르프의 성격에는 전혀 어울리지 않는 일이었으며, 그 자신으로서도 견디기 힘든 기분이었다. 요아힘은 이 말에 아랑곳하지 않고 이렇게 말할 뿐이었다.

「공기 때문이지, 아무것도 아니야. 베렌스마저도 하루 종일 새파란 뺨을 하고 있어. 아무리 해도 적응하지 못하는 사람도 많아. 자, 어서 가자, 늦으면 아무것도 못 얻어먹을 테니까.」

방 밖으로 나오자 아까 보았던 간호사가 다시 보였다. 그녀는 근시의 눈으로 두 사람을 호기심에 차서 살피고 있었다. 하지만 2층에 다다랐을 때, 한스 카스토르프는 무시무시한 소리에 발이 꼭 묶인 것처럼 갑자기 발길을 멈추었다. 조금 떨어진 곳에서 들리는 그 소리는 복도의 굽은 모퉁이에서 나는 소리였다. 그리 크지는 않았지만 몸을 오싹하게 하는 성질의 소리였기에, 한스 카스토르프는 얼굴을 찡그리고 눈을 휘둥그레 뜬 채 사촌을 바라보았다. 기침 소리였다. 틀림없었다. 남자의 기침 소리였다. 하지만 이 기침은 한스 카스토르프가 지금까지 들어 본 적이 없는, 어떤 기침과도 다른 기침 소리였다. 이 기침에 비교한다면 그가 지금까지 들은 기침들은 모두 웅장하고 건강한 삶의 표현이었다. 이 기침은 아무런 기쁨도 사랑도 느껴지지 않는 기침으로, 정상적으로 밀려 나오는 것이 아니라 분해된 유기체의 끈적끈적한 죽 속을 몸서리쳐지도록 힘없이 휘젓는 듯 울리는 소리였다.

「그래.」 요아힘이 입을 열었다. 「상태가 좋지 않은 모양이야. 오스트리아의 귀족으로 기품 있는 남자지. 아마추어 기수가 되기 위해 태어난 것 같은 사람이야. 한데 지금은 저 모양이야. 그런데도 아직 돌아다니고 있지.」

사촌과 계속 걸어가면서 한스 카스토르프는 아마추어 기수의 기침에 대해 열성적으로 말했다. 「생각해 보란 말이야. 난 저런 기침은 난생처음이야. 완전히 새로운 기침이어서,

당연히 아주 강한 인상을 받았어. 기침에도 여러 가지 종류가 있지. 마른기침도 있고 느슨한 기침도 있어. 보통 느슨한 기침이 오히려 더 낫다고들 하지. 그렇게 울부짖는 소리로 기침하는 것보다는 더 좋다는 말이야. 내가 젊었을 때 (그는 〈내가 젊었을 때〉라고 말했다) 편도선염을 앓아서 늑대처럼 울부짖으며 기침한 적이 있었는데, 기침 소리가 느슨해지니까 모두들 기뻐하더군. 아직도 난 그것을 기억해. 그렇지만 조금 전에 들은 기침은 그렇지 않아. 적어도 내가 듣기에는. 그건 결코 산 사람의 기침이 아니야. 마른기침도 아니고 느슨한 기침이라고도 부를 수 없어. 아직 한참은 그런 단어를 쓸 수 없어. 그 사람의 몸속이 어떻게 되었는지 훤히 들여다보이는 것 같아. 모든 것이 죽처럼 범벅이 돼서…….」

「그런데.」 요아힘이 말문을 열었다. 「난 저 소리를 매일 들어. 그러니 굳이 나에게 설명할 필요는 없을 것 같아.」

하지만 한스 카스토르프는 조금 전에 들은 기침 소리 때문에 마음을 진정할 수 없었다. 그래서 그는, 저런 기침 소리를 들으면 아마추어 기수의 몸속이 눈에 선히 보이는 것 같다고 되풀이하여 말했다. 두 사람이 식당에 들어섰을 때, 여행으로 지친 그의 두 눈은 흥분된 빛을 띠고 있었다.

식당에서

식당은 밝고 아늑하며 분위기가 있었다. 로비 바로 오른쪽에 있었고, 담화실의 맞은편에 있었다. 요아힘의 설명에 따르면, 이 식당은 이 위에 새로 도착하여 제때에 식사하지 못한 손님들이 이용하거나 방문객이 있는 사람들이 주로 이용한다고 한다. 하지만 생일을 맞았을 때나 퇴원이 임박했을 때, 또는 종합 검진의 결과가 좋아졌을 때에도 여기에서 성대하게 축하 파티가 열렸다. 때때로 신나는 일이 벌어지기도 하고, 샴페인 파티가 벌어지기도 한다고 요아힘은 말했다. 그런데 지금은 서른 살쯤 되어 보이는 숙녀가 혼자 앉아서 책을 읽고 있을 뿐이었다. 그녀는 책을 읽으면서 뭐라고 혼자 중얼거리고는 왼손 가운뎃손가락으로 계속해서 식탁보를 가볍게 두드리고 있었다. 두 젊은이가 자리에 앉자, 그녀는 자리를 바꾸고는 그들에게서 등을 돌려 버렸다. 그녀는 다른 사람들과의 접촉을 꺼리는 성격이어서, 식당에서 항상 책을 보며 식사한다고 요아힘이 나지막한 소리로 설명해 주었다. 아주 어린 소녀일 때 폐 요양원에 들어왔고, 그 이후로는 한 번도 바깥세상에서 지내 본 적이 없다고 했다.

「그래, 그렇다면 이곳에서 다섯 달 정도 지낸 너쯤은 그녀에 비하면 새파란 신출내기에 지나지 않겠군. 1년을 지낸다고 해도 역시 마찬가지겠어.」 한스 카스토르프가 사촌에게 말했다. 그러자 요아힘은 전에는 볼 수 없었던, 어깨를 으쓱하는 버릇으로 그 말에 응하면서 메뉴판을 집어 들었다.

두 사람은 창가의 약간 높은 식탁에 앉았다. 그곳이 가장 좋은 자리였다. 이들은 크림색 커튼 옆에 서로 마주 보고 앉았으며, 붉게 갓을 씌운 전기스탠드 불빛에 얼굴이 밝게 빛나고 있었다. 한스 카스토르프는 막 씻은 두 손을 마주 잡고, 식탁에 앉았을 때 늘 하던 버릇대로 편안한 마음으로 식사를 기다리며 두 손을 비비고 있었다. 이것은 아마 그의 조상들이 식사 전에 기도를 드렸기 때문인 모양이었다. 검은 옷을 입고 흰 앞치마를 두른 얼굴이 큰 아가씨가 이들에게 서비스를 했다. 콧소리로 상냥하게 말하는 그녀는 혈색이 무척 건강해 보였다. 이곳에서는 식사 시중을 드는 여자들을 〈홀 아가씨〉라고 부른다는 말이 한스 카스토르프에겐 너무 우스웠다. 두 사람은 그녀에게 그뤼오 라로즈 한 병을 주문했는데, 온도가 적당치 않아서 한스 카스토르프는 그녀를 또 한 번 돌려보냈다. 음식은 아주 훌륭했다. 아스파라거스 수프, 속을 채운 토마토와 여러 가지 성분을 곁들인 구운 고기, 특별히 잘 준비한 푸딩, 치즈, 과일 등이 나왔다. 생각했던 것보다 식욕이 왕성하게 나지는 않았지만, 한스 카스토르프는 무척 많이 먹었다. 그는 배가 고프지 않더라도 자존심 때문에 많이 먹는 버릇이 있었다.

요아힘은 요리에 별로 칭찬을 하지 않았다. 그는 음식에 진저리가 났다고 말했다. 이 위의 사람들은 다들 식사에 대해 한마디씩 하는 게 습관처럼 되었다는 것이다. 날마다 이곳에 앉아 식사를 해야만 하니 말이다……. 그 대신 포도주는 흡족한 마음으로, 거의 황홀한 기분으로 마셨다. 그리고 너무 상냥한 말투는 조심스럽게 피하면서, 이렇게 터놓고 이야기할 수 있는 사람이 와서 정말 만족한다고 거듭 말했다.

「그래, 네가 와주어서 기쁘기 그지없어!」 그가 말했다. 그의 차분한 목소리는 떨리고 있었다. 「네가 온 건 나에게는 하나의 사건이라 말할 수 있어. 어쨌든 변화인 셈이지. 그건 영원하고 무한한 단조로움 속에서 하나의 분기점이자 단락이라고 할 수 있어……」

「하지만 이곳의 시간은 무척 빨리 지나가겠지?」 한스 카스토르프가 말했다.

「빠르다고도, 느리다고도 할 수 있지. 맘대로 생각해.」요아힘이 대답했다. 「나로선 도무지 시간이 흘러가지 않는다고 말하고 싶어. 시간이라는 게 전혀 없고, 생활도 마찬가지야. 그래, 이건 생활이 아니야.」그는 머리를 흔들며 말했고, 다시 술잔을 쥐었다.

한스 카스토르프는 이제 얼굴이 불처럼 달아올랐지만, 그도 역시 술을 마셨다. 하지만 몸은 여전히 차가웠고, 사지에는 이상하게 즐거우면서도 다소 고통스러운 불안감이 깃들어 있었다. 말은 몹시 빨라져서 자주 잘못 말하기도 했지만, 이것을 떨쳐 버리는 듯한 손동작을 하면서 그는 계속 말을 했다. 카스토르프는 그렇다 치고, 요아힘 역시 기분이 좋아져 있었다. 그리고 아까 뭐라고 중얼거리며 식탁보를 가볍게 두드리던 숙녀가 갑자기 일어나 나가 버리자, 두 사람의 대화는 더욱 자유롭고 명랑하게 진행되었다. 두 사람은 식사를 하면서 포크로 제스처를 취하기도 하고, 입안에 음식을 넣은 채 잘난 체하는 표정을 짓기도 하였으며, 웃고, 고개를 끄덕이고 어깨를 으쓱거리기도 하고, 음식을 제대로 삼키기도 전에 벌써 말을 이었다. 요아힘은 함부르크 이야기를 듣고 싶어서, 화제를 지금 계획되어 있는 엘베 강 개수(改修) 공사로 돌렸다.

「획기적인 공사야!」한스 카스토르프가 말했다. 「우리나라 해운업 발전에 획기적으로 기여하는 공사야. 이렇게 말해도 결코 지나치지 않아. 시에서는 긴급 임시 지출로 5천만 마르크의 예산을 세웠지. 하지만 우리가 하는 일을 정확하게 알고 있다는 확신에서 한 일이라고 단언할 수 있어.」

그는 엘베 강 개수 공사를 그토록 중요하게 생각하면서도, 금방 그 화제에서 벗어나 다시 요아힘에게 〈이 위〉의 생활과 손님들의 이야기를 더 해달라고 졸랐다. 요아힘도 사촌의 요구에 기꺼이 응했다. 그도 마음이 후련해지도록 이야기를 할 수 있는 게 기뻤던 것이다. 그래서 요아힘은 2~4인승 썰매에 실려 아래로 운반되는 시체 이야기를 되풀이해 말했고, 그것이 사실이라는 점을 다시 한 번 분명하게 확신시켰다. 한스 카스토르프가 다시 웃음보를 터뜨리자 요아힘도 따라 웃었다. 그도 이 웃음을 진심으로 즐기는 것 같았다. 그리고 이러한 흥겨운 웃음을 더욱 조장하기 위해 우스운 이야기를 몇 가지 더 들려주었다. 가령 식사 때 같은 식탁에 앉는 슈퇴어 부인이라는 여자가 있는데, 칸슈타트 출신 음악가의 아내로서 상당히 중환자인 그녀는, 자신이 지금까지 본 여자 중 가장 교양이 없는 여자라고 했다. 그녀는 〈소독〉이라고 할 것을 〈조독〉이라고 말한다. 그것도 매우 진지하게 말이다. 그리고 조수 크로코브스키를 〈파물루스〉라고 부르지 않고 〈포물루스〉라고 부른다.[3] 그렇게 말해도 사람들은 얼굴을 찡그리지 않고 꾹 참고 듣고 있어야 한다. 게다가 그녀는 이 위의 사람들 대부분이 그렇듯 남의 험담을 잘한다는 것이다. 일티스라는 부인이 〈단칼〉을 지니고 다닌다는 얘기를 하며, 「〈단도〉를 〈단칼〉이라고 하는 데는 정말 어이가 없을 지경이야!」 두 사람은 반쯤 누워 의자의 등받이에 몸을 기댄 채, 몸이 떨리면서 거의 동시에 딸꾹질을 하게 될 정도로 너무 많이 웃었다.

그러는 사이에 요아힘은 왠지 슬퍼하더니 자신의 운명을

3 조수는 라틴어로 〈파물루스〉이다.

하소연했다.

「그래, 우리가 지금 여기에 앉아 웃고 있지만.」 그는 고통스러운 표정을 지었으며, 횡격막의 진동으로 이따금씩 말을 중단해야 했다. 「내가 언제 이곳을 빠져나갈 수 있을지 전혀 예측할 수 없어. 베렌스가 아직도 반년이 남았다고 말한다면 그것은 빠듯하게 계산한 거니까, 그보다 더 오래 있을 것을 각오해야 해. 그거야말로 괴로운 일이지. 내가 얼마나 슬픈지 좀 생각해 줘. 나는 이미 채용되었으니 다음 달이면 장교 시험을 볼 수 있는데, 그런데도 입에 체온계나 물고 이렇게 빈둥거리며, 교양 없는 슈퇴어 부인의 과실이나 계산하면서 시간을 낭비하고 있으니 말이야. 우리 나이에 1년이란 세월은 굉장한 거야. 저 아래에서의 생활이었다면 수많은 변화와 진보를 가져왔겠지. 그런데도 나는 여기서 웅덩이에 고인 물처럼 이렇게 정지해 있어야 하다니. 그래, 바로 웅덩이의 썩은 물처럼 말이야. 이건 결코 심한 비유가 아니야……」

이상하게도 한스 카스토르프는 이 말에는 대답하지 않고, 여기서도 영국제 흑맥주를 마실 수 있는지 물었다. 요아힘이 약간 놀라서 쳐다보니 그는 막 잠들려고 하고 있었다. 아니, 실은 벌써 잠들어 있었다. 「아니, 자고 있잖아!」 요아힘이 말했다. 「자, 가자, 잠자리에 들 시간이야, 우리 둘 다 말이야.」

「시간이란 결코 없는 것이잖아.」 한스 카스토르프는 잘 돌지 않는 무거운 혀로 말했다. 그는 약간 허리를 굽히고 뻣뻣한 다리로 사촌과 함께 걷고 있었는데, 너무 피곤해서 말 그대로 바닥에 쓰러진 사람 같았다. 그렇지만 흐릿한 등이 비추는 홀에서 요아힘이 〈저기 크로코브스키가 앉아 있구나. 얼른 소개해 줄게〉라고 하는 소리를 듣고는, 억지로 정신을 가다듬었다.

크로코브스키 박사는 담화실의 난로 옆, 열린 미닫이 문 바로 옆에 앉아 신문을 읽고 있었다. 그곳은 담화실에서 개 중 밝은 곳이었다. 그는 두 젊은이가 자기 쪽으로 다가오는 것을 보고 일어섰다. 요아힘은 군대식 차렷 자세를 취하며 말했다.

「박사님, 함부르크 출신인 제 사촌 카스토르프를 소개하 겠습니다. 이제 막 도착했습니다.」

크로코브스키 박사는 새로 온 친구에게 명랑하고 씩씩하 며 무언가 고무하는 듯한 늠름한 태도로 환영 인사를 했다. 이러한 태도는 자신을 대할 때 체면 같은 것은 필요 없고, 오 로지 기쁜 마음으로 신뢰만 하면 된다고 암시하는 것 같았 다. 그는 서른다섯 살 정도로 보이지만, 어깨가 떡 벌어지고 뚱뚱하며, 자기 앞에 서 있는 두 사람보다 키가 훨씬 작았다. 그래서 이들의 얼굴을 보려면 머리를 비스듬히 뒤로 젖혀야 했다. 그리고 혈색이 유난히도 안 좋아 속이 들여다보이듯, 그러니까 어둠 속에서 빛을 발하듯 창백했다. 검게 빛나는 눈, 검은 눈썹, 양쪽으로 뾰족하게 나누어진 상당히 긴 검은 수염 때문에 창백함이 두드러져 보였다. 수염은 볼을 뒤덮었 고, 얼굴에는 이미 흰 수염이 몇 가닥 보였다. 그는 단추가 두 줄로 달린, 이미 좀 낡은 검은 콤비 양복을 입고 있었고, 두꺼운 회색 털양말에 작은 구멍이 있는 샌들 모양의 검은 단화를 신고, 부드럽게 뒤로 젖힌 목 칼라를 하고 있었다. 한 스 카스토르프는 지금까지 단 한 번 단치히의 사진사가 그 런 칼라를 한 것을 본 적이 있었는데, 그 칼라는 정말이지 크 로코브스키 박사에게 아틀리에의 사진사와 같은 풍모를 주었다. 크로코브스키 박사는 수염 사이로 누르스름한 이가 드러나 보일 정도로 정답게 미소 지으며, 젊은 카스토르프의 손을 잡고 흔들었다. 그러면서 바리톤의 목소리와 외국인이 말하듯 어딘가 질질 끄는 어조로 말했다.

「잘 오셨습니다, 카스토르프 씨! 빨리 이곳 환경에 익숙해져서 우리들과 더불어 즐겁게 지내시기 바랍니다. 실례되는 질문이지만 이곳에는 환자로서 오신 거겠죠?」

한스 카스토르프가 예의를 지키면서 졸음을 이기려 애쓰는 모습은 참으로 인상적이었다. 그는 예의 바르지 못한 자신의 모습에 화가 났고, 젊은이들이 흔히 지닌 남을 믿지 못하는 자의식으로 조수 의사의 미소며 고무적인 태도를 관대한 조소의 표시로 느꼈다. 그는 3주 예정으로 왔다고 했고, 자기가 여기 오기 전에 치렀던 시험에 대해서도 언급했으며, 또 자신은 다행스럽게도 아주 건강하다고 덧붙였다.

「정말이오?」 크로코브스키 박사는 비웃듯이 머리를 비스듬하게 앞으로 내밀고 미소를 띠며 물었다…… 「그렇다면 당신은 무척 연구할 가치가 있는 분이시군요! 나는 아직 완벽할 정도로 건강한 사람을 만나 본 적이 없거든요. 실례되는 질문이지만 무슨 시험을 치렀나요?」

「저는 엔지니어입니다, 박사님.」 한스 카스토르프는 겸손하면서도 기품 있게 대답했다.

「아, 엔지니어시군요!」 그러자 크로코브스키 박사의 미소가 어느새 사라지고, 순간 힘과 다정함도 약간 잃었다. 「좋습니다. 그렇다면 여기서는 어떠한 종류의 진료도 받지 않으시는 거죠? 육체적인 면에서나 정신적인 면에서나.」

「네, 그렇습니다. 너무나 감사하게도요!」 한스 카스토르프는 이렇게 말하면서 하마터면 거의 한 걸음 뒤로 물러설 뻔했다.

이때 크로코브스키 박사가 다시 의기양양하게 미소 지었다. 그리고 새삼스럽게 젊은이와 또다시 악수를 나누고는 큰 소리로 말했다.

「자, 그럼 편히 주무십시오, 카스토르프 씨. 당신의 그 완전무결한 건강을 만끽하십시오! 편히 주무시고, 또 뵙겠습니다!」 이로써 그는 젊은이들을 떠나보내고, 자신은 다시 신문을 읽기 시작했다.

엘리베이터는 이미 운행이 정지되었다. 그래서 두 사람은 걸어서 계단을 올라갔는데, 둘 다 크로코브스키 박사와의 대면으로 마음이 좀 심란해져 서로 말이 없었다. 요아힘은 한스 카스토르프를 34호실로 바래다주었다. 방에는 그 절름발이 남자가 가져다 놓은 새로 온 손님의 짐이 제대로 놓여 있었다. 두 사람은 15분가량 더 잡담을 나누었다. 그러는 동안 한스 카스토르프는 짐 속에서 잠옷과 세면도구를 꺼내고, 굵고 순한 담배를 피웠다. 그는 오늘따라 여송연이 당기지 않았는데, 그것이 아주 이상하게 느껴졌다.

「그 양반 아주 걸물인 것 같던데.」 한스 카스토르프는 빨아들인 담배 연기를 말과 함께 내뿜었다. 「얼굴이 밀랍처럼 창백하더라. 그런데 신고 있던 신발과 양말 말이야. 그건 너무했어. 회색 털양말에 그런 샌들이라니. 그 양반 나중에 기분이 상한 게 아닐까?」

「그는 좀 민감한 편이지.」 요아힘도 인정했다. 「그의 치료를 딱 잘라 거절하는 건 아니었어. 적어도 그의 정신 치료는 말이야. 그것을 거절당하면 그는 별로 좋아하지 않아. 나도 그와 상담을 별로 하지 않아서, 내게도 특별히 할 말이 없을 거야. 하지만 가끔 그에게 꿈 이야기를 하는 것으로 정신 분석 자료를 제공하고 있어.」

「아, 그렇다면 내가 그의 기분을 상하게 했구나.」한스 카스토르프는 개운치 않은 표정으로 말했다. 남의 기분을 상하게 한 자신이 불쾌했기 때문이었다. 그러자 한층 더 피로감이 몰려왔다.

「잘 자.」그가 말했다. 「난 이부자리에 쓰러져야겠어.」

「8시에 아침 식사하러 갈 때 데리러 올게.」요아힘은 이렇게 말하고 나갔다.

한스 카스토르프는 잘 준비를 빨리 마쳤다. 침대 옆 테이블의 전등을 끄자마자 잠이 쏟아졌다. 그런데 그저께 이 침대에서 누가 죽었다는 것이 생각나자 다시 한 번 놀라 눈을 번쩍 떴다. 「처음은 아닐 텐데, 뭘.」그는 안심시키듯이 자신에게 말했다. 「그냥 임종의 침대, 흔한 임종의 침대일 뿐이야.」 그리고 잠이 들었다.

하지만 잠들자마자 꿈을 꾸기 시작해서, 다음 날 아침까지 거의 줄곧 꿈을 꾸었다. 꿈에서 주로 요아힘 침셴을 보았는데, 그가 특이하게 사지를 비튼 자세로 2~4인승 썰매에 묶인 채 경사가 심한 길을 내려가는 것이었다. 그는 크로코브스키 박사처럼 인광(燐光)을 발하는 창백한 모습이었다. 썰매는 앞에 앉은 아마추어 기수가 조종하고 있었다. 단지 기침 소리만 들었을 뿐인 인물이었기에 그는 무척 흐릿하게 보였다. 「우리에겐 어떻든 매한가지야. 이 위의 우리에게는.」손발이 비틀린 요아힘이 말했다. 그런데 죽같이 걸쭉하고 소름끼치는 기침을 한 사람은 아마추어 기수가 아니라

바로 요아힘 자신이었다. 그 때문에 한스 카스토르프는 슬
피 울지 않을 수 없었으며, 약국으로 달려가 콜드크림을 사
와야겠다고 생각했다. 그런데 뾰족한 입을 한 일티스 부인
이 길가에 앉아 손에 무언가를 쥐고 있었다. 분명 그녀가 말
하는 〈단칼〉인 것 같았으나, 그건 다름 아닌 안전면도기였
다. 그것을 보고 한스 카스토르프는 또다시 웃지 않을 수 없
었다. 이렇게 한스 카스토르프는, 반쯤 열린 발코니 문으로
아침 햇살이 들어와 그를 깨울 때까지 이런저런 갖가지 감
정 사이를 헤매었다.

제2장

세례반(洗禮盤)과 두 얼굴의 할아버지에 관하여

한스 카스토르프는 자신의 집안에 관해서는 희미한 기억 밖에 없었다. 아버지와 어머니에 대해서는 거의 아는 게 없었다. 부모님은 그가 다섯 살과 일곱 살이 되던 해 짧은 간격을 두고 세상을 떠났다. 먼저 어머니가 돌아가셨는데, 정말 뜻밖의 죽음이었다. 어머니는 해산을 앞두고 정맥염으로 인한 혈관 폐색증으로 사망했던 것이다. 하이데킨트 박사의 표현을 빌리면 순간적으로 심장마비를 일으키는 색전증(塞栓症)에 의한 사망이었다. 어머니는 침대에 앉아서 웃고 있었는데, 너무 웃다가 침대에서 굴러떨어진 것 같았지만, 사실은 죽어서 굴러떨어진 것이었다. 아버지 한스 헤르만 카스토르프에게는 쉽게 납득하기 힘든 일이었다. 아버지는 어머니를 진심으로 사랑했고 그 자신도 그렇게 강한 체질이 아니었기 때문에, 이러한 충격을 견뎌 낼 수 없었다. 그 이후로 그는 정신이 혼미해지고 쇠약해졌으며, 그러한 온전치 않은 정신 상태로 사업상의 실수들을 저질러 〈카스토르프 부자(父子) 상회〉는 심각한 손실을 입게 되었다. 그 2년 뒤 봄에 그는 바람이 심한 부둣가에서 창고 검사를 하다가 폐렴에 걸렸다. 그때 손상을 입은 심장이 높은 열을 견디지 못해, 하이데킨트 박사가 온갖 정성을 기울였음에도 불구하고 그는 그만 닷새 만에 죽어 버렸다. 그는 많은 시민들이 참가한 장례식의 행렬 속에서, 아내의 뒤를 따라 성 카타리나 교회와 식물원이 내려다보이는 카스토르프 가문 대대의 아름다운 묘지에 묻혔다.

시의회 의원이던 할아버지는 비록 얼마 되지 않는 짧은 기간이었지만 아들보다 더 오래 살았다. 할아버지 한스 로렌츠 카스토르프 역시 폐렴에 걸렸지만, 할아버지는 아들과는 달리 생명력이 강하고 삶에 깊이 뿌리를 박고 있는 체질이었기 때문에 끈질긴 투쟁과 고통 속에서 죽었다. 불과 1년 반에 불과한 이 기간 동안, 고아가 된 한스 카스토르프는 할아버지의 집에서 지냈다. 19세기 초에 지은 것으로, 좁은 대지에 북방식의 고전주의적 취향으로 지은 집이었다. 정면이 큰 광장 쪽을 바라보고 있었고 우중충한 색으로 칠해져 있었다. 지면에서 다섯 계단을 밟아 1층의 중앙 입구에 이르면 출입문 좌우에 반원주(半圓柱)가 여러 개 있었고, 바닥에까지 이르는 2층의 창문들에는 쇠를 주조하여 만든 창살이 달려 있었다. 이 2층 위로 층이 두 개 더 있었다.

이곳 2층은 전부 응접실로 꾸며져 있었는데, 그 안에 석고를 세공해 장식한 밝은 식당이 있었다. 이 식당의 창 세 개는 뒤쪽 정원을 향했고 붉은 색깔의 커튼이 드리워져 있었다. 할아버지와 손자는 이곳에서 18개월 동안 매일 오후 4시에 점심을 먹었고, 식사를 하는 동안에는 피에테 노인이 시중을 들었다. 그 노인은 귀걸이를 하고 은 단추가 달린 프록코트를 입고서 주인과 똑같은 고급 삼베 목도리를 두르고 있었고, 그 속에 말쑥하게 면도한 턱을 주인과 완전히 같은 방식으로 파묻고 있었다. 할아버지는 저지(低地) 독일어로 그와 말을 나누면서 〈자네〉라는 호칭을 사용했다. 이는 농담이 아니라 — 할아버지에게는 유머가 없었다 — 진정으로 하는 말이었다. 할아버지는 대체로 서민들, 가령 창고 인부와 우편집배원, 마부, 하인들에게 그렇게 대했기 때문이다. 한스 카스토르프는 그 말을 듣는 것을 좋아했다. 그리고 피에테 노인 역시 저지 독일어로 대답하는 말을 듣는 것도 무척 좋아했다. 피에테 노인은 시중을 들면서 주인의 왼쪽 뒤에서 오른쪽으로 허리를 구부리고 오른쪽 귀에 대고 말했다. 시의원의 오른쪽 귀가 왼쪽 귀보다 훨씬 더 잘 들렸기 때문이다. 할아버지는 피에테 노인의 말을 알아듣고는 고개를 끄덕이며, 마호가니로 만든 높은 팔걸이의자와 식탁 사이에 매우 단정한 자세로 앉아, 접시 위로 거의 몸을 굽히지 않고 계속 식사를 했다. 손자 한스 카스토르프는 말없이 할아버지 맞은편에 앉아 그의 면밀하고 세련된 동작을 무관심한 체하면서 주의 깊게 바라보았다. 할아버지는 희고 아름다우며 가냘프고 늙은 손의 오른쪽 집게손가락에 녹색의 문장(紋章)이 들어 있는 반지를 끼고 있었다. 손톱은 끝이 뾰족하고 둥그스름했다. 그는 고기와 야채, 감자를 한 입씩 포크 끝에 집고서 머리를 살짝 그쪽으로 기울여 입으로 가져갔다. 한스 카스토르프는 아직 서툰 자신의 손을 바라보면서, 언젠가는 자신도 할아버지처럼 그 손으로 나이프와 포크를 쥐고 그것을 움직일 수 있는 날이 오리라고 느꼈다.

또 하나의 문제는 그도 언젠가 할아버지가 두른 목도리 같은 것에 턱을 파묻게 될 것인가 하는 거였다. 그것의 뾰족한 끝은 할아버지 뺨을 스치고 있었고 또 이상야릇한 모양의 칼라는 널찍하게 벌어진 목도리 받침과도 같았다. 그렇게 되려면 할아버지처럼 나이가 많아야 하는데 지금도 이미 할아버지와 피에테 노인을 제외하고는 그런 목도리 받침과 칼라를 하는 사람은 어디에도 없었기 때문이다. 유감스러운 일이었다. 할아버지가 눈처럼 하얗고 기다란 목도리 받침에 턱을 파묻고 있는 모습이 어린 한스 카스토르프는 유달리 마음에 들었기 때문이다. 그가 성인이 된 뒤 돌이켜 본 추억 속에서도 그 모습은 특히 마음에 들었다. 거기에는 심금을 울리는 그 무엇이 깃들어 있었다.

할아버지와 손자는 식사를 마친 후 냅킨을 접어 말아서 은고리에 끼워 놓는데, 냅킨이 작은 식탁보만큼이나 커서 당시의 어린 한스 카스토르프에게는 이 일이 그리 쉽지 않았다. 일이 끝나고 피에테 노인이 뒤에서 의자를 끌어당겨 주면 할아버지는 자리에서 일어나 발을 질질 끌면서 자신이 애용하는 여송연을 가지러 〈작은 방〉으로 건너갔다. 가끔씩 손자도 할아버지를 따라갔다.

이 〈작은 방〉이 생긴 연유는 다음과 같다. 즉 식당에 창을 세 개나 내는 바람에 공간을 너무 많이 차지해서, 이런 형태의 집에 흔히 그렇듯 응접실을 세 개 만들지 못하고 두 개만 만들게 되었다. 하지만 그 두 개의 응접실 중 식당과 직각으로 있는 응접실은 거리에 면한 창이 하나밖에 없어서, 심하게 밖으로 튀어나온 모양새였다. 그래서 그 길이의 4분의 1 정도를 잘라 그것을 〈작은 방〉으로 만들었던 것이다. 지붕을 통해 빛이 들어오게 되어 있는 이 좁고 어두침침한 공간에는 가구도 별로 놓여 있지 않았다. 거기엔 시의원의 여송연 상자를 얹어 놓은 찬장 하나와, 서랍에 매력적인 물건들이 들어 있는 게임용 테이블이 하나 있을 뿐이었다. 휘스트 놀이[4]용 카드, 셈 패, 탁 소리 내며 펴지는 작은 톱니가 있는 기호판, 석필과 석판, 종이로 된 담배 파이프 및 여타의 물건들이 그 안에 들어 있었다. 또 한쪽 구석에는 자단(紫檀) 목재로 만든 로코코 양식의 유리장이 놓여 있었고, 유리장 뒤에는 누런 비단 커튼이 팽팽하게 쳐져 있었다.

어린 한스 카스토르프는 이 작은 방에 들어가면 까치발을 하고서 낑낑대며 노인의 귀에다 대고 말했다. 「할아버지. 세례반 좀 보여 주세요!」

할아버지는 손자가 조르기도 전에 부드럽고 기다란 프록코트의 옷자락을 바지 위로 걷어 올리고 주머니에서 열쇠 뭉치를 꺼내 유리장을 열었다. 그러면 그 안에서 이상하게도 기분 좋고 묘한 향내가 소년에게 풍겨 나왔다. 유리장 안에는 이젠 사용하지 않는, 그러나 그 때문에 더욱 매력을 끄는 물건들이 보관되어 있었다. 자루가 휘어진 은 촛대 한 쌍, 여러 문양이 새겨진 나무 상자 속에 든 부서진 기압계, 다게르 금속판 사진술[5]로 찍은 앨범, 히말라야 삼나무 목재로 만든 화주(火酒) 술통, 오색 비단옷을 입은 작은 터키 인형 같은 것들이 들어 있었다. 그 인형의 아래 부분을 세게 만지면 몸속에 든 톱니바퀴 장치가 움직여 책상 위를 달렸으나 오

4 트럼프 놀이의 일종으로 브리지 게임의 원조.
5 다게르Louis Daguerre(1787~1851)가 1839년에 발명한 금속판 사진술.

래전에 고장이 나 이젠 움직이지 않았다. 또 고풍스러운 배의 모형이 있었고, 맨 아래에는 쥐덫까지 들어 있었다. 하지만 노인은 유리장의 중간층에서 은제 쟁반에 얹혀 있는, 심하게 색이 바랜 둥근 은반(銀盤)인 세례반을 꺼내서는 소년에게 보여 주었다. 그는 두 물건을 따로 떼어서 하나씩 이리저리 돌리면서 이미 여러 번 했던 설명을 되풀이했다.

세례반과 쟁반은 지금 소년이 새롭게 들은 바대로 원래 한세트가 아니었다. 이는 한눈으로 보아 알 수 있었다. 하지만 할아버지의 말에 따르면 이 두 물건은 약 1백 년 동안, 그러니까 세례반을 구입하던 때부터 함께 사용되어 왔다. 세례반은 19세기 초의 엄격한 취향으로 만들어져 있었는데 단순하고 고상한 모양의 아름다운 은반이었다. 표면은 매끄럽고 중후한 느낌을 주었고, 하단에는 둥근 발판이 달렸고, 내부에는 금박이 입혀져 있었다. 하지만 내부의 금박은 오랜 세월이 지나 누르스름한 빛으로 퇴색해 있었다. 유일한 장식으로 장미꽃과 톱니 모양의 꽃잎이 배합된 고상한 화환이 위쪽 테두리를 둘러싸고 있었다. 한편 쟁반은 세례반보다 훨씬 더 오래된 것임을 내부에 새겨진 숫자로도 알 수 있었다. 거기에는 〈1650〉이라는 연호(年號)가 여러 가지 무늬로 새겨져 있었고, 또 형형색색 물결 모양으로 조각된 무늬가 그 연호를 에워싸고 있었다. 이것엔 과도하게 자유분방한 당시의 〈현대적인 수법〉이 사용되었는데, 문장(紋章)과 아라베스크 도안은 별처럼 보이기도 하고 꽃처럼 보이기도 했다. 쟁반의 뒷부분에는 오랜 세월이 흐르는 동안 이 물건을 소유한 가장(家長)의 이름을 각기 다른 서체로 새겨, 벌써 일곱 명의 이름이 있었고, 세례반을 상속받은 연호도 표시되어 있었다. 목도리를 두른 노인은 손자에게 반지를 낀 집게손가락으로 그 이름을 하나하나 가리키며 알려 주었다. 거기엔 아버지의 이름이 있었고, 할아버지 자신과 증조부의 이름도 있었다. 그러다가 할아버지의 입에서 나오는 〈증(曾)〉이라는 접두어가 두 개가 되고, 세 개가 되고, 네 개가 되었다. 그러자 소년은 머리를 기울이고 깊은 생각에 잠긴, 또는 멍하니 꿈을 꾸는 듯한 눈으로, 졸리면서도 경건한 입 모양을 하고서 〈증-증-증-증〉이라는 음에 귀를 기울였다. 이것은 무덤과 시간의 매몰을 의미하는 어두운 음이었지만, 이와 동시에 현재의 소년 자신의 삶과 깊이 파묻혀 버린 과거 사이의 경건한 관계를 나타내 주어, 소년에게 아주 특이한 인상을 남겼다. 그래서 소년은 그런 얼굴 표정을 지었던 것이다. 소년은 이 음을 듣고 있으면 곰팡내 나는 차가운 공기, 카타리나 교회나 미하엘 교회 지하 납골당의 공기를 마시는 것 같았다. 그리고 우리가 성스러운 장소에 가면 느끼는 기분, 즉 모자를 손에 들고 발끝으로 경건하게 발걸음을 옮기게 되는 성스러운 장소의 입김을 느끼는 것 같은 기분이 들었다. 또 발소리가 쾅쾅 울리는 장소의 적막하고 평화로운 정적 소리를 듣는 기분이었다. 이러한 〈증〉이라는 공허한 음이 울리는 가운데 종교적인 느낌이 죽음과 역사의 느낌과 섞이게 되었다. 그런데 이모든 것이 소년을 뭐랄까 아주 기분 좋게 해주었다. 소년이 그 세례반을 자꾸 보여 달라고 졸랐던 것도 그 음 때문이며, 그 음을 듣고 따라 말하고 싶었던 까닭이었다.

그런 다음 할아버지는 세례반을 쟁반 위에 다시 얹고는 연한 금색의 매끄러운 내부를 보여 주었다. 움푹한 내부는 천장 유리창에서 들어오는 빛을 받아 희미하게 빛나고 있었다.

「이제 곧 8년이 되는구나.」 할아버지가 말했다. 「우리가 너를 이 위로 들어 올리고, 너의 몸을 씻긴 세례수(洗禮水)가 이 안으로 흘러 들어간 뒤로 말이야⋯⋯. 성 야곱 교회의 집사 라센이 우리의 훌륭하신 부겐하겐 목사의 손바닥에 물을 부었지. 그리고 그 손바닥의 물이 네 머리를 지나 이 은반 안으로 흘러 들어갔던 거야. 우리는 네가 놀라서 울지 않도록 물을 미리 데워 놓았단다. 그런데 그렇게 되질 않았지. 너는 물을 붓기도 전에 미리 마구 울어 대서 부겐하겐 목사가 설교하는 데 무척 힘이 들었어. 그러다가 막상 물을 부을 때가 되자 울음을 뚝 그치더구나. 이걸 보고 우린 네가 세례 성사(聖事)에 경의를 표하고 있구나라고 생각했지. 그리고 이제 며칠만 있으면 죽은 네 아버지가 세례를 받으면서 머리에서 흐른 물이 이 안으로 흘러 들어간 지 44년째가 되는구나. 그때는 네 아버지가 태어난 이 집에서, 바로 저쪽 홀의 중간 창문 앞에서 했었지. 당시 꽤 연로하신 헤제키엘 목사가 여전히 살아 계셔서 네 아버지의 세례를 맡으셨지. 그 목사는 프랑스 군인들의 약탈과 방화를 비난하는 설교를 했다가 하마터면 총살당할 뻔했단다. 그분도 벌써 오래, 아주 오래전에 하느님 곁으로 돌아가셨지. 그리고 75년 전에는 나도 역시 저쪽 홀에서 세례를 받았단다. 이 쟁반 위에 놓여 있는 세례반 위에 머리를 내밀고 말이야. 목사는 너와 네 아버지 때와 똑같은 세례의 말씀을 하셨어. 그리고 따뜻하고 맑은 물이 마찬가지로 내 머리에서 (당시에 내 머리카락은 지금 남아 있는 것보다 그리 많지 않았지) 이 금색 은반 안으로 흘러 들어갔단다.」

소년은 할아버지가 앞서 들려준 것처럼 흘러간 과거와 마찬가지로 다시 세례반 위에 머리를 기울이고 있는 할아버지의 홀쭉한 백발을 쳐다보고는, 옛날에 이미 경험해 본 적이 있다는 느낌이 들었다. 아주 이상야릇한 감정으로, 반쯤은 꿈꾸는 듯하고 반쯤은 마음이 불안했다. 그것은 계속 되풀이되면서도 현기증이 일어날 정도로 단조로워서, 나아가는 것 같으면서도 제자리에 정지해 있고 또 변하면서도 그대로 머물러 있는 것 같았다. 이것은 지금까지 소년이 세례반을 볼 때마다 느낀 친숙한 감정으로, 다시 그러한 기분을 느끼기를 기대하고 바랐던 감정이었다. 정지해 있으면서도 변화하고 있는 조상 전래로 내려오는 이 유품을 그렇게도 보고 싶었던 것은 이러한 기분에 잠기고 싶었기 때문이다.

나중에 청년이 된 그는 곰곰이 생각한 끝에 할아버지의 모습이 양친의 모습보다 훨씬 더 깊고, 선명하며, 의미심장하게 마음속에 새겨져 있음을 알게 되었다. 이는 손자와 할아버지 사이의 공감과 특수한 신체적 동질성에서 비롯된 것 같았다. 홍안의 소년이 핏기 없고 몸이 굳은 70대 노인과 비슷하다면, 이 손자는 할아버지를 닮은 것이 틀림없기 때문이다. 하지만 무엇보다도 할아버지에 대해 이렇게 말할 수 있었던 것은 그가 의심의 여지없이 카스토르프 가문에서 그림처럼 아름다운 인물, 즉 가문을 대표하는 전형적인 인물이었기 때문이다.

일반적인 의미로 말하자면, 한스 로렌츠 카스토르프의 본질이나 사고방식은 이미 그가 죽기 오래전부터 시대의 흐름에 뒤처져 있었다. 그는 표준적인 그리스도교 신사로, 엄격하고 보수적인 성향을 띠고 있는 개혁적인 칼뱅파 교단 소속으로서 정치에 참여할 수 있는 계층을 상류층에만 국한해야 한다는 완고한 생각을 지니고 있었다. 그는 마치 14세기에 사는 사람처럼 새로운 것을 전혀 받아들이려 하지 않았다. 14세기는 그 옛날부터 자유롭게 활동했던 세습 귀족의 집요한 저항에 맞서 장인 조합원들이 시의회에서 의석과 발언권을 쟁취하기 시작한 때였다. 그는 사회 전반에 걸쳐 급격한 비약과 다양한 변혁이 일어나던 시대에 활약했다. 그때는 공적인 희생정신과 모험심에 끊임없이 높은 요구가 가해진 비약적 진보의 시대였다. 이러한 새 시대의 정신이 누구나 다 알 수 있을 정도의 빛나는 승리를 거두었어도 여기에 카스토르프 노인은 조금도 관심을 보이지 않았다. 그는 위험천만한 항만 확장 사업이나 벌 받아 마땅한 대도시 건설 계획보다는 조상대대로의 풍습과 옛날 그대로의 제도를 더욱 중시하고, 될 수 있는 한 변혁을 저지하고 억압하려고 했다. 만약 그의 뜻대로 되었다면 오늘날에도 시의 행정은 당시 그 자신의 사무실 분위기처럼 목가적이고 고풍스러운 상태에 머물러 있었을 것이다.

노인은 살아 있을 때뿐 아니라 죽은 뒤에도 시민들의 눈에 그러한 인물로 비쳤다. 어린 한스 카스토르프도 국가적인 문제에 관해서는 아직 아무것도 알지 못했지만, 조용히 사물을 관조하는 소년의 눈은 본질적으로 시민들과 같은 시각이었다. 그것은 말로 표현되지 않은, 따라서 무비판적인 관찰이었고, 오히려 신선하다고 할 수 있는 관찰이었다. 그렇지만 훗날 의식적으로 회고해 볼 때 이에는 말과 분석을 싫어하고 오로지 긍정하려고만 하는 성질이 간직되어 있었다. 앞에서도 말한 바와 같이, 여기에는 공감이 작용하고 있었다. 즉 한 세대를 뛰어넘는 격세 유전적 연대감과 천성이 비슷하다는 유사성이 작용했는데, 이것은 결코 드문 일은 아니었다. 아들과 손사는 할아버지를 관찰하고 감탄하면서 유전적으로 자기들 내부에 구상되어 있는 것을 습득하고 그것을 완성해 나갔다.

시의원 카스토르프는 여위고 키가 큰 노인이었다. 고령으로 등과 목이 굽어 있었지만, 그는 이렇게 굽은 것에 저항하며 바로 펴보려고 하였다. 그래서 입술이 더 이상 이에 지탱되지 못하고 바로 잇몸에 밀착되어 있었지만(그는 식사할 때만 의치를 착용했기 때문이다), 위엄을 갖추려 입을 힘겹게 아래로 끌어당겼다. 그리고 머리가 흔들리기 시작하는 것을 막으려고 엄숙하게 몸을 곧추세우고 턱을 앞으로 기울여 끌어당기는 자세를 취했는데, 어린 한스 카스토르프는 이런 할아버지의 자세가 마음에 꼭 들었다.

할아버지는 코담배 상자를 좋아했다. 그것은 별갑(鱉甲)[6]에 금을 박아 넣은 길쭉한 상자였다. 이런 이유로 할아버지는 붉은 손수건을 이용했는데, 손수건의 끄트머리가 그의 프록코트 뒷주머니에 나와 있곤 했다. 이것은 그의 외모에서 익살스러움을 느끼게 하는 약점이었지만, 이는 어디까지나 노인들의 특권이자 노인들의 단정치 못한 버릇이라는 인상을 심어 주었다. 노인들이란 나이가 들면 의식적으로 호의적 태도에서 이런 일을 하거나, 아니면 자기도 모르게 그러기도 하는 것이다. 아무튼 이것은 한스 카스토르프의 순진하고도 날카로운 눈이 할아버지의 모습에서 포착할 수 있었던 유일한 약점이었다. 하지만 일곱 살짜리 소년에게나 또 훗날 성인이 된 다음 추억 속에 나타나는 노인의 일상적

6 붉은 바다거북의 말린 등딱지.

53

인 모습은 할아버지의 진짜 모습이 아니었다. 실제로는 그 모습보다 훨씬 더 멋지고 공명정대해 보였다. 즉 실물 크기로 그려진 초상화에서의 모습이 그의 진짜 모습이었다. 이 초상화는 원래 양친의 거실에 걸려 있었는데, 나중에 어린 한스 카스토르프와 함께 커다란 광장 앞의 할아버지의 집으로 옮겨져, 그곳 응접실에 있는 커다랗고 붉은 비단 소파 위에 걸리게 되었다.

초상화 속 한스 로렌츠 카스토르프는 시 의원 제복을 입고 있었다. 이 복장은 이미 지나간 세기의 진지하고 경건한 시민 복장으로, 중후하면서도 과감한 한 공공 단체가 물려받아 오랜 세월에 걸쳐 화려하게 사용해 왔던 것이다. 그 목적은 의식을 통해 과거를 현재로 만들고 또 현재를 과거로 만들면서, 사물의 끊임없는 연관성과 사업상의 서명(署名)이 지닌 근엄한 확실성을 알리기 위한 것이었다. 시 의원 카스토르프는 붉은 타일을 깐 바닥 위에 전신을 보이면서 기둥과 고딕식 아치를 배경으로 서 있었다. 턱과 입을 아래로 끌어당기고 눈물주머니에 눈물이 고인 채, 생각에 잠긴 듯한 푸른 눈으로 저 아래 먼 곳을 바라보고 있었다. 그는 무릎까지 내려오는 법복 같은 검은 외투를 입고 있었는데, 앞쪽이 트여 있었으며 소매 가장자리와 옷단은 모피로 넓게 장식되어 있었다. 레이스를 단 널찍한 겉옷 소매가 부풀어 올라 있었으며, 그 아래로 평범한 천으로 된 보다 좁은 속옷 소매가 튀어나왔고, 소맷부리의 주름 장식이 손목까지 덮여 있었다. 노인의 날씬한 다리는 검은 비단 양말에 감싸였고, 발에는 은으로 된 버클이 달린 신발이 신겨 있었다. 하지만 목에는 풀을 빳빳이 먹이고 여러 번 주름을 잡은 접시 모양의 널따란 목도리를 두르고 있었다. 그것은 앞은 밑으로 내려오고, 좌우는 위로 젖혀져 있었으며, 그 밑으로 주름이 많이 잡힌 삼베 장식이 조끼 위 가슴 부분에 드리워져 있었다. 팔 밑에 차양이 넓은 고풍스러운 모자를 끼고 있었는데, 그 모자의 머리 부분은 위로 올라갈수록 좁아졌다.

이 초상화는 유명한 화가가 그린 뛰어난 그림이었고, 모델에 흡사하게 고대 거장다운 솜씨로 그린 고상한 취향의 그림이었다. 그리고 보는 사람으로 하여금 스페인풍, 네덜란드풍, 후기 중세풍의 갖가지 인상을 불러일으켰다. 어린 한스 카스토르프는 이 그림을 자주 들여다보았다. 물론 아직 그림을 보는 눈은 없었지만 그래도 모종의 좀 더 일반적인 이해력과 심지어 투시력을 가지고 바라보았다. 비록 소년이 화폭에 묘사된 할아버지의 모습을 실제로 본 것은, 할아버지가 마차를 타고 위풍당당하게 시청으로 갈 때 딱 한 번 그것도 잠시에 불과했지만, 그래도 소년은 앞서 말한 것처럼 그 초상화에 나타난 이러한 모습이 할아버지의 진짜 모습이고, 매일 보았던 할아버지는 말하자면 가짜 할아버지, 임시로 다만 불완전하게 세상에 적응하고 있는 할아버지라 느끼지 않을 수 없었다. 할아버지의 평상시의 모습이 이렇게 이상하고 특이한 것은 분명 그렇게 불완전하게, 어쩌면 좀 미숙하게 적응한 결과일지도 모른다. 그것은 그의 순수하고 진실한 모습을 암시하는 도저히 지울 수 없는 잔재라는 생각이 들었다. 물론 고풍스럽고 높은 흰 옷깃은 구식이었다. 하지만 경탄스러울 정도로 멋진 의복, 말하자면 스페인풍의 주름 장식을 이렇게 구식이라고 말하는 것은 당치 않은 일이었다. 고풍스러운 흰 옷깃은 이 주름 장식을 바탕으로 가짜 모습을 이루었기 때문이다. 할아버지가 외출할 때 쓰고 다니던, 지나치게 젖혀진 실크 모자도 이런 가짜 모습에 속하는 것이었다. 반면 그림 속의 차양이 넓은 펠트 모자가 훨씬 더 진짜 모습에 가까웠다. 할아버지의 주름진 기다란 프록코트도 마찬가지로 가짜 모습이었으며, 어린 한스 카스토르프에게는 모피 장식으로 레이스를 두른 법복이 그 프록코트의 원형이자 진짜 모습이라 생각되었다.

어느 날 드디어 할아버지와 영원히 작별할 날이 왔을 때, 소년은 할아버지가 진짜 모습으로, 완전한 자세로 찬란한 빛을 내며 누워 있는 것을 보았으며, 마음속으로 이것이야말로 당연한 일이라고 생각했다. 이곳은 할아버지와 손자가 하루가 멀다 하고 식탁에 마주 앉아 음식을 먹던 바로 그 홀이었다. 이제 홀의 한가운데서 한스 로렌츠 카스토르프는 화환으로 둘러싸이고 에워싸인 관대 위 은으로 장식된 관 속에 누워 있었다. 할아버지는 이 세상의 삶에 아주 잘 적응하고 있는 것처럼 보였음에도 불구하고, 폐렴과 끝까지 싸웠고 그것도 오랫동안 끈질기게 투쟁했다. 그 싸움에서 이겼는지 졌는지는 잘 모르겠지만, 어쨌든 지금은 엄숙하고 평화로운 표정으로 호사스러운 관대 위에 누워 있었다. 투병 생활을 하느라 얼굴이 몰라보게 변했고 코는 뾰족해졌다. 하반신은 이불에 덮여 있었고, 이불에는 종려 가지가 놓여 있었다. 머리는 비단 베개로 높이 받쳐져 있었고, 그 때문에 턱은 화려한 옷깃 장식의 앞 주름 속에 아주 멋진 모습으로 파묻혀 있었다. 소매 끝의 레이스로 반쯤 덮인 양손에는 상아 십자가가 쥐어 있었다. 그 손가락은 묘하게도 자연스러운 모습으로 배열되어 있었지만 차갑게 죽어 있다는 사실을 숨길 수는 없었다. 할아버지는 눈을 내리깔고 조용히 그 십자가를 내려다보고 있는 것 같았다.

할아버지가 마지막으로 병에 걸렸던 초기만 해도 한스 카스토르프는 할아버지를 여러 번 보았으나 병의 막바지에는 전혀 볼 수 없었다. 할아버지가 병마와 싸우는 일이 밤중에 일어나기도 했고, 또 투병하는 모습을 어린아이에게 일체 보여 주지 않으려는 할아버지의 배려에서였다. 그래서 그는 집 안의 답답한 분위기, 피에테 노인의 충혈된 눈, 의사들의 마차 출입 등을 통해 간접적으로 투병 사실을 느꼈을 뿐이다. 소년이 홀에서 할아버지를 보고 느낀 결과를 한마디로 요약하자면, 할아버지가 이 세상에 잠시 적응하였던 모습으로부터 이제 엄숙하게 해방되어 할아버지에게 걸맞은 본래의 모습으로 최종적으로 되돌아갔다는 것이다. 피에테 노인은 울면서 끊임없이 머리를 흔들었고, 한스 카스토르프 자신도 갑작스럽게 돌아가신 어머니나 또 그 어머니를 뒤쫓듯 역시 낯선 모습으로 조용하게 누워 있던 아버지를 보고 울었던 것처럼 눈물을 흘렸지만, 어쨌든 이것은 누구나 수긍할 수 있는 결과였다.

죽음이란 것이 어린 한스 카스토르프의 정신과 감각에 ─ 특히 감각에도 ─ 영향을 미치게 된 것은, 그토록 짧은 기간에 그리고 그토록 어린 나이에 벌써 세 번째로 그것을 경험했기 때문이다. 죽음의 광경이나 또 거기에서 받는 인상이 그에겐 더 이상 새로운 것이 아니라 이미 완전히 친숙해진 것이었다. 비록 처음 두 번은 어린 나이여서 당연히 막연한 슬픔을 보이기도 했지만, 그래도 아주 침착하고 신뢰감 있게 행동하며 결코 불안해하거나 약한 모습을 보이지 않았다.

세 번째인 지금도 마찬가지였고, 오히려 한층 더 의젓한 태도를 보였다. 이런 사건들이 그의 삶에 끼치는 실제적 의미는 전혀 모른 채, 천진난만한 어린이답게 이에 대해 무관심한 태도로, 주위 사람들이 자신에게 이런저런 신경을 써줄 거라 믿고서 그는 양친의 관을 앞에 두고서도 역시 어린이다운 무관심과 사무적인 관심을 보였을 뿐이다. 그러다가 그것이 세 번째가 되고 보니 이 일에 노련한 전문가와 같은 감정과 표정을 보이며, 특이하고도 조숙한 분위기를 띠고 있었다. 부모님을 잃은 충격으로 흐르는 눈물과, 주위 사람들에 의해 전염되어 자주 터져 나오는 눈물은 자연스러운 감정의 발로이므로 그다지 문제될 일은 아니었다. 아버지가 죽고 나서 서너 달쯤 되자 그는 죽음이라는 것을 잊어버렸으나, 이제 기억을 돌이키자니 당시에 받은 모든 인상이 비교할 수 없이 독특한 형태로 다시 또렷하고도 날카롭게 동시에 떠올랐다.

이러한 인상을 말로 풀어서 표현하면 대체로 다음과 같을 것이다. 죽음에는 경건하고 명상적이며 슬프도록 아름다운 속성, 즉 종교적인 속성이 있지만, 이와 동시에 전혀 다른, 이와는 반대되는 속성, 즉 지극히 육체적이고 물질적인 속성도 있는 것이다. 이것은 아름답지도 명상적이지도 경건하지도 않으며 단지 슬프다고 말할 수밖에 없는 속성이다. 엄숙하고 종교적인 속성은 시신을 관대 위에 화려하게 안치해 둔 것에서도 표현되었고, 꽃의 화려함에서, 또 하늘의 평화를 의미하는 것으로 알려진 종려나무 가지에서도 표현되었다. 더 나아가 가장 분명하게는 고인이 된 할아버지의 손가락 사이에 있는 십자가에서, 관의 머리맡에 놓인 토르발센[7]의 축복하는 그리스도상에서 표현되었고, 또 이럴 때 역시 종교적인 분위기를 물씬 풍기는 그리스도상 좌우에 세워진 촛대에서도 표현되었다. 이런 모든 물품들은 할아버지가 이제 영원히 본연의 진짜 모습으로 되돌아갔음을 보다 자세하고도 명백하게 보여 주었다. 그러나 비록 어린 한스 카스토르프가 말로 표현한 것은 아니지만 은연중에 밝힌 바에 따르면, 이런 물품들은 모조리, 특히 많은 양의 꽃다발, 이들 중에 특히 많았던 만향옥은 보다 광범위한 의미와 냉정한 목적을 지니고 있었다. 즉 죽음이 지니고 있는 속성 중에 다른 속성인 아름답지도 않고, 사실 슬프지도 않으며 오히려 거의 상스럽다고까지 할 수 있는 저급하게 육체적인 속성을 미화해, 그것을 잊게 하거나 또는 의식하지 못하게 하는 목적을 지니고 있었다.

죽음이 지닌 이러한 일면과 관계되어 그에게는 고인이 된 할아버지가 너무도 낯설게, 그러니까 엄밀히 말하자면 할아버지가 아니라 죽음이 실제의 몸 대신에 끼워 넣은 실물 크기의 밀랍 인형처럼 생각되었다. 이 밀랍 인형을 가지고 이제 이러한 경건하고도 영예로운 의식을 거행하고 있는 것이었다. 홀에 누워 있는 사람, 아니 더 정확하게 말해서 홀에 누워 있는 물체, 이것은 할아버지 자신이 아니라 하나의 껍질이었다. 어린 한스 카스토르프도 알고 있듯, 이 껍질은 밀랍으로 이루어진 것이 아니라 그 어떤 특수한 물질, 오직 물질로만 이루어져 있었다. 이것은 사실 보기 흉해서 거의 아무런 슬픔도 느껴지지 않았다. 육체와 관련된, 오직 육체와만 관련된 사물이 슬프지 않은 것과 마찬가지였다. 어린 한

---

7 Bertel Thorvaldsen(1770~1844). 덴마크의 유명한 조각가로 루체른에 있는 사자상, 바르샤바에 있는 코페르니쿠스와 포니아토프스키상, 뮌헨에 있는 막시밀리안상, 마인츠의 구텐베르크상 등의 조각품으로 유명하다.

스 카스토르프는, 실물 크기로 죽음의 형상을 이루고 있는 물질이자 밀랍처럼 누렇고 매끄러우며 치즈처럼 굳은 물질, 즉 이전의 할아버지 얼굴과 손을 바라보았다. 그때 파리 한 마리가 고요히 누워 있는 할아버지의 이마 위에 내려앉아 주둥이를 이리저리 움직이기 시작했다. 피에테 노인은 죽은 할아버지의 이마에 닿지 않도록 주의하면서, 자신이 하고 있는 일에 관해 아무것도 알아서는 안 되고 알려고 해서도 안 된다는 듯이, 엄숙하고도 음울한 표정으로 조심스럽게 파리를 쫓아 버렸다. 이러한 정숙한 표정은 할아버지가 단지 육체에 지나지 않으며 그 외 아무것도 아니라는 사실과 분명 관계가 있었다. 그런데 그놈의 파리는 쫓겨서 홀 안을 빙빙 날아다니다가 이번에는 상아 십자가 가까이, 할아버지의 손가락 위에 살짝 앉더니 이내 자리를 잡는 것이었다. 이런 일이 일어나는 동안 한스 카스토르프는 이전부터 친숙한 냄새, 희미하기는 하지만 정말 독특하고 강한 냄새를 지금까지보다 훨씬 더 또렷하게 맡는 듯하였다. 이 역겨운 냄새 때문에, 그에게는 부끄러운 일이지만, 동급생들에게 따돌림당하던 한 친구가 생각났다. 만향옥 향기는 그러한 역겨운 냄새를 없애려는 목적을 가지고 있었지만, 산더미처럼 쌓아 놓은 아름다운 꽃이 아무리 향기를 발산해도 그 냄새를 없앨 수는 없었다.

한스 카스토르프는 몇 번이나 시신 옆에 서 있었다. 한 번은 피에테 노인과 단둘이서, 다음으로는 포도주 상인인 자신의 외종조부 티나펠과 두 외삼촌 제임스와 페터와 함께, 마지막으로는 정장을 차려입고 온 한 무리의 부두 노동자들이 잠시 뚜껑이 열린 관 옆에 서 있을 때였다. 이들은 카스토르프 부자 상회의 옛 사장에게 고별인사를 하려고 찾아온 것이었다. 그런 다음 장례식날이 되자 홀은 사람들로 가득 찼다. 한스 카스토르프에게 세례를 준 미하엘 교회의 부겐하겐 목사가 스페인풍의 옷깃 장식을 달고 추도 설교를 했다. 그런 다음 목사는 영구차 바로 뒤를 따르는 마차 속에서, 어린 한스 카스토르프와 매우 다정하게 대화를 나누었다. 영구차 뒤로는 길고 긴 장례 행렬이 이어지고 있었다. 이렇게 하여 한스 카스토르프의 삶에서 한 시기가 막을 내리고, 얼마 안 있어 그의 집과 환경이 바뀌게 되었다. 어린 시절에 그는 벌써 두 번이나 이런 일을 겪게 된 것이다.

티나펠 영사의 집에서
그리고 한스 카스토르프의
도덕적 상태에 관하여

집과 환경이 바뀌었다고 해서 한스 카스토르프에게 손해될 일은 없었다. 왜냐하면 그를 위임받은 법정 후견인인 티나펠 영사의 집으로 들어갔고, 거기서 불편한 것 없이 생활하게 되었기 때문이다. 한스 카스토르프 일신상의 일은 물론이고, 그가 아직 아무것도 모르는 자신의 여러 이해관계를 보호하는 것에 관해서도 전혀 걱정할 일이 없었다. 돌아가신 어머니의 삼촌인 티나펠 영사가 카스토르프가 물려받은 유산을 관리하며, 부동산을 팔아 버리고, 수출입을 하던 카스토르프 부자 상회의 청산 작업도 맡아서 처리해 주었기 때문이다. 탈탈 털어서 나온 40만 마르크 정도 되는 돈이 한스 카스토르프의 상속 재산이었다. 티나펠 영사는 이것을 안전한 채권에 투자하여 3개월마다 매 분기 초에 나오는 이자의 2퍼센트를 친척이라는 감정은 배제하고 꼬박꼬박 수수료로 챙겼다.

티나펠 영사의 집은 하르베스테후더 거리 옆에 있는 정원을 배경으로 하고 있었고, 잡초 하나 없는 잔디밭과 장미 공원 및 강을 향해 조망이 트여 있었다. 영사는 멋진 마차를 갖고 있었지만, 이따금씩 머리 울혈로 고생했기 때문에, 조금이라도 몸을 움직이기 위해 매일 아침 걸어서 구시가에 있는 사무실로 출근했고 저녁 5시에도 역시 걸어서 퇴근했다. 그런 다음 티나펠 가의 성대한 만찬이 시작되었다. 육중한 풍채를 지니고 있는 티나펠은 최고급 영국제 옷을 입고 있었고, 툭 불거져 나온 푸른 눈 위에 금테 안경을 썼고, 코는 붉었으며, 구레나룻은 희끗희끗했고, 왼쪽 손의 뭉툭한 새끼손가락에서 다이아몬드가 반짝거리고 있었다. 그의 아내는 이미 오래전에 죽고 없었다. 그에게는 페터와 제임스라는 두 아들이 있었는데, 한 아들은 해군에 들어가 집에 있는 때가 별로 없었고, 다른 아들은 아버지의 포도주 상회를 도와주고 있어서, 그 아들이 회사의 후계자로 정해져 있었다. 가정 살림은 여러 해 전부터 알토나[8] 출신의 금 세공사 딸인 샬렌이 돌보고 있었다. 이 아가씨의 자루 모양을 닮은 통통한 손목에는 풀 먹인 주름 장식이 있는 흰 커프스가 둘려 있었다. 그녀는 아침과 저녁 식탁에는 게, 연어, 장어, 거위 가슴살, 로스트비프용 토마토케첩 등과 같은 차가운 요리를

8 함부르크 시 근교에 있는 작은 마을.

양껏 올리려고 신경을 썼다. 그녀는 티나펠 영사의 집에서 신사들의 연회가 있을 때 임시로 고용하는 하인들을 감독하는 일을 맡았고, 또한 어린 한스 카스토르프를 위해 정성을 다해 어머니 역할을 해주었다.

한스 카스토르프는 매우 고약한 날씨, 즉 바람과 물안개 속에서 자랐다. 이런 말을 해도 괜찮다면, 그는 누런 고무 방수 외투를 입고 자라면서도 대체로 꽤 명랑한 기분을 유지했다. 원래부터 빈혈기가 좀 있어서, 하이데킨트 박사는 그가 학교가 끝난 후 세 번째 식사를 할 때면 매일 흑맥주를 한 잔 가득 마시라고 말했다. 누구나 알고 있듯이 영양분이 풍부한 음료라서 하이데킨트 박사의 얘기로는 그것이 피를 만들어 주는 작용을 한다는 것이다. 아무튼 흑맥주는 한스 카스토르프의 생명력을 고맙게도 진정시켜, 티나펠 삼촌의 말대로 〈멍하니 있는〉 버릇, 즉 입을 느슨하게 벌리고 아무 생각을 하지 않으면서 멍하니 몽상에 잠기는 버릇을 유쾌하게 촉진했다. 그 외에는 건강하고 정상이어서, 제법 테니스도 잘 치고 보트 타는 것도 즐겼다. 비록 직접 노를 젓는 대신 여름밤에 울렌호르스터의 나룻배 집 테라스에 앉아 음악을 들으면서 맛있는 음료수를 마시고, 불을 밝힌 보트들과 그 사이에서 총천연색으로 비치는 물 위에 떠다니는 백조들을 바라보는 것을 더 좋아했지만 말이다. 그리고 그가 침착하고도 알아듣기 쉽게, 약간 공허하고 단조로운 음의 저지 독일어 사투리로 말하는 소리를 들으면, 아니 금발의 단정한 모습, 반듯하면서도 어딘지 모르게 고풍스럽게 보이는 얼굴, 유전적으로 물려받은 무의식적인 자부심이 무미건조하고 졸린 표정에 드러나 있는 그 얼굴을 본다면, 한스 카스토르프가 이 지방의 순수한 진짜 토박이로서 자신이 있어야 할 자리에 있다는 사실을 아무도 의심하지 않을 것이다. 비록 그 자신이 이런 것에 의문을 품은 일이 있다 하더라도 단 한 순간도 의심하지 않았을 것이다.

커다란 항구 도시의 분위기, 국제 무역과 풍족한 생활에서 비롯되었으며 조상들이 살아가는 데 공기와도 같았던 이런 축축한 분위기, 그는 이러한 분위기에 깊이 공감하고 당연하다는 듯 만족스럽게 받아들였다. 그는 부둣가에서 바닷물과 석탄, 타르의 냄새, 잔뜩 쌓아 올린 식민지 화물의 퀴퀴한 냄새를 맡으며, 잘 길들여진 코끼리의 영리함과 괴력을 지닌 거대한 기중기가 차분하게 코끼리 흉내를 내는 것을 지켜보았다. 기중기는 정박 중인 선박의 짐칸에서 수 톤의 부대, 짐 꾸러미, 상자, 통과 바구니에 넣은 큰 병을 화차와 창고로 나르고 있었다. 정확히 정오가 되자 그는 자기 자신처럼 누런 고무 방수 외투를 입은 상인들이 거래소로 몰려가는 것을 보았다. 그가 알고 있는 바대로라면 거래소는 치열한 경쟁이 벌어지는 곳이며, 그곳에서는 상인들이 자신의 신용을 잃지 않으려고 아주 급하게 다른 상인들을 성대한 연회에 초대하는 경우가 흔했다. 그는 우글거리는 조선소(훗날 이 혼잡한 조선소가 그의 특별한 관심 영역이 된다)를 보았고, 선거(船渠)에 들어가 있는 아시아나 아프리카 항로의 배들이 탑처럼 높고 거대한 모습으로 뱃머리와 프로펠러를 드러내 놓고, 굵은 버팀목에 의지한 채, 물 바깥에서 괴물과 같은 모습으로 어쩔 줄 몰라 하고 있는 것을 보았다. 또 배 안에서 난쟁이처럼 보이는 인부들이 빽빽이 달라붙어 청소하고 해머로 두드리고 색칠하고 있는 것도 보았다. 또 지붕이 있는 조선대(造船臺)에서 연기 같은 안개에 둘러싸인 채 미완성인 배들의 골조가 솟아오르는 것을 보았고, 기사들이 설계도와 배수표(排水表)를 손에 들고 인부들에게 지시하는 것을 보았다. 이 모든 것이 한스 카스토르프에게는 어릴 때부터 보았던 낯익은 광경이어서, 이 광경은 그의 마음속에서 자신이 고향에 소속되어 있다는 아늑한 감정만을 일깨워 줄 뿐이었다. 이 감정이 자신의 생활 상태에서 최고조에 달하는 것은, 일요일 오전에 제임스 티나펠이나 혹은 사촌 침센 — 요아힘 침센 — 과 함께 알스터 호수의 정자에서 포르투갈산 적포도주인 오래된 포트와인 한 잔을 곁들여 훈제 고기와 함께 따뜻하고 둥근 빵을 먹을 때, 그리고 그런 후에 의자에 몸을 기대고 아스라한 기분으로 여송연을 피울 때였다. 그는 가냘프고 세련된 외모를 지니고 있었지만, 유복한 생활을 즐기고 있었을 뿐만 아니라, 먹는 것에 정신없는 젖먹이가 어머니의 젖가슴에 매달리는 것처럼 인생의 노골적인 향락에 집착한다는 점에서는 순수한 함부르크의 토종이었기 때문이다.

그는 세련된 교양을 편안하고도 꽤 품위 있게 자신의 몸에 지니고 있었는데, 이것은 상업을 본업으로 하는 자유 도시를 지배하는 상류 계층이 자녀들에게 물려주는 교양이었다. 그는 갓난아이처럼 자주 목욕했으며, 같은 계층의 젊은이들이 단골로 삼는 양복점에서 옷을 맞추어 입었다. 그의 영국식 옷장 서랍에 든 속옷들은 가짓수는 적지만 세심하게 표시가 되어 있었으며, 샬렌이 이것을 성심성의껏 관리하고 있었다. 또한 외지에서 공부를 할 때에도 한스 카스토르프는 정기적으로 속옷을 집에 보내 세탁과 손질을 하도록 했다(함부르크 이외에서는 전국 어느 곳도 다림질도 제대로 할 줄 모른다는 것이 그의 신조였기 때문이다). 그래서 색깔이 멋진 그의 셔츠의 소맷부리에 보풀이 조금만 있어도 그는 대단히 불쾌하게 생각했다. 그의 손은 그다지 귀족적인 모습은 아니었지만 손질이 잘 되어 있었고, 피부는 팽팽했다. 손목에는 사슬형(型) 백금 팔찌를 차고 있었고, 손가락에는 할아버지에게서 물려받은 도장 반지를 끼고 있었다. 그리고 치아는 별로 좋지 못한 편이라서 충치가 있던 치아 몇 개는 금으로 씌워져 있었다.

서 있을 때나 걸어갈 때 아랫배를 약간 내밀고 있어서 그리 건장한 인상을 주지는 못했지만, 식탁에서의 자세는 훌륭했다. 옆 사람과 (알아듣기 쉽게 약간 저지 독일어 사투리로) 얘기할 때는, 상체를 곧추세우고 예의 바르게 상대방을 향해 고개를 돌렸다. 그리고 가금(家禽)류의 고기를 자르거나 필요한 식탁 용구 몇 개를 들고 바닷가재 집게발에서 분홍색 살을 능숙한 솜씨로 끄집어낼 때면, 팔꿈치를 가볍게 옆구리에 밀착시켰다. 식사가 끝나면 그가 가장 먼저 찾는 것은 물에 향수를 탄 손 씻는 접시였고, 그다음으로는 러시아제 담배였다. 그는 이 담배를 관세를 물지 않고, 아는 사람에게 부탁해서 몰래 구입하고 있었다. 이 담배 다음으로는 마리아 만치니라는 이름의 아주 맛이 좋은 브레멘 상표의 여송연을 찾았다. 이 여송연에 대해서는 나중에 다시 이야기하겠지만, 그 향기로운 니코틴은 커피의 카페인과 어울려 한결 기분을 좋게 해주었다. 한스 카스토르프는 증기난방으로 담배 맛이 나빠지는 것을 막기 위해 담배 저장품을 지하실에 보관해 두고, 매일 아침 지하실에 내려가서는 그날 피울 담배를 케이스에 넣어 왔다. 버터만 하더라도 홈이 파인 작은 덩어리가 아니라 큰 덩어리째 나왔다면 아마 울며 겨자 먹기로 먹었을 것이다.

보는 바와 같이 우리는 한스 카스토르프에게 호감을 가질 수 있는 것이면 무엇이든 모조리 말하고자 한다. 하지만 지나치지 않은 범위에서 그를 비판하는 것이며, 그를 실제보다 더 좋게도 더 나쁘게도 말하고 있지는 않다. 한스 카스토르프는 천재도 아니고 바보도 아니었다. 우리가 그를 표현하는 데 〈평범한〉이라는 단어를 피한다면, 이것은 그의 지성과 아무 관계가 없거나 또한 그의 단순한 사람됨과도 거의 관계가 없는 이유 때문에서이다. 말하자면 그의 운명에 대해 존경심을 느끼고 있기 때문인데, 그 존경심에 우리는 어떤 초개인적인 의미를 부여하고 싶은 심정이다. 그의 지능이라면 실업 고등학교 정도는 별로 노력하지 않더라도 충분히 마칠 수 있었다. 하지만 그는 이렇게 열심히 노력한다는 것이 어떤 상황하에서도 그 어떤 대상을 위해서도 전혀 내키지 않았다. 노력 때문에 괴로움을 당하는 것이 무서워서라기보다는 그럴 필요성을 전혀 느끼지 못했기 때문이다. 더 정확히 말하자면 절대적인 필요성을 느끼지 않았기 때문이다. 그가 그럴 필요가 없다는 것을 막연히 느끼고 있기 때문에 어쩌면 우리가 그를 평범하다고 부르기 싫은지도 모른다.

인간은 개별적 존재로서 자신의 개인적 생활을 영위할 뿐만 아니라, 의식적이든 무의식적이든 자기가 사는 시대와 그 시대를 사는 사람들의 생활을 영위해 나간다. 우리는 우리 존재의 기초를 이루고 있는 보편적이고 비개인적인 토대를 절대적이고 자명한 것으로 생각하며 이에 대해 비판하려 하지 않는다 하더라도, 선량한 한스 카스토르프가 실제로 그랬듯 그러한 토대에 결함이 있을 경우 자신의 정신적 건강이 이로 인해 막연히 침해받는다고는 느낄 수 있을 것이다. 개개인은 여러 가지 개인적인 목표와 목적, 희망과 전망이 눈앞에 떠다니고 있어 이러한 것들 때문에 더욱 노력하고 행동으로 몰고 가겠다는 원동력을 얻어 낼 수도 있다. 하지만 인간 주위의 비개인적인 것, 즉 시대 그 자체가 외견상 매우 활기를 띠고 있다 하더라도 거기에 희망이나 전망이 결여되어 있다면, 또 시대가 우리에게 희망도 없고 전망도 없으며 해결책도 없다는 것을 남몰래 인식시켜 주고, 의식적이든 무의식적이든 간에 시대에 대한 어떤 형태의 질문 ─ 즉 우리의 모든 노력과 활동이 지닌, 개인적인 의미 이상의 궁극적이고도 절대적인 의미에 대한 질문에 대해 공허한 침묵을 계속 지키고 있다면, 그러한 사태로 인한 모종의 마비 작용을 보다 솔직한 인간성을 지닌 사람이라면 거의 피할 수 없을 것이다. 그리고 이러한 마비 작용은 개인의 정신적이고 윤리적인 부분으로부터 곧장 육체적이고 유기체적인 부분으로 파급될지 모른다. 〈무엇 때문에〉라는 질문에 시대가 납득할 만한 답변을 해주지 않는데도, 현재 주어진 정도를 넘어서는 중대한 일을 하겠다는 생각을 지니려면, 흔히 볼 수 없는 영웅적 속성의 정신적 고독과 자주성이나 식을 줄 모르는 활력을 필요로 한다. 그런데 한스 카스토르프의 경우에는 두 가지 중 어느 것도 없었다. 그런 점에서도 역시, 정말 존경할 만한 의미에서이지만, 그는 평범하다고 할 수 있었다.

우리가 여기서 언급한 것은, 청년 한스 카스토르프의 학창 시절 정신적 상태뿐 아니라 나중에 시민적 직업을 선택한 이후의 시절에 관한 것이었다. 또 그의 학업 상태에 관련해 말하자면 분명 그는 한두 번 낙제를 했다. 하지만 전체적으로 보면 출신 성분과 세련된 예의범절 덕에, 그리고 공부에 열정을 보이진 않았지만 수학에는 상당한 재능이 있어서 상급 학년으로 올라갈 수 있었다. 그래서 1년 지원병의 자격을 얻었을 때에도 그는 학교를 끝까지 마치기로 결심했다. 그렇게 결정한 것도 사실은, 그렇게 함으로써 습관이 된 잠정적이고 미결정된 상태를 연장하여, 자기가 진정으로 무엇을 하고 싶은지 곰곰 생각할 시간을 벌겠다는 것이 주된 이유였다. 왜냐하면 그는 자기가 진정으로 하고 싶은 것을 오래도록 제대로 알지 못했고, 상급 학년이 되어서도 여전히 알지 못했기 때문이다. 그리고 진로가 정해진 다음에도 (그가 진로를 정했다는 말도 지나친 말이 될지 모른다) 다른 것을 선택하는 것이 더 낫지 않았을까 하고 느꼈던 것이다.

하지만 그러한 그가 배에는 항상 커다란 관심을 가졌다는 점은 분명했다. 어릴 때 그는 공책마다 근해 어선이나 야채를 실은 화물선, 돛이 다섯 개인 배를 연필로 그려 가득 채웠다. 열다섯 살 때는 프로펠러를 두 개 단 블룸 운트 포스 회사의 새 우편선 〈한자Hansa〉호가 진수대에서 바다로 미끄러져 나가는 것을 특별석에서 보고, 그 날렵하고 멋진 배의 모습을 수채화로 실물과 아주 똑같이 정교하게 그리기도 했다. 티나펠 영사는 그 그림을 자신의 개인 사무실에 걸어 두었는데, 특히 파도가 넘실거리는 바다의 투명한 연녹색이 너무나 사랑스럽고 세련된 솜씨로 담겨 있어서 누구나 티나펠 영사에게 〈이 아이는 재능이 있어, 훌륭한 해양 화가가 될 수 있겠는걸〉 하고 말할 정도였다. 이러한 칭찬의 말을 영사는 자신의 양아들에게 편안한 마음으로 다시 전할 수 있었다. 한스 카스토르프는 이 말을 듣고 그저 기분 좋게 웃었을 뿐, 화가가 되겠다는 과대망상을 품거나 화가가 되어 굶어 죽겠다는 생각을 한시도 품어 본 적이 없었기 때문이다.

「넌 별로 큰 재산을 가진 게 아냐.」 티나펠 삼촌은 그에게 가끔 이런 말을 했다. 「내 재산은 대체로 제임스와 페터가 물려받을 거야. 말하자면 전부 사업에 투자해 놓고 페터에게는 배당금을 주고 있는 셈이지. 네 유산은 아주 안전한 곳에 투자해서 확실한 이자가 들어오고 있어. 하지만 요즘 이자로 살아가는 것은 그리 재미를 못 봐. 적어도 네가 지닌 재산의 다섯 배 정도가 없다면 말이야. 네가 여기 이 도시에서 그래도 지금처럼 큰소리치면서 살아가려면 어지간히 벌지 않으면 안 돼, 이것을 잘 새겨 두렴, 애야.」

한스 카스토르프는 이 말을 명심하고 자기 자신이나 세상 사람들에게 부끄럽지 않은 직업을 물색했다. 그리고 일단 그렇게 정한 다음에 — 그 선택은 툰더 운트 빌름스 회사의 빌름스 노인의 권고에 따라 이루어진 것이다. 말하자면 그 노인이 토요일 밤 휘스트 놀이를 하면서 티나펠 영사에게, 자기에게 좋은 생각이 있는데, 한스 카스토르프가 조선학을 공부해서 자기 회사에 들어오게 되면 자기가 그 젊은이를 잘 봐주겠다고 말한 것이 계기가 되었다 — 한스 카스토르프는 자신의 직업을 대단히 높게 평가했다. 한스 카스토르프는 그 직업이 비록 이루 말할 수 없이 복잡하고 힘든 일이기는 하지만, 반면에 훨씬 더 훌륭하고 중요하며 대단한 일이라고 생각했다. 그리고 돌아가신 어머니의 이복 언니의 아들인 침센은 무슨 일이 있어도 장교가 되겠다고 했는데, 온

순한 자신의 성격에는 사촌 침센의 직업보다는 자기가 택한 직업이 훨씬 더 낫다고 생각했다. 또한 요아힘 침센은 폐가 그다지 튼튼하지 못했다. 하지만 한스 카스토르프가 약간 주제넘게 판단하기로는, 사실 이 때문에 정신노동이나 긴장을 별로 요하지 않는 야외 직업이 사촌에게 알맞을지도 모른다. 그는 육체적으로는 일을 하면 쉬 피로를 느꼈음에도 불구하고, 일에 대해 무엇보다 엄청난 존경심을 가졌기 때문이다.

여기서 우리는 앞에서 넌지시 암시한 것들, 즉 시대를 통한 개인 생활의 침해가 바로 육체적인 유기체에 영향을 미칠 수 있다는 추측에 관해 얘기해 보도록 하자. 한스 카스토르프가 어떻게 일을 존경하지 않았겠는가? 존경하지 않았다면 그게 부자연스러웠을 것이다. 모든 사정으로 미루어 일은 그에게 절대적인 존경의 대상일 수밖에 없었다. 엄밀히 말하자면 일 외에는 존경할 만한 대상이 하나도 없었다. 그에게 일이란 원칙이었다. 그것에 견딜 수 있는가, 견딜 수 없는가를 가려 주는 원칙과 같은 것 말이다. 예컨대 이것은 자기 자신에게 대답하는 〈시대의 절대적인 요청〉이었다. 그래서 일에 대한 그의 존경은 종교적인 것으로, 그가 아는 한 의심의 여지가 없는 것이었다. 하지만 그가 일을 사랑하는가 사랑하지 않는가 하는 것은 또 다른 문제였다. 그는 일을 너무나 존경하기는 했지만 사랑할 수는 없었기 때문이다. 그것도 단순한 이유에서였다. 일이 자신에게 맞지 않는다는 이유 말이다. 힘든 일은 신경을 피로하게 하여, 그를 금방 지치게 했다. 그리고 그는 사실상 자유로운 시간, 홀가분한 시간을 훨씬 더 사랑한다고 아주 솔직히 인정하고 있었다. 즉 그는 고통의 무거운 짐이 매달려 있지 않은 홀가분한 시간, 다시 말해 이를 악물고서 극복해야 하는 장애물에 구애받지 않고 자기 앞에 펼쳐진 그런 시간을 사랑했다. 일에 대한 그의 태도가 지닌 이러한 모순은 엄밀히 말하자면 해결을 필요로 했다. 만약 그가 자신도 알지 못하는 영혼의 바닥에서, 일을 절대적인 가치이자 자명한 원칙이라 믿고 그것으로 안심할 수 있다면, 그의 정신뿐만 아니라 육체도 — 처음에는 정신이, 그다음에는 정신을 통해 육체도 — 일을 보다 즐겁게 여기고 지속적으로 좋아할 수 있지 않았을까? 이것으로 다시 그는 평범한가, 또는 평범을 넘어서는가 하는 문제에 봉착하지만, 우리는 이에 대해 의무적으로 간단하게 답변하고 싶지는 않다. 우리는 한스 카스토르프의 찬미자로 간주되고 싶지 않으며, 또 일 때문에 그의 삶에서 마리아 만치니를 흠뻑 맛보는 즐거움을 다소 방해받지는 않을까 하는 추측에도 그 여지를 남겨 두고 싶기 때문이다.

그는 군 복무에는 흥미가 없었다. 그의 내적인 기질이 군 복무에 맞지 않았고, 그는 군대를 가지 않아도 되는 방법을 알고 있었다. 하르베스테후더 거리에 있는 티나펠 영사의 집을 드나들던 군의관 에버딩 박사가 티나펠 영사와 이런저런 얘기를 주고받던 중에 젊은 카스토르프가 입대를 강요받게 되면 이제 막 밖에서 시작한 공부에 막대한 지장을 초래할 것이라는 말을 영사로부터 들었을지도 모르는 일이다.

한스 카스토르프는 밖에서 공부하는 도중에도 진정 작용을 하는 흑맥주를 곁들인 아침 식사 습관을 유지한 덕분에, 두뇌 회전은 다소 늦었다 해도 차분히 움직이는 그의 머리를 분석 기하, 미분, 역학, 투영법, 도식 정역학으로 채울 수 있었다. 때때로 힘들고 괴롭기도 했지만 그래도 적재 배수량과 공선(空船) 배수량, 안정도, 중심 이동 및 경심(傾心) 등을 계산했다. 늑재골(肋材骨), 흘수선, 종단면의 공학적인 제도(製圖)는 바다 위에 뜬 한자호의 회화적 묘사만큼 훌륭하지는 않았지만, 지적인 명료성을 감각적인 명료성으로 보충하고, 음영을 넣고, 횡단면을 밝은 색채로 칠하는 것 같은 일에는 대부분의 사람들보다 솜씨가 뛰어났다.

방학 때 그가 아주 산뜻하고 멋진 옷을 입고, 졸린 듯하고 앳된 귀족적인 얼굴에 얼마 안 되는 적갈색 콧수염을 길러 장래 상당한 사회적 지위를 보장받을 것이 분명한 모습으로 집에 돌아오면, 지방 자치 단체의 일에 관계하고 남의 가정이나 개인의 사정에 밝은 사람들 — 자치제 도시 국가에서는 대부분의 사람들이 그러하다 — 즉, 그의 동시대 시민들은 한스 카스토르프 청년이 장차 공적인 영역에서 어느 정도의 역할을 맡게 될지 자문하면서 음미하듯 그를 바라보았다. 유서 깊고 훌륭한 명문가 출신이므로, 언젠가는 그가 정치에서 한몫을 담당할 것으로 의심치 않았다. 그렇게 되면 그는 시의회 아니면 시참의회에 들어가 법률을 만들게 될 것이고, 무보수 명예직에 앉아 주권 문제에 관심을 가질 것이며, 예산 위원회나 건설 위원회 같은 행정 분야에 소속되어 발언권을 갖고 투표권도 행사할 것이다. 젊은 카스토르프가 장차 어느 정당에 가담할 것인가도 사람들이 흥미를 가지는 문제였다. 사람의 겉모습은 믿을 수 없다고 하지만, 사실 그는 민주파가 기대할 만한 인물로는 전혀 보이지 않았다. 그가 자신의 할아버지와 유사하다는 것은 의심의 여지가 없었다. 아마 그도 자신의 할아버지처럼 보수파의 제동기 역할을 하는 것은 아닐까? 어쩌면 그럴 것 같기도 했고, 또 달리 생각하면 그 반대일 것 같기도 했다. 어쨌든 그는 엔지니어였고, 신예 조선 기사였으며, 세계 교통과 공학에 종사할 인물이었기 때문이다. 또한 한스 카스토르프가 급진파의 일원이 되고, 무모한 사람이 되고, 고대 건축물과 풍경미를 모독하는 불경스러운 파괴자가 되어 유대인처럼 분방한 생활을 하거나 미국인처럼 신앙심이 없어져서, 자연스러운 생활 조건을 신중하게 육성하기보다는 가치 있게 전승된 것과 무분별하게 단절하는 쪽을 택하고, 국가를 무모한 실험에 빠뜨리게 할지도 몰랐다. 그런 생각도 해볼 수 있었다. 시청에서 이중으로 보초를 서는 근무자로부터 받들어총 경례로 영접을 받는 잘난 사람들이 모든 것을 가장 잘 알고 있으리라는 생각이 그의 핏속에 흐르고 있는 것일까? 아니면 그가 시의회에서 야당을 지지하게 될 것인가? 붉은 금발 눈썹 아래 푸른 눈에서는 동시대 시민들의 호기심에 찬 이런 질문에 대한 답변을 읽어 낼 수 없었다. 백지 상태인 한스 카스토르프 자신도 아직 이에 대한 답변을 알지 못했다.

여행길에 올랐던 카스토르프를 우리가 만났을 때, 그의 나이는 스물세 살이었다. 당시 그는 단치히 공과 대학에서 4학기 학업을 마치고, 브라운슈바이크와 카를스루에 공과 대학에서 또 4학기를 보낸 후였으며, 이때 받은 성적은 오케스트라의 팡파르를 울리게 할 정도의 탁월한 성적은 아니었다. 그래도 첫 번째의 본시험에는 괜찮은 성적으로 합격해서, 툰더 운트 빌름스 회사에 견습 엔지니어로 입사해 그 조선소에서 실습 교육을 받을 예정이었다. 이러한 시점에서 그의 진로는 이제 처음으로 다음과 같은 방향으로 전환하게 되었다.

그는 본시험 준비를 위해 독하게 꾹 참으며 계속 공부해야 했기 때문에, 그가 고향집에 돌아왔을 때는 평소보다 훨씬 기운이 없어 보였다. 하이데킨트 박사는 그를 볼 때마다 잔소리를 하면서 전지 요양, 즉 철저한 전지 요양을 권했다. 그는 이번에는 노르더나이[9] 또는 푀어[10] 섬의 비크[11]로 가는 것은 아무 도움이 못 되며, 자신의 소견으로는 조선소에 입사하기 전에 2~3주 정도 고산 지대에 가 있는 게 좋겠다고 했다.

티나펠 영사도 자신의 조카이자 양아들인 한스 카스토르프에게 그게 아주 좋겠다고 말했다. 하지만 그렇게 되면 이들은 이번 여름에 서로 떨어져 지내게 되는 셈이었다. 영사를 고산 지대로 끌어올리는 것은 말 네 필로도 할 수 없는 일이기 때문이다. 영사는 자기에게는 정상적인 기압이 필요하므로 고산 지대 알프스는 맞지 않으며, 그렇지 않으면 예기치 않은 사고가 생길지도 모른다고 말했다. 알프스에는 그냥 한스 카스토르프 혼자 가고, 가서 요아힘 침센을 방문하는 것이 좋겠다는 것이다.

이것은 자연스러운 제안이었다. 요아힘 침센은 병을 앓고 있었다. 그것도 한스 카스토르프처럼 건강이 좋지 않은 정도가 아니라 정말 걱정될 정도로 아팠으며, 심지어 모두에게 커다란 충격을 줄 정도였다. 사촌 요아힘 침센은 원래부터 고열 감기에 잘 걸렸는데, 어느 날엔 붉은 피까지 토했다. 그래서 그는 당황하여 서둘러 다보스로 떠나야 했다. 그 무

---

9 북해에 있는 해수욕장.
10 북부 프리슬란트에 있는 섬.
11 푀어의 유일한 도시로 북부 프리슬란트에서 두 번째로 큰 휴양 도시.

렵은 바로 그의 소망이 이루어지려던 순간이라 그의 슬픔과 고통은 이루 말할 수 없었다. 침센은 가족의 소망에 따라 두세 학기 법학을 공부했지만, 자신의 충동을 억누를 길이 없어 도중에 진로를 바꾸었고, 사관후보생에 지원하여 이미 선발이 된 상태였다. 이제 그는 국제 요양원 〈베르크호프〉(원장: 궁정 고문관 베렌스 박사)에 벌써 5개월 이상 지내고 있는데, 그가 보낸 우편엽서에 따르면 죽을 정도로 심심하다고 했다. 따라서 한스 카스토르프가 툰더 운트 빌름스 회사에 들어가기 전에 잠시 요양을 한다면, 알프스에 있는 베르크호프 요양원에 올라가서 불쌍한 사촌의 말동무가 되어 주는 것이 가장 자연스럽고, 두 사람 모두에게 가장 좋은 일이었다.

한스 카스토르프가 여행하기로 결정한 것은 한여름이었다. 7월도 벌써 막바지에 들어서 있었다.

그는 3주 예정으로 여행길에 올랐다.

제3장

근엄하게 찌푸린 얼굴

한스 카스토르프는 너무 피곤해서 혹시 늦잠을 자지나 않을까 염려했지만, 필요 이상으로 일찍 일어났고 또 그의 아침 습관을 빠짐없이 이행할 시간적 여유가 충분했다. 매우 문명화된 그의 습관을 이행하는 데에 필요한 주요 도구는 고무 대야를 비롯해 녹색의 라벤더 비누가 든 나무 쟁반, 거기에 부속된 밀짚 솔이었다. 세수와 몸치장에 이어 짐을 풀고 정돈할 시간도 충분했다. 라벤더 향내가 나는 비누 거품을 볼에 바르고 은도금한 면도기로 수염을 깎으면서, 그는 간밤에 꾼 혼란스러운 꿈들을 생각해 보았다. 그는 이성의 빛 속에서 면도를 하고 있는 인간으로서의 우월감을 느끼며 그런 엉터리 같은 꿈에 대해 너그럽게 미소 지으면서 머리를 흔들었다. 푹 쉬었다는 느낌은 들지 않았지만 새로 맞이할 하루를 생각하니 기분이 상쾌하였다.

그는 볼에 파우더를 바르고, 필 데코세 반바지를 입고, 빨간 모로코가죽[12] 슬리퍼를 끌고 손을 닦으면서 발코니로 나

12 붉은 옻나무로 무두질한 고급 염소 가죽.

갔다. 발코니는 일렬로 이어져 있었고, 난간까지는 미치지 않는 불투명한 유리 칸막이가 각각의 방을 갈라놓고 있었다. 서늘하고 흐린 아침이었다. 좌우의 언덕 앞에는 안개가 멈춰선 듯 길게 뻗어 있었고, 멀리 보이는 산봉우리에는 희게도 보이고 잿빛으로도 보이는 묵직한 구름 덩어리가 드리워져 있었다. 여기저기에 푸른 하늘이 반점이나 띠같이 언뜻 눈에 띄기도 했다. 그리고 그곳으로 햇빛이 비추면 계곡 아래의 마을이 산비탈의 울창한 가문비나무 숲과 대조되어 하얗게 반짝이는 것 같았다. 어디선가 아침 음악이 연주되고 있었다. 어젯밤에 연주회가 열렸던 호텔에서 들려오는 듯했다. 성가의 화음이 희미하게 울려왔다. 잠시 후에는 행진곡이 흘러나왔다. 한스 카스토르프는 음악을 진심으로 사랑했다. 음악은 아침 식사 때의 흑맥주와 아주 비슷한 작용을 해, 마음을 편안하게 하고 신경을 마비시키고 멍하니 아무 생각이 안 들게 하기 때문이다. 그는 머리를 옆으로 기울이고 입을 벌린 채, 다소 충혈된 눈으로 기분 좋게 음악을 듣고 있었다.

저 아래쪽으로는 그가 어젯밤에 올라온 찻길이 요양원으로 꼬불꼬불 나 있었다. 줄기가 작달막한 별 모양의 용담꽃이 산비탈의 젖은 풀에 둘러싸여 피었다. 높은 지대의 일부분은 울타리를 쳐 정원을 만들었고, 그 안에는 자갈길과 화단이 있었으며, 거대한 전나무의 발치에는 돌로 만든 인공 동굴도 있었다. 양철 지붕으로 덮인 홀이 남쪽으로 입구를 보이며 열려 있었는데, 그 속에는 누울 수 있는 긴 의자들이 놓여 있었다. 그 옆에는 적갈색으로 칠한 게양대가 설치되었고, 그 줄에 달린 깃발이 가끔 바람에 펄럭였다. 녹색과 흰색으로 그려진 환상적인 깃발로, 한가운데에는 의술의 상징인 아스클레피오스의 지팡이[13]가 그려져 있었다.

한 여자가 정원을 이리저리 거닐고 있었다. 음산하고 무척 슬퍼 보이는 중년의 부인이었다. 머리에서 발끝까지 검은 옷을 입고, 흐트러진 암회색 머리에 검은 베일을 두른 채 규칙적이고 빠른 걸음으로 불안하게 오솔길을 걷고 있었다. 무릎은 구부러졌고, 팔은 앞으로 뻣뻣하게 늘어뜨리고 있었다. 이마에 주름이 자글자글했으며, 눈 아래쪽 피부가 생기를 잃어 축 늘어진 검은 눈은 앞쪽을 응시하고 있었다. 슬픔에 잠긴 커다란 입의 한쪽을 아래로 찡그린 창백하고 늙은 남방형의 얼굴을 보고, 한스 카스토르프는 언젠가 본 적이 있는 비극 여배우의 모습이 떠올랐다. 무섭도록 창백해 보이는 이 여자는, 자신이 그렇게 걷고 있는 줄도 모르고 우수에 잠긴 채 멀리서 들려오는 행진곡의 박자에 맞춰 성큼성큼 걷고 있었는데, 이런 광경을 본다는 것이 별로 유쾌하지는 않았다.

한스 카스토르프는 생각에 잠겨 동정 어린 눈길로 그녀를 내려다보았다. 그녀의 우울한 얼굴 때문에 아침 햇살마저 어두워지는 것 같았다. 이와 동시에 그는 또 다른 소리를 들을 수 있었다. 요아힘의 말에 따르면, 그것은 자신의 왼쪽 옆방에 있는 러시아인 부부의 방에서 나는 소리였다. 마찬가지로 밝고 상쾌한 아침에 어울리지 않는 이 소리는 어쩐지 끈적끈적하게 아침을 더럽히는 것 같았다. 한스 카스토르프는 어젯밤에도 이러한 소리를 들은 것이 생각났지만, 그때

13 그리스 신화에 나오는 의술의 신 아스클레피오스가 오른손에 쥔 지팡이로 뱀이 휘감겨 있다.

는 너무나 피곤해서 별다른 주의를 기울이지 않았었다. 그
것은 레슬링하듯 서로 뒹굴며 킥킥거리고 숨을 헐떡이는 소
리였다. 청년은 처음에는 선량한 마음에서 그 소리를 아무
것도 아닌 것이라 해석하려 애썼다. 하지만 그 음탕한 짓거
리가 무엇을 의미하는지 언제까지고 모른 체할 수는 없었
다. 사람들은 이러한 선량함에 다른 이름을 부여할 수 있을
지도 모른다. 이를테면 영혼의 순결이라는 다소 무미건조한
이름이나, 수치심이라는 진지하고 아름다운 이름, 또는 진실
에 대한 혐오감이라든지 위선이라는 경멸적인 이름, 신비스
러운 공포와 경건함이라는 이름마저도 부여할 수 있겠다.
옆방의 시끄러운 소리에 대한 한스 카스토르프의 반응에는
이 모든 감정이 조금씩 섞여 있었다. 그리고 자신이 들은 소
리에 대해 알아서도 안 되고 알고 싶지도 않은 것처럼, 이에
대한 그의 반응은 인상학적으로 얼굴을 근엄하게 찡그리는
표정으로 나타났다. 그다지 독창적이지는 않았지만, 그가
특정한 경우에 취하곤 하는 근엄한 표정이었다.

　이런 표정으로 그는 발코니에서 물러나 방으로 들어왔다.
킥킥거리는 웃음 섞인 소리로 들리긴 했지만, 그에게는 심각
한 아니, 사람을 깜짝 놀라게 하는 옆방의 짓거리에 더 이상
귀 기울이지 않기 위해서였다. 그런데 막상 방에 들어와 보
니 벽 저쪽에서 벌어지는 행위가 더욱 뚜렷하게 들려왔다.
가구 주위를 돌면서 술래잡기라도 하는 것 같았다. 의자가
우당탕하는 소리가 났고, 서로를 마주 잡고 찰싹 때리는 소
리며, 키스하는 소리가 났다. 그리고 바깥 멀리서 이제 낡아
빠진 유행가 가락의 왈츠곡이 이 보이지 않는 장면에 배경
음악이 되고 있었다. 한스 카스토르프는 수건을 들고 서서,

듣지 말아야지 생각하면서도 옆방의 소리에 귀를 기울였다. 그러다가 갑자기 파우더를 바른 그의 볼이 빨갛게 달아올랐다. 분명히 일어날 거라고 예상한 일이 결국 일어나더니, 이제 의심의 여지없이 그 장난이 동물적인 행위로 바뀌고 말았기 때문이다. 이런, 이거 참 큰일 났는걸! 그는 몸을 돌리면서 일부러 시끄러운 소리가 나게 움직이며 몸치장을 끝내고는 이렇게 생각했다. 하기야 뭐 두 사람은 부부 사이니까, 그런 점에서는 별문제가 없지. 하지만 밝은 아침부터 그 짓이라니! 이건 좀 심하지 않은가. 두 사람은 이미 어젯밤부터 밤새도록 가만히 있지 않았던 것 같은데. 어쨌든 두 사람이 여기에 있는 걸 보면 둘은 분명 환자거나, 아니면 적어도 한 사람은 아픈 모양이다. 그렇다면 몸을 좀 소중히 다뤄야 하는 게 아닌가. 하지만 무엇보다 부끄러운 일은 자명하게도, 벽이 이렇게 얇아서 무엇이든지 또렷하게 들린다는 점이다. 그렇게 생각하니 그는 화가 났다. 이건 도저히 견딜 수 없는 상태야! 형편없는 날림 공사이며, 수치스러울 정도의 날림 공사야! 내가 이 두 사람을 언제 보거나 소개받게 되지나 않을지? 그렇게 된다면 정말 곤혹스러운 일이겠지. 여기까지 생각이 미치자 한스 카스토르프는 다시 이상한 생각이 들었다. 아까 말끔히 면도한 볼이 달아올랐는데 그 화끈거리는 느낌이 좀처럼 가실 것 같지 않았고, 면도 후에 으레 생기는 순간적 화끈거림이 아니라 그 화끈거림이 고정될 것 같은 생각이 들었기 때문이다. 어젯밤에도 얼굴이 화끈거려 고생하다가, 잠을 자는 동안에는 좀 괜찮았는데 지금 또다시 그 증세가 시작되는 것이었다. 이것을 깨닫자 그는 옆방 부부에 대해 호의적인 기분이 들기는커녕 입을 뾰족하게 내밀며 그들에게 비난의 말을 중얼중얼 퍼붓게 되었다. 그러고 나서 그는 너무 찬 물로 세수하는 실수를 저질렀고, 이로 인해 사태가 더욱 악화되었다. 달아 오른 볼이 더욱 붉어졌던 것이다. 이런 까닭에 벽에 대고 노크하면서 자신을 부르는 사촌 요아힘에게 대답할 때 기분이 과히 좋지 않게 되었고, 사촌이 들어왔을 때도 그는 원기를 회복해서 상쾌한 아침 기분을 느끼는 사람처럼 보이지 않았다.

아침 식사

「잘 잤어?」 요아힘이 말했다. 「여기 산 위에서 보낸 첫날 밤이었는데……. 어때, 만족해?」

그는 운동복 차림에다 튼튼하게 만든 장화를 신고 외출할 채비를 갖추고 있었다. 그리고 방한 외투를 팔에 걸치고 있었는데 외투 옆 주머니는 납작한 병이라도 든 것처럼 불룩해져 있었다. 오늘도 역시 모자는 쓰고 있지 않았다.

「고마워.」 한스 카스토르프가 대답했다. 「그저 그래. 그 이상은 뭐라고 얘기하지 않을게. 뭔가 혼란스러운 꿈을 꾸었어. 그리고 이 건물은 옆방 소리가 아주 잘 들린다는 결점이 있어. 그게 좀 거슬려. 근데, 검은 옷을 입고 바깥에서 정원을 거니는 여자는 대체 누구야?」

요아힘은 누구를 말하는지 금방 알아차렸다.

「아, 〈둘 다〉 말인가.」 그가 말했다. 「여기서는 누구나 그녀를 그렇게 부르지. 우리가 그 여자에게서 들을 수 있는 말이라곤 그것밖에 없기 때문이야. 멕시코 여자인데, 독일어는 하나도 모르고 프랑스어도 거의 마찬가지야, 겨우 두어 마디 정도 할 줄 알지. 자기 큰아들을 보려고 이곳에 왔는데 벌써 5주나 되었어. 그 아이는 전혀 가망이 없나 봐. 이제 갈 날이 얼마 안 남았을 거야. 이미 여기저기 나빠져서 독이 온몸에 퍼져 있다는 거야. 그런 상태로는 결국엔 티푸스에 걸린 것처럼 보이게 될 거라고 베렌스가 말하더군. 어쨌든 그와 관련된 사람들에겐 끔찍한 일이지. 2주 전에는 둘째 아들이 여기에 올라왔어. 형을 한번 만나 보려고 말이야. 형도 그렇지만 동생도 그림처럼 아주 잘생겼더군. 둘 다 정말 그림처럼 잘생겼어. 불타듯 빛나는 눈을 보면 여자들이 완전히 반할 정도지. 그 동생 말인데, 이 아래에 있을 때부터 기침은 약간 했지만, 그 외에는 아주 건강했다더군. 그런데 이곳에 오자마자 열이 올랐지 뭐야. 그것도 갑자기 39.5도까지 말이야. 그래서 곧 병상에 눕게 되었는데, 베렌스 말로는 저런 상태에서 다시 회복된다면 그야말로 천만다행한 일이라는 거야. 아무튼 그가 때맞춰 잘 왔다고 했어⋯⋯. 그래, 이런 일이 있고부터 저 어머니는 자식들 곁에 있지 않을 때는 저렇게 돌아다니는 거야. 누가 말을 걸면 언제나 〈둘 다〉라고만 말해! 더 이상 할 수 있는 말이 없기 때문이지. 그리고 여기엔 지금 스페인어를 아는 사람이 하나도 없어.」

「그녀에게 그런 사연이 있었구나.」 한스 카스토르프가 말했다. 「나와 서로 인사를 나누면 나에게도 그렇게 말할까? 이상한 일일 거야. 우습기도 하면서 섬뜩할 것 같아.」 그가 말했다. 어제와 같이 그의 눈은 오랫동안 울고 난 뒤처럼 열에 들뜨고 무거워 보였고, 아마추어 기수의 이상한 기침 소

리를 듣던 때처럼 다시 빛나고 있었다. 그는 이제야 비로소
어제 일과 연결이 되어 모든 것이 제대로 납득이 되는 것 같
았다. 사실 아침에 일어났을 때는 돌아가는 사정을 잘 몰랐
다. 그는 손수건에 라벤더 향수를 조금 뿌려 이마와 눈 밑에
살짝 바른 뒤, 준비가 다 되었다고 말했다. 「자네 괜찮다면
우리 〈둘 다〉 아침 식사하러 가지.」 그는 매우 들뜬 기분으
로 농담을 했으나, 요아힘은 그를 부드럽게 바라보면서도
우울하게 좀 빈정대는 듯한 미소를 짓는 것이었다. 왜 그런
지는 요아힘만 알 뿐이었다.

한스 카스토르프는 자기가 담배를 가지고 있는지 확인한
후에 지팡이, 외투, 모자도 같이 집어 들었다. 식사하러 가는
데 이렇게까지 하려는 것은 일종의 반항심에서였다. 그는 자
신의 생활 방식과 습관에 너무나 자신감을 갖고 있었다. 그
래서 겨우 3주 예정의 체재 때문에 굳이 낯설고 새로운 습관
을 따르고 싶지 않았던 것이다. 두 사람은 밖으로 나와 계단
을 내려갔다. 요아힘은 복도를 걸으며 이런저런 문을 가리켜
환자들의 이름도 알려 주었다. 독일식 이름을 비롯해 낯설게
들리는 이름들이 여럿 있었다. 그러면서 그는 환자들의 성격
과 병의 심각성에 관해 간단한 설명을 덧붙였다.

두 사람은 벌써 아침 식사를 마치고 돌아오는 사람들을
만났다. 요아힘이 누군가에게 〈안녕하세요!〉라고 인사하자
한스 카스토르프는 정중하게 모자를 조금 쳐들었다. 그는
많은 낯선 사람들 앞에 막 자기 모습을 나타내어야 하는 젊
은이처럼 긴장되고 신경이 곤두섰다. 이와 동시에 분명 자신
의 눈이 흐릿하고 얼굴이 충혈이 되어 있을 거라는 생각에
마음이 꺼림칙했다. 하지만 그의 생각은 단지 부분적으로밖

에 옳지 않았다. 그의 얼굴은 오히려 창백했기 때문이다.

「내가 잊어버리기 전에 말이야!」 한스 카스토르프는 갑자기 열을 내며 말했다. 「정원을 거니는 여자는 소개해 주어도 좋아. 물론 그럴 기회가 있으면. 거기엔 반대하지 않아. 그녀가 내게 줄기차게 〈둘 다〉라고만 말할지 모르지만, 그건 상관없어. 이미 들어서 당연히 준비가 되어 있고, 또 그 의미를 알고 있으니까 그럴듯한 얼굴로 대할 수 있어. 하지만 그 러시아인 부부는 소개해 주지 않으면 좋겠어, 내 말 알겠지? 그건 분명하게 사절하겠어. 아주 행실이 나쁜 부부야. 내가 3주 동안이나 그들 옆방에서 지내야 하고, 또 그건 어찌할 도리가 없겠지만, 그들과 알고 지내는 것은 정말 싫어. 명백하게 거절을 하는 것은 나의 정당한 권리니까 말이야……」

「좋아.」 요아힘이 말했다. 「그렇게도 불쾌했었나? 그래, 그들은 좀 야만인들이지. 한마디로 미개인들이야. 내가 전에 말한 적이 있을 거야. 남자는 언제나 가죽 점퍼를 입고 식당에 나타나지. 그것도 다 낡아빠진 옷을 입고 말이야. 베렌스가 왜 아무런 간섭을 하지 않는지 늘 궁금해. 게다가 여자도 깃털 장식이 달린 모자를 쓰긴 하지만 그리 깔끔하지는 않아……. 그런데 자넨 걱정할 필요 없어. 그 두 사람은 우리와 한참 떨어진 〈이류 러시아인석〉에서 식사를 하니까 말이야. 보다 품위 있는 러시아인들만 앉는 〈일류 러시아인석〉도 있어. 그러니 설사 자네가 아무리 원한다고 해도 그들과 만날 가능성은 거의 없어. 그리고 손님들 중에는 외국 사람이 많아서 여기서 누구와 알고 지낸다는 것이 쉽진 않아. 나도 여기에 이렇게 오래 있지만 개인적으로 알고 지내는 사람은 거의 없을 정도야.」

「그럼 둘 중에 아픈 사람은 누군가?」 한스 카스토르프가 물었다. 「남자인가, 여자인가?」

「남자가 아픈 것 같아. 그래 남자만 아파.」 요아힘은 눈에 띄게 산만하게 말했다. 그러면서 두 사람은 식당 앞 옷걸이에 모자와 외투를 벗어 걸었다. 그런 다음 이들은 천장이 낮고 둥그스름한 환한 식당으로 들어갔다. 사람들의 떠드는 소리가 요란했고, 식기 도구들이 달그락거렸으며, 여종업원들이 김이 모락모락 나는 주전자를 들고 서둘러 왔다 갔다 하고 있었다.

식당에는 식탁이 일곱 개 있었는데, 대부분은 세로 방향으로 놓여 있고, 두 개만 가로 방향으로 놓여 있었다. 식기 도구가 자리마다 빠짐없이 갖추어져 있는 것은 아니었고, 한 식탁에 열 명씩 앉는 꽤 큰 식탁이었다. 식당 안으로 비스듬히 몇 발짝만 들어가면 한스 카스토르프가 앉는 자리가 있었다. 그의 자리는 식탁의 폭이 좁은 쪽에 준비되어 있었는데, 그 식탁은 중앙 앞쪽에 가로 방향으로 놓인 식탁 두 개 사이에 있었다. 그는 의자 뒤에 똑바로 서서, 요아힘이 예의상 소개해 준 식탁 동료들에게 딱딱하긴 하지만 공손하게 인사를 했다. 그러니 그들의 이름이 머릿속에 들어오지 않은 것은 말할 것도 없고, 어느 누구의 얼굴도 제대로 보지 못했다. 유일하게 슈퇴어 부인이라는 인물과 그 이름만은 파악해, 그녀가 붉은 얼굴에 윤기 나는 잿빛 금발을 하고 있다는 것을 알았다. 그녀에게는 교양이란 없다는 것은 단번에 알 수 있었고, 너무나 고집 세고 무식한 티가 표정에 그대로 드러나 보였다. 그런 다음 그는 자리에 앉았는데, 이곳에서 처음 하는 아침 식사가 정식으로 갖춰진 식사라 내심 호의적인 생각이 들었다.

식탁에는 잼과 꿀이 든 단지, 우유 쌀죽과 귀리죽이 든 주발, 계란찜과 냉육이 든 접시가 있었다. 버터가 풍성하게 올려져 있었고, 덮어 둔 종 모양의 유리 뚜껑을 열고 축축한 스위스산 치즈를 자르는 사람도 있었다. 이 외에도 신선하고 마른 과일이 든 접시가 식탁 한가운데에 놓여 있었다. 검은 옷에 흰 앞치마를 두른 여종업원이 한스 카스토르프에게 카카오, 커피, 홍차 중에 무엇을 마시고 싶은지 물었다. 그녀는 어린아이처럼 키가 작았으며, 얼굴은 길쭉하고 나이 들어 보였다. 그녀는 난쟁이였다. 한스 카스토르프는 깜짝 놀랐다. 그는 사촌을 쳐다보았지만, 사촌은 그냥 아무렇지도 않게 어깨를 으쓱하고 눈썹을 찡긋하며 〈그래, 그게 뭐 어때서?〉라고 말하려는 것 같았다. 그래서 그는 상황에 순응하기로 하고, 자신에게 질문한 사람이 여자 난쟁이였다는 사실에 더욱 특별히 예의를 갖춰 홍차를 주문했고, 계피와 설탕을 쳐서 우유 쌀죽을 먹기 시작했다. 그러는 동안에 그는 맛있어 보이는 요리에 눈길을 보냈고, 모두가 병을 앓고 있으면서도 서로 잡담을 나누며 아침 식사를 하고 있는 일곱 식탁의 손님들, 즉 요아힘의 동료이자 운명의 동지들에게 눈길을 보냈다.

식당은 지나칠 정도로 실용적인 단순성에 어떤 환상적인 요소를 가미한 근대적인 취향으로 지어졌다. 길이에 비해 폭은 그리 넓지 않았고, 주위는 일종의 로비처럼 되어 있었는데, 거기에 조리실이 있었다. 식당은 커다란 아치형 문을 통해 식탁이 있는 내부 공간과 이어져 있었다. 기둥은 중간 높이까지 백단향 목재로 되어 있고, 벽의 상단부나 천장처럼 흰색으로 매끄럽게 칠해져 있었다. 기둥은 색색의 띠로 장식되어 있었으며, 단순하고 명랑한 이러한 양식은 납작하고 둥근 천장에 넓게 뻗어 있는 장식 띠에까지 이어지고 있었다. 번쩍이는 청동제 전기 샹들리에 몇 개가 식당을 장식하고 있었다. 샹들리에에는 서로 겹친 세 개의 고리로 이루어져 있었는데, 그 고리는 우아하게 엮어 짠 세공품으로 묶였고, 고리의 맨 아래에 젖빛 유리로 된 종 모양의 갓이 작은 달처럼 원형으로 둘러 있었다. 거기에는 유리문이 네 개 있었다. 맞은편 넓은 쪽에 있는 문 두 개는 식당 앞 베란다로 통했고, 앞쪽 왼편의 세 번째 문은 앞쪽 홀에 바로 연결되어 있었다. 그리고 네 번째 문은 한스 카스토르프가 복도에서 들어온 문이었는데, 그렇게 된 이유는 요아힘이 어젯밤과는 다른 계단으로 안내해 내려왔기 때문이다.

한스 카스토르프의 오른쪽 옆자리에는 얼굴에 솜털이 나고 볼이 약간 상기된, 볼품없는 여자가 검은 옷을 입고 앉아 있었다. 그는 그녀가 재봉사 아니면 출장 재단사라고 짐작했는데, 이것은 그가 옛날부터 여자 재봉사라고 하면 버터 빵에다 커피만으로 아침을 때우는 사람이라고 생각해 오던 차에, 마침 오른쪽 옆자리에 앉은 여자가 오로지 버터 빵과 커피만으로 아침 식사를 했기 때문이다. 그의 왼쪽 옆자리에는 영국 아가씨가 앉아 있었는데, 그녀 역시 나이가 들었고 아주 못생긴 여자였다. 손가락은 말랐고 얼어붙어 있었다. 그 손가락으로 그녀는 둥근 글씨로 쓴 고향에서 온 편지를 읽으며 진홍색 차를 마시고 있었다. 그녀의 옆자리가 요아힘의 자리고, 그 옆자리는 스코틀랜드산 양모 블라우스를 입은 슈퇴어 부인의 자리였다. 그녀는 식사 중에도 불끈 쥔 왼손을 볼 가까이에 대고 있었는데, 말할 때마다 토끼 이빨

처럼 가느다랗고 긴 이 위로 윗입술을 오므리면서 교양 있
는 표정을 지으려고 눈에 띄게 노력했다. 슈퇴어 부인 옆에
는 드문드문 난 콧수염을 길렀고, 무언가 맛없는 음식이라
도 입에 넣은 것 같은 표정을 한 젊은이 하나가 앉아 있었는
데 그는 한 마디도 하지 않고 식사를 하고 있었다. 이 사람
은 한스 카스토르프가 식탁에 앉은 뒤에 식당에 들어왔지만
누구를 바라보고 인사하려 하지 않고 걸어가면서 턱을 가슴
쪽으로 누르고 있었다. 그러고는 새로 온 손님에게 소개되
는 것을 단호히 거절하는 듯한 태도로 자리에 앉았다. 어쩌
면 이러한 외형적인 것에 의미를 부여하고 존중한다거나, 자
신 주변의 일에 관심을 갖기에는 그의 병이 너무 중증인지도
몰랐다. 아주 잠깐이긴 하지만, 그의 맞은편에 아주 마른 금
발의 젊은 아가씨가 잠시 앉아 요구르트 한 병을 자신의 접
시에 붓고는 그 유제품을 숟가락으로 떠먹더니 지체 없이
다시 나가 버렸다.

식탁에서의 대화는 활기가 없었다. 요아힘은 슈퇴어 부인
과 형식적인 대화를 나누었다. 그녀의 병 상태에 대해 묻고,
기대와 달리 별로 좋지 않다는 말을 듣고는 진심으로 유감
의 뜻을 표했다. 슈퇴어 부인은 몸에 〈힘이 없다〉고 불평했
다. 「난 너무 힘이 없어요!」 그녀는 말을 길게 빼어 얘기하면
서 점잖은 체했지만 교양 없는 태도는 마찬가지였다. 또한
그녀는 오늘 아침 일어날 때 체온이 이미 37.3도나 되었다면
서, 오후가 되면 열이 어떻게 될지 모르겠다고 말하기도 했
다. 재봉사도 마찬가지로 열이 있다고 말했다. 하지만 그녀
는 슈퇴어 부인과는 달리 흥분이 되어, 마치 무언가 특별하
고 결정적인 일이라도 벌어질 것처럼 마음이 긴장되고 불안

하다고 설명했다. 하지만 결코 그런 일이 일어날 리 없으며, 이는 정신적인 원인이 없는 육체적인 홍분에 지나지 않는다는 것이다. 그녀는 말하는 것이 아주 정확하고 거의 학자처럼 말하는 것으로 봐서 재봉사가 아닌 듯했다. 그런데 한스 카스토르프에게는 이런 보잘것없고 하찮은 인간이 홍분 상태니 뭐니 하는 표현을 입 밖에 내는 게 어딘지 어울리지 않고 상스럽게 느껴졌다. 그는 재봉사와 슈퇴어 부인 두 사람에게 이 위에 온 지 얼마나 되었냐고 차례로 물어보았다(재봉사는 5개월 되었고, 슈퇴어 부인은 7개월 되었다고 답했다). 그러고 나서 자신의 영어 실력을 총동원해 오른쪽에 있는 영국 여자에게 그녀가 마시는 것이 무슨 차인지(그것은 들장미의 열매를 다린 하게부텐 차였다), 또 맛은 좋은지 물어보았다. 그러자 그녀는 맛이 좋다고 약간 성급하게 대답했다. 그런 다음 그는 사람들이 드나들고 있는 식당 안을 둘러보았다. 첫 번째 아침 식사는 전원이 반드시 참석해야 하는 것은 아니었다.

그는 식당을 둘러보고 무서운 광경이라도 보게 되지 않을까 약간 두려웠는데 그렇지 않아 적이 실망했다. 이곳 식당의 분위기는 매우 밝아서 비참한 곳에 있다는 기분은 들지 않았다. 햇볕에 얼굴이 탄 젊은 남녀가 콧노래를 부르며 들어와서 여종업원과 얘기를 나누더니 왕성한 식욕으로 아침 식사를 해치웠다. 좀 더 나이가 든 사람들과 부부도 있었고, 아이들을 포함한 전부가 러시아어로 말하는 가족도 있었으며, 미성년인 소년들도 있었다. 부인들은 거의 예외 없이 양모나 비단으로 된 몸에 딱 붙는 재킷, 소위 말하는 스웨터를 입고 있었다. 목덜미 털과 옆 주머니가 달린, 흰색이

나 색깔 있는 스웨터였다. 부인들이 스웨터의 옆 주머니에 양손을 넣고 서서 잡담을 나누는 모습이 예뻐 보였다. 몇몇 식탁에서는 최근에 분명히 자기가 직접 찍었다고 하는 사진을 돌려 가며 보고 있었고, 다른 식탁에서는 우표를 교환하고 있었다. 날씨, 간밤의 수면, 아침에 입속에 넣고 잰 체온의 결과 등이 화제가 되었다. 사람들 대부분은 즐거워하고 있었다. 특별한 이유가 있어서라기보다는 아무도 절박한 걱정이 없고 또 많은 사람들이 한데 모여 있기 때문이었다. 물론 머리를 손으로 괴고 식탁에 앉아서 멍하니 앞을 응시하는 사람도 몇몇 있었다. 이런 사람들은 하던 대로 하도록 그대로 내버려 두고 아무도 이들에게 신경 쓰지 않았다.

갑자기 한스 카스토르프는 화가 나고 모욕을 당한 것처럼 몸을 움칠했다. 문이 쾅 하고 닫혔던 것이다. 그것은 현관 홀로 바로 통하는 왼편 앞쪽의 문이었다. 누군가 문이 저절로 닫히게 했거나 뒤로 쾅 닫았던 모양이었다. 한스 카스토르프는 죽어도 그런 소리는 참을 수 없었고, 예전부터 그런 소리라면 질색을 했었다. 이러한 혐오감은 교육의 결과 때문이거나, 어쩌면 타고난 병적인 체질 탓일 수도 있었다. 어떤 것에 기인하듯 아무튼, 그는 문을 거칠게 닫는 소리를 몹시 싫어했고, 그의 귓전에서 그런 일을 하는 사람이 있으면 그 사람이 누구든 뺨을 갈겼을지도 모른다. 게다가 이번 경우에는 문에 작은 유리 조각들이 빽빽하게 채워져 있어서 그 충격이 더욱 컸다. 쩽그랑하고 덜커덩하는 요란한 소리가 났던 것이다. 에잇! 하고 한스 카스토르프는 화를 버럭 내며 생각했다. 이 무슨 파렴치하고 망나니 같은 짓이란 말인가! 그런데 바로 그 순간 재봉사가 말을 걸어와서 그는 누가 범인인지 확인할 틈이 없었다. 그는 재봉사에게 대답하면서, 얼굴이 고통으로 일그러졌고, 금발 눈썹 사이로 주름이 깊게 팼다.

요아힘은 식당에 있는 사람들에게 의사 선생님들이 벌써 다녀가지 않았는지 물었다. 「그래요, 처음에는 여기에 와 있었는데, 사촌들이 오기 바로 직전에 식당을 나갔어요.」 누군가가 대답했다. 요아힘은 그렇다면 기다릴 필요 없이 나가는 게 좋겠다고 생각했다. 소개할 기회는 오늘 중으로 또 있을 테니. 하지만 이들은 문 입구에서 크로코브스키 박사를 대동하고 빠른 걸음으로 들어오던 베렌스 고문관과 하마터면 부딪칠 뻔했다.

「어이쿠, 조심들 하셔야죠!」 베렌스가 말했다. 「하마터면 우리 큰일 날 뻔했어요.」 그는 무언가를 우물우물 씹으면서 심한 저지 작센 사투리로 느릿느릿하게 말했다. 「아, 당신이군요.」 그는 요아힘이 예의 바른 자세를 취하며 소개한 한스 카스토르프에게 말했다. 「그래요, 만나서 반갑습니다.」 그는 청년에게 손을 내밀었는데, 삽처럼 큰 손이었다. 그는 건장한 체격에 키도 커서 크로코브스키 박사보다 머리가 세 개정도 더 커 보였다. 머리는 이미 완전 백발이었고, 목덜미는 불거져 나왔으며, 툭 튀어나오고 충혈된 커다란 푸른 눈에는 눈물이 괴어 있었다. 코는 들창코였고, 짧게 깎은 콧수염은 비스듬하게 비뚤어져 있었는데, 윗입술의 한쪽이 치켜 올라갔기 때문이다. 요아힘이 베렌스의 볼에 관해 말한 것은 완전히 사실 그대로였다. 그의 볼은 정말로 푸른빛을 띠고 있었다. 입고 있는 수술복이 희어서 얼굴빛이 더욱 푸르게 보였다. 그 수술복은 허리띠를 두른 가운으로 무릎까지 내려오는 것인데, 그 밑으로 줄이 쳐진 바지와, 또 노랗고 다소 낡은, 끈 달린 부츠를 신고 있는 큼직한 발이 보였다. 크로코브스키 박사도 수술복을 입고 있었는데, 그의 가운은 윤기가 나는 검정색의 무명 셔츠 비슷한 것으로 소매에 고무밴드가 들어 있었다. 이 가운 역시 창백한 그의 얼굴빛을 적지 않게 돋보이게 했다. 그는 순전히 조수로 처신하였으며, 세 사람이 인사 나누는 것에 전혀 개입하지 않았다. 하지만 그의 꽉 다문 입을 보면, 조수라는 종속적인 관계에 대해 뭔가 잘못되었다는 불만을 느끼고 있는 듯했다.

「사촌 간인가요?」 고문관은 손으로 두 청년을 번갈아 가리키면서 충혈된 푸른 눈을 치켜뜨며 물었다…….「그럼, 이분도 군인이 되려고 하나요?」 그는 요아힘에게 묻고는 한스 카스토르프를 턱으로 가리켰다…….「아니, 천만의 말씀 — 안 그래요? 난 척 보면 알 수 있어요.」 이번에는 직접 한스 카스토르프에게 말했다. 「당신에게는 민간인 같은 구석이 있어요, 무언가 안정감을 주기도 하고. 이 하사관처럼 칼을 찰랑거릴 것 같지는 않군요. 당신은 이 사람보다 더 훌륭한 환자가 될 거예요. 내기를 해도 좋아요. 나는 누구나 한 번만 보면 알 수 있지요. 그 사람이 쓸모 있는 환자가 될 것인지 아닌지. 모든 일에 다 그렇겠지만 환자가 되는 데에도 재능이 필요하지요. 그런데 여기 이 충복[14]에겐 그런 재능이 조금도 없어요. 군사 훈련은 내가 알 바 아니지만, 환자 생활에는 전혀 재능이 없어요. 항상 달아날 궁리만 한다는 것을 믿

14 미르미돈Myrmidon. 고대 그리스의 장군 아킬레우스를 따라 트로이 전쟁에 참가한 테살리아 사람을 일컫는 말로, 충실한 부하란 의미로 쓰인다. 여기서는 요아힘을 가리킨다.

으실 수 있겠어요? 시도 때도 없이 달아날 궁리만 하면서 나를 괴롭히고 난처하게 하고 있어요. 저 아래로 내려가 혹사당하는 것이 몹시 기대되나 봅니다. 정말 대단한 열성이지요! 이곳에 반년도 있으려고 하지 않아요. 여기가 얼마나 좋은 곳입니까? 침첸 군, 여기가 좋은 곳인지 아닌지 직접 한번 말해 보세요! 아무튼 당신의 사촌은 우리를 더 잘 평가할 줄 알 것이고, 이곳에서 마음껏 즐기겠지요. 여기엔 여자들도 부족하지 않지요. 아주 사랑스러운 여자들이 많이 있어요. 적어도 겉보기에는 그림처럼 예쁜 여자들이 많습니다. 그런데 당신은 안색이 더 좋아야 하겠네요, 잘 들으세요! 그렇지 않으면 여자들에게 값이 떨어질 겁니다! 생명의 황금 나무[15]는 초록빛일지 모르지만, 초록빛 안색은 그리 좋지 않으니까요. 말할 필요도 없이 완전히 빈혈입니다!」 그는 이렇게 말하고는 느닷없이 한스 카스토르프에게 다가가서 집게손가락과 가운뎃손가락으로 눈꺼풀을 뒤집었다. 「역시 완선히 빈혈이군요. 내가 말한 대로입니다. 빈혈이라는 걸 아셨나요? 당신이 잠시나마 고향 함부르크를 떠난 것은 정말 잘한 일입니다. 정말이지 이 함부르크라는 도시는 우리에게 고마운 단골입니다. 얼큰하게 취한 듯한 습기 찬 기후 때문에 늘 혜택을 받으니 말입니다. 이런 기회에 당신에게 개인적인 충고를 하나 하지요, 이건 완전 공짭니다. 당신이 이곳에 있는 동안 사촌이 하는 모든 일을 그대로 따라 하도록 하세요. 당신 같은 경우에는 한동안 가벼운 폐결핵을 앓는 것처럼 생활하면서 단백질을 조금 섭취하는 게 최고로 좋습니다. 여기서

15 괴테Johann Wolfgang von Goethe(1749~1832)의 『파우스트*Faust*』 2039행에 나오는 말.

는 우리 몸 단백질의 신진대사가 조금 이상하니까요……. 전반적인 연소 작용이 왕성한데도 몸에는 단백질이 축적되거든요. 아, 그런데, 잠은 잘 잤습니까? 침센 군! 푹 잘 잤다고요? 그렇다면 이제 산책을 나가세요! 그러나 30분 이상은 안 됩니다! 돌아와서는 수은 여송연을 입에 물도록 하세요! 언제나 그 결과를 착실히 기입하도록 하고요, 침센 군! 충실하고도 양심적으로 말입니다! 토요일에 체온 곡선표를 보겠어요. 당신 사촌도 같이 체온을 재도록 하세요. 체온을 재는 것은 절대 몸에 해롭지 않아요. 자, 그럼, 두 분 다 안녕! 즐겁게 지내세요! 안녕…… 안녕…….」크로코브스키 박사가 베렌스 뒤를 따르고, 베렌스는 노를 젓듯이 손바닥을 뒤로 하고 양팔을 흔들며 걸어갔다. 그러면서 좌우에 있는 사람들에게 〈잘 잤느냐〉라는 질문을 던졌고, 모두에게서 잘 잤다는 대답을 들었다.

농담, 임종의 영성체, 중단된 웃음

「아주 멋진 사람인데.」한스 카스토르프는 수위실에서 편지를 정리하고 있던 다리를 저는 수위와 다정하게 인사를 나눈 후 사촌과 함께 현관 밖으로 나오면서 말했다. 현관은 희게 칠한 건물의 동남쪽 측면에 있었다. 건물의 중앙부는 양쪽의 측랑(側廊)보다 한 층 정도 높았고, 그 위에는 슬레이트 색 양철로 덮인 낮은 시계탑이 얹혀 있었다. 여기에서 건물을 나서면 울타리를 두른 정원을 밟지 않고 곧장 밖으로 나올 수 있었으며, 비탈진 곳의 산지 초원이 바로 보였다. 산지 초원에는 군데군데 꽤 큰 가문비나무와 땅에 웅크린 듯한 잣나무가 자라고 있었다. 두 사람이 접어든 길은 — 골짜기로 내려가는 찻길을 제외하면 사실 길다운 길이라곤 이것뿐이었다 — 비스듬하게 약간 왼쪽으로 난 오르막길인데, 요양원 뒤쪽에 있는 부엌과 사무국을 지났다. 그곳에는 지하실로 통하는 계단의 격자 난간에 철제 쓰레기통이 놓여 있었고, 거기서부터는 꽤 먼 거리까지 계속 같은 방향으로 길이 나 있었다. 좀 더 올라가면 길이 갑자기 구부러지고 더욱 급경사가 되면서 듬성듬성한 숲의 경사면이 오른쪽에 모습을 드러냈다. 단단한 땅으로 이루어진 길은 불그스름한 기운이 돌며 아직 축축했고, 길가 여기저기에 돌멩이들이 널려 있었다. 산책로에는 사촌 두 사람만 있는 것이 아니었다. 사촌 다음으로 아침 식사를 마친 손님들이 뒤를 따랐고, 내리막길을 한 걸음 한 걸음 눌러 딛는 것 같은 걸음으로 조심조심 내려오는 여러 무리의 사람들이 있었다.

「아주 멋진 사람인데!」한스 카스토르프가 같은 말을 되풀이했다. 「그 사람, 참 말을 재치 있게 하네. 듣고만 있어도 너무 재미있어. 〈체온계〉를 〈수은 담배〉라고 말하다니, 정말 압권이야. 난 그 말을 금방 이해했지…… 근데 이젠 진짜 담배를 한 대 피울 거야.」 그는 발길을 멈추고 말했다. 「더 이상은 못 참겠어! 어제 정오부터 제대로 피우지 못했으니 말이야…… 잠깐 실례하겠네!」 그러고는 자기 이름의 머리글자를 은으로 새겨 넣은, 자동차 모양의 가죽 케이스에서 마리아 만치니 한 개비를 꺼냈다. 그것은 최고급품의 멋진 여송연으로, 한쪽 끝이 납작하게 되어 있는 것이 특히 그의 마음에 들었다. 그는 시곗줄에 달려 있는 작은 칼로 여송연의 끝을 짧게 자르고는 라이터에 불을 켜 앞쪽이 뭉툭한 꽤 긴 여송연을 몇 번 헌신적으로 뻑뻑 빨아서 불을 붙였다. 「이만 하면 됐어!」 그가 말했다. 「이젠 산책을 계속해도 되겠어. 물론 자네는 지나치다 못해 순수한 열의 때문에 담배를 피우지 않겠지.」

「난 담배를 피워 본 적이 없어.」 요아힘이 대답했다. 「그러니 새삼스레 여기서 담배를 피워야 할 이유가 없잖아?」

「난 그것을 이해 못 하겠어!」 한스 카스토르프가 말했다. 「난 말이야, 담배를 피우지 않는 사람들을 이해할 수 없어. 그런 사람들은 인생 최고의 진수, 말하자면 가장 큰 즐거움의 하나를 포기하는 거나 마찬가지야! 나는 아침에 일어나, 오늘도 하루 종일 담배를 피울 수 있구나 생각하면 매우 기뻐. 그리고 식사를 할 때면, 다시 담배를 피울 수 있다는 생각에 흐뭇하지. 사실 내가 밥을 먹는 이유는, 좀 과장해서 말한다면, 담배를 피우기 위해서라고 할 수 있어. 담배 없는 하루, 그것은 나에게 무미건조함의 극치이며, 정말 지루하고 재미없는 날일 거야. 아침에 일어나서 〈오늘은 피울 담배가 없다〉고 생각한다면, 일어날 용기조차 없을 거고, 차라리 그냥 누워 있을 것 같아. 이보게, 잘 타는 여송연만 있다면 — 물론 한쪽이 막혀 헛김이 샌다든지 또는 잘 빨아지지가 않는다면, 그건 정말로 화가 나는 일이겠지 — 즉 좋은 여송연만 있다면, 모든 게 태평스럽고 그야말로 아무런 부족함도 느끼지 않아. 이것은 바닷가에 누워 있을 때와 꼭 마찬가지 기분이야. 바닷가에 누워 있으면, 그것만으로 더 이상 아무것도 필요로 하지 않게 되지, 일도 오락도 말이야. 그렇지 않은가?

다행히도 담배는 세계 어디에서도 피우고 있어. 내가 아는 바로는, 어디를 가도 담배를 모르는 곳은 없어. 극지 탐험가조차도 지독한 괴로움을 견뎌 내기 위해 담배를 충분히 준비해 간다는데, 나는 그런 글을 읽을 때마다 이에 공감하며 깊은 감동을 느껴. 사실 커다란 곤경에 처할지도 모르기 때문이지. 내가 비참한 상황에 처한다고 가정해 보세. 그런 경우라도 아직 담배만 남아 있다면 나는 이를 견뎌 낼 것 같아. 여송연이 나를 구해 주리라는 것을 나는 알고 있다고.」

「어쨌든 그건 좀 기운 빠지는 일이군.」 요아힘이 말했다. 「자네가 그렇게까지 담배에 집착하는 것 말이야. 완전히 베렌스가 말한 대로군. 자네는 민간인이라는 것 말이야. 베렌스는 칭찬 이상의 의미를 담고 말했을지 모르지만, 자네는 구제할 수 없는 민간인이야. 그게 문제인 거지. 뭐 자네야 건강하니 무슨 일을 해도 상관없겠지만.」 이런 말을 하는 그의 눈에는 피로의 기색이 역력했다.

「그래, 빈혈만 제외하면 난 건강해.」 한스 카스토르프가 말했다. 「베렌스가 내 얼굴이 녹색처럼 보인다고 했던 말은 정말이지 엄청나게 솔직한 표현이었어. 하지만 그건 맞는 말이야. 나 자신도 이 위에 사는 자네들에 비하면 내 얼굴이 정말 초록빛으로 보인다는 것을 스스로 알 수 있어. 집에 있을 때는 그런 걸 전혀 몰랐는데 말이야. 그리고 베렌스가 다짜고짜, 이것도 그의 표현을 빌리자면 완전히 공짜로 충고를 해준 것은 고마운 일이야. 그래서 나는 기꺼이 그가 말한 대로, 자네의 생활 방식을 그대로 따를 거야. 그렇게 하는 것 말고는 이 위에서 달리 도리가 없을 테니까. 비록 듣기에 좀 거슬리기는 하겠지만, 단백질이 몸에 축적된다 해도 몸에 그렇게 해롭지는 않겠지. 자네도 나의 이 말은 인정해야만 해.」

　요아힘은 걸어가면서 몇 번 잔기침을 했다. 비탈길을 오르는 것이 역시 그에게는 무리인 것 같았다. 세 번째로 기침을 했을 때, 그는 눈썹을 찌푸리고 멈추어 서버렸다. 「먼저 가도록 하게.」 그가 말했다. 한스 카스토르프는 서둘러 계속 갔으며, 뒤돌아보지 않았다. 그러다가 요아힘과 거리가 꽤 멀어졌을 거란 생각이 들었을 때, 발걸음을 늦추며 마침내 거의 멈추어 서 있다시피 했다. 하지만 뒤는 돌아보지 않았다.

　남녀 손님들 한 무리가 그에게 다가왔다. 한스 카스토르프는 이들이 저쪽 산비탈 중턱의 평탄한 길을 걸어오는 것을 보았었는데, 이제는 땅을 다지는 듯한 걸음걸이로 시끄럽게 떠들며 바로 그를 향해 내려오고 있었다. 이들은 나이가 모두 다른 여섯이나 일곱 명쯤 되는 무리였는데, 아주 젊은 사람도 있었고, 이미 나이가 꽤 든 사람도 몇몇 있었다. 한스 카스토르프는 요아힘을 생각하면서 머리를 옆으로 갸웃거리며 이들을 바라보았다. 이들은 모자를 쓰지 않았고, 얼굴은 햇볕에 타서 갈색이었다. 여자들은 색깔 있는 스웨터를 입고 있었고, 남자들은 대다수가 여름 외투도 지팡이도 없이 두 손을 주머니에 넣고 편한 차림으로 잠깐 집 밖을 거니는 사람들 같았다. 이들은 내려오는 길이었기 때문에, 크게 긴장할 필요가 없었고, 구르거나 넘어지지 않도록 그냥 다리를 가볍게 디디고 버티기만 하면 되었다. 그것도 사실은 그냥 터덜터덜 내려가면 되어서, 걸음걸이가 어딘가 활기차고 가벼워 보였다. 그러한 점이 표정이나 몸 전체에 나타나서 이들 무리에 끼어들고 싶은 생각이 들 정도였다.

　이제 드디어 그들은 한스 카스토르프의 옆을 지나갔으며,

그래서 그는 그들의 얼굴도 자세히 보게 되었다. 모두가 다 햇볕에 탄 것은 아니었고, 여자 둘은 얼굴이 창백하여 두드러지게 눈에 띄었다. 그중 한 여자는 막대기처럼 몸이 가늘고 얼굴이 상아빛이었으며, 또 한 여자는 좀 더 작고 뚱뚱하며 얼굴이 주근깨투성이었다. 이들은 모두 한스 카스토르프를 쳐다보면서 한결같이 뻔뻔스러운 미소를 지었다. 아무렇게나 말아 올린 머리에 멍청해 보이는 눈을 반쯤 뜬 키 큰 아가씨가 녹색 스웨터를 입고서 한스 카스토르프 옆을 거의 몸이 닿을 정도로 스칠 듯 지나갔다. 그러면서 그녀는 휘파람 소리 같은 이상한 소리를 냈다……. 아니, 이런 미친 짓이라니! 하지만 입으로 소리를 낸 것이 아니었다. 입술은 조금도 뾰족하게 내밀지 않았고, 그 반대로 꼭 다물고 있었던 것이다. 반쯤 감은 눈으로 멍청하게 그를 바라보면서 그때 몸에서 소리를 낸 것이었다. 무척이나 불쾌한 소리로, 귀에 거슬리고 날카로우면서도 둔탁했고, 또 소리기 길게 이어지면서 끝나 갈수록 음이 낮아졌다. 그래서 마치 큰 시장에서 파는 새끼 돼지같이 생긴 고무풍선이, 속에 든 가스를 불평하듯 내뿜으며 시들어 버리는 것을 연상케 하는 그런 이상한 소리였다. 그런데 그 소리가 어찌된 셈인지, 이상하게도 그녀의 가슴에서 새어 나왔던 것이다. 그러고서 그녀는 자신의 일행과 함께 지나가 버렸다.

한스 카스토르프는 멍하니 서서 먼 곳을 바라보았다. 그러다가 급히 몸을 돌리고는 그 혐오스러운 짓이 장난이며, 미리 계획된 야유임을 알게 되었다. 멀어져 가는 저들의 어깨를 보며 저들이 웃고 있음을 알 수 있었기 때문이다. 양손을 바지 주머니에 찔러 넣어 웃옷 자락을 아주 볼썽사납게 치커 올린, 입술이 두꺼운 땅딸막한 청년 하나가 심지어 고개를 돌려 노골적으로 그를 바라보며 웃었다……. 그사이에 요아힘이 가까이 다가오고 있었다. 그는 기사(騎士)적인 습관에 따라 거의 정면을 바라보면서 발꿈치를 딱 붙이고 몸을 굽혀 이들 무리에게 인사를 했다. 그러고는 사촌에게 부드러운 시선을 던지며 다가왔다.

「도대체 얼굴이 왜 그런가?」 그가 물었다.

「저 여자가 이상한 휘파람 소리를 냈어!」 한스 카스토르프가 대답했다. 「내 옆을 지나가면서 배에서 이상한 휘파람 소리를 냈다고. 그게 무슨 소린지 설명해 줄 수 있어?」

「아, 그거.」 요아힘이 말하고는 아무것도 아니라는 듯이 웃었다. 「그건 배에서 나는 소리가 아니야. 난센스야. 그녀는 클레펠트, 헤르미네 클레펠트야. 그녀는 기흉(氣胸)에서 휘파람 소리를 내는 거야.」

「어디에서 나는 소리라고?」 한스 카스토르프가 물었다. 그는 몹시 흥분해 있어서 그게 어떤 의미인지 제대로 알 수 없었다. 그는 반쯤은 웃고 반쯤은 울먹이며 이렇게 덧붙였다. 「자네들이 쓰는 그런 은어를 내가 어디 알 수가 있어야지 말이야.」

「아무튼 계속 걷기나 하자고.」 요아힘이 말했다. 「걸어가면서도 설명해 줄 수 있거든. 자넨 땅에 뿌리라도 박은 것처럼 움직이지 않는군! 기흉이라는 건 말이야, 외과 방면의 용어야. 자네도 상상할 수 있겠지만, 일종의 수술이라네. 이 위에서 자주 실시하지. 베렌스는 그 방면의 대가야……. 한쪽 폐가 완전히 못쓰게 되어도 다른 쪽 폐가 건강하거나 아직은 그냥 쓸 수 있을 정도라면, 못쓰게 된 폐를 보호하기 위해서 그쪽 활동을 한동안 정지시키는 거지……. 말하자면 여기를 자르는 건데, 여기 옆구리 어딘가 말이야. 나도 그 부위는 정확히 알지 못하지만 베렌스가 이 방면의 대가야. 그런 다음 그 잘라 버린 곳에 가스를 집어넣는 거야. 질소 말이야. 그래서 치즈처럼 된 폐엽(肺葉)은 활동을 그만두게 되지. 물론 가스가 오래가는 것은 아니니까 대략 보름마다 새로 넣어 줘야 해. 이를테면 가스를 새로 채워 준다고 생각하면 돼. 그리고 이런 일을 1년 또는 그 이상 계속해서 상태가 좋아지면, 쉬게 된 폐가 나을 수 있다는 거야. 그렇지만 늘 성공하는 것은 아니지. 어쩌면 모험을 건 수술일지도 모르니까. 그런데 지금까지 기흉으로 훌륭하게 성공을 거둔 예가 많이 있다고 해. 자네가 아까 본 사람들은 모두 기흉을 지니고 있지. 일티스 부인도 그걸 지니고 있었어. 왜 그 주근깨투성이 여자 말이야. 또 레비 양도 그게 있었어. 자네도 기억나지. 빼빼 마른 아가씨. 그녀는 아주 오래 침대에 누워 지냈지. 그 여자들은 모여 지내게 되었어. 기흉 같은 것은 사람들을 결속시키는 힘이 있으니까. 그래서 그들은 스스로 〈반폐(半肺) 클럽〉이라고 부르고, 이런 이름으로 사람들에게 알려졌어. 그런데 이 클럽의 자랑거리는 단연 헤르미네 클레펠트야. 기흉으로 휘파람 소리를 낼 수 있기 때문이지. 이거야말로 그녀만의 재능인데, 누구나 다 그런 소리를 낼 수 있는 것은 아니야. 어떻게 그런 소리를 내는지 나도 자네에게 말해 줄 수 없다네. 모르니까 말이야. 심지어 그녀 자신도 확실히 설명하지는 못해. 하지만 그녀는 급히 걸어가면서 몸속에서 그 휘파람 소리를 낼 수 있어. 당연히 사람들을 깜짝 놀라게 할 때 이것을 이용하지. 특히 여기에 새로 온 환자들을 골라서 그런다네. 내 생각인데 말이야, 그런 일을 하면 질소가 낭비될 거야. 일주일마다 질소를 새로 채워야 하니까.」

이제야 한스 카스토르프는 웃음을 터뜨렸다. 요아힘의 이야기를 듣고서 흥분이 웃음으로 바뀌었던 것이다. 그는 걸어가면서 손으로 눈을 가리고, 앞으로 몸을 구부린 채 어깨를 들썩이면서 낮은 소리로 킥킥거리고 웃었다.

「클럽 이름을 등록도 했나?」 그가 묻긴 했지만 웃는 바람에 말하는 게 쉽지 않았다. 간신히 웃음을 참고 있어서, 그 질문은 울먹이며 신음하는 소리로 들렸다. 「회칙은 있겠지? 자네가 그 클럽의 회원이 아니라서 유감이군. 자네가 회원이라면 나도 명예 회원으로 가입할 수 있을 텐데…… 아니면 준회원 자격이라도……. 베렌스한테 부탁해서 부분적으로 폐의 기능을 정지시켜 달라고 해보지그래. 그럼 혹시 자네도 폐에서 휘파람 소리를 낼 수 있을지 아나. 자네가 노력한다면, 결국엔 자네도 분명 배울 수 있을 것 같아…… 여태까지 살면서 이렇게 우스운 이야기는 처음 들어!」 그는 깊은 한숨을 내쉬면서 이렇게 말했다. 「그래, 이런 말을 해서 미안하네. 하지만 그들은 무척 기분이 좋은 것 같더군, 자네의 기흉 친구들 말이야! 그들이 나에게로 걸어왔는데…… 그들이 반폐 클럽 회원이었다는 것을 생각하니 웃음이 나와서 그래! 그 아가씨가 나를 향해 〈피우〉 하고 휘파람 소리를 냈지. 정말 대단한 여자야! 하지만 어쨌든 그녀는 명랑하고 자유분방하더군! 그들이 왜 그렇게 명랑한지 좀 얘기해 줄 수 있겠어?」

요아힘은 대답할 말을 찾다가, 이렇게 대답했다. 「글쎄, 그들은 아주 자유로워서 그런 게 아닐까? 젊은 사람들이라서 시간 같은 건 문제가 아니지. 자칫하면 죽을지도 모르고 말이야. 그러니 무엇 때문에 심각한 얼굴을 하고 있겠나. 나는 가끔 생각하지만, 병과 죽음이란 결코 심각한 게 아니라 오히려 빈둥거리며 시간을 낭비하는 것이 아닌가 싶어. 그 심각함이란, 엄밀히 말하자면 저 아래쪽의 생활에만 있는 거야. 자네도 이 위에 좀 오래 있어 보면 차차 내가 하는 말을 이해하게 될 거야.」

「확실히 그렇겠지.」 한스 카스토르프가 말했다. 「확실히 알게 되겠지. 나는 벌써 이 위에 사는 자네들에게 큰 흥미를 갖게 되었어. 흥미를 가지면 이해는 저절로 되는 법이지, 그렇지 않겠어……? 그런데 아무래도 이상해. 여송연이 맛이 없어!」 그는 이렇게 말하고 자기가 피우던 여송연을 쳐다보았다. 「오늘 종일 뭔가 이상하다는 생각이 들었는데, 이제 알겠어. 마리아 여송연이 맛이 없다는 걸 말이야. 혼응지(混凝紙)[16] 같은 맛이야. 분명히 말하건대, 위장이 완전히 상했을 때 먹는 음식 맛 같아. 그렇다고 해도 정말 이해가 안 돼! 오늘 아침밥을 보통 이상으로 훨씬 더 많이 먹었지만 그 때문은 아닌 것 같아. 식사를 많이 했을 때의 담배 맛은 평소보다 특히 더 좋은 건데 말이야. 잠을 제대로 못 자서 그런 건 아닐까? 그 때문에 몸의 컨디션이 나빠졌는지도 모르지. 아니야, 바로 버려야겠어!」 그는 다시 피워 본 후에 말했다. 「한 모금씩 피울수록 실망에 실망이야. 억지로 강행할 이유가 없겠어.」 그는 잠시 망설이다가 여송연을 산비탈 아래 축축한 침엽수 사이로 던져 버렸다. 「확실히, 이건 분명 무엇과 관계가 있는데, 자넨 그게 무엇이라고 생각하나?」 그가 물었다……. 「분명히 확신하건대, 아무래도 내 얼굴의 열기와 관

16 펄프에 아교를 섞어 굳힌 성형(成形) 재료.

계가 있는 모양이야. 오늘 아침에 일어날 때부터 달아오른 볼 때문에 애를 먹었어. 틀림없이 부끄러워서 얼굴이 빨개진 것 같아……. 자네도 여기 도착했을 때 그랬었나?」

「그랬어.」요아힘이 말했다. 「나도 처음에는 좀 이상했어. 근데 그건 아무것도 아냐! 우리가 사는 이곳 생활에 익숙해지는 건 쉬운 일이 아니라고 내가 말했잖아. 그렇지만 조금 지나면 다시 좋아질 거야. 아, 저기 벤치가 좋아 보이네. 저기 좀 앉았다가 집에 돌아가도록 하자. 난 돌아가서 안정 요양을 해야 돼.」

길이 평탄해졌다. 여기서부터는 비탈길의 3분의 1 정도 높이에 있는 다보스 플라츠 방향으로 길이 나 있었다. 바람에 구부러진 높고 가느다란 가문비나무 사이로 보다 밝은 빛을 내며 희끄무레한 모습으로 가로놓여 있는 마을이 보였다. 두 사람이 쉬려고 앉은 간이 벤치는 가파른 산 절벽에 기대어 있었다. 이들 옆에서는 뚜껑이 없는 나무 홈통을 통해 물이 찰싹찰싹 졸졸거리며 떨어져 계곡으로 흘러가고 있었다.

요아힘은 등산용 지팡이 끝으로 일일이 가리키면서, 남쪽에서 골짜기를 가로막고 있는 듯한 구름에 덮인 알프스의 봉우리 이름을 사촌에게 가르쳐 주려고 했다. 하지만 한스 카스토르프는 그쪽으로 잠깐 눈을 돌렸을 뿐, 몸을 앞으로 구부리고 앉아서 은장식이 된 자신의 도시형 지팡이 끝으로 모래 위에 무언가 그림을 그리면서 다른 것을 알려고 했다.

「자네에게 물어보려고 했네만.」그가 말을 시작했다……. 「내 방 환자는 내가 오기 직전에 죽었다고 그랬지. 그 외에도 자네가 이 위에 온 이후로 죽은 사람들이 많은가?」

「대여섯 사람이 죽기는 했지.」요아힘이 대답했다. 「하지만 은밀하고 신중하게 처리가 돼. 그러니 아무도 모르거나 또는 나중에 어쩌다가 알게 되지. 누군가가 죽으면 환자들을 고려하여 극비리에 처리해 버린다네. 말하자면 가벼운 발작을 일으킬지도 모르는 여자들을 고려하는 거지. 자네 옆방에서 누가 죽어도 자네는 그 일을 전혀 모르게 되지. 자네가 곤히 자고 있는 이른 새벽에 관이 들여지고, 시신도 때 맞춰, 예를 들어 식사를 하는 동안 실려 나가거든.」

「음, 그렇군.」 한스 카스토르프는 이렇게 말하며 계속 그림을 그렸다. 「그러니까 그런 일은 무대 뒤에서 진행되는 거구나.」

「그래, 그렇다고 할 수 있어. 그러나 최근에는, 가만 있자, 아마 8주쯤 전에 일어난 일일 거야.」

「그렇다면 자네는 최근이란 말을 쓸 수가 없어.」 한스 카스토르프는 퉁명스럽고도 주의 깊게 지적했다.

「뭐라고? 그래 좋아. 최근은 아니지. 그런데 자네는 정확하군. 난 숫자를 어림잡아 말했을 뿐이야. 그러니까 얼마 전에 말이네, 난 그 무대 뒤를 한번 보게 되었어, 정말 우연이었지. 마치 오늘 일어난 일처럼 생생해. 후유스라는 가톨릭 소녀에게 말이야. 바르바라 후유스에게 임종의 영성체를 줄 때였어. 알다시피 종부 성사였지. 소녀는 내가 이곳에 왔을 때만 해도 아직 건강한 상태라서, 분방하게 뛰어놀고 재미있게 지냈었어. 뭐랄까 말괄량이 같았다고나 할까. 그러다가 갑자기 병이 악화되어 다시는 일어나지 못했어. 내 방에서 옆으로 세 번째 방에 누워 있었는데, 부모가 달려왔고, 급기야 신부도 왔지. 모두가 차를 마시는 오후였고, 복도엔 아무도 없었어. 그런데 상상해 보게나. 나는 늦잠을 자버렸어.

정오의 안정 요양을 하다가 깜빡 잠이 들었는데, 징이 울리는 소리를 듣지 못했어. 그래서 15분 정도 지각을 했지. 그래서 결정적인 순간에 나만 모든 사람들이 있는 곳에 있지 않고, 자네가 말했듯이, 무대 뒤를 보게 된 거야. 내가 복도를 지나가는데, 맞은편에서 신부 일행이 레이스 달린 옷을 입고 십자가를 앞에 든 채 내 쪽으로 다가오더군. 초롱을 여러 개단 황금 십자가였는데, 맨 앞에 선 사람이 들고 있었어. 마치 방울 달린 터키 친위병의 군악기처럼 말이야.」

「그런 비유가 어디 있어.」 한스 카스토르프가 정색을 하고 말했다.

「난 그런 생각이 들었어. 나도 모르게 그런 것을 연상하게 된 거야. 더 들어 봐. 아무튼 이들은 빠른 걸음으로 나를 향해 다가왔어. 세 사람이었지. 내 기억이 틀리지 않는다면 말이야. 맨 앞에는 십자가를 든 사람, 그다음은 안경을 낀 신부, 마지막은 조그만 향로를 든 소년이었어. 신부는 성체를 가슴에 안고 있었어. 그것은 뚜껑이 덮여 있었지. 그리고 신부는 아주 경건하게 머리를 기울이고 있었어. 그들에게 성체는 신성한 것 중의 신성한 것이니까.」

「그러니까 말이야.」 한스 카스토르프가 말했다. 「사실 그런 이유 때문에 자네가 방울 달린 군악기 비유를 든 게 이상하게 느껴졌어.」

「그래, 그래. 하지만 말이야. 만약 자네가 거기에 있었더라면, 나중에 이를 기억하면서 어떤 표정을 지을 것인지 자네도 알 수 없을 거야. 꿈속에서나 볼 수 있는 광경이었으니까.」

「어떤 점에서?」

「말하자면 다음과 같은 거야. 그런 상황에서 내가 어떤 태도를 취해야 좋을지 스스로에게 묻는 거야. 모자를 벗으려고 해도, 애초에 모자를 쓰지도 않았는데 어떻게……?」

「그렇지. 바로 그 말이야!」 한스 카스토르프가 또 한 번 급히 그의 말을 잘랐다. 「그러니까 모자는 꼭 쓰고 다녀야지! 이 위의 사람들이 모자를 전혀 안 쓰고 있는 게 눈에 띄었어. 모자를 벗어야 할 경우가 생기면 벗을 수 있도록 반드시 모자는 쓰고 다녀야지. 그건 그렇고, 그다음엔 어떻게 했어?」

「복도 벽에 붙어 섰지.」 요아힘이 말했다. 「예의 바른 자세로 말이야. 그리고 이들이 내 앞을 지나갈 때 가볍게 인사를 했어. 바로 후유스 소녀의 방인 28호실 앞에 왔을 때였어. 신부는 내가 인사하자 기뻐하는 것 같았고, 아주 정중하게 감사해하며 모자를 벗었어. 하지만 이와 동시에 이들도 발길을 멈추었는데, 향로를 든 소년 복사(服事)가 문에 노크한 다음 손잡이를 돌려 문을 열고는 신부를 먼저 방 안으로 들여보내더군. 그런데 한번 상상해 보게나, 내가 얼마나 놀랐고 내 기분이 어땠는지 말이야! 신부가 발을 문지방에 들여놓는 순간, 방 안에서 비명 소리가 들려왔어. 첫소리 같은 소리 말이야. 자네는 결코 그런 소리를 들어 본 적이 없을 거야. 세 번인가, 네 번 잇달아 들렸어. 그런 후에는 쉬지도 않고 계속 울부짖는 거야. 분명히 입을 크게 벌리고 앙앙 우는 것 같았어. 그 속에는 애처로움과 공포와 항의가 섞여 있었어. 뭐라고 말로 표현할 수 없는 그런 것 말이야. 그리고 그것이 중간중간 소름 끼치는 애걸로 변하기도 하는 거야. 그러다가 갑자기 그 소리가 땅속으로 빠져들어 깊은 구덩이에서 들려오는 것처럼 공허하고 희미하게 울려왔어.」

한스 카스토르프는 요아힘 쪽으로 몸을 휙 돌렸다.

「그게 후유스였어?」그는 분개하며 말했다. 「그런데 어째서 〈구덩이에서〉라는 말을 하는 거야? 무슨 말인데?」

「그 소녀가 이불 속으로 기어 들어갔단 말이지!」요아힘이 말했다. 「내 기분을 상상해 봐! 신부는 문지방에 바짝 붙어 서서 위로의 말을 건네더군. 신부가 계속해서 머리를 앞으로 내밀었다가는 다시 뒤로 빼곤 했는데, 그 모습이 지금도 눈에 선해. 십자가를 든 남자와 복사 소년은 방으로 들어가지도 못하고 문과 돌쩌귀 사이에 서 있었어. 그래서 나는 이들 사이로 방 안을 들여다볼 수 있었지. 그 방은 자네나 내 방 구조와 똑같았어. 침대는 입구 왼쪽 옆 벽에 붙어 있었고, 침대 머리 쪽에는 물론 식구들이 서 있었어. 부모님 말이야. 이들도 침대 쪽을 향해 위로를 하고 있었어. 침대에는 아무 형체도 없는 덩어리 같은 것만 보였는데, 그것이 애걸을 하고 소름 끼치도록 항의하며 두 다리로 발버둥을 치고 있었지.」

「두 다리로 발버둥을 친다고?」

「있는 힘을 다해서 말이야! 하지만 아무 소용이 없었어. 그녀는 임종의 영성체를 받아야만 했어. 신부가 그녀에게 다가가고, 다른 두 사람도 방 안으로 들어가자 문이 닫혔어. 하지만 난 문이 닫히기 직전에 방 안을 보았어. 후유스의 머리가 이불 밖으로 순간적으로 삐져나오더군. 연한 금발이 엉망으로 헝클어진 채로 그녀는 두 눈을 부릅뜨고 신부를 응시하고 있었어. 핏기 없고 생기를 잃은 눈으로 말이야. 그러고는 앙앙, 잉잉 하고 울부짖으며 이불 속으로 다시 파고들어가 버렸어.」

「그런데 자네는 그런 이야기를 어째서 지금에야 하는 거지?」 한스 카스토르프는 잠깐 침묵을 지키다가 말했다. 「그런 이야기를 어젯밤에 해주지 않았던 게 이해가 안 되는군. 아무튼 그 아이가 그렇게 저항한 것을 보면 아직 어느 정도 체력이 남아 있던 것이 틀림없어. 체력이 있으니까 그렇게 저항했겠지. 누군가가 기력이 완전히 쇠하기 전에는, 신부를 불러들이지 말아야 하는데 말이야.」

「그녀가 기력이 쇠약해진 건 사실이야.」 요아힘이 대답했다. 「아, 이야기할 게 너무 많아서 어느 것을 먼저 이야기해야 할지 곤란하네……. 그녀는 이미 기력이 약해져 있었어. 그렇게 엄청난 힘을 냈던 것은 다만 너무 무서워서 그랬던 거야. 곧 죽을 것을 알고 있었기 때문에, 사실 끔찍한 공포에 떨었던 거야. 아직 어린 소녀였으니까 무서워한 것도 무리는 아니지. 남자들도 종종 그런 행동을 하는데, 물론 용서받기 힘든 무기력한 짓이긴 하지. 하여튼 베렌스는 이런 사람들을 다루는 방법을 잘 알고 있어. 그런 경우에 해야 할 적절한 말을 알고 있는 거야.」

「어떤 말인데?」 한스 카스토르프가 눈썹을 찌푸리며 물었다.

「〈그렇게 처신하지 마시죠!〉라고 말한대.」 요아힘이 대답했다. 「최근에 어떤 남자에게 그런 말을 했다는 거야. 수간호사에게 들은 이야기지. 그 수간호사는 그때 현장에서 임종하는 사람을 꼭 붙잡는 일을 돕고 있었대. 그 남자는 죽음이 임박했을 때 끔찍한 장면을 연출하면서 죽지 않겠다고 기를 썼나 봐. 그래서 베렌스가 그에게 이렇게 호통을 친 모양이야. 〈제발 그렇게 처신하지 마시죠!〉 그러자 환자는 금방 온순해지더니 아주 조용히 눈을 감았대.」

한스 카스토르프는 손으로 허벅다리를 쳤다. 그리고 벤치의 등받이 부분에 몸을 기대고는 하늘을 쳐다보았다.

「아무리 그래도 그건 너무하군!」 그가 소리쳤다. 「죽어 가는 사람에게 강압적인 말투로 얘기하고는, 〈그렇게 처신하지 마시죠〉라고 간단하게 말하다니! 아무리 생각해도 너무해! 임종을 맞은 사람도 어느 정도는 존경을 받아야 해. 죽어 가는 사람은 나에게도 자네에게도 의미가 없는 것이 아니야……. 내 말은, 죽어 가는 사람도 말하자면 신성하다는 거야!」

「나도 그건 부정하지 않아.」 요아힘이 말했다. 「하지만 그렇다고 그렇게 무기력하게 행동하는 사람이라면…….」

「아니야!」 한스 카스토르프는 요아힘의 비우호적 반론에 대해 격한 어조로 자기주장을 고집했다. 「어찌 되었건 내가 말하고 싶은 것은 이거야. 죽어 가는 사람은, 돌아다니며 웃고 돈을 벌며 배불리 먹고 지내는 어떤 상스러운 녀석보다 더 고상한 사람이라는 거야. 그런 사람에게 그렇게 대한다는 것은 말도 안 돼.」 그의 목소리는 이상하리만큼 무척 떨리고 있었다. 「그건 안 돼. 죽어 가는 사람에게 그렇게 대하는 것은. 나도 자네도, 어느 누구도 그래선 안 돼.」 그러고는 그를 사로잡고 압도한 웃음 때문에 말문이 막혔다. 그 웃음은 어제와 같은 웃음이었으며, 깊은 곳에서 터져 나오고 온몸을 뒤흔들며 도무지 제어가 안 되는 웃음이었다. 이 때문에 그는 눈을 뜰 수 없었고 눈꺼풀 사이로 눈물이 비어져 나왔다.

「쉿!」 요아힘이 갑자기 주의를 주었다. 「조용히 해!」 그는 이렇게 속삭이며 그칠 줄 모르고 웃고 있는 사촌의 옆구리를 살짝 찔렀다. 한스 카스토르프는 눈물에 젖은 눈으로 그를 쳐다보았다.

왼쪽 길에서 외국인 한 사람이 다가왔다. 갈색 머리의 우아한 신사로, 검은 콧수염을 멋지게 말아 올리고 밝은 줄무늬 바지를 입고 있었다. 그가 두 사람 앞으로 다가오더니 요아힘과 아침 인사를 나누었다. 인사말이 정확하고 듣기에도 좋았다. 그러고선 다리를 꼬고 지팡이에 기댄 채 우아한 자세로 요아힘 앞에 멈추어 섰다.

악마

그의 나이는 짐작하기가 쉽지 않았지만 서른과 마흔 사이가 틀림없었다. 전체적으로 보면 젊다는 인상을 주지만, 머리칼은 관자놀이 부근이 이미 희끗희끗했고 그 위쪽은 머리숱이 눈에 띄게 적었다. 머리 양쪽의 벗겨진 반원 모양은, 좁고 숱이 듬성듬성한 정수리 옆으로 굽어져서 이마가 더 훤해 보였다. 그는 연노랑의 헐렁한 체크무늬 바지에, 단추가 두 줄로 달리고 깃이 아주 크고 성긴 나사(羅紗)로 만든 매우 긴 상의를 입고 있었다. 그의 이런 복장은 우아한 것과는 거리가 한참 멀었다. 또한 둥글게 굽은 와이셔츠 깃도 얼마나 자주 빨았는지 모서리에 이미 보풀이 약간 일어났고, 검은 넥타이는 낡았으며, 커프스는 아예 이용하지 않는 모양이었다. 손목 주위의 소매가 헐렁한 것을 보고 한스 카스토르프는 그것을 알아차렸다. 그럼에도 그는 눈앞의 인물이 신사란 것을 잘 알 수 있었다. 그 외국인의 교양 있는 얼굴 표정과 자유롭고 멋진 태도로 보아 거기엔 조금도 의심의 여지가 없었다. 하지만 초라함과 우아함의 이러한 혼합, 게다가 검은 눈과 부드럽게 말아 올린 콧수염은 외국의 어떤 유랑 악사를 즉각 생각나게 했다. 성탄절 무렵에 고향의 뜰에서 연주를 하고는 비단처럼 부드러운 눈을 치켜뜨고 창밖으로 던져 주는 10페니히 동전을 받기 위해 챙이 넓은 모자를 내미는 유랑 악사 말이다. 〈손풍금장이다!〉라고 그는 생각했다. 그래서 요아힘이 벤치에서 일어나 좀 쑥스럽다는 듯이 소개할 때 들을 수 있었던 그 이름에 대해, 한스 카스토르프는 전혀 이상하게 생각하지 않았다.

「제 사촌 카스토르프입니다, 이분은 세템브리니 씨야.」

한스 카스토르프도 마찬가지로, 흥겨운 웃음의 흔적이 아직 가시지 않은 표정으로 인사하려고 자리에서 일어났다. 하지만 그 이탈리아인은 그냥 편안하게 자리에 있어 달라며 두 사람에게 공손한 말씨로 부탁했다. 그는 두 사람을 다시 자리에 앉게 했고, 반면 자신은 편안한 자세로 이들 앞에 서 있었다. 그는 그러고 서서 사촌들, 특히 한스 카스토르프를 보면서 미소를 지었다. 아름다운 곡선을 그리며 위로 올라간 풍성한 콧수염 아래 한쪽 입언저리를 우아하면서도 다소 비웃듯이 비죽거리고 씰룩거리는 그의 미소에는 상대방으로 하여금 어느 정도 냉정함과 경계심을 갖게 하는 독특한 힘이 있어서, 들떠 있던 한스 카스토르프도 순간 냉정해졌으며, 부끄러운 생각마저 들었다. 세템브리니는 이렇게 말했다.

「두 분, 무척 기분이 좋으신 모양입니다, 당연하지요, 당연하고말고요. 화창한 아침이니까요! 하늘은 푸르고, 태양은 웃고 있습니다.」 그러고 나서 날렵하게 팔을 움직여 작고 누런 손으로 하늘을 가리켰고, 이와 동시에 비스듬하고 명랑한 눈길도 역시 하늘로 보내는 것이었다. 「정말 우리가 어디에 와 있는지 잊어버릴 정도입니다.」

그의 발음에는 외국인 같은 악센트가 없었고, 오히려 너무 정확해서 독일인이 아니라는 것을 알 수 있을 정도였다. 입술이 말을 만드는 것에 어느 정도 기쁨을 느끼는 것 같아, 그의 말을 듣고 있으면 기분이 참 좋았다.

「그래, 우리들이 있는 이곳으로의 여행은 즐거웠습니까?」 그가 고개를 돌리며 한스 카스토르프에게 말을 걸었다…….「벌써 그의 판결이 내려졌나요? 아, 그러니까 내 얘기는, 첫 번째 진찰이라는 우울한 의식(儀式)이 행해졌느냐는 얘기입니다.」 만약 이 질문에 대답을 듣는 것이 그의 주 관심사였다면 여기서 입을 다물고 대답을 기다려야 했을 것이다. 그가 질문을 했고, 한스 카스토르프가 막 대답할 참이었기 때문이다. 그런데 그 외국인은 대답할 틈을 주지 않고 질문을 계속했다. 「관대한 판결이 내려졌나요? 당신의 기분이 퍽 좋은 걸로 미루어 봐서…….」 그가 잠깐 입을 다물자 입언저리 주름이 더욱 깊어졌다. 「여러 가지 추론이 가능하겠군요. 우리의 미노스[17]와 라다만토스[18]는 당신에게 몇 달을 부과했습니까?」 그는 〈부과하다〉라는 단어를 특히 익살스럽게 발음했다. 「제가 한번 맞춰 볼까요? 여섯 달? 아니면 바로 아

17 Minos. 그리스 신화에 나오는 제우스와 에우로페의 아들로 엄정하기로 유명한 크레타 섬의 왕이었다. 죽은 후 저승에서 최고 재판관이 되었다.

18 Radamanthos. 미노스와 형제로 뛰어난 지혜와 정의로써 널리 알려진 크레타의 입법자였으며, 죽은 후 미노스, 아이아코스Aiacos와 함께 저승의 심판관이 되었다.

홉 달? 아무튼 그분들은 시간에 인색하지 않으니까요……」

한스 카스토르프는 깜짝 놀라 웃으면서, 미노스와 라다 만토스가 누구를 말하는 건지 생각해 내려고 애썼다. 그는 이렇게 대답했다.

「아니, 무슨 말씀이신가요? 아닙니다, 잘못 알고 계시는군 요. 셉템 ──」

「세템브리니입니다.」 그 이탈리아인은 익살스럽게 허리를 굽히면서 힘차게 자신의 이름을 정정해 주었다.

「세템브리니 씨, 실례했습니다. 아니, 당신은 잘못 알고 계 십니다. 나는 아프지 않습니다. 2~3주 예정으로 제 사촌 침 센을 방문하러 왔을 뿐이고, 이 기회에 저도 휴양을 좀 하려 는 겁니다.」

「저런, 그럼 당신은 우리와 다르다는 말씀인가요? 아프지 않고 건강한데, 이곳에는 단지 청강생으로 오셨다는 말씀이 시군요, 지옥을 찾아간 오디세우스처럼 말입니다. 참 대담 도 하시군요, 죽은 자들이 취생몽사(醉生夢死)하는 이곳 심 연으로 내려오시다니요.」

「심연이라고요, 세템브리니 씨? 아니 무슨 농담을요! 난 당 신들이 사는 이곳으로 5천 피트 정도 올라왔는데 말입니다.」

「그렇게 느껴질 뿐이지요! 단연코 그건 착각입니다.」 그 이탈리아인은 단호하게 손을 흔들며 말했다. 「우린 심연에 빠진 존재들입니다, 그렇지 않나요, 소위님.」 그는 요아힘에 게 고개를 돌리며 말했다. 요아힘은 소위라는 말에 대해 적 잖이 기뻐하면서도 그 기쁨을 숨기려 애쓰면서 신중하게 대 답했다.

「우린 사실 좀 멍청한 것 같습니다. 하지만 결국에는 다시 정신을 차릴 날이 오겠지요.」

「그렇지요, 당신은 그렇게 할 수 있으리라 생각합니다. 당신은 훌륭한 사람이니까요.」세템브리니가 말했다.「그럼, 그럼, 그럼.」그는 다시 한스 카스토르프 쪽으로 고개를 돌리며 세 번 〈그〉를 힘주어 말하고 나서, 혀를 입천장에 대고는 마찬가지로 세 번 나지막하게 〈쯧, 쯧, 쯧〉하고 소리를 냈다. 그러고는 자신의 두 눈이 초점을 잃고 멍하게 될 정도로 새로 온 손님의 얼굴을 빤히 쳐다보면서, 역시 마찬가지로 세 번 〈보〉에 힘주어 〈보시오, 보시오, 보시오〉라고 말했다. 그러고 나서 다시 눈에 활기를 띠며 말을 계속했다.

「그렇다면 당신은 타락한 우리들 같은 무리를 찾아 이 위로 올라와서 한동안 같이 지내는 즐거움을 우리에게 주시겠다는 말씀이군요. 자, 좋습니다. 그래 여기엔 얼마나 계실 작정입니까? 실례가 될지 모르겠습니다만, 라다만토스가 아니라 스스로 정한 것이라면 얼마쯤의 기간을 구형할 것인지 듣고 싶군요.」

「3주입니다.」한스 카스토르프는 이 사람이 틀림없이 부러워하리라고 생각했기 때문에, 다소 의기양양하게 말했다.

「오, 신이시여! 3주라니! 들었습니까, 소위님? 3주 예정으로 이곳에 왔다가 그 3주가 지나면 다시 떠날 것이라고 말씀하시는 게 뭔가 좀 뻔뻔스럽다는 생각이 들지 않습니까? 주제넘은 가르침인지 모르겠습니다만, 여기서는 주라는 시간 단위를 알지 못합니다. 우리에겐 한 달이 시간의 최소 단위입니다. 우린 큰 단위로 계산하거든요. 이것이 저승의 특권입니다. 그 밖에도 다른 특권이 있는데, 모두 다 비슷합니다. 실례지만 저 아래 세상에서는 어떤 일에 종사하십니까? ─ 아니보다 정확하게 말해서, 어떤 일을 준비하고 계십니까? 보시다 시피, 우린 우리의 호기심을 쇠사슬로 묶어 놓고 있지 않습니다. 호기심 역시 우리의 특권들 중 하나니까요.」

「실례라뇨? 별말씀을 다 하십니다.」한스 카스토르프는 이렇게 말하고는 자신의 직업을 말해 주었다.

「조선 기사라고요! 대단한 직업이군요!」세템브리니가 소리쳤다. 「나의 능력은 다른 방면에 있습니다만, 나는 그것이 정말 대단한 직업이라 생각합니다. 믿어 주시길.」

「세템브리니는 문필가시라네.」요아힘은 이렇게 설명하듯 말하면서 다소 당황해했다. 「독일 신문에 카르두치[19]의 추도 사를 쓰셨지. 자네도 알지, 카르두치.」그리고 그는, 사촌이 자신을 의심스럽다는 듯이 빤히 쳐다보며 〈도대체 자네가 카르두치에 대해 뭘 알고 있나? 나와 마찬가지로 아무것도 모르면서 그렇게 얘기하는군〉이라고 말하는 것 같아서 더욱 당황해했다.

「맞습니다.」이탈리아인은 고개를 끄덕이며 말했다. 「저 위대한 시인이자 자유사상가가 생을 마쳤을 때, 난 당신 나라 사람들에게 그의 생애에 대해 들려주는 영광을 누렸습니다. 나는 그분을 알고 있었고, 그의 제자이기도 합니다. 볼로냐에서 친히 그의 가르침을 받았지요. 내가 교양과 쾌활한 성격을 지니게 된 것도 그의 덕분입니다. 하지만 우린 지금 당신 이야기를 하는 중이었습니다. 조선 기사라고요? 내 눈에 당신이 얼마나 위대해 보이는지 아십니까? 그렇게 앉아 계시는 걸 보니, 일과 실용적 천재를 대변하는 세계 전체의

19 Giosuè Carducci(1835~1907). 이탈리아의 시인. 낭만주의에 반대하여 고전의 연구를 제창했으며, 1906년 노벨상을 수상했다.

대표자 같다는 생각이 갑자기 드는군요!」

「하지만 세템브리니 씨, 저는 아직 학생에 지나지 않습니다. 이제 비로소 시작하려는 겁니다.」

「그러시겠지요. 그런데 시작이 반입니다. 대체로 그런 이름을 들을 가치가 있는 모든 일은 어렵습니다, 그렇지 않습니까?」

「그렇습니다, 그럼 이것을 악마도 알고 있겠네요!」 한스 카스토르프가 말했다. 이 말은 진심에서 나온 말이었다.

세템브리니는 눈썹을 치켜 올렸다.

「오, 악마까지 끌어들이시다니!」 그가 말했다. 「강조하기 위해서인가요? 진짜 살아 있는 악마를요? 나의 위대한 스승이 악마에게 바치는 송가를 쓰셨다는 것도 아십니까?」

「실례지만.」 한스 카스토르프가 말했다. 「악마한테요?」

「네, 바로 악마에게 말입니다. 우리 나라에선 축제가 있을 때면 때때로 그 송가를 부르곤 합니다. 〈오, 건강이여, 오, 악마여, 오, 반역이여, 오, 이성의 복수여……〉 정말 훌륭한 노래지요! 하지만 이 악마는 당신이 말씀하시는 악마와는 다른 것 같군요. 왜냐하면 이 악마는 일과 사이가 아주 좋기 때문입니다. 그런데 당신이 말하는 악마, 일을 두려워하며 일을 너무 싫어하는 악마는, 추측건대 사람들이 일컫기를, 새끼손가락 하나라도 대어서는 안 된다고 하는 악마 같습니다.」

이 모든 이야기는 선량한 한스 카스토르프에게 매우 이상한 인상을 주었다. 그는 이탈리아어를 몰랐고, 그 외의 것에도 그에게 별로 호감이 가지 않았다. 농담 삼아 잡담조로 한 말이었지만, 어딘가 일요일 설교 같은 냄새가 났다. 그는 눈을 내리깔고 있는 사촌을 빤히 쳐다보았고, 이윽고 이렇게 말했다.

「아, 세템브리니 씨, 제 말을 너무 액면 그대로 받아들이지 마십시오. 제가 악마라고 한 것은 다만 제 말투에 불과합니다, 정말입니다!」

「누군가는 재치 있는 말을 해야 하죠.」 세템브리니는 이렇게 말하면서 우울하게 허공을 바라보았다. 그러나 다시 활기를 띠며 쾌활하고 우아하게 앞서의 화제로 되돌아갔다.

「아무튼 당연한 얘기겠지만 당신의 말에서 결론을 이끌어내자면, 당신은 명예로운 동시에 힘든 직업을 선택했다고 할 수 있겠군요. 유감스럽게도 난 휴머니스트, 즉 호모 후마누스 *homo humanus*입니다. 솔직히 공학과 관계된 일에는 상당히 존경심을 갖고 있지만, 그런 방면에 대해선 아무것도 모릅니다. 하지만 당신 전문 분야의 이론적인 면은 명석하고 날카로운 두뇌를 필요로 하고, 실제적인 면은 착실한 인물을 필요로 하고 있다는 것은 나도 짐작할 수 있습니다. 그렇지 않습니까?」

「확실히 그렇습니다. 그 점에는 당신의 견해에 무조건 찬성입니다.」 한스 카스토르프는 자신도 모르게 약간 웅변조로 대답했다. 「오늘날 우리에게 요구되는 것은 엄청나게 많습니다. 그러므로 그것이 얼마나 어마어마한 것인가를 절대 의식해서는 안 됩니다. 그렇지 않으면 사실 용기를 잃어버릴지도 모릅니다. 정말입니다, 이건 절대 농담이 아닙니다. 게다가 아주 강한 사람이 아니라면 더더욱…… 저는 이곳에 손님으로 왔을 뿐이지만, 아주 강한 사람이라고는 말할 수 없습니다. 그러므로 일하는 것이 나에게 아주 잘 들어맞는다고 주장한다면, 그건 거짓말일 겁니다. 오히려 나를 무척 피곤하게 한다는 말이 정직한 말일 것입니다. 전혀 아무 일을 하지 않을 때, 사실 그때에만 내가 정말 건강하다고 느낍니다.」

「예를 들어 지금 같은 때 말입니까?」

「지금요? 아, 지금 나는 막 이 위에 올라와서 — 약간 어리둥절한 편입니다. 당신은 이해할 수 있을 겁니다.」

「아, 어리둥절하다고요.」

「네, 또한 잠도 잘 자지 못했고, 그런 데다 첫 번째 아침 식사에도 실은 너무 과식을 해서……. 난 잘 차린 아침 식사에는 익숙하지만 오늘 아침은 나한테 지나치게 풍족했던 것 같습니다. 영국인들이 말하듯이 음식이 너무 많았던 모양입니다. 간단히 말해, 속이 좀 더부룩합니다. 특히 오늘 아침에는 여송연 맛이 영 나지 않았습니다. 생각해 보십시오! 그런 일이 일어나는 경우는 결코 없거든요. 내가 많이 아플 때는 예외지만……. 오늘은 여송연에서 가죽 맛이 나는 것 같더군요. 그래서 여송연을 내던져 버려야 했습니다, 억지로 피워 봤자 소용없을 테니까요. 실례지만 당신은 담배를 피우십니까? 안 피우신다고요? 그렇다면 나처럼 젊어서부터 담배를 즐겨 피운 사람에게 그게 얼마나 화나고 실망스러운 일인지 잘 이해하시지 못하겠군요…….」

「난 그 방면으론 경험이 없습니다.」 세템브리니가 대답했다. 「그리고 그런 것에 경험이 없다고 해서 사교 생활에 전혀 지장을 받지 않습니다. 고상하고 냉철한 정신을 가진 사람들 중에 담배 피우는 것을 혐오하는 사람들도 많습니다. 카르두치도 그것을 좋아하지 않았습니다. 하지만 우리의 라다만토스 같으면 당신의 기분을 이해할 겁니다. 그도 당신과 마찬가지로 악습의 신봉자니까요.」

「아니, 악습이라뇨, 세템브리니 씨.」

「그렇지 않습니까? 우리는 사실을 진실하고 힘차게 표현해야 합니다. 그래야 우리의 삶이 강해지고 고양됩니다. 내게도 악습이 있습니다.」

「그렇다면 베렌스 고문관이 애연가라는 말이군요. 아주 호감이 가는 사람이던데요.」

「그렇게 생각하세요? 그럼 벌써 그분과 인사를 나누셨나요?」

「네, 조금 전에 식당에서 나오다가 인사했습니다. 마치 진찰하는 것 같았습니다, 물론 공짜이긴 했지만 말입니다. 그는 단번에 내가 악성 빈혈이라는 걸 알아채더군요. 그러면서 나에게 충고하기를, 이곳에서 사촌과 똑같은 생활을 하고, 발코니에 많이 누워 있으라고 했습니다. 그리고 즉각 체온도 재어 보라고 하더군요.」

「정말입니까?」 세템브리니가 소리쳤다……. 「정말 멋지군요!」 그는 몸을 뒤로 젖히고 웃으면서 허공을 향해 소리쳤다. 「당신 나라의 오페라에 이런 것이 있지요? 〈나는 새 잡는 포수, 언제나 즐거워라, 에헤라, 뛰어라!〉[20] 간단히 말해, 매우 재미있습니다. 그래, 당신은 그분의 충고를 따를 작정입니까? 물론이겠지요. 따르지 않을 이유가 없으니까. 우리의 라다만토스! 그는 악마 같은 사람입니다! 그리고 가끔은 억지로 그러기도 하지만, 사실 〈언제나 즐겁습니다〉. 그래도 가끔은 우울증에 빠지지요. 그의 악습은 그에게 잘 맞지

20 모차르트Wolfgang Amadeus Mozart(1756~1791)의 오페라 「마술피리Die Zauberflöte」(1791)를 가리킨다.

않아요 — 그렇지 않다면 악습이라 할 수 없겠죠 — 담배
피우는 습관이 그를 우울하게 만드는 겁니다. 그 때문에 우
리들의 존경하는 수간호사는 담배를 보관해 두었다가, 하루
치 분량만을 조금 그에게 줍니다. 그런데 그는 담배를 피우
고 싶은 유혹에 못 이겨 담배를 훔치기도 한다는군요. 그래
서 우울증에 빠지게 된 것입니다. 한마디로 말해서, 혼란에
빠진 영혼이라 할까요. 당신은 우리의 수간호사도 이미 알
고 있나요? 모른다고요? 그건 잘못한 겁니다! 그녀에게 인
사를 하려고 애쓰지 않았다니, 잘못하신 겁니다. 그녀는 폰
밀렌동크 가문 출신입니다! 아시겠습니까? 메디치 가문의
비너스와 다른 점은, 여신의 가슴이 있는 곳에 그녀는 십자
가를 달고 다니곤 한다는 겁니다…….」

「하하하, 그거 정말 멋지군요!」 한스 카스토르프가 웃으
면서 말했다.

「이름은 아드리아티카라고 하지요.」

「이름도 그렇습니까?」 한스 카스토르프가 소리쳤다…….
「그거 정말 특이한 이름인데요. 폰 밀렌동크에다 아드리아
티카라니. 어쩐지 오래전에 죽은 사람의 이름처럼 들리는데
요. 솔직히 말해 중세적인 느낌이 드는군요.」

「엔지니어 양반.」 세템브리니가 대답했다. 「당신의 표현대
로 이곳에는 〈중세적인 느낌이 드는〉 것이 많이 있습니다.
나는 우리의 라다만토스가 저 화석 같은 여자를 자신의 공
포 전당의 총감독으로 삼은 것은, 오로지 그의 예술가로서
의 미적 감각 때문이라고 확신하고 있습니다. 말하자면 그
는 예술가인 것입니다. 잘 모르시겠지만 그는 유화를 그립
니다. 물론 그건 금지되어 있는 일도 아니어서, 누구든지 자

유롭게 그림을 그릴 수 있습니다……. 아드리아티카 여사는 듣고 싶어 하든 말든 누구에게나, 13세기 중엽 라인 강가에 있는 본 수도원에 밀렌동크라는 여수도원장이 살았다고 얘기합니다. 아마 그녀 자신도 그때쯤 해서 세상에 태어났는지 모르죠…….」

「하, 하, 하! 조롱을 하시는군요, 세템브리니 씨.」

「조롱이라? 독설이 심하다는 얘기인 모양이군요. 네, 나는 독설이 좀 있는 편입니다.」세템브리니가 말했다. 「내가 걱정되는 것은, 내 독설이 이런 가련한 대상에 낭비되어야 하는 운명이란 것입니다. 엔지니어 양반, 당신은 독설을 나쁘게 생각하지 않기를 바랍니다! 내 생각에는, 독설이야말로 암흑과 추악함의 힘에 대항하는 이성의 가장 찬란한 무기입니다. 이보게! 독설은 비판 정신이며 비판은 진보와 계몽의 원천입니다.」그리고 그는 느닷없이 페트라르카 이야기를 하기 시작하더니, 그를 〈근대의 아버지〉라 부르는 것이었다.

「우린 이제 안정 요양을 하러 가야 합니다.」요아힘이 신중하게 말했다.

그 문필가는 우아한 손짓을 해가며 말했다. 이제 그는 자신의 몸동작을 요아힘 쪽을 가리키는 동작으로 마무리 지으며 말했다.

「우리 소위님이 근무를 독촉하는군요. 자, 그럼 갑시다. 우린 가는 길이 같습니다. 〈오른쪽으로, 권세가 막강한 저승왕의 성으로 가는 길〉 말입니다. 아, 베르길리우스, 베르길리우스! 여러분, 그는 위대합니다. 나는 진보를 믿습니다, 확실히! 베르길리우스는 어떤 근대인도 쓰지 않는 형용사를 자유자재로 구사합니다…….」그리고 이들이 요양원으로 돌

아가는 동안 라틴어 시를 이탈리아어 발음으로 읊기 시작했
다. 그러다가 마을 아가씨처럼 보이는 예쁘지는 않은 한 소
녀가 자기들 쪽으로 다가오자 이를 그만두었다. 그는 난봉
꾼 같은 미소와 흥얼거림에 전념하였다. 그러고는 〈트, 트,
트〉 하고 혀를 차는 것이었다. 「야아, 야아, 야아, 라, 라, 라!
귀여운 아가씨, 나의 애인이 돼주세요! 좀 보세요, 〈그녀의
눈은 음란한 광채로 빛나도다〉.」 이렇게 그는 아무도 알지
못하는 괴상한 시구를 인용하면서, 당황해하는 소녀의 등을
향해 손 키스를 보냈다.

　대단한 허풍선이시군, 하고 한스 카스토르프는 생각했다.
그의 이런 생각은 세템브리니가 난봉꾼처럼 굴다가 다시 독
설을 뿜기 시작할 때에도 변하지 않았다. 이번에는 주로 베
렌스 고문관을 공격의 대상으로 삼아, 그의 발이 큰 것을 빈
정대고, 뇌결핵을 앓고 있는 왕자에게서 받았다는 그의 〈고
문관〉이라는 호칭에 대해 비아냥거렸다. 이 왕자의 방탕한
품행에 대해서 지금도 이 일대에서는 많이 수군거리고 있지
만, 라다만토스는 그것을 한 눈 지그시 감아 주고, 아니 두
눈 다 감아 주고, 그 대가로 고문관이라는 칭호를 얻은 것이
다. 그리고 여름 시즌이란 것을 고안해 낸 사람도 바로 그
자라는 것을 알고 있는지 묻고는, 다른 사람이 아니라 바로
그 사람이었고, 그래서 그의 공적은 표창 받아야 마땅하다
고 말했다. 예전에는 여름이 되면 웬만큼 다보스 요양원을
사랑하지 않고서는 이 골짜기에서 계속 참고 버티는 사람이
없었다. 그래서 〈우리의 익살꾼〉 고문관은 이러한 폐해가
모종의 편견이 빚어낸 결과라는 사실을 그 공정하고 예리한
혜안으로 알아차렸다. 그는 학설까지 내세워, 적어도 자신의

요양원에 관한 한 여름 요양이 상당히 권장할 만할 뿐 아니라, 심지어 특별한 효과가 있고 그야말로 불가결하다고 역설했다. 그리고 이러한 학설을 사람들에게 퍼뜨릴 줄 알았다. 즉, 이에 대한 통속적인 기사를 작성해 신문에 실었다. 그런 이후로 겨울과 마찬가지로 여름에도 사업이 번창하고 있다. 대개 그런 공격이었다.

「천재지요!」 세템브리니가 말했다. 「직 ─ 관입니다!」 그가 말했다. 그런 다음 그는 근방의 다른 요양원을 철저히 헐뜯으면서 그 경영자들의 장삿속을 신랄하게 비판했다. 카프카 교수라는 사람이 있다……. 해마다 쌓인 눈이 녹는 위험한 때가 되어 환자들의 퇴원 신청이 많아질 때면, 카프카 교수는 급히 일주일 예정으로 여행을 해야 할 일이 생겼으니, 퇴원 수속을 자기가 돌아온 후에 하자고 약속한다. 그러나 약속했던 일주일은 6주로 연장된다. 불쌍한 환자들은 교수가 돌아오길 무작정 기다리는데, 나온 김에 말이지만, 그동안 입원비는 엄청나게 불어난다. 카프카 교수는 피우메[21]까지 왕진 요청을 받지만 스위스 화폐로 5천 프랑을 보장해 주지 않으면 가지 않는다. 그러는 와중에 2주가 훌쩍 지나가 버린다. 그런 다음 대(大)의사 카프카가 도착한 지 하루만에 그 환자는 죽고 만다. 잘츠만 박사라는 의사에 관해 얘기하자면, 그는 카프카 교수가 주사기를 제대로 소독하지 않아서 환자들에게 혼합 감염을 일으키게 한다고 험담을 한다. 잘츠만의 말에 따르면, 카프카 교수는 자기가 죽인 환자

21 아드리아 해에 면한 유고슬라비아의 항구 도시로 이탈리아와 영유권 분쟁이 있었다. 당시는 헝가리 영토의 마을이었으며, 현재는 리예카라고 부른다.

들이 자기 발자국 소리를 듣지 못하도록 바닥에 고무가 달린 신발을 신고 다닌다는 것이다. 이에 대해 카프카 교수가 주장하기를, 잘츠만은 환자들에게 〈기분을 좋게 하는 포도나무의 선물〉을 너무 많이 마시게 하여 — 이것도 역시 환자들의 입원료를 올리려는 수작이다 — 사람들이 파리 떼처럼 죽고 만다고 한다. 그것도 소모성 결핵으로 죽는 것이 아니라 알코올로 인한 간경화로 죽는다는 것이다.

세템브리니의 이야기는 이렇게 계속되었고, 급류처럼 흘러나오는 유창한 그의 독설에 한스 카스토르프는 진심으로 즐겁게 웃었다. 이탈리아인의 달변은 전혀 사투리가 섞이지 않은 절대적 순수성과 정확성으로 인해 독특하게도 편안하게 들렸다. 쉴 새 없이 움직이는 그의 입술에서 나오는 말들은 탄력 있고, 산뜻하고, 금방 만들어진 것처럼 터져 나왔다. 그래서 그 자신도 자기가 사용하는 세련되고 비꼬기에 능숙한 어법과 형식을, 그러니까 단어의 문법상 활용과 변화를 즐겼다. 이러한 즐거움이 듣는 사람들에게도 전달되어 흐뭇한 기분으로 웃음을 머금게 하는 것이었다. 또한 너무나 명석하고 냉철한 그의 정신은 단 한 번의 실수도 용납하려 하지 않는 것 같았다.

「당신은 말씀을 무척 익살스럽게 하십니다, 세템브리니 씨.」한스 카스토르프가 말했다. 「너무나 활기 있게요 — 뭐라고 표현하면 좋을지 생각이 안 나네요.」

「조형적이란 말이 어떨까요?」이탈리아인은 이렇게 대답하고는, 날씨가 꽤 서늘한데도 손수건으로 부채질을 했다. 「그게 당신이 찾는 말일 겁니다. 내 말투가 조형적이라고 말하고 싶은 것이지요. 어, 잠깐만요!」그가 소리쳤다. 「저기 좀 보세요! 저기 우리의 염라대왕님들이 산책 중이십니다! 참으로 희한한 광경이군요!」

세 사람은 이미 다시 길모퉁이를 돌고 있었다. 세템브리니의 말 때문인지, 내리막길이어서인지, 아니면 한스 카스토르프의 생각보다 요양원이 그리 멀리 떨어져 있지 않아서인지 — 처음 가는 길은 실제보다 훨씬 더 멀게 느껴지기 마련이다 — 아무튼 돌아오는 길은 놀랄 정도로 빨랐다. 세템브리니가 옳았다. 저 아래 요양원의 뒤편 공터에서 의사 둘이 걷고 있었던 것이다. 앞에서는 흰 가운을 입은 고문관이 목을 빼고 양손을 노 젓듯이 흔들며 걸어가고 있었고, 그 뒤에서 검은 가운을 입은 크로코브스키 박사가 회진할 때보다 더 거만하게 주위를 둘러보며 원장을 뒤따라 걷고 있었다.

「아, 크로코브스키구나!」 세템브리니가 소리쳤다. 「저렇게 어슬렁거리고 있지만, 저자는 우리 요양원에 있는 여자들의 모든 비밀을 알고 있답니다. 그의 복장이 지닌 미묘한 상징성에 한번 주목해 주십시오. 자기가 가장 자신 있어 하는 전문 분야가 밤의 세계라는 것을 암시하기 위해, 검은 옷을 입고 다니는 겁니다. 저 남자는 머릿속에 한 가지 생각밖에 없습니다. 그런데 그 생각은 불결합니다. 엔지니어 양반, 그러고 보니 우리가 저 사람에 대해서는 아직 전혀 이야기하지 않았군요! 저 사람과 인사는 나누었겠죠?」

한스 카스토르프는 고개를 끄덕였다.

「그래, 어떻습니까? 내 생각에는, 당신 마음에 들었으리라 짐작되는데요.」

「뭐라고 해야 할지 정말 모르겠습니다, 세템브리니 씨. 잠깐 만났을 뿐이니까요. 그리고 나는 그렇게 빨리 판단을 내리는 성격도 아니거든요. 난 어떤 사람을 만나도 그저 그렇고 그런 사람이겠거니 생각하고 그럼 됐다고 합니다.」

「정말 둔감하시군요!」이탈리아인이 대답했다.「비판하세요! 자연이 당신에게 눈과 오성을 준 것은 그 때문입니다. 당신은 내가 신랄하다고 생각하겠지만, 내가 그럴 때는 어쩌면 교육적인 목적이 있어서 그럴 겁니다. 우리 휴머니스트들에게는 모두 교육자의 피가 흐릅니다…… 여러분, 인문주의와 교육학의 역사적인 관계는 양자 간에 심리학적인 관계가 있음을 입증해 줍니다. 휴머니스트한테서 교육자의 직분을 빼앗아 가서는 안 됩니다. 또한 빼앗을 수도 없습니다. 인간의 존엄성과 아름다움은 휴머니스트에게만 전승되기 때문입니다. 한때 혼탁했던 반(反)인간적인 시기에는 주제넘게도 신부가 청년을 지도하는 일을 맡았던 적도 있습니다. 그 이후로는, 여러분, 어떠한 새로운 교육자 유형도 다시는 나타나지 않고 있습니다. 인문주의적 김나지움! 당신은 나를 반동적이라 부르십시오, 엔지니어 양반, 하지만 원칙적이고 추상적으로, 내 말을 잘 이해해 주십시오. 난 그 인문주의적 김나지움의 신봉자입니다…….」

세템브리니는 엘리베이터에 타고 나서도 이런 말을 계속하다가, 사촌들이 3층에서 내리고 나서야 입을 다물었다. 그자신은 4층까지 올라갔는데, 요아힘의 말에 따르면 4층의 뒤쪽 어떤 작은 방에 기거하고 있다고 한다.

「아마 돈이 없는 모양이지?」한스 카스토르프는 요아힘을 방까지 데려다 주면서 물어보았다. 요아힘의 방도 저쪽에 있는 자기 방과 아주 똑같아 보였다.

「그래.」요아힘이 말했다.「아마 돈이 없을 거야. 아니면 있다 해도 여기서 체류하기에는 빠듯한 정도겠지. 아버지도 문필가였고, 그의 할아버지도 내 생각에는 문필가였던 것 같으니까 말이야.」

「그래, 그렇다면야.」 한스 카스토르프가 말했다. 「그럼 병은 심각한 편인가?」

「내가 알기론 그리 위험하지는 않아, 하지만 고질병이라 자꾸 재발하는 모양이야. 이곳에 들어온 지 벌써 여러 해 되는 모양인데, 그동안 한 번 퇴원했다가 곧 다시 들어와야만 했다는군.」

「불쌍한 사람이군! 저렇게 일을 하고 싶어 하는데. 말솜씨가 대단해. 이 이야기에서 저 이야기로 넘어가는 솜씨가 정말 현란해. 근데, 아까 그 아가씨한테는 좀 지나쳤어. 순간 나까지도 난처했으니 말이야. 그런데 나중에 한 인간의 존엄성에 관한 이야기는 정말 멋있었어. 마치 축제 행사에서 연설하는 것 같더군. 자네는 저 사람과 자주 어울리는 편인가?」

명석한 두뇌

그러나 요아힘은 하는 일이 있어서 모호하게 대답했다. 탁자 위에 놓여 있던, 비단으로 속을 댄 붉은 가죽 주머니에서 조그마한 체온계를 꺼내 수은이 채워진 끝 부분을 입안에 넣고 있었기 때문이다. 그 유리 기구를 혀 왼쪽 아래에 넣고서 비스듬하게 위쪽으로 세우고 있었다. 그런 다음 옷매무새를 다듬은 후, 신발을 신고 군복 같은 윗도리를 걸치고는 그래프가 그려진 체온표와 연필, 심지어 러시아 문법책까지 탁자에서 집어 들었다 — 그가 말했듯이 군 복무에 도움이 될까 해서 러시아어를 배우고 있었기 때문이다 — 이렇게 준비를 하고서 그는 발코니의 접이식 간이침대에 눕고는 낙타털 담요로 발을 살짝 덮었다.

담요는 거의 필요가 없었다. 15분쯤 전부터 구름층이 점차 엷어지고 해가 모습을 드러내더니, 여름 날씨처럼 날이 따뜻하고 눈이 부셔서 요아힘은 흰 아마포 차양으로 머리를 가려야 했다. 그 차양은 조그맣고 기발한 장치로 의자 팔걸이에 부착해, 태양의 위치에 따라 이리저리 움직일 수 있게 해놓았다. 한스 카스토르프는 이 발명품을 칭찬했다. 그는 요아힘의 검온 결과를 기다리면서, 어떻게 체온을 재는지 흥미 있게 지켜보았다. 또한 발코니 한쪽 구석에 세워 둔 모피 침낭을 살펴보기도 하고(요아힘은 추운 날에는 그 안에 들어가 있었다), 난간에 팔꿈치를 대고 정원을 내려다보기도 했다. 이제 요양 홀은 독서하고 글을 쓰고 잡담을 하면서 누워 있는 환자들로 인산인해를 이루고 있었다. 요양 홀의 내부는 일부만 보였고, 의자가 다섯 개쯤 보였다.

「체온을 재는 데 얼마나 걸리지?」 한스 카스토르프는 이렇게 물으며 고개를 돌렸다.

요아힘은 손가락 일곱 개를 들어 올렸다.

「그렇다면 벌써 지났어. 분명해 — 7분이라면 말이야!」

요아힘은 머리를 흔들었다. 잠시 후에 그는 입에서 체온계를 빼서 살펴보고는 이렇게 말했다.

「그래, 시간이라는 것은 지켜보고 있으면 아주 천천히 흘러가는 거야. 나는 하루에 네 차례 체온을 재는데, 이것을 무척 좋아해. 그러면 1분이라는 시간이나 꼬박 7분이라는 시간이 사실 얼마나 되는지 잘 알 수 있기 때문이야. 여기에 있다 보면 일주일이라는 7일은 언제 지나가는지 모를 눈 깜짝할 사이야.」

「자넨 〈사실〉이라고 말하는군. 〈사실〉이라고는 할 수 없어.」 한스 카스토르프가 대답했다. 한쪽 허벅다리를 난간에 올리고 앉아 있는 그의 눈 흰자위에는 핏발이 붉게 돋아나 있었다. 「시간에는 결코 〈사실〉이라는 것이 없어. 시간이란 길다고 생각하면 길고, 짧다고 생각하면 짧은 거야. 그러나 실제로 얼마나 길고 짧은지는 아무도 모르는 거지.」 그는 평상시에 철학적인 말을 하는 일이 좀처럼 없었는데, 이상하게도 지금은 그러고 싶은 충동을 강하게 느꼈다.

요아힘은 이에 대해 반박했다.

「어째서 그렇다는 거지? 아냐, 그렇지 않아. 우린 시간을 재고 있잖아. 우리에겐 시계도 달력도 있어. 한 달이 지나간다면 그건 자네에게나 나에게나 우리 모두에게 지나가는 거야.」

「그럼 잘 들어.」 한스 카스토르프는 이렇게 말하고, 심지어 집게손가락을 자신의 흐릿한 양쪽 눈 옆에 갖다 댔다. 「1분이란 체온을 잴 때 자네가 느끼는 만큼의 길이를 의미하는 게 아닐까?」

「1분이란 말이야…… 1분이란 초침이 한 바퀴 도는 데 필요로 하는 시간, 다시 말해서 초침이 한 바퀴 도는 데 걸리는 만큼의 시간이야.」

「하지만 초침이 한 바퀴 도는 데 필요한 시간이란 정말 여러 가지야 — 우리 느낌엔 말이야! 그리고 실제로…… 실제 문제로 생각해 본다면……」 한스 카스토르프는 같은 말을 되풀이하고는, 집게손가락으로 코를 세게 눌러 코끝을 완전히 찌그러뜨렸다. 「시간이란 운동이야, 공간 운동 말이야, 그렇지 않나? 잠깐, 기다려 봐! 그러므로 우리는 시간을 공간으로 재는 거야. 하지만 이것은 공간을 시간으로 재려고 하는 것이나 마찬가지야. 그건 비과학적인 사람들이나 하는 짓이지. 함부르크에서 다보스까지 오는 데 스무 시간이 걸린다고 치자. 그래, 기차를 타면 그렇지. 하지만 걸어서 오면 얼마나 걸리겠나? 게다가 마음속으로는 1초도 걸리지 않는다고!」

「이봐.」 요아힘이 말했다. 「자네 대체 왜 그러나? 우리들이 사는 이곳이 자네를 피로하게 하는 건 아니겠지?」

「가만히 있게! 난 오늘 머리가 아주 잘 돌아가고 있네. 시간이란 대체 무엇인가?」 한스 카스토르프가 이렇게 묻고는 자기 코끝을 세게 옆으로 누르자 코끝이 핏기를 잃고 하얗게 되었다. 「자네 나에게 좀 말해 보겠나? 우린 공간을 우리의 감각 기관으로 인식하지. 시각과 촉각으로 말이야. 좋아. 그러면 시간을 인식하는 기관은 도대체 무엇일까? 나에게 좀 알려 줄 수 있겠나? 보게나, 자넨 여기에 가만히 앉아 있네. 그러면서 우리가 어떻게 그 무엇을 재려고 한단 말인가! 엄밀히 말하자면 그것에 대해 아무것도 모르는 대상, 단 하나의 속성도 알지 못하는 그 무엇 말이야! 우린 시간이 흘러간다고 말하지. 좋아, 그러니까 시간이 흘러간다고들 하지. 하지만 시간을 잴 수 있으려면…… 잠깐 기다리게! 측정이 가능하려면 시간이 균등하게 흘러가야 하네. 그러나 시간이 균등하게 흘러간다고 대체 어디에 쓰여 있는가? 우리 의식에서, 시간은 결코 균등하게 흘러가지 않아. 우리는 어떤 질서를 유지해야 한다는 이유로 시간이 그렇게 흘러간다고 가정할 뿐이야. 따라서 우리의 시간 단위는 단지 약속이나 관습에 불과한 거야, 미안하지만…….」

「좋아.」요아힘이 말했다. 「내 체온계의 눈금이 네 줄이나 더 많다는 것도 단지 약속에 불과하단 말이구나! 그런데 이 눈금 다섯 개 때문에 난 여기서 빈둥거리며 군 복무를 못 하고 있어, 정말이지 역겨운 일이야!」

「37.5도인가?」

「뭐 그러다가 곧 다시 떨어지지.」요아힘은 체온표에 온도를 기입했다. 「어젯밤에는 38도까지 올라갔어, 자네가 왔기 때문이지. 방문객이 있으면 다들 체온이 올라가. 그래도 누가 찾아와 준다는 건 고마운 일이야.」

「나도 이제 가봐야겠네.」한스 카스토르프가 말했다. 「아직 내 머릿속은 시간에 관한 생각으로 가득 차 있어……. 머릿속이 완전히 관념의 복합체라고 말할 수 있지. 하지만 그걸로 자네를 흥분시키고 싶지는 않네. 그러다가 또 자네의 체온이 올라갈 테니 말이야. 내 모든 생각을 잘 간직해 두겠네. 나중에 다시 말할 기회가 있겠지, 아침 식사 후에라도 말이야. 아침 식사 시간이 되면 다시 나를 불러 줘. 나도 이제 안정 요양을 해봐야지, 그거야 아프지도 않으니까, 다행스러운 일이지!」이렇게 말하고 그는 유리로 된 칸막이벽을 지나 자기 방의 발코니로 건너갔다. 그곳에도 마찬가지로 작은 탁자 옆에 접이식 침대가 놓여 있었다. 그는 깨끗이 청소하고 정돈한 방에서 『대양 기선』과, 진홍색과 녹색 체크무늬가 있는 아름답고 부드러운 담요를 가져와서는 자리에 누웠다.

그도 곧장 차양을 펴지 않을 수 없었다. 접이식 침대에 누

워 보니 직사광선이 견딜 수 없었기 때문이다. 하지만 누워
있으니 이상하게도 편안했다. 이것을 확인하자 한스 카스토
르프는 금방 기분이 좋아졌다. 그는 지금껏 이렇게 쾌적한
접이식 침대를 본 적이 있었는지 기억이 나지 않았다. 접이
식 침대는, 모양은 다소 구식이었고 — 하지만 이것은 취향
의 문제일 뿐이다. 왜냐하면 의자 자체는 분명 새것이었기
때문이다 — 적갈색의 윤이 나는 목재와 옥양목 재질의 부
드러운 커버를 씌운 매트리스로 이루어져 있었다. 이 매트리
스는 사실 두꺼운 쿠션 세 개로 이루어져 있었으며, 발끝에
서 등받이 부분까지 위로 펼쳐져 있었다. 그 외에, 수놓인 아
마포 커버를 씌운 너무 딱딱하지도 부드럽지도 않은 둥근
베개가 침대 의자에 끈으로 단단히 매여 있었다. 이 베개도
역시 유달리 푹신한 느낌을 주었다. 한스 카스토르프는 널
찍하고 매끄러운 팔걸이에 한쪽 팔을 기대고, 심심풀이로 읽
어 보려 한 『대양 기선』에는 손도 대지 않고, 멍하니 눈을 깜
박이며 쉬고 있었다. 발코니의 아치를 통해 보이는, 칙칙하
고 단조롭지만 밝게 비치는 바깥 풍경은 그림처럼 아름다워
서 마치 액자 속에 든 것 같았다. 한스 카스토르프는 생각에
잠겨 경치를 바라보았다. 그러다 갑자기 무슨 생각이 떠올
랐는지 고요한 분위기를 깨고 큰 소리로 말했다.

「아까 첫 번째 아침 식사를 할 때 우리 시중을 든 여자가
난쟁이였지.」

「쉿.」 요아힘이 말했다. 「좀 조용히 말해. 그래, 여자 난쟁
이였어. 그게 어쨌다는 거야?」

「아무것도 아냐. 거기에 대해서는 아직 이야기를 나누지
않아서 말이야.」

그러고는 계속 꿈을 꾸었다. 그가 자리에 누웠을 땐 이미 10시였다. 한 시간이 지난 것이다. 길지도 짧지도 않은 보통 때와 같은 한 시간이었다. 그 한 시간이 지났을 때, 집과 뜰에 종소리가 울렸다. 처음에는 멀리서, 다음에는 가까이서, 그런 다음 다시 멀리서 울려 왔다.

「아침 식사야.」 요아힘의 목소리가 들리더니, 이어서 자리에서 일어나는 기척이 들렸다.

한스 카스토르프도 하고 있던 안정 요양을 일단 중단하고, 약간의 몸치장을 하기 위해 방으로 들어갔다. 사촌들은 복도에서 만나 아래로 내려갔다. 한스 카스토르프가 말했다.

「야아, 접이식 침대가 정말 끝내주더군. 도대체 어떤 의자일까? 여기서 살 수 있는 것이라면 하나 사서 함부르크로 보내고 싶어. 마치 천국에서 자고 있는 기분이야. 그렇지 않다면 베렌스가 특별히 주문해 만든 의자일까?」

요아힘도 그것에 대해서는 알지 못했다. 이들은 외투를 벗고 식당에 들어갔다. 한스로서는 두 번째 맞는 아침 식사였다. 식당 안에서는 이미 한창 식사가 진행 중이었다.

식탁마다 반 리터쯤 되는 큰 유리잔이 놓여 있어서, 식당 전체가 반사된 우윳빛으로 희게 빛나고 있었다.

「안 되는데.」 한스 카스토르프는 다시 재봉사와 영국 여자 사이의 식탁 말석에 자리를 잡고 냅킨을 폈다. 비록 첫 번째 먹었던 아침 식사가 그에게 심한 부담을 주었지만 말이다. 「안 되는데.」 그가 말했다. 「이거 참 야단났네. 난 우유를 도저히 못 마시겠어요, 적어도 지금은요. 혹시 영국산 흑맥주는 없나요?」 그는 여자 난쟁이에게 몸을 돌리며 공손하고 상냥하게 물어보았다. 유감스럽게도 영국산 흑맥주는 없었

135

다. 하지만 그녀는 쿨름바호산 맥주를 가져다주겠다고 약속
하고는 실제로 가져왔다. 걸쭉하고 검었으며 갈색의 거품이
났는데, 영국산 흑맥주의 대용품으로는 최고였다. 한스 카
스토르프는 속이 깊은 반 리터짜리의 유리잔으로 그 맥주를
맛있게 마셨다. 그리고 차가운 고기를 얹은 토스트를 곁들
여 먹었다. 이번에도 오트밀이 나왔고 버터와 과일도 푸짐했
다. 그는 이 음식들을 입에 댈 형편이 못 되어서, 적어도 눈요
기라도 하려고 쳐다보았다. 손님들을 관찰하기도 했다. 이
제까지는 사람들이 모두 덩어리로 보였는데, 그 덩어리가 나
누어지더니, 이젠 한 사람 한 사람 눈에 들어오기 시작했다.

　그가 앉은 식탁은 그의 맞은편 윗자리를 제외하고는 모두
차 있었다. 사람들이 일러 주는 말에 따르면 그 자리는 의사
가 앉는 자리라고 한다. 의사들은 시간이 허락하는 한 환자
들과 함께 식사를 하며, 그럴 땐 식탁을 차례로 바꾸었기 때
문이다. 그래서 어느 식탁이고 의사가 앉도록 상석을 비워
두고 있었다. 지금은 두 의사 중 한 사람도 식탁에 앉아 있
지 않았다. 수술 중이라고 했다. 콧수염을 기른 젊은이가 다
시 들어와서, 턱을 가슴 쪽으로 한 번 내려 인사를 하고는 걱
정스럽고 과묵한 표정으로 자리에 앉았다. 연한 금발의 빼
빼 마른 아가씨도 자기 자리에 앉아, 마치 먹을 음식은 그것
뿐이라는 듯 요구르트를 스푼으로 떠먹고 있었다. 이번에는
그녀 옆에 작고 쾌활한 노부인이 앉아 잠자코 있는 젊은이
에게 러시아어로 말을 붙였다. 그는 노부인을 걱정에 찬 표
정으로 바라보면서 그냥 고개만 끄덕이는 것으로 대답을 대
신했다. 그러면서 그는 무언가 맛없는 음식이 입속에 들어
있는 것 같은 표정을 지었다. 그의 맞은편, 즉 노부인의 반대

쪽에는 또 다른 아가씨가 앉아 있었다. 예쁜 아가씨였다. 환히 핀 혈색, 풍만한 가슴, 보기 좋게 물결치고 있는 밤색 머리칼, 앳돼 보이는 둥근 갈색 눈의 소유자로, 아름다운 손에 조그만 루비 반지를 끼고 있었다. 그녀는 자주 웃었으며, 마찬가지로 러시아어로 말했다. 오로지 러시아어로만 말했다. 한스 카스토르프가 들은 바로는 마루샤라는 이름의 아가씨였다. 더군다나 이 아가씨가 웃고 말할 때마다 요아힘이 엄숙한 표정으로 눈을 내리까는 것을 한스 카스토르프는 우연히 알아차렸다.

옆문으로 세템브리니가 모습을 드러내더니 콧수염을 치켜 올리면서 식탁 끝에 있는 자기 자리로 걸어갔다. 그곳은 한스 카스토르프의 자리 앞쪽 비스듬한 방향에 있었다. 그런데 그가 자리에 앉자마자 그의 식탁 동료들이 와 하고 한바탕 웃음을 터뜨렸다. 분명 그가 또 무슨 독설을 날린 모양이었다. 〈반폐 클럽〉 회원들의 얼굴도 이제 한스 카스토르프의 눈에 들어왔다. 헤르미네 클레펠트가 멍한 눈으로 건너편 베란다 문 앞에 있는 자기 자리로 느릿느릿 걸어가더니, 아까 산책길에서 상의를 볼썽사납게 걷어 올리고 있던 입술이 두툼한 청년에게 인사를 했다. 상아빛 얼굴의 레비는 뚱뚱하고 주근깨투성이인 일티스와 나란히, 한스 카스토르프의 오른쪽으로 비스듬하게 놓인 식탁에 그와는 안면이 없는 사람들 사이에 앉아 있었다.

「저기 자네 옆방 사람들이 오네.」 요아힘이 몸을 앞으로 숙이면서 사촌에게 나지막하게 귀띔했다……. 러시아인 부부가 한스 카스토르프 옆을 바짝 스치듯이 지나 식당 오른쪽 끝에 있는 소위 〈이류 러시아인석〉으로 갔다. 그 식탁에서는 못생긴 소년을 데리고 있는 어떤 가족이 이미 꽤 많은 양의 오트밀을 게걸스럽게 먹어 대고 있었다. 옆방 남자는 홀쭉한 체격이었고, 볼이 쏙 들어가 회색빛을 띠고 있었다. 갈색 가죽 잠바를 입었고, 발에는 버클이 달린 볼품없는 펠트 장화를 신었다. 역시 키가 작고 귀여운 그의 아내는 흔들거리는 깃털 장식 모자를 쓰고, 작고 굽 높은 러시아제 가죽 장화를 신고 아장아장 걸어 들어왔다. 그녀는 깃털로 만든 더러운 털목도리를 목에 두르고 있었다. 한스 카스토르프는 평소의 자신답지 않게 가혹한 시선으로 러시아인 부부를 관찰했다. 그 자신도 이러한 시선이 잔혹하다고 느꼈다. 하지만 바로 그런 잔혹함이 그에게 뜻하지 않게도 일종의 만족감을 불러일으켰다. 그의 시선은 멍하니 있기도 하고 동시에 성가시도록 집요하기도 했다. 바로 그 순간 왼쪽 유리문이 첫 번째 아침 식사 때처럼 우당탕 쾅 닫혔는데, 그는 오늘 아침처럼 움찔하지 않고 귀찮다는 듯 얼굴만 찡그렸을 뿐이다. 그리고 머리를 그쪽으로 돌리려고 하였지만, 그것조차 너무 힘들었고 또 수고해 보았자 아무런 소용이 없을 거라는 생각이 들었다. 그래서 도대체 누가 문을 그렇게 경박하게 닫는지 이번에도 확인하지 못했다.

사실을 말하자면, 보통 때 같으면 그의 심신에 적당하게 도취 작용을 일으키는 아침 식사 때의 흑맥주가 오늘은 완전히 그의 의식을 잃게 하고 마비시켰기 때문이다. 마치 머리를 된통 얻어맞은 기분이었다. 눈꺼풀은 납덩이처럼 무거웠고, 옆자리의 영국 여자에게 예의상 말을 붙이려 해도 혀가 제대로 돌아가지 않아 간단한 말도 하기 어려웠다. 눈길을 옮기는 것조차도 엄청난 자제력을 필요로 했다. 게다가

지긋지긋한 얼굴의 화끈거림이 다시 어제만큼이나 심해졌다. 그의 볼은 열 때문에 부풀어 오른 것 같았고, 숨쉬기가 힘들었으며, 심장은 천으로 싼 해머처럼 고동치고 있었다. 이런 상황에서 그가 별다른 고통을 느끼지 않았다면, 이것은 그의 머리가 클로로포름을 두세 모금 마신 것 같은 상태였기 때문이다. 크로코브스키 박사도 아침 식사를 하러 나타나서 자신의 맞은편 식탁에 앉았는데, 그것도 그는 꿈속에서처럼 아련하게 느꼈을 뿐이다. 박사가 자신의 오른쪽에 있는 여자들과 러시아어로 대화를 나누면서 한스 카스토르프를 몇 번이나 날카롭게 쳐다보았는데도 말이다. 그럴 때 비쩍 마른 요구르트 아가씨나 꽃처럼 아름다운 마루샤 같은 젊은 아가씨들은 크로코브스키 박사의 앞에서 부끄러운 듯 단정하게 눈을 내리깔고 있었다. 한스 카스토르프는 혀가 잘 안 돌아갔기 때문에, 마땅히 그래야 하듯이, 반듯한 자세로 입을 다물고 앉아서, 아니 죽은 듯 조용히 앉아서 나이프와 포크를 더한층 예의 바르게 움직였다. 사촌이 그에게 눈짓을 하며 일어나자, 그도 역시 일어나면서 딱히 누구에게라고 할 것 없이 식탁 동료들을 향해 머리 숙여 인사를 했다. 그러고는 발을 힘차게 딛고 요아힘의 뒤를 따라 식당 밖으로 나왔다.

「언제 또 안정 요양을 하지?」 식당을 나서면서, 한스 카스토르프가 물었다. 「지금까지 내가 보기에, 여기에선 그게 최고야. 벌써 그 멋진 접이식 침대에 눕고 싶어지는걸. 멀리까지 산책할 건가?」

너무 심한 말 한마디

「아니야.」 요아힘이 말했다. 「난 멀리 가서는 안 돼. 이 시간에는 언제나 아래로 조금만 내려가. 다보스 도르프(마을)를 지나 시간이 되면 다보스 플라츠(읍내)까지. 가게와 사람들을 구경하고 필요한 물건을 사기도 하면서 말이야. 점심 식사 하기까지 아직 한 시간은 누워 있을 수 있고, 그 뒤에도 4시까지 다시 누워 있을 수 있으니 아무 걱정할 게 없다네.」

두 사람은 햇빛을 쬐며 차도로 내려가, 골짜기 오른쪽 경사면의 산봉우리들을 바라보며 시냇물과 협궤를 따라 걸어가고 있었다. 요아힘은 그 산봉우리들이 〈작은 시아호른〉, 〈푸른 탑〉, 〈도르프베르크〉로 불린다고 했다. 저 건너 쪽 약간 높은 곳에 다보스 도르프의 돌담으로 둘러싸인 공동묘지가 보였는데, 요아힘은 그것 역시 지팡이로 가리켰다. 이어 두 사람은 골짜기의 밑바닥보다 1층 정도 높은 곳에 계단식으로 조성된 경사지를 따라 뻗어 있는 큰길로 나왔다.

마을이라 불리는 것은 사실 어울리지 않았으며, 마을이란 것은 단지 이름뿐이었다. 요양지가 끊임없이 골짜기 입구쪽으로 뻗어 나가면서 마을을 잠식하고 있었고, 〈도르프〉라 불리는 일부는 다보스 플라츠에 어느새 흡수되어 서로 구별이 없어져 가고 있었다. 길 양쪽으로는 지붕을 얹은 베란다, 발코니, 요양 홀 같은 시설을 호사스럽게 갖춘 호텔이나 펜션, 방을 빌려 주는 작은 민박들도 눈에 띄었다. 여기저기 새 건물들이 들어서 있었다. 군데군데 집이 없는 곳도 있어서, 길에서 골짜기 밑바닥에 펼쳐진 광활한 초원이 보이기도 했다.

한스 카스토르프는 습관이 된, 자신이 좋아하는 삶의 낙에 대한 갈망으로, 다시 여송연에 불을 붙였다. 앞서 마신 맥주 덕분에, 담배에서 기대했던 향내가 약간 느껴져 말할 수 없이 만족스러웠다. 물론 그 맛이 가끔씩 느껴지고 농도도 약했다. 그래서 그러한 만족감을 느끼려면 상당한 긴장과 노력이 필요했는데, 사실 꺼림칙한 가죽 같은 맛이 더 많이 났다. 그렇다고 금방 포기할 수도 없어서 한스 카스토르프는 한동안 향내를 맡으려고 노력했다. 하지만 향내가 전혀 나지 않거나 비웃듯이 아주 멀리서 어렴풋이 느껴질 따름이었다. 그래서 지치고 약이 오른 한스 카스토르프는 마침내 여송연을 던져 버렸다. 정신이 몽롱하긴 했지만 그는 예의상 대화를 해야 한다는 의무감에, 아까 〈시간〉에 대해 말하려고 한 멋진 화젯거리를 생각해 내려고 했다. 하지만 그는 그러한 〈관념의 복합체〉를 말끔히 잊어버렸고, 또 시간에 대한 생각이 조금도 자기 머릿속에 남아 있지 않다는 것을 알게 되었다. 그래서 대신 육체에 관해 이야기하기 시작했지만, 이것도 입에 담고 보니 어딘가 이상하게 들리는 것이었다.

「도대체 언제 다시 체온을 재지?」 그가 물었다. 「점심 뒤인가? 그래, 좋아. 유기체가 아주 활발하게 움직일 때니까 틀림없이 잘되겠지. 베렌스가 나도 꼭 체온을 재라고 한 건 그냥 농담으로 한 말이었을 거야. 그렇지, 세템브리니도 그 말에 큰 소리로 웃던데, 말도 안 된다는 뜻으로 그런 거겠지. 게다가 나는 체온계도 없으니 말이야.」

「아니.」 요아힘이 말했다. 「그건 아무 문제도 아니야. 그냥 하나 사기만 하면 되는데 뭘. 여기서 체온계쯤은 어디서나 구할 수 있어. 어느 가게에서나 팔고 있으니까.」

「하지만 도대체 무엇 때문에! 물론 안정 요양 정도는 마음에 든다고 쳐. 그 정도야 함께할 수 있지. 그러나 검온은 청강생에겐 너무 지나친 것 같아. 그건 이 위의 자네들이나 할 일이야. 그런데 왜 그런지 알 수는 없지만.」한스 카스토르프는 사랑에 빠진 사람처럼 가슴에 두 손을 대며 계속 말했다. 「왜 이렇게 가슴이 내내 두근거릴까? 너무 불안해서 아까부터 줄곧 이 문제에 대해 곰곰 생각하고 있어. 이봐, 가슴이 두근거리는 것은 눈앞에 특별히 기쁜 일이 있거나 마음이 불안할 때, 간단히 말해 감정의 변화가 일어나는 경우에 그런 거지, 안 그런가? 그런데 아무 이유도 없고 그럴 일도 없는데 제멋대로, 말하자면 자력으로 심장이 두근거린다면 이건 아주 기분 나쁜 일이란 말이야. 무슨 말인지 알겠지. 그건 육체가 마치 영혼과 더 이상 아무 관계도 없는 것처럼 자신의 길을 가고 있는 것 같은 기분이야. 실제로 죽어 있지도 않으면서 ― 결코 그렇지는 않아 ― 오히려 매우 활기차게 삶을 영위해 가는 죽은 육체처럼 말이야, 말하자면 자력으로. 죽은 사람의 머리카락과 손톱도 자란다고 하지. 이 외에도 내가 들은 바에 따르면 물리적이나 화학적으로 아주 활발한 활동을 계속 한다고 그래……..」

「대체 그건 또 무슨 표현이야?」요아힘이 냉정히 질책하듯 말했다. 「활발한 활동이라니!」이것으로 그는 오늘 아침 〈방울 달린 군악기〉라는 표현 때문에 받았던 비난에 대해 어쩌면 약간의 복수를 한 셈이었다.

「하지만 그건 그런 거야! 매우 활발한 활동이라고! 왜 그 말에 거부감이 드는 거지?」한스 카스토르프가 물었다. 「게다가 그건 내가 말하는 김에 그냥 한 말에 불과해. 내가 하고 싶었던 말은, 아무런 이유도 없이 심장이 두근거릴 때 그런 것처럼, 육체가 자력으로 살아가고 또 영혼과는 관계없이 살아가고 또 잘난 체한다면, 그것은 섬뜩하고 고통스럽다는 거야. 아무튼 형식적으로라도 여기에 대한 감관(感官)을 찾지 않을 수 없어. 즉 기쁨이나 불안의 감각에 속하는 감정의 변화 말이야. 소위 말하자면 심장의 두근거림은 이러한 기쁨이나 불안의 감정을 통해 정당화될 수 있을지도 모르지. 적어도 내 경우는 그렇다네. 난 단지 나에 관해서만 얘기할 수 있으니까.」

「그래, 알겠어.」 요아힘은 한숨을 쉬며 말했다. 「아마 열이 있을 때와 비슷한 상태겠지. 자네 표현을 빌리면, 그때도 특별히 〈활발한 활동〉이 몸을 지배하는 거야. 그럴 경우 자네 말대로 자기도 모르게 감정 변화의 원인을 찾고, 그럼으로써 활발한 활동에 나름대로 그럴듯한 의미를 부여할 수 있겠지……. 근데 우리는 쓸데없이 불유쾌한 이야기를 나누고 있군.」 그는 떨리는 목소리로 말하고 입을 다물었다. 이 말에 한스 카스토르프는 어깨를 으쓱해 보이기만 했다. 어젯밤 요아힘이 했던 동작과 똑같은 것이었다.

두 사람은 한동안 말없이 걸어갔다. 이윽고 요아힘이 물었다.

「그건 그렇고 여기 사람들은 마음에 들어? 어때? 우리 식탁 사람들 말이야.」

한스 카스토르프는 별로 흥미가 없는 듯한 표정을 지었다. 「글쎄.」 그가 말했다. 「특별히 흥미가 당기는 사람이 없어. 다른 식탁에는 좀 흥미로운 사람들이 있는 것 같던데. 그렇게 보일 뿐인지도 모르겠지만. 슈퇴어 부인은 머리를 좀 감아야겠어. 머리에 기름기가 너무 많아. 그리고 마주르카인지 뭔지 하는 여자, 그 여자는 좀 어리석은 것 같아. 항상 손수건을 입에 쑤셔 넣고 그저 웃기만 하니 말이야.」

요아힘은, 한스 카스토르프가 이름을 엉뚱하게 말하는 것이 우스워서 큰 소리로 웃었다.

「〈마주르카〉라니, 정말 재밌어!」 요아힘이 소리쳤다. 「마루샤라고 불러. 우리 식으로 하면 마리아라는 의미야. 그래, 그녀는 아주 제멋대로야.」 그가 말했다. 「좀 더 신중하게 행동해야 하는데 말이야. 증세가 가벼운 것도 아니고.」

「누가 그렇게 생각하겠어?」 한스 카스토르프가 말했다. 「그녀는 상태가 좋아. 누가 그런 여자보고 흉부 질환이 있는 줄 알겠어?」 이렇게 말하며 그는 사촌과 편안한 시선을 교환하려고 했다. 하지만 햇볕에 그을린 요아힘의 얼굴이 마치 핏기가 사라질 때와 같이 얼룩덜룩한 색조를 띠는 것과, 그의 입이 비참할 정도로 일그러지는 것을 발견했다. 이런 표정을 보고 젊은 한스 카스토르프는 깜짝 놀라, 얼른 화제를 돌리고는 다른 사람들에 대해 물어보았다. 그러면서 마루샤와 요아힘의 표정을 어떻게든 빨리 잊어버리려 애썼는데, 다행히도 이를 완전히 잊는 데 성공했다.

하겐부텐 차[22]를 마시는 영국 여자는 로빈슨 양이었다. 또 재봉사인 줄 알았던 여자는 재봉사가 아니라 쾨니히스베르크의 공립 여자 고등학교 교사였다. 그녀의 말이 그렇게 정확한 것도 바로 그 때문이었다. 그녀 이름은 엥엘하르트였다. 원기 왕성한 노부인에 관해서는 요아힘도 그녀의 이름을 몰랐으며, 그녀가 이곳에 온 지 얼마나 되었는지도 알지 못

22 들장미를 달인 차.

했다. 어쨌든 그 할머니는 요구르트를 먹는 아가씨의 왕고모였는데, 아가씨와 내내 요양원에서 살고 있었다. 하지만 사촌의 식탁 동료들 중에 건강이 가장 나쁜 사람은 블루멘콜 박사, 오데사 출신의 레오 블루멘콜이었다. 그는 콧수염을 기르고 수심에 잠겨 무뚝뚝한 표정을 짓고 있는 젊은이였다. 벌써 여러 해 동안 이 위에서 지내고 있었다…….

두 사람은 이제 읍내의 보도 위를 걷고 있었다. 이곳은 척 보기에도 국제적인 요양지의 번화가였다. 이들은 오고가는 요양객들과 만났는데, 대부분이 젊은 사람들이었다. 신사들은 스포츠 복장에 모자를 쓰지 않고 있었고, 숙녀들도 역시 모자를 쓰지 않고 흰 치마를 입고 있었다. 러시아어와 영어로 말하는 소리가 들렸다. 멋진 쇼윈도가 있는 상점들이 좌우로 나란히 줄지어 있었다. 한스 카스토르프는 무척 피곤했지만 강렬한 호기심으로 눈을 부릅뜨고 살펴보았다. 그는 남성 패션복을 취급하는 상점 앞에 오래 머물렀는데 진열품이 유행의 첨단을 걷고 있는지 확인하는 것 같았다.

그런 다음 지붕이 덮인 회랑이 있는 원형 건물이 나왔는데, 회랑에서는 악단이 연주하고 있었다. 여기는 요양 호텔이었다. 마침 테니스 코트 몇 군데에서 시합이 벌어지고 있었다. 다리가 길고, 면도를 말끔히 한 젊은이들이 빳빳하게 줄이 선 플란넬 바지를 입고, 고무창을 댄 운동화를 신고 소매를 걷어 올린 채, 소녀들과 시합하고 있었다. 소녀들은 햇볕에 그을린 피부에 흰 옷을 입고 있었으며, 이리저리 뛰어 달리면서 햇빛 속에서 몸을 뒤로 젖히듯 뻗어 백묵처럼 흰 공을 공중 높이에서 쳐내고 있었다. 손질이 잘된 코트에서는 밀가루 같은 먼지가 뿌옇게 일었다. 사촌들은 비어 있는 벤치에 앉아 게임을 구경하면서 비평도 했다.

「자넨, 여기서 테니스는 안 하는 모양이지?」한스 카스토르프가 물었다.

「해서는 안 돼.」요아힘이 대답했다. 「우린 누워 있어야 하거든, 언제나 말이야…… . 세템브리니는 우리가 수평으로 살고 있다고 늘 말하지. 우린 수평 인간이래. 그의 시시껄렁한 농담이야. 저기서 운동하는 사람들은 건강한 사람이든지, 아니면 규칙을 어기고 무리해서 운동하는 사람들이야. 사실 저들은 정말 진지하게 운동하는 것이 아냐. 저런 옷차림을 하고 싶어서 그러는 거지…… . 그리고 금지 사항이라면, 여기서는 운동 말고도 많이 있어. 포커와, 여기저기 호텔에서도 하고 있는 프티 슈보*petits chevaux* 놀이 같은 거 말이야. 우리 요양원에선 그걸 하다가 들키면 추방이야. 몸에 가장 해로운 것이라면서. 그러나 환자들 몇몇은 야간 점호가 끝난 후 읍내에 내려와 도박을 하기도 하지. 베렌스에게 고문관이라는 칭호를 주었다는 왕자도 이곳에서 죽치고 도박을 했다더군.」

한스 카스토르프는 요아힘의 말을 거의 듣고 있지 않았다. 그는 입을 벌리고 있었다. 코감기에 걸린 것도 아닌데 코로 숨을 쉴 수 없었기 때문이다. 심장은 음악과 엇갈리는 박자로 고동치고 있어서 무척 고통스러웠다. 이러한 혼란과 모순의 감정 속에서 스르르 잠이 들려고 하는데, 그때 요아힘이 돌아가자고 재촉했다.

두 사람은 거의 아무 말 없이 요양원으로 돌아왔다. 한스 카스토르프는 평탄한 길에서 두서너 번이나 발을 헛디뎠고, 그때마다 머리를 흔들면서 슬픈 표정으로 미소를 지었다.

다리를 저는 수위가 엘리베이터로 이들이 머무는 층까지 안내해 주었다. 두 사람은 34호실 앞에서 〈또 봐〉 하고 헤어졌다. 한스 카스토르프는 방 안으로 들어와 곧장 발코니로 나가서는, 옷을 입은 그대로 접이식 침대에 몸을 던졌다. 그리고 이내 반수면 상태에 빠져들었는데, 처음 취했던 자세를 바꾸지도 않았다. 빠르게 뛰는 심장 박동이 곤혹스럽게도 잠을 방해하고 있었다.

물론, 여자야!

얼마나 잤는지 알 수 없었다. 시간이 되자 징 소리가 울렸다. 당장 식사하러 오라는 게 아니라, 식사할 준비를 하라고 주의를 환기시키는 소리였을 뿐이다. 한스 카스토르프는 이것을 알고 있었기 때문에, 그 금속음이 두 번째로 울려 퍼지다가 멀어져 갈 때까지 그냥 누운 채로 있었다. 요아힘이 그를 데리러 방에 들어왔을 때 한스 카스토르프는 옷을 갈아입으려 했다. 하지만 이번에는 요아힘이 그것을 더 이상 기다리지 않았다. 그는 시간을 엄수하지 않는 것을 싫어하고 경멸했다. 식사 시간도 지킬 수 없을 정도로 정신이 흐리멍덩해서야 어떻게 건강한 몸으로 회복되어 군 복무를 할 수 있겠느냐고 그가 말했다. 당연한 얘기였다. 그래서 한스 카스토르프는 자신은 병이 없으며, 그저 졸려서 못 견디겠다는 구실을 댈 수밖에 없었다. 그는 그냥 손만 급히 씻고 사촌과 함께 세 번째로 식당에 내려갔다.

식당 양쪽 입구로 손님들이 쏟아져 들어왔다. 건너편에
열려 있는 베란다 문으로도 쏟아져 들어왔으며, 얼마 안 가
이들은 모두 그 좌석에서 한 번도 일어나 본 적이 없었던 것
처럼 일곱 개의 식탁에 앉아 있었다. 적어도 한스 카스토르
프가 받은 인상은 그러했다. 순전히 꿈꾸는 듯한 불합리한
느낌이긴 했지만, 그의 몽롱한 머리는 이러한 인상을 금방
지워 버릴 수 없었고, 심지어는 거기에서 어느 정도 만족을
느꼈다. 식사하는 동안 몇 번이고 이러한 인상을 되살리려
고 노력했기 때문이다. 그럴 때마다 그는 그런 착각에 완전
히 사로잡혔다. 원기 왕성한 노부인은 다시 불명확한 언어
로, 비스듬히 마주 앉은 블루멘콜 박사에게 말을 걸었고, 블
루멘콜 박사는 걱정스러운 표정으로 그녀의 말을 경청했다.
노부인의 비쩍 마른 조카딸은 드디어 요구르트가 아닌, 여
종업원이 접시에 나누어 준 끈적끈적한 크림인 도르
주 *d'orge*를 먹고 있었는데, 몇 순가락 떠먹고는 곧 그만두는
것이었다. 예쁜 마루샤는 킥킥거리며 웃음을 참느라 오렌지
향내가 나는 손수건으로 입을 틀어막고 있었다. 로빈슨 양
은 아침에도 읽고 있던 둥근 글씨로 쓰인 편지를 이번에도
읽고 있었다. 분명 그녀는 독일어를 한 마디도 할 줄 몰랐고,
그렇다고 또 배우려고도 하지 않았다. 요아힘이 기사도적인
태도로 날씨에 대해 그녀에게 영어로 뭔가 말했는데, 그녀는
입술을 오물거리면서 단음절로 대답하고는 다시 입을 다물
어 버렸다. 스코틀랜드산 모직 블라우스를 입은 슈퇴어 부
인은 오늘 아침에 진찰받은 결과를 보고하고 있었는데, 좀
무식하게 점잔을 빼면서 윗입술을 말아 올려 토끼 같은 이
를 드러내고 있었다. 그녀는 오른쪽 윗부분에서 잡음이 들

리고, 그 외에 왼쪽 겨드랑이 아래에서도 아직 축약음이 들린다고 한탄하며, 그 〈늙은이〉가 앞으로도 다섯 달은 더 있어야 한다고 말했다고 했다. 교양 없는 그녀는 베렌스 고문관을 〈늙은이〉라고 불렀다. 이 외에도 그녀는 그 〈늙은이〉가 오늘 자신의 식탁에 앉지 않았다고 분개하는 모습을 보였다. 〈순서〉대로라면 (아마 〈순번〉을 말하는 모양이었다) 오늘 점심 식사에는 자신의 식탁에 앉을 차례가 되는데, 그 〈늙은이〉가 이미 다시 왼쪽 옆자리의 식탁에 앉아 있다는 것이다. (정말 베렌스 고문관은 옆 식탁에 앉아 접시 앞에서 커다란 손을 마주 잡고 있었다.) 하지만 이것은 이상한 일은 아니었다. 그곳은 암스테르담 출신의 멋쟁이 잘로몬 부인의 자리이며, 그녀는 평일에는 목덜미가 드러나는 옷을 입고 식사하러 온다고 한다. 그래서 그 〈늙은이〉가 그것에 끌리고 있는 게 분명하다. 〈늙은이〉는 진찰할 때마다 잘로몬 부인 몸을 마음대로 볼 수 있을 텐데, 슈퇴어 부인은 늙은이가 그러는 게 도무지 이해가 안 된다는 것이다. 한참 후에 슈퇴어 부인은 흥분한 어조로 소곤거리며 말했다. 어젯밤 공동 요양실, 즉 옥상에 있는 요양실에 전등이 나갔는데, 슈퇴어 부인은 그 목적을 〈훤히 알 수 있다〉고 표현했다. 그래서 〈늙은이〉는 이러한 사실을 알고 요양원 전체가 들릴 정도로 고함을 쳤다고 한다. 늙은이는 물론 이번에도 범인을 잡지 못했지만, 부카레스트 출신의 미클로지히 대위가 범인이라는 사실은 굳이 대학에서 공부하지 않아도 알 수 있는 일이라고 했다. 그자는 여자와 함께 있을 때는 아무리 캄캄해도 캄캄한 것을 모르는 사람이다 — 비록 그가 몸통 깁스를 하고 있어도, 교양의 〈교〉 자도 모르는 사람이며, 그야말로 본성이 야수라는 것이다 ― 그래요, 정말 야수예요, 슈퇴어 부인은 이마와 윗입술에 맺힌 땀을 흘리면서 숨넘어가는 목소리로 되풀이해 말했다. 빈 출신의 부름브란트 총영사 부인이 미클로지히 대위와 무슨 관계인지는 도르프와 플라츠에서도 모르는 사람이 없으며, 둘은 이미 은밀한 관계를 넘어섰다고 한다. 대위는 가끔 총영사 부인이 아직 침실에 누워 있는 꼭두새벽부터 부인의 방에 찾아가, 그녀가 아침 치장을 하는 동안 내내 자리를 지키는 것으로는 만족하지 않고, 지난 화요일에는 새벽 4시에야 비로소 그녀의 방에서 나왔기 때문이다. 최근에 기흉 수술에 실패한 19호실의 프란츠 청년을 돌보고 있는 간호사가 마침 총영사 부인의 방에서 나오는 대위와 정면으로 마주쳤는데, 이쪽이 오히려 무안하고 당황한 나머지 방을 잘못 알고 느닷없이 도르트문트 출신의 파라반트 검사의 방으로 들어갔다는 것이다……. 마지막으로 슈퇴어 부인은 그녀가 물 치약을 사는 아래 플라츠에 있는 〈미종실〉(미용실을 잘못 말한 것이다) 이야기를 비교적 오랫동안 떠들어 댔다. 요아힘은 눈을 내리깔고 자기 접시만 들여다보고 있었다…….

점심 식사는 요리도 잘 되었지만 양도 아주 푸짐했다. 가짓수도 영양가가 높은 죽을 포함해서 여섯 개나 되었다. 생선 요리 다음에 반찬을 곁들인 순수 육류 요리가 나왔고, 이어서 특별한 야채 요리와 구운 닭고기가 나왔다. 다음에는 맛에 있어서 어젯밤의 것에 떨어지지 않는 푸딩이 나왔고, 마지막으로는 치즈와 과일이 나왔다. 어느 접시나 두 번씩 돌아갔는데 그때마다 다 없어졌다. 일곱 식탁의 사람들은 접시를 가득 채워서 먹었고, 둥근 지붕의 식당 안은 왕성한 식욕, 늑대와 같은 식욕이 지배하고 있었다. 그러한 식욕이 어딘지 무시무시하고 섬뜩한 인상만 주지 않는다면, 보기에 흐뭇한 광경이었으리라. 왕성한 식욕을 공표한 것은, 잡담을 주고받으면서 빵 덩어리를 서로 던져 대는 쾌활한 사람들뿐 아니라, 쉬는 시간에 손으로 턱을 괴고 앞을 응시하는 조용하고 음울한 사람들도 마찬가지였다. 왼쪽 식탁에는 초등학생 정도의 나이로 보이는 발육 부전의 아이가 앉아 있었다. 소매가 짧은 옷을 입고 도수 높은 둥그스름한 안경을 낀 아이는 접시에 가득 놓여 있는 음식을 전부 잘라서, 미리 죽이나 잡탕으로 만들어 놓고 있었다. 그런 다음 음식 위에 몸을 굽히고 음식을 휘감아 먹고 있었다. 그러면서 때때로 눈을 닦기 위해 냅킨으로 안경 안쪽을 문지르는데, 그가 닦는 게 땀인지 눈물인지는 알 수 없었다.

이렇게 성대한 식사가 진행되는 동안 돌발 사건이 두 가지 일어나 한스 카스토르프는 심신이 허락하는 한 잔뜩 주의를 기울여야만 했다. 첫 번째로 생선을 먹는 중에 다시 유리문이 쾅 하고 닫혔다. 한스 카스토르프는 격분하여 몸을 부르르 떨면서 이번에는 반드시 누가 범인인지 알아내고야 말겠다고 스스로에게 다짐하며 말했다. 생각만 한 게 아니라, 그것을 입 밖에 내어서까지 말했다. 그에게는 그 일이 아주 심각했던 것이다. 「알아내고야 말겠어!」 그가 너무 격정적으로 말했기 때문에, 여교사뿐 아니라 로빈슨 양도 놀라서 그를 쳐다볼 정도였다. 그러고는 상반신을 왼쪽으로 돌리고 핏발 선 눈을 부릅떴다.

한 숙녀가 홀을 가로질러 가고 있었다. 부인이라기보다는 오히려 어린 소녀일지도 몰랐다. 보통 키에 흰 스웨터와 화려한 색의 치마를 입고 있었고, 불그스름한 금발을 머리 주위에 땋아 올리고 있었다. 한스 카스토르프가 앉은 자리에서는 그녀의 옆모습밖에 보이지 않았다. 식당에 들어올 때 요란한 소리를 내는 것과는 이상하리만큼 대조적으로, 독특한 걸음으로 발소리를 내지 않으며 머리를 약간 앞으로 내민 채 베란다 문과 직각으로 놓인 왼편 끝 식탁, 즉 〈일류 러시아인석〉으로 가는 것이었다. 걸어가면서 한쪽 손은 몸에 꼭 맞는 양모 스웨터 주머니에 넣고, 다른 손은 뒷머리로 가져가 머리카락을 받치며 매만지고 있었다. 한스 카스토르프는 그 손을 살펴보았다. 그는 손에 관해 감식안이 뛰어나고 비판적인 관심이 있어서, 새로 누군가와 인사를 나누면 먼저 그 사람 몸의 그 부분을 찬찬히 살피는 버릇이 있었다. 그녀는 그다지 여성스럽지 않았고, 머리카락을 받치고 있는 손은 젊은 한스 카스토르프가 속한 계층의 여성들 손처럼 손질이 잘되어 있다거나 우아하지 않았다. 꽤 넓적하고 손가락이 짧은 그 손은 여학생의 손처럼 어딘지 원시적이고 어린애 같은 데가 있었다. 손톱은 보아하니 매니큐어를 칠해 본 일이 없어 보였고, 깔끔하지도 않고 또 아무렇게나 싹둑 잘라 내어 역시 여학생의 손톱 같았다. 그리고 손가락을 물어뜯는 나쁜 버릇이 있는 것처럼, 손톱 둘레의 피부가 약간 거칠어 보였다. 사실 거리가 상당히 떨어져 있었기 때문에, 한스 카스토르프가 이것을 정말로 보았다기보다는 느낌으로 알았던 것이다. 그 지각생은 고개를 끄덕이며 식탁 동료들에게 인사하고는, 상석에 앉아 있는 크로코브스키 박사의 옆에, 홀 쪽으로 등을 돌리고 식탁의 안쪽에 앉았다. 그녀는 여전히 머리칼에 손을 댄 채, 어깨 너머로 고개를 돌리고는 식당 손님들을 둘러보았다. 그때 한스 카스토르프는 순간적으로 그녀의 광대뼈가 넓고 눈이 가늘다는 것을 알아챘다 ……. 그녀의 얼굴을 보았을 때 무엇인가에 대한, 또 누군가에 대한 어렴풋한 추억이 스쳐 지나갔다.

〈물론, 여자야!〉 한스 카스토르프는 속으로 생각했다. 그리고 이 말을 다시 입 밖에 내어 중얼거렸기 때문에, 여교사인 엥엘하르트 양은 그 혼잣말의 뜻을 알아차렸다. 궁색한 모습의 노처녀는 감동하여 미소를 지었다.

「저 사람은 쇼샤 부인입니다.」 여교사가 말했다. 「저렇게 아무렇게나 행동하지만 매력적인 여자지요.」 말할 때는 늘 그렇듯이, 이때도 엥엘하르트 양의 털이 보송보송한 볼이 더욱 발갛게 물들었다.

「프랑스인인가요?」 한스 카스토르프가 단호하게 물었다.

「아니, 러시아 여자예요.」 엥엘하르트가 말했다. 「남편이 프랑스인이거나 프랑스 혈통일 거예요, 확실히는 모르지만요.」

한스 카스토르프는, 저쪽에 있는 저 사람이 남편이냐고, 여전히 화가 난 채 물으면서 일류 러시아인석의 어깨가 튀어나온 한 신사를 가리켰다.

「아닙니다, 남편은 이곳에 없습니다.」 여교사가 대답했다. 남편은 이곳에 한 번도 온 적이 없으며, 여기서는 그 남편을 아는 사람이 한 사람도 없다고 했다.

「문을 좀 똑바로 닫아 주면 좋을 텐데요!」 한스 카스토르프가 말했다. 「항상 저렇게 문을 쾅 닫더군요. 그건 정말 무례한 짓입니다.」

여교사가 마치 자기가 잘못한 것처럼 송구스러워하며 꾸

지람을 미소로 받아들였기 때문에, 쇼샤 부인의 이야기는 더 이상 계속되지 않았다.

두 번째 사건은 블루멘콜 박사가 잠시 식당을 떠났던 일인데, 다만 그뿐이었다. 살짝 혐오감을 주는 블루멘콜의 표정이 갑자기 더욱 일그러지더니, 보통 때보다 더 근심스러운 얼굴로 한곳을 바라보는 것이었다. 그러다가 다소곳이 살짝 의자를 뒤로 빼고는 밖으로 나가 버렸다. 하지만 이때 슈퇴어 부인의 교양 없는 태도가 최고로 빛을 발했다. 어쩌면 자신의 병이 블루멘콜의 병보다 심하지 않다는 저급한 만족감에서 그랬을지도 모르지만, 그가 나가는 것을 보고 반은 동정하고 반은 멸시하는 혹평을 했다. 「정말 불쌍한 사람이지!」 그녀가 말했다. 「얼마 안 있어 죽을 거예요. 다시 또 푸른 하인리히[23]의 신세를 져야겠군요.」 그녀는 눈썹 하나 까딱하지 않고 지독히 무지한 표정을 지으며 〈푸른 하인리히〉라는 기괴한 명칭을 입 밖에 내었다. 그녀가 이 말을 했을 때, 한스 카스토르프는 끔찍하기도 하고 우습기도 한 복합적인 기분을 느꼈다. 몇 분 후 블루멘콜 박사는 나갔을 때와 똑같이 다소곳한 자세로 자기 자리로 다시 돌아와 식사를 계속했다. 그도 요리마다 두 번씩 집어서, 걱정스러운 듯 과묵한 표정으로 말없이 잔뜩 먹었다.

그리하여 점심 식사가 끝났다. 능숙한 서비스 덕분에 — 난쟁이 아가씨는 이상하게도 발이 무척 빠른 여자였다 — 점심 식사는 고작 한 시간 정도 걸렸다. 한스 카스토르프는 어떻게 자기 방으로 올라왔는지 잘 알지 못했지만, 아무튼

---

23 환자가 담을 토해 내는 푸른 유리병을 말한다. 동명의 고트프리트 켈러Gottfried Keller(1819~1890)의 소설이 있다.

발코니의 멋진 접이식 침대에 숨을 가쁘게 몰아쉬면서 다시
누워 있었다. 점심 식사 후 차를 마실 때까지 하는 안정 요양
은 하루 중 가장 중요한 것이며, 그것을 꼭 지켜야 하는 시
간이었기 때문이다. 한스 카스토르프는 한쪽은 요아힘, 다
른 한쪽은 러시아인 부부로 방을 가르고 있는 불투명한 유
리 칸막이 사이에 누워 있었다. 그리고 입으로 공기를 들이
마시고 심장의 고동 소리를 들으며 졸고 있었다. 손수건으
로 코를 푸니 손수건에 피가 빨갛게 묻어 나왔다. 하지만 그
가 자신의 일에 걱정이 좀 많고 또 본성이 약간 우울한 경향
이 있다 하더라도, 그 문제에 대해 생각해 볼 기력이 없었다.
그는 다시 마리아 만치니에 불을 붙였고, 이번에는 맛에 상
관없이 끝까지 다 피웠다. 그리고 이 위의 요양원에서 너무
나 이상한 일이 자신에게 벌어지고 있는 것을, 어지럽고 답
답한 마음으로 꿈꾸듯 생각했다. 한편 교양 없는 슈퇴어 부
인이 사용했던 그 끔찍한 명칭을 떠올리고는, 터져 나오는
웃음을 참지 못하고 가슴을 두세 번 뒤흔들었다.

알빈 씨

눈 아래로 보이는 정원에는 아스클레피오스의 지팡이가
그려진 환상적인 깃발이 미풍에 간간이 흔들리고 있었다. 하
늘이 다시 흐려졌고, 태양은 숨어 버렸다. 그러자 금방 쌀쌀
하다 할 정도로 서늘해졌다. 공동 안정 홀은 거의 만원인 듯,
끊임없이 말소리와 킥킥거리는 소리가 저 아래에서 들려왔다.

「알빈 씨, 제발 부탁이에요, 칼을 치우세요, 그리고 집어넣으세요. 그러다가 다치기라도 하면 어떡해요!」 높고 떨리는 애원조의 여자 목소리가 들려왔다. 그리고 또, 「알빈 씨, 제발, 우리를 애타게 하지 말고 그 무서운 살인 도구를 우리 눈앞에서 치워 주세요!」 제2의 목소리가 섞여 들렸다. 그러자 맨 앞줄 끝 팔걸이의자에 담배를 물고 앉아 있는 금발의 청년이 뻔뻔스러운 목소리로 대답했다.

「내 일에 끼어들지 말아요! 내 칼을 가지고 좀 놀고 있는데, 이 정도는 부인들도 허락해 주리라 생각하는데요! 그래요, 이 칼은 특별히 잘 드는 칼입니다. 콜카타의 어떤 맹인 마술사한테서 샀지요……. 그자가 이걸 꿀꺽 삼켰는데, 바로 직후 그에 제자가 50걸음쯤 떨어진 땅에서 이걸 파냈습니다……. 보시겠어요? 면도칼보다 훨씬 예리하지요. 날에 닿기만 해보십시오, 그러면 살이 버터처럼 베입니다. 잠깐만요, 보다 가까이에서 보여 드리겠습니다…….」 이렇게 말하고 알빈 씨가 일어났다. 날카로운 비명이 들려왔다. 「아니, 이번에는 권총을 가져오려고요!」 알빈 씨가 말했다. 「권총 쪽이 더 흥미로우실 겁니다. 끝내주는 물건이지요. 관통력이……. 내 방에서 가져오겠습니다.」

「알빈 씨, 알빈 씨, 제발 그러지 마세요!」 여러 사람의 목소리가 비명처럼 들려왔다. 하지만 알빈 씨는 벌써 안정 홀에서 나와 자기 방으로 올라가는 참이었다. 새파란 젊은이로 반항심이 가득해 보였고, 장밋빛의 어린애 같은 얼굴에다 귀 옆에 구레나룻을 약간 기르고 있었다.

「알빈 씨.」 어떤 여자가 뒤에서 그에게 소리쳤다. 「차라리 외투를 가져와 입으세요. 제발 부탁이니 그렇게 해주세요. 6주나 폐렴으로 누워 있으면서 외투도 담요도 걸치지 않고 여기 앉아 담배를 피우다니요! 이건 하느님을 시험하려는 무모한 짓입니다. 알빈 씨, 제발 그렇게 해주세요!」

하지만 그는 걸어가면서 코웃음을 칠 뿐, 몇 분 뒤에 벌써 권총을 가지고 돌아왔다. 그러자 여자들은 아까보다 더 미친 듯이 쇳소리를 질러 댔다. 몇몇은 의자에서 뛰어내리려다 담요에 감겨 넘어지기도 했다.

「보세요, 조그만 것이 꽤나 번쩍이지요.」 알빈 씨가 말했다. 「여기를 밀면 탕 하고…….」 다시 비명 소리가 들렸다. 「물론 실탄이 장전되어 있습니다.」 알빈 씨는 계속 말을 이었다. 「이 둥근 총신 속에 여섯 발의 탄환이 들어 있습니다. 한 발씩 쏠 때마다 총신의 구멍이 하나씩 돌아갑니다……. 게다가 나는 이 물건을 장난삼아 들고 있는 게 아닙니다.」 그는 극적 효과가 줄어든 것을 알고는 그렇게 말하고, 권총을 안 주머니에 꽂아 넣었다. 그러고는 다시 다리를 꼬고 의자에 앉아 새 담배에 불을 붙였다. 「절대로 장난이 아닙니다.」 그는 거듭 말하면서 입술을 꽉 깨물었다.

「그럼 무엇 때문에, 대체 무엇 때문이죠?」 불안하게 떨리는 목소리로 사람들이 물었다. 「무서워요!」 갑자기 누군가가 소리쳤다. 그러자 알빈 씨가 고개를 끄덕였다.

「이제야 알아듣는 것 같군요.」 그가 말했다. 「그래요, 바로 그것 때문에 권총을 갖고 있습니다.」 그는 폐렴을 이제 겨우 이겨 냈는데도 불구하고, 다량의 연기를 빨아들였다가 다시 뿜어내면서 아무렇지도 않다는 듯이 말을 이어 갔다. 「난 여기서 이렇게 빈둥거리며 지내는 게 싫증이 나서, 내가 순순히 이 세상과 작별하는 영광을 누릴 그날을 위해 이것을 간직하고 있단 말입니다. 일은 아주 간단합니다……. 어떻게 하면 가장 멋지게 해치울 수 있을까(〈해치운다〉는 말에 다시 비명 소리가 들렸다) 하는 것을 연구했고 이제 잘 알고 있습니다. 심장 부분은 제외입니다……. 거기는 제대로 겨냥하기가 어려워요……. 또한 나는 단숨에 의식을 없애는 쪽을 좋아합니다. 말하자면 이 귀여운 물건을 여기 이 흥미로운 기관에 바로 들이대는 것입니다…….」 그러면서 알빈 씨는 짧게 깎은 금발을 집게손가락으로 가리켰다. 「여기에 겨누어야 합니다…….」 알빈 씨는 니켈 도금을 한 권총을 다시 안주머니에서 꺼내, 그 총구로 관자놀이를 톡톡 두드렸다. 「여기 동맥 위를 말입니다……. 이건 거울이 없어도 척척 해낼 수 있는 쉬운 일입니다…….」

애원하며 항의하는 사람들의 소리로 소란스러워졌다. 그러는 중 격하게 흐느끼는 소리도 들렸다.

「알빈 씨, 알빈 씨, 총을 치우세요, 그 총 좀 치우세요. 관자놀이에서 떼란 말이에요. 차마 못 보겠어요! 알빈 씨, 당신은 아직 젊어요, 건강해질 거예요, 다시 실생활로 돌아가 많은 사람들의 사랑을 받을 거예요, 정말입니다! 외투부터 일단 입으세요, 그리고 누워서 담요를 덮고 요양을 하세요! 마사지사가 알코올로 당신 몸을 닦으러 와도 다시는 쫓아내지 마세요! 담배도 그만 피우고요. 알빈 씨, 당신의 생명을 위해 이렇게 부탁드리는 겁니다. 당신의 젊고 귀중한 생명을 위해서요!」

하지만 알빈 씨는 냉혹했다.

「아닙니다, 아니에요.」 그가 말했다. 「날 좀 내버려 두세요, 괜찮아요. 감사합니다. 난 지금까지 여자들이 얘기하는

158

것을 거절한 적이 없습니다. 하지만 운명의 수레바퀴를 멈추려 하는 것이 아무 소용없는 짓이라는 건 당신도 잘 아실 겁니다. 난 여기 온 지 3년째 됩니다……. 이젠 신물이 나서 어떻게 할 수가 없어요. 이러는 나를 나쁘다 할 수 있을까요? 병은 결코 낫지 않습니다, 여러분. 여기 이렇게 앉아 있는 날 보세요, 내 병은 낫지 않습니다. 베렌스 고문관조차 이젠 자신의 명예와 체면을 위해서 이를 숨기지 않고 있습니다. 이런 사정이니, 나에게 허락되는 약간의 자유를 관대히 봐주셨으면 합니다! 이것은 고등학교에서 낙제로 판정되면, 더 이상 질문도 받지 않고 아무것도 할 필요가 없는 것과 똑같습니다. 이제 그 행복한 상태에 결국 도달한 겁니다. 나는 더 이상 아무것도 하지 않아도 되고, 더 이상 고려의 대상도 되지 않는 인간입니다. 될 대로 되라지요. 초콜릿 드시겠어요? 자, 드세요! 아닙니다, 당신은 내 것을 빼앗아 가는 게 아닙니다. 내 방에 한가득 있거든요. 사탕 초콜릿이 여덟 상자, 판 초콜릿이 다섯 개, 소프트 초콜릿 4파운드가 방에 있습니다. 폐렴으로 누워 있는 동안 요양원 부인들이 보내 준 것들이지요.」

어디에서인지 저음의 목소리가 조용히 하라고 명령했다. 알빈 씨는 잠깐 낄낄거렸다. 그것은 약해 빠진 힘없는 웃음소리였다. 그러고 나서 안정 홀이 조용해졌다. 꿈이나 유령이 사라진 것처럼 너무 조용했다. 그리고 지금까지 들려온 이야기들이 침묵 속에서 묘한 여운을 남기고 있었다. 한스 카스토르프는 그 소리가 완전히 잦아들 때까지 귀를 기울였다. 한스 카스토르프는 알빈 씨가 왠지 멍청이 같다고 생각했지만, 그래도 부럽다는 생각이 드는 것은 어쩔 수 없었다. 무엇

보다도 그가 학교생활에서 끄집어낸 비유가 그에게 감명을
주었다. 한스 카스토르프 자신이 김나지움 6학년 때 낙제를
당한 적이 있었기 때문이다. 그는 그 학년의 마지막 3개월은
경쟁을 포기하고 〈현실 전체에 대해〉 개의치 않으며 그저 웃
어넘길 수 있었다. 그때 맛보았던 다소 굴욕적이면서도 우스
꽝스럽고 제대로 방임된 상태를 그는 아직도 똑똑히 기억하
고 있었다. 정신 상태가 몽롱하고 혼란스러워서 정확하게 표
현하기는 어렵지만, 그가 느낀 것은 주로 다음과 같다. 즉 명
예는 중요한 특전을 주지만, 불명예도 이에 못지않게 중요한
것으로, 오히려 불명예의 특전이 무제한의 성질을 지닌다. 한
스 카스토르프는 자신이 시험 삼아 알빈 씨의 입장에 서서,
명예의 무거운 짐에서 완전히 해방되어, 불명예의 무한정한
특전을 영원히 누릴 수 있다면 어떤 기분일까 상상해 보았
다. 그러자 청년은 무절제하고 감미로운 감정에 깜짝 놀라,
심장이 잠시 한층 더 격하게 뛰는 것이었다.

악마가 무례한 제안을 하다

그러고 난 뒤 그는 깊은 잠에 빠졌다. 왼쪽 유리 칸막이
뒤에서 들려오는 말소리에 잠이 깼을 때는 손목시계가 3시
반을 가리키고 있었다. 이 시간에 베렌스 고문관 없이 회진
을 돌고 있는 크로코브스키 박사가 그곳에서 무례한 부부와
러시아어로 대화를 나누고 있었다. 박사는 남편의 몸 상태
가 어떤지 물어보면서 체온표를 보여 달라고 하는 것 같았

다. 그런 다음 회진을 계속했는데, 발코니를 지나는 것이 아니라 복도로 되돌아 나가서, 한스 카스토르프의 방을 우회하여 요아힘의 방으로 들어갔다. 한스 카스토르프는 크로코브스키 박사와 단둘이 있고 싶은 생각은 추호도 없었지만, 그래도 이렇게 선을 그어 경원시하고 자기를 무시하니 무언가 좀 모욕당한 기분이었다. 물론 그는 건강하니까 이곳에서 고려의 대상이 아니었다. 이 위의 사람들에게는, 건강한 것에 자부심을 갖는 사람은 고려 대상도 아니고 아예 상대도 되지 않는 사람으로 간주된다고 그는 생각했다. 그런데 이러한 사실에 젊은 한스 카스토르프는 화가 났다.

크로코브스키 박사는 요아힘의 방에 2~3분 정도 머물러 있다가 이번에는 발코니를 따라 회진을 계속했다. 한스 카스토르프는, 일어나서 차 마시러 갈 준비를 하라는 요아힘의 말을 들었다. 「좋아.」 그는 이렇게 말하고 일어났다. 하지만 너무 오래 누워 있었던 탓인지 심하게 현기증이 났다. 그리고 불편한 자세로 꾸벅꾸벅 낮잠을 잤기 때문인지 얼굴이 다시 고통스럽게 화끈거렸고, 반면에 몸은 추위에 으슬으슬 떨렸다. 아마 담요를 제대로 덮지 않았던 모양이다.

그는 눈과 손을 씻고 머리와 옷을 단정히 하고 나서 복도에서 요아힘과 만났다.

「알빈 씨가 떠드는 소리 들었나?」 계단을 내려가면서 그가 물었다…….

「물론이지.」 요아힘이 말했다. 「그 사람은 처벌받아야 해. 그런 쓸데없는 잡담으로 정오의 휴식을 망쳐 버리고, 여자들을 저렇게 흥분하게 해서 병세를 몇 주일 전의 상태로 돌리고 말았어. 괘씸한 배신행위야. 하지만 그를 고발하려는 사람은 아무도 없어. 게다가 그렇게 지껄이는 것이 대부분의 사람들에게는 재미있다고 환영받고 있으니 말이야.」

「자네는 그게 가능하다고 생각하나?」한스 카스토르프가 물었다. 「그가 말하듯이 〈쉬운 일〉이라는 말이 진심이고, 실제로 권총을 들이대는 게 가능하다고 생각해?」

「아, 그럴 것 같은데.」요아힘이 대답했다. 「완전히 불가능하지는 않아. 그런 일이 이 위에선 일어나고 있어. 내가 이곳에 오기 두 달 전에도 이곳에 오래 묵었던 한 대학생이 종합 검진을 받고 난 뒤, 저쪽 숲 속에서 목을 매고 죽었거든. 내가 이곳에 처음 왔을 때 마침 그 이야기가 화제에 많이 올랐지.」한스 카스토르프는 흥분한 나머지 하품을 했다.

「그랬구나, 난 자네들이 있는 이곳이 기분 좋게 느껴지지 않아.」그가 설명했다. 「기분이 좋다고 말할 수 없어. 어쩌면 이곳에 오래 못 있고 떠나야 될 것 같아. 그렇게 되더라도 자네는 나를 나쁘게 생각하지 않겠지?」

「떠난다고? 무슨 소리야!」요아힘이 외쳤다. 「말도 안 돼. 온 지 얼마나 됐다고, 어떻게 겨우 하루 지내고 그런 판단을 내릴 수 있지?」

「뭐, 이제 겨우 하루밖에 안 됐다고? 나는 꽤 오랫동안 — 오랫동안 이 위에서 자네들과 지낸 것처럼 느껴지는데.」

「또 시간에 대해 이상한 소리를 할 것 같으면 그만두게!」 요아힘이 말했다. 「자네가 오늘 아침 내 머리를 완전히 뒤죽박죽으로 만들어 놓았으니 말일세.」

「그러지, 안심하게, 난 다 잊어버렸으니.」한스 카스토르프가 대답했다. 「그러한 관념의 복합체, 즉 시간론을 다 잊어버렸다네. 지금은 내 머리가 그렇게 잘 돌아가지 않아. 다 지나가 버린 일이야……. 지금이 차 마시는 시간인가?」

「그래, 차를 마신 다음 오늘 아침에 갔던 벤치까지 다시 산책하기로 하지.」

「그러지. 하지만 세템브리니는 다시 안 만났으면 좋겠어. 자네에게 미리 말하는데, 오늘은 더 이상 교양 있는 대화에 참가할 수 없어.」

식당에는 이 시간에 나올 수 있는 온갖 음료수가 차려져 있었다. 로빈슨 양은 이번에도 핏빛처럼 보이는 들장미 달인 차를 마셨고, 조카딸은 요구르트를 떠먹고 있었다. 이것 말고도 우유, 차, 커피, 초콜릿, 심지어는 고기 수프도 나왔다. 푸짐한 점심 식사 뒤에 두 시간 동안 누워 있었던 손님들이 사방에서 건포도가 든 커다란 케이크 조각에다 버터를 바르는 데 열중하고 있었다.

한스 카스토르프는 차를 청했다. 그리고 거기에 비스킷을 적셔 먹었다. 잼도 약간 먹어 보았다. 그는 건포도가 든 케이크를 자세히 들여다보았다. 하지만 그것을 먹는다는 것은 생각만 해도 문자 그대로 몸이 오싹해지는 일이었다. 단조롭고 울긋불긋한 둥근 천장과 일곱 개의 식탁이 있는 이 식당에 그는 또다시 자신의 자리에 앉게 되었다. 이번이 네 번째였다. 얼마 뒤 7시가 되어 그는 다섯 번째로 식당에 앉아 있었다. 저녁 식사 시간이었다. 네 번째와 다섯 번째 사이의 짧은 휴식 시간에 그는 산중턱 개울가의 벤치까지 산책했다. 이젠 산책길에 오가는 환자들이 많아서, 사촌들은 자주 인사를 해야 했다. 그런 다음 다시 발코니에서 보낸 한 시간 반 동안의 안정 요양 시간은 눈 깜짝할 사이에 공허하게 지나가 버렸다. 이때 한스 카스토르프는 심한 오한을 느꼈다.

한스 카스토르프는 저녁 식사를 하기 위해 옷을 깔끔하게 차려입고서, 로빈슨 양과 여교사 사이에서 야채수프, 반찬이 딸려 나오는 찐 고기와 구운 고기를 먹었고, 속에 마카롱 크림, 버터크림, 초콜릿, 과일 잼, 마르치판 등 온갖 것이 다 들어 있는 파이 두 조각과 고급 치즈를 바른 검은 호밀 빵을 먹었다. 이번에도 그는 쿨름바흐산 맥주를 한 병 시켰다. 하지만 속이 깊은 유리잔의 절반 정도 마셨을 때, 침대에 가서 누워 있지 않으면 안 되겠다는 것을 절실하게 느꼈다. 머릿속이 윙윙 울렸고, 눈꺼풀은 납덩이처럼 무거웠으며, 심장은 작은 북처럼 마구 뛰고 있었다. 비록 그는 필사적으로 애를 쓰며 사람들의 웃음거리가 되지 않으려 노력했지만, 몸을 앞으로 숙이고 조그만 루비 반지를 낀 손으로 얼굴을 감추고 있는 예쁜 마루샤가 자기를 보고 웃고 있는 것 같아 너무나 고통스러웠다. 슈퇴어 부인이 무슨 이야기를 하거나 주장하는 소리가 마치 아주 멀리서 말하는 것처럼 들렸다. 그런데 그 내용이 너무도 터무니없는 것이어서, 자기가 제대로 듣고 있는 건지, 아니면 그녀의 말이 머릿속에서 엉터리 같은 말로 들리는지 혼란스러워하며 의심에 빠졌다. 그녀는 생선에 사용하는 소스를 스물여덟 가지나 만들 수 있다고 설명했다. 남편조차도 그런 말을 하지 말라고 꾸짖었지만, 그녀는 그것에 관해 시인할 용기가 있다고 했다. 〈그런 말 하지 마!〉 남편이 이렇게 말했다고 한다. 〈아무도 당신 말을 믿지 않을 거야. 그리고 설사 믿는다 해도 우습다고 생각할 거야!〉 그러나 그녀는 오늘 이 말을 꼭 한 번 해서, 자신이 스물여덟 가지 소스를 만들 수 있음을 터놓고 고백하겠다는 것이다. 불쌍한 한스 카스토르프는 이 말이 끔찍하게 여겨졌다. 그는 너무 놀란 나머지 손으로 이마를 누르고, 입에 든 체스터 치즈를 바른 검은 호밀 빵을 씹어 삼키는 것을 완전히 잊고 있었다. 사람들이 식탁에서 일어났을 때까지도 그의 입에는 호밀 빵이 들어 있었다.

사람들은 앞쪽 홀로 곧장 통하는 좌측 유리문, 언제나 요란한 소리로 쾅 하고 닫혀 사람을 깜짝 놀라게 만드는 유리문을 통해 밖으로 나갔다. 거의 모든 손님이 이 문을 이용했다. 한스 카스토르프가 들은 바에 따르면, 저녁 식사 후에는 홀과 이에 접해 있는 살롱에서 사교 모임이 있기 때문이었다. 환자들 대부분이 여기저기에서 작은 무리를 지어 이야기꽃을 피우고 있었다. 녹색 나사(羅紗)를 씌운 접는 테이블 두 개에서는 카드놀이를 하느라 여념이 없었다. 한 테이블에서는 도미노를, 다른 테이블에서는 브리지를 하고 있었는데, 브리지를 하는 테이블에서는 젊은이들만 있었고 그중에 알빈 씨와 헤르미네 클레펠트도 끼어 있었다. 더군다나 첫 번째 살롱에는 광학을 응용한 놀이 기구가 두서너 개 있었는데, 렌즈를 통해 내부에 장착된 사진이 보이는 입체 요지경이었다. 이를테면 경직되고 핏기 없는 모습의 베니스 곤돌라 사공이 보이는 식이었다. 두 번째로 역시 렌즈에 눈을 대고 거기에 달린 바퀴를 가볍게 움직이면 울긋불긋한 색의 별과 아라베스크 무늬가 요술처럼 변하는 망원경식 만화경이 있었다. 마지막으로 빙빙 도는 북 같은 통에 활동사진 필름을 넣고, 통 옆에 뚫린 구멍으로 필름을 들여다보는 놀이 기구가 있었다. 필름 속에서는 굴뚝 청소부와 싸우는 방앗간 주인, 학생을 벌주는 학교 선생, 줄 위를 뛰어다니는 줄타기 광대, 민속춤을 추는 농부 부부를 볼 수 있었다. 한스 카스토르프는 차가운 손을 무릎에 얹은 채, 이런 기구들을 비교적 오랫동안 하나하나 찬찬히 들여다보았다. 그리고 불치의 환자라는 알빈 씨가 입가에 미소를 띠며 사교가다운 솜씨로 카드를 다루는 브리지 테이블 곁에도 잠시 머물렀다. 한쪽 구석에서는 크로코브스키 박사가 슈퇴어 부인, 일티스 부인 및 레비 양 들에 반원형으로 둘러싸여 활기차고 정답게 대화를 나누고 있었다. 일류 러시아인석의 멤버들은, 단지 커튼으로만 카드놀이 방과 나뉘어 있는 좀 더 작은 방으로 들어가 다정하고 친밀한 그룹을 형성하고 있었다. 거기에는 쇼샤 부인 외에 가슴팍이 쑥 들어가고 눈알이 툭 튀어나온, 금빛 수염을 기른 활력 없는 신사가 있었고, 또 금 귀걸이에 짙은 갈색 곱슬머리가 흐트러진 독특하고 우스꽝스러운 모습의 소녀도 있었다. 더구나 블루멘콜 박사도 이들과 친구가 되어 있었고, 어깨가 축 처진 청년 둘도 있었다. 쇼샤 부인은 흰 레이스 깃을 단 푸른 옷을 입고 있었다. 그녀는 이 그룹의 중심인물로서 그 작은 방의 외진 공간에 있는 둥근 탁자 뒤 소파에 앉아 있었고, 그러면서 얼굴은 카드놀이 방을 향하고 있었다. 한스 카스토르프는 못마땅한 시선으로 행실이 나쁜 이 여자를 바라보면서 생각에 잠겼다. 그녀를 보면 무언가 연상이 되는데, 그것이 정확히 무엇인지는 알 수 없었다……. 머리숱이 듬성듬성한 서른 살가량의 키 큰 남자가 갈색의 소형 피아노를 쳤는데, 멘델스존의 「한여름 밤의 꿈」에 나오는 「결혼 행진곡」을 연속해서 세 번 연주했다. 여자들 몇몇이 독촉을 하자, 그는 한 사람 한 사람의 눈을 말없이 물끄러미 바라보고는 멜로디가 아름다운 그 곡을 네 번째 연주하기 시작했다.

「실례합니다, 건강 상태는 어떠신지요, 엔지니어 양반?」바지 주머니에 두 손을 찌르고 손님들 사이를 어슬렁거리던 세템브리니가 한스 카스토르프에게 다가서며 말을 걸었다……. 여전히 성긴 나사로 만든 회색 상의에다 체크무늬가 그려진 밝은색 바지를 입고 있었다. 그는 말을 걸면서 미소를 지었다. 하지만 한스 카스토르프는, 검은 콧수염을 위로 치켜 올리고 조롱하듯 입술을 비죽거리는 그를 보자 다시 흥이 깨지는 듯한 기분이었다. 그는 입을 헤벌린 채, 충혈된 눈으로 그 이탈리아인을 멍하니 바라보았다.

「아, 당신이군요.」그가 말했다. 「오늘 아침 산책길에서 만난 분이시네요. 저 위의 벤치에서…… 개울가에서……. 물론, 나는 금방 당신을 알아보았습니다. 어떻게 생각하세요?」한스 카스토르프는, 그렇게 말해서는 안 된다는 것을 알면서도 계속 말했다. 「그때 내가 당신을 처음 보는 순간 당신이 손풍금장이 같다고 생각한 것을요……? 물론 순전히 엉뚱한 생각이긴 하지만요.」그는 세템브리니의 시선이 차갑게 살피는 표정을 짓는 것을 보고 이렇게 덧붙였다. 「한마디로 끔찍하게 바보 같은 생각이지요! 나로서도 정말 알 수 없는 일입니다. 도대체 어떻게 내가…….」

「걱정하지 마십시오, 아무 일도 아닙니다.」세템브리니는 잠시 젊은이를 말없이 살펴본 후 대답했다. 「그건 그렇고 당신은 하루를 어떻게 보냈나요? 이 환락의 장소에서의 첫날을 말입니다.」

「감사합니다. 모두 규정대로 하고 지냈습니다.」한스 카스토르프가 대답했다. 「당신이 즐겨 말하듯 주로 〈수평 생활〉을 하면서요.」

세템브리니는 미소 지었다.

「이따금 내가 그런 표현을 했을지도 모르지요.」 그가 말했다. 「그건 그렇다 치고, 그럼 이런 생활 방식이 재미있다고 생각했나요?」

「생각하기에 따라 재미있다고도 할 수 있고, 지루하다고도 할 수 있습니다.」 한스 카스토르프가 대답했다. 「이 두 가지는 때때로 구별하기가 쉽지 않습니다. 나는 전혀 지루하지 않았어요. 당신들이 사는 이 위에서는 너무나 활발한 활동이 일어납니다. 새로운 일, 희귀한 일들을 많이 보고 듣습니다……. 그런데 다른 한편으로는, 내가 이 위에 온 지가 하루가 아니라 벌써 꽤 오랜 시간이 지난 것 같습니다. 내가 이 위에서 나이를 먹고 더 현명해진 것처럼 느껴집니다.」

「더 현명해지기도 했다고요?」 세템브리니는 이렇게 말하며 눈썹을 치켜 올렸다. 「묻는 게 실례가 아니라면, 당신은 대체 나이가 몇 살입니까?」

하지만 어떻게 된 노릇인지 한스 카스토르프는 자신의 나이를 알 수 없었다! 그는 순간적으로 자신의 나이를 생각해 내려고 필사적으로 애를 써보았지만, 도무지 그게 생각나지 않았다. 그래서 시간을 벌기 위해 상대방의 질문을 반복하고는 이렇게 말했다.

「……내가 몇 살이냐고요? 분명 스물네 살입니다. 아니, 곧 스물네 살이 됩니다. 죄송하지만, 피곤해서요.」 그가 말했다. 「하지만 피곤하다는 말은 내 몸의 상태를 표현하기에 충분하지 않은 것 같군요. 우리가 꿈을 꾸고 있을 때, 꿈을 꾸고 있다는 것을 알고 눈을 뜨려고 노력해도 도저히 깨어날 수 없다는 것을 아십니까? 내 상태가 바로 그렇습니다.

열이 있는 게 틀림없습니다. 다르게는 도저히 설명할 수 없군요. 발이 무릎 위까지 차갑다는 것을 믿으시겠습니까? 그렇게 말할 수 있다면 말입니다. 무릎은 당연히 발이 아니기 때문이지요……. 죄송합니다, 정신이 극도로 혼란스럽네요. 이것도 물론 이상한 일이 아닐지도 모르죠. 이른 아침부터 기흉에서 나오는 이상한 휘파람 소리를 들었고, 그다음에는 알빈 씨가 하는 말을 들었습니다. 그것도 수평 상태에서 말입니다. 이젠 다섯 가지 감각 기관인 오감을 더 이상 믿을 수 없을 것 같습니다. 그리고 솔직히 말해서, 화끈거리는 얼굴이나 차가운 발보다 이 상태가 훨씬 더 견디기 힘듭니다. 솔직히 말씀해 주십시오. 슈퇴어 부인이 스물여덟 가지 생선 소스를 만드는 것이 가능하다고 생각하십니까? 그녀가 진짜 그것을 만들 수 있는지 묻는 것이 아니라 ─ 그건 절대로 불가능하다고 생각하니까요 ─ 그녀가 아까 식탁에서 정말 그렇게 주장했는지, 아니면 그냥 그렇게 들렸을 뿐인지, 그것을 알고 싶은 것입니다.」

세템브리니는 한스 카스토르프의 얼굴을 물끄러미 쳐다보았다. 그는 한스 카스토르프의 말을 건성으로 듣는 듯했다. 그의 눈은 다시 〈뚫어지게 응시〉하더니, 이내 초점을 잃고 멍하게 바뀌었다. 오늘 아침처럼 그는 세 번씩 〈그래, 그래, 그래요〉와 〈그럼, 그럼, 그럼〉이라고 말했다. 조롱하기도 하고, 깊이 생각하기도 하는 듯한 표정으로 〈그〉라는 첫 글자를 강하게 발음했다.

「스물넷이라고 했지요?」 한참 있다가 그가 물었다…….

「아닙니다, 스물여덟입니다!」 한스 카스토르프가 말했다. 「스물여덟 가지 생선 소스입니다! 보통 소스가 아니라 생선

용 특별 소스 말입니다. 그건 당치도 않은 말이지요.」

「엔지니어 양반.」세템브리니는 화가 나 면박을 주는 듯한 어조로 말했다.「정신을 가다듬고, 그런 경박한 헛소리는 그만두십시오! 난 그런 건 알지도 못하고, 알고 싶지도 않습니다. 스물네 살이라고 그랬죠? 음…… 그럼 한 가지 더 묻는 것을 용서해 주십시오. 원한다면 주제넘은 제안을 하는 것이라 생각하셔도 좋습니다. 이곳에 머무는 것이 당신의 몸에 좋지 않은 것 같습니다. 즉 육체적으로나, 내 생각이 틀리지 않는다면, 정신적으로도 우리들이 사는 이곳이 당신 몸에 좋지 않은 것 같습니다. 어떻습니까? 이곳에서 나이 드는 것을 단념하는 것이. 간단히 말해 오늘 밤에라도 당장 짐을 꾸려, 내일 정기 급행열차로 이곳을 떠나는 것이 어떨까요?」

「나더러 여기서 떠나라는 말씀이십니까?」한스 카스토르프가 물었다…….「어제 겨우 도착한 이곳에서요? 그렇지만 안 됩니다, 겨우 하루 지내보고 어떻게 판단할 수 있겠어요!」

그는 이 말을 하면서 우연히 옆방을 바라보았다. 자기 쪽을 향해 앉아 있는 쇼샤 부인의 가느다란 눈과 넓은 광대뼈가 보였다. 그는 그녀가 대체 무엇을, 누구를 연상하게 하는 얼굴일까 생각했다. 하지만 머리가 피곤해서인지 조금 생각해서는 알아낼 수 없었다.

「물론 이 위에 사는 당신들의 분위기에 적응하는 게 쉬운 일은 아닙니다.」그는 말을 계속 이어 갔다.「그러나 그건 예상할 수 있는 일이었습니다. 이삼일 정도 약간 혼란스럽고 얼굴이 화끈거린다고 해서, 그 때문에 곧장 낙담하여 계획을 변경한다면 그야말로 부끄러운 일일 겁니다. 정말 자신이 비겁하게 여겨지고, 게다가 이성에 거역하는 것일 겁니다.

그렇습니다, 당신 자신도…….」

그는 갑자기 따지듯이 말하며 흥분하여 어깨를 들썩였는데, 마치 그 이탈리아인이 자신의 제안을 어떤 형태로든 철회하도록 다그치는 동작 같았다.

「난 이성에 경의를 표합니다.」 세템브리니가 대답했다. 「그리고 용기에도 경의를 표합니다. 당신의 말은 당연한 것으로, 뭐라고 반박하기가 어려울 것 같습니다. 그리고 사실 여기서도 잘 적응한 몇몇 사례를 봐왔습니다. 가령 작년에 이곳에 있었던 명문가 출신의 크나이퍼 양을 들 수 있습니다. 고위 공무원의 딸인 오틸리에 크나이퍼 말입니다. 그녀는 이곳에 1년 6개월가량 있었는데, 이곳 생활에 훌륭하게 적응해서 건강을 완전히 회복했습니다 — 이곳에서도 때때로 건강을 찾는 사례가 있습니다 — 그런데도 그녀는 절대로 이곳을 떠나려고 하지 않았습니다. 이곳에 머물러 있게 해달라고 고문관한테 애걸했으니까요. 집에 돌아갈 수 없고, 돌아가기도 싫다, 여기가 자기 집이다, 자기는 여기 있는 게 행복하다면서 말입니다. 그런데 마침 손님들이 막 몰려들어 그녀도 방을 비워 줘야 했습니다. 그녀의 애원도 소용없었지요. 그녀는 건강하니 무조건 퇴원하라는 주장이 강경했으니까요. 그러자 오틸리에는 고열이 생겨 체온표의 곡선이 급상승하게 되었습니다. 그런데 그녀가 일반적으로 사용하는 체온계가 아니라 〈무한정 체온계〉를 사용한 것이 발각되고 말았습니다. 당신은 그것이 무엇인지 모르시겠지만, 그건 눈금이 없는 체온계를 말합니다. 그래서 의사가 그것에 자를 대고 도수를 체크해서는, 체온표에다 직접 기입하는 겁니다. 오틸리에는 36.9도였습니다. 거의 정상이었죠.

그러자 그녀는 호수에 들어가 수영을 했습니다. 그때가 5월
초였습니다. 아직 밤에는 서리가 내릴 정도로 추웠지만, 그
렇다고 물이 얼음처럼 차가운 정도는 아니었지요. 정확히
말하자면, 수온은 영상 2~3도 정도였습니다. 그녀는 오랫
동안 물에 들어가 있으면, 어떻게 해서든 열이 오를 것이라
고 생각했던 것입니다. 하지만 그 결과는? 그녀는 아주 건강
한 상태였습니다. 그녀는 부모의 위로에도 아랑곳하지 않고
고통과 절망 속에 떠났습니다. 〈저 아래에서 무엇을 하란 말
인가요?〉 그녀는 거듭 소리쳤지요. 〈여기가 내 고향인데요!〉
그녀가 그 뒤 어떻게 되었는지는 모르겠습니다……. 그런데
당신은 내 말을 귀담아듣지 않는 것 같군요, 엔지니어 양반?
내 생각이 틀리지 않는다면, 당신은 두 다리로 서 있는 것조
차 힘든 것 같습니다. 소위님, 여기 사촌을 좀 맡아 주십시
오!」 마침 가까이 다가온 요아힘을 향해 고개를 돌리며 그가
말했다. 「침대로 데리고 가십시오! 이성과 용기를 겸비한 사
촌이지만, 오늘 저녁에는 약간 쇠약해 보이는군요.」

　「아닙니다, 정말로 괜찮습니다, 난 당신 말을 다 이해했습
니다.」 한스 카스토르프가 단언하듯 말했다. 「무한정 체온
계란 그러니까 눈금이 전혀 없는 수은주를 말하는 거지요.
어떻습니까, 모두 알아들은 거지요!」 하지만 그런 다음 한스
카스토르프는 결국 요아힘과 다른 여러 환자들과 함께 엘리
베이터를 타고 위로 올라갔다. 오늘 밤의 모임은 끝이 났고,
사람들은 밤의 안정 요양을 하기 위해 저마다 홀과 발코니
를 찾아갔다. 한스 카스토르프는 요아힘의 방으로 따라 들
어갔다. 야자 껍질 매트를 깔아 둔 복도의 바닥이 발밑에서
부드럽게 물결치고 있었지만 별로 불쾌하게 느껴지지는 않

았다. 그는 꽃무늬가 그려진 요아힘의 커다란 팔걸이의자에 앉았다 — 이런 의자는 자신의 방에도 있었다 — 그리고 마리아 만치니에 불을 붙였다. 여송연은 아교와 석탄 같은 맛, 그 밖에도 여러 가지 맛이 났지만, 원래의 맛만은 나지 않았다. 그래도 그는 담배를 계속 피웠다. 그러면서 요아힘이 안정 요양을 준비하는 것을 지켜보았다. 그는 작업복 같은 실내복으로 갈아입고, 그 위에 좀 낡은 외투를 걸치고는, 나이트 테이블용 전기스탠드와 러시아어 교본을 들고 발코니로 나갔다. 거기서 소형 스탠드에 불을 켜고, 체온계를 입에 물고는 접이식 침대에 누워, 놀라우리만큼 숙련된 동작으로 의자 위에 펼쳐져 있던 커다란 낙타털 담요 두 장을 몸에 돌돌 말기 시작했다. 한스 카스토르프는 감탄을 금치 못하면서 사촌의 능숙한 솜씨를 바라보았다. 요아힘은 겹친 담요 두 장을 한 장씩, 처음에는 왼쪽에서 세로로 겨드랑이 밑까지 덮고, 그다음 아래서부터 발을 덮은 다음, 오른쪽에서부터 같은 동작을 되풀이했다. 마지막에는 완전히 균형이 잘 잡힌 매끈한 꾸러미 모양이 되어, 거기서 머리와 어깨, 양팔만 드러나 보일 뿐이었다.

「정말 잘하는구나.」한스 카스토르프가 말했다.

「연습을 많이 하면 이렇게 된다네.」요아힘은 온도계를 이로 물면서 대답했다.「자네도 배우게 되겠지. 내일은 꼭 자네가 쓸 담요를 몇 장 사야겠어. 아래에 가서도 쓸 수 있고, 이 위에서도 꼭 필요하니까. 특히 자네는 침낭도 없으니까 말이야.」

「그러나 나는 밤중에 발코니에서 잘 수 없어.」한스 카스토르프가 설명했다.「그건 할 수 없어. 지금 당장 말해 두는

데 말이야. 그러면 너무 이상한 기분이 들지도 몰라. 모든 것에는 한계가 있는 법이지. 그리고 내가 자네들이 사는 이 위에 손님으로 와 있다는 점을 분명히 말해 두어야겠네. 나는 여기 조금 앉았다가 여송연이나 피우겠네. 맛은 형편없지만, 이건 마리아의 질이 나빠서가 아니라는 것을 알고 있어. 그러니 오늘은 이것으로 만족해야겠지. 이제 9시가 가까워지는군. 물론 아직도 9시가 안 됐다는 게 유감인걸. 그렇지만 9시 반이면 그럭저럭 침대에 들어가도 괜찮은 시각이라 말할 수 있겠지.」

그는 심한 오한을 느꼈다. 한 번, 그리고 계속해서 여러 번 오한을 느꼈다. 한스 카스토르프는 자리에서 벌떡 일어나 벽에 걸린 온도계 앞으로 허겁지겁 달려갔다. 현행범이라도 붙잡으려는 태세였다. 실내 온도는 영상 9도였다. 스팀 관에 손을 대보니, 관은 꺼져서 차가웠다. 8월이라고 해서 스팀을 안 넣어 주는 건 괘씸한 일이다, 지금이 몇 월인가가 문제가 아니라 지금 기온이 몇 도인가가 문제인데, 그리고 자신은 지금 개처럼 떨고 있는데, 하면서 그는 혼자 중얼거렸다. 그러면서도 그의 얼굴은 타는 듯이 화끈거렸다. 그는 다시 앉았다가 또 한 번 일어나, 요아힘에게 담요를 빌려 달라고 중얼거리며 부탁했다. 그러고는 의자에 앉으면서 무릎 위로 담요를 폈다. 그리고 열과 오한을 느끼면서 맛이 제대로 나지 않는 담배로 고통을 겪었다. 그는 말할 수 없이 비참한 기분이 들었다. 지금까지 살면서 이처럼 참담한 기분이 든 것은 처음인 것 같았다. 「정말 비참하구나!」 그가 중얼거렸다. 그런데 그러면서도 이상하게 기쁨과 희망이라는 무절제한 감정이 갑자기 뇌리를 스치는 것이었다. 이런 감정을 한

번 느끼자, 그는 혹시 이 감정이 다시 생기지 않을까 생각하고 가만히 앉아서 기다려 보았다. 하지만 그런 감정은 다시 일어나지 않았고, 다만 참담한 기분만이 남아 있을 따름이었다. 마침내 그는 자리에서 일어나, 요아힘의 담요를 침대에 도로 던져 주고는, 입을 비쭉거리며 〈잘 자!〉, 〈얼어 죽지나 마!〉, 〈내일 아침 식사 때 또 나를 불러 줘!〉와 같은 말을 중얼거렸다. 그러고는 비틀거리며 복도를 따라 자기 방으로 돌아갔다.

그는 옷을 벗으며 콧노래까지 불렀으나, 결코 즐거워서 그런 것은 아니었다. 또 문화적인 의무처럼 되어 버린 밤의 몸치장을 꼼꼼하게 손을 놀리며 마쳤으나, 기계적이고 대충대충 해치웠을 뿐이었다. 그는 여행용 향수병에서 커다란 연분홍색 물 치약을 꺼내 컵에 부어 꼼꼼하게 양치질을 하고, 부드러운 연분홍색 고급 비누로 두 손을 씻었다. 그러고는 안주머니에 HC[24]라는 철자가 수놓인 기다란 고급 삼베 잠옷을 입었다. 그러고는 침대에 누워, 죽은 미국 여자가 쓰던 그 베개 위에 뜨겁고 혼란스러운 머리를 얹으며 불을 껐다.

금방 잠에 빠질 줄 알았는데 그건 착각이었다. 조금 전만 해도 거의 뜰 수 없었던 눈이 이제는 아무리 해도 감기지가 않았으며, 또한 그가 눈을 감자마자 다시 불안하게 파르르 떠지는 것이었다. 그는 아직은 평소의 잠자는 시간이 아니라서 그런 거야, 하고 스스로에게 타일렀고, 그런 다음에는 아마 낮에 너무 많이 자서 그렇겠지, 하고 스스로를 위로했다. 게다가 바깥에서는 카펫을 두드리는 소리가 들려왔다. 이런 시각에 생각할 수도 없는 일이었고 실제로 그렇지도

24 Hans Castorp의 머리글자.

않았다. 바로 한스 카스토르프의 심장이 뛰는 소리였던 것이다. 그 소리는 몸 밖의 어딘가 저 멀리서, 갈대로 엮은 먼지떨이로 카펫을 두드리는 소리같이 들려왔다.

방 안은 아직 완전히 어두워지지는 않았다. 요아힘과 이류 러시아인석 부부의 발코니에 있는 전기스탠드 불빛이 바깥의 열린 발코니 문을 통해 새어 들어왔기 때문이다. 한스 카스토르프가 눈을 껌뻑이며 반듯이 누워 있는 동안, 갑자기 낮에 받았던 어떤 인상, 딱 한 가지 인상, 즉 그가 깜짝 놀라면서 민감한 기분을 느껴 곧 다시 잊어버리려고 한 관찰이 그의 마음에 되살아났다. 그것은 마루샤와 그녀의 육체적인 특성이 화제에 오르자 요아힘의 얼굴에 나타난 표정이었다. 입은 슬피 우는 듯 아주 이상하게 일그러지고, 햇볕에 그을린 볼에 반점이 생기며 얼굴이 창백해졌던 것이다. 한스 카스토르프는 그것이 무엇을 의미하는지 이해하고 통찰했다. 그리고 그것을 매우 새롭고 자세하고 절실하게 이해하고 통찰했기 때문에, 바깥에서 갈대 먼지떨이로 두드리는 소리의 속도와 강도가 두 배가 되어, 저 아래 플라츠에서 들려오는 세레나데의 울림을 거의 지워 버릴 정도였다. 저 아래 호텔에선 또다시 연주회가 열리고 있었다. 대칭적이고 무미건조한 소가극풍의 멜로디가 어둠을 타고 이 위로 들려왔다. 때문에 한스 카스토르프는 속삭이듯 휘파람을 불면서 (휘파람을 속삭이듯 불 수 있다), 새털 담요 밑의 차가운 두 발로 박자를 맞추었다.

물론 이런 상태에서는 잠을 잘 수 없는 노릇이었고, 한스 카스토르프도 이제는 잠이 오리라고 추호도 생각하지 않았다. 요아힘의 얼굴이 왜 그렇게 하얗게 질렸는지를 새롭고 생생하게 이해한 뒤에, 그는 세계를 새롭게 인식하였다. 그리고 아까의 무절제한 기쁨과 희망의 감정이 다시금 마음 깊은 곳에서 일어났다. 그리고 그는 아직도 무언가를 기다리고 있었다, 무엇을 기다리고 있는지 스스로에게 물어볼 수도 없었지만, 그의 좌우 이웃 사람들이 야간 안정 요양을 끝마치고 발코니에서의 수평 상태를 실내 수평 상태로 바꾸기 위해 방 안으로 들어가는 소리를 들었을 때, 옆방의 야만적인 부부도 오늘 밤은 조용히 지내겠지 하는 기대를 품어 보았다. 그럼 나는 조용히 잠들 수 있을 거야 하고 그는 생각했다. 그들이 오늘 밤은 조용히 지낼 거야, 그러기를 믿어 의심치 않는다! 하지만 그들은 조용히 지내지 않았고, 한스 카스토르프도 솔직히 그럴 거라고 생각하지 않았다. 사실, 만약 그 두 사람이 조용히 지냈더라면 반대로 한스 카스토르프 쪽이 이상하게 생각했을지도 모른다. 그럼에도 불구하고 그는 들려오는 소리에 깜짝 놀라 몇 번이나 속으로 이렇게 외쳤다. 〈아니, 이럴 수가 있나!〉 그는 소리 없이 외쳤다. 〈대단하군! 이런 일이 가능하기라도 할까? 정말 너무해!〉 그렇게 마음으로 외치는 사이에도 그는 저 아래에서 끈덕지게 들려오는 무미건조한 소가극풍의 멜로디에 맞춰 속삭이듯 휘파람을 불고 있었다.

한참 후에 그는 깜빡 잠이 들었다. 하지만 잠들면서 여기에 도착한 첫날 밤에 꾸었던 꿈보다 더 종잡을 수 없는 꿈을 꾸기 시작했다. 끔찍한 광경에 또는 어수선한 상념을 쫓다가 종종 잠에서 깨기도 했다. 꿈에 베렌스 고문관이 두 팔을 앞으로 뻣뻣이 내밀고, 무릎을 구부린 채 뜰 안의 작은 길을 보폭이 넓고 왠지 고독해 보이는 걸음걸이로 멀리서 들려오는 행진곡 박자에 맞춰 걷고 있었다. 고문관은 한스 카스토르프 앞에 멈추어 섰는데, 도수가 높고 알이 둥근 안경을 끼고 있었고, 알 수 없는 말을 늘어놓았다. 「물론 민간인이지!」그는 이렇게 말하며, 허락도 구하지 않고 그 큰 손의 집게손가락과 가운뎃손가락으로 한스 카스토르프의 눈꺼풀을 뒤집었다. 「내가 금방 알아차린 것처럼 존경할 만한 민간인이군요. 그리고 결코 재능이 없다고 할 수 없어요. 전신 연소 작용을 증진시키는 재능 말입니다! 이 위의 우리 곁에서 2~3년쯤 걱정 없이 근무하는 것을 아까워하지 않겠지요! 자, 그럼 여러분, 이제 산책을 계속하도록 하시죠!」그는 이렇게 외치면서 커다란 집게손가락 두 개를 입에 넣고는 독특하게 듣기 좋은 휘파람 소리를 내는 것이었다. 그러자 여교사와 로빈슨 양이 각기 다른 방향에서 실제보다 오그라든 모습으로 공중을 날아와, 식당에서 한스 카스토르프의 좌우 양쪽에 앉는 것처럼 베렌스의 좌우 어깨에 앉았다. 베렌스 고문관은 뛰는 듯한 걸음걸이로 멀어져 가면서 안경알 뒤로 냅킨을 집어넣고 눈을 닦았다. 그런데 무엇을 닦는지, 그게 땀인지 눈물인지 알 수 없었다.

이어 다른 꿈이 계속되었다. 그는 학교 교정에 있는 듯한 꿈을 꾸었다. 오랜 세월 동안 수업 시간 사이사이의 휴식 시간을 보냈던 교정이었다. 그리고 역시 그 교정에 있었던 쇼샤 부인에게서 막 연필을 하나 빌리려는 참이었다. 그녀는 은색 색연필 케이스에 꽂혀 있는 붉은색 몽당연필을 그에게 주었다. 그러면서 한스 카스토르프에게 듣기 좋은 쉰 목소리로, 수업이 끝나면 꼭 자기에게 돌려 달라고 당부했다. 그녀가 넓은 광대뼈 위, 회색과 녹색이 섞인 가느다란 눈으로 그를 쳐다보았을 때, 그는 꿈에서 빠져나오려고 안간힘을 썼다. 그녀가 무엇을, 누구를 생생하게 기억하게 하는지 이젠 알 수 있어서, 그 기억을 붙잡고 싶었다. 그는 이 인식을 다음 날을 위해 안전하게 머릿속에 새겼다. 다시 잠과 꿈에 휩싸여 들어가는 자신을 느꼈기 때문이다. 그리고 정신 분석을 실시하기 위해 그에게로 다가오는 크로코브스키 박사를 피해 자신이 도망을 치는 모습이 눈앞에 보였다. 정신 분석에 대해 한스 카스토르프는 터무니없고 정말로 비상식적인 두려움을 느끼고 있었다. 그는 박사에게 잡히지 않으려고 여러 개의 발코니를 통과하고 유리 칸막이들을 지나 불편한 걸음으로 도망쳤다. 그는 생명의 위험을 무릅쓰고 정원으로 뛰어내렸으며, 곤경에 처하자 적갈색의 깃대에 기어오르려고 했다. 그러다가 뒤쫓아 온 의사에게 바지 자락을 붙잡힌 순간 땀에 흠뻑 젖은 채 꿈에서 깨어났다.

약간 진정을 하자마자 그는 다시 얕은 잠이 들었는데, 이번에는 꿈의 내용이 다음과 같이 전개되었다. 한스 카스토르프는 그의 앞에 서서 미소 짓고 있는 세템브리니를 어깨로 떠밀어 내려고 안간힘을 썼다. 무성한 검은 콧수염이 아름다운 곡선을 그리며 살짝 위로 올라간 그는 우아하나 냉담하고도 빈정거리는 듯한 미소를 짓고 있었다. 바로 이 미소를 한스 카스토르프는 무엇보다 참을 수 없었다. 「방해하지 마세요!」 그는 꿈속에서 자기가 이 말을 하는 것을 분명히 들었다. 「저리 가세요! 당신은 손풍금장이에 지나지 않습니다. 여기 있으면 방해가 됩니다!」 하지만 세템브리니는 그 자리에서 꿈쩍도 하지 않았다. 한스 카스토르프는 이제 어떡하면 좋을까 하고 곰곰 생각하며 서 있었다. 이때 전혀 예기치 않게도 시간이란 과연 무엇인가에 대한 멋진 생각이 뇌리에 떠올랐다. 시간이란 다름 아닌 무한정 체온계에 지나지 않는다. 의사를 속이려고 하는 사람들이 사용하는 눈금 없는 수은주인 것이다. 한스 카스토르프는 이 새로운 깨달음을 내일 사촌 요아힘에게 알려 줘야겠다고 굳게 다짐하면서 잠에서 깨어났다.

이러한 모험과 깨달음 속에서 밤이 지나갔다. 알빈 씨나 미클로지히 대위뿐 아니라, 헤르미네 클레펠트도 꿈속에서 영문 모를 역할을 했다. 미클로지히 대위는 슈퇴어 부인을 입에 물고 달아나려다가 파라반트 검사의 창에 찔렸다. 어떤 꿈은 하룻밤에 심지어 두 번이나 꾸기도 했다. 그것도 두 번 다 똑같은 내용의 꿈을 말이다. 두 번째 꿈은 새벽녘에 꾸었다. 그가 일곱 개의 식탁이 있는 식당에 앉아 있는데, 유리문이 요란한 소리를 내며 쾅 닫히더니 흰 스웨터를 입은 쇼샤 부인이 한 손은 주머니에 넣고 한 손으로 뒷머리를 매만지며 식당으로 들어오는 것이었다. 하지만 이 무례한 여자는 일류 러시아인석으로 가지 않고 한스 카스토르프 쪽으로 소리 없이 다가와, 말없이 손을 내밀며 키스해 달라고 했다. 하지만 그녀는 손등이 아니라 손바닥을 내밀었다. 그래서 한스 카스토르프는 그녀의 고상하지 못한 손, 손톱 주위의 피부가 거칠고 손가락이 약간 뭉툭하며 짧은 손의 바닥에 입을 맞추었다. 이때 그는 명예의 압박을 단지 시험적으로 느끼고 또 불명예의 무한한 특전을 맛보았을 때, 마음속에서 끓어오르던 무절제한 감미로움의 감정이 다시 머리에서 발끝까지 전신에 스며드는 것을 느꼈다. 그는 꿈속에서 이 감정을 다시 느꼈는데, 현실에서보다 훨씬 더 강렬했다.

제4장

필요한 물건 사들이기

「이제 자네들의 여름은 끝난 건가?」 한스 카스토르프는 3일째 되던 날 사촌에게 빈정대듯 물었다…….

날씨가 갑자기 돌변한 것이다.

청강생이 이 위에서 하루를 보낸 이틀째 날은 화창한 여름 날씨였다. 창끝처럼 뻗어 나온 가문비나무 새싹 위로 새파란 하늘이 빛나고, 골짜기 아래의 마을은 눈부시게 밝은 햇빛으로 번쩍이고 있었다. 그 햇빛을 받아 따사로워 보이는 산중턱의 작은 풀밭에서는 암소들이 풀을 뜯으며 한가로이 돌아다녔고, 방울 소리가 주위의 공기를 맑고 평화롭게 채워 주었다. 여자들은 벌써 첫 번째 아침 식사 때 세탁하기 쉬운 얇은 블라우스를 입고 나타났는데, 몇몇은 심지어 작은 구멍이 뚫린 소매를 입고 나오기도 했다. 이러한 차림이 누구에게나 잘 어울린다고는 할 수 없었다. 가령 슈퇴어 부인의 경우에는 전혀 어울리지 않았다. 팔이 너무 굵어서 그녀에게는 그런 섬세하고 보드라운 복장이 전혀 어울리지 않앉던 것이다. 요양원의 남자들도 그런 화창한 날씨에 어울리게 각자 나름대로 외모에 신경 써 옷을 입고 나왔다. 광택이 나는 알파카 재킷과 아마포 양복도 등장했다. 요아힘 침셀은 푸른색 상의에 상아빛 플란넬 바지를 입었는데, 이 배합으로 그의 모습은 완전히 군인 같은 인상을 주었다.

세템브리니로 말하자면, 그도 옷을 갈아입고 싶다는 의사를 되풀이하여 말했다. 「이런!」 점심 식사가 끝난 뒤 사촌들과 플라츠로 산책을 나가며 그가 말했다. 「햇볕이 따갑군요! 보다 가벼운 옷으로 갈아입어야겠어요.」 말은 이렇게 그럴듯하게 했지만 그는 여전히 성긴 나사로 만든 넓은 깃의 긴 상의와 체크무늬 바지를 입고 다녔다. 아마도 그것이 옷장에 있는 옷의 전부인 모양이었다.

그러다 3일째 되는 날, 온 천지가 뒤집히고 모든 질서가 뒤죽박죽되어 버린 것 같았다. 한스 카스토르프는 자신의 눈을 믿을 수 없었다. 가장 중요한 식사인 점심 식사를 마치고 난 뒤였다. 안정 요양을 20분 정도 계속하고 있는데, 갑자기 태양이 모습을 감추고 남동쪽 산꼭대기에서 이탄(泥炭) 같은 검푸른 먹구름이 몰려오더니 뼛속까지 스며드는 낯설고도 차가운 바람이 몰아쳤다. 마치 얼음에 뒤덮인 극지방 어딘가에서 불어온 것 같은 바람이 갑자기 골짜기에 휘몰아치자, 기온이 급격하게 내려가면서 완전히 새로운 세계가 열린 것이다.

「눈이다.」 유리 칸막이 뒤에서 요아힘의 목소리가 들려왔다.

「〈눈〉이라니 무슨 말이야?」 한스 카스토르프가 되물었다. 「설마 지금 눈이 올 거라는 말은 아니겠지?」

「틀림없이 눈이 올 거야.」 요아힘이 대답했다. 「이런 바람

을 우리들은 잘 알고 있지. 이런 바람이 불면 썰맷길이 생긴
다네.」

「말도 안 돼!」 한스 카스토르프가 말했다. 「아직 8월 초가
아닌가.」

하지만 이 위의 사정에 밝은 요아힘의 말이 옳았다. 몇 분
지나지 않아 천둥소리가 계속 나더니 엄청난 눈보라가 흩날
리기 시작했기 때문이다. 눈보라가 너무나 맹렬하게 휘몰아
치는 바람에 모든 것이 흰 증기에 에워싸인 듯해서 마을과
골짜기가 거의 아무것도 보이지 않았다.

오후 내내 눈이 계속 퍼부었다. 중앙난방이 가동되었다.
요아힘이 침낭에 들어가 요양 근무를 계속하는 동안, 한스
카스토르프는 방 안으로 들어가서 따뜻해진 스팀 관 옆에
의자를 끌어당겨 앉고는 고개를 자주 흔들면서 괴상한 날씨
를 바라보고 있었다. 다음 날 아침에는 눈이 멎고 바깥 기온
도 약간 올라갔지만, 눈은 1피트 높이나 쌓여 있었다. 그래
서 한스 카스토르프는 완전히 겨울로 변한 풍경을 놀라운
눈으로 둘러보았다. 스팀이 다시 꺼졌고, 실내 온도는 영상
6도를 가리키고 있었다.

「이제 자네들의 여름은 끝난 건가?」 한스 카스토르프가
사촌에게 신랄한 반어조로 물었다…….

「꼭 그렇다고는 할 수 없어.」 요아힘이 사실대로 대답했
다. 「여전히 또 여름 같은 멋진 날씨가 찾아올 거야. 심지어
9월에도 그런 날씨는 가능하니까 말일세. 그래서 여기서는
계절이 딱 구별된다고 할 수 없어. 계절이 서로 뒤범벅되어
달력대로 되지가 않거든. 겨울에도 종종 햇볕이 너무 강해,
산책을 하다 보면 땀이 나서 상의를 벗어야 하지. 그리고 여

름에도, 아니, 가끔 여기 여름이 어떤지는 자네가 지금 보는 대로야. 눈이 내리지. 눈이 내려 온 세상을 완전 뒤죽박죽으로 만들어 버려. 물론 1월에도 눈이 오고, 5월에도 이에 못지않게 눈이 내려. 그리고 자네가 보는 바와 같이 8월에도 눈이 내리는 거야. 대체로 눈이 안 오는 달이란 없다고 말할 수 있지. 그렇게 생각하면 틀림없어. 요컨대, 겨울 같은 날씨, 여름 같은 날씨, 봄 같은 날씨, 가을 같은 날씨는 있지만 이 위의 우리에게는 정확히 구분되는 사계절이란 없다네.」

「정말 멋진 뒤범벅이군. 태초의 카오스 같아.」 한스 카스토르프가 말했다. 그는 덧신에다 겨울 외투를 입고 안정 요양에 쓸 담요를 사려고 사촌과 함께 플라츠로 내려갔다. 이런 날씨에 여행용 모포만으로는 견딜 수가 없었기 때문이다. 그는 기왕에 사는 김에 침낭을 사는 게 어떨까 하고 잠시 생각해 보았지만, 곧 단념하고 말았다. 아니, 그런 생각을 했다는 사실에 깜짝 놀랐다.

「아니야, 아니야.」 그가 말했다. 「그냥 담요를 사기로 하자! 담요 같으면 저 아래에서도 사용할 수도 있고, 어디든 담요는 있으니까 그렇게 특별하거나 이상할 것이 없지. 하지만 침낭은 좀 특수한 것이니까 말이야. 근데 내가 침낭을 사게 되면 어쩐지 내가 이곳에 눌러앉아서 자네들과 한 무리가 되는 느낌이 들잖아, 안 그래……? 요컨대, 2~3주쯤 머물기 위해 특별히 침낭을 살 필요는 없을 것 같다는 거야.」

요아힘도 이 말에 찬성했다. 그래서 두 사람은 영국인 거리에 있는 물건이 많고 멋진 상점에서 요아힘의 것과 같은 종류의 낙타털 담요 두 장을 샀다. 가로세로가 특히 길고 감촉이 부드러운 자연색 그대로의 담요였다. 그리고 이들은 국제 요양원 베르크호프 34호실로 곧 보내 달라고 부탁했다. 한스 카스토르프는 그것을 바로 오늘 오후부터 처음으로 사용하려고 생각했던 것이다.

물론 이때는 두 번째 아침 식사가 끝난 시간이었는데, 하루 일정상 이 시간을 빼고는 플라츠에 내려갈 기회가 없기 때문이었다. 지금은 비가 내리고 있어, 길거리의 눈이 죽처럼 녹아 발걸음을 옮길 때마다 튀어 올랐다. 돌아오는 길에 두 사람은 역시 요양원으로 터벅터벅 걸어가고 있는 세템브리니와 마주쳤다. 그는 모자는 쓰지 않았지만 우산을 쓰고 있었다. 그 이탈리아인은 창백해 보였고 기분도 우울한 모양이었다. 그는 추위와 습기로 고생이 심한지 순수하고 격조 높은 말투로 투덜거렸다. 적어도 스팀은 넣어 주어야지! 그런데 이 야비한 권력자들은 눈이 그치자마자 난방을 꺼버렸어. 이건 말도 안 되는 규칙이며, 모든 이성을 조롱하는 거야! 그런데 한스 카스토르프가 이의를 제기하며 그런 적당한 실내 온도가 요양의 한 방편에 속하며, 환자들이 따뜻한 것에 익숙해지는 것을 예방하려고 그럴 거라고 생각한다고 하자, 아주 격렬하게 조롱하며 대답했다. 「물론, 사실은, 요양법이고말고. 존엄하고 신성불가침의 요양법이겠지!」 한스 카스토르프가 요양법에 대해 운운하는 것은 정말 적절하게 말하고 있는 것이며, 말하자면 경건하고 공손한 말이라는 것이다. 단지 눈에 띄는 것은 ── 전적으로 좋은 의미에서 눈에 띄는 것이라 할지라도 ── 권력자들의 경제적인 이해관계와 정확히 일치하는 것에만 그들이 절대적인 숭배를 하는 반면, 그렇지 않은 것에는 눈을 감아 버리는 경향이 있다는 것이다……. 그리고 사촌들이 웃는 동안 세템브리니는 자신이 갈망하는 따뜻한 난방과 관련하여 그의 돌아가신 아버지에 관한 이야기를 했다.

「나의 아버님은.」 그는 말을 길게 빼며 꿈꾸는 듯한 어조로 말했다. 「아주 섬세한 분으로, 영혼도 육체도 예민한 분이셨습니다! 아버님은 겨울철에는 아담하고 따스한 서재를 무척 사랑했습니다. 진심으로 서재를 사랑하고, 빨갛게 불타오르는 난로로 실내 온도를 언제나 섭씨 25도로 유지했습니다. 차고 습기 찬 날이나 살을 에는 듯한 북풍이 불어오는 날에 집 현관에서 아버님의 서재로 들어가면, 따스함이 부드러운 외투처럼 어깨를 덮어 주었고, 눈에는 기분 좋은 눈물이 고였지요. 서재는 책과 원고로 가득 차 있었고 그중에는 아주 귀중한 물건도 있었는데, 아버님은 그 정신적 보물에 둘러싸여 플란넬로 된 푸른 실내복을 입고 좁고 경사진 책상 앞에 앉아 문학에 정진하셨습니다. 체구는 작았지만 기품이 있었으며, 키는 나보다 머리 하나쯤 작았습니다. 한번 상상해 보십시오! 그리고 무성하게 난 백발의 머리카락을 관자놀이와 코에 늘어뜨리고 있었는데, 그것도 기다랗고 우아하게 말입니다……. 여러분, 참으로 훌륭한 라틴어 문학자였습니다! 당대 최고 학자 중의 한 사람이었고, 몇 안 되는 이탈리아 문학의 전문가이자 누구와도 비길 수 없는 라틴어 문장가였고, 보카치오의 말대로 이상적인 문학자였습니다……. 아버님과 이야기를 나누려고 멀리서 학자들이 찾아왔습니다. 어떤 학자는 하파란다[25]에서, 어떤 학자는 크라코[26]에서 찾아왔습니다. 이들은 아버님에게 경의를 표하기 위해 우리

25 스웨덴 최북단의 도시.
26 베네치아와 밀라노의 교차점에 있는 이탈리아의 도시.

가 살고 있는 도시 파도바[27]를 향해 왔던 것입니다. 그리고 아버님은 품위 있고 친절하게 이들을 맞이했습니다. 아버님은 또한 뛰어난 작가여서 여가 시간에는 유려하기 그지없는 토스카나의 산문으로 단편소설을 썼습니다. 아버님은 정말 탁월한 문학자였습니다.」 세템브리니는 머리를 이리저리 흔들며 모국어 이탈리아어의 음절을 혓바닥 위에서 천천히 녹이면서 극도로 즐기는 듯이 말했다.

「아버님은 작은 정원을 베르길리우스의 예를 따라 만들었습니다.」 그는 말을 계속했다. 「그리고 아버님이 하시는 말씀은 모두 건전하고 아름다웠습니다. 그렇지만 서재는 무슨 일이 있어도 따스해야 했습니다. 서재가 따스하지 않으면 추위에 떠셨는데, 그것도 추위에 자신을 떨게 한다고 화가 나서 눈물을 흘리기까지도 하셨습니다. 그러니 이제 한번 상상해 보십시오, 엔지니어 양반과 소위님. 이런 아버지의 아들인 내가 한여름에 추위에 온몸을 떨면서, 모욕적인 인상에 영혼이 끊임없이 들볶이는 이런 저주스럽고 야만적인 장소에서 괴로움을 당해야겠습니까! 아, 정말 참을 수가 없습니다! 우리를 둘러싸고 있는 사람들이 대체 어떤 부류의 인물들이겠습니까! 저 어리석기 짝이 없는 악마의 하인 고문관과 크로코브스키.」 세템브리니는 혀를 잔뜩 비틀어 발음하며 말했다. 「크로코브스키, 이자는 나를 미워하는 파렴치한 고해 신부입니다. 내가 인간으로서의 존엄성을 지키기 위해 그의 괴상한 제단의 희생물이 되는 것을 거부하기 때문이지요……. 그리고 나의 식탁에는…… 내가 같이 식사해야 하는 식탁에는 어떤 부류의 인간들이 앉는지 아십니까! 내 오른쪽에

27 이탈리아 북동부의 도시.

는 할레 출신의 맥주 양조업자가 앉는데, 그의 이름은 마그 누스라고 합니다. 건초 다발 같은 콧수염을 기른 이자는 〈나 에게 문학 같은 이야기는 그만두세요! 문학을 하면 뭐가 나 옵니까? 아름다운 품성이 나온다고요! 아름다운 품성으로 내가 뭘 하겠습니까! 내가 실제적인 인간이어서 그런지 모르 겠지만, 실생활에서 아름다운 품성 같은 것은 거의 본 적이 없습니다〉라고 지껄입니다. 이것이 그가 문학에 대해 품고 있는 생각입니다. 아름다운 품성을 그렇게……. 아, 성모 마 리아여! 그의 맞은편에 앉아 있는 그의 부인은 날이 갈수록 우둔해지고, 단백질을 잃어 살이 빠지고 있습니다. 정말 추 하고 참담한 일입니다…….」

요아힘과 한스 카스토르프는 서로 약속한 것은 아니었지 만, 세템브리니의 이 말에 대해 생각이 같았다. 두 사람은 그 말이 비통하면서 기분 나쁘고 선동적이라고 생각하면서도, 불손하고 신랄하며 반항적인 면에서는 재미있다고, 아니 유 익하다고도 생각했다. 한스 카스토르프는 〈건초 다발〉이라 든가, 〈아름다운 품성〉이라는 표현이나 또는 이것을 말할 때 보이는 세템브리니의 익살스러울 정도로 절망적인 태도 를 생각하며 선하게 웃었다. 그런 다음 이렇게 말했다.

「그렇죠, 이런 시설에서는 한자리에 모인 사람들이 잡다하 기 마련입니다. 식탁 옆자리에 앉는 사람을 선발할 수가 없 죠 ― 그렇게 하면 대체 어떻게 되겠습니까? 우리 식탁에도 그런 부류의 여자가 있습니다. 슈퇴어 부인이라고……. 당신 도 그녀를 아시겠지요? 그 여자는 교양이라곤 지독히도 없습 니다. 이렇게 말할 수밖에 없습니다. 그 여자가 마구 지껄일 때는 시선을 어디에 둬야 할지 모를 때가 가끔 있습니다. 그러다가도 자신의 체온이 높고, 무척 피곤하다고 하소연하는데 그런 걸로 보아 병이 결코 가벼운 것 같지는 않습니다. 그런데 정말 이상합니다. 병이 있는데 우둔하다니 말입니다. 내 표현이 옳은지 어떤지 모르지만, 우둔하면서도 아프다는 게 정말 특이하다는 생각이 듭니다. 만일 이 두 가지가 함께 존재한다면, 그게 어쩌면 이 세상에서 가장 비참한 것이라고 생각합니다. 이에 대해 어떤 표정을 지어야 할지 정말 모르겠습니다. 병에 걸린 사람에게는 진지함과 존경을 갖고 대하는 것이 인지상정 아니겠습니까? 이런 말을 해도 된다면, 병이란 어느 정도 존경할 만한 것이니까요. 하지만 우둔해서 〈조수〉나 〈화장품 가게〉 같은 말도 잘못 발음한다면, 이건 울어야 할지 웃어야 할지 정말 모르겠습니다. 이것이 인간 감정에 있어서 딜레마인 것으로, 너무 참담해서 이루 다 말할 수 없을 정도입니다. 그것은 서로 조화를 이룰 수 없고, 서로 어울리지 않는다고 생각합니다. 우리들은 이 두 가지를 결부해 생각하는 데 익숙하지 않습니다. 사람들은, 우둔한 사람은 건강하고 평범해야 하며, 병은 사람을 섬세하고 현명하며 특수하게 만든다고 생각합니다. 사람들이 보통 이렇게 생각한다는 말입니다. 그렇지 않습니까? 어쩌면 내가 대답할 수 있는 것 이상으로 말하고 있는 것 같군요.」 그는 말을 끝맺었다. 「어쩌다 그만 이런 이야기를 하게 되었네요……」 그는 당황해했다.

요아힘도 좀 당황한 눈빛을 보였다. 그리고 세템브리니는 예의상 말이 끝나기를 기다리고 있었다는 듯한 태도를 취하면서, 눈썹을 치켜 올린 채 아무 말 없이 듣고 있었다. 사실은 자신이 대답하기 전에, 한스 카스토르프를 완전히 당황하게 해야겠다고 마음먹고 있었다.

「아이쿠, 엔지니어 양반, 당신은 철학적인 재능을 피력하시는군요. 당신에게 그런 재능이 있을 줄은 정말 몰랐습니다! 당신의 이론에 따른다면, 당신은 보기보다 건강하지 못한 것 같군요. 당신은 분명 지적 재능을 지니고 있으니까요. 실례되는 말씀이지만, 당신의 추론을 따를 수 없다는 점을 말씀드리고, 또 나는 그 추론을 부정할 뿐 아니라, 그것과 분명히 적대적 관계에 있음을 말씀드립니다. 나는 보시다시피 정신적인 문제에는 좀 너그럽지 못한 편입니다. 그래서 당신이 전개한 것과 같은 반박할 만한 가치가 있는 견해를 반박하지 않고 그냥 지나치기보다는, 차라리 사소한 일에 얽매이는 소인배라는 비난을 듣는 쪽을 택합니다……」

「하지만, 세템브리니 씨……」

「제 말을 좀 들어 보십시오……. 당신이 무슨 말을 하려는지 알고 있습니다. 당신은 이렇게 말하고 싶겠죠? 그것은 그리 심각하게 한 말이 아니었다는 것, 또 당신이 대변하는 견해가 두말없이 당신의 견해가 아니라, 허공에 떠도는 여러 가능한 견해들 중 하나를 그냥 붙잡아 별 의미 없이 가벼운 기분으로 한번 실험해 본 것이라고요. 당신 같은 나이에는 그럴 수 있는 일이지요. 남성적인 결단력이 아직 많이 부족하고, 당분간 갖가지 입장을 실험해 보고 싶은 나이에는 그럴 수 있는 일입니다. 말하자면 〈실험 채택Placet experiri〉이지요.」 세템브리니는 채택의 〈택〉을 이탈리아 사투리식으로 부드럽게 발음하며 말했다.

「좋은 말씀입니다. 나를 어리둥절하게 하는 것은, 당신의 실험이 바로 이러한 방향으로 움직이고 있다는 사실입니다.

이것을 단순한 우연이라고만 치부할 수는 없습니다. 그것을 지금 제지하지 않으면 성격적으로 완전히 굳어질 위험이 당신 내부에 도사리고 있다는 점이 내가 우려하는 바입니다. 그래서 나는 당신을 바로잡아 주어야겠다는 의무감을 느낍니다. 당신은 병과 우둔함이 결합되는 것이 이 세상에서 가장 비참한 것이라는 견해를 피력했는데, 당신의 그 말은 인정합니다. 나도 소모성 질환을 앓는 바보보다는 총명한 환자가 더 좋습니다. 하지만 당신이 병과 우둔함의 결합을 어느 정도 양식상의 오류, 자연의 미적 감각 결여, 그리고 당신이 즐겨 하는 표현인 인간 감정의 딜레마라고 간주할 때, 나는 거기에 항의하지 않을 수 없습니다. 당신이 병을 무언가 아주 고상한 것 — 아까 뭐라고 말했던가요 — 무언가 존경할 만한 것, 즉 우둔함과는 결코 조화를 이룰 수 없는 것이라고 간주할 때, 나의 항의가 시작된다는 말입니다. 〈조화되지 않는다〉는 말도 마찬가지로 당신의 표현이었습니다. 난 이것도 아니라고 말하는 것입니다! 병은 결코 고상하지 않으며, 결코 존경할 만한 것도 아닙니다. 그러한 견해 자체가 병이며, 또는 병으로 인도하는 것입니다. 만일 내가 당신에게 그러한 견해가 진부하고 추한 것이라고 말한다면, 나는 그것에 대한 당신의 혐오감을 가장 확실하게 불러일으킬 것입니다. 그러한 생각은 인간적인 것의 이념이 만화로 타락하고 전락한 시대의 소산으로, 미신이 공공연히 성행하던 시대, 불안 가득한 시대에 생긴 겁니다. 또 그러한 생각은 조화와 건강이 미심쩍고 악마적인 것으로 간주되고, 반면 허약한 것이 천국으로 들어가는 특별 허가증과 같았던 암흑시대에 생긴 것입니다. 하지만 이성과 계몽은 인류의 영혼에 진을 치고 있는 이러한 그림자를 축출하였습니다. 물론 아직 완전히 쫓아내지는 못해서, 오늘날에도 그 그림자들과 싸움을 계속하고 있습니다. 그리고 이러한 싸움은 일이라 불립니다, 엔지니어 양반. 지상의 일이자, 지상을 위한 일이며, 인류의 명예와 이해관계를 위한 일입니다. 그리고 이성과 계몽이라는 두 힘은 그러한 싸움에서 나날이 새롭게 단련되어 언젠가는 인간을 완전히 해방시키고, 진보와 문명의 길 위에서 인간을 더욱 밝고 더욱 부드러우며 더욱 순수한 광명으로 인도해 줄 것입니다.」

이런, 이것 참, 한스 카스토르프는 당황스럽고 부끄럽다는 생각이 들었다. 이건 한 편의 오페라 아리아군! 내가 무슨 말을 했다고 이렇게 길게 얘기하는 걸까? 게다가 좀 따분한 느낌이 들 정도로. 그런데 일이 어떻단 말인가. 이 위에서는 어울리지 않는데도 언제나 일, 일이라고 말하고 있으니. 그래서 그는 이렇게 말했다.

「아주 훌륭한 말씀입니다, 세템브리니 씨. 당신이 말했다시피 정말 들을 가치가 있는 것입니다. 제 생각으로는······ 이보다 더 조형적으로 표현할 수는 없을 것 같습니다.」

「회귀하는 경향.」 세템브리니는 옆을 지나가는 사람의 머리 위로 자신의 우산을 치켜들며 다시 말을 이었다. 「엔지니어 양반, 저 음산하고 고통스러웠던 시대의 견해에 정신적으로 회귀하는 경향 — 믿어 주십시오 — 그것이 바로 병이란 말입니다. 이에 대해서는 충분히 연구되어 왔습니다. 학문은 병에 다양한 이름을 붙이고 있습니다. 미학과 심리학, 정치학의 용어에서 파생된 병명을 붙이고 있는 것입니다. 그런 학술적 용어는 중요하지 않으며 당신도 듣고 싶지 않을 겁니다. 하지만 정신생활에는 모든 것이 서로 관계하고 있어서, 서로 원인도 되고 결과도 됩니다. 악마에게 새끼손가락을 내밀면 손 전체를 빼앗기고, 거기에다 온몸과 마음을 빼앗긴다고 하지요……. 한편, 그 반대로 건전한 원리는 언제나 건전한 것을 초래하기 때문에, 어떤 것을 처음에 내세우든 상관이 없습니다……. 그러니까 당신에게 단단히 명심해 달라고 부탁하자면, 병이란 우둔함과 양립하기에 고상한 것도, 극히 존경할 만한 것도 결코 아닙니다. 오히려 병은 굴욕을 의미합니다. 그렇습니다, 인간이라는 이념을 훼손하는 고통스러운 굴욕을 의미합니다. 개개의 경우에는 위로를 하고 소중히 돌보아 줘야 하겠지만, 정신적으로 존경하는 것은 과오(過誤)입니다 — 이 점을 꼭 명심하십시오 — 그렇습니다. 모든 정신적 과오의 시작입니다. 아까 당신이 말한 그 부인 — 이름을 기억해 내는 것은 포기하겠습니다 — 슈퇴어 부인인가요? 정말 고맙습니다. 요컨대, 이 우스꽝스러운 부인은 내가볼 때, 당신이 말했듯이 인간적인 감정을 딜레마에 빠지게하는 경우는 아닌 것 같습니다. 병들고 우둔하다는 것, 맹세코, 그것은 비참 그 자체입니다. 이 사안은 간단한 문제로, 즉 연민과 멸시 외에는 아무것도 아닙니다. 엔지니어 양반, 딜레마, 즉 비극이 언제 시작되는 줄 아십니까? 고상하고 삶의 의지가 있는 정신을 자연이 삶에 쓸모없는 육체와 결합하면서, 인격의 조화를 파괴하거나 — 또는 처음부터 불가능하게 하거나 — 그럴 정도로 잔혹할 때입니다. 엔지니어 양반, 아니면 소위님, 당신들은 레오파르디[28]를 알고 있습니까? 우리 이탈리아의 불행한 시인으로 꼽추인 데다 병약했

---

28 Giacomo Leopardi(1798~1837). 이탈리아의 서정 시인이자 언어학자.

지요. 원래 위대한 영혼의 소유자이지만, 비참한 육체 때문에 언제나 모욕을 당하고 또 아이러니의 뒷골목에서 업신여김을 당했습니다. 그 위대한 영혼의 탄식은 듣는 사람의 마음을 갈가리 찢어 버렸습니다. 한번 들어 보십시오!」

그러고서 세템브리니는 머리를 이리저리 흔들며 때때로 두 눈을 감고는 아름다운 음절을 혀로 녹이는 듯 이탈리아어로 시구를 읊기 시작했다. 자기의 동행인들이 이탈리아어를 한 마디도 할 줄 모른다는 것에는 전혀 개의치 않았다. 분명 그에게 중요한 것은, 자신의 기억력과 발음을 스스로 향유하는 것과 또 이것이 듣는 이에게도 효력을 발휘할 수 있도록 하는 것이었다. 마침내 그는 이렇게 말했다.

「그런데 여러분은 이해를 못 하시는군요. 고통스러운 의미를 이해하지 못하고 듣고 있습니다. 꼽추 시인 레오파르디는, 여러분, 이 점만은 완전히 이해해 주십시오, 무엇보다도 여성들의 사랑을 받아 보지 못했습니다. 말하자면 이러한 사실 때문에, 그는 영혼의 위축을 제어할 수 없게 되었지요. 찬란한 명성과 덕성도 빛이 바랬고, 자연은 그에게 사악한 것으로 생각되었습니다 — 덧붙여 말하자면 자연은 사악한데, 그것도 우둔하고 사악합니다. 나도 이 점에서는 그에게 동감합니다 — 드디어 그는 절망하고 맙니다 — ʹ입에 담기도 무섭습니다만 — 그는 과학과 진보에 절망한 것입니다! 이것이 바로 비극입니다, 엔지니어 양반. 이것이야말로 당신이 말한 〈인간적인 감정의 딜레마〉입니다 — 저 부인은 이러한 경우가 아닙니다 — 나는 그녀의 이름 같은 것으로 내 기억력을 번거롭게 하는 것을 거부합니다…… 병에 의해 초래될 수 있는 인간의 〈정신화〉라는 말은 그만두십시오, 제발 그런 말을 하지 마십시오! 육체가 없는 영혼은 영혼이 없는 육체와 마찬가지로 비인간적이고 끔찍합니다. 물론 전자가 드문 예외이고, 후자가 보통이긴 합니다. 일반적으로 육체는 무성하게 자라 여기저기 압박을 가하며, 또 모든 중대한 일과 모든 생명을 독점하여 아주 불쾌하게 독립을 꾀합니다. 그것이 육체입니다. 환자로 살아가는 인간은 단지 육체에 지나지 않습니다. 이것은 인간성에 반하는 것이며 굴욕적인 것입니다. 대부분의 경우 그런 인간은 썩은 고기와 다를 것이 없습니다……」

「웃기는군.」요아힘이 사촌을 보기 위해 갑자기 몸을 굽히면서 세템브리니를 사이에 두고 다른 쪽 옆에서 걷고 있는 한스 카스토르프에게 말했다. 「자네도 요전에 이와 아주 비슷한 말을 했었지.」

「그랬던가?」한스 카스토르프가 말했다. 「그래, 나도 이와 비슷한 생각을 했을지도 모르지.」

세템브리니는 말없이 몇 발짝을 걸어갔다. 그러고는 이렇게 말했다.

「그렇다면 더욱 좋은 일이지요, 여러분. 그런 생각이 들었다면 더욱 좋은 일이에요. 당신들에게 어떤 독창적 철학을 강의하려는 의도는 없었으니까요. 그것은 나의 직무가 아닙니다. 여기 있는 우리의 엔지니어께서 이미 스스로 이와 일치하는 생각을 언급했다면, 이것은 엔지니어께서 정신적인 이야기를 즐기고 있고, 재능 있는 청년이 으레 그렇듯이 모든 가능한 견해를 단지 일시적으로 실험해 보는 것이라는 나의 추측을 입증해 줄 따름입니다. 재능 있는 젊은이는 아무것도 쓰여 있지 않은 백지가 아니라, 옳든 그르든 간에, 오히려 마치 신비한 마술 잉크[29]로 이미 모든 것이 쓰여 있는 것과 같은 그런 종이입니다. 이때 교육자의 할 일은, 옳은 것은 과감하게 발전시키고, 잘못된 것이 싹트려고 하면 적절한 영향력을 행사하여 영원히 없애 버리는 것입니다. 그런데 두 분은 물건을 사러 나오신 게 아니었나요?」 세템브리니는 지금까지와는 달리 가벼운 어조로 말했다……

「아니, 물건이라야 뭐 별로.」 한스 카스토르프가 말했다. 「말하자면……」

「사촌이 쓰려고 담요 몇 장을 샀습니다.」 요아힘이 무심하게 대답했다.

「안정 요양에 쓰려고요……. 이렇게 추워서야, 원……. 어차피 몇 주 동안은 같이 요양해야 하니까요.」 한스 카스토르프는 웃으면서 말하고는 눈길을 땅에 떨구었다.

「아, 담요 말이지요, 안정 요양용으로.」 세템브리니가 말했다. 「그래, 그래, 그래요. 그럼, 그럼, 그럼요. 정말 실험 채택이군요!」 그는 이탈리아식 발음으로 같은 말을 반복했다. 세 사람은 다리를 저는 문지기의 인사를 받으며 요양원으로 들어갔다. 그리고 자연스럽게 서로 헤어졌다. 세템브리니는 식사 전에 신문을 읽는다며 홀에서 휴게실 쪽으로 방향을 틀었다. 두 번째 안정 요양은 빼먹을 작정인 것 같았다.

「말도 안 돼! 대단해!」 한스 카스토르프는 요아힘과 함께 엘리베이터를 타고 가면서 말했다. 「정말 교육자로군. 최근에 이미 자신에게 그런 피가 흐른다고 했었지. 저 사람 앞에서는 함부로 입을 놀리지 않도록 조심해야겠어. 자칫하면 장황한 설교를 들어야 하니까. 하지만 그가 터득한 말재주는 들을 가

29 특수 처리 후 글자가 나타나는 잉크, 은현잉크라고 한다.

치가 있어. 훌륭해. 입에서 나오는 말 한 마디 한 마디가 둥글 둥글하고 아주 맛있게 튀어나오거든. 그의 말을 듣고 있을 때면, 늘 갓 구운 맛있는 빵이 생각난단 말이야.」

요아힘이 웃었다.

「그의 앞에서는 그런 말은 안 하는 게 좋겠어. 그의 설교를 듣고 자네가 빵을 연상한다는 것을 알게 되면, 실망할 걸세.」

「자네는 그렇게 생각하나? 아니, 그렇다고만 할 수는 없을 것 같아. 그의 설교를 듣고 있으면 이런 인상을 받게 돼. 즉 설교 그 자체는 목적이 아니라 부차적인 것 같고, 말이 튀게 하고 구르게 하는 것이 특히 중요한 것 같아……. 고무공처럼 탄력을 주어서 말이야……. 그러니 말하자면 우리들이 그 점에 주목한다고 해도, 그가 전혀 기분 나쁘게 생각하지는 않을 거라는 거야. 맥주 양조업자 마그누스가 말한 〈아름다운 품성〉은 물론 좀 우습지만, 세템브리니는 문학에서 정말 중요한 것이 무엇인지 말했어야만 했어. 나는 약점을 보이지 않으려고 물어보지 않았지만, 나 역시 그게 뭔지 몰라. 더욱이 지금까지 난 문학자를 만나 본 적도 없단 말이야. 하지만 아름다운 품성이 중요한 문제가 아니라면 분명 아름다운 말이 중요한 거겠지. 세템브리니와 같이 있으면 그런 인상을 받아. 그가 얼마나 멋진 어휘를 사용하고 있는지! 그는 조금도 거리낌 없이 〈덕성〉이라는 단어를 사용하잖아. 난 어림없이! 나는 여태껏 살아오면서 그런 단어를 입에 담아 본 적도 없고, 학교에서 그런 단어가 책에 나와도 우린 그냥 〈용기〉 정도로 이해했지. 솔직히 말하면 어쩐지 몸이 오그라들어 기가 죽는 것 같아. 그리고 그가 추위든, 베렌스든, 단백질 지수가 떨어진 마그누스 부인이든, 요컨대 무엇이든 깎아내리는 것을 보면 신경질이 좀 나기도 해. 그는 매사에 반대를 하는 친구야. 난 그를 보자마자 알아차렸지. 그는 현존하는 모든 것이 마음에 들지 않는다고 반대하는 거야. 그리고 이런 태도에는 늘 황폐한 무언가가 있어. 그렇다고 할 수밖에 없어.」

「자넨 그렇게 말하지만.」 요아힘이 신중하게 대답했다. 「내가 볼 때는 황폐한 무언가라는 느낌이 아니라, 완전히 정반대의 느낌도 있어. 어딘지 자부심 같은 점도 있단 말이지. 그는 자신의 평판을 중요시하며, 또 일반적으로 사람들의 평판을 중요시하는 사람이야. 그리고 나는 그의 그런 점이 마음에 들고, 내가 볼 때 그것이 그의 품위 있는 태도야.」

「그건 자네 말이 맞아.」 한스 카스토르프가 말했다. 「그에게는 심지어 무언가 엄격한 점이 있어 — 그것이 가끔 사람들을 불편하게 하기도 하지만 말이야, 말하자면 통제를 받고 있다는 느낌이 들어서 그런 거지. 하지만 그렇다고 그가 나쁘다는 것은 아니야. 내가 늘 통제받는다는 느낌을 지니고 있다면, 자넨 믿을 수 있겠어? 내가 안정 요양용 담요를 산 것에 그는 동의하지 않는 것 같았어. 뭔가 반대하면서도, 그냥 참고 있는 것 같았지. 자네는 어떻게 생각해?」

「아니야.」 요아힘은 깜짝 놀라 잠시 생각하고는 신중하게 말했다. 「어떻게 그럴 수 있겠어. 난 그렇게 생각하지 않아.」 그런 다음 그는 체온계를 입에 물고, 침낭과 필요한 꾸러미를 챙겨 들고 안정 요양에 들어갔다. 그러는 동안 한스 카스토르프는 점심 식사를 하려고 손을 씻고 옷을 갈아입기 시작했다. 그렇지 않아도 점심 식사 때까지는 한 시간이 채 남지 않았다.

시간 감각에 대한 보충 설명

점심 식사를 마치고 돌아와 보니, 한스 카스토르프의 방 의자 위에 담요가 든 소포가 놓여 있었다. 한스 카스토르프는 이날 처음으로 담요를 사용해 보았다. 숙련된 요아힘이 담요를 펼치고 싸매는 기술을 전수해 주었다. 이것은 이 위에 사는 사람이면 누구나 하는 일이었고, 신참들도 누구든 즉시 습득해야 하는 기술이었다. 담요 두 장을 접이식 침대 위에 한 장씩 겹쳐 펴고서, 담요 끝이 바닥에 충분히 드리워지게 한다. 그다음에 자리에 앉아 안쪽 담요를 몸 주위에 덮기 시작한다. 먼저 길이대로 세로로 겨드랑이까지 덮은 다음, 아래서부터 발을 덮는다. 이때 앉은 채로 몸을 구부려 접은 담요의 두 끝을 잡아야 한다. 다음에는 반대쪽에서부터 되풀이하는데, 가능한 한 매끄럽게 균형을 맞추는 것을 목표로 접힌 담요의 두 끝을 세로선에 잘 맞추어야 한다. 그런 다음에는 똑같은 방법으로 바깥쪽 담요를 덮는데, 이 방법은 힘이 더 드는 편이다. 초보자인 한스 카스토르프는 몸을 구부렸다가 다시 쭉 펴기도 하면서 사촌이 가르쳐 주는 동작을 연습하느라 적잖이 애를 먹었다. 요아힘의 말로는 극소수의 노련한 사람들만이 세 번의 확실한 동작으로 담요 두 장을 동시에 펴서 몸에 덮을 수 있다고 한다. 하지만 이것은 매우 드문 일로 모든 사람들의 부러움을 받는 기술이라고 한다. 이런 기술을 보이려면 오랜 세월의 연습뿐만 아니라 선천적인 소질도 있어야 했다. 한스 카스토르프는 이 소질이라는 말을 듣고 웃으면서, 연습 때문에 등이 아팠지만 그래도 접이식 침대에 도로 벌렁 누웠다. 자기 말이 뭐가 우스운지

금방 이해하지 못하던 요아힘은, 불안한 눈으로 사촌을 쳐다보다가 자신도 역시 웃고 말았다.

「됐어.」 한스 카스토르프가 쿠션이 좋은 둥근 베개에 머리를 얹고, 연습하느라 녹초가 된 채 아무렇게나 몸을 둥글게 구부려 접이식 침대에 누워 있자, 요아힘이 말했다. 「이만하면 이제 영하 20도의 추위에도 끄떡없을 거야.」 그런 다음 자신도 담요를 덮고 누우려고 유리 칸막이 뒤로 갔다.

한스 카스토르프는 영하 20도라는 말이 의심스러웠다. 지금만 해도 몹시 추웠기 때문이다. 그는 계속해서 오한으로 떨고 있었다. 그러면서 당장이라도 다시 눈이 내릴 것 같은, 보슬비가 스며드는 저 바깥의 축축한 풍경을 나무 아치를 통해 바라보고 있었다. 공기가 이렇게 축축한데도 마치 더운 방에 있는 것처럼 볼이 메마른 열기로 달아오르니, 참으로 이상한 일이었다. 또한 담요를 펴고 접는 것을 연습하느라 우습게도 지쳐 버려, 『대양 기선』을 읽으려고 눈앞에 펼치자마자 두 손이 파르르 떨렸다. 본래 그는 몸이 그다지 건강하다고 할 수 없었으며, 또 베렌스가 말한 것처럼 악성 빈혈이었기 때문에 추위에 좀 민감한 경향이 있었다. 그렇지만 이러한 언짢은 기분도 어느 정도 가라앉았다. 너무나 편안한 잠자리, 즉 분석하기 어렵고 신비스럽다 할 만한 접이식 침대의 특성 때문이었다. 한스 카스토르프는 접이식 침대에 처음 누웠을 때 이미 마음 깊이 편안함을 느꼈는데, 이 편안함은 자리에 누울 때마다 극도의 행복감을 보장해 주었다. 쿠션의 재질 때문인지, 등받이의 적당한 기울기 때문인지, 팔걸이 높이와 폭의 적당함 때문인지, 또는 목덜미를 받쳐 주는 베개의 적당한 견고성 때문인지, 요컨대 마음을 푹

놓고 온몸을 편안히 쉬게 하는 데는 이 훌륭한 접이식 침대보다 더 인간을 배려하는 물건이 없었다. 그리하여 한스 카스토르프는 평화를 보장해 주는 비어 있는 두 시간, 요양원의 규칙상 신성시되는 이 중요한 안정 요양의 두 시간이 자기에게 주어져 있다는 것에 마음으로부터 만족했다. 자신은 이 위에 그냥 손님으로 왔을 뿐이지만, 이 안정 요양은 자신에게 아주 적절하고 고마운 제도라고 느꼈다. 그는 천성적으로 인내심이 강하여 아무 일도 안 하고 오래 버틸 수 있었으며, 앞에서 얘기했듯이, 마비될 정도로 바쁘게 활동을 하느라 잊어버리거나 낭비되거나 날려 보내는 일이 없는 그런 자유로운 시간을 사랑했다. 4시에는 과자와 잼을 곁들인 오후 티타임이 있으며, 그다음에는 야외 산책을 조금 하다가 다시 접이식 침대에서 휴식을 취하고, 7시에 저녁 식사를 하게 된다. 식사 시간이 대개 그렇듯이, 저녁 식사 시간에는 기대하며 기다릴 수 있는 이런저런 긴장과 볼거리들이 생기곤 했다. 식사를 마친 후에는 입체 요지경, 만화경식 망원경, 북처럼 생긴 영사 기구 같은 것을 이리저리 들여다보았다…….한스 카스토르프가 이 위의 생활에 벌써 〈익숙해졌다〉라고 말한다면 너무 과장된 표현이겠지만, 그래도 하루 일정은 이미 손아귀에 넣고 있었다.

본질적으로 낯선 환경에 적응하며 살아간다는 것, 비록 힘들기는 하지만 그것에 적응하고 익숙해지는 것에는 실제로 색다른 묘미가 있다. 적응하고 익숙해지는 것 자체가 거의 스스로를 위한 특정한 목적이 되며, 가까스로 이에 성공하든 아니든 또는 성공한 직후에, 다시 이를 포기하고 이전의 상태로 되돌아가는 것에는 무언가 색다른 묘미가 있는 것이다. 우리는 이와 같은 것을 일상생활의 흐름 속에 중간 휴식이나 막간극으로, 그것도 〈휴양〉이라는 목적으로 끼워 넣는다. 다시 말해, 인간이라는 유기체가 아무렇게나 단조로운 생활을 하는 것에 잘못 물들어 무기력해지며 무감각해질 우려가 있을 경우, 또 이미 그러기 시작한 경우에 이것을 새롭게 하고 변혁하려 하는 것이다. 하지만 정해진 생활을 오랜 세월 계속할 경우, 어떤 이유에서 유기체가 이처럼 무기력해지고 무감각해지는 것일까? 그 원인은 삶이 우리에게 요구하는 것을 충족하며 살아가는 동안의 육체적, 정신적 피로와 마멸에 있다기보다는(이 경우에는 간단히 쉬는 것만으로 몸이 회복되기 때문이다), 오히려 정신적인 것, 즉 시간의 체험에 있다 ─ 시간의 체험은 매일매일 똑같은 생활을 계속함으로써 마멸되어 버릴 위험이 있으며, 생활 감정 자체와 아주 밀접한 관계를 맺고 있어서, 한쪽이 약화되면 필연적으로 다른 쪽도 비참한 손상을 입을 수밖에 없는 것이다. 지루함의 본질에 대해서는 잘못된 생각이 다양하게 퍼져 있다. 내용이 흥미롭고 참신한 경우에는 시간이 〈빨리 지나간다〉고, 즉 시간이 지나가는 간격이 짧아진다고 생각하는 반면, 단조롭고 공허한 경우에는 시간의 걸음을 힘들게 하고 방해한다고 일반적으로 생각한다. 하지만 이것이 반드시 올바른 견해라고는 할 수 없다. 공허하고 단조로운 것은 한순간과 한 시간 등의 흐름을 잡아 늘여 〈지루하게〉 할지 모르나, 엄청나게 커다란 시간 단위일 경우에는 이것을 짧게 하고, 심지어 무(無)와 같은 것으로 사라지게 한다. 이와 반대로 내용이 풍부하고 재미있을 때는 한 시간이나 하루 같은 시간이 짧게 여겨지고 훌쩍 날아가 버리는 것처럼 느껴진다.

그러나 시간 단위를 아주 크게 하면 시간의 흐름에 넓이, 무게, 부피가 주어진다. 그렇게 되면 사건이 풍부한 세월은, 바람이 불면 날아갈 것 같은 빈약하고 공허하고 가벼운 세월보다 훨씬 더 천천히 지나간다. 따라서 우리가 지루함이라고 명명하는 것, 그것은 사실 생활의 단조로움으로 인해 생겨나는 시간의 병적인 단축이다. 그러한 단조로운 생활의 연속 때문에 커다란 시간 단위는 심장이 얼어붙을 정도로 조그맣게 수축되는 것이다. 어느 하루가 똑같은 나날의 연속이라면, 그 모든 나날도 하루와 같은 것이다. 그리고 매일이 완전히 똑같은 나날의 연속이라면, 아무리 긴 일생이라 하더라도 아주 짧은 것으로 느껴지고, 부지불식간에 흘러가 버린 것처럼 될 것이다. 익숙해진다는 것은 시간 감각이 잠들어 버리는 것 혹은 적어도 희미해지는 것이다. 청춘 시절이 천천히 지나가는 것으로 느껴지고, 그 후의 세월은 점점 더 빨리 지나가고 속절없이 흘러간다면, 이런 현상도 역시 익숙해지는 것에 기인함에 틀림없다. 다른 생활에 새롭게 적응하는 것, 그것은 우리의 생명을 유지하게 하고, 시간 감각을 신선하게 하며, 시간 체험을 젊게 하고 강화하고 더디게 하여 그럼으로써 생활 감정을 완전히 새롭게 하는 유일한 방법임을 우리는 잘 알고 있다. 장소와 공기를 바꾸고, 온천 여행을 하는 것도 그것이 목적이며, 말하자면 기분 전환과 소소한 사건들을 통해 심신의 회복을 꾀하는 것이다. 새로운 곳에서 체류하는 처음 며칠, 가령 6일 내지는 8일 정도 되는 처음 며칠은 청춘 시절처럼 힘차고 활기차게 진행된다. 그러다가 어느 정도 그 생활에 〈익숙해짐〉에 따라 점차적으로 시간이 눈에 띄게 단축된다. 삶에 집착하는 사람, 아니 더 정확히 말해서, 삶에 집착하고 싶은 사람은 매일매일이 다시 가벼워져 휙 스치고 지나가기 시작한다는 것을 감지하고 깜짝 놀랄지도 모른다. 그래서 가령 4주 중 마지막 주는 소름 끼칠 정도로 빨리, 그리고 덧없이 지나가 버리는 것이다. 물론 시간 감각의 쇄신은 여행이라는 막간극이 끝난 후에도 효력이 남아, 일상생활로 다시 돌아가게 되면 더욱 새롭게 효력을 발휘한다. 기분 전환을 한 후 집에서 보내는 며칠간은 역시 다시 새로워지고, 폭넓고, 발랄해지는 것을 체험한다. 하지만 이런 효력은 며칠뿐이다. 일상의 규칙으로 되돌아오는 것은, 일상의 규칙에서 벗어나는 것보다 훨씬 더 빨리 익숙해지기 때문이다. 노령으로 인해 시간 감각이 벌써 무뎌졌거나, 또는 — 원래부터 생활력이 약하다는 증거이지만 — 왕성하게 발달되지 않은 경우에는, 시간 감각이 급속도로 다시 잠들어 버린다. 그리고 24시간만 지나도 벌써 마치 집을 떠난 일이 없었던 것처럼, 여행은 하룻밤의 꿈으로 느껴지는 것이다.

이러한 소견을 여기에 집어넣은 이유는, 젊은 한스 카스토르프가 며칠 후에 사촌에게 다음과 같이 말했을 때(이때 그는 충혈된 눈으로 사촌을 쳐다보았다), 자신도 이와 유사한 느낌이 들었기 때문이다.

「낯선 땅에 와서 처음에 시간이 길게 느껴지는 것은 아무리 생각해도 이상한 일이야. 말하자면…… 물론 지루하다는 건 결코 아니야. 반대로 나는 왕이라도 된 듯 재미있게 지낸다고 말할 수 있어. 하지만 둘러보면, 그러니까 돌이켜보면, 내가 이 위에 온 게 얼마나 되었는지 모를 정도로 오래 있었던 것 같은 생각이 들어. 내가 언제 이곳에 왔는지 금방 생각이 안 날 정도야. 그때 자네가 나에게 〈그냥 내려가도록 하게!〉 이렇게 말했다네 ─ 기억하고 있나? ─ 그것이 나에게는 먼 옛날의 일처럼 생각돼. 이는 순전히 감정상의 문제지, 계산한다거나 머리로 이해한다거나 하는 것과는 아무런 관계가 없어. 〈나는 벌써 여기 온 지 두 달은 되는 것 같아〉라고 말한다면, 물론 바보같이 들리겠지. 터무니없는 말일 거야. 그래도 〈아주 오래〉라고 말할 수는 있겠지.」

「그렇지.」 요아힘이 체온계를 입에 문 채 대답했다. 「덕분에 나도 도움을 받고 있어. 자네가 이곳에 온 이래로 나도 어느 정도는 자네에게 매달린 셈이지.」 요아힘이 이 말을 아무런 설명 없이 아주 간단하게 말했기 때문에, 한스 카스토르프는 웃어 버렸다.

프랑스어로 대화를 시도하다

아니다, 그는 아직도 이곳 생활에 적응했다고 할 수 없었다. 이곳 생활의 온갖 특이한 점을 속속들이 알아낸다는 것은 ─ 그것도 짧은 며칠간에 알아낸다는 것은 불가능했다. 그가 스스로에게 말했듯이 (요아힘에게도 말한 바이지만) 3주가 다 지나도 불가능할지 모른다. 〈이 위에 사는 사람들〉의 독특한 분위기에 자신의 유기체를 적응하게 한다는 점에서도 아직 익숙해졌다고는 할 수 없었다. 이곳에 적응하는 일이 그에게는 너무나 힘든 일처럼 생각되었고, 전혀 진척이 있을 것 같지 않았기 때문이다.

평일에는 일과가 분명하게 구분되어 있고 배려 있게 짜여 있어서, 그러한 진행에 순응하기만 하면 재빨리 보조를 맞추면서 익숙해질 수 있었다. 그러나 일주일이나 그 이상 되는 시간 단위의 테두리 안에서는, 평일도 주기적인 변화를 겪지 않을 수 없었다. 처음에 한 가지 변화가 일어나고 그다음에 다른 변화가 반복되어 일어나는 식으로 변화가 일어났다. 매일 접하는 사물들이나 얼굴들의 개별적인 현상에 관한 한, 한스 카스토르프는 하나씩 차근차근 배워야 했고, 피상적으로 바라보던 것을 보다 면밀히 관찰해야 했으며, 또 젊은이다운 감수성으로 새로운 것을 받아들이지 않으면 안 되었다.

예를 들면 복도의 문 앞에 놓여 있던 목이 짧고 배가 불룩한 용기 같은 것 말이다. 그 용기는 한스 카스토르프가 이곳에 도착한 첫날 바로 그의 눈길을 끌었던 것으로, 속에 산소가 들어 있다고 요아힘이 설명해 주었다. 순수한 산소가 들어 있는데, 한 병당 6프랑이라고 했다. 그 활력 가스는 죽음을 맞은 환자에게 마지막 불꽃을 피워 주고 최후의 힘을 지탱하게 해주기 위한 목적으로 사용되었다. 환자는 그것을 호스로 들이마셨다. 문 앞에 그런 통이 놓여 있는 방에는 죽음을 맞이한 환자, 또는 베렌스의 표현을 빌면 〈모리분디(중환자)〉가 누워 있다고 했다. 한스 카스토르프가 언젠가 그를 2층에서 만났을 때 그렇게 말했었다. 그날 고문관은 하얀 진찰복에 푸르스름한 볼을 하고 복도를 따라 노 젓듯이 걸어와서, 한스 카스토르프와 함께 계단을 올라갔다.

「아이고, 냉담한 관객 나리!」 베렌스가 말했다. 「어찌 지내십니까? 당신의 비평적인 시선에 우리가 은총을 입는 건가요, 네? 우리가 마음에 드시는지? 영광입니다, 영광입니다, 그래요, 우리의 여름 시즌은 이만하면 정말 멋들어지는 겁니다. 그 정도까지 달성하는 데 톡톡히 비용을 치렀답니다. 하지만 당신이 우리와 함께 겨울을 보낼 수 없다는 게 유감입니다. 그런데 내가 듣기론, 이곳에 8주간만 있을 거라면서요? 아, 3주라고요? 너무나 짧은 방문이군요. 외투 벗을 시간도 안 되겠어요. 그거야 뭐, 당신 마음이겠지요. 그래도 겨울을 같이 보내지 못해 유감입니다. 왜냐하면 이곳에 오는 호텔 손님들.」 그는 농담조의 비상식적인 발음으로 말했다. 「저 아래 플라츠에 있는 국제 호텔 손님들은 겨울이 되어야 몰려오는데, 이들을 보시는 게 좋습니다. 당신의 교양에 도움이 될 겁니다. 그자들이 발판 위에서 날뛰는 모습이 정말 우습기 짝이 없습니다. 그리고 여자들, 그렇지, 여자들 말입니다! 극락조(極樂鳥)처럼 울긋불긋 차려입으며 요염하기 그지없습니다……. 이젠 나의 모리분두스(중환자)에게 가봐야 합니다.」 그가 말했다. 「여기 27호실로 말입니다. 마지막 단계입니다. 가운데 출구로 나가야 되겠죠. 어제와 오늘만 해도 산소병을 다섯 다스나 먹어 치웠습니다. 미식가입니다. 하지만 정오까지는 조상들에게로 갈 겁니다. 어때요, 로이터 군!」 그는 27호실로 들어가면서 말했다. 「한 병 더 하는 것이 어떨까요……?」 닫고 들어간 문 뒤에서 고문관의 말은 사라졌다. 하지만 문이 닫히기 전 바로 그 순간에 한스 카스토르프는 방 안 침대에 놓인 베개에 누워 있는, 턱수염이 별로 없는 젊은이의 옆얼굴을 잠시 보았다. 그는 커다란 눈알을 천천히 굴리며 문 쪽을 바라보았다.

한스 카스토르프는 이렇게 하여 생전 처음으로 모리분두

스를 볼 수 있게 되었다. 그의 할아버지뿐만 아니라 부모님
도, 당시 그가 모르는 사이에 임종했기 때문이다. 턱수염이
치켜 올라간 젊은이의 머리가 베개 위에 얹힌 모습이 얼마나
장엄했던가! 그가 천천히 문 쪽으로 시선을 돌렸을 때, 그
커다란 눈의 시선은 얼마나 의미심장했던가! 한스 카스토르
프는 얼핏 본 광경에 마음을 완전히 빼앗긴 채 계단 쪽으로
걸어가면서 자신도 모르게 이 중환자처럼 눈을 크게 뜨고
의미심장하고 느릿느릿한 시선을 만들어 보려고 했다. 그리
고 어느 방에서인지 나와 계단 입구까지 자신을 뒤쫓아 온
어떤 부인도 이런 시선으로 바라보았다. 그는 그녀가 쇼샤
부인이라는 사실을 바로 알아채지 못했다. 쇼샤 부인은 한
스 카스토르프의 크게 뜬 눈을 보며 가볍게 미소를 짓고는,
한 손으로 목덜미의 땋은 머리를 매만지면서, 그의 앞을 소
리 없이 유연하게 지나 머리를 앞으로 좀 내밀고 계단 아래
로 내려갔다.

처음 며칠간 한스 카스토르프에게는 거의 친구가 없었는
데, 그 뒤로도 오랫동안 그러했다. 매일매일의 일정이 친구
를 사귀기에는 적합하지 않은 데다가, 한스 카스토르프의
성격이 좀 내성적인 탓이기도 했다. 게다가 그는 자신을 이
위에서 손님으로 느꼈고, 또 베렌스가 말했듯 〈냉담한 관
객〉으로 느꼈다. 그래서 요아힘과 대화를 나누고 같이 어울
리는 것에 대체로 만족하고 있었다. 다만 복도의 간호사는
사촌들을 향해 목을 길게 빼고 있었기 때문에, 요아힘은 사
촌을 그녀에게 소개해 주었다. 요아힘은 벌써 전부터 그녀
와 가끔씩 짧은 잡담을 나누곤 하던 사이였다. 다리 없는 안
경의 끈을 귀 뒤에 걸친 그녀는 점잖은 체하는 말투였고, 말

하는 모습이 고통스러워 보였다. 좀 더 자세히 들여다보니, 그녀는 생활이 너무 지루한 나머지 머리가 좀 이상해진 듯한 인상을 주었다. 그녀가 대화가 끝나는 것을 병적으로 두려워하는 모습을 보였기 때문에, 그녀에게서 벗어나는 데 무척 애를 먹었다. 청년들이 얘기를 그만두고 돌아가려는 표정을 지으면, 그 즉시 말을 빠르게 하고 눈을 분주하게 움직이고 절망적인 미소를 지으며 그들에게 매달려서, 청년들은 불쌍한 마음에 그녀 옆에 그냥 있을 수밖에 없었다. 그녀는 법률가인 아버지에 관해, 또 의사인 사촌에 관해 길고 장황한 이야기를 늘어놓았다. 그럼으로써 자신을 돋보이게 하고, 자기가 교양 있는 사회 계층 출신이라는 것을 알리고 싶은 게 분명했다. 그녀가 돌보고 있는 저 문 뒤의 환자에 관해 말하자면, 코부르크의 인형 공장 주인의 아들로 로트바인이라는 이름의 젊은이인데, 최근 들어 그 독일 녀석은 장에까지 결핵균이 침투했다고 한다. 여러분이 충분히 상상할 수 있듯 이것은 관계된 모든 사람들에게 아주 가혹한 일이다. 특히 학구적인 가문에서 태어나 상류 사회의 고상한 감각을 소유한 자에게는 너무도 가혹한 일이다. 게다가 잠시라도 눈을 뗄 수 없다고 한다……. 얼마 전만 해도 이런 일이 있었죠, 가루 치약을 사려고 잠깐 외출했다 돌아와 보니 환자가 걸쭉한 흑맥주 한 잔, 살라미 소시지 한 개, 흑빵 한 덩어리와 오이 한 개를 놓고 침대에 앉아 있는 거예요! 고향의 이모든 진미는 가족들이 그의 기력 보충을 위해 보내 준 것들이었다. 하지만 이것들을 먹고 난 다음 날에 보니 그는 살아 있다기보다는 죽어 있는 상태였다. 그것은 자신의 죽음을 재촉하는 행위였다. 하지만 이것은 그 자신에게만 해방을 의미할 뿐, 그녀에게도 해방을 의미하는 것은 아니었다 —
자기는 베르타 간호사라고 하는데, 본명은 알프레히트 쉴트
크네히트라고 했다 — 왜냐하면 로트바인 청년이 죽는다
해도 그녀 자신은 또 다른 환자를 돌보아야 하기 때문이다.
그보다 병이 더 가벼운 혹은 위중한 환자를, 여기 아니면 다
른 요양소에 가서 말이다. 이것이 자신에게 열려 있는 가능
성이며, 이 외에 다른 뾰족한 수는 없다고 했다.

　그렇군요, 하고 한스 카스토르프는 그녀의 직업이 확실히
힘든 일이긴 하지만, 그래도 보람을 느낄 수 있는 일이라고
생각한다고 말했다.

　〈그래요, 그건 보람된 일이죠 — 하지만 보람되긴 해도
아주 힘든 일이에요〉라고 그녀는 대답했다.

　〈그럼, 로트바인 씨의 쾌유를 빕니다〉라고 말하고 두 사
촌은 가려고 했다.

　하지만 그녀는 말과 시선으로 이들에게 매달렸다. 젊은이
들을 필사적으로 붙잡아 두려고 하는 모습이 너무 딱해 보
여서, 그녀에게 시간을 잠시 내어 주지 않는 것은 잔인한 일
이 될 것 같았다.

　「환자는 지금 자고 있어요!」 간호사가 말했다. 「그러니 옆
에 있지 않아도 돼요. 그래서 잠깐 복도에 나온 겁니다…….」
그러고는 베렌스 고문관에 대해 불평을 늘어놓기 시작했다.
고문관이 자신을 취급하는 말투, 출신 성분을 안중에 두지
않고 함부로 대하는 말투에 대해 불평했다. 반면에 크로코
브스키 박사는 훨씬 더 높게 평가했다. 그는 인정이 있는 사
람이라고 말했다. 그런 다음에는 또다시 아버지와 사촌 이
야기를 하기 시작했다. 그녀의 머리에 그 이외의 화제는 들

어 있지 않았다. 이윽고 두 사람이 가려고 하자, 그녀는 갑자기 목소리를 한 단계 높여 거의 부르짖는 것처럼 소리치면서 사촌들을 조금이라도 더 붙잡아 두려고 안간힘을 썼지만, 이번에는 성공하지 못했다. 두 사람은 마침내 그녀에게서 빠져나와 가버렸다. 간호사는 한동안 상체를 앞으로 굽히고, 빨아들일 것 같은 시선으로 두 사람의 뒷모습을 바라보았다. 마치 두 눈으로 두 사람을 되돌아오게 하려는 것 같았다. 그러고는 한숨을 깊게 쉬더니, 할 수 없이 자신이 돌보는 환자가 있는 방으로 도로 들어갔다.

  이 간호사 외에 한스 카스토르프가 당시 알게 된 사람은 머리칼이 검고 얼굴이 창백한 멕시코 여자뿐이었다. 그 여자는 그가 정원에서 본 적이 있었으며, 〈둘 다〉라는 별명으로 불렸다. 한스 카스토르프도 역시 그녀의 별명이 되어 버린 그 슬픈 상투어를 본인의 입으로 듣게 되었다. 하지만 그는 마음의 준비가 되어 있었기 때문에, 그 말을 듣고서도 훌륭한 태도를 취할 수 있었으며, 나중에 생각했을 때에도 스스로에게 만족할 수 있었다. 첫 번째 아침 식사를 마치고 규정된 아침 산책을 시작할 때, 사촌들은 그 여자를 정문 앞에서 마주쳤다. 그녀는 검은색 캐시미어 숄을 몸에 두르고 무릎을 굽힌 채, 불안하게 큰 걸음으로 그곳에서 이리저리 걸어 다니고 있었다. 커다랗고 슬픔으로 여윈 입에 늙기 시작하는 그녀의 얼굴은, 온통 은빛인 머리카락을 감싸 턱 아래에 묶여 있는 검은 베일과 대조적으로 흐릿한 백색으로 빛나고 있었다. 보통 때처럼 모자를 쓰지 않은 요아힘은 허리를 굽히고 그녀에게 인사를 했다. 그녀는 상대를 쳐다보자 좁은 이마의 일그러진 주름이 깊어졌고, 천천히 답례를 했다. 그녀는 처음 보는 얼굴을 알아보고 선 채로 머리를 가볍게 끄덕이며, 두 사람이 다가오기를 기다렸다. 낯선 젊은이가 자신의 운명을 알고 있는지, 그것에 대한 의견을 듣는 것을 그녀는 분명 자신의 필수적인 의무로 생각하고 있을 것이었다. 요아힘은 그녀에게 사촌을 소개했다. 그녀는 짧은 외투에서 손을 내밀고는 고개를 끄덕이며 그를 바라보았다. 여윈 손엔 누렇고 굵은 힘줄이 튀어나와 있었으며, 반지들로 장식되어 있었다. 그러고는 늘 하던 대로 말했다.

「둘 다입니다, 선생님.」 그녀가 프랑스어로 말했다. 「둘 다라니까요…….」

「네, 알고 있습니다, 부인.」 한스 카스토르프는 차분한 목소리로 역시 프랑스어로 대답했다. 「그래서 대단히 유감스럽게 생각하고 있습니다.」

그녀의 새까만 눈동자 아래로 축 늘어진 피부는 그가 여태까지 어느 누구에게서도 본 적이 없었을 정도로 크고 무거워 보였다. 시들어 버린 꽃의 희미한 향기 같은 것이 그녀에게서 느껴졌다. 한스 카스토르프는 차분하고 엄숙한 기분을 느꼈다.

「감사합니다.」 그녀는 또렷또렷한 발음으로 대답했는데, 이는 심신이 피폐한 그녀 자신의 모습과 이상하게 잘 어울렸다. 그녀는 커다란 입의 한쪽 언저리를 비극적인 느낌이 들 정도로 아래로 늘어뜨리고 있었다. 그런 다음 짧은 외투 속에 손을 찔러 넣고, 머리를 굽히고는 다시 어슬렁거리며 걷기 시작했다. 한스 카스토르프는 계속 걸어가면서 이렇게 말했다.

「자네, 어때, 나 문제없이 잘했지. 그녀에게 아주 잘 대처한 셈이지. 나는 저런 사람들을 아주 잘 대처해 낼 수 있을 것 같아. 천성적으로 나는 그런 사람들을 대하는 법을 터득했어. 자네도 그렇게 생각하지 않나? 이유는 잘 모르지만, 대체로 난 즐거워하는 사람들보다는 슬픈 사람들과 교제하기가 더 쉬운 것 같아. 일찍 부모님을 여의고 고아로 자라서 그런 것 같기도 해. 사람들이 엄숙하고 슬퍼하며 죽음의 그림자를 짊어지고 있어도, 난 압박감을 느끼거나 당황스럽지가 않다네. 오히려 그럴 때 내 몸의 구성 분자는 더 편안함을 느껴. 모두가 활기차게 지내고 있는 것보다 말일세. 활기차고 즐거운 분위기는 어쩐지 나에게 맞지 않아. 요 근래 이런 생각이 든 것이지만, 이곳 여자들이 죽음이며 그것과 관련된 모든 것을 두려워하고 무서워하는 것이 참 어리석어 보여. 그래서 여자들에게 그런 것을 보이지 않으려고 불안해하며, 임종의 성체를 여자들이 식사할 때 모시고 온다는 것도 아무래도 어리석은 짓 같아. 그렇지, 쳇, 그건 멍청한 짓이야. 자네는 관을 보는 게 좋지 않은가? 난 관을 보는 걸 아주 좋아해. 비어 있을 때는 아주 아름다운 가구라고 생각해. 그러나 그 속에 누가 들어가 있으면 내 눈에 아주 장엄하게 보이는 거야. 장례식은 무언가 사람의 마음을 드높여 주는 데가 있어. 가끔 생각해 본 것이 있는데, 때때로 정신을 약간 고양시키려면 교회를 찾지 말고 장례식에 참석해야 한다는 것일세. 사람들이 다들 멋지게 검은 복장을 하고 모자를 손에 벗어 들고는 관을 바라보면서 엄숙하고 경건한 태도를 취하고 있으니까 말이야. 어느 누구도 인생의 여느 때처럼 쓸데없는 농담을 하지 않는다네. 나는 사람들이 결국에 가서는 좀 경건해지는 모습을 보는 게 좋아. 종종 나는 스스로 물어본다네. 내가 목사가 되었어야 하지 않을까 하고 말일세. 어떻게 보면 그것이 나에게 어울리지 않는 것도 아니야……. 그런데 아까 내가 한 프랑스어 말인데, 틀린 데는 없었는가?」

「아니.」 요아힘이 말했다. 「〈대단히 유감스럽게 생각하고 있습니다〉는 그 정도면 아주 잘한 편이야.」

정치적으로 수상쩍은 음악

평상시의 하루가 규칙적인 변화를 겪는 날이 찾아왔다. 맨 처음은, 일요일이었다. 그것도 2주마다 한 번씩 테라스에서 요양 음악이 연주되는 일요일이었다. 이것은 2주를 구분 짓는 변화로서, 한스 카스토르프는 그러니까 이 2주째 후반부에 외부에서 이곳으로 온 것이었다. 그가 이곳에 도착한 날이 화요일이었으므로, 첫 일요일은 그때부터 5일째 되는 날이었다. 저 모험적인 날씨의 급변으로 잠시 겨울로 돌아간 것 같더니, 이날은 다시 봄날 같았다 — 온화하고 상쾌하며 눈부시게 푸른 하늘에는 맑은 구름이 떠 있었고, 다시 계절에 걸맞은 여름의 초록을 되찾은 산비탈과 골짜기에는 부드러운 햇살이 비치고 있었다. 눈이 부셨다. 새로 내렸던 눈까지도 눈 깜짝할 사이 녹아 버렸기 때문이다.

모두가 일요일에 경의를 표하고, 이날을 돋보이게 하려고 마음을 쏟고 있는 모습이 확실하게 느껴졌다. 요양원 측과 손님으로 온 환자들이 서로 합심하여 노력하고 있었다. 아침 차 마시는 시간부터 고명을 얹은 케이크가 나왔다. 자리마다 야생 산패랭이와 심지어 알프스 들장미와 같은 꽃들을 꽂은 작은 유리잔이 놓였다. 남자들은 이러한 꽃들을 옷깃의 단추 구멍에 꽂고 있었다(심지어 도르트문트 출신의 파라반트 검사는 점박이 무늬 조끼에 검은 연미복 차림이었다). 여자들의 야회복은 축제의 향기가 물씬 풍길 정도로 화사했다. 쇼샤 부인은 아침 식사 때 소매가 넓고 산뜻한 레이스가 달린 아침 실내복을 입고 나타났다. 그녀는 유리문을 쾅 소리 내어 닫고는 먼저 정면을 향해 서서 식당에 모인 사람들에게 우아하게 선을 보이고 난 뒤 자신의 식탁으로 살며시 걸어갔다. 그 실내복이 그녀에게 너무나 잘 어울렸기 때문에, 한스 카스토르프의 옆자리에 앉은 쾨니히스베르크 출신의 여교사는 그것을 보고 완전히 감격해 버렸다. 심지어 이류 러시아인 부부석에 앉은 야만적인 부부도 안식일을 기리기 위해서, 남자는 가죽 상의 대신에 일종의 짧은 프록코트를 입고 펠트 구두가 아닌 가죽 구두로 바꿔 신었고, 여자는 오늘도 물론 더러운 깃털 목도리를 둘렀지만 그래도 그 밑에 주름 잡힌 깃 장식의 녹색 비단 블라우스를 받쳐 입었다……. 한스 카스토르프는 두 사람이 보이자 눈살을 찌푸렸다. 그리고 얼굴도 빨개졌는데, 이것은 그가 이 위에 온 뒤부터 눈에 띄게 나타나는 증상이었다.

두 번째 아침 식사 바로 다음에 테라스에서 요양 음악이 시작되었다. 여러 가지 금관 악기와 목관 악기 연주자들이 테라스에 나와서, 거의 점심 시간 때까지 경쾌한 곡과 장중한 곡을 교대로 연주했다. 연주회가 열리는 동안은 안정 요양을 엄격하게 지키지 않아도 되었다. 몇몇 사람들은 자신의 발코니에서 귀로 향연을 즐겼고, 정원의 홀에 있는 서너 개의 의자에도 환자들이 자리 잡고 있었다. 하지만 대다수의 손님들은 지붕이 달린 테라스의 회고 작은 의자에 앉아 있었다. 의자에 앉는 것을 거북스럽게 느끼는 젊은 무리들은 정원으로 내려가는 돌층계를 점령하고서 왁자지껄 떠들어 대고 있었다. 거기에 있는 젊은 남녀 환자들은 한스 카스토르프가 대부분 이미 이름이나 얼굴을 아는 사람들이었다. 알빈 씨, 헤르미네 클레펠트 같은 사람이 그중에 끼였는데, 알빈 씨는 꽃무늬가 있는 커다란 초콜릿 상자를 모두에게 돌려 먹게 하면서, 자신은 그것을 먹지 않고 대신에 아버지 같은 표정을 지으며 금테 둘린 담배를 피웠다. 그 밖에 〈반폐 클럽〉의 일원인 입술 두툼한 젊은이, 비쩍 마른 상아색 피부의 레비 양, 손목을 힘없이 굽혀 양손을 지느러미처럼 가슴 높이에 드리우고 있는 라스무센이라는 잿빛 금발의 젊은이도 있었고, 빨간 옷을 입고 있는 풍만한 여성인 암스테르담 출신의 잘로몬 부인도 젊은 사람들 사이에 끼여 있었으며, 그녀의 뒤에는 「한여름 밤의 꿈」을 연주할 수 있는 머리숱이 적은 키다리 사나이가 양팔로 뾰족한 무릎을 감싸고 앉아서, 햇볕에 그을린 그녀의 갈색 목덜미를 미심쩍은 눈초리로 계속 쳐다보고 있었다. 그리스 출신의 빨간 머리 아가씨, 맥(貘)과 같은 얼굴을 한 국적 불명의 다른 아가씨, 도수 높은 안경을 낀 대식가 소년, 그리고 또 다른 15~16세가량의 소년이 있었다. 외알 안경을 낀 그 소년은 기침을 할 때마다 소금 숟가락처럼 길게 자란 손톱을 입에 갖다 대었는데, 그냥 봐도 바보 같아 보였다. 그 외에도 다른 사람들이 많았다.

손톱이 긴 소년에 대해 요아힘이 낮은 목소리로 설명해

주었다. 그 아이는 여기에 올 당시에는 별로 아프지 않았고, 체온도 정상이었으며, 의사인 아버지가 예방 삼아 이곳으로 보냈다는 것이다. 그랬는데 베렌스가 3개월 정도 여기에 머물러야 한다는 진단을 내렸으며, 3개월이 지난 지금은 정말로 병이 생겨 열이 37.8도에서 38도까지 올라갔다고 한다. 그렇지만 녀석이 너무 비이성적으로 생활을 해서 따귀라도 갈겨 주고 싶은 기분이라고 했다.

사촌들은 다른 식탁과는 조금 떨어진 식탁에 둘만 앉아 있었다. 한스 카스토르프가 아침 식사 때 꺼내어 마시다 남은 흑맥주에다 담배를 피웠기 때문이다. 가끔 여송연 맛이 약간 나곤 했다. 그는 여느 때처럼 작용하는 맥주와 음악으로 정신이 몽롱해져서 입을 벌리고 머리를 옆으로 기울인 채, 걱정 없고 편안해 보이는 주위의 요양 생활자들을 충혈된 눈으로 바라보고 있었다. 이 모든 사람의 체내에서는 막기가 매우 힘든 쇠약 과정이 진행 중이어서, 그들 중 대부분이 가벼운 미열 증세를 보인다는 사실마저 그의 마음을 조금도 혼란에 빠뜨리지 않았으며, 오히려 그 반대로 모든 것에 특이성을 드높이고, 어떤 정신적인 매력까지 부여해 주었다……. 식탁에 앉은 사람들은 거품이 이는 레몬수를 마셨고, 옥외 계단에서는 사진을 찍고 있었다. 다른 사람들은 거기서 우표를 교환했다. 빨간 머리의 그리스 아가씨는 스케치북에 라스무센 씨를 그렸지만, 이 그림을 그에게 보여 주지 않으려고 듬성듬성하게 난 큰 이를 드러내 웃으면서 몸을 이리저리 돌렸다. 그래서 라스무센 씨는 그녀에게서 스케치북을 빼앗는 데 한참이나 걸렸다. 헤르미네 클레펠트는 눈을 반만 뜨고 계단에 앉아 둘둘 만 신문으로 음악에 박자를 맞췄고, 그러는 동안 알빈 씨는 들꽃 다발을 그녀의 블라우스에 꽂아 주고 있었다. 입술이 두꺼운 젊은이는 잘로몬 부인의 발치에 앉아 고개를 돌려 그녀에게 무언가 얘기를 하고 있었고, 그녀의 뒤에서는 머리숱이 적은 피아니스트가 그녀의 목덜미를 꼼짝 않고 바라보고 있었다.

의사들도 나와서 요양객들 사이에 끼어들었다. 베렌스 고문관은 하얀 가운을, 크로코브스키 박사는 검은 가운을 입고 식탁의 열을 따라 지나갔다. 베렌스 고문관이 거의 모든 식탁마다 재치 있고 유쾌한 농담을 하고 지나갔기 때문에, 그가 지나는 길에는 명랑한 웃음이 배가 지나간 뒤의 자국처럼 남았다. 의사들이 젊은이들이 있는 돌계단으로 내려가자, 아가씨들이 곧 몸을 비틀고 추파를 던지며 크로코브스키 박사 주위에 몰려들었다. 그러는 동안 고문관은 일요일을 축하하는 의미에서 구두를 신는 묘기를 젊은 남자들에게 보여 주었다. 그는 자신의 큰 발을 약간 높은 계단에 올려놓고 구두끈을 풀어, 그 구두끈을 특별한 방법으로 한 손에 쥐고, 또 하나의 손을 사용하지 않으면서 숙련된 솜씨로 끈을 십자로 매어, 모두들 그 재주에 감탄하였다. 몇몇이 이것을 똑같이 따라 해보았지만, 아무도 성공하지 못했다.

세템브리니도 뒤늦게 테라스에 모습을 나타냈다. 그는 산책용 지팡이를 짚으며 식당에서 나왔는데, 오늘도 나사로 만든 상의에다 누런 바지를 입고 있었고, 섬세하고 냉정하며 비판적인 표정을 지으면서 주위를 둘러보고는 사촌들의 식탁으로 다가왔다. 〈아, 브라보!〉 하면서 그는 두 사람과 자리를 함께해도 되는지 물어보았다.

「맥주, 담배, 그리고 음악.」 세템브리니는 말했다. 「우리가 당신들의 조국을 가지고 있다니! 엔지니어 양반, 당신은 민족적 분위기를 이해하는 모양이군요. 당신은 물고기가 물을 만난 것 같네요. 그게 내 마음을 기쁘게 하는군요. 당신의 조화로운 마음 상태를 나도 좀 함께하게 해주시오!」

한스 카스토르프는 얼굴 표정이 굳어졌다. 그 이탈리아인을 보는 순간 벌써 긴장이 역력하게 드러났다. 그는 이렇게 말했다.

「연주회에 늦으셨군요, 세템브리니 씨. 곧 끝날 시간인데요. 음악 듣는 것을 별로 좋아하지 않나 보군요?」

「명령을 받고 음악을 듣는 것은 좋아하지 않습니다.」 세템브리니가 대답했다. 「이런 식으로 주간 행사로 듣는 것은 싫어합니다. 약국 냄새가 나며, 위생상의 이유로 위에서 나에게 강요하는 음악은 싫습니다. 나는 나의 자유를 소중히 여기며, 또 우리 같은 사람에게 남겨져 있는 자유와 인간의 존엄성을 상당히 존중하는 편입니다. 당신이 이 위의 우리들 곁에서 청강생으로 지내고 있듯이, 나는 이런 음악 행사를 하면 청강생으로 참석합니다. 나는 여기 와서 15분 정도 있다가 다시 내 생활로 돌아갑니다. 이것이 나에게 독립이라는 환상을 줍니다……. 나는 그것이 환상 이상의 것이라고 말하지는 않지만, 그것으로 인해 내가 어떤 만족감을 느낀다면 그것으로 족하지 않을까요! 당신 사촌의 경우는 좀 다릅니다. 그에게는 이것도 근무의 하나니까요. 그렇지요, 소위님, 당신은 이것도 근무의 일부로 생각하시지요. 아, 나는 알고 있지요. 당신이 노예 상태에서도 자부심을 간직하는 요령을 알고 있다는 것을 말입니다. 대단한 요령이지요. 모든 유럽 사람이 다 그런 요령을 터득하고 있는 것은 아니지요. 음악 말입니까? 내가 음악 애호가라고 밝혔는지 묻지 않으셨습니까? 그런데 당신이 〈애호가〉라고 말한다면, (그렇지만 한스 카스토르프는 자기가 그런 말을 했던 기억이 없었다) 그 표현을 선택한 것이 나쁘진 않습니다. 부드럽고 경쾌한 느낌을 주니까요. 좋습니다, 동의합니다. 그렇습니다, 난 음악 애호가입니다 — 그렇다고 해서 내가 음악을 특별히 존중하고 있다는 뜻은 아닙니다 — 가령 정신을 담는 그릇, 진보의 도구, 진보의 빛나는 쟁기라는 말을 내가 존중하고 사랑하는 것만큼은 아닙니다……. 음악이라…… 음악은 애매모호한 것이고, 미심쩍은 것이며, 무책임한 것이고, 냉담한 것입니다. 물론 당신은 음악이 명확하다고 이의를 제기하겠지요. 하지만 자연도 명확할 수 있으며 시냇물도 명확할 수 있습니다. 그런데 그것이 우리에게 무슨 도움을 줄까요? 그것은 진정한 명확함이 아니라, 꿈꾸는 듯하고 무의미하고 아무런 의무도 지지 않는 명확함이며, 일관성이 없는 명확함이고, 자신에게 안주하도록 유혹하기 때문에 위험하기까지 합니다……. 음악이 기품 있는 행동을 한다고 가정해 봅시다. 좋습니다! 그렇다면 우리의 감정은 불타오를 것입니다. 그렇지만 중요한 것은 바로 이성을 불타오르게 하는 것입니다! 음악은 언뜻 보아 움직임 그 자체처럼 보입니다. 그렇지만 나는 음악이 정적주의(靜寂主義)와 관계가 있지 않은가 의심하고 있습니다. 극단적으로 말해서, 나는 음악에 정치적인 반감을 품고 있으니까요.」

여기서 한스 카스토르프는 무릎을 치면서, 이런 말은 지금껏 들어 본 적이 없다고 외치지 않을 수 없었다.

「그렇지만 간단히 생각할 일은 아닙니다!」 세템브리니는 웃으며 말했다. 「정신이 음악의 영향력을 모범적이라고 생각할 때, 사람을 감동하게 하는 궁극적인 수단으로서, 또 앞으로 위로 끌고 가는 힘으로서 음악이 지닌 가치는 이루 헤아릴 수 없는 것입니다. 하지만 문학이 음악에 선행되어야 합니다. 음악만으로는 세계를 진보하게 할 수 없습니다. 음악만으로는 위험합니다. 특히 당신에게는, 엔지니어 양반, 음악이 절대적으로 위험합니다. 내가 여기 왔을 때, 당신의 얼굴 표정에서 그런 것을 금방 알아차렸습니다.」

한스 카스토르프는 웃었다.

「아니, 내 얼굴을 그렇게 보지 마십시오, 세템브리니 씨. 당신들이 사는 이 위의 공기가 나에게 얼마나 힘든지, 당신은 잘 모르실 겁니다. 이곳의 환경에 적응하기가 생각보다 더 힘든 것 같습니다.」

「착각하고 있는 것은 아닌지요?」

「아니요, 천만에요! 나는 여전히 무척 피곤하고 열이 납니다. 아무도 모를걸요.」

「그래도 이러한 연주회를 열어 주는 요양원 측에 감사해야 한다고 생각합니다만.」 요아힘이 사려 깊게 말했다. 「당신은 사물을 보다 높은 관점에서 바라보고 계십니다. 말하자면 작가의 관점에서 말입니다. 세템브리니 씨, 그 점에 대해서는 나도 반대할 의사가 없습니다. 그렇지만 이렇게 조금이나마 음악을 들을 수 있는 것에 대해서는 고맙게 생각해야 할 것 같습니다. 나는 음악에 조예가 있지도 않고, 여기서 연주되는 곡도 그다지 훌륭하지는 않습니다. 고전 음악도 아니고 현대 음악도 아니며, 그저 단순한 취주악에 불과할 뿐입니다. 하지만 그래도 즐거운 마음이 들게 해 우리

기분을 전환시켜 줍니다. 그것은 두세 시간을 착실하게 채워 주고 있습니다. 제 생각은 이렇습니다. 시간을 몇 개로 나누고 그 각각의 시간을 채워 주어, 무언가 내용을 지니게 한다는 것입니다. 반면에 다른 때는 몇 시간, 며칠, 몇 주가 몸서리쳐질 정도로 똑같습니다……. 그렇습니다, 지금 연주되는 가벼운 곡은 아마도 7분 정도 계속되겠지만, 이 7분간은 그것만으로도 의미가 있습니다, 그렇지 않습니까. 그것은 시작과 끝이 있어서 다른 것과 구별이 됩니다. 그래서 일반적인 구습(舊習)에 부지불식간에 빠지지 않도록 어느 정도 보호받게 됩니다. 게다가 이 7분간은 또한 곡의 음형(音形)에 따라 여러 개로 나뉘고, 그 음형은 다시 여러 개의 박자로 나뉘어 있습니다. 이렇게 해서 언제나 무언가가 시작되며, 어느 순간이든 우리가 신뢰할 수 있는 어떤 의미를 지니게 됩니다. 반면에 보통 때는……. 내 생각이 맞는지 모르겠습니다만…….」

「브라보!」 세템브리니가 소리쳤다. 「브라보, 소위님! 당신은 음악의 본질에서 의심의 여지가 없는 윤리적인 측면을 정확하게 지적했습니다. 즉 음악은 아주 독특하게 활기찬 분할법에 따라 시간의 흐름에다 각성과 정신과 귀중함을 부여합니다. 음악은 시간을 일깨우고, 우리들이 시간을 아주 섬세하게 향유하도록 일깨웁니다. 음악은 일깨워 줍니다……. 그런 점에서 음악은 윤리적입니다. 예술이란 일깨워 주는 한, 윤리적입니다. 그러나 음악이 이와 정반대의 작용을 한다면 어떨까요? 음악이 의식을 마비시키고, 잠들게 하며, 활동과 진보를 방해한다면 말입니다. 음악은 그런 일도 할 수 있습니다. 음악은 환각제와 같은 작용도 할 수 있습니다. 악마와 같은 작용 말입니다, 여러분! 환각제는 말할 나위 없이 악마 적입니다. 그것은 무감각, 타성, 무위와 노예적인 침체를 낳기 때문입니다……. 음악에는 어딘가 의심스러운 구석이 있습니다, 여러분. 음악에 의심스러운 구석이 있다는 내 견해를 철회할 생각은 없습니다. 내가 음악에 정치적 혐의를 두고 있다고 하더라도, 내 말이 그리 지나치다고는 생각지 않습니다.」

세템브리니는 이런 식으로 말을 이어 갔다. 한스 카스토르프도 그의 말에 귀 기울였지만, 세템브리니의 말을 제대로 따라갈 수 없었다. 우선 너무 피곤하기도 했고, 저 아래 돌층계에서 경박한 젊은이들이 즐거운 듯 재잘대는 바람에 주의를 빼앗긴 탓이기도 했다. 그가 제대로 본 것일까, 아니면 도대체 어찌된 일이었을까? 맥 같은 얼굴을 한 아가씨가 외알안경을 낀 소년의 운동복 바지 무릎 밴드에 단추를 꿰매어 주고 있지 않은가! 그러면서 그녀는 천식 때문에 숨이 차 힘들게 호흡을 하고, 반면에 소년은 기침을 하면서 소금 숟가락처럼 길게 기른 손톱을 입에 갖다 대고 있는 것이 아닌가! 그러니까 이들은 둘 다 병에 걸려 있지만, 그럼에도 이 모습은 이 위에 사는 젊은이들 사이의 특이한 이성 교제를 잘 보여 주고 있었다. 마침 경쾌한 폴카 음악이 연주되었다…….

히페

이와 같이 일요일은 평일과 아주 달랐다. 이것 말고도 일요일 오후에는 여러 그룹의 손님들이 마차를 타고 드라이브를 했는데, 이것도 평일과는 달랐다. 차를 마신 후에 여러 대의 쌍두마차가 큰 커브길을 올라와 정문 앞에 멈추었다. 손님들을 태워 가기 위해서였다. 마차를 부르는 손님들은 주로 러시아 사람들이었는데, 그중에서도 대체로 여자 손님들이었다.

「러시아인들은 늘 마차 드라이브를 하지.」 요아힘이 한스 카스토르프에게 말했다. 두 사람은 정문 앞에 나란히 서서 재미 삼아 출발 광경을 지켜보고 있었다. 「이제부터 클라바델이나 호수가 아니면 플뤼엘라 계곡이나 클로스터스로 출발한다네. 이런 곳이 언제나 목적지지. 자네도 생각이 있으면 이곳에 있는 동안 한번 가보는 게 어때. 당분간은 이곳에 적응하는 게 급선무라서 다른 계획은 필요하지 않을 것 같네만.」

한스 카스토르프도 사촌의 말에 동의했다. 그는 두 손을 바지 주머니에 넣고, 담배를 입에 물고 있었다. 그러고는 작고 쾌활한 러시아 노부인이 자신의 비쩍 마른 조카딸과 다른 두 여자와 함께 마차에 타는 것을 지켜보았다. 이들은 마루샤와 쇼샤 부인이었다. 쇼샤 부인은 등에 벨트가 달린 얇은 먼지막이 외투를 입었으며, 모자는 쓰지 않았다. 그녀는 노부인과 나란히 마차 뒷좌석에 앉았고, 두 소녀는 그 뒤에 앉았다. 네 사람은 모두 즐거워하며, 흡사 뼈가 없는 듯한 부드러운 모국어로 끊임없이 입을 놀려 댔다. 이들은 지붕이

낮아서 앉기가 불편한 마차에 대해 얘기하며 웃고, 또 왕고
모가 준비해 온 러시아 케이크에 대해 웃고 떠들었다. 왕고
모는 솜과 레이스 달린 종이를 채운 나무 상자 속에 든 케이
크를 꺼내 벌써부터 먹어 보라고 권하고 있었다……. 한스
카스토르프는 쇼샤 부인의 분명치 않은 목소리를 분간해서
관심 있게 듣고 있었다. 이 칠칠치 못한 여자를 볼 때마다 항
상 그랬지만, 또다시 그녀와 어떤 인물과의 유사성이 새삼
스럽게 느껴졌다. 잠시 동안 그녀가 누구와 닮았는지 곰곰
생각했는데, 마침 꿈속에서 그녀를 닮은 인물이 나타났던
것이다……. 하지만 마루샤의 웃음소리, 입을 가린 손수건
위로 드러나는 어린아이 같은 갈색의 둥근 눈, 내부는 심하
게 병들어 있을 테지만 그래도 불룩하게 부푼 젖가슴이 한
스 카스토르프로 하여금 그가 최근에 보았던 뭔가 다른 충
격적인 일을 생각나게 했다. 그래서 그는 요아힘을 머리를
움직이지 않고 조심스럽게 옆쪽에서 쳐다보았다. 다행히도
요아힘의 얼굴에는 그때처럼 반점은 보이지 않았고, 지금은
입술도 불쌍하게 일그러져 있지 않았다. 하지만 그는 마루
샤를 뚫어져라 쳐다보고 있었다. 그것도 군인이라고는 할
수 없는 태도와 눈의 표정을 하고 있었다. 오히려 슬프고 멍
한 표정을 하고 있어서, 민간인과 마찬가지의 모습이라고밖
에 달리 할 말이 없었다. 그런 다음 사촌이 정신을 가다듬고
한스 카스토르프를 흘끔 쳐다보는 바람에, 한스 카스토르
프는 그에게서 시선을 돌리고 어딘가 허공을 쳐다보는 시늉
을 했다. 이때 한스 카스토르프는 자신의 심장이 뛰는 것을
느꼈다. 이 위에 와서 언젠가 한번 그랬던 것처럼 별다른 동
기도 없이 심장이 뛰는 것이었다.

그 밖에는 일요일도 평일과 다를 것이 없었다. 식사만은 예외였다. 평일보다 음식량이 풍부할 필요는 없었으므로, 대신 요리의 질이 한층 높아졌다. (점심 식사에는 게와 반으로 자른 버찌로 장식하여 마요네즈를 얹은 닭고기가 나왔고, 후식인 아이스크림에는 솜사탕으로 엮은 바구니에 담은 파이와 신선한 파인애플이 나왔다.) 저녁에 자신의 맥주를 마신 후에 한스 카스토르프는 며칠 전보다 훨씬 더 피로와 오한을 느꼈고, 팔다리가 한층 더 무거워진 것을 느꼈다. 그래서 9시경에 벌써 사촌에게 잘 자라는 인사를 하고, 깃털 담요를 턱까지 휙 끌어올리고 마치 탈진한 사람처럼 깊은 잠에 빠져들었다.

그러나 다음 날에, 다시 말해 청강생이 이 위에서 맞이한 첫 번째 월요일에 벌써 규칙적으로 돌아오는 일과의 변화가 또 하나 찾아왔다. 크로코브스키 박사가 베르크호프의 중환자를 제외하고 독일어를 이해하는 모든 성인에게 2주마다 식당에서 행하는 강연 시간이 돌아온 것이다. 한스 카스토르프가 사촌에게서 들은 바로, 그것은 연속 강연으로 〈병을 일으키는 힘으로서의 사랑〉이라는 공통 제목을 지닌 대중적이고 과학적인 강좌였다. 계몽적인 성격을 띤 이 행사는 두 번째 아침 식사를 마친 후에 거행되었다. 역시 요아힘의 말에 따르면, 이 강연 행사에는 누구나 반드시 참석해야 한다는 것이다. 만일 이 강연에 빠지면 박사가 매우 불쾌하게 받아들인다고 했다. 이 때문에 누구보다도 독일어에 능통한 세템브리니가 이 강연에 한 번도 참석하지 않았을 뿐 아니라, 이 강연에 대해 멸시하는 발언을 했다는 것은 정말 파렴치한 일로 여겨지고 있었다. 한스 카스토르프로 말하자면, 그는 처음에는 예의상으로, 그다음에는 숨길 수 없는 호기심 때문에 당장 강연에 참가하기로 마음먹었다. 하지만 그는 강언에 참석하기 이전에 그만 심술궂게도 커다란 실수를 저질렀다. 혼자서 멀리까지 산책하려고 했는데, 이 산책이 뜻하지 않게 나쁜 결과를 가져온 것이다.

「내 말 잘 들어 보게나!」 요아힘이 아침에 사촌의 방에 들어오자 한스 카스토르프가 이렇게 말을 꺼냈다. 「이대로는 아무래도 더 이상 못 견디겠어. 이젠 수평 생활에 진절머리가 나. 이대로 가다간 혈액까지 잠들어 버리겠어. 자넨 물론 환자니까 사정이 다르겠지. 그러니 자네를 유혹할 생각은 조금도 없네. 그러나 아침 식사를 마친 직후에 제대로 산책다운 산책을 한번 해볼 작정이네. 자네가 나쁘게 생각하지 않는다면, 두세 시간 정도 하늘에 운을 맡기고 삼라만상 속을 무작정 걸어 볼 생각이야. 아침 식사 때 식량을 호주머니에 슬쩍 좀 집어넣고, 자유로운 몸이 되어서 말일세. 내가 딴 사람이 되어 돌아오게 될지, 한번 두고 보기로 하지.」

「좋은 생각이야!」 요아힘은 사촌의 욕구와 결의가 진지한 것을 보고 말했다. 「하지만 너무 무리하지는 말게. 이것만 충고하겠네. 여기는 고향집과는 다르니까 말이야. 그리고 강연 시간에 늦지 않도록 하게나!」

그러나 젊은 한스 카스토르프가 이런 계획을 세운 것은 신체적인 이유 때문이 아니라, 사실 다른 이유에서였다. 그의 머리가 뜨거워지고 입맛이 떨어지며 심장이 불규칙적으로 뛰는 것은, 이곳의 환경에 적응하는 것이 어려워서라기보다는 오히려 옆방의 러시아인 부부의 무례함, 병들고 멍청한 슈퇴어 부인이 식사 중에 지껄이는 말, 매일 복도에서 들리는 아마추어 기수의 맥 빠진 기침 소리, 알빈 씨의 언동, 병에 시달리는 젊은이들의 이성 교제에서 받은 인상, 마루샤를 바라볼 때 요아힘의 얼굴 표정, 그리고 이와 비슷한 여러 가지 일을 보고 듣는 데 그 원인이 있다고 생각했기 때문이다. 그는 베르크호프의 영향권에서 한번 벗어나, 야외에서 심호흡을 하고 마음껏 움직여 보는 게 좋겠다고 생각했다. 그렇게 해서 저녁에 피곤해지면 적어도 그 이유는 알 수 있지 않겠냐는 생각이었다. 그리하여 한스 카스토르프는, 아침 식사 후에 요아힘이 배수관 옆 벤치까지 가는 그의 규칙적인 요양 근무 산책을 했을 때, 그와 과감하게 헤어졌다. 그리고 지팡이를 흔들며 차도로 내려가 혼자만의 산책을 시작했다.

서늘하고 흐린 아침이었다. 시각은 8시 반쯤 되었다. 한스 카스토르프는 계획한 대로 맑은 아침 공기를 깊이 들이마셨다. 신선하고 경쾌한 공기라 들이마시기도 쉬웠으며, 습기 찬 냄새도 없었고 내용물도 추억도 없었다……. 그는 개울과 협궤 선로를 지나 폭이 일정치 않은 도로로 나왔는데, 곧 다시 그 길을 벗어나 풀밭 속 오솔길로 접어들었다. 잠깐 평지로 이어지는 오솔길을 따라가다가 오른쪽으로 난 비탈길을 꽤 가파르게 올라갔다. 한스 카스토르프는 이런 오르막길을 오르는 즐거움에 가슴이 확 트이는 것 같아, T자형 지팡이의 끝으로 모자를 이마 위로 젖혔다. 그리고 조금 올라가다가 뒤를 돌아보고는, 기차를 타고 이 위로 올 때 지나쳐 온 호수의 수면을 멀리서 바라보면서 노래를 부르기 시작했다.

그가 부른 노래는 대학생의 연회 가요집이나 운동 가요집에 들어 있는 것과 같이, 민속적이고 감상적인 여러 가지 노래였는데, 그중 한 가지는 가사가 다음과 같았다.

바덴[30]인들이여, 사랑과 와인을 찬미하라,
그러나 미딕은 더더욱 자주 찬미하라 —

그는 처음에는 낮게 중얼거리면서 부르다가 차차 소리를
높여 온 힘을 다해 불렀다. 그의 바리톤 음성은 거칠었지만,
그는 오늘따라 자기 목소리가 멋지다고 생각했다. 그리고
자기가 부르는 노래에 점점 더 감동을 받았다. 노래 가사가
생각나지 않으면 멜로디에 이런저런 의미 없는 엉터리 음절
과 말을 집어넣어 불렀는데, 마치 성악가 같은 입 모양을 하
며 화려한 구개음 r를 공중에 울리게 했다. 마지막에는 가사
도 음정도 즉흥적으로 지어서는, 그 자작 노래를 심지어 오
페라 가수처럼 팔 동작을 곁들여 부르기까지 했다. 비탈길
을 오르며 노래를 부르기는 무척 힘이 들어서, 그는 이내 호
흡이 곤란해지면서 점점 더 숨이 막혀 왔다. 하지만 노래의
아름다움을 위한다는 이상주의로 고통을 견뎠고, 연신 헐떡
거리면서도 마지막 힘까지 다 쏟아부었다. 결국은 너무나
숨이 막혀 눈이 캄캄해지면서 눈앞에 불꽃 같은 것이 번쩍
이고 맥박도 빨라져 굵은 소나무 아래 주저앉아 버렸다. 그
렇게 기분이 고양되었다가 갑자기 절망 일보 직전의 뉘우침
과 결정적인 불쾌감을 맛보게 되었던 것이다.

그가 어느 정도 다시 안정을 되찾아 산책을 계속하려고
일어서려는데, 목덜미가 심하게 떨려 왔다. 그래서 그는 할
아버지에 비하면 아주 젊은 나이였지만, 옛날에 한스 로렌
츠 카스토르프 할아버지가 그랬던 것과 똑같이 머리가 흔들
렸다. 그 자신은 이런 현상이 닥치자 돌아가신 할아버지가

30 남독일의 옛 대공국 이름.

몹시 그리워져서, 이 떨림이 불쾌하게 생각되지 않았다. 오히려 예전에 할아버지가 턱이 떨리는 현상을 막기 위해, 위엄 있게 턱을 밑으로 당기던 모습을 그대로 흉내 내기도 하였는데, 소년 시절의 그에겐 그것이 무척 마음에 들었었다.

한스 카스토르프는 꼬불꼬불한 길을 계속 올라갔다. 암소의 방울 소리에 이끌려 그쪽으로 가보니 과연 가축의 무리가 있었다. 무거운 돌이 지붕에 얹혀 있는 조그만 통나무집 부근에서 암소 떼가 풀을 뜯고 있었다. 수염을 기른 두 남자가 도끼를 어깨에 메고 그를 향해 다가오고 있었다. 그러다가 이 두 사람은 한스 카스토르프의 가까이까지 왔을 때 헤어졌다. 「자, 그럼 잘 가게, 고맙네!」 한 사나이가 다른 사나이에게 목구멍에서 새어 나오는 소리로 낮게 말했다. 그 사나이는 도끼를 다른 어깨에 바꿔 메고는, 길이 없는 가문비나무 사이를 지나 바스락거리는 발소리를 내며 계곡 쪽으로 내려가기 시작했다. 〈자, 그럼 잘 가게, 고맙네!〉 하는 소리는 고요한 정적 속에서 이상하게 울려 퍼져, 올라오면서 노래 부르느라 혼미해진 한스 카스토르프의 의식을 꿈꾸듯 어루만져 주었다. 그는 산사람의 후두(喉頭)에서 새어나오는 둔중하고도 거친 사투리를 흉내 내려고 노력하면서, 이를 낮은 목소리로 따라 해보았다. 그리고 수목 한계 지대까지 가볼 작정이었기 때문에, 알프스의 오두막을 지나 더 올라갔으나 시계를 보고는 그 계획을 단념할 수밖에 없었다.

그는 왼쪽으로 꺾어 마을로 가는 방향으로 오솔길을 따라갔다. 그 오솔길은 한동안 평탄하게 이어지다가 내리막길이 되었다. 키가 큰 침엽수림이 그를 반겨 그 속을 한참 걸었더니 무릎이 이상하게 아까보다 더 떨렸다. 하지만 조심조심 다시 노래를 부르기 시작했다. 그런데 숲을 빠져나오자 눈앞에 펼쳐진 멋진 풍경, 평화롭고 웅대한 그림 같이 은밀하게 짜여 있는 경치에 깜짝 놀라 발길을 멈추었다.

계곡물이 오른쪽 비탈에서 내려와 평탄한 돌 하상(河床)으로 떨어져, 테라스 모양으로 자리 잡은 바위 위로 거품을 내며 쏟아졌고, 그러고는 계곡을 향하여 조용히 계속해서 흘러갔다. 거기에는 꾸밈없이 만든 난간이 있는 작은 다리가 그림처럼 걸려 있었다. 무성하게 땅을 뒤덮고 있는 관목 같은 풀과 종 모양의 꽃 때문에 땅바닥은 푸른색을 띠었다. 균형 잡힌 거대한 가문비나무의 고목들이 위용을 뽐내며 언덕과 골짜기에 띄엄띄엄 혹은 떼를 지어 서 있었고, 그중 한 그루는 계곡물 옆쪽 산비탈에 비스듬하게 뿌리를 박고는 그림 같은 풍경 속에서 기괴한 모습을 드러내고 있었다. 한적하게 좔좔 흐르는 냇물 소리가 이 아름답고 외딴 곳을 뒤덮고 있었다. 한스 카스토르프는 시냇물 건너편에 휴식용 벤치가 있는 것을 보았다.

그는 작은 다리를 건너면서 급류와 요란한 물거품을 눈으로 즐기고, 또 목가적으로 재잘거리는 단조로우면서도 내적으로 변화무쌍한 물소리에 귀를 기울이기 위해 벤치에 앉았다. 한스 카스토르프는 좔좔거리는 물소리를 음악과 마찬가지로, 아니 어쩌면 음악보다 더 사랑했기 때문이다. 그런데 그가 벤치에 앉자마자 갑작스레 코피가 흘러내려 그만 옷이 더러워지고 말았다. 피가 심하게 계속 흘러내려, 그는 벤치와 시냇물 사이를 끈기 있게 왔다 갔다 하며 손수건을 물에 헹구고 짜내어 코 위에 얹고는, 하늘을 향해 다시 벤치에 드러눕고 하면서 30분가량의 시간을 보내야 했다. 마침

내 코피가 멎었는데도 그는 그대로 누워 있었다 ── 양손을 머리 뒤에 깍지 끼고 양 무릎을 높이 올린 채, 두 눈을 감고 물소리에 귀를 기울이며 조용히 누워 있었던 것이다. 피를 많이 쏟아 기분이 나빴다기보다는 오히려 차분히 가라앉았고 이상하게 활력이 저하된 상태가 되었다. 숨을 내쉬고 나서도 새로운 공기를 들이마실 필요성을 한동안 느끼지 못해서, 조용히 누운 채 심장이 뛰도록 가만히 내버려두었다가, 나중에야 천천히 건성건성 숨을 들이마셨기 때문이다.

그 순간 그는 갑자기 2~3일 전 밤에 꾸었던 꿈이자, 최근에 받은 인상을 모델로 한 꿈의 원형인 옛날의 한 장면으로 끌려 들어갔다는 것을 알았다……. 그 꿈은 너무나 생생하고 철저하며, 또 시간과 공간이 소멸해 버릴 정도였기 때문에, 한스 카스토르프는 당시의 공간과 시간 속으로 끌려 들어간 것 같았다. 그래서 이 위의 시냇물 옆 벤치에 누워 있는 것은 생명이 없는 육체에 불과하고, 진짜 카스토르프는 먼 과거의 시간과 환경 속에, 그것도 단순하기 그지없는, 하지만 모험에 넘치고 심장을 흥분하게 하는 그 옛날의 장면 속에 들어가 있는 기분이었다.

한스 카스토르프는 열세 살이었다. 반바지 차림의 소년으로, 김나지움 4학년[31]에 다니고 있었다. 그는 대략 비슷한 연령의 다른 학년 소년과 대화를 나누며 교정에 서 있었다. 이 대화는 그가 상당히 독단적으로 시작하였으며, 객관적이고도 한정된 주제 때문에 아주 짧게 끝날 수밖에 없었지만, 그래도 한스 카스토르프를 몹시 기쁘게 해주었다. 대화가 일

31 일반적으로 8학년이라 하며, 우리나라의 중학교 2학년에 해당한다.

어난 때를 말하자면, 마지막 시간과 그 전 시간 사이의 휴식 시간, 즉 한스 카스토르프 반의 시간표에 따르면 역사와 미술 시간의 사이였다. 널빤지로 덮여 있고 출입문이 두 개 나 있는 담벼락으로 거리와 구분된 교정에는 바닥에 붉은 벽돌이 깔려 있었다. 그 교정에서 학생들은 열을 지어 걸어다니거나, 무리를 지어 서 있거나, 학교 건물의 반질반질한 벽의 돌출 부분에 걸터앉는 것처럼 기대어 있기도 했다. 교정은 학생들이 재잘거리는 소리로 떠들썩했다. 챙이 넓은 모자를 쓴 교사가 햄을 넣은 빵을 먹으면서 학생들의 행동을 지켜보고 있었다.

한스 카스토르프와 대화를 나눈 소년은 성은 히페, 이름은 프리비슬라프였다. 그런데 이상하게도 이름의 〈리〉를 〈쉬〉로 읽어 〈프쉬비슬라프〉로 불렸다. 그리고 이 이상한 이름은, 어딘가 심상찮고 확실히 이질적인 면이 있는 그의 외모와 잘 어울렸다. 히페의 아버지는 역사학자로 고등학교 교사였다. 그래서 히페는 평판이 좋은 모범생이었고, 나이는 한스 카스토르프와 거의 다를 바 없었지만 벌써 한 학년 위로 올라가 있었다. 메클렌부르크 출신인 그는 외모로 보아 옛 시대 혼혈의 산물임이 분명했다. 게르만족의 혈통에 벤트계 슬라브족의 피가 섞였든지 아니면 그 반대 경우가 확실했다. 게다가 금발이었다. 그는 금빛의 둥근 머리를 아주 짧게 깎은 상태였다. 하지만 눈은 푸르스름한 회색이거나 혹은 회색이 섞인 푸른색이었다. 그것은 뭐라고 종잡을 수 없는 애매한 색으로 예컨대 먼 산과 같은 색이었다. 그의 가느다란 눈, 엄밀히 말해 약간 비스듬히 위로 올라간 눈은 특이한 모양을 하고 있었다. 그리고 눈 바로 밑에는 광대뼈가 튀

233

어나와 있어 강렬한 인상을 주었다. 이러한 용모도 히페의 경우엔 조금도 밉상스럽게 보이지 않고 오히려 아주 매력적으로 보였지만, 그래도 급우들로부터 〈키르키스인〉이라는 별명을 얻기에 충분한 얼굴이었다. 게다가 히페는 벌써 긴 바지를 입고 다녔고, 목까지 올라오고 등에 벨트가 달린 푸른색 상의를 입고 있었다. 그의 옷깃에는 두피에서 떨어진 새하얀 비듬이 조금 묻어 있곤 했다.

사실 한스 카스토르프는 벌써 오래전부터 이 프리비슬라프를 점찍어 놓고 있었다. 그가 알든 모르든 교정에서 놀고 있는 수많은 학생들 중에서 특히 그를 찍어서 그에게 관심을 갖고 눈으로 그를 뒤쫓았다. 그를 찬미했다고 해야 할까? 어쨌든 각별한 관심을 갖고 그를 바라보았다. 한스 카스토르프는 등하교 길에 학급 동료들과 얘기를 나누는 프리비슬라프를 관찰하는 것과, 그가 웃고 떠드는 모습을 보는 것을 즐거워했고, 또 듣기 좋게 잠긴 소리, 흐릿한 소리, 다소 목쉰 것 같은 그의 목소리를 멀리서 듣고 분간해 내는 것을 큰 즐거움으로 삼았다. 한스 카스토르프가 히페에게 갖는 관심은 히페의 이교도적인 이름, 히페가 모범생이라는 사실(하지만 이것은 그렇게 중요한 문제는 아니었다), 또는 마지막으로 키르키스인 같은 눈 — 때때로 살짝 곁눈질해서 볼 때면 녹아내리는 듯이 밤과 같은 어스름한 빛으로 흐려지는 눈 — 이런 것으로는 충분한 근거가 되지 못했다. 한스 카스토르프는 자신의 감정에 정신적 근거가 있는지 아닌지에 관해서는 별로 신경 쓰지 않았고, 부득이한 경우에 그런 감정을 어떻게 부를 것인가에 대해서는 더욱이나 신경 쓰지 않았다. 왜냐하면 그가 히페와 잘 〈알고 지내는〉 사이가 아니었으므로, 우정이라 부르기엔 약간 무리가 있었기 때문이다. 하지만 첫째로 그러한 감정을 언젠가 누구에게 말로 표현할 수 있을 거라는 생각을 해본 적이 없었기 때문에, 그 감정에 이름을 붙일 필요성을 조금도 느끼지 못했다. 그러한 감정에는 이름을 붙이는 것이 적합하지 않았고, 이름을 붙여 주기를 바라지도 않았다. 그리고 두 번째로 어떤 이름을 붙인다는 것은, 비평을 의미하지 않더라도 무엇인가를 규정짓는 것, 즉 미지(未知)의 것을 기지(既知)의 것에 끌어넣는 것을 의미한다. 그런 반면 한스 카스토르프는 이와 같은 소위 마음속의 재산이라고 할 수 있는 것은 그렇게 규정짓고 집어넣는 일로부터 어떤 일이 있더라도 보호해 주어야 한다고 은연중에 확신하고 있었다.

하지만 이유가 합당하든 그렇지 않든, 어쨌든 이름을 붙이고 남에게 이야기하는 것과는 아주 거리가 먼 이 감정은 강한 생명력을 지니고 있었다. 그래서 한스 카스토르프는 이미 거의 1년 전부터 — 언제 그런 감정이 시작된 것인지 정확히 알 수 없으므로, 대략 1년 전부터 — 남몰래 이런 감정을 품고 있었는데, 그 나이에 1년이라는 기간이 얼마나 긴 시간인가를 감안한다면 적어도 그의 성격이 얼마나 성실하고 꾸준한가를 알 수 있다. 성격은 비록 모두가 양면성을 지니고 있지만, 유감스럽게도 성격의 특성을 나타내 주는 명칭에는 좋은 의미에서든 나쁜 의미에서든 일반적으로 도덕적 판단이 내포되어 있는 법이다. 한스 카스토르프의 〈성실성〉은 그가 그렇게 자랑스럽게 생각하고 있었던 것도 아니며, 가치 평가를 떠나서 말하자면 그의 기질이 좀 둔중하고 완만하며 고집스러운 점, 즉 기본 성향이 보수적인 점에 그

본질이 있었다. 그래서 그는 어떤 상태나 관계가 꾸준하고 오래 지속되면 될수록 더욱 가치 있는 것으로 평가했다. 게다가 그는 현재의 상태나 제도가 무한히 지속되리라고 믿는 경향이 있어서, 사실 그 상태와 제도를 존중한 나머지 변화를 열망하지 않았다. 그리하여 프리비슬라프 히페에 대한 은밀한, 멀리서 바라보는 관계에 마음속으로 익숙해져서, 이것이 본질적으로 언제나 변하지 않는 상태라고 생각했다. 그는 히페와의 관계에서 생기는 감정의 움직임, 가령 오늘도 그를 만날 것인가, 바로 자기 옆을 지나갈 것인가, 혹시 자기를 쳐다볼 것인가 하는 긴장을 사랑했다. 그리고 이러한 비밀이 선사해 주는 고요하고 미묘한 실현의 기쁨을 사랑했고, 그런 비밀에 따르기 마련인 실망까지도 사랑했다. 가장 큰 실망은 히페가 〈결석〉하는 날이었다. 그러면 교정은 황량해지고, 그날은 모든 매력을 잃게 되었지만, 그래도 다음 날에 거는 희망은 남아 있었다.

이러한 상태가 1년가량 계속되었고, 드디어 모험적인 절정에 도달하게 되었다. 그러고 나서도 한스 카스토르프의 한결같고 보수적인 성실성 덕분에 그런 상태가 1년 더 계속되다가 끝이 났다. 하지만 한스 카스토르프는 자신을 프리비슬라프 히페와 맺게 한 끈이 느슨해지고 풀어진 것을 알아채지 못했다. 그것은 그 끈이 처음 맺어질 때 알아채지 못했던 것과 마찬가지였다. 또한 프리비슬라프도 아버지의 전근으로 인해 학교와 도시에서 그 모습을 감추어 버렸다. 하지만 한스 카스토르프는 이에 대해 별로 개의치 않았다. 벌써 오래전에 그를 잊어버린 것이다. 그러므로 〈키르키스인〉의 형상은 어느 사이에 안개 속에서 그의 생활로 들어와 서

서히 눈에 선명하게 보이고 손으로 꽉 잡을 수 있게 되었다
가, 마침내 교정에서 아주 가까이 실물과 대면한 순간 잠시
그 상태로 정면에 서 있다가, 다시 서서히 멀어져 이별의 슬
픔도 없이 안개 속으로 사라져 갔다고 할 수 있다.

한스 카스토르프가 이제 다시 과감하고도 모험적인 상황
으로 되돌아간 것을 알게 된 그 순간, 프리비슬라프 히페와
실제로 나눈 대화는 다음과 같이 진행되었다. 미술 시간이
시작되기 전 한스 카스토르프는 연필을 가져오지 않은 것을
알았다. 자기 반 학생들은 각자 자신의 연필이 필요했다. 다
른 반에도 연필을 빌릴 만한 이런저런 친구들이 있었지만,
한스 카스토르프는 자기와 가장 친한 친구는 프리비슬라프
라고 생각했다. 자신이 오랫동안 남몰래 관계를 맺어 온 히
페가 자기와 가장 가깝다고 생각되었던 것이다. 그래서 그
는 기쁘고 설레는 마음으로 이 기회를 — 그는 그것을 기회
라 불렀다 — 이용하여 그에게 연필을 빌려 달라고 해야겠
다고 결심했다. 자신이 사실 히페와 잘 아는 것은 아니므로,
그것은 아주 이상한 행동이 되리라는 것을 그는 알아차리지
못했다. 또는 알았다고 해도 무분별한 생각에 눈이 멀어 그
런 것에 신경 쓰지 않았을 것이다. 그래서 그는 이제 붉은 벽
돌이 깔린 혼잡한 교정에서 정말로 프리비슬라프 히페 앞에
선 채 이렇게 말했다.
「미안하지만, 연필 좀 빌려 줄 수 있겠니?」
그러자 프리비슬라프는 튀어나온 광대뼈 위의 키르키스
인의 눈으로 한스 카스토르프를 쳐다보더니, 놀란 기색도
없이 아니면 놀라움을 드러내 보이지도 않고 그 듣기 좋은

쉰 목소리로 그에게 말했다.

「좋아.」 그가 말했다. 「그럼 수업이 끝나면 꼭 돌려줘야
해.」 그러고는 주머니에서 연필을 꺼내는 것이었다. 은도금
된 연필로, 금속 캡에 붙은 고리를 위로 밀면 붉은색 연필이
나오게 되어 있었다. 두 사람은 연필 위에 몸을 구부렸고, 히
페가 간단히 구조를 설명해 주었다.

「그러나 부러지지 않도록 해야 돼!」 그는 이 말을 덧붙였다.

히페는 무슨 생각을 했을까? 마치 한스 카스토르프가 연
필을 돌려주지 않는 건 아닐까, 또는 연필을 함부로 다루지
나 않을까 걱정하는 듯한 말투였다.

그런 다음 둘은 서로 빙그레 웃으면서 쳐다보았다. 그런
데 더 이상 할 말이 없었으므로 둘은 먼저 어깨를 돌리고, 다
음에는 등을 돌리고 서로 헤어졌다.

그것이 전부였다. 그러나 한스 카스토르프는 프리비슬라
프에게 빌린 연필로 그림을 그렸던 그 미술 시간만큼 기뻤
던 적이 결코 없었다. 그것 말고도 그에게는 그 연필을 나중
에 주인에게 다시 돌려줄 수 있다는 즐거움이 남아 있었다.
이것은 연필을 빌린 행위에서 생겨난 순전한 덤으로서, 자연
스럽고도 당연했다. 그는 실례를 무릅쓰고 연필을 조금 뾰
족하게 깎았는데, 그때 떨어진 붉은색이 칠해진 부스러기 서
너 개를 거의 1년 가까이나 책상 서랍 안에 보관해 두고 있
었다 ― 누가 그 부스러기들을 보았다 하더라도 그것이 지
니는 중요한 의미는 아무도 짐작하지 못했을 것이다. 게다
가 연필을 돌려주는 일도 한스 카스토르프의 뜻에 꼭 들어
맞게 아주 간단하게 끝났다. 그는 이에 대해 무언가 특별히
자랑스럽게 여기기까지 했다 ― 이처럼 히페와 은밀한 관계

를 맺는 것만으로도 그의 몸은 마비되었고 분에 넘친다는 기분을 느꼈던 것이다.

「자, 여기 있어.」 그가 말했다. 「정말 고마웠어.」

그런데 프리비슬라프는 아무 말도 하지 않고 연필 구조를 쓱 살펴보기만 하고는 연필을 주머니에 집어넣었다…….

이런 다음에는 둘이 다시 대화를 나눈 적이 한 번도 없었다. 이 한 번의 일은 바로 한스 카스토르프의 모험심 덕택으로 일어났던 것이다…….

이처럼 그는 황홀경에 깊이 빠져 있다가 몹시 당황하며 눈을 번쩍 떴다. 〈꿈을 꾸었구나!〉 하고 그는 생각했다. 〈그래, 프리비슬라프였어. 오랫동안 그를 생각하지 않았어. 연필 깎은 부스러기는 어떻게 되었을까? 그 책상은 고향의 티나펠 아저씨 댁 다락방에 있을 거야. 그 부스러기는 왼쪽 뒤 작은 서랍 안에 아직 있겠지. 한 번도 꺼내지 않았으니 말이야. 버려야겠다고 생각할 만큼 관심도 보이지 않았으니까…….. 그래, 틀림없는 프리비슬라프였어. 그를 이렇게 또렷하게 다시 보리라고는 생각지 못했어. 어떻게 이렇게 신기하게도 그가 그 여자와 닮았을까 — 이 위에 있는 그 여자와! 그 때문에 내가 그녀에게 그토록 관심이 있는 걸까? 그렇지 않으면 아마도 그 때문에 내가 그에게 그토록 관심이 있었던 것일까? 말도 안 돼! 정말 말도 안 된다. 그건 그렇고 이제 돌아가야겠는걸, 그것도 빨리.〉 하지만 그는, 생각하기도 하고 추억에 잠기기도 하면서 계속 누워 있었다. 그런 다음 몸을 일으켰다. 「자, 그럼 잘 가게, 고맙네!」 이렇게 말하고 미소를 짓는데, 눈에서 눈물이 핑 돌았다. 그러고는 출발하려고 모자와 지팡이를 손에 쥐었다가 다시 주저앉고 말았

다. 무릎이 말을 듣지 않는 것을 알았기 때문이다. 〈이거, 큰
일 났네〉하고 그는 생각했다. 〈이러다간 안 되겠는걸! 강연
을 들으려면 11시 정각에 식당에 가 있어야 하는데. 이곳에
서의 산책은 나름대로 멋진 점도 있지만 어려운 점도 있구
나. 그래, 그래, 하지만 여기에 이러고 있을 수는 없겠지. 오
래 누워 있어서 다리가 좀 마비되었을 뿐인 거야. 몸을 움직
이면 금방 괜찮아지겠지.〉그리고 또 한 번 일어서려고 했는
데, 이번에는 꾹 참고 힘을 주어서 뜻대로 되었다.

하지만 의기양양했던 출발에 비하면 너무나 애처로운 귀
환이었다. 얼굴이 갑자기 창백해지고, 식은땀이 이마에서 흘
러내렸으며, 심장이 불규칙하게 뛰어서 호흡하기가 힘들어
지는 걸 느꼈기 때문에, 그는 몇 번이나 길바닥에 앉아 휴식
을 취해야 했다. 이런 상태로 꼬불꼬불한 길을 악전고투하
며 간신히 내려왔지만, 요양 호텔 가까이에 있는 골짜기에
도달했을 때, 거기에서 베르크호프까지의 먼 길을 자기 힘
만으로는 도저히 걸어갈 수 없다는 것을 분명히 깨달았다.
시내 전차도 없고 빌릴 만한 마차도 보이지 않아서, 도르프
에 빈 상자를 싣고 가는 짐마차의 마부에게 부탁해 마차에
타게 되었다. 그는 마부와 서로 등을 맞대고, 두 다리를 내
려뜨린 채, 행인들의 호기심에 찬 시선을 받아 가며, 마차의
진동으로 흔들거리면서 끄덕끄덕 반쯤 졸고 있었다. 동행인
이 〈이랴!〉하고 마차를 몰아 주어서 철도 건널목 부근까지
다다랐고, 거기서 마차에서 내렸다. 그는 얼마인지 세어 보
지도 않고 마부에게 돈을 집어 준 다음, 빠른 걸음으로 커브
길을 따라 올라갔다.

「어서 들어가십시오, 선생님!」프랑스인 문지기가 말했다.

「크로코브스키 박사의 강연이 벌써 시작되었습니다.」한스 카스토르프는 모자와 지팡이를 옷걸이에 내던지듯 급히 걸고서, 아래윗니로 혀를 깨물며 약간 열려 있는 유리문을 통해 빠르게 조심조심 식당 안으로 들어갔다. 식당에는 요양객들이 열을 지어 자리에 앉아 있었고, 오른쪽 좁은 곳에서는 프록코트 차림의 크로코브스키 박사가 테이블보가 깔리고 유리 물병이 놓인 테이블 뒤에 서서 강연을 하고 있었다…….

사랑과 병의 분석

다행히도 문 가까이 구석 자리 하나가 그에게 손짓하고 있었다. 한스 카스토르프는 옆으로 살그머니 미끄러지듯 걸어가 그 자리에 앉고는, 진작부터 그곳에 앉아 있었던 것 같은 표정을 지었다. 청중들은 크로코브스키 박사의 입술에 정신이 팔려 그에게는 거의 신경을 쓰지 않았다. 그의 끔찍한 몰골을 생각하면 잘된 일이었다. 그의 얼굴은 삼베처럼 창백하고 양복은 피로 얼룩져, 막 살인 현장에서 달려온 살인범 같은 모습이었다. 그가 자리에 앉았을 때, 바로 앞에 앉은 부인이 고개를 돌려 눈을 가느다랗게 뜨고 그를 유심히 훑어보았다. 그녀는 쇼샤 부인이었다. 그는 그녀라는 사실을 알고 치밀어 오르는 분노를 느꼈다. 〈어떻게 이런 일이! 이래서야 언제 마음의 안정을 되찾는단 말인가? 여기 목적지에 조용히 앉아 기운을 좀 차릴 수 있다고 생각했는데, 그녀가 바로 코앞에 앉아 있다니……. 물론 다른 경우라면 이런 우연을 기뻐했을지도 모르지만, 이렇게 피곤하고 녹초가 되어서야 무슨 재미가 있단 말인가? 심장에 새로운 부담만 주어 강연하는 내내 숨이 막히게 될 뿐일 텐데.〉 그녀는 프리비슬라프와 똑같은 눈으로 그를, 그의 얼굴을, 옷에 묻은 피 얼룩을 쳐다보았다. 그것도 문을 쾅 소리 내어 닫을 때의 태도에 걸맞게 상당히 뻔뻔스럽고도 주제넘게 말이다. 게다가 의자에 앉아 있는 자세는 얼마나 가관인가! 한스 카스토르프 고향의 요조숙녀들이 등을 꼿꼿이 세우고 머리를 옆의 신사 쪽으로 돌려 입술 끝으로 말하는 태도와는 너무나 딴판이었다. 쇼샤 부인은 단정치 못하고 축 늘어진 자세로 앉아, 등은 구부정하게 굽히고 어깨는 앞으로 내밀고 있어 목덜미의 뼈가 흰 블라우스 사이로 훤히 드러나 보였다. 프리비슬라프도 머리 쪽 자세를 이와 비슷하게 취했었다. 하지만 그는 사람들로부터 칭찬을 받는 모범생이었다(그래서 한스 카스토르프가 그에게 연필을 빌린 것이 아니었다). 반면에 쇼샤 부인의 단정치 못한 자세, 문을 쾅 닫는 버릇, 상대방이 안중에도 없는 듯한 눈초리는 그녀가 병에 걸려 있는 것과 관계가 있음이 분명하고 명백해 보였다. 그렇다, 그녀의 이런 태도에는 젊은 알빈 씨가 자랑하는 무절제한 자유, 그다지 명예롭지는 않지만 그래도 무한정한 특권이 표현되어 있었다……

한스 카스토르프의 상념은 쇼샤 부인의 축 늘어진 등을 보고 있는 사이에 혼란에 빠져, 어느새 사라지고 이내 몽상으로 변했다. 그 몽상 속으로 크로코브스키 박사의 둔중한 바리톤 음성과 부드럽게 혀를 굴리는 발음이 아주 먼 곳에서 들려오는 것처럼 흘러 들어왔다. 하지만 홀의 고요함, 숨

죽이며 듣고 있는 주위 사람들의 긴장된 분위기가 그에게도 영향을 미쳐, 몽상에 빠져 있는 그를 확실히 깨워 주었다. 그는 주위를 둘러보았다……. 그의 옆에는 머리숱이 적은 피아니스트가 머리를 뒤로 젖히고, 입은 멍하게 벌린 채, 팔짱을 끼고 귀 기울여 듣고 있었다. 저 건너편엔 여교사인 엥엘하르트 양이 탐욕스러운 시선으로 솜털이 보송보송한 두 뺨을 붉히고 있었다. 이런 홍조는 한스 카스토르프가 둘러본 다른 부인들의 얼굴에도 나타나 있는 것을 확인할 수 있었다. 알빈 씨 옆자리에 앉은 잘로몬 부인의 얼굴에도, 또한 단백질 결핍으로 야위어 가고 있다는 맥주 양조업자의 아내 마그누스 부인의 얼굴에도 홍조가 나타나 있었다. 이 부인들보다 훨씬 뒤쪽에 앉은 슈퇴어 부인의 얼굴에는 교양 없이 열광하는 표정이 나타났는데, 참으로 비참한 모습이었다. 상앗빛의 레비 양은 등받이에 기댄 채 눈을 반쯤 감고 손바닥을 무릎 사이에 편안히 놓고 있었는데, 가슴이 너무 심하게 율동적으로 부풀어 올랐다가 가라앉지 않았다면 완전히 죽은 여자처럼 보였을지도 모른다. 그녀의 가슴 율동을 보니, 한스 카스토르프는 여자 밀랍 인형이 생각났다. 옛날에 밀랍 인형 전시실에서 본 적이 있는, 가슴에 기계 동력 장치가 있어 가슴이 늘었다 줄었다 하는 인형이었다. 손님 몇몇은 손을 오목하게 오므려 귀에 갖다 대거나, 또는 귀 쪽으로 반쯤 올린 채 적어도 갖다 대는 시늉을 하며 이야기를 듣고 있었다. 이들은 이야기에 너무 열중한 나머지 손을 움직이다가 그대로 굳어 버린 듯했다. 얼핏 보아 건강해 보이며 얼굴이 가무잡잡한 파라반트 검사는, 더 잘 들리도록 하기 위해 집게손가락으로 한쪽 귀를 후빈 다음, 다시 그 귀를 열변을 토하고 있는 크로코브스키 박사 쪽으로 내밀었다.

크로코브스키 박사는 도대체 무엇을 이야기하고 있을까? 그는 어떤 논리를 전개하고 있는 것일까? 한스 카스토르프는 내용을 이해하려고 정신을 집중했지만, 강연의 첫 부분을 듣지 않았던 데다가 쇼샤 부인의 축 늘어진 등에 정신이 팔려 강연의 상당 부분을 놓쳤기 때문에, 강의 내용을 금방 이해할 수 없었다. 강연 내용은 힘에 관한 것이었……. 힘 …… 요컨대 사랑의 힘에 관한 이야기를 하고 있었다. 당연한 일이고말고! 그러니까 이 테마는 연속 강연의 전체 제목으로 나와 있었다. 이것이 크로코브스키 박사의 전문 분야인데, 그가 이것 말고 대체 무슨 말을 하겠는가. 그런데 언제나 선박의 전동 장치와 같은 것들만 들어오다가, 별안간 사랑에 대한 강의를 들으려니 좀 이상하게 여겨졌다. 사랑이라는 수줍고 은밀한 속성의 테마를 대낮에 신사 숙녀들 앞에서 논하려면 대체 어떻게 시작해야 하는가. 크로코브스키 박사는 이 테마를 혼합된 표현 방식으로 상세하게 말했다. 즉 시적인 동시에 학문적이기도 한 방식으로, 또는 엄격한 과학적 방식으로 말했고, 그러면서도 노래하듯 울려 퍼지는 어조로 말했다. 바로 이런 이야기 방식 때문에, 여자들은 뺨을 붉혔고 남자들은 귀를 흔들었겠지만, 젊은 한스 카스토르프에게는 이러한 방식이 좀 난삽하게 느껴졌다. 특히 강연자는 〈사랑〉이라는 말을 계속 불확실한 의미로 사용했기 때문에, 그가 말하는 사랑이 어떤 의미의 사랑인지, 경건한 사랑인지 또는 정열적이고 육욕적인 사랑인지 그것을 제대로 알 수가 없어서 약간 뱃멀미를 하는 것 같은 기분이 들었다. 한스 카스토르프로서는 오늘 이곳에서처럼 이 단어가 몇 번이나 연속해서 언급되는 것을 듣기는 난생처음이었다. 그래서 곰곰이 생각해 보니 자기가 스스로 그런 말을 한 적도 없었고, 남의 입에서 그런 말이 나오는 것을 들은 적도 없었던 것 같았다. 이것은 잘못된 생각일지 모르겠지만, 어쨌든 그 단어를 그렇게 자주 되풀이하는 것이 좋은 일은 아니라고 그는 생각했다. 그 반대로, 사랑*Liebe*이라는 이 외설적인 1음절 반의 단어, 한가운데에 부드러운 모음 e가 들어가고 설음(舌音)과 순음(脣音)을 뒤섞어 발음하는 이 단어가 그에게는 계속해서 귀에 거슬렸다. 한스 카스토르프는 그 단어에서 물을 탄 우유 같은 것, 무언가 희푸르스름한 것, 무언가 무미건조한 것이 연상되었다. 엄밀히 말해 크로코브스키 박사가 사랑에 관한 말로 사람들을 즐겁게 해준 그 모든 강렬한 표현과 비교해 볼 때 특히 그런 생각이 들었다. 이렇게 크로코브스키 박사처럼 말한다면, 아무리 대담한 표현을 써도 사람들이 홀에서 달아나지 않는다는 것은 분명한 사실이었기 때문이다. 그는 누구나 알고 있으면서도 보통 침묵을 지키고 있는 것을, 청중을 도취시키는 듯한 어조로 말하는 것만으로는 결코 만족하지 않았다. 그는 환상을 파괴했고, 깨달음을 철저하게 존중하였으며, 은발 노인의 위엄과 연약한 어린아이의 순수성에 대해 감상적으로 생각하는 것을 결코 허락하지 않았다. 게다가 그는 이날도 역시 프록코트에 부드러운 칼라를 하고, 회색 양말 위에 샌들을 신고 있었는데, 이것에 대해 한스 카스토르프는 다소 놀라워했지만, 이 모습은 그가 원칙주의자이자 이상주의자라는 인상을 주었다. 크로코브스키 박사는 자기 앞 식탁 위에 놓여 있는 몇 권의 책과 철하지 않은 원고들을 손에 들고서 여러 가지 예와 일화를 통해 자기의 주장을 뒷받침하고, 심지어 시구도 수차례 인용하면서, 사랑의 끔찍한 형태에 관해 이야기했고, 사랑의 현상과 전능함이 지니는 불가사의하고 비참하며 음산한 변형에 대해 다루었다. 모든 본능 중에서 — 그가 말했다 — 사랑이야말로 가장 불안정하고 위험한 본능이며, 본질적으로 착오와 치유 불가능한 도착(倒錯)에 빠지는 경향이 있다는 것이다. 이는 이상한 일이 아니라고 했다. 이러한 강력한 충동은 단일물이 아니라 본래 여러 가지가 섞인 복합물이며, 게다가 그러한 충동도 전체적으로 보면 언제나 정상적이라는 것이다. 한마디로 말해, 그러한 충동은 순전히 도착된 것으로 가득 차 있을 뿐이라고 했다.

크로코브스키 박사는 말을 계속했다. 그러나 개개의 구성 요소가 도착되어 있다고 해서 전체가 도착되어 있다고 결론 짓는 것은 당연히 거부되어야 하므로, 정상적인 전체는 아니더라도 정상적인 전체의 일부는 개별적으로 도착되어 있을 수 있다고 주장하는 것도 당연히 틀린 말은 아니라는 것이다. 이것은 논리의 필연적인 요구이므로 청중들이 유의해 주길 바란다고 그는 말했다. 영혼의 저항이며 교정(矯正)이 바로 이것이며, 이것은 품위 있고 질서 정연한 본능이라는 것이다 — 그는 하마터면 시민적 종류의 본능이라고 말할 뻔했다. 조정하고 절제하는 이러한 본능의 영향으로 도착된 요소들은 정상적이고 유용한 전체로 통합된다. 물론 이것은 빈번하게 일어나는 환영할 만한 과정이지만, 그것의 결과는 (크로코브스키 박사는 다소 경멸하듯 덧붙였다) 의사이자 사상가와는 아무런 관계가 없다고 한다. 반대로 다른 경우에는 이러한 과정이 성공하지 못한다. 그 과정이 성공을 거두고 싶어 하지도 않으며 성공을 거두어서도 안 된다. 이것이야말로 어쩌면 더 고상하고 정신적으로 더 귀중한 경우를 의미하지 않을지도 모른다고 누가 말할 수 있겠는가?라고 크로코브스키 박사가 물었다. 말하자면 이 경우 두 가지 힘의 그룹, 즉 사랑의 충동과 이에 대립하는 본능은 — 이 가운데서도 특히 수치심과 혐오감을 들 수 있지만 — 시민적이고 보통의 정도를 넘어서는 특별한 긴장과 열정을 내포하고 있다. 그렇기 때문에 영혼의 밑바닥에서 행해지고 있는 이 양자의 투쟁은 도착된 충동을 울타리에 넣고 안전하게 하고 순화하는 것을 방해한다. 즉 통상적인 조화와 정상적인 애정 생활을 막는 것이다. 순결의 힘과 사랑의 힘이 충돌하면 — 중요한 것은 이러한 충돌이기 때문이다 — 그 결과는 어떻게 될까? 이러한 충돌은 외견상 순결의 승리로 끝나는 것처럼 보인다. 두려움, 예의 바름, 정숙한 혐오, 떨면서 지키는 순결 욕구, 이러한 것들은 사랑을 억압하며, 사랑을 어둠 속에 몰아넣고, 무분별한 사랑의 욕구를 기껏해야 부분적으로만 허용할 뿐, 그것이 극히 다양한 모습과 강력한 힘으로 의식 속에 떠올라 활동하는 것을 허용하지 않는다. 하지만 순결의 이러한 승리는 외견상의 승리에 불과할 뿐으로 피루스 왕[32]의 승리처럼 희생이 많이 따르는 승리이다. 왜냐하면 사랑의 욕구는 억제하거나 억압할 수 있는 것이 아니기 때문이다. 억압된 사랑은 죽어 있는 게 아니라 살아 있는 것이라서 오히려 정신의 어두컴컴하고 은밀한 곳에서 욕구 실현의 기회를 노리고, 순결의 금지령을 어기고는 모습

32 피루스Pyrrhus 왕이 로마군을 격파한 때처럼 희생이 많은 유명무실한 승리.

을 바꾸어 다시 드러낸다. 물론 식별할 수 없는 모습이긴 하지만⋯⋯. 자! 그렇다면, 의식 속에 들어가는 것이 허용되지 못하고 억압된 사랑이 다시 나타날 때의 모습과 가면은 대체 어떤 것일까요? 이런 질문을 청중들에게 던지고 크로코브스키 박사는 진지하게 그들로부터 대답을 기대한다는 듯이 좌중을 한 바퀴 둘러보았다. 그렇다, 그는 벌써 그런 식의 이야기를 많이 했으며, 이 질문에도 스스로 대답할 것임에 틀림없었다. 크로코브스키 박사 말고는 아무도 이것을 알지 못했고, 그가 분명 이것도 알고 있을 것이라는 사실을 그의 태도에서 감지할 수 있었다. 불타는 듯한 두 눈, 밀랍같이 창백한 안색, 검은 수염, 회색의 털실 양말에 수도사를 연상하게 하는 샌들을 신은 크로코브스키는, 자신이 이야기했던 순결과 열정 간의 투쟁을 직접 상징적으로 구현하는 것 같았다. 적어도 한스 카스토르프가 받은 인상은 그러했다. 한스 카스토르프 역시 다른 모든 청중들처럼 잔뜩 긴장하여 억압된 사랑이 어떤 모습으로 다시 나타날까에 대한 대답을 기다리고 있던 터였다. 부인들은 거의 숨을 죽이고 있었다. 파라반트 검사는 결정적인 순간에 귓구멍이 막혀 못 듣는 일이 없도록 귀를 또 한 번 급히 후볐다. 크로코브스키 박사는 이렇게 말했다. 「사랑은 병의 형태 속에 들어 있습니다! 병의 증상은 가면을 쓴 사랑의 활동이며, 모든 병은 모습을 바꾼 사랑인 것입니다!」

비록 모두가 그 말을 완전히 이해할 수는 없었지만, 이것으로 이제 그 답을 알게 되었다. 〈아!〉 하는 탄식 소리가 일제히 홀 안에 울려 퍼졌고, 크로코브스키 박사가 계속 자신

---

33 「마태오의 복음서」 17장 1~2절 참조.

의 논지를 전개해 나가는 동안, 파라반트 검사는 의미심장
한 동의의 표시로 고개를 끄덕였다. 한스 카스토르프는 나
름대로 방금 들은 내용을 음미해 보려고, 또 그것이 이해가
되는지 살펴보려고 고개를 숙였다. 하지만 그러한 사고 과
정에 익숙하지 않았고, 또 힘에 부치는 산책을 해서 머리가
잘 돌아가지 않았기 때문에 쉽게 주의가 산만해졌다. 동시에
자기 앞에 앉은 사람의 등과 팔 때문에도 주의가 산만해졌
다. 바로 눈앞에서 앞에 앉은 사람이 땋은 머리를 뒤에서 손
으로 받치기 위해 팔을 뒤로 내밀어 굽히고 있었기 때문이다.

이렇게 바로 눈앞에서 쇼샤 부인의 손을 본다는 것은 가
슴 조이는 일이었다 — 원하든 원치 않든 그 손을 볼 수밖에
없었고, 손에 달라붙어 있는 모든 흠결과 인간적인 면을 확
대경으로 보는 것처럼 연구하듯 샅샅이 살피지 않을 수 없
었다. 그렇다, 이 손은 결코 귀족적이라 할 수 없었고, 손톱
이 아무렇게나 너무 바짝 깎여 있는 여학생의 뭉툭한 손 같
았다 — 손가락 관절의 바깥쪽이 깨끗할지 어떨지도 심히
의심스러웠다. 그리고 손톱 주위의 피부가 거친 것으로 보
아 손톱을 물어뜯는 버릇이 있음에 틀림없었다. 한스 카스
토르프는 얼굴을 찡그렸지만, 그의 눈길은 여전히 쇼샤 부
인의 손에 달라붙어 있었다. 사랑에 대항하는 시민적인 저항
에 관해 크로코브스키 박사가 말한 내용이 그의 의식에 불
완전하고도 막연하게 되살아났다……. 머리 뒤로 유연하게
굽은 그녀의 팔은 무척 아름다웠다. 소맷부리의 천이 블라
우스보다 더 얇았기 때문에, 이 아름다운 팔은 거의 맨살이
드러나 보일 정도였다 — 너무나 얇은 망사 때문에 팔에서
어떤 향기 나는 변용[33]이 나타났는데, 아무것도 걸치지 않았

다면 필시 이렇게 아름답게 보이지 않았을 것이다. 팔은 부드러우면서도 통통한 느낌을 주었는데, 아무리 보아도 차가운 느낌을 지울 수가 없었다. 그런 팔을 보고 시민적인 저항 같은 것을 생각한다는 것은 말도 안 되는 일이었다.

한스 카스토르프는 쇼샤 부인의 팔에 시선을 집중하며 꿈을 꾸듯 생각에 잠겨 있었다. 여자들이란 참 옷을 잘 입는구나! 여자들은 목덜미와 가슴 여기저기를 드러내 보이고, 투명한 망사로 팔을 아름답게 보이게 하는구나…… 세계 어느 곳을 가더라도 여자들은 우리 남성들의 동경 어린 욕망을 일깨우기 위해 그런 복장을 하는 것이다. 아아, 인생은 아름다운 것이다! 인생이 아름다운 것은 여자들이 매혹적으로 옷을 입는다는 당연한 사실 때문이다 — 이것은 당연한 일이며, 너무나 일반적이고 통상적이며 누구나 인정하는 일이라서 이에 대해 새삼스레 생각해 보는 일이 거의 없이 무의식적으로 선뜻 받아들이게 되기 때문이다. 하지만 인생을 제대로 즐기기 위해서는 이것을 염두에 두어야 한다고 한스 카스토르프는 속으로 생각했다. 그리고 그것이 우리를 행복하게 해주는 관습이며, 사실은 거의 동화 같은 관습이라는 것을 명백하게 의식해야 한다고 생각했다. 여자들이 동화 같고 행복한 복장을 하고서도 풍기에 어긋나지 않는 것은 하나의 목적을 지니고 있기 때문이다. 즉 이것은 다음 세대와 인류의 번식에 관계되는 문제인 것이다. 하지만 여자가 내부에 질환이 있어 어머니가 될 자격이 없다면, 그 경우에는 어떻게 할 것인가? 그렇다면 남자들이 자기 몸에 — 내부에 병이 있는 자기 몸에 — 호기심을 갖도록 하기 위해 망사 소매를 입고 다니는 것이 어떤 의미가 있을까? 이것은 분명히 아무 의미도 없고, 사실은 부적절한 것으로 간주하고 마땅히 금지해야 한다. 남자가 병에 걸린 여자에게 관심을 품는 것은 분명 이성에 반하는 일이기 때문이다⋯⋯. 이것은 그 옛날 한스 카스토르프가 프리비슬라프 히페에게 은밀한 관심을 가졌던 것과 마찬가지이다. 물론 어리석은 비교이며, 약간 고통스러운 추억이다. 그렇지만 일부러 생각해 내려고 한 추억은 아니고 저절로 떠오른 것이다. 그건 그렇고 바로 이 지점에서 그의 꿈꾸는 듯한 생각은 중단되었다. 크로코브스키 박사가 과하게 목청을 높여 다시 그에게로 주의를 빼앗긴 것이 주된 원인이었다. 실제로 크로코브스키 박사는 두 팔을 벌리고 머리를 비스듬하게 기울인 채 작은 테이블 앞에 서 있었는데, 그 모습은 그가 프록코트를 입었음에도 불구하고 마치 십자가에 매달린 그리스도처럼 보였다!

크로코브스키 박사는 강연의 마지막에 정신 분석을 대대적으로 선전하면서 두 팔을 벌리고 〈모두들 자기에게로 오라〉고 촉구했다. 〈고생하며 무거운 짐을 지고 허덕이는 사람은 다 나에게로 오너라〉는 성경 구절을 그는 다른 말로 하고 있었다. 그리고 모든 사람이 예외 없이 수고하고 짐 진 자라는 자신의 확신에 추호의 의심도 없었다. 그는 숨겨진 고통에 대해, 수치심과 번민에 대해, 구원을 안겨 주는 정신 분석의 영향에 대해 이야기했다. 그는 무의식의 세계가 규명된 것을 칭찬했고, 병은 의식적으로 만들어진 욕정으로 변했다고 가르쳤으며, 신뢰를 가지라고 주의를 주었고, 병을 낫게 해주겠다고 약속했다. 이어 양팔을 내리고 머리를 다시 똑바로 하고는 강연할 때 사용했던 인쇄물을 주워 모았다. 그리고 마치 선생님처럼 왼손으로 보따리를 어깨에 걸치고는 머리를 반듯이 세우고 대기실을 통과해 걸어 나갔다.

모두들 일어나서 의자를 밀치고는, 의사가 홀을 빠져나간 출구를 향해 천천히 움직이기 시작했다. 마치 피리 부는 사나이를 뒤따르는 무리처럼 사람들은 사방에서 머뭇머뭇 망설이며, 자기의 의지를 상실하고 부화뇌동하여 출구를 구심점으로 계속 밀어닥치는 것 같아 보였다. 한스 카스토르프는 사람들의 물결 속에서 팔걸이에 손을 얹고 가만히 서 있었다. 〈나는 여기에 손님으로 왔을 뿐이다〉라고 그는 생각했다. 〈나는 건강하며, 다행히도 전혀 고려의 대상이 아니다. 그리고 여기서 열릴 다음번 강연에는 절대 참석하지 않겠어.〉 그는 쇼샤 부인이 머리를 앞으로 내밀고, 특유의 걸음걸이로 살금살금 걸어 나가는 것을 보았다. 그녀도 정신분석을 받으러 갈 것인가? 하고 생각하니 그의 가슴이 쿵쿵 뛰기 시작했다……. 그래서 그는 요아힘이 의자 사이를 누비며 자신에게 오는 것을 알아차리지 못했다. 사촌이 말을 걸자, 그는 신경과민에 걸린 사람처럼 놀라 몸을 움찔거렸다.

「마지막 순간에 시간을 맞추었네.」 요아힘이 말했다. 「멀리 갔었나? 산책은 어땠어?」

「아, 좋았어.」 한스 카스토르프가 대답했다. 「그런데, 꽤 멀리까지 갔었어. 하지만 솔직히 고백하자면 기대한 것만큼 좋지는 않았어. 아마 시기가 너무 일러서이거나, 아니면 시기를 잘못 맞춘 모양이야. 당분간은 장거리 산책을 다시 하지 않을 거야.」

강연이 마음에 들었는지 어땠는지 요아힘은 묻지 않았고, 한스 카스토르프도 이에 대해 아무런 말도 하지 않았다. 두 사람은 마치 암묵적인 합의를 본 것처럼, 그 후에도 강연에 대해서는 일체 거론하지 않았다.

의문과 숙고

화요일은 그러니까 이제 우리의 주인공이 이 위의 사람들이 사는 곳에 온 지 일주일이 되는 날이었다. 아침 산책을 마치고 방에 돌아와 보니 계산서가 와 있었는데, 처음으로 받은 주간 계산서였다. 깔끔하게 작성된 상용 문서로 녹색 봉투에 들어 있었는데, 위쪽에는 그림이 인쇄되어 있었고, 왼쪽 옆에는 안내서의 발췌문이 좁은 여백에 빼곡히 쓰여 있었다. 〈최신 원리에 의한 정신 요법〉도 자간을 벌린 모양으로 인쇄해 광고하고 있었다. 달필로 기입한 금액 그 자체는 정확히 180프랑이었다. 내역은 진료비와 식대가 12프랑, 방값이 하루에 8프랑, 입원비가 20프랑, 방 소독비 10프랑이라고 되어 있었다. 그 밖에 세탁비와 맥줏값, 도착한 날 밤에 마신 포도줏값 등등의 세목을 더해 총액이 그렇게 나온 것이었다.

한스 카스토르프는 요아힘과 함께 계산서를 검토해 보고 이의를 제기할 것이 없다고 생각했다. 「나는 치료 같은 건 받은 적이 없는데.」 그가 말했다. 「하지만 진료야 내가 마음대로 받지 않은 것이고, 게다가 그게 식대에 포함되어 있으니 그것만 빼달라고 요구할 수도 없는 노릇이지. 그런 일이야 있을 수 없겠지? 그런데 이들은 소독비로 폭리를 취하고 있어. 미국 여자를 소독하는 데 살균제인 H_2CO가 10프랑어

치나 들 리가 없으니 말이야. 그러나 전체적으로 볼 때, 비싸다기보다는 오히려 싼 편이라 생각되는걸. 서비스를 감안한다면 말일세.」 그래서 두 사람은 두 번째 아침 식사를 하기 전에 계산을 치르려고 〈사무국〉으로 갔다.

〈사무국〉은 1층에 있었다. 홀 건너편의 옷 보관소, 취사장 및 조리실을 지나 복도를 따라가면 사무국 문 앞에 이르는데, 사기로 된 푯말이 붙어 있어 금방 알 수 있었다. 한스 카스토르프는 이 사무국에서 요양원 경영 사업 센터를 흥미 있게 다소나마 들여다볼 수 있었다. 센터는 작지만 사무실의 면모를 갖추고 있었다. 타이피스트 한 명이 일하고 있었고, 남자 사무원 세 명이 책상 앞에 몸을 구부리고 있었다. 반면 바로 옆방에서는 직급이 좀 더 높은 사무장이나 지배인 같은 신사 한 명이 방 가운데 놓인 책상에서 사무를 보고 있었는데, 고객에게 안경 너머로 차갑고 사무적인 눈초리를 던질 뿐이었다. 사무원이 창구에서 지폐를 바꾸어 입금하고 영수증을 떼주는 일을 하는 동안, 두 사람은 관청이나 관공서 같은 곳에 존경심을 품는 독일 젊은이답게 진지하고도 겸손하며, 공손한 태도로 잠자코 서 있었다. 이어 계산을 마치고 나와 아침 식사를 하러 가는 도중에 바깥에서, 그리고 그날 나중에 두 사람은 베르크호프 요양원의 제도에 관해 몇 마디 대화를 나누었다. 오래전부터 살고 있어 이곳의 사정을 잘 알고 있는 요아힘이 사촌의 질문에 대답하는 형식이었다.

베렌스 고문관이 요양원의 주인이나 소유자인 것처럼 보이지만 결코 그렇지가 않았다. 그의 상부와 배후에는 눈에 보이지 않는 세력들이 있었는데, 그들은 어느 정도까지는 사무실이라는 형태에서만 그 모습을 드러내 보였다. 감사 위원회와 주식회사가 그것이었다. 요아힘의 신뢰할 만한 장담에 따르면, 이 주식회사는 의사에게 고액의 월급을 지불하고 경영 원칙이 가장 자유스러움에도 불구하고 매년 주주에게 고율의 배당금을 지불할 수 있기 때문에 이 회사의 주식을 소유하는 것은 나쁘지 않은 투자라는 것이다. 따라서 고문관은 독립된 경영자가 아니라, 단지 대리인이자 간부이며 고위층의 일원에 지나지 않았다. 물론 제1의 최고 간부였고 전체의 심장이라 할 수 있었으며, 원장인 그는 경영의 영업 부문에는 전혀 관여하지 않아도 되었지만, 경리 부서를 포함한 전체 조직에 대해서는 결정적인 영향력을 행사할 수 있었다. 독일의 북서쪽 태생인 고문관은 알다시피 자신의 의도나 인생 설계와는 전혀 다르게 몇 년 전에 현재의 자리에 앉게 되었다는 것이다. 그가 이곳에 올라오게 된 것은, 벌써 오래전에 이곳 도르프의 묘지에 묻힌 그의 부인 때문이었다 — 이 묘지, 다보스 도르프의 그림 같은 이 묘지는 저 위 오른쪽 경사면에, 골짜기 입구 저 뒤쪽에 자리 잡고 있었다. 베렌스가 살고 있는 관사의 실내 여기저기에 걸려 있는 사진이라든지 그림 애호가인 베렌스가 직접 그린 벽에 걸린 유화 초상화로 미루어 볼 때, 베렌스의 부인은 눈이 너무 크고 허약 체질이긴 했지만 무척 사랑스러운 여자였다. 그녀는 베렌스 고문관과의 사이에서 1남 1녀를 낳았으나 허약한 몸에 열병이 나서 이 지역으로 올라오게 되었는데, 몇 달 만에 체력이 완전히 소진되었다고 한다. 사람들이 말하기를, 부인을 몹시 사랑한 베렌스는 부인을 잃은 충격이 너무 컸던 나머지 한동안 우울증에 빠져 머리가 좀 이상해졌다는 것이다. 그래서 그는 거리에서 킥킥거리고 이상한 짓거리를 하며 혼자 중얼거리기도 해서 사람들의 눈길을 끌었다고 한다. 그 뒤부터 그는 자신의 원래 생활 영역으로 되돌아가지 않고 이곳에 그대로 남았다. 분명 부인이 영원히 잠든 곳을 차마 떠날 수 없었기 때문이기도 했겠지만, 그가 이곳에 안착한 것은 어쩌면 그런 감상적인 이유에서가 아니라, 그 자신도 약간 가슴에 병을 앓고 있어서 자신의 의학적인 판단에 따라 그냥 이곳에 머물기로 했다는 것이다. 그래서 베렌스는 자신이 감독해야 할 환자들과 고통을 함께하는 동지이자 의사의 한 사람으로 이곳에 정착하게 되었다. 병과 무관하고 병에 걸리지 않은 자유로운 의사, 그런 의사의 입장에서 병을 치료하는 것이 아니라, 스스로 병의 징후를 지닌 환자의 입장에서 이곳에 머무르게 된 것이다 — 특이한 경우이긴 하지만, 개별적으로 실례가 전혀 없는 경우는 아니라서 일장일단이 있다는 것은 의심의 여지가 없다. 의사가 환자와 동료 관계라는 사실은 확실히 환영할 만한 일이며, 고통을 겪어 본 자만이 고통을 겪는 자의 지도자와 구원자가 될 수 있다는 말은 들을 만한 가치가 있다. 하지만 자기 자신이 어떤 힘에 예속되어 있는 자가 정말 그 힘을 정신적으로 제대로 지배할 수 있을까? 자신도 예속되어 있는 자가 남을 해방시킬 수 있을까? 병을 앓는 의사는, 우리의 솔직한 감정으로 볼 때, 자가당착의 모순이며 의심스러운 현상이다. 병에 관한 의사의 정신적 지식은 경험에 따른 지식을 통해 풍부해지고 윤리적으로 강화된다기보다, 오히려 흐려지고 혼란스러워지는 것이 아닐까? 그런 의사는 병을 분명한 적대 관계에서 보는 것이 아니며, 병에 사로잡혀 당황해하므로, 어느 편의 인간인지 분명하지 않다. 그러므로 병의 세계에 속해 있는 인간이 건강한 사람과 마찬가지로 다른 환자를 치료하는 것이나 또는 단순히 그 보호만에라도 어느 정도 관심을 가질 수 있느냐 하는 문제를 아주 신중하게 검토해 보아야 하는 것이다…….

이러한 의문과 숙고에 관해 한스 카스토르프는 자기 나름대로 몇 마디 의견을 피력했는데, 바로 요아힘과 둘이서 베르크호프와 그 원장에 관한 대화를 나눌 때였다. 하지만 요아힘은 베렌스 고문관이 아직도 환자인지 아닌지는 잘 모른다고 말했다 — 아마도 오래전에 벌써 병이 나았을지도 모른다는 것이다. 베렌스 고문관이 이곳에서 치료를 시작한 지는 오래되었다 — 그가 이 위에 오기 전에는 한동안 독립하여 개업의 생활을 하였는데, 그때 청진과 기흉에 뛰어난 의사로서 금세 이름을 날렸다고 한다. 그러다가 베르크호프에서 자신의 지위를 굳히고, 10년 전부터는 요양원과 일심동체의 관계에 있게 되었다……. 그는 건물 저 뒤편, 북서쪽 날개 끝에서 살고 있었는데(크로코브스키 박사는 거기서 멀지 않은 곳에 살고 있었다), 요양원의 수간호사가 홀아비의 가사를 이것저것 돌보아 주었다. 이 수간호사는 옛 귀족 출신의 숙녀로, 세템브리니가 조롱조로 말한 바 있고, 한스 카스토르프는 지금까지 얼핏 보았을 뿐이었다. 아무튼 베렌스는 혼자 지내고 있었다. 아들은 독일 대학에서 공부하고 있었고, 딸은 벌써 결혼했기 때문이다. 말하자면 딸은 스위스의 프랑스어 지역에 거주하는 변호사와 결혼하여 살고 있었다. 베렌스의 아들은 방학 때가 되면 가끔 아버지를 방문했는데, 요아힘이 이 위에 온 이후로도 한 번 찾아왔다고 한다.

그럴 때면 요양원의 여자들이 너무 흥분해서 체온이 올라가고, 안정 홀에서는 질투심 때문에 말다툼이 벌어지며, 크로코브스키 박사의 특별 진찰 시간에는 여자 환자 수가 급증했다고 한다…….

베렌스 고문관의 조수 크로코브스키 박사는 개인 진료를 위해 자신의 독방을 제공받고 있었는데, 그 방은 커다란 진찰실, 실험실, 수술실 및 뢴트겐실과 마찬가지로 요양원 내 빛이 잘 드는 지하실에 있었다. 지하실이라고 부르는 것은 1층에서 그곳으로 내려가는 돌계단 길이 정말로 지하실로 내려가는 듯한 인상을 불러일으켰기 때문이다 — 하지만 이런 인상은 거의 완전히 착각에 기인하는 것이었다. 첫째로, 1층이 꽤 높은 곳에 있었고, 둘째로, 요양원 건물은 대체로 경사가 급한 산비탈에 있었으며, 소위 〈지하실〉의 방들은 앞쪽으로 정원과 골짜기를 바라보고 있었기 때문이다. 그리하여 계단이라는 인상과 의미가 어느 정도 상쇄되어 사라졌다. 1층에서 돌계단을 통해 아래로 내려가면 마치 지상에서 지하로 내려가는 느낌이 들었지만, 지하로 내려가도 여전히 지상에 있거나 또는 지상에서 겨우 60~90센티미터 정도 낮은 곳에 있을 뿐이었다 — 한스 카스토르프는 어느 날 오후 마사지사에게 체중을 재러 가는 사촌을 따라 〈그 밑으로〉 내려가면서 이러한 인상을 즐겼다. 그곳도 병원처럼 밝고 깨끗했으며, 모든 것이 온통 흰색뿐이어서, 희게 래커가 칠해진 문마다 밝게 빛나고 있었다. 크로코브스키 박사의 응접실 문도 희게 칠해져 있었는데, 문에 제도용 핀으로 명함이 꽂혀 있었다. 이 문은 특히 복도 높이에서 두 계단 정도 내려간 곳에 있어서, 문 뒤의 공간이 마치 작고 어두운 골방 같은 인상을 주었다. 문은 복도의 끝, 계단 오른쪽에 있었다. 한스 카스토르프는 요아힘을 기다리면서 복도에서 이리저리 왔다 갔다 하는 동안 그 문을 특히 주목하고 있었다. 그러다 문에서 누군가가 나오는 것을 보았는데, 얼마 전에 이곳에 올라온 부인이었다. 한스 카스토르프가 아직 이름을 알지 못했던 작고 귀여운 그 부인은 이마에 드리워지는 고수머리를 하고 있었고, 귀에는 금귀고리를 달고 있었다. 그녀는 몸을 심하게 구부리고 계단을 올라가면서 한 손으로는 치마를 거머쥐었고, 반지를 낀 다른 작은 손으로는 손수건을 입에 대고 있었다. 그러면서 몸을 구부린 자세로 창백하고 당혹스러운 듯한 커다란 눈으로 허공을 바라보고 있었다. 그녀는 살랑살랑 속치마에서 소리를 내며 아래층으로 통하는 계단 쪽으로 급히 가다가 무슨 생각이 들었는지 갑자기 발걸음을 멈추었다. 그러다가 여전히 몸을 굽히고 손수건을 입에서 떼지 않은 채 다시 총총걸음으로 계단에서 사라져 버렸다.

그녀가 문을 열고 나올 때 그녀의 뒤로 보인 방 안은 흰 복도에 비해서 훨씬 더 어두웠다. 요양원의 이 아래쪽 공간들은 다 밝았지만, 그 병원다운 밝음이 이 방에까지는 미치지 못하는 것이 분명했다. 한스 카스토르프가 본 것처럼, 크로코브스키 박사가 정신 분석을 하는 이 작은 방은 어스름에 싸인 채, 깊은 어둠에 잠겨 있었다.

식탁에서 나눈 대화들

요아힘과 떨어져 독자적으로 산책을 감행할 때 할아버지처럼 머리가 떨리던 것이, 혼잡한 식당에서 식사를 할 때에도 같은 현상으로 나타났으므로 한스 카스토르프 청년은 무척 당황했다 — 식사 중에도 거의 규칙적으로 그런 현상이 다시 나타나 이를 막을 수도 없었고 숨기기도 어려웠다. 오랫동안 버틸 수 없는 위엄 있는 턱 당기기 외에도, 그는 약점을 감추기 위해 다양한 방법을 찾아내었다 — 이를테면 좌우에 앉은 사람들에게 말을 걸어 가능한 한 자기 머리를 움직이게 한다든지, 또는 수프 숟가락을 입에 가져가는 경우 왼쪽 아래팔로 식탁을 강하게 누르면서 안정된 자세를 유지한다든지, 잠시 식사를 멈추는 동안에는 팔꿈치를 식탁에 짚고 손으로 머리를 받치는 자세를 취한 것이다. 비록 이런 태도가 자신의 눈으로 보기에도 예의에 어긋나는 행동이었지만, 방종한 환자들과 같이하는 식사이니만큼 관대하게 봐줄 수도 있는 행동이었다. 그러나 이 모든 자세는 번거로웠고, 전에는 긴장감과 구경거리 때문에 그렇게 즐거웠던 식사 시간도 이제는 그저 귀찮을 따름이었다.

하지만 사실대로 말하자면 — 한스 카스토르프도 이런 사실을 잘 알고 있었다 — 그가 싸우고 있는 이러한 부끄럽기 짝이 없는 현상은 육체적인 원인, 즉 이곳의 공기와 그것에 적응하려는 노력 때문만이 아니라 정신적인 흥분 때문이기도 했는데, 이것은 식사 때의 긴장감이나 구경거리와 직접적인 관계가 있었다.

쇼샤 부인은 식사 때 거의 항상 늦게 왔다. 그런데 그녀가 식당에 올 때까지 한스 카스토르프는 자리에 앉아 있으면서도 안절부절못했다. 그녀가 입장할 때면 무소선 들리는 유리문의 쾅 닫히는 소리를 이제나저제나 기다렸으며, 그 소리가 나면 움찔하며 자신의 얼굴에서 핏기가 가시는 것을 알고 있었기 때문이다. 이런 일은 언제나 규칙적으로 일어났다. 처음에는 그때마다 격분하여 머리를 그쪽으로 돌리고, 일류 러시아인석의 그녀 자리까지 이 부주의한 낙오자를 성난 눈으로 쫓아갔다. 그러고는 그녀의 뒷모습에다 대고 질책과 끓어오르는 비난의 외침을 이 사이로 들릴락 말락 퍼부었다. 그러나 이제는 이런 일을 그만두고, 머리를 접시 위로 더 깊이 숙이면서 입술을 지그시 깨물거나, 일부러 의식적으로 머리를 다른 쪽으로 돌리기도 했다. 자신이 더 이상 화를 낼 자격이 없다고 생각되었기 때문이다. 또 자신이 그녀를 비난할 수 있을 정도로 자유롭지 못하며, 오히려 다른 주위 사람들에 대한 그녀의 무례한 행위에 자신에게도 공동 책임이 있다고 느껴졌기 때문이다 ― 요컨대 그는 부끄러운 생각이 들었던 것이다. 그것도 쇼샤 부인 때문에 부끄러워졌다기보다는 주위 사람들에게 자기 자신이 부끄러워졌다고 말하는 편이 더 정확할 것이다 ― 물론 그는 굳이 부끄러워하지 않아도 괜찮았다. 왜냐하면 식당에서 아무도, 그의 오른쪽에 앉은 여교사 출신인 엥엘하르트 양을 제외하고는, 쇼샤 부인의 무례한 행위와 한스 카스토르프가 이것을 부끄럽게 여긴다는 사실에 신경 쓰는 사람이 없었기 때문이다.

작고 허약한 엥엘하르트 양은 문이 쾅 닫힐 때 한스 카스토르프가 과민 반응을 일으키는 것에 주목하고 청년과 러시아인 부인 사이에 어떤 정서적인 관계가 생긴 것을 알아차렸다. 뿐만 아니라 그런 관계가 일단 형성되기만 하면 그것이 어떠한 성질의 관계인가는 별로 중요한 문제가 아님을 알고 있었다. 게다가 그가 일부러 꾸며서 — 그것도 연기 연습을 한 적도 없고 배우의 재능도 부족하기 때문에 어색하게 꾸며서 — 무관심한 척하는 행동은 이 관계를 약화시키기는커녕 오히려 강화시켜, 이러한 관계가 더욱 발전하게 됨을 의미한다는 사실도 잘 알고 있었다. 자신의 외모나 매력에 대해 자신감도 없고 희망도 없는 엥엘하르트 양은 자기 자신을 잊고 무아경에 빠져 쇼샤 부인에 대해 계속 말을 늘어놓았다 — 그런데 이상하게도 한스 카스토르프는 그녀의 선동적인 언행이 지닌 의미를 당장은 아니더라도, 시간이 감에 따라 아주 분명히 알아차리고 심지어 혐오감까지 느꼈지만, 그래도 순순히 이 선동에 영향을 받아 속아 넘어가는 체했다.

「어이쿠, 저런!」 노처녀가 말했다.「저 여자예요. 누가 들어왔는지 확인하기 위해 쳐다볼 필요도 없어요. 물론, 그 여자가 걸어가고 있군요 — 얼마나 매력적으로 걸어가는지요 — 마치 우유 접시로 살금살금 다가가는 조그만 암고양이 같네요! 내 자리를 당신과 바꾸어 드릴 수 있어요. 나처럼 당신이 자연스럽고도 편하게 그녀를 볼 수 있도록 말이에요. 당신이 그녀 쪽으로 항상 고개를 돌리는 건 아니라는 것도 난 이해할 수 있어요 — 그녀가 이런 사실을 알아차리면 얼마나 더 착각 속에서 잘난 체하겠어요……. 지금 식탁 사람들에게 인사를 하고 있어요……. 당신도 한번 보시지요. 그녀를 보고 있으면 무척 기분이 좋아요. 그녀가 지금처럼 웃으면서 말할 때는 한쪽 볼에 조그만 보조개가 생겨요. 항상 생기는 것은 아니고 그녀가 만들려고 할 때만 생긴답니다. 그래요, 정말 귀하게 자란 어린아이 같은 귀염둥이 부인이에요, 그러니 버릇이 없을 수밖에요. 그래서 저렇게 칠칠치 못한 거지요. 저런 사람들에게는 무조건 사랑에 빠지게 되어 있어요, 자신이 원하든 원하지 않든 말이에요. 그들의 칠칠치 못한 태도에 화를 내지만 그 화도 결국은 그들에게 끌리고 있다는 자극이 되니까요. 화가 나는데도 사랑하지 않을 수 없다는 것, 이것이 얼마나 행복한 일이겠어요……」

노처녀 여교사는 손으로 입을 가리고 남에게 들리지 않게 속삭였지만, 솜털이 보송보송한 노처녀의 뺨에 일고 있는 홍조는 그녀의 체온이 정상을 넘어섰음을 상기하게 해주었다. 노처녀의 요염한 수다는 불쌍한 한스 카스토르프의 골수와 핏속까지 파고들었다. 그는 무엇에든지 의존하고 싶은 심정이었기에, 쇼샤 부인이 매혹적인 여자라는 사실을 제3자로부터 보증받고 싶었다. 뿐만 아니라 그 젊은이는 자신의 이성과 양심이 필사적으로 저항하는 그런 감정에 몸을 맡기도록 외부로부터 격려를 받고 싶었다.

그건 그렇고 이러한 대화에서 엥엘하르트 양은 쇼샤 부인에 대해 정말 궁금한 내용은 별로 언급하지 않았다. 그녀가 아무리 알려 주고 싶어도, 그녀 역시 요양원의 다른 사람들과 마찬가지로 쇼샤 부인에 대해 아는 바가 별로 없었기 때문이다. 엥엘하르트 양은 쇼샤 부인과 친한 사이도 아니었고, 그녀와 가깝게 지내는 사이라고 자랑할 수도 없었다. 그녀가 한스 카스토르프 앞에서 생색을 낼 수 있는 단 한 가지는, 자신의 집이 쾨니히스베르크에 — 그러므로 러시아 국경에서 그리 멀지 않은 곳에 — 있다는 것, 그래서 몇 마디의 러시아 말을 할 수 있다는 것 정도에 불과했다. 이렇게 안타

깝기 짝이 없는 내용이었지만, 한스 카스토르프는 이것을 자신이 쇼샤 부인과 약간 멀다 해도 어떤 개인적인 관계를 맺은 증거처럼 여기고 싶었다.

「그녀는 반지를 끼고 있지 않더군요.」 한스 카스토르프가 말했다. 「내가 본 바로는 결혼반지를 끼고 있지 않았어요. 대체 어찌된 것인가요? 결혼했다고 그러지 않았어요?」

여교사는 궁지에 몰려 무언가 변명하지 않으면 안 될 것처럼 당황해했다. 쇼샤 부인의 일에 있어서 그녀는 한스 카스토르프에게 그토록 커다란 책임감을 느꼈던 것이다.

「그 점에 대해 너무 엄밀하게 생각하시면 안 됩니다.」 그녀가 말했다. 「확실히 그녀는 결혼했습니다. 그 점은 의심의 여지가 없어요. 외국의 아가씨들은 나이를 좀 먹으면 마담이라는 호칭을 듣습니다. 남들의 이목 때문이지요. 결혼한 여자에겐 아무래도 좀 더 예의 바르게 대하니까요. 러시아 어딘가에 정말로 그녀의 남편이 있다는 것을 우리는 알고 있어요. 이곳에선 누구에게나 알려진 사실이에요. 원래 그녀에게는 다른 이름이 있었어요. 프랑스 이름이 아니라 아노프나 우코프로 끝나는 러시아 이름이죠. 전에 그 이름을 알았는데 지금 갑자기 생각이 안 나는군요. 당신이 알고 싶다면 제가 알아볼 수 있어요. 그녀 이름을 알고 있는 사람이 여기에 몇 사람 있을 테니까요. 반지 말인가요? 그래요, 끼고 있지 않아요. 나도 그것이 눈에 띄더군요. 아이고, 맙소사. 어쩌면 반지가 자신에게 어울리지 않아서 그럴 테죠. 반지를 끼면 손이 넓어 보여서 그런지도 모르고. 그렇지 않으면 결혼반지를 끼는 것이 촌스럽다고 생각하는지도 모르죠, 그런 밋밋한 반지를 말입니다……. 그 손에 시장바구니만 없다 뿐이죠……

있으면 영락없는 가정주부일 테니까요⋯⋯. 그래요, 그러기에는 너무 대범한지도 모르죠. 내가 알기로 러시아 여자들은 천성적으로 다들 그렇게 자유분방하고 대범한 성향을 지니고 있거든요. 게다가 반지에는 무언가 매정하게 거절하는 성질, 흥을 깨뜨리는 성질이 있지요. 또한 반지는 예속의 상징이라고 말하고 싶네요. 그래서 반지는 여자를 바로 수녀 같은 분위기로 만들어 버리지요. 〈나를 건드리지 마세요〉라는 꽃말을 지닌 순결한 봉선화처럼 말이에요. 그러니 쇼샤 부인이 그런 것을 싫어한다고 해도 하나도 이상하지 않아요⋯⋯. 저렇게 매력적이고, 한창 피어 오른 부인이라면 말이에요⋯⋯. 아마 그녀가 손을 내미는 신사에게 자신이 결혼에 얽매여 있는 신분임을 알릴 필요성도 느끼지 않을 거고, 또 그럴 기분도 들지 않을 거예요⋯⋯.」

맙소사, 여교사가 이렇게 열을 올리다니! 정말 놀라운 일이었다. 한스 카스토르프는 깜짝 놀라 그녀의 얼굴을 쳐다보았지만, 그녀는 당황한 기색을 보이면서도 그의 눈길을 피하지는 않았다. 그런 다음 두 사람은 한동안 가만히 있으면서 숨을 좀 돌렸다. 한스 카스토르프는 음식을 계속 먹으며 머리가 떨리는 현상을 억누르고 있었다. 이윽고 그가 입을 열었다.

「그럼 남편은요? 그는 아내를 전혀 걱정하지 않는 건가요? 한 번도 이곳에 찾아오지 않았나요? 도대체 뭐하는 사람입니까?」

「공무원입니다. 러시아 행정관으로, 아주 벽촌(僻村)인 다게스탄에 있습니다. 그곳은 당신도 알다시피 코카서스 산맥 너머 동쪽에 있지요. 그쪽으로 파견되어 갔습니다. 그렇지만 아까도 말했듯이 이 위에서 그를 본 사람은 아직 아무도 없어요. 그녀가 이곳에 다시 온 지 벌써 세 달이나 되었는데도 말이에요.」

「그렇다면 그녀가 여기에 처음 온 것이 아니라는 말인가요?」

「처음이 아니지요, 벌써 세 번째랍니다. 그사이에는 이곳과 비슷한 어디 다른 곳에 있었겠지요 — 반대로 그녀가 때때로 남편을 찾아가는 모양입니다. 자주는 아니고 1년에 한 번 잠시 들르는 모양이에요. 그들은 별거 생활을 하고 있다고 말할 수 있어요, 그리고 그녀가 때때로 남편을 찾아가는 거지요.」

「그렇군요, 근데 여자가 병이 나서…….」

「물론 그녀가 병자임은 확실하지만 그렇게 심하지는 않아요. 언제나 요양원에 살면서 남편과 떨어져 살아야 할 정도로 그렇게 중병은 아닌 것 같아요. 거기에는 또 다른 이유가 있는 게 분명해요. 여기 사람들은 일반적으로 모두가 그렇게 생각하고 있답니다. 아마 그녀는 코카서스 산맥 너머의 황량하고 외딴 곳인 다게스탄에 살고 싶지 않을지도 모르죠. 그게 뭐 과히 놀라운 일은 아니지요. 하지만 그녀가 남편하고 살고 싶어 하지 않는다면, 남편에게도 약간은 책임이 있는 것이겠죠. 이름은 프랑스식이지만, 그래도 그는 러시아 공무원이거든요. 당신이 내 말을 믿는다면, 러시아 공무원은 야만적인 족속이지요. 나는 언젠가 한번 러시아 공무원을 본 적이 있어요. 붉은 얼굴에 강철 같은 턱수염을 기르고 있었어요……. 그들은 뇌물이라면 사족을 못 쓰고, 다들 보드카에 얼큰하게 취해 있어요. 브랜디 말이에요……. 그들은 체면상 소스에 절인 버섯 두세 개 또는 철갑상어 한 조각 같이 보잘것없는 양을 주문하지만, 이것을 안주 삼아 보드카를 마시는 겁니다 ― 그냥 과음을 하는 거죠. 그런데도 이들은 가볍게 한잔했다고 그럽니다…….」

「당신은 모든 잘못을 남편에게 전가하고 있군요.」한스 카스토르프가 말했다. 「하지만 두 사람이 잘 살아가지 못한다면 어쩌면 그녀 탓일지도 모르지요. 공평하지 않으면 안 됩니다. 그 여자를 보고 있으면, 그리고 문을 쾅 닫는 그러한 무례한 행위를 보고 있으면……. 나는 그녀를 천사로 생각하지는 않습니다. 부디 내 말을 나쁘게 생각하지 마세요. 난 그녀를 도무지 믿을 수가 없습니다. 그런데 당신은 공정하지 않으며, 그녀에게 호감을 가지고 지나치게 그녀를 편들기만 하고 있어요…….」

이런 식으로 말하는 것은 그가 때때로 하는 수법이었다. 자신의 본성과 아주 딴판으로 무척 교활하게 받아넘기는 것이었다. 즉 그가 무척 잘 알고 있듯이, 쇼샤 부인에 대한 엥엘하르트 양의 열광이 사실 어떤 것인지 뻔히 알면서도 그것의 실제적인 의미와는 달리 우스꽝스럽다는 듯이 말하는 것이다. 그래서 한스 카스토르프는 자유로운 입장에서 방관자적인 자세로 냉정하고도 유머러스한 거리를 두며 노처녀를 놀릴 수 있었다. 그리고 그와 한패인 엥엘하르트 양이 그의 뻔뻔스럽게 비꼬는 왜곡을 꾸짖지 않고 감수하리라고 확신했기 때문에, 이런 말을 하는 데 하등의 위험이 따르지 않았다.

「좋은 아침입니다!」그가 말했다. 「잘 주무셨습니까? 당신이 찬미하는 아름다운 민카 꿈을 꾸셨기를 바랍니다……. 아니, 그녀에 관한 이야기만 하면 금방 얼굴이 붉어지는군요! 그녀에게 완전 반해 버렸나 보네요. 이것만은 부정하지 못하겠지요!」

여교사는 정말로 얼굴이 붉어져 찻잔 위로 얼굴을 깊이 숙이고는 왼쪽 입 모서리로 이렇게 속삭였다.

「에이, 그러지 마세요, 카스토르프 씨! 그렇게 넌지시 빗대면서 나를 당황하게 하다니 당신 나쁜 사람이군요. 우리가 그 여자를 예의 주시하고 있고, 그 일로 인해 당신이 말로 내 얼굴을 붉게 달아오르게 한 것을 모두가 눈치채고 말겠어요…….」

식탁에서 사이좋게 옆자리에 앉은 두 사람은 사실 이상한 짓을 하고 있었다. 두 사람은 자기들이 이중, 삼중으로 속임수를 쓰고 있다는 것을 잘 알고 있었다. 한스 카스토르프는 쇼샤 부인에 관한 이야기를 하기 위해 그녀를 방편으로 삼아 여교사를 놀렸을 뿐인데, 이때 노처녀와 농담을 하면서 불건전하고 묘한 쾌감을 맛보았던 것이다 — 여교사는 여교사대로 그의 얘기 상대가 되어 주었는데, 그 이유는 이러했다. 첫째로, 중매 역할을 하기 위해서였고, 둘째로, 그녀는 한스 카스토르프의 환심을 사려고 정말로 쇼샤 부인에게 반했기 때문에, 그리고 마지막으로, 그녀는 그와 장난을 치면서 그에게 놀림을 받고 얼굴이 붉어지는 것을 나름대로 즐겼기 때문이었다. 두 사람은 이러한 입장에 놓인 자기 자신이나 상대방에 대해 알고 있었고, 양쪽 다 상대방이 이런 사실을 눈치채고 있다는 것도 알고 있었다. 이 모든 것은 얽히고 설켜 있었고 불결했다. 한스 카스토르프는 사물이 얽히고설킨 불결한 관계를 대체로 싫어했고, 이 경우에도 정말 싫었지만 이런 진흙탕 속을 계속 철벅거리고 돌아다녔다. 그러면서 그는 이 위에 손님으로 왔을 뿐이고 얼마 안 있으면 다시 떠나가는 것이니 괜찮다는 식으로 자신을 안심시키려는 말을 했다. 그는 객관적인 태도를 보이는 척 가장하며 〈칠칠치 못한〉 부인의 외모를 전문가처럼 비평했고, 옆얼굴을 보는 것보다 정면에서 보는 게 분명 더 젊고 예쁠 거라고 단언했다. 그리고 눈과 눈 사이가 너무 멀리 떨어져 있고, 자세엔 고칠 점이 많으며, 그런 반면 두 팔은 아름답고 〈나긋나긋한 모양〉을 하고 있다고 지적했다. 그는 이렇게 비평하면서 머리가 떨리는 것을 감추려 했지만, 여교사가 자신의 헛된 노력을 눈치챈 것을 알았을 뿐만 아니라 그녀 자신의 머리도 마찬가지로 떨리는 것을 알고는 참을 수 없는 기분이 되었다. 그가 쇼샤 부인을 〈아름다운 민카〉라고 부른 것도 정략적인 술책이자 자신의 본모습과는 거리가 먼 교활한 언동 바로 그것이었다. 그렇게 하면 계속 질문할 수 있었기 때문이다.

「내가 〈민카〉라고 말했지만, 그 여자의 진짜 이름은 뭔가요. 성을 묻는 게 아니라 이름을 묻는 겁니다. 당신처럼 그녀에게 홀딱 빠진 사람이라면 이름쯤은 무조건 알고 있겠지요.」

여교사는 곰곰 생각하였다.

「잠깐만요, 그 이름 알고 있어요.」 그녀가 말했다. 「알고 있었어요. 타트야나라고 하지 않았나요? 아니, 그게 아니네. 나타샤도 아니고. 나타샤 쇼샤? 아니야, 그런 이름이 아니야. 아, 잠깐, 알았어요! 아브도트야 아닌가? 뭐 그런 비슷한 이름이었어요. 카트옌카나 니노츄카 이런 이름은 절대 아니었어요. 아, 정말 잊어버렸나 봐요. 이렇게 깜빡 잊어버리다니. 그렇지만 꼭 알고 싶으시다면 다른 사람한테 물어서 알아낼 수 있어요. 그거야 쉬운 일이니까요.」

다음 날 그녀는 정말로 이름을 알아 왔다. 점심 식사 때 유리문이 쾅 하고 닫히는 소리를 들으면서 그녀는 그에게 이야기해 주었다. 쇼샤 부인의 이름은 클라브디아였다.

한스 카스토르프는 그 이름을 금방 알아듣지 못했다. 그는 이름을 다시 한 번 묻고, 철자를 확인한 다음에야 비로소 알아들었다. 그는 붉게 충혈이 된 눈을 쇼샤 부인 쪽으로 돌리고, 마치 그녀에게 시험해 보려는 듯이 이름을 여러 번 되풀이하여 중얼거렸다.

「클라브디아.」그가 말했다.「그래요, 아마 그런 이름일 거예요. 아주 잘 어울리는 이름이에요.」그는 쇼샤 부인의 이름을 알게 된 은밀한 기쁨을 감추지 못하고, 쇼샤 부인을 부를 때는 이제부터 〈클라브디아〉라고만 불렀다.「당신의 클라브디아가 빵을 둥글게 말고 있군요. 우아한 행동은 아니네요.」

「그 일을 하는 사람이 누구인가가 중요해요. 클라브디아에게는 그 일이 어울려요.」여교사가 대답했다.

그렇다, 일곱 개의 식탁이 줄지어 있는 식당에서의 식사는 한스 카스토르프에게 무엇보다도 커다란 매력이 있었다. 그는 식사가 끝나면 섭섭했지만, 두 시간이나 두 시간 반만 지나면 다시 이곳에 앉게 될 것을 생각하고 마음의 위안을 삼았다. 그는 다시 이곳에 앉으면, 쭉 계속해서 이곳에 앉아 있었던 것 같은 생각이 들었다. 식사와 식사 사이에는 무엇이 있었을까? 아무 일도 없었다. 물이 흐르는 개울이나 영국인 거주 지역으로 가벼운 산책을 하고, 침대에서 약간 쉬었다. 이런 일은 심각하게 중단된 시간이라고 할 수 없었고, 문제로 삼을 만한 장애물은 아니었다. 이것이 만약 머릿속에서 쉽사리 무시하거나 간과할 수 없는 무언가 걱정이나 수고를 해야만 되는 일이었다면 사정이 달랐을지도 모른다. 하지만 베르크호프의 빈틈없고 행복하게 짜인 생활에서는 그런 것을 생각할 수 없었다. 한스 카스토르프는 공동의 식사를 끝내고 자리에서 일어서면, 곧 다음 식사를 즐거운 마음으로 기다릴 수 있었다 — 즉 병든 클라브디아 쇼샤 부인과 자리를 새로 함께함으로써 그녀를 마주할 수 있다는 일종의 기대감을 〈즐거움〉이라고 표현할 수 있다면 말이다. 그의 경우 이 말은 너무 가볍거나 유쾌하거나, 단순하거나 평범한 의미를 지닌 것이 아니었다. 독자 여러분은 한스 카스토르프의 인품과 내면생활로 보아 유쾌하고 평범하다는 표현이 그에게 잘 어울리고 알맞다고 생각하는지도 모른다. 하지만 그도 이성과 양심을 가진 젊은이로서, 그가 쇼샤 부인과 가까이 있으면서 그녀를 바라보는 것을 그냥 〈즐거워〉할 수만은 없었다는 사실을 기억해 주기 바란다. 우리는 이런 사실을 분명하게 알고 있기 때문에, 누군가 그에게 이런 말을 했다면, 그가 어깨를 으쓱하면서 물리쳤을 것으로 확신한다.

그렇다, 그는 어떤 종류의 표현에 대해서는 고자세로 나왔다 — 이런 개별적인 것은 특별히 언급되어야 할 가치가 있다. 그는 볼이 상기된 채로 돌아다녔고, 무심결에 혼자 노래를 불렀다. 그의 상태엔 음악이 필요했고 또 그것에 민감했기 때문이다. 언제 어디서 배운 것인지 몰라도, 언젠가 사교 모임이나 자선 음악회에서 성량이 작은 소프라노 가수가 부른 것을 그는 지금 기억해 내어 흥얼거리고 있었다. 보잘것없는 노래로 약간 감미로웠으며, 가사의 첫마디는 이렇게 시작되었다.

　　내 마음 야릇하게 두근거리누나
　　종종 당신이 하신 말씀으로

그리고 곧 이렇게 덧붙였다.

　　당신의 입술에서 흘러나온 말이
　　내 가슴에 스며들었네! ─

　이런 노래를 계속하려다가 갑자기 어깨를 으쓱하고 〈우스워〉라고 말하고는, 이 부드러운 노래를 저속하고 감상적이라 여기고 그만두고 말았다 ─ 좀 우울한 기분이 들었으나 깨끗하게 중단해 버렸다. 저 아래 저지(低地)의 건강한 아가씨에게, 사람들이 흔히 하듯이 세속적이고 은은하며 그럴듯한 방법으로 〈자신의 마음〉을 〈바치는〉 젊은이라면, 또 자신의 세속적이고 그럴듯하며 합리적인 감정, 요컨대 유쾌한 감정에 사로잡히는 젊은이라면 이런 달콤한 노래를 유쾌하고 기분 좋게 생각할지도 모른다. 한스 카스토르프에게나 또 쇼샤 부인과 그와의 관계에는 ─ 〈관계〉라는 말은 그가 사용한 것으로 우리는 이에 대해 책임을 지지 않기로 한다 ─ 이런 노래가 전혀 어울리지 않았다. 그는 접이식 침대에 누워 이 노래에 대해 〈하찮은 것!〉이라는 심미적 판단을 내리고는, 더 적당한 노래가 머리에 떠오른 것도 아니었지만 코를 찡그리며 노래를 중간에 그만두었다.
　하지만 접이식 침대에 누워, 고요 속에서 ─ 하루 중 가장 중요한 안정 요양 시간이자 규칙에 따라 낮잠을 자는 안정 요양 시간에 전체 베르크호프를 뒤덮고 있는 고요 속에서 — 급격하고 선명하게 고동치는 자신의 심장, 신체로서의 심장에 주의하는 가운데 그에게 흡족하게 생각되는 게 한 가지 있었다. 심장은 그가 이 위에 온 후로 거의 언제나 그랬 듯이, 집요하고도 절박하게 두근거렸다. 하지만 한스 카스 토르프는 최근에는 처음처럼 이것에 대해 그리 못마땅하게 생각하지 않게 되었다. 이제는 심장이 저절로 아무런 이유도 없이, 영혼과 아무런 연관도 없이 두근거린다고는 더 이상 말할 수 없었다. 그러한 연관 관계는 기정사실이라 볼 수 있 으며, 어렵지 않게 연결할 수 있었다. 즉 감정의 동요로 인해 육체 활동이 황홀경에 빠진다는 것을 간단히 설명할 수 있 었던 것이다. 쇼샤 부인을 생각하기만 하면 — 그리고 그는 그녀를 생각했다 — 한스 카스토르프는 심장에서 감정이 고동치며 솟구치는 것이었다.

고조되는 불안, 두 분의 할아버지와 해 질 녘의 뱃놀이에 관하여

날씨는 입에 담기 힘들 정도로 나빴다. 이런 점에서 이 위 에서 보내는 한스 카스토르프의 짧은 체류는 운이 나쁘다고 할 수 있었다. 눈이 오지는 않았지만, 하루 종일 비가 억수 로 퍼부었고, 골짜기는 짙은 안개에 잠겼다. 그렇지 않아도 날씨가 너무 추워서 식당에 난방을 가동해야 할 정도인데,

우습게도 아주 쓸데없이 천둥까지 치는 바람에 주위 일대가 그 소리로 요란하게 메아리쳐 울렸다.

「유감이야.」요아힘이 말했다. 「점심을 싸 가지고 샤츠알 프 산에나 한번 가보려고 했는데. 그치만 안 되겠는걸. 자네 가 여기 머무르는 마지막 주에는 날씨가 좀 좋아야 할 텐데.」

하지만 한스 카스토르프는 이렇게 대답했다.

「괜찮아, 상관없어. 가보고 싶어 안달하는 것은 절대 아니 니까. 처음 혼자 멀리 산책 나갔던 게 그리 좋지 않았으니까 말이야. 나에게는 특별히 기분 전환할 필요 없이 그냥 무난 하게 지내는 것이 가장 좋은 휴양이야. 기분 전환이야 여기 에 오래 있는 사람들에게나 필요하겠지. 나처럼 3주 예정으 로 온 사람에게 무슨 기분 전환이 필요하겠나.」

사실이 그러했다. 그는 이곳에서 흡족함과 분주함을 느꼈 다. 희망을 지닌다 해도, 그 희망의 실현과 좌절은 이곳에서 의 문제이지, 샤츠알프 산 위에서의 문제는 아니었다. 그가 괴로워하는 것은 지루함 때문이 아니었다. 반대로 얼마 안 있으면 다가올 체류 기간의 마지막 날이 날개를 단 듯이 빨 리 오고 있다는 것이 두려워지기 시작했다. 두 번째 주도 금 방 지나가서, 곧 예정된 시간의 3분의 2가 금방 지나갈 판이 었다. 세 번째 주에 접어들게 되면 벌써 짐을 꾸리는 일을 생 각해야 한다. 한스 카스토르프가 처음에 느꼈던 신선한 시 간 감각은 오래전에 사라져 버리고, 지금은 하루하루가 급 속히 지나갔다. 하루는 시시각각 늘 새로운 기대로 길어지 고, 남모르는 은밀한 체험에 부풀어 올랐지만, 하루하루는 쏜살같이 획획 지나갔다. 그렇다, 시간이란 정말 수수께끼 같은 것이며, 거기엔 정체를 알 수 없는 성질이 내재해 있는 것이다!

한스 카스토르프의 나날을 힘들게노 하고, 동시에 빨리 지나가게도 한 은밀한 체험을 여기서 더 자세히 설명할 필요가 있을까? 그런 체험은 누구나 알고 있는 것이며, 그것이 감각적으로 보잘것없다는 점에서는 아주 흔한 것이었다. 〈내 마음 야릇하게 두근거리누나〉라는 저속한 노래가 알맞을 것 같은, 보다 이성적이고 그럴듯한 경우라 하더라도, 그런 체험은 바로 이렇게 전개되었을 것이다.

다른 식탁 어딘가로부터 자신의 식탁을 뚫어지라 관찰하는, 팽팽한 실 같은 눈초리를 쇼샤 부인이 눈치채지 못했을 리 없었다. 그리고 그런 사실을 되도록 눈치채 달라는 것이 한스 카스토르프의 의도였다. 비록 방약무인한 짓이긴 하지만 말이다. 우리가 이것을 방약무인한 짓이라고 명명하는 것은, 그 자신이 그것이 매우 비이성적인 짓이라는 것을 잘 알고 있었기 때문이다. 하지만 현재 한스 카스토르프처럼 누군가에게 빠져 있고, 빠져 있었거나 빠져 들어가기 시작한 자는, 비록 그것이 무의미하고 비합리적이라 하더라도 상대방이 자신의 상태를 알아주기를 바라게 마련이다. 그게 바로 인지상정이 아닐까.

그래서인지 쇼샤 부인은 우연이었는지 아니면 감응작용(感應作用) 때문이었는지는 몰라도, 식사 중에 그가 앉은 식탁 쪽을 두세 번 돌아보았고 그때마다 한스 카스토르프의 시선과 마주쳤다. 네 번째는 일부러 그의 쪽을 힐끗 보았는데 이번에도 역시 그의 시선과 마주쳤다. 다섯 번째는 그녀가 청년의 눈을 바로 〈체포〉할 수 없었다. 그가 막 다른 곳을 보고 있었기 때문이다. 하지만 그녀가 자신을 보고 있음을 금방 알아차리고 그가 급히 그녀 쪽으로 시선을 돌리자, 그녀는 미소를 지으며 시선을 다른 곳으로 돌리는 것이었다. 이 미소를 목격하고서 그의 마음은 의혹과 황홀감으로 가득 찼다. 만약 그녀가 자신을 어린애처럼 순수하다고 여긴다면, 이것은 그녀의 커다란 착각이었다. 그로서는 그녀의 세련된 반응을 원했기 때문이다. 여섯 번째로 그녀가 자기 쪽을 바라본다는 것을 예감하고, 느끼며, 내부 기별을 받은 것처럼 깨달았을 때, 그는 왕고모와 수다를 떨려고 자신의 식탁으로 건너온 여드름투성이의 여자를 불쾌해서 견딜 수 없다는 눈빛으로 힐끗 쳐다보는 시늉을 했다. 저 건너의 키르키스인의 눈길이 자기에게서 떠났음을 확신할 때까지, 그는 2~3분 동안 끈질기게 그러고 있었다. 괴팍한 연기였다. 하지만 쇼샤 부인이 간파하기를 바랄 뿐만 아니라 꼭 간파해 주어야 하는 연기였다. 한스 카스토르프의 세련된 태도와 자제력에 그녀가 관심을 좀 가져 주기를 바라는 목적에서······.

이런 일도 있었다. 한 가지 요리가 끝나고 다음 요리가 나오는 사이에, 쇼샤 부인이 아무런 생각 없이 고개를 돌려 식당을 훑어보았다. 한스 카스토르프가 마침 그녀를 쳐다보고 있었으므로 두 사람의 시선이 마주쳤다. 두 사람이 서로를 바라보는 중에 — 환자인 그녀는 막연하게 살피며 비웃는 듯한 태도였고, 한스 카스토르프는 흥분하여 꼼짝도 않고 상대방의 눈을 쳐다보려 했다(그는 이를 악물고 눈도 깜빡거리지 않았다) — 그녀의 냅킨이 무릎에서 바닥으로 막 미끄러지려고 했다. 그러자 쇼샤 부인이 신경질적으로 깜짝 놀라며 그것을 붙잡으려고 했는데, 이런 행동이 그의 사지에도 전달되어 한스 카스토르프는 의자에서 몸을 반쯤 일으켜 세우

고는, 냅킨이 바닥에 떨어지면 무슨 대재앙이라도 일어날 것
처럼, 자신도 모르게 식탁을 돌아 8미터 정도 떨어신 곳에 있
는 그녀를 도우려고 달려가려 했다……. 냅킨이 바닥에 닿을
락 말락 하는 순간에 그녀는 간신히 그것을 붙잡을 수 있었
다. 몸을 구부린 자세로 바닥에 몸을 비스듬히 눕혀 냅킨의
끝을 집었다. 그녀는 자신이 어리석게도 당황해했던 것에 분
명 화를 내며 찡그린 표정을 지었다. 그녀는 이 모든 일이 한
스 카스토르프의 탓이라는 듯이 또 한 번 그를 돌아보았는
데, 막 냅킨 때문에 달려 나가려던 그의 반쯤 일어난 엉거주
춤한 자세와 위로 치켜 올린 눈썹을 보자 미소를 지으며 시
선을 돌려 버렸다.

이 사건에 대해 한스 카스토르프는 뛸 듯이 기뻤다. 하지
만 이에 대한 반격이 없을 리 없었다. 쇼샤 부인은 그 뒤 꼬
박 이틀 동안, 그러니까 열 번의 식사가 계속되는 동안 식당
을 한 번도 둘러보지 않았으며, 식당에 들어올 때 사람들을
쭉 훑어보며 자신을 〈선 보이는〉 버릇도 이제 없어졌다. 이
것은 괴로운 일이었다. 그러나 이러한 중단 행위도 분명 그
에 대한 보복이었기 때문에, 부정적인 의미라곤 해도 관계는
아직 분명 지속되고 있는 셈이었다. 그리고 그에게는 이것으
로 충분했다.

요아힘이 이곳에서는 자기 식탁 이외의 사람들과 친해지
기가 결코 쉽지 않다는 귀띔을 해주었는데, 한스 카스토르
프는 그 말이 전적으로 옳다는 것을 알았다. 저녁 식사 후
빠듯한 한 시간의 규칙적 사교 모임 같은 것이 있었는데, 그
한 시간도 종종 20분으로 줄어드는 경우가 많았고, 그때마
다 쇼샤 부인은 예외 없이 일류 러시아인석 전용실인 듯한

작은 방의 안쪽에 앉아서 자기 식탁 동료들과 함께 어울렸기 때문이다. 식탁 친구들은 가슴이 빈약한 신사, 유머러스한 곱슬머리 아가씨, 조용한 블루멘콜 박사, 어깨가 축 늘어진 젊은이 등이었다. 그럴 때마다 요아힘은 언제나 밤의 안정 요양 시간이 줄어든다며 빨리 끝내고 물러가자고 재촉했다. 그가 언급하지 않았던 어떤 다른 식이요법적인 이유가 있는지는 모르겠으나, 한스 카스토르프는 이를 알고 존중했다.

우리는 그가 자유분방하다고 비난을 가했지만, 그의 소망이 어떤 것이든 간에 그가 쇼샤 부인과 사회적인 교제를 희망하던 것은 아니다. 그리고 이것을 방해하고 있는 주위 상황에 대체로 동의하고 있었다. 그가 쇼샤 부인을 쳐다보고 어떤 행위를 함으로써 조성된 자신과 쇼샤 부인 사이의 막연한 긴장 관계는 사회 외적인 성질을 띠고 있었다. 그 관계는 어떠한 의무를 질 것이 없었고, 질 필요도 없었다. 한스 카스토르프로서는 그러한 관계에 상당한 정도의 사회적인 거부감을 품고 있었을지 모른다. 그가 자신의 심장이 고동치는 원인을 〈클라브디아〉를 생각한 탓으로 돌렸다는 사실은, 한스 로렌츠 카스토르프의 손자인 자신의 확신을 흔들리게 하는 데에는 역부족이었다. 남편과 별거하고, 손가락에 결혼반지도 끼지 않고, 이곳저곳 요양원을 돌아다니고, 자세가 엉망이고, 문을 쾅 닫고, 빵을 떼서 손가락으로 비비고, 손가락을 깨무는 것이 분명한 이 외국 여자와 자신이 실제적인 관계, 즉 은밀한 관계를 넘어서는 어떤 교제는 결코 할 수 없다는 그의 확신에는 결코 흔들림이 없었다. 즉 그녀의 존재와 자신의 존재 사이에는 넘기 어려운 심연이 가로놓여 있어서, 자신도 인정하는 어떤 비판에 맞닥뜨릴 때 그것을 견딜 수 없으리라는 확신에는 흔들림이 없었던 것이다.

한스 카스토르프는 현명하게도 스스로에 대해서는 조금도 자부심을 갖지 않았지만, 조상 대대로 전해 오는 넓은 의미의 일반적인 자부심이 그의 이마에 남아 있었고, 또 졸린 듯 바라보는 두 눈에도 남아 있었다. 그가 쇼샤 부인이라는 존재와 본질을 접했을 때, 그는 우월감에서 벗어날 수 없었고 벗어나려고도 하지 않았는데, 이 우월감은 바로 이러한 자부심에서 나온 것이었다. 그런데 이상하게도 이러한 넓은 의미의 우월감을 특히 생생하게, 아마 처음으로 의식하게 된 것은, 어느 날 쇼샤 부인이 독일어로 말하는 것을 들었을 때였다. 그녀는 그날 식당에서 식사를 마친 후 스웨터 주머니에 두 손을 넣고 서서, 안정 홀의 동료인 듯한 다른 여자 환자와 대화를 나누고 있었는데, 이것을 마침 옆을 지나가던 한스 카스토르프가 들었던 것이다. 그녀는 한스 카스토르프의 모국어인 독일어로 아주 매력적으로 말하고 있었다. 그 순간 그는 여태까지 몰랐던 모국어에 대한 자부심을 갑작스럽게 느꼈다. 비록 독일어를 서툴게 더듬거리며 말했지만 애교 있는 그녀의 모습을 보고 느낀 황홀감에, 이러한 자부심이 금방 힘을 잃어 가긴 했지만 말이다.

한마디로 말해, 한스 카스토르프는 이 위에 사는 사람들 중에서 단정치 못한 여자인 그녀와 갖게 된 자신의 은밀한 관계를 휴가 중의 로맨스라 여겼다. 물론 이러한 휴가 중의 로맨스는 이성의 — 자신의 이성적인 양심의 — 법정 앞에서는 결코 인정을 받을 수 없었다. 그 이유는 무엇보다도 쇼샤 부인이 병에 걸린 여자이고, 기력이 없고 열이 있으며 몸의 내부가 벌레가 갉아 먹은 듯 침식되어 있기 때문이라기보다는, 그녀의 인간성이라는 전 존재에서 풍기는 미심쩍은 구석과 밀접한 관련이 있었고, 또한 한스 카스토르프의 경계심과 조심성과도 깊은 관련이 있었다……. 그렇다, 그는 그녀와 실제로 사귀려고는 생각해 보지 않았다. 이 정도의 일이라면 1주일 반쯤 지나 툰더 운트 빌름스 회사에 연수를 받으러 입사하면, 좋든 나쁘든 성과 없이 사라져 버릴 것이다.

물론 당분간 그의 상태는, 이 병든 여인과의 미묘한 관계에서 생긴 감정의 동요, 긴장, 만족, 실망을 이번 여행의 중요한 의미와 내용이라고 간주하여 이에 전념하기 시작하고, 그 결과에 따라 기분이 전적으로 좌우되기 시작할 정도가되었다. 주위 상황은 이러한 상태를 보호하기 위한 커다란 촉진제였다. 모든 사람이 똑같은 일정, 의무로 얽매인 일정에 따라 한정된 공간에서 함께 살아가고 있었기 때문이다. 비록 쇼샤 부인은 다른 층인 2층에 기거하고 있었지만 (한스 카스토르프가 여교사한테 들은 바로, 쇼샤 부인은 공동 안정 홀에서, 즉 최근에 미클로지히 대위가 전등불을 껐다고하는 옥상에 있는 안정 홀에서 안정 요양을 했다) 하루 다섯 번의 식사 때라든가, 아니면 아침부터 저녁까지 마주칠 가능성, 아니 마주칠 수밖에 없는 가능성은 얼마든지 있었다. 이렇게 우연히 마주칠 수 있는 가능성에 둘러싸인 것은 다소 가슴을 죄는 불안한 일이긴 했지만, 어떠한 걱정과 근심도 앞날을 막지 못하는 것처럼, 한스 카스토르프는 이것도 잘된 일이라 생각했다.

그러면서도 그는 이런 행운이 더 잘 생길 수 있도록 하기 위해, 심지어 자기 나름대로 방법을 연구하고 계산했으며 그쪽으로 머리를 굴렸다. 쇼샤 부인은 보통 식탁에 늦게 나타나기 때문에, 사신도 일부러 늑장을 부려 도중에 그녀를 만날 수 있게 했다. 그는 요아힘이 자신을 데려가려고 방에 들어올 때엔 매무새를 갖추느라 꾸물거리면서 몸단장을 마치지 않고, 곧 따라가겠다고 하고는 사촌을 먼저 가게 했다. 그와 같은 상태에 있는 인간의 직감으로 이때다 싶은 순간을 기다리다가 2층 계단으로 급히 내려갔다. 거기서 그는 내려가는 계단과 연결된 다음 계단을 이용하지 않고, 복도의 거의 끝까지 가서 다른 계단으로 내려갔다. 그 계단은 그가 오래전부터 잘 알고 있는 7호실 방문 가까이에 있었다. 복도의 이쪽 계단에서 저쪽 계단으로 가는 도중에, 말하자면 한 걸음 한 걸음마다 마주칠 수 있는 기회가 있었던 것이다. 예의 주시하고 있는 그 문이 언제라도 열릴 수 있었기 때문이다 ─ 그리고 그런 일이 실제로 여러 번 일어났다. 쇼샤 부인의 뒤에서 문이 쾅 닫히고 그 장본인이 소리 없이 걸어 나와서는, 계단으로 미끄러지듯 걸어가는 것이었다……. 그런 다음 그녀는 그의 앞으로 걸어갔고, 버릇대로 머리칼을 손으로 떠받쳤다. 어떤 때는 한스 카스토르프가 그녀 앞을 걸어가게 되어 그녀의 시선을 뒤통수로 느끼기도 했다. 그럴 때면 그는 팔다리를 잡아당기는 듯한 통증과 등줄기에 개미가 기어가는 듯한 가려움을 느꼈지만, 그녀 앞에서 뽐내고 싶은 소망에 그녀가 안중에 없다는 듯이, 어느 것에도 속박받지 않고 자기 혼자서 힘차게 살아가는 것처럼 행동했다 ─ 즉 두 손을 상의 주머니에 찌르고, 공연히 어깨를 흔들거나, 때로는 심하게 헛기침을 했으며, 그러면서 주먹으로 가슴을 치기도 했다 ─ 이 모든 행동이 다 자신이 공평무사(公

平無私)함을 과시하려는 것이었다.

두 번이나 더 그는 이러한 교활한 짓을 했다. 첫 번째는, 식탁에 앉아 있다가 양손으로 호주머니를 뒤적이며 당황하고 화난 목소리로, 〈아참, 손수건을 깜빡 잊고 왔네! 한 번 더 저 위에 갔다 와야겠구나〉 이렇게 말하면서 〈클라브디아〉와 서로 마주치기 위해 되돌아갔다. 이것은 그녀의 앞이나 뒤를 걸어갈 때보다 더욱 위험했고 좀 더 짜릿한 쾌감을 주었다. 처음 이 작전을 감행했을 때, 그녀는 좀 떨어져서 염치없고도 뻔뻔스럽게 그를 머리 위에서 발끝까지 훑어보더니, 정작 가까이 다가와서는 아무렇지도 않다는 듯이 얼굴을 외면하며 지나가 버렸다. 그리하여 이러한 첫 만남의 결과는 별로 신통치 못했다. 그러나 두 번째는, 그녀가 그를 쳐다보았는데, 멀리서 쳐다본 것만 아니라 지나가는 동안 내내 쳐다보았다. 그를 뚫어지게, 심지어 좀 음울한 눈초리로 바라보았으며, 지나가면서는 고개를 그의 쪽으로 돌리기까지 했다 — 그리하여 우리의 불쌍한 한스 카스토르프는 그녀의 눈길이 뼛속까지 스며드는 것 같은 느낌을 받았다. 그건 그렇다 치고 우리가 그를 불쌍히 여길 필요는 없다. 이 모든 것은 그가 원했던 것이고, 그 자신이 계획했던 일이기 때문이다. 하지만 이러한 만남은 그 순간에도, 그리고 그 뒤에도 그의 마음을 너무나 뒤흔들어 놓았다. 이 모든 일이 다 끝난 뒤에야 비로소 그는 무슨 일이 벌어졌는지 제대로 알 수 있었다. 그는 지금까지 쇼샤 부인의 얼굴을 이렇게 가까이서, 이렇게 상세하게 바로 눈앞에서 살펴본 적이 없었다. 머리 주위에 아무렇게나 감아올린, 약간 금속빛의 붉은 금발에서 흐트러져 나온 잔털 하나까지 분간할 수 있을 정도의 거리였다. 그리고 자신의 얼굴과 그녀의 얼굴 사이에는 손을 뻗으면 닿을 정도의 공간밖에 없었다. 특이한 얼굴 생김새이긴 하지만 그에게는 먼 옛날부터 친숙한, 이 세상에서 가장 마음에 드는 얼굴이었다. 이국적이며 개성적이고(우리가 볼 때 이국적인 것만이 개성적인 것으로 생각되기 때문이다), 북방적인 이국정서와 신비스러운 분위기를 풍기며, 그 생김새의 특징이나 부분 부분의 관계가 간단하게 규정될 수 없는, 우리에게 탐구욕을 불러일으키는 그런 얼굴이었던 것이다. 이 얼굴에서의 압권은 두드러지게 튀어나온 광대뼈일 것이다. 바로 이 광대뼈 때문에 이상하게 쑥 들어가 있고, 거리가 벌어진 두 눈은 눈꼬리가 약간 비스듬하게 치켜진 것 같았다. 볼도 역시 이 때문에 부드럽게 들어갔으며, 이 들어간 부분이 다시 간접적으로 작용하여 입술이 위로 젖혀진 듯 도톰한 인상을 주었다.

그렇지만 무엇보다 그녀의 눈 자체가 문제였다. 가느다랗고 더없이 매혹적인(한스 카스토르프는 이렇게 생각했다) 키르키스인의 눈, 먼 산의 회색이 섞인 푸른빛 혹은 푸른빛이 섞인 회색을 띠고 있는 눈은, 가끔 무엇을 보는 것이 아닌 곁눈질을 할 때면, 녹아내리듯 베일에 싸인 캄캄한 색으로 완전히 흐려지는 것이었다 — 클라브디아의 눈, 아주 가까이에서 자신을 염치없이 좀 음울하게 쳐다보았던 그 눈은 위치나 색깔, 표정에 있어서 프리비슬라프 히페의 눈과 깜짝 놀랄 정도로 닮았던 것이다! 〈닮았다〉라는 말은 결코 적절한 표현이 아니었다 — 그것은 꼭 같은 눈이었다. 그리고 넓은 얼굴 상반부, 낮은 코, 붉은 빛이 도는 흰 피부, 건강해 보이는 볼의 색깔에 이르기까지 모든 것, 그리고 건강하게 보

이는 볼은 이 위의 사람들이 다 그렇듯 쇼샤 부인의 경우에
도 단지 그렇게 보일 뿐이며, 야외 안정 요양에 따른 표면상
의 결과에 지나지 않았다 — 이 모든 것이 프리비슬라프와
완전히 똑같았던 것이다. 프리비슬라프도 학교 교정에서 그
의 옆을 지나갈 때면 이와 똑같은 눈으로 자신을 쳐다보지
않았던가.

이것은 어떤 의미에서건 충격적인 일이었다. 한스 카스토
르프는 그녀와의 만남에 감격하면서도, 이와 동시에 무언가
커져 가는 불안감을 느꼈다. 좁은 공간에서 그녀와 마주칠
수 있는 우연이 더 많은, 차단된 상태에서 느꼈던 것과 똑같
은 종류의 압박감이었다. 오래전에 잊어버렸던 프리비슬라
프가 이 위에서 쇼샤 부인의 모습으로 다시 눈앞에 나타나
키르키스인의 눈으로 자기를 쳐다보았다는 것도 자신이 피
할 수도 벗어날 수도 없는 — 행복한 의미에서건 불행한 의
미에서건 피할 수 없는 — 어떤 운명에 지배되고 있음을 느
끼게 했다. 이것은 희망찬 것이면서 동시에 섬뜩하기도 했
고, 아니 위협적이기까지 했다. 그래서 젊은 한스 카스토르
프는 도움이 필요함을 느꼈다 — 그의 마음속에서는 주위
를 둘러보고, 도움이나 충고 혹은 지원을 받을 만한 곳을 살
펴보고 찾아보아야겠다는 막연하고 본능적인 동요가 일어
났다. 그래서 그는 자신에게 도움이 될 만한 여러 사람들을
하나하나 차례로 떠올려 보았다.

요아힘이 있었다. 선량하고 건실한 요아힘이 자신의 옆에
있었던 것이다. 최근 몇 달 동안 그의 눈은 너무도 슬픈 표정
을 띠었고, 또 전에는 결코 보인 적이 없던 버릇이 나타나,
때때로 어깨를 경멸하듯 심하게 으쓱했다 — 요아힘은 체온

계를 주머니에 넣고 다녔는데, 이것을 슈퇴어 부인은 몰염치하고 뻔뻔스러운 얼굴로 〈푸른 하인리히〉라고 불렀다. 그녀가 이 말을 입 밖에 낼 때마다 한스 카스토르프는 속으로 소름이 끼쳤다……. 이곳을 빠져나가, 이곳 사람들이 건강한 사람들의 세상을 나지막하지만 명확한 어조로 멸시하듯 일컫는 〈평지〉나 〈저지〉에서 자신이 염원하는 군 복무를 하기 위해 베렌스 고문관을 괴롭히고 있는 그 성실한 요아힘이 여기에 있었다. 그는 하루라도 빨리 그런 날이 오게 하고, 이곳 사람들이 함부로 낭비하는 시간을 절약하기 위해서, 우선 요양 근무를 양심껏 이행하고 있었다 ─ 이것은 빨리 병이 낫고 싶다는 일념에서겠지만, 한스 카스토르프가 간혹 느끼듯이 명백히 요양 근무 그 자체를 위해서이기도 했다. 요아힘에게는 요양 근무도 결국은 일종의 군 복무였고, 의무의 수행이란 점에서 마찬가지였다. 이리하여 요아힘은 저녁에 있는 사교 모임에서도 15분만 지나면 빠져나와 요양 근무로 돌아가자고 재촉하는 것이었다. 이것은 좋은 일이었다. 왜냐하면 요아힘의 군인다운 정확성이 한스 카스토르프의 민간인 의식에 어느 정도는 도움이 되었기 때문이다. 아마 그런 재촉을 받지 않았더라면, 그는 아무런 의미도 목적도 없이 작은 러시아인 살롱을 기웃거리면서 오래도록 사교 모임에 머물러 있었을 것이다. 하지만 요아힘이 저녁의 사교 모임 시간을 단축하려고 그렇게 열을 올렸던 것엔 다른 숨겨진 이유가 있었다. 그 이유를 한스 카스토르프는 정확히 파악하고 있었는데, 요아힘의 얼굴이 얼룩덜룩 창백해지고, 그의 입이 어느 순간 독특하게 애처로운 표정으로 일그러지는 이유를 정확히 알게 된 뒤부터였다. 그것은 바로 마루샤, 아름다운 손가락에 작은 루비 반지를 끼고 오렌지 향수 냄새를 풍기며, 벌레가 갉아 먹은 듯 침식된 풍만한 가슴을 지니고, 언제나 웃는 얼굴을 하고 있는 마루샤도 매일같이 그 사교 모임에 끼어 있기 때문이었다. 그런데 이 사실이 무서울 정도로 너무도 강렬하게 요아힘을 끌어당겨서 그는 자신이 이러한 상태에서 벗어나 도망치지 않을 수 없으리라는 것을 알게 되었던 것이다. 요아힘도 〈갇혀〉 있었던 걸까? — 오렌지 향수 냄새가 나는 손수건을 가진 마루샤가 지나칠 정도로 하루에도 다섯 번씩이나 이들과 같은 식탁에 앉아 있으니, 한스 카스토르프 자신보다도 더 비좁고 가슴 답답하게 〈갇혀〉 있는 것이 아닐까? 아무튼 요아힘은 자신의 문제에 너무 골몰하고 있어서, 그의 존재가 사실은 한스 카스토르프에게 심적으로 별로 도움이 될 것 같지 않았다. 요아힘이 저녁마다 사교 모임에서 도망치는 것은 존경할 만했지만, 한스 카스토르프의 기분을 조금도 진정시켜 주지 못했다. 그리고 요양 근무를 성실하게 이행하는 모범적인 태도와 그에게 전수해 주는 숙련된 지도 방법에도, 한스 카스토르프에게는 어느 순간 어쩐지 염려되는 점이 있는 것처럼 생각되기도 했다.

이 위에 온 지 아직 2주가 못 되었지만 한스 카스토르프는 더 오래 있었던 것처럼 여겨졌다. 그리고 요아힘이 그의 옆에서 성실히 지키고 있는 이 위 사람들의 일과가, 한스 카스토르프의 눈에도 신성하고 자명한 절대적 철칙으로 받아들여지기 시작했다. 그래서 저 아래 평지의 생활이 이 위에서 보면 이상할 지경이며 왜곡되어 있다고 생각되었다. 이제 한스 카스토르프는 두 장의 담요를 다루는 방법에도 벌써 익숙해졌다. 그 담요는 추운 날 안정 요양을 할 때 그를 균형 잡힌 하나의 소포나 꼭 맞는 미라로 만들어 주었던 것이다. 그리고 그것을 규정에 따라 몸에 두르는 안정된 노련미와 솜씨에 있어서도 거의 요아힘의 경지에 이르렀다. 저 아래 평지에는 이러한 솜씨와 규정을 아는 사람이 아무도 없다는 것을 생각하니 오히려 이상한 느낌이 들었다. 그렇다, 이것은 이상한 일이었다 — 그러나 그와 동시에 한스 카스토르프는 이것을 이상하게 생각한다는 사실에 대해 이상한 생각이 들었다. 그러자 그의 마음에서는 충고와 지지를 구하려고 주위를 둘러보게 하던 불안감이 새삼 커져 갔다.

한스 카스토르프는 베렌스 고문관을 생각하지 않을 수 없었고, 또 환자와 완전히 똑같은 생활을 하고 심지어 체온까지 재라는 그의 무료 충고를 생각하지 않을 수 없었다 — 그리고 이 충고를 듣고 크게 웃어 넘기면서 「마술피리」의 한 구절을 인용한 세템브리니를 생각하지 않을 수 없었다. 그렇다, 한스 카스토르프는 이 두 사람도 혹 자신에게 도움이 되지 않을까 하고 시험 삼아 생각해 보았던 것이다. 백발의 베렌스 고문관은 한스 카스토르프의 아버지와 엇비슷한 연배였다. 게다가 그는 이 시설의 원장이자 최고의 권위자였다 — 젊은 한스 카스토르프가 불안한 심정에서 찾고 있던 것은 바로 아버지 같은 권위였다. 하지만 자식과 같은 신뢰감을 갖고 베렌스를 생각해 보려 해도 그것은 불가능했다. 그는 이곳에 자신의 아내를 묻고는, 그로 인한 고뇌로 한동안 머리가 좀 이상해졌었다. 그 후에도 아내의 무덤에 결박되어 떠나지 못했기 때문에, 이곳에 머물러 살게 되었다. 급기야 그 자신도 건강이 나빠졌기 때문이었다. 이제 이런 일이 다

지나간 것일까? 그는 건강하며, 사람들이 빠른 시일 내에 평지로 되돌아가 근무할 수 있게 이들이 건강해지기를 진심으로 바라는 것일까? 그의 볼은 언제나 파랬고, 사실 정상 체온을 넘어서는 것처럼 보였다. 하지만 착각 때문이거나, 그러한 얼굴색도 단지 이곳의 공기 때문일지 모른다. 한스 카스토르프 자신도 이곳에서 체온을 재지 않고 판단한 것이기는 하지만, 열이 없는데도 매일같이 얼굴이 화끈거리는 것을 느꼈다. 그러나 베렌스 고문관이 말하는 것을 들으면, 때때로 열이 있지 않을까 생각되기도 했다. 고문관의 말투는 어딘가 이상했다. 활기차고 명랑하며 편안했지만 무언가 이상하고 과민한 구석이 있었는데, 파란 볼과 눈물 머금은 눈을 함께 고려해 보면 특히 그러했다. 그의 눈은 죽은 아내 때문에 아직도 울고 있는 것처럼 보였다. 한스 카스토르프는 세템브리니가 고문관의 〈우울한 기분〉과 〈나쁜 버릇〉에 관해 발언한 것을 기억에 떠올렸고, 그것을 〈혼란된 영혼〉이라 부른 것도 떠올렸다. 이것은 악의에 찬 언행일지도 허풍일지도 모르지만, 그럼에도 불구하고 베렌스 고문관을 생각하는 일은 자신에게 별로 힘을 북돋아 주지 않는다고 여겼다.

물론 반대파이자 허풍선이며 자칭 〈휴머니스트〉인 세템브리니라는 인물이 또 있다. 한스 카스토르프가 병과 우둔함을 함께 지니고 있는 것은 모순이자 인간 감정의 딜레마라고 부르는 것을 아주 날카로운 말로 꾸짖던 세템브리니가 있었다. 이 인물은 어떨까? 그를 생각하는 것은 도움이 될까? 한스 카스토르프는 이 위에 올라와 밤에 꾸었던 너무나도 생생한 여러 꿈들을 떠올렸다. 꿈속에서 한스 카스토르프는 멋지고 둥글게 삐쳐 오른 콧수염 아래로 보이는 이 이탈리아인의 우아하고 메마른 미소에 화가 나서, 그를 손풍 금장이라 욕하고, 이곳에 있으면 방해가 된다고 하면서 그를 밀쳐 내려 했다. 하지만 그것은 꿈속에서의 일이었고, 깨어 있을 때의 한스 카스토르프는 꿈에서처럼 자유롭게 행동할 수 없었다. 깨어 있을 때는 사정이 조금 달라서, 비록 감상적이고 수다스럽기는 했지만 세템브리니에겐 반항 정신과 비판 의식이 있으므로, 그의 존재를 마음속으로 생각해 보는 것도 그렇게 나쁘진 않았다. 세템브리니 자신은 교육자를 자처하고 있으며, 분명히 남에게 감화를 주고 싶어 했다. 그리고 젊은 카스토르프는 감화받는 것을 진심으로 갈망했다 ─ 그렇다고 해서 물론 그가 최근에 세템브리니가 아주 진지하게 제안한 것처럼, 짐을 꾸리고 일정을 앞당겨 돌아갈 필요까지는 없었다.

실험 채택 ─ 한스 카스토르프는 이 말에 대해 혼자 빙그레 웃으며 생각했다. 자신이 휴머니스트라고 자처할 수는 없어도 그 정도의 라틴어는 그도 충분히 알아들을 수 있었기 때문이다. 그래서 그는 세템브리니를 주목했고, 그의 말을 귀담아 들었다. 한스 카스토르프가 산 중턱의 벤치로 적당한 요양 산책을 하거나, 규정을 어기면서까지 플라츠로 산책을 할 때 그와 마주치면, 한스 카스토르프는 그가 오락거리로 말하는 모든 것에 비평적인 주의를 집중하며 그 말을 귀기울여 들었다. 또는 다른 기회에 그와 마주치게 되면, 이를테면 식사를 마친 후 예의 체크무늬 바지를 입은 세템브리니가 제일 먼저 자리에서 일어나, 입에 이쑤시개를 물고 일곱 개의 식탁이 있는 식당을 누비며, 모든 규정과 관습을 무시하고 사촌들의 식탁에 좀 참관해 보려고 찾아올 때도 마찬가지로 그의 말을 귀 기울여 들었다. 그는 품위 있는 자세로 두 발을 꼬고 서서 이쑤시개를 쥔 손으로 제스처를 써가면서 이야기를 늘어놓았다. 혹은 의자를 끌어당겨서, 어떤 때는 한스 카스토르프와 여교사 사이에 앉거나, 한스 카스토르프와 로빈슨 양 사이의 구석 자리에 앉았다. 그리고는 자신은 아예 먹지 않았던 것 같은 후식을 아홉 명의 식탁 동료들이 먹어 치우는 것을 지켜보았다.

「이 고상한 서클에 좀 끼게 해주십시오.」 그는 사촌들과는 악수를 나누고, 다른 사람들에게는 허리를 굽혀 인사를 하면서 말했다. 「저 건너편의 맥주 양조업자 말인데요……. 그의 부인의 절망적인 용모에 관해서는 말하지 않겠습니다. 하지만 저 마그누스 씨 말입니다 — 방금 그는 민족 심리학적인 강연을 했습니다. 들어 보시겠습니까? 〈사랑하는 우리의 조국 독일은 하나의 커다란 병영입니다, 확실합니다. 더구나 그 이면에 유능한 점을 많이 지니고 있습니다. 나로서는 우리의 건실함을 다른 나라의 예의 바름과 바꿀 생각이 없습니다. 앞뒤에서 배신을 당한다면 그런 예의 바름이 나에게 무슨 소용이 있겠습니까?〉 이런 식입니다. 도저히 참을 수가 없었습니다. 게다가 내 맞은편에는 볼이 묘지의 장미처럼 붉은 가련한 존재인 지벤뷔르겐 출신의 노처녀가 앉아 있습니다. 그녀는 아무도 모르고, 알고 싶지도 않은 자신의 〈형부〉이야기를 한없이 늘어놓고 있습니다. 요컨대 더 이상 함께 있을 수 없어서, 이렇게 슬쩍 빠져나온 것입니다.」

「군기(軍旗)를 들고 도망쳐 나왔다는 말이군요.」 슈퇴어 부인이 한마디 했다. 「그 상황이 이해가 되네요.」

「바로 그렇습니다!」 세템브리니가 외쳤다. 「군기입니다!

여기에는 다른 바람이 불고 있군요 — 의심할 여지가 없습니다. 나는 길을 제대로 들어섰습니다. 그러니까 난 군기를 들고 도망쳐 나온 것입니다……. 누가 이런 멋진 표현을 할 수 있겠습니까! — 당신의 건강이 얼마나 회복되었는지 물어봐도 되겠습니까, 슈퇴어 부인?」

슈퇴어 부인의 점잔 빼는 모습은 정말 민망하기 그지없었다. 「아이고.」 그녀가 말했다. 「언제나 똑같은 상태예요. 선생님도 아시다시피 말입니다. 2보 전진했다가는 3보 후퇴하는 거지요 — 다섯 달이나 이곳에 지겹도록 있었는데, 늙은 이가 오더니 6개월을 더 있으라지 뭐예요. 아, 정말 탄탈로스의 고통[34]이라 하는 모양입니다. 밀고 또 밀어 올려서 겨우 꼭대기까지 올라왔다고 생각했더니…….」

「아, 당신은 정말 멋지시군요! 가련한 탄탈로스가 드디어 조금이나마 기분 전환을 하게 해주시는 겁니다! 당신은 그와 교대로 저 유명한 대리석을 굴리는 겁니다! 이것이야말로 진정한 박애 정신이라고 부를 수 있습니다. 그건 그렇고, 부인, 요즈음 당신에게 신비스러운 일이 일어난다면서요. 육체와 영혼의 분리 현상, 현세의 육체에 살고 있는 정령이란 말이 있지요……. 나는 지금까지 그런 것을 믿지 않았습니다

---

34 탄탈로스는 그리스 신화에 나오는 신으로 제우스의 아들이며, 펠롭스와 니오베의 아버지로 아들의 살을 신들에게 먹이려 한 죄로 지옥에서 영원한 고통에 시달린다. 또는 신들의 음식물인 넥타르와 암브로시아를 훔쳐서 인간에게 주었기 때문에 벌로서 지옥의 밑바닥인 타르타로스로 떨어졌다. 호메로스에 따르면 그는 거기에서 목까지 늪 속에 잠겨 있었는데, 물을 마시려고 하면 물이 없어지고, 과일이 주렁주렁 달린 머리 위의 가지에 손을 뻗치면 가지가 물러나서, 영원한 굶주림과 갈증에 고통을 당했다고 한다. 괴테의 희곡 「타우리스 섬의 이피게니에Iphigenie auf Tauris」에서도 인용되었다.

만, 이런 일이 당신에게 일어났다니 저로서도 정말 혼란스럽군요…….」

「나를 놀리시는 것 같군요.」

「절대 그렇지 않습니다! 당치도 않습니다! 당신의 존재에 얽힌 어두운 면에 대해 나를 안심시켜 달라는 것입니다. 그러고 난 다음에 놀린다, 안 놀린다는 말에 대해 얘기할 수 있습니다. 나는 어젯밤 9시 반에서 10시 사이에 정원을 약간 거닐었습니다 — 걸으면서 발코니를 따라 쭉 살펴보았습니다 — 당신 발코니의 전등이 어둠 속에서 환히 빛나고 있더군요. 따라서 당신은 의무와 이성, 규정에 따라 안정 요양을 하고 있었다는 얘기지요. 〈저기에 우리의 아름다운 환자가 누워 있다〉라고 나는 나 자신에게 말했습니다. 〈그리고 하루 빨리 남편의 두 팔에 안기기 위해 충실히 규정을 지키고 있구나〉라고 말입니다. 그런데 바로 몇 분 전에 내가 무슨 말을 들었는지 아십니까? 어젯밤 그 시간에 시네마토그라포(세템브리니 씨는 이 말을 이탈리아식으로 발음하며 제4음절에 강세를 주었다)에서, 즉 요양 호텔의 아케이드 영화관에서 당신을 보았다는 사람이 있습니다. 그리고 그 뒤에 제과점에서 달콤한 와인에다 슈크림을 들고 있는 것을 보았다는 사람이 있습니다. 게다가…….」

슈퇴어 부인은 어깨를 돌려, 냅킨을 입에 댄 채 킥킥거리며, 요아힘 침센과 조용한 블루멘콜 박사의 옆구리를 팔꿈치로 쿡쿡 찌르면서 친한 듯이 교활하게 윙크를 해보이며 모든 방식으로 우둔하기 짝이 없는 자아도취를 드러내 보였다. 그녀는 밤이 되면 감시의 눈을 속이기 위해 불 켜진 스탠드를 발코니에 세워 두고는, 몰래 방을 빠져나가 저 아래 영국인 거주 구역에서 기분을 풀곤 했던 것이다. 칸슈타트에 있는 남편은 아내가 돌아오기를 눈이 빠지게 기다리고 있는 데 말이다. 하긴 이러한 술수를 쓰는 환자가 그녀뿐은 아니었다.

「……게다가 또.」 세템브리니는 말을 이었다. 「그 슈크림을 누구와 함께 맛보았을까요? 부카레스트 출신의 미클로지히 대위와 함께였지요! 소문에 의하면 그는 코르셋을 차고 다닌답니다! 하지만 여기서 그것이 뭐가 중요하겠습니까! 애원하는데, 부인, 어디 계셨습니까? 당신이라는 사람이 둘 있는 건 아니겠지요? 좌우간 당신은 잠들어 있었습니다. 당신 존재의 육체적인 부분이 혼자 외롭게 안정 요양을 하는 동안, 당신 존재의 영적인 부분은 미클로지히 대위와 함께 슈크림을 즐기셨으니 말입니다…….」

그러자 슈퇴어 부인은 마치 누구에게 간지러움을 당하기라도 하는 듯 몸을 꼬고 비틀었다.

「오히려 그 반대가 더 마음에 드실지도 모르겠군요.」 세템브리니가 말했다. 「즉 슈크림은 혼자서 드시고, 안정 요양은 미클로지히 대위와 함께하는 것이…….」

「히히히…….」

「여러분은 그께 일어난 일을 아십니까?」 이탈리아인이 단도직입적으로 물었다. 「누군가가 납치당했습니다 — 악마에게 말입니다. 아니 사실은 그의 어머니, 실행력이 강한 부인에게 말입니다. 그의 어머니는 내 마음에 들었습니다. 그 친구는 바로 젊은 슈네만입니다. 저 앞쪽 클레펠트 양의 식탁에 앉았던 안톤 슈네만 말입니다 — 보십시오, 그의 자리가 비어 있습니다. 곧 다시 그 자리가 채워질 테니, 걱정은 안 합니다. 하지만 안톤은 폭풍에 휘말려 순식간에 휙 사라졌습니다. 그는 전혀 생각도 못 하고 있었지요. 그는 이곳에 1년 반 동안 있었습니다 — 열여섯의 나이에 말입니다. 사실 그에게 또 6개월이 추가되었던 것입니다. 그런데 무슨 일이 일어났는지 아십니까? 누가 슈네만 부인에게 고자질했는지는 모르겠습니다. 어쨌든 그녀는 술을 마시는 것 등 아들의 방탕한 품행에 대해 눈치를 채고 예고도 없이 등장한 것입니다. 그 귀부인은 나보다 머리 셋 정도는 더 컸고, 백발에다 성미가 불같았습니다. 그녀는 아무 말도 없이 다짜고짜 아들에게 따귀를 서너 차례 갈기고는 멱살을 잡고 기차에 태웠습니다. 〈어차피 망하려면 저 아래에서 죽는 게 낫겠구나.〉 그러고는 아들을 집으로 데려가 버렸답니다.」

세템브리니 씨가 너무 익살맞게 이야기를 해서, 그의 말이 들리는 곳에 앉아 있던 주위 사람들은 한바탕 웃었다. 그는 이 위에서 사는 사람들의 공동생활에 대해서는 비판적이고 빈정대는 태도를 취했지만, 최근에 일어나는 뉴스는 무엇이든 알고 있는 것 같았다. 사실 모든 것을 다 알고 있었다. 그는 새로 온 환자들의 이름을 알고 있었고, 그들의 신상까지도 대략 파악하고 있었다. 어제는 이러이러한 남자 혹은 여자 환자가 갈비뼈 절개 수술을 받았음을 알려 주기도 하고, 가을부터는 체온이 38.5도가 넘는 환자는 입원시키지 않을 방침이라는 것도 정통한 소식통으로부터 들어 알고 있었다. 그의 말에 따르면, 어젯밤에는 미틸레네 출신인 카파트술리아스 부인의 작은 개가 자기 여주인 나이트 테이블의 전기 비상 버튼에 올라앉는 바람에 사람들이 우왕좌왕하고 큰 소동이 벌어졌는데, 특히 카파트술리아스 부인이 혼자 있었던 게 아니라 프리트리히스하겐 출신의 뒤스트문트 판사 시보와 함께 있었기 때문에 소동이 더욱 커졌다고 한다. 이 이야기를 듣고는 블루멘콜 박사조차도 웃지 않을 수 없었고, 귀여운 마루샤는 오렌지 향수 냄새가 나는 손수건을 입에 댄채 숨이 막힐 정도로 웃었다. 그리고 슈퇴어 부인은 양손으로 왼쪽 가슴을 누르며 째지는 소리로 비명을 지르며 웃었다.

로도비코 세템브리니는 사촌들에게 자기 자신에 대해서 그리고 자신의 출신에 대해서도 이야기했다. 산책 도중이나 저녁의 사교 모임 때, 또는 점심 식사 후 환자들 대부분이 이미 식당을 떠나, 여종업원이 식당을 치우고 세 명만 한동안 식탁에 남게 되었을 때, 한스 카스토르프가 3주째가 되어서야 비로소 조금 맛이 다시 나기 시작한 마리아 만치니를 피우는 동안에, 자신에 관한 이런저런 이야기를 들려주었다. 한스 카스토르프는 엉뚱하면서도 완전히 새로운 세계를 보여 주는 그의 이야기를 주의 깊게 음미하며, 낯선 느낌이 들면서도, 기꺼이 감화를 받으려는 자세로 그 이탈리아인의 이야기를 경청했다.

세템브리니는 자신의 할아버지에 관해 이야기했다. 밀라노의 변호사였지만 무엇보다 열렬한 애국자였던 할아버지는 정치적인 선동자이자, 웅변가이며, 잡지 기고가로 활동하기도 했다 — 할아버지도 손자인 로도비코와 마찬가지로 반항적 기질이 있었지만 좀 더 스케일이 크고 대담하게 반항했던 것이다. 손자인 로도비코가, 그 자신이 신랄하게 언급했듯이, 국제 요양원 베르크호프에서의 생활과 활동을 욕하고, 조롱조의 비판을 가하며, 아름답고 활동적인 인간성이라는 이름으로 이곳의 생활과 활동에 항의하는 것으로 만족한 반면, 그의 할아버지는 여러 나라의 정부를 괴롭히고, 당시 토막토막 분할되어 있던 자신의 조국 이탈리아를 숨 막히는 노예 상태로 억눌렀던 오스트리아와의 신성 동맹에 반대해 음모를 꾀했고, 이탈리아 전역에 퍼져 있던 비밀 결사의 열렬한 당원이었다 — 그 사실을 입 밖에 내면 지금도 위험에 처하는 것처럼, 세템브리니가 갑자기 목소리를 낮추어 설명해 준 바에 따르면 그는 카르보나리 당원[35]이었다. 간단히 말해 손자의 이야기에서, 그의 할아버지 주세페 세템브리니는 두 청중에게 음산하고 정열적이며 선동적인 인물로, 주모자이자 음모자로 묘사되었다. 사촌들은 예의상 정신을 집중해서 그의 말을 경청하면서도 믿지 못하는 혐오의 표정, 그러니까 반감의 표정을 얼굴에서 완전히 없애는 데는 성공하지 못했다. 물론 이것은 사정이 특이했다. 두 사람이 들은 것은 오래전의 이야기로, 거의 백여 년이 지난 이야기, 하나의 역사가 된 이야기였다. 두 사람이 들은 오래된 이야기로 인해, 비록 인간적으로 그와 직접 접촉하려고는 전혀 생각하지 않았지만, 두 사람이 들었던 이야기의 본질, 즉 필사적인 자유정신과 폭정에 대한 불굴의 적개심이 이론적으로 이들 가슴에 가까이 와 닿았던 것이다. 또한 사촌들이 들은 바로는, 이 할아버지의 선동적이고 음모에 가득 찬 정신에는 통일과 자유를 원하는 자신의 조국에 대한 커다란 사랑이 결부되어 있었다 — 그렇다, 할아버지의 혁명적 활동은 이 존경할 만한 결합의 산물이자 발로였으며, 이러한 선

---

35 이탈리아의 정치적 비밀 결사 단체의 일원. 단원들이 숯을 굽고 파는 숯 장수로 위장했기 때문에, 혹은 숯 장수라는 사회 최하층을 자처했기 때문에 〈숯 굽는〉 당원이라는 이름이 붙었다고 한다.

동성과 애국심의 결합이 사촌들에게는 매우 이상하게 여겨
졌다 — 두 사람은 조국애를 보수적인 질서 의식과 같은 것
으로 생각하는 데 익숙했기 때문이다 — 그래서 두 사람은
당시 이탈리아에서 반역은 시민적 덕목, 착실한 사려 분별은
공공 제도에 대한 나태한 무관심을 의미하는 것이었음을 인
정하지 않을 수 없었다.

그러나 로도비코 세템브리니의 할아버지는 이탈리아의
애국자였을 뿐 아니라, 자유를 갈망하는 모든 민족의 동포
이자 전우이기도 했다. 토리노[36]에서 계획한 기습과 국가 전
복 시도가 실패한 후, 이 계획에 문필과 행동으로 가담한 할
아버지는 제후 메테르니히의 추격자로부터 겨우 도망칠 수
있었다. 그 뒤로 추방 기간을 이용하여 스페인에서는 헌법
을 제정하고, 그리스에서는 그리스 민족의 독립을 위해 싸
우고 피를 흘렸다. 이 그리스에서 로도비코의 아버지가 태
어났던 것이다 — 이로 인해 아버지는 그토록 위대한 휴머
니스트이자 고전적 고대(古代)의 애호자가 되었으리라 —
그 외에도 아버지는 독일 혈통의 어머니로부터 태어났는데,
주세페 할아버지가 스위스에서 독일 아가씨와 결혼하여 그
후의 파란만장한 생활을 언제나 함께했기 때문이다. 할아버
지는 10년간이나 망명 생활을 하다가, 다시 조국 땅을 밟게
되었다. 밀라노에서 변호사로 활약했지만 자유 쟁취와 통일
공화국의 건설을 위해 말과 글로, 시와 산문으로 국민에게
촉구하는 것을 결코 포기하지 않았다. 열정적이고 독재자적
인 추진력으로 국가를 전복하려는 강령을 기초하고, 또한
인류의 행복을 확립하기 위해 해방된 민족들이 단결할 것을

36 이탈리아 서북부의 상공업 도시.

명확한 문체로 선언하는 것도 포기하지 않았다. 그의 손자 로도비코가 언급한 말 중에 젊은 한스 카스토르프에게 특별한 인상을 심어 준 게 하나 있었다. 그것은 주세페 세템브리니가 일생 동안 오로지 검은 상복만을 입고 동포들 사이에 나타났다는 사실이다. 비참과 노예 상태에서 간신히 살아가는 조국 이탈리아 때문에 자신은 상중(喪中)인 사람이라고 말했다고 한다. 한스 카스토르프는 이 말을 듣고, 이전에도 벌써 여러 번 비교해 보았지만 자신의 할아버지를 떠올리지 않을 수 없었다. 손자인 자신이 기억하고 있는 한, 자신의 할아버지도 마찬가지로 언제나 검은 옷차림이었다. 하지만 자신의 할아버지는 이 이탈리아의 할아버지와는 근본적으로 다른 의미에서 검은 옷을 입고 다녔다. 본질적으로 지나간 시대에 속하는 인물인 한스 로렌츠 카스토르프는 구식 복장을 함으로써, 자기는 현재에 소속되어 있지 않다는 것을 암시하며 임시로 현재에 적응하고 있었다고 손자 카스토르프는 생각했다. 그러다가 죽어서야 비로소 자신의 본질에 알맞은 참된 모습으로 (접시 모양의 주름 장식을 하고) 엄숙하게 되돌아갔던 것이다. 두 할아버지는 정말로 확연히 눈에 띌 정도로 서로 다른 할아버지들이 아니었던가! 한스 카스토르프는 이런 생각을 하면서, 시선을 한곳에 집중하고 조심스럽게 머리를 흔들었다. 이것은 주세페 세템브리니에게 경탄의 표시로도, 당혹감과 거부감의 표시로도 해석될 수 있었다. 그는 또한 이질적인 것이라 해서 거부하지 않도록 조심하고, 이를 비교한다든지 확인하는 것만으로 그쳤다. 그는 머리가 좁은 한스 로렌츠 할아버지가 홀에서 허리를 굽히고 입술을 둥글게 하면서, 연한 금색의 둥근 세례반,

즉 정지해 있으면서도 변화하는 전래품의 내부를 들여다보며 명상하는 모습을 기억에 떠올렸다. 이때 할아버지는 입술을 오므리고 있었는데, 공허하고 경건한 음인 〈증(曾)〉이라는 접두어를 발음하고 있었기 때문이다. 이 소리는 사람들이 공손하게 몸을 앞으로 굽히고 조심조심 걸어가야 하는 신성한 장소를 상기하게 했다. 그리고 한스 카스토르프는 주세페 세템브리니를 생각하면서는 삼색기[37]를 팔에 끼고, 군도를 휘두르며, 검은 눈초리로 맹세하듯 하늘을 쳐다보면서, 한 무리 자유 전사들의 선두에 서서 전제 정치의 진지를 향하여 돌격해 들어가는 광경을 그려 보았다.

이 두 분 할아버지에게는 나름대로 아름다운 점과 존경할 만한 점이 있다고 카스토르프는 생각했다. 그는 개인적으로 또는 반(半)개인적으로 한쪽 편만 드는 것 같아 한층 더 공정해지려고 노력했다. 세템브리니의 할아버지는 정치적인 권리를 얻기 위해 싸웠던 것이지만, 자신의 할아버지나 선조들은 원래부터 모든 권리를 장악하고 있다가, 4백 년이 지나면서 폭력과 허튼 소리를 일삼는 천민들에게 이 권리를 빼앗겼기 때문이다…… . 북쪽의 할아버지와 남쪽의 할아버지, 이 두 분은 언제나 검은 옷을 입고 다녔다. 그 목적은 자신과 타락한 현재 사이에 엄격하게 거리를 두기 위해서였다. 그러나 한쪽 할아버지는 자신의 본질에 속하는 과거와 죽음을 위해 경건한 심정에서 검은 옷을 입었으며, 이에 반해 다른 할아버지는 반역을 꾀하려는 마음에서 경건과는 적대적인 진보를 위해 검은 옷을 입었던 것이었다. 그렇다, 이 두 분은 두 개의 세계이거나 방위라고 할 수 있다고 한스 카스토르

37 흰색, 푸른색, 빨간색의 삼색으로 이루어진 프랑스의 국기를 말한다.

프는 생각했다. 그리고 세템브리니가 이야기하는 동안 자신이 마치 이 두 세계의 사이에 있는 것 같았다. 그러고는 두 세계를 꼼꼼히 살피면서 한번은 이쪽 세계를 바라보다가, 한번은 저쪽 세계를 바라보는 것이었다. 그러면서 그전에도 이미 이런 경험을 했던 것 같은 생각이 들었다. 몇 년 전 늦여름에 홀슈타인의 어느 호수에서 황혼 무렵 혼자 뱃놀이를 하던 기억이 났다. 저녁 7시 무렵이었다. 해는 이미 서산에 지고, 만월에 가까운 달이 동쪽 호수의 무성한 숲 위에 벌써 떠올라 있었다. 이때 한스 카스토르프가 고요한 물 위를 노저어 가는 동안, 혼란스럽고도 꿈속에서나 볼 수 있는 상황이 10여 분가량 지속되었다. 서쪽 하늘은 밝은 낮으로, 유리처럼 썰렁하고 분명한 낮의 빛이 지배하고 있는 반면, 머리를 동쪽으로 돌리면 그쪽도 역시 분명하고 극도로 불가사의한, 축축한 안개에 둘러싸인 달밤이 보이는 것이었다. 이런 기묘한 관계가 약 15분쯤 계속되더니, 이윽고 주위 세계는 밤과 달의 세계로 바뀌고 말았다. 한스 카스토르프는 기분 좋은 놀라움에 사로잡혀 현혹되고 조롱당한 눈을 이쪽의 빛과 풍경에서 다른 쪽의 빛과 풍경으로, 낮에서 밤으로, 밤에서 다시 낮으로 옮기곤 했다. 그래서 그것을 지금 떠올리지 않을 수 없었다.

세템브리니 변호사는 자신의 생활 태도와 다방면에 걸친 활동으로 인해 훌륭한 법률학자가 되지 못했을 거라고 한스 카스토르프는 생각했다. 하지만 손자의 믿을 만한 말에 따르면, 할아버지는 어려서부터 죽는 날까지 법의 일반 원칙에 충실했다고 한다. 한스 카스토르프는 당시 머리가 멍하니 둔했고, 여섯 가지 코스가 나오는 베르크호프 식사를 위해서는 유기체가 활발하게 움직여야 함에도 불구하고, 세템브리니가 법의 이러한 원칙을 〈자유와 진보의 원천〉이라고 부른 의미를 이해하려고 노력했다. 한스 카스토르프는 지금까지 진보라는 것을 19세기 기중기 장치의 발전 같은 것으로 이해하고 있었다. 또한 한스 카스토르프는 세템브리니 씨가 그러한 것을 경시하지 않으며, 분명 할아버지 세템브리니도 경시하지 않는다고 생각했다. 이 이탈리아인은 화약을 발명하고, 인쇄술을 발전시켰다는 점에서 경청하고 있는 두 사촌의 조국 독일에 경의를 표했다. 화약은 봉건 시대의 갑옷을 고물로 만들어 버렸고, 인쇄술은 사상의 민주적 보급을 가능하게 했기 때문이다 ─ 즉 민주적 사상의 보급이 가능해졌기 때문이다. 그래서 그는 이런 관점에서는 독일을 찬양했다. 그렇지만 과거가 문제 되는 한, 다른 민족들이 아직 미신과 노예 상태에 빠져 있는 동안 선구자처럼 최초로 계몽, 교양 및 자유의 깃발을 높이 든 자신의 조국 이탈리아에 당연히 월계관을 씌워야 한다고 그는 말했다. 사촌들과 전에 산중턱의 벤치에서 처음 만나 이미 그랬듯이, 세템브리니가 한스 카스토르프의 전공 분야인 공학과 교통에 커다란 경의를 표했다면, 이것은 공학과 교통이 지닌 힘 자체 때문이 아니라 인간의 도덕적 완성을 위해 이러한 것이 갖는 중요성을 고려해 그러는 것 같았다 ─ 그가 공학과 교통에 그러한 의의를 부여하는 데 주저하지 않는다고 선언했기 때문이다. 그의 말에 따르면, 공학은 점점 더 자연을 정복하고, 공학이 완성한 이러한 결합을 통해 도로망과 전신망을 확충하고, 기후의 차이를 극복한다는 것이다. 그러면서 공학은 여러 민족을 서로 접근시키고, 민족 간의 친목을 돈독하게 하고, 이들간에 인간적인 화해의 길을 열며, 서로의 편견을 타파하고, 결국에는 인류 전체의 통일을 실현하는 데 가장 믿을 만한 수단으로 입증되고 있다고 했다. 인류는 암흑과 공포, 증오에서 출발하였지만, 빛나는 도정을 거치는 동안에 공감, 내적인 밝음, 선과 행복이라는 최종 목표를 향해 앞으로 전진하고 있다는 것이다. 그리고 이러한 도정에서는 공학이 가장 유효한 수단이라고도 말했다. 하지만 그는 이렇게 말하면서 한스 카스토르프가 지금까지 완전히 별개의 것으로 생각해 왔던 두 개의 범주를 하나로 묶어, 공학과 윤리!라고 말했다. 그런 다음 정말로 기독교의 구세주에 관해 말했는데, 그리스도가 평등과 합일의 원칙을 처음으로 계시한 데 이어 인쇄술로 이 원칙의 보급을 현저하게 촉진했으며, 마지막에는 프랑스 대혁명으로 이 원칙을 법률로까지 끌어올렸다고 했다. 비록 세템브리니 씨가 분명하고 잘 정돈된 말로 표현했다 해도, 이 말을 듣고 젊은 한스 카스토르프는 이유는 분명치 않지만, 이 모든 것이 사실은 대단히 혼란스럽다는 기분이 들었다. 세템브리니의 말로는, 자신의 할아버지가 일생에 딱 한 번, 그것도 장년기 초에 정말이지 진심으로 행복을 느낀 일이 있었는데, 바로 파리에서 7월 혁명이 일어났을 때라고 한다. 할아버지는 당시 전 인류가 이 파리의 3일간을 천지 창조의 6일간과 나란히 함께 두는 날이 언젠가는 올 거라고 소리 높여 공언했다고 한다. 이 얘기에 한스 카스토르프는 손으로 탁자를 내리치지 않을 수 없었고, 또 놀라지 않을 수 없었다. 파리 시민들이 새로운 국가 체제를 만든 1830년 여름의 3일간을 하느님이 육지와 물을 가르고, 하늘의 별이며 꽃, 나무, 새, 물고기를 비롯한 모든 생명체를 창조하신 6일간과 동격으로 생각한다는 것은 너무 지나쳤기 때문이다. 그는 또 나중에 사촌 요아힘과 단둘이 남았을 때도 그 말이 너무 심하다고, 아니 불쾌하기까지 하다고 단호하게 말했다.

그러나 한스 카스토르프는 여러 가지로 실험을 해보는 것도 좋은 일이라 생각하여, 단어 그대로의 의미에서, 영향을 받아 볼 작정이었다. 그래서 그는 자신의 경건성과 취향으로는 세템브리니식의 가치 병렬을 받아들일 수 없지만 할 수 없이 이를 묵과하고, 또 자신에게는 신성 모독이라고 느껴지는 것도 대담함이라고 부를 수 있겠다고 생각하고, 자신에게 무미건조하다고 생각되는 것도 적어도 당시 이탈리아에서는 대범함과 넘치는 고매함으로 받아들여졌을지 모르겠다고 생각했다. 이를테면 세템브리니 할아버지가 바리케이드를 〈민중의 옥좌〉라고 부르고 선언했다면, 〈시민의 창을 인류의 제단에 바친다〉는 표현도 통용되었을지 모른다는 생각에서 말이다.

한스 카스토르프는 왜 자기가 세템브리니의 말에 귀 기울이는지 알고 있었다. 확실하게 아는 것은 아니었지만 어쨌든 그 이유를 알고 있었다. 내일 혹은 모레가 되면 다시 날개를 펴고 익숙한 질서 속으로 되돌아간다는 사실을 의식하고, 어떠한 인상에도 무감각해져서 모든 사물의 접근을 허용한다는, 여행자와 청강생의 휴가 중의 해방감 때문이기도 했겠지만, 이 밖에 의무감 같은 것도 없지 않았다 — 그러므로 양심의 명령 같은 것, 좀 더 자세히 말하자면, 양심의 가책 같은 것의 지시와 경고 때문에 이탈리아인의 말에 귀 기울였던 것이다. 다리를 꼬고 앉아서 자신의 마리아 만치니를 피우거나, 또는 셋이서 영국인 거주 구역에서 베르크호프로 올라올 때였다.

세템브리니가 분류하고 표현한 바에 따르면, 두 가지의 원칙이 세계를 지배하려고 투쟁하고 있다. 말하자면 권력과 정의, 폭정과 자유, 미신과 지식, 지속의 원칙과 끓어오르는 운동의 원칙, 즉 진보의 원칙이 그것이다. 그 한쪽은 아시아적 원칙, 다른 한쪽은 유럽적 원칙이라고 부를 수 있을 것이다. 왜냐하면 유럽은 반항, 비평, 개혁 활동의 땅이지만, 반면 아시아 대륙은 부동성, 무위(無爲)의 정적(靜寂)을 구현하기 때문이다. 두 세력 중에 어느 쪽이 마지막에 가서 승리할 것인가는 의문의 여지가 없는 일이었다 — 그것은 계몽의 세력, 합리적인 완전성의 세력이다. 왜냐하면 인간성은 찬란한 길을 걷는 도상에서 항상 새로운 민족을 규합하며 나아가기 때문이다. 인간성은 유럽 내에서 더욱더 지반을 넓혀 아시아로 진출하기 시작했다. 그러나 인간성이 완전한 승리를 거두기에는 아직 요원하다고 할 수 있다. 유럽의 여러 나라 중 사실 18세기나 1789년을 체험하지 못한 나라에서도 전제 군주제와 종교가 붕괴되는 날을 비로소 맞이하려면, 광명을 본 호의적인 사람들의 위대하고 고매한 노력이 있지 않으면 안 된다. 그러나 그날은 오고야 말 것이다, 세템브리니는 이렇게 말하면서 콧수염 밑으로 부드러운 미소를 지었다 — 그날은 비둘기의 발걸음으로 오지 않으면 독수리의 날개를 타고 날아와, 이성, 과학, 정의의 신호를 보내며 보편적인 사해동포주의라는 아침노을로 동틀 것이다. 그리고 그날이 오면, 주세페 할아버지의 불구대천의 원수였던 군주와 내각의 파렴치하기 짝이 없는 동맹과는 정반대인 시민적 민주주의의 신성 동맹 — 한마디로 말해 세계 공화국이 실현될 것이다. 그러나 이 최종 목표를 달성하려면, 무엇보다도 아시아적이고 노예적인 지속의 원칙에 타격을 가해야 하는데, 그 원칙의 중심부이자 중추는 말하자면 빈이라는 것이다. 오스트리아를 격퇴하고 분쇄하지 않으면 안 되며, 우선 과거의 일에 복수하고, 그러고 난 다음 이 지구 상에 정의와 행복이 지배하는 날이 오게 하기 위해서 말이다.

한스 카스토르프는 세템브리니가 깔끔하게 말하는 이러한 최종적인 방향 전환이자 결론에 이제 더 이상 흥미를 느끼지 못했다. 그것이 그의 마음에 들지 않았던 것이다. 그렇다, 그러한 결론이 되풀이될 때마다 개인적인 또는 민족적인 욕을 듣는 것처럼 곤혹스러웠다 — 요아힘 침센 역시 자신과 마찬가지였다. 이탈리아인이 이런 쪽으로 화제를 돌릴 때마다 요아힘은 눈썹을 찌푸리고 고개를 옆으로 돌리며 그의 말을 더 이상 듣지 않거나, 요양 근무할 시간임을 상기시키거나 화제를 다른 데로 돌리려고 했다. 한스 카스토르프도 옆길로 빠진 이런 이야기에까지 주목할 필요를 느끼지 않았다 — 이런 이야기는 그의 양심의 소리가 시험 삼아 영향을 받아 보라고 독촉하는 한계를 분명히 넘고 있었다. 그러나 그 양심의 소리가 너무나 생생하게 들렸기 때문에, 세템브리니 씨가 사촌들 곁에 앉는다거나, 야외에서 서로 만나게 되었을 때는 한스 카스토르프 자신이 먼저 그의 이념을 들려 달라고 그에게 조르기까지 했다.

세템브리니는 이러한 이념과 이상, 성향이 자기 가문의 전통이라고 말했다. 할아버지, 아버지, 손자 이렇게 삼대에 걸친 세 사람은 각자 나름의 방식대로 자신의 삶과 정신력을 이러한 이념에 바쳤기 때문이다. 비록 자신의 아버지는 주세페 할아버지처럼 정치적 선동가나 자유의 투사가 아니라 책상 앞의 조용하고 나약한 학자이자 휴머니스트였지만, 아버지도 할아버지에 못지않았다고 한다. 그렇다면 휴머니스트란 도대체 무엇인가? 그것은 바로 인간에 대한 사랑이며, 그외 아무것도 아니다. 그럼으로써 인문주의는 정치이기도 하고, 인간의 이념을 더럽히고 업신여기는 모든 것에 대한 반항이기도 하다. 인문주의는 형식을 지나치게 존중한다고 비난을 받아 왔지만, 인문주의가 아름다운 형식을 중시하는 것도 오로지 인간의 존엄성 때문이며, 이런 점에서 인문주의가 인간에 대한 적대감과 미신뿐만 아니라 창피스러운 무형식에 빠졌다는 중세와 빛나는 대조를 이루고 있다. 그리고 인문주의는 본디 그 시초부터 인간의 문제와 지상에서의 이해관계를 옹호해 왔고, 사상의 자유와 삶의 기쁨을 옹호해 왔으며, 천국은 모름지기 바보들에게나 맡기는 게 마땅하다고 생각해 왔다. 프로메테우스! 그가 최초의 휴머니스트였다. 프로메테우스야말로 카르두치가 찬가를 바친 그 악마와 동일한 것이다……. 아, 이런, 볼로냐의 늙은 교회 적대자가 낭만주의자들의 기독교적 감상주의를 빈정대고 저주하는 것을 사촌들에게 꼭 들려주고 싶은데 말이다! 그가 만초니[38]의 성가에 대항하는 것을 들려줘야 하는데! 그가 낭만주의를 그림자 문학이자 달빛 문학이라고 조롱하고, 〈창백한 하늘의 수녀 루나〉라 비유하지 않았던가! 정말이지, 이것이야말로 통쾌한 귀의 향연이 아니겠는가! 그리고 카르두치가 단테를 어떻게 해석했는지도 사촌들에게 들려주고 싶다고 했다 — 대도시의 시민으로서 카르두치는 금욕과 세계 부정

38 Alessandro Manzoni(1785~1873). 이탈리아의 극작가이자 소설가.

에 대항해 혁명적이고 세계 개혁적인 실천력을 옹호한 단테를 찬양했다고 한다. 시인 단테가 〈우아하고 경건한 부인〉이라는 이름으로 경의를 표한 쪽은 병약하고 비교적(秘敎的)인 그림자 같은 존재 베아트리체[39]가 아니라, 오히려 시(詩)에서 현세적 인식과 실천적 근로의 원칙을 구현하고 있는 자신의 부인이었기 때문이다…….

이렇게 해서 한스 카스토르프는 이제 단테에 관해 여러 가지를 들을 수 있었다. 그것도 최상의 소식통을 통해서였다. 중개자가 허풍쟁이라는 점을 고려하여 전적으로 믿은 것은 아니지만, 그래도 단테가 각성한 대도시 시민이었다는 점은 일단 경청할 만했다. 그리고 그는 세템브리니가 자기 자신에 대해 말하는 것도 계속 귀담아 들었다. 로도비코의 손자인 자신이 말하자면 문사, 즉 자유로운 문필가가 되면서, 자신의 직계 조상들의 경향들, 즉 할아버지의 국가 시민적인 경향과 아버지의 인문주의적 경향이 이제 손자에게 이르러 하나로 합일되었다고 설명했다. 문학이란 사실 인문주의와 정치의 결합에 지나지 않는다. 그러니까 인문주의가 이미 정치이며, 정치가 또한 인문주의일 때 문학은 한층 더 자유분방하게 완성된다……. 여기 이 대목에서 한스 카스토르프는 귀를 곤두세우며 이야기를 제대로 이해하려고 애썼다. 그래야 맥주 양조업자 마그누스의 견해가 얼마나 무지한 것이며, 문학이란 〈아름다운 품성〉과 얼마나 다른 것인지를 조금이나마 알 수 있을 것 같았기 때문이다. 세템브리니는

39 이탈리아의 위대한 시인 단테Alighieri Dante(1265~1321)가 아홉 살에 첫눈에 반해 죽을 때까지 사랑한 여인이다. 단테는 40년에 걸쳐 완성한 『신곡La Divina Commedia』에서 베아트리체를 찬미했다.

사촌들에게 브루네토 씨에 대해 들어 보았는지 물어보았다. 1250년경 피렌체의 서기로서 미덕과 악덕에 관한 책을 쓴 브루네토 라티니라는 이 대가는, 피렌체 시민들에게 먼저 사교 예절을 가르치고, 말하는 방법과 정치의 규칙에 따라 공화국을 통치하는 방법을 가르쳤다고 한다. 「여러분, 바로 이 것입니다!」 세템브리니가 소리쳤다. 「여러분, 바로 이것입니다!」 그러고 그는 〈말〉에 관해, 말의 예찬에 관해, 그가 인간성의 승리라고 부른 웅변의 예찬에 관해 말했다. 말이란 인간의 자랑이고, 이 말만이 우리네 삶을 인간의 품위에 맞게 해준다고 한다. 인문주의뿐만 아니라 ─ 일반적인 인간성, 즉 인간의 존엄성, 인간 존중 및 인간의 자기 존중은 말이나 문학과는 떨어질 수 없는 관계에 있다 ─ (「자네도 들었겠지.」 한스 카스토르프가 나중에 사촌에게 말했다. 「문학에서 중요한 것은 아름다운 말이란 걸 자네도 들었겠지? 난 이 것을 바로 알고 있었어.」) ─ 그래서 정치도 문학과 결합되어 있으며, 더 나아가 정치는 인문성과 문학의 동맹과 통일에서 비롯된다고 한다. 아름다운 말은 아름다운 행위를 낳기 때문이다. 「당신네들의 나라에서도.」 세템브리니가 말했다. 「2백 년 전의 노(老)시인으로 웅변의 대가가 있었습니다. 그는 아름다운 필체가 아름다운 문체를 낳는다고 하면서 그러한 아름다운 필체를 아주 중요하게 생각했지요. 그는 한 걸음 더 나아가 아름다운 문체는 아름다운 행위를 낳는다고 말해야 했을 것입니다.」 아름답게 쓴다는 것은 아름답게 생각하는 것이나 거의 진배없다는 것이다. 그리고 거기서 아름다운 행위를 하는 것까지도 그리 멀지 않다. 모든 순화와 윤리적 완성은 문학의 정신에서, 인간 존중이라는 이러한 정신에서 비롯된다고 하며, 인문성과 정치의 정신도 이와 마찬가지이다. 그렇나, 이 모든 것이 하나이며, 농일한 힘, 동일한 이념이다. 그리고 이것을 하나의 이름으로 통합할 수 있다. 어떤 이름으로 말인가? 이 이름은 친숙한 음절로 이루어져 있다고 하는데, 그렇지만 사촌들은 확실히 그 음절의 의미와 위엄을 아직까지 제대로 파악한 적이 한 번도 없었던 것이다 ─ 그 이름은 바로 문명이다! 세템브리니는 이 말을 입 밖에 내면서 마치 건배하는 사람처럼 작고 누르스름한 오른손을 들어올렸다.

젊은 한스 카스토르프는 이 모든 이야기엔 경청할 가치가 있다고 생각했다. 아무런 구속을 받을 필요 없이 시험 삼아 듣는 것이었지만, 어쨌든 들을 만하다고 여겼다. 이러한 의미에서 요아힘 침센에게도 이런 의견을 말했지만, 마침 그는 체온계를 입에 물고 있어서 애매한 대답만 할 뿐이었다. 그런 후에도 눈금의 숫자를 읽고, 체온표에 기입하느라 너무 바빠서 세템브리니의 견해에 대해 이러쿵저러쿵 뭐라 할 여유가 없었다. 한스 카스토르프는, 우리가 이미 말한 것처럼, 자발적으로 세템브리니에게서 지식을 받아들이고, 시험적으로 세템브리니의 견해에 마음을 열고 수용했다. 무엇보다 이러한 자기 성찰에서 밝혀진 것은, 깨어 있을 때의 인간은 말도 안 되는 꿈을 꿀 때의 인간과는 분명히 구별된다는, 참으로 고마운 사실이다 ─ 꿈속에서의 한스 카스토르프는 벌써 여러 번 세템브리니의 얼굴을 빤히 들여다보며 〈손풍금장이〉라고 욕하고는, 여기 있으면 방해가 된다고 하면서 있는 힘껏 그를 밀쳐 내려고 했다. 그렇지만 깨어 있을 때의 한스 카스토르프는 세템브리니의 말을 예의 바르고 주의 깊게 들으며, 이 대가의 분류와 설명에 대해 반항심이 일면서도 공정하게 균형을 잡으려는 생각에서 그것을 억누르려고 했다. 자신의 마음속에서 그 어떤 반항심이 일어났다는 것은 부인할 수 없는 사실이었기 때문이다. 그런데 이 반항심은, 이전부터 원래 항상 마음속에 존재했던 것도 있었고, 현재 상황에서 특별히 생겨난 것, 즉 이 위의 사람들을 통해 얻은 간접적인 체험과 남모르는 체험에서 비롯된 것도 있었다.

인간이란 무엇이며, 인간의 양심이란 얼마나 속기 쉬운가! 인간이란 의무의 소리 중에서도 열정에 몸을 내맡기게 허락하는 소리를 가려듣는 데 얼마나 일가견이 있는가! 한스 카스토르프는 의무감에서, 공정과 균형을 기하기 위해 세템브리니의 이야기에 귀 기울이고, 그의 말에 감화를 받아 보겠다는 준비가 되어 있어서, 이성, 공화국 및 아름다운 문체에 대한 그의 견해를 호의적으로 비판하였다. 하지만 그럴수록 그는 나중에 자신의 생각과 꿈을 이와는 다른 방향, 반대되는 방향으로 자유롭게 펼쳐도 될 것처럼 여겨졌다 — 그렇다, 우리가 가진 모든 의혹이나 우리가 얻은 모든 통찰을 솔직히 표현한다면, 그는 자신의 양심이 그에게 발급해 주지 않으려 하는 어떤 특별 허가증을 자신의 양심으로부터 교부받으려는 목적으로 세템브리니의 말에 귀 기울였을지도 모르겠다. 그렇다면 애국심, 인간의 존엄성, 아름다운 문학과는 다른 방향, 이와 반대되는 방향에는 무엇이, 또는 누가 있었던 것일까? 한스 카스토르프가 이제 자신의 생각과 행동을 다시 그쪽으로 돌려도 괜찮겠다고 느낀 방향에는 무엇이 또는 누가 있었는가? 거기에는 축 늘어지고, 벌레가 갉아 먹은 듯 침식되어 있고, 키르키스인의 눈을 한 클라브디아 쇼샤가 있었다. 그녀를 생각하니 (말이 나온 김에 하는 말이지만, 〈생각한다〉는 표현은 그녀에게 기울인 내적인 열정에 비하면 너무 온건한 표현이었다) 그는 다시 홀슈타인의 호수에서 작은 배를 타고 서쪽 강가의 유리같이 밝은 낙조의 빛을 바라보다가, 시선을 옮겨 눈부시고 현혹된 눈으로 동쪽 하늘의 안개에 싸인 밤의 달빛을 바라보는 것 같았다.

체온계

한스 카스토르프의 일주일은 화요일에서 시작되어 화요일에 끝났다. 그가 이곳에 도착한 날이 화요일이었기 때문이다. 그가 사무실에서 두 번째 주간 계산서를 지불했던 것이 벌써 2~3일 전의 일이었다 — 대략 160프랑이라는 얼마 안 되는 금액의 주간 계산서는 그의 판단으로는 금액이 크지 않고, 저렴했다. 이곳에 체류함으로써 얻는 이점을 결코 돈으로 환산할 수 없다는 것을 고려하지 않는다 하더라도 — 사실 돈으로 환산할 수 없기 때문에 — 원하기만 하면 당연히 계산할 수 있을 것 같은 행사들, 예컨대 2주마다 한 번씩 열리는 요양 음악회나 크로코브스키 박사의 강연도 계산에 포함되지 않았다. 단순히 호텔식의 실제적인 접대, 숙박업소 같은 서비스, 편안한 숙소, 하루 다섯 번 제공되는 엄청난 양의 식사만 따지더라도 한스 카스토르프에게는 소액이며 싸다는 생각이 들었다.

「비싸지 않아, 오히려 싼 편이야. 이곳에서 자네에게 너무

과하게 청구한다고 불평할 수는 없어.」 청강생 한스 카스토르프가 이곳의 정착민 요아힘에게 말했다. 「그러니까 한 달 방값과 식비로 대략 650프랑 정도 내는데, 그 속에는 이미 의사의 진료비도 포함되어 있어. 아무튼 좋아. 자네가 품위를 지키고, 친절하게 접대하는 사람들을 고맙게 생각해 한 달에 팁을 30프랑 지불한다고 가정해 보자. 그렇게 해도 680프랑 내는 셈이야. 좋아. 잡비와 수수료도 있다고 말하고 싶겠지. 음료수, 화장품, 여송연에 지출하는 돈도 있겠고, 때로는 마차로 소풍도 가야 하겠지. 가끔가다 신발이나 양복에 지출하는 돈도 있을 거야. 좋아, 그렇지만 모든 것을 다 따져도 한 달에 1천 프랑을 넘지 않아! 그렇게 해도 8백 마르크도 안 되는 거야! 1년으로 치더라도 1만 마르크가 안 되는 액수지. 결코 그 이상은 되지 않아. 그것으로도 살 수 있으니 말이야.」

「암산 실력 한번 끝내주는군.」 요아힘이 말했다. 「자네가 암산 실력이 그렇게 좋은 줄 몰랐어. 그것도 그렇게 금방 1년 치를 계산해 내다니 정말 대단해. 이 위에 올라와 벌써 무언가를 확실히 배웠나 보군. 그런데 금액을 너무 높게 잡았어. 난 여송연을 피우지 않고, 여기서 양복도 맞추지 않을 작정이야. 그럴 생각이 없다네!」

「그렇다면 내가 너무 높게 잡았나.」 한스 카스토르프는 약간 당황한 표정으로 말했다. 하지만 그가 사촌의 지불 액수에 여송연과 새로운 양복값을 계산에 넣은 것은 그렇다치더라도, 그의 능숙한 암산 실력에 관한 한, 이것은 자신의 타고난 재능에 대한 기만이자 속임수에 지나지 않았다. 매사에 그렇듯이, 암산에 있어서도 그는 오히려 느린 편이었고 열중해 본 적도 없었다. 그가 이렇게 빨리 계산한 것은 즉석에서 한 게 아니라, 미리 준비해 둔 결과였다. 그것도 연필과 종이를 써서 미리 준비해 둔 결과였다. 즉, 한스 카스토르프는 어느 날 저녁 안정 요양을 하고 있을 때 (모두가 그렇게 하듯이 그는 이제 저녁에 바깥에 누워 있었다) 갑작스러운 생각이 떠올라 그 훌륭한 접이식 침대에서 일부러 일어나 방에 가서 계산에 쓸 연필과 종이를 가져왔던 것이다. 그리고 계산 결과, 사촌이나 이곳의 모든 사람들이 1년에 다 합쳐 1만 2천 프랑이 필요하겠다는 사실을 확인했다. 한스 카스토르프는 자기의 1년 수입이 1만 8천~1만 9천 프랑 정도가 되므로, 자신의 입장에서는 이 위에서의 생활을 경제적으로 충분히 감당할 수 있겠다는 생각을 그냥 재미 삼아 해보았던 것이다.

앞서 말했듯이, 그는 3일 전에 감사의 인사와 영수증을 맞바꾸면서 두 번째 주말 계산을 끝냈다. 이것은 이제 그가 이 위에서 체류하기로 예정한 3주 가운데 마지막 셋째 주에 접어들었음을 의미하는 것이었다. 다음 일요일이면 그는 2주마다 돌아오는 요양 음악회를 다시 체험할 것이고, 그 이튿날 월요일이 되면 역시 2주마다 되풀이되는 크로코브스키 박사의 강연에 참석하게 될 것이다 — 그는 자기 자신과 사촌에게 이렇게 말했다. 하지만 화요일이나 수요일에 그가 떠나게 되면 요아힘은 다시 이곳에 혼자 남게 될 것이다. 불쌍한 요아힘은 라다만토스로부터 다시 몇 달의 요양 기간을 더 연장받은 형편이었다. 그래서 하루하루 빠르게 다가오는 한스 카스토르프의 출발이 화제가 될 때마다, 그의 온화하고 검은 두 눈이 애처롭게 흐려지는 것이었다. 아, 맙소사,

이 여름휴가는 대체 어디로 사라져 버렸는지! 그것은 흘러 가 버리고, 날아가 버리고, 급히 도망가 버렸다 ─ 어떻게 이렇게 빨리 지나가 버렸는지 정말이지 제대로 말할 수조차 없다. 두 사람이 함께 지내기로 했던 기간은 21일로, 처음에 는 이 21일이 헤아리기도 쉽지 않은 긴 시일이었다. 그런데 어느새 그중 3일 내지 4일밖에 남지 않게 되었으며, 이 며칠 은 거의 신경도 쓰이지 않는 짧은 일수였다. 물론 평일에 두 가지 주기적인 변화가 일어나서 약간 무게가 더해지기는 하 겠지만, 벌써 그의 머릿속은 짐 꾸리기와 작별의 생각으로 가득 차 있었다. 그가 처음 왔을 때 이곳에 있는 모든 사람 에게 들었듯이, 사실 3주란 이 위에서는 없는 것이나 마찬가 지였다. 여기서는 최소의 시간 단위가 한 달이라고 세템브리 니가 말했는데, 이러한 단위로 보자면 한스 카스토르프의 체류는 이 최소 단위에도 미치지 못하는 것이어서 사실 체류 라 할 수 없었고, 베렌스 고문관의 표현대로 잠시 들르는 것 에 불과했다. 이곳에서 시간이 이렇게 금방 지나가는 것은 어쩌면 온몸의 연소 작용이 증진되는 탓이 아닐까? 이렇게 시간이 금방 지나간다는 것은 앞으로 5개월이나 더 남아 있 어야 하는 요아힘에게는 당연히 위안이 되는 일이었다. 물론 5개월로 그의 체류가 정말 끝나는 경우에 그렇다는 얘기다. 하지만 이 3주 동안 두 사람은 시간에 좀 더 신경을 썼어야 했다. 가령 검온하는 동안의 규정된 7분간이 그토록 중요한 시간이라고 생각했듯이 말이다……. 이제 얼마 안 있으면 말 동무를 잃어버리게 된다는 슬픔이 두 눈에 가득한 사촌에게 한스 카스토르프는 진심으로 연민을 느꼈다 ─ 한스 카스 토르프 자신은 다시 평지에 내려가 여러 민족들을 연결해

주는 교통 공학 분야에서 활동할 예정인 데 반해, 가련한 요
아힘은 자기 없이 계속 혼자서 여기에 머물러야 한다고 생
각했을 때, 사실 그는 진심으로 강렬한 연민을 느꼈다. 그야
말로 가슴이 타는 듯한 연민이었고, 어느 순간에는 가슴이
메이는 고통을 느끼기도 하였던 것이다. 이러한 고통이 너
무 심해서 때로는 자신이 이런 고통을 감당해 내 요아힘을
이 위에 혼자 내버려 두고 떠날 수 있을까 하고 심각하게 생
각해 보기도 했다. 그래서 종종 이런 연민의 감정에 무척 괴
로워했던 것이다. 그 자신이 먼저 출발에 대한 이야기를 점
점 더 할 수 없게 된 것도 어쩌면 바로 이런 이유에서였다.
그래서 가끔 이 문제에 대해 언급하는 사람은 오히려 요아
힘 자신이었다. 우리가 말했듯이, 한스 카스토르프는 천성
적인 배려심과 세심한 감정으로 마지막 순간까지 출발에 관
해선 생각하고 싶지 않은 것 같았다.

「적어도 자네가 이곳에 와서.」 요아힘이 한스 카스토르프
에게 말했다. 「휴양을 하고 말이야, 다시 저 아래에 내려갔을
때 새로운 힘이 솟아남을 느낄 수 있도록 해야 하지 않겠나.」

「그래, 모든 분께 자네의 안부를 전하겠네.」 한스 카스토
르프가 대답했다. 「그리고 자네는 늦어도 다섯 달 내로는 돌
아온다고 전해 주겠네. 그리고 내게 휴양이라 했는가? 이렇
게 짧은 시간에 내가 휴양을 좀 했다고 생각하는가? 뭐, 그
랬다고 해야 하겠지. 무척 짧은 기간이었지만 결국 어느 정
도 휴양이 좀 된 것은 틀림없으니까. 물론 이 위에서 여러 가
지 새로운 인상을 받았어. 모든 점이 새로워, 정신과 육체에
는 너무도 자극적이었지. 하지만 힘들기도 했어. 그러한 인
상을 깨끗이 극복하고 이곳에 적응했다는 생각은 아직 들지

않아. 일단 적응을 하는 것이 바로 휴양의 전제 조건일 텐데 말이야. 다행히도 마리아 만치니는 며칠 전부터 예전과 마찬가지로 다시 제맛이 나기 시작했어. 하지만 때때로 손수건을 사용할 때마다 아직도 붉은 피가 묻어 나오고, 가슴이 공연히 두근거리고, 또 기분 나쁘게 얼굴이 화끈거리는 현상은 마지막까지 사라지지 않을 것 같아. 아니, 천만에, 내가 이곳 생활에 적응했다는 말은 올바르지 않아. 어떻게 그렇게 짧은 시간에 적응을 하겠나. 이곳 생활에 적응하고 그런 인상을 극복하려면 좀 더 오래 있어야 해. 그렇게 해야 제대로 휴양을 시작할 수 있고, 몸에 단백질도 붙어 살이 찔 수 있을 것 같아. 유감이야. 〈유감〉이라고 말하는 것은, 이곳에서의 체재를 좀 더 긴 시간으로 계획하지 않은 게 결정적인 실수이기 때문이야 — 마음대로 시간이란 것을 조정할 수 있었는데 말이야. 그래서 이런 상태로 평지의 집에 내려가면, 무엇보다도 먼저 휴양 여행의 여독으로부터 휴양을 취해 3주 정도는 푹 자야 할 것 같은 기분이 들어. 때로는 그만큼 녹초가 되었다는 생각이 들기도 해. 게다가 화가 나게도 이제 감기까지 겹쳤으니, 이거야 원…….」

사실 한스 카스토르프는 심한 코감기를 얻어 평지로 다시 내려가야만 할 것 같았다. 그는 감기에 걸렸는데, 안정 요양을 하다가 걸린 게 분명했다. 그것도 추측건대 야간 안정 요양을 하다가였다. 습하고 추운 날씨에도 불구하고 그는 일주일 전부터 야간 안정 요양을 했던 것이다. 이런 날씨는 그가 출발하기 전까지 더 나아질 조짐이 보이지 않았다. 하지만 한스 카스토르프는 이런 날씨도 이 위에서는 나쁘다고 할 수 없다는 것을 경험으로 알았다. 일반적으로 날씨가 나쁘다는 개념이 이 위에서는 결코 통용되지 않았던 것이다. 사람들은 날씨를 두려워하지 않았고, 거의 신경도 쓰지 않았다. 한스 카스토르프도 젊은이다운 부드럽고 빠른 이해력으로, 즉 자신을 둘러싼 주위의 사고방식이나 관습에 완전히 순응하려는 생각으로, 이 위의 사람들처럼 날씨에 대해 무관심하게 생각하기 시작했다. 비가 억수같이 쏟아져도 그로 인해 공기의 습도가 더 높아지리라는 생각은 하지 않았다. 그리고 사실 그렇게 습도가 높아지지도 않았다. 너무 더운 방 안에 있을 때나, 포도주를 많이 마셨을 때처럼 여전히 머리가 뜨거웠기 때문이다. 하지만 지독한 추위에 관해 말하자면, 추위를 피해 방 안으로 들어가 봤자 별로 소용이 없었다. 눈이 오지 않으면 스팀을 넣어 주지 않기 때문이다. 방 안에 있어 봤자 겨울 외투를 입고, 고급 낙타털 담요 두 장을 요령 있게 두르고 발코니에 누워 있는 것보다 더 쾌적하지 않았다. 이와 반대로 발코니에 누워 있는 것이 비교할 수 없을 만큼 더 쾌적했는데, 솔직히 말하자면, 이것이야말로 한스 카스토르프가 지금까지 경험한 생활 상태 중에서 가장 매력적인 것이었다 — 이러한 판단은, 문필가이자 카르보나리 당원인 세템브리니가 은연중에 악의적으로 이것을 〈수평〉 생활 상태라 불렀다는 사실에도, 조금도 동요하지 않았다. 특히 밤에, 그는 이것이 매력적이라고 생각했다. 밤에는, 옆에 있는 탁자 위 작은 램프가 불타오르는 가운데 따뜻하게 담요를 덮고, 다시 맛이 나기 시작한 마리아 만치니를 입에 물고, 이곳에 있는 접이식 침대가 주는 뭐라 말할 수 없는 장점을 향유하면서, 당연히 코끝은 얼음처럼 차가워진 채, 손에 책을 — 그것은 여전히 『대양 기선』이었다 — 쥐고 있었는데, 물론 책을 쥔 두 손은 추위에 얼어붙어 발갛게 달아올랐다. 그는 발코니의 아치 너머로 이쪽에는 드문드문, 저쪽에는 빽빽하게 모인 불빛으로 장식된 어두운 골짜기를 바라보았다. 그 골짜기에서는 거의 매 저녁마다 적어도 한 시간 정도 음악이 흘러나왔는데, 기분 좋게 약화된, 친숙한 멜로디의 음향이었다. 곡목은 「카르멘」, 「일 트로바토레」, 「마탄의 사수」 등 오페라 발췌곡에, 균형이 잘 잡힌 경쾌한 왈츠곡, 듣고만 있어도 의기양양하게 머리를 이리저리 흔들게 되는 행진곡이 이어지고, 다음으로 명랑한 마주르카가 들려왔다. 마주르카? 그 아가씨는 사실 마루샤라고 했지. 작은 루비 반지를 낀 아가씨 말이야. 그리고 우윳빛 유리가 달린 두꺼운 칸막이 바로 뒤의 발코니에는 요아힘이 누워 있었다 — 때때로 두 사람은 다른 수평 생활자들에게 충분히 신경을 쓰면서 조심스럽게 대화를 나누곤 했다. 요아힘은 비록 음악에 소질이 없어 밤의 음악회를 그다지 즐기진 못했지만, 한스 카스토르프처럼 발코니에서 지내는 것은 무척 좋아했다. 음악을 즐기지 못하는 것은 요아힘에게 유감스러운 일이었지만, 어쩌면 그는 대신 러시아 문법책을 읽고 있었는지도 모른다. 하지만 한스 카스토르프는 『대양 기선』을 담요 위에 내려놓고 음악에 진심으로 귀를 기울이며, 악곡 구성의 투명한 깊이를 흐뭇하게 들여다보고, 개성 넘치고 정감에 찬 멜로디의 영감에 마음 깊이 만족했다. 그러는 사이에 음악에 대한 세템브리니의 발언을 떠올리자 적대감만이 느껴졌다. 이러한 발언은 음악이 정치적으로 수상하다는 표현처럼 그를 화나게 하는 말이었다 — 이러한 발언은 사실 주세페 할아버지가 프랑스의 7월 혁명을 천지 창조의 6일간과 비교한 말과 별로 다를 게 없었다…….

아무튼 요아힘은 한스 카스토르프처럼 음악을 즐길 줄 몰랐고, 흡연이 주는 향기로운 즐거움도 알지 못했다. 하지만 그 외에는 그 역시 사촌과 마찬가지로 발코니에 안전하게, 아무 걱정 없이, 평화롭게 누워 있었다. 오늘 하루가 끝나고, 이것으로 모든 것이 끝나면, 오늘은 더 이상 아무 일도 일어나지 않고, 어떠한 충격적인 일도 벌어지지 않을 것이며, 더 이상 심장 근육에 무리한 요구가 가해지지도 않을 것임을 확신할 수 있었다. 하지만 이와 동시에 이러한 비좁은 환경에서 모든 일이 원활하고 규칙적으로 일어날 개연성이 있다면, 내일도 다시 오늘처럼 새로 시작할 것임을 확신할 수 있었다. 이러한 이중의 확실성과 안전함은 무척 기분 좋은 일이었다. 음악과 다시 맞이 돌아온 마리아 만치니와 아울러 이것은 한스 카스토르프의 밤의 안정 요양을 정말 행복하게 하는 데 중요한 몫을 담당했다.

하지만 이처럼 행복을 구가하는 중에 청강생이자 연약한 신참자인 그는 안정 요양을 하다가 (아니면 대체 어떻게 어디서 그랬겠는가) 그만 심한 감기에 걸리고 말았다. 심한 코감기가 제대로 걸렸는데, 즉 코감기가 그의 앞이마에 내려앉아 머리를 짓눌렀고, 목젖이 따끔거리며 아팠고, 공기조차 평소처럼 자연의 순리대로 정해진 통로로 들어오는 것이 아니라, 차디차게 마구 밀고 들어와서 끊임없이 발작적인 기침이 계속되었다. 그의 목소리는 하룻밤 사이에 독한 술에 타버린 듯 둔탁한 베이스음을 띠게 되었다. 그리고 그 자신의 말에 따르면 이날 밤 한숨도 자지 못했다고 한다. 숨이 막힐 것처럼 목이 타들어 갔고 갈증을 느껴 쉴 새 없이 잠에서 깨어났기 때문이다.

「정말 짜증나는 일이군.」 요아힘이 말했다. 「그리고 귀찮은 일이야. 자네도 알아 둬야 하겠지만 여기서 감기 같은 것은 인정되지도 않고, 아예 있을 수 없어. 공기가 이렇게 건조한 곳에서는 감기에 걸릴 수 없다는 게 공식적인 입장일세. 그리고 누군가 감기에 걸리게 되면, 그 사람은 베렌스에게 환자로서 야단만 맞게 된다네. 물론 자네는 사정이 좀 다르니까 감기에 걸릴 권리도 있지만 말이야. 아무튼 빨리 감기를 뿌리 뽑아 버리면 좋을 텐데. 평지라면 당연히 처방을 할수 있겠지만, 여기서는 어떨지 — 여기서는 그것에 제대로 관심이나 가져 줄지 의심스럽네. 여기서는 감기에 걸리지 않도록 해야 해. 아무도 그것에 신경을 쓰지 않으니까 말이야. 뭐 새삼스러운 이야기도 아니지만, 자네도 이제 마지막 선물로 그것을 경험하게 됐구먼. 내가 여기 왔을 때, 여기 있던한 여자가 일주일이나 계속 귀를 틀어막고 고통을 호소했어. 이 광경을 베렌스도 결국 보게 되었지. 〈걱정할 필요 없어요.〉 베렌스가 말했지. 〈결핵은 아니니까요.〉 그것으로 끝이라네. 그래, 물론 우리는 할 수 있는 데까지 해봐야지. 내일 아침에 마사지사가 오면 말해 보겠네. 그게 업무 처리 절차라네. 그리고 그가 이 사실을 위에 전달해 주면 자네에게 무슨 일이든 생기겠지.」

요아힘이 말한 대로 처리 절차가 진행되었다. 금요일에 한스 카스토르프가 아침 산책을 하고 방에 돌아왔을 때, 누군가 그의 방문을 두드렸다. 결과적으로 〈수간호사〉라고 불리는 밀렌동크 양과 그가 개인적으로 알게 되는 기회가 생긴 것이다 — 이때까지 그는 아주 분주해 보이는 이 여자를 늘 멀리서만 보아 왔다. 그녀가 어떤 병실에서 나와 복도를 가로질러 맞은편 병실로 들어가는 모습을 보거나, 또는 그녀가 식당에 잠깐 모습을 보일 때 꽥꽥거리는 목소리를 들었을 뿐이다. 그런데 이제 그녀가 직접 그의 방에 찾아온 것이다. 그녀가 온 것은 그가 감기에 걸렸기 때문이었다. 그녀는 뼈마디가 앙상한 손가락으로 그의 방 문을 짧게 똑똑 두드리고는, 방 주인이 들어오라는 말도 하기 전에 들어와 문지방 위에서 몸을 뒤로 젖혀 방 번호를 재차 확인했다.

「34호실이군요.」 그녀는 목소리를 낮추지 않고 특유의 꽥꽥거리는 소리로 말했다. 「틀림없군요. 댁이 감기에 걸렸다면서요?」 이 말을 그녀는 처음에는 프랑스어로, 그다음에는 영어와 러시아어로, 맨 마지막에는 독일어로 말했다. 「어느 나라 말로 해야 하나요? 독일어로 해야겠지요. 아, 젊은 침센의 손님이지요, 이미 알고 있어요. 나는 수술실에 가봐야 해요. 클로로포름으로 마취를 해야 할 사람이 있어요. 콩 샐러드를 먹은 환자예요. 정말 잠시도 한눈을 팔 수가 없어요 ……. 그런데 댁은, 여기에서 감기에 걸렸다는 것이지요?」

한스 카스토르프는 옛 귀족 출신이라는 이 여자의 말투에 몹시 당황했다. 그녀는 말을 하면서 정작 자신의 말을 주워섬기듯 지껄였다. 그러면서 불안하게 빙빙 돌며 무엇인가를 찾듯이 코를 들고 머리를 이리저리 돌리는 것이었다. 마치 우리 안의 맹수가 그러는 것처럼 말이다. 그리고 주근깨가 덕지덕지 난 오른손을 가볍게 쥐고 엄지손가락을 위로 세우고, 손목 부분을 흔들었는데, 그 모습이 마치 〈빨리, 빨리, 빨리요! 내가 하는 말을 듣고 있지만 말고, 당신도 무슨 말이든 좀 해주세요! 내가 나갈 수 있도록!〉 이렇게 말하려는 것 같았다. 40대로 보이는 그녀는 몸집이 빈약하고 몸매도 볼품이 없었다. 벨트가 달린 흰 가운을 입었는데, 가운의 가슴 부분에는 석류석 십자가가 달려 있었다. 간호사 모자 밑으로는 붉은 머리카락 몇 오라기가 삐져나와 있었고, 충혈된 푸른색의 두 눈은 불안하게 무언가 찾고 있는 듯했다. 한쪽 눈에는 과하게 자라서 부어오른 다래끼가 나 있었고, 코는 들창코에, 입은 개구리 입 같았는데, 특히 비스듬하게 튀어나온 아랫입술은 말할 때마다 삽질하는 것처럼 움직였다. 그러나 한스 카스토르프는 겸손하고, 참을성 있으며, 신뢰감에 가득 찬 태도로, 즉 자신의 타고난 성품인 박애주의 정신으로 그녀를 지켜보고 있었다.

「도대체 어떤 감기에 걸렸죠? 네?」 수간호사가 다시 한 번 물어보면서, 날카로운 눈초리로 노려보려고 했지만 시선이 옆으로 빗나가 뜻대로 되지 않았다. 「우린 그런 감기를 사랑하지 않습니다. 당신은 자주 감기에 걸리나요? 당신 사촌도 자주 감기에 걸리지 않았나요? 나이는 몇 살이지요? 스물네 살이라고요? 그렇게는 안 보이는군요. 그건 그렇고, 당신은 이제 이 위에 올라와서 감기에 걸렸단 말이지요? 여기서는 〈감기〉에 대해서는 얘기하지 않는 게 좋아요, 젊은 양반. 감기 같은 것은 저 아래에서나 하는 허튼소리에 불과해요. (그녀가 아랫입술을 삽질하듯 움직이며 〈허튼소리〉라고 한 말에 그는 몸이 오싹해지고 괴상한 기분이 들었다.) 진짜 기관지염에 걸렸군요, 그건 인정합니다. 눈을 보면 알 수 있지요. (그리고 그녀는 다시 그를 날카로운 눈초리로 노려보려는 이상한 시도를 했지만, 제대로 되지 않았다.) 하지만 감기는 추위 때문에 걸리는 게 아니라, 그것을 받아들일 마음이 있을 때 감염되어 걸리는 겁니다. 그것이 해가 없는 감염인지, 아니면 해로운 감염인지가 문제 될 뿐이며, 그 외 모든 것은 허튼소리입니다. (그녀는 소름 끼치는 〈허튼소리〉라는 말을 또다시 사용했다!) 받아들일 마음이 있는 당신의 경우엔 해가 없는 쪽인 것 같습니다.」 이렇게 말하고 그녀는 다래끼가 나 크게 부어오른 눈으로 그를 쳐다보았는데, 그는 이 말이 대체 무슨 뜻인지 알 수 없었다. 「그럼 아무 해가 없는 살균 소독제를 드리지요. 아마 효과가 있을 거예요.」 그리고 허리띠에 차고 있던 검은 가죽 주머니에서 작은 봉지를 꺼내 탁자 위에 올려놓았다. 포르마민트[40]였다. 「그런데 정말 얼굴이 흥분한 것처럼 보이네요. 열이라도 있는 것처럼.」 그렇게 말하고 그녀는 그의 얼굴을 쳐다보려는 시도를 포기하지 않았지만, 항상 시선이 옆으로 빗나가는 것이었다. 「열은 재보셨나요?」

한스 카스토르프는 아니라고 대답했다.

「왜요?」 그녀는 이렇게 물으면서, 비스듬히 내민 아랫입술을 말이 끝난 후에도 허공에 그대로 두었다…….

그는 잠자코 있었다. 선량한 한스 카스토르프는 아직 너무 어렸으며, 선생님의 질문에 아는 게 없어 침묵을 지키고 있는 초등학교 학생처럼 쩔쩔매면서 자리에 마냥 서 있었다.

「전혀 검온을 하지 않나요?」

「아뇨, 합니다. 수간호사님, 열이 있을 때는 합니다.」

「이것 보세요, 검온을 하는 것은 무엇보다도 열이 있는지 없는지 알기 위해서입니다. 그럼 지금 당신이 생각하기엔 열

---

40 함수제(含漱劑). 입안이나 목구멍의 세균을 제거하거나 세균의 증식을 막고, 염증을 치료하는 약.

이 없다는 말인가요?」

「잘 모르겠습니다, 수간호사님. 정확히 분간할 수가 없어요. 이 위에 도착했을 때부터 약간 덥기도 하고 몸이 오싹오싹했습니다.」

「그래요? 그럼 체온계는 어디 있나요?」

「체온계는 없습니다, 수간호사님. 뭐하러 체온계가 필요하단 말입니까? 난 이곳에 손님으로 왔을 뿐이고, 이렇게 건강한데요.」

「허튼소리 말아요! 그럼 당신은 건강해서 나를 불렀나요?」

「아니요.」 그는 공손하게 웃었다. 「그게 아니라, 내가 약간 ―」

「감기에 걸렸기 때문이지요. 그런 감기는 우리도 자주 걸려요. 여기 체온계가 있어요!」 그녀는 이렇게 말하고 다시 가방을 뒤적이더니, 검은색과 붉은색의 가늘고 긴 가죽 케이스 두 개를 꺼내 탁자에 올려놓았다. 「이것은 3프랑 50상팀이고, 저것은 5프랑 합니다. 물론 5프랑 하는 물건이 더 좋아요. 잘 쓰면 평생 쓸 수도 있지요.」

한스 카스토르프는 빙그레 웃으며 탁자에서 붉은 주머니를 집어 들고 그것을 열어 보았다. 장신구처럼 아름다운 그 유리 기구는 정확히 그만한 크기로 오목한 붉은 우단 쿠션 속에 들어가 있었다. 도(度) 눈금은 붉은 선으로, 분(分) 눈금은 검은 선으로 표기되어 있었다. 숫자는 붉은 글씨로 쓰여 있었고, 끄트머리 쪽이 점점 가늘어지는 아랫부분은 거울처럼 번쩍거리는 수은으로 채워져 있었다. 둥근 기둥 모양의 수은주는 차가워 보였으며, 동물의 표준 체온보다 훨씬 낮은 온도까지 나타내고 있었다.

한스 카스토르프는 자신의 신분과 체면에 어울리는 것이 무엇인지 알고 있었다.

「이것으로 하죠.」 그는 다른 케이스에는 눈길도 주지 않고 말했다. 「여기 5프랑 하는 걸로 하겠어요. 계산은 지금 당장…….」

「됐어요!」 수간호사가 꽥꽥거리며 말했다. 「귀중한 물건에는 돈을 아끼는 법이 아니지요! 그렇게 서두르지 마세요, 계산서에 다 포함할 거니까요. 이리 줘보세요, 먼저 눈금을 좀 떨어뜨려 놓아야겠네요, 저 아래까지요 ― 이제 됐어요.」 그녀는 그의 손에서 체온계를 받아 들어, 공중에 대고 계속 흔들고는 수은주를 35도 아래까지 떨어뜨려 놓았다. 「이렇게 내려놓아도 금방 올라갈 겁니다, 수은이란 슬금슬금 올라가게 마련이니까요!」 그녀가 말했다. 「자, 여기 당신이 새로 구한 기구입니다! 체온을 어떻게 재는지는 알고 있겠지요? 귀한 혀 밑에 넣고 7분간, 하루에 네 번입니다. 그리고 소중한 입술을 꼭 다물고 있어야 합니다. 안녕히 계세요, 그럼! 좋은 결과가 있기를 바랍니다!」 그러고 나서 그녀는 방에서 나갔다.

한스 카스토르프는 인사를 하고 탁자 옆에 서서 그녀가 사라진 문을 쳐다보고, 그녀가 남기고 간 체온계를 바라보았다. 〈저 여자가 바로 밀렌동크 수간호사였구나〉 하고, 그는 생각했다. 〈세템브리니가 저 여자를 좋아하지 않더니만, 그러고 보니 정말 호감이 가지 않는 것이 사실이야. 흉한 다래끼를, 설마 언제까지나 달고 다니지는 않겠지. 그건 그렇고 왜 나를 부를 때 〈젊은 양반Menschenskind〉이라고 하는지 모르겠어. 그리고 〈젊은 양반〉이라는 글자 한가운데에 s는

왜 넣는 거지? 친구 사이에 쓰는 거리낌 없는 말이라 기분이
이상해. 그녀는 그렇게 부르면서 체온계를 팔았지, 아마. 늘
체온계 몇 개를 주머니에 넣고 다니나 보군. 요아힘의 말로,
여기서는 어떤 가게를 가더라도 체온계를 살 수 있다고 하
던데, 심지어 체온계를 팔 거라고는 전혀 상상할 수 없는 곳
에서도 말이야. 하지만 나는 수고할 필요가 없었어, 저절로
내 품으로 떨어진 셈이니까.〉그는 그 예쁘장한 기구를 케이
스에서 꺼내 바라보았고, 손에 든 채 불안하게 방 안을 몇
번이나 왔다 갔다 했다. 심장이 급격하고 세차게 고동쳤다.
그는 열려 있는 발코니 문 쪽으로 고개를 돌려 바라보다가,
요아힘을 찾아가 보고 싶은 충동을 느껴 방문 쪽으로 몇 걸
음 옮겼다. 하지만 곧 이를 그만두고, 자기 목소리의 둔탁함
을 알아보기 위해 헛기침을 하면서, 다시 탁자 옆으로 돌아
와 가만히 서 있었다. 그는 기침을 했다. 「그렇지, 코감기 열
이 있는지 한번 재봐야겠어.」 이렇게 말하고 그는 재빨리 체
온계를 입안으로 가져가 수은주 끝을 혀 밑에 넣었다. 그렇
게 그 기구를 두 입술 사이에 비스듬하게 놓아 세우고는 바
깥 공기가 입안으로 들어가지 않도록 입술을 꼭 다물었다.
그러고 나서 손목시계를 보았다. 9시 36분이었다. 그는 7분
이라는 시간이 지나가기를 기다리기 시작했다.

〈1초라도 더 오래 넣고 있거나, 더 빨리 빼도 안 된다〉고
그는 생각했다. 〈나야 뭐 믿어도 좋지. 올리거나 낮추지는
않을 테니. 세템브리니가 언젠가 말한 고위 공무원의 딸 오
틸리에 크나이퍼가 사용하는 무한정 체온계가 나한텐 필요
없으니까.〉 그리고 그는 혀로 기구를 내리누르면서 방 안을
이리저리 돌아다녔다.

시간은 천천히 지나가, 7분이라는 시간이 무한한 것처럼 길게 느껴졌다. 그 순간을 잘못해서 놓쳐 버리는 게 아닐까 걱정이 되어 시곗바늘을 보니 이제 겨우 2분 30초가 지났을 뿐이었다. 그는 여러 가지 일을 하면서 시간을 보냈다. 거기에 있는 물건들을 집어 들었다가 다시 내려놓기도 하고, 사촌이 눈치채지 못하도록 조심조심 발코니로 나가 바깥 풍경을 살펴보기도 했다. 한스 카스토르프는 너무도 친근해져 버린 깊은 골짜기의 모든 형상들을 바라보았다. 다시 말해, 뿔 모양의 봉우리, 능선과 암벽들, 등 부분이 마을 쪽으로 비스듬하게 내려가 있고 황량한 목장의 숲이 그 측면을 뒤덮고 있는, 왼쪽에 자리 잡은 브레멘빌 절벽, 이제 그 이름을 마찬가지로 능숙하게 기억하고 있는 오른쪽의 연봉들, 그리고 발코니에서 보면 남쪽에서 골짜기를 막고 있는 것 같은 알타인 암벽을 바라보았던 것이다 — 그는 정원 테라스의 길과 화단, 바위 동굴, 전나무 등을 내려다보았고, 요양을 하고 있는 안정 요양 홀에서 새어 나오는 속삭이는 소리에 귀를 기울이기도 했다. 그러고는 방으로 되돌아와, 입속에 든 체온계의 위치를 고치려고 했다. 그런 다음 다시 팔을 앞으로 뻗어 손목의 소매를 당겨 올리고는 아래팔을 얼굴 앞으로 굽혔다. 이렇게 힘들게 노력하며 밀치고, 당기고, 걷고 별별 짓을 다 했는데도 겨우 6분이 지났을 뿐이었다. 하지만 그러다 방 한가운데에 서서, 꿈속에 빠져들고 또 이런저런 생각에 잠겨 있는 동안에, 마지막 남은 1분이 고양이의 발걸음으로 부지불식간에 지나가, 그가 새로 팔을 들어 올렸을 때는 이미 그 시간이 은밀하게 지나고 말았다. 게다가 시간은 약간 늦어져, 8분 하고도 3분의 1이 지나가 버렸다. 그때는 그가, 그래 봤자 별로 해가 될 게 없고, 어차피 그 결과야 마찬가지며 중요한 문제는 아닐 거라고 생각하며 체온계를 입에서 빼고 혼란스러운 눈으로 눈금을 내려다보고 있었을 바로 그때였다.

그는 자기가 말해 놓고도 체온계의 눈금을 금세 읽지는 못했다. 수은의 빛이 둥글납작한 유리 외벽의 반사광과 겹쳐서, 때로는 수은주가 아주 높이 올라간 것 같기도 했고, 때로는 아예 눈금 자체가 없는 것 같기도 했기 때문이다. 그는 체온계를 눈앞에 대고 이리저리 돌려보았지만 아무것도 보이지 않았다. 그렇게 돌리다가 마침내 다행스럽게도 수은주가 뚜렷하게 눈에 보여, 이것을 확인하고는 서둘러 머릿속에 넣어 두었다. 정말로 수은이 길게 늘어났는데, 그것도 상당히 길었고, 자연히 수은주도 아주 높이 올라가 있었다. 수은주는 정상적인 체온의 한계보다 몇 눈금이 더 올라가 있었다. 한스 카스토르프의 체온은 37.6도였다.

훤한 오전에 이제 겨우 10시와 10시 반 사이인데 37.6도라니 — 이건 너무 높았고, 진짜 〈열〉이 있었다. 이것은 그가 감염을 받아들이기 쉬운 상태여서 생긴 열이었고, 그게 어떤 성질의 감염인가가 문제 될 뿐이었다. 37.6도 — 요아힘도 이것보다 높지 않았고, 중환자나 위독한 환자여서 병상에 누워 있어야만 하는 사람을 제외하고는 여기서 아무도 이보다 높지 않았다. 기흉이 있는 클레펠트도 그 정도는 아니었고…… 쇼샤 부인도 역시 그 정도는 아니었다. 물론 한스 카스토르프의 경우는 진짜 열이 아니고, 아래 평지에서 말하는 코감기 열에 불과했을지 모른다. 하지만 이것을 정확히 구별해 분류할 수는 없었다. 한스 카스토르프는 감기에 걸리고 난 뒤에 비로소 이러한 열이 생겼다고는 생각하지 않았다. 처음에 베렌스 고문관이 체온을 재보라고 권할 때, 당장 수은주를 구입하지 않은 것이 너무 후회가 되었다. 고문관의 충고가 아주 합리적이었다는 것이 지금에 와서야 밝혀진 것이다. 그러고 보니 세템브리니가 이를 비웃으며 허공에 대고 웃음을 터뜨린 것은 완전히 잘못이었다. 세템브리니는 공화국이니 아름다운 문체니 하면서 제멋대로 허풍을 떨지 않았던가. 한스 카스토르프는 빛이 반사되어 자꾸 눈금이 사라질 때마다, 체온계를 이리 돌리고 저리 돌리면서 다시금 수은주의 눈금을 찾아 읽었다. 눈금은 여전히 37.6도를 가리켰다. 그것도 이른 아침부터 말이다.

한스 카스토르프는 무척 동요하고 있었다. 그는 체온계를 손에 쥔 채로, 그것도 수직으로 들면 충격을 주어 장애가 생길까 봐 수평으로 유지하면서, 서너 번 방 안을 돌아다녔다. 그런 다음 세심히 주의를 기울여 체온계를 세면대 위에 내려놓고는, 일단 겨울 외투와 담요를 들고 안정 요양에 들어갔다. 앉은 자세에서 그는 배운 그대로 담요를 먼저 좌우에서, 그다음에는 밑에서부터 한 장씩 차례차례 능숙한 솜씨로 몸에 둘렀다. 그런 다음 두 번째 아침 식사 시간이 되어 요아힘이 자신을 데리러 오기를 기다리며 얌전히 누워 있었다. 때때로 그는 미소를 지었는데, 마치 보이지 않는 누군가를 향해 짓는 것 같았다. 이따금씩 가슴이 괴롭게 떨리다가 부풀어 올랐으며, 그러고 나서 기관지염이 있는 것처럼 가슴에서 기침이 터져 나왔다.

11시 정각을 알리는 징이 울리자, 사촌을 아침 식사에 데리러 가려고 방에 들어온 요아힘은 한스 카스토르프가 아직도 누워 있는 것을 발견했다.

「어쩐 일이야?」 요아힘은 침대 의자 옆으로 다가오면서 놀란 표정으로 물었다…….

한스 카스토르프는 한동안 아무 말도 하지 않고 앞만 보고 있다가 이렇게 대답했다.

「그래, 최신 뉴스는 내가 열이 좀 있다는 거야.」

「그건 또 무슨 얘기야?」 요아힘이 반문했다. 「자네, 열이 있다고 느끼는 거야?」

한스 카스토르프는 다시 잠시 동안 대답을 기다리게 해놓고는, 느릿느릿하게 대답했다.

「열이 있다고는 진작부터 느끼고 있었어. 오래전부터 말이야. 하지만 이젠 주관적 느낌이 중요한 게 아니라, 정확한 확인이 중요해. 내가 체온을 재어 보았거든.」

「체온을 쟀다고?! 뭐로?」 요아힘이 깜짝 놀라 소리쳤다.

「물론 체온계로지.」 한스 카스토르프는 조롱하듯이 단호하게 대답했다. 「수간호사가 와서 내게 하나 팔고 갔어. 근데 그 여자는 왜 나를 항상 〈젊은 양반〉이라고 부르는지 알다가도 모르겠어. 그건 옳은 표현이 아니야. 하지만 그녀는 상당히 고급품인 체온계를 나에게 눈 깜짝할 사이에 팔아치우더군. 눈금이 얼마를 가리키는지 확인하고 싶으면, 저 안쪽에 있는 세면대에 가보게. 열은 정말 얼마 안 돼.」

요아힘은 후다닥 안쪽 방으로 들어갔다. 다시 돌아와서는 머뭇거리며 말했다.

「그래, 정말 37.55도네.」

「그럼 좀 내려갔나 보네!」 한스 카스토르프는 얼른 대답했다. 「아까는 37.6도였는데.」

「오전임을 감안하면 아주 미열이라고는 결코 말할 수 없겠는데.」요아힘이 말했다.「이거, 난처한 선물이군, 야단났네!」그는 이렇게 말하고, 두 팔을 허리에 대고 머리는 숙인 채, 마치 〈난처한 선물〉 앞에 서 있듯이 사촌의 접이식 침대 옆에 서 있었다.「자넨 침대에 누워 있어야겠어.」

한스 카스토르프는 이 말에 대한 대답을 준비해 두고 있었다.

「난 이해가 안 돼.」그가 말했다.「37.6도인 내가 왜 침대에 누워 있어야 하는지 말이야. 자네나 다른 사람들은 나보다 체온이 더 높으면서 ─ 모두들 이곳에서 자유롭게 돌아다니고 있는데 말이야.」

「하지만 그건 다른 문제야.」요아힘이 말했다.「자네의 경우는 급성이어서 해롭지 않아. 코감기로 인한 열에 불과하니까.」

「첫째로는.」한스 카스토르프는 심지어 이제는 첫째로는, 둘째로는, 하면서 자신의 주장을 조목조목 나누기까지 하며 대답했다.「난 이해가 안 돼. 왜 해롭지 않은 열로는 ─ 그런 것이 있다고는 인정하겠네 ─ 침대를 지켜야 하고, 해로운 열이 있는데 마구 돌아다녀도 되는지 말이야. 그리고 둘째로는, 나는 감기에 걸리기 전부터 열이 있었던 거지, 코감기에 걸려서 열이 생긴 것은 아니야. 내 생각으론 그렇다네.」그는 이렇게 끝을 맺었다.「37.6도는 어디까지나 똑같이 37.6도인 거야. 자네들이 그 체온으로 돌아다닐 수 있다면 나 역시 그럴 수 있다는 말이지.」

「하지만 난 이곳에 처음 왔을 때 4주간이나 누워 있어야 했네.」요아힘이 반박했다.「그리고 침대에 누워 있어도 열이 내리지 않는다는 것이 확인되고 나서야 비로소 일어날 수 있었어!」

한스 카스토르프는 미소를 지었다.

「그래서 어쨌다는 거야?」 한스 카스토르프가 물었다. 「자네 경우에는 사정이 다르다고 생각해. 자네는 모순에 빠져든 것 같아. 처음에는 나를 다르다고 구분하다가, 이제 와서는 똑같다고 취급하니 말이야. 그것이야말로 허튼소리가 아니고 뭔가……」

요아힘은 발꿈치로 몸을 한 바퀴 돌렸다. 다시 사촌 쪽으로 얼굴을 돌렸을 때, 거무스름하게 햇볕에 탄 그의 얼굴은 한층 더 검붉어져 있었다.

「그건 아니지.」 요아힘이 말했다. 「난 똑같이 취급하는 게 아니야. 혼란에 빠진 건 오히려 자네야. 나는 다만 자네가 고약한 독감에 걸렸다고만 했어. 자네 목소리를 들어 보면 알 수 있으니까. 그리고 자네는 다음 주면 집에 돌아가야 하니, 감기를 오래 끌지 않기 위해서도 꼭 누워 있어야 한다고 말했을 뿐이지. 하지만 자네가 그러고 싶지 않으면 — 즉 내 말은 자네가 누워 있고 싶지 않으면 누워 있지 않아도 좋아. 내가 자네에게 이러쿵저러쿵 명령하는 것은 아니니까 말이야. 아무튼 그건 그렇고, 이제 아침 식사 하러 가야겠네. 자, 어서, 벌써 늦었어!」

「맞는 말이야! 어서 가지!」 한스 카스토르프는 이렇게 말하고는 담요를 걷어차고 벌떡 일어났다. 그가 방으로 들어가 빗으로 머리를 매만지는 동안, 요아힘은 또 한 번 세면대 위의 체온계를 들여다보고 있었다. 한스 카스토르프는 그런 요아힘의 모습을 멀찍이서 바라보았다. 그런 다음 두 사람은 말없이 방을 나와 또다시 식당의 자신들 자리에 가서 앉았다. 식당 안은 이 시각에 언제나 그렇듯, 사방에 놓여 있는 우유 때문에 온통 희게 빛나고 있었다.

난쟁이 아가씨가 한스 카스토르프를 위해 쿨름바흐산 맥주를 가지고 왔을 때, 그는 진지한 단념의 표정으로 이것을 거절했다. 그는 오늘은 그냥 맥주를 마시지 않겠다고, 아무것도 마시지 않겠다고, 아뇨, 필요 없어요, 하고 말했다. 그저 물이나 한 컵 마시겠다고 했는데, 이 말이 큰 화제를 불러일으켰다. 왜 그럴까? 이 무슨, 자다가 봉창 두드리는 소리! 왜 맥주를 마시지 않겠다는 거지? — 열이 좀 있어서요, 하고 한스 카스토르프는 내뱉듯 말했다. 37.6도인데, 아주 미열이지요.

그러자 모두가 집게손가락을 세우고 그를 위협하는 시늉을 했다 — 이것은 정말 이상한 광경이었다. 모두들 장난꾸러기가 되어 머리를 옆으로 갸우뚱하고, 한쪽 눈을 찡긋 감으며, 귀 높이에서 집게손가락을 흔드는 것이었다. 마치 순진한 척 행동하던 사람이 무모하고 외설스러운 짓을 하다가 다른 사람들에게 들켰을 때 보이는 행동과도 같았다. 「자, 자, 여러분.」 여교사가 말했다. 그녀가 미소를 지으며 위협하는 시늉을 하자 뺨의 솜털이 붉어졌다. 「기분 좋고 신나는 이야기를 들어 보네요. 이제 두고 보세요.」 — 「아유, 이런.」 슈퇴어 부인도 이렇게 말하면서, 짧고 붉은 손가락을 코 옆에 갖다 대고 위협하는 시늉을 했다. 「방문객 아저씨는 얼[41]이 있다는 거군요, 댁은 나에게 대단한 사람이에요 — 댁은 훌륭하세요, 동지이고 말이죠. 재미있군요!」 — 위쪽 식탁

41 열을 잘못 말한 것이다.

끝에 앉아 있는 왕고모조차도 이 뉴스거리를 듣고는 장난스
럽고도 교활하게 그를 위협하는 시늉을 하는 것이었다. 그
때까지 한스 카스토르프를 거의 거들떠보지도 않던 예쁜 마
루샤도 그를 향해 몸을 굽히며 오렌지 향기가 나는 손수건
을 입술에 갖다 댄 채, 위협하는 시늉을 하며 둥근 갈색 눈
으로 그를 쳐다보았다. 블루멘콜 박사도 슈퇴어 부인에게
이 소식을 전해 듣고는, 모두가 하는 대로 같은 동작을 하지
않을 수 없었다. 이때 물론 그는 한스 카스토르프를 바라보
지도 않았다. 그런데 로빈슨 양만은 언제나 그렇듯이 아무
런 관심도 없다는 듯 수줍어하는 표정을 짓고 있었다. 요아
힘은 근엄한 표정으로 눈을 내리깔고 있었다.

한스 카스토르프는 이렇게 많은 농담으로 기분이 좋아져
서, 겸손하게 이들의 말을 부정하지 않으면 안 되겠다고 생각
했다. 「아뇨, 아닙니다.」 그가 말했다. 「잘못 생각하고 있군요.
나의 경우는 정말 아무런 해가 없습니다. 보시다시피 코감기
에 걸렸을 뿐입니다. 눈에서 눈물이 좀 나고, 가슴이 좀 답답
하며, 밤의 절반은 기침이 나서 좀 불편할 뿐입니다……」 그
러나 이들은 그의 변명은 받아들이지 않고, 웃으며 그게 아
니라고 손짓하더니 이렇게 외쳤다. 「그래요, 그래요, 속임수
이자 핑계이며 코감기 열이죠. 우린 다 알고 있어요. 다 알고
있다고요!」 그런 다음 이들은 이구동성으로 한스 카스토르
프에게 지체 없이 진찰을 받아 보라고 권했다. 이들은 이 소
식으로 활기를 띠어, 아침 식사를 하는 동안 일곱 개의 식탁
중 이 식탁에서 대화가 가장 떠들썩했다. 특히 목주름 위의
얼굴이 시뻘겋게 달아올라 고집 센 표정을 하고, 볼에는 작
은 주름들이 자글자글한 슈퇴어 부인은, 거의 미친 듯이 지

껄여 대며 기침의 쾌감에 대해 장광설을 늘어놓았다 ─ 가슴속이 근질근질해지면서, 그것이 점점 더 심해지고, 그 자극에 응하기 위해 필사적으로 버티고 억누르다가 깊이 숨을 들이쉬는 순간 그 기분은 말할 수 없이 즐겁고 짜릿하다는 것이다. 그것은 재채기를 할 때와 비슷한 쾌감이라고 했다. 다시 말해, 재채기를 하고 싶은 충동이 엄청나게 일어서 도저히 견딜 수 없게 되어, 황홀한 표정으로 두세 번 격렬하게 숨을 내쉬었다가 들이마시고는, 희열에 몸을 맡기고 축복받은 폭발로 세상만사를 다 잊어버리게 될 때의 쾌감일지도 모른다. 그리고 이런 일은 가끔 두세 번 연속해서 찾아오기도 한다. 이것이야말로 공짜로 즐길 수 있는 인생의 쾌락인 것이다. 이 밖에 이것과 같은 예로는, 봄이 되어 동상에 걸렸던 부위가 가려워서 긁을 때가 있다. 그 부위가 견딜 수 없이 간지러워 피가 날 정도로 정신없이 잔인하게 긁다 보면 분노와 쾌감이 함께 느껴진다. 그리고 이때 우연히 거울을 들여다보면 악마처럼 찡그린 얼굴을 보게 될 것이다.

교양과는 담을 쌓은 슈퇴어 부인이 이처럼 몸이 오싹해질 정도로 자세하게 이야기하는 동안, 풍성하긴 하지만 짧은 중간 식사를 끝낸 사촌들은 저 아래 다보스 플라츠까지 두 번째 오전 산책을 떠났다. 가는 도중 요아힘은 생각에 잠겨 있었고, 한스 카스토르프는 코감기 때문에 숨을 헐떡이면서 녹이 슨 듯한 가슴으로 기침을 했다. 돌아오는 길에 요아힘이 말했다.

「자네에게 한 가지 제안을 하겠네. 오늘은 금요일이잖나. ─ 내일 식사 후에 나는 한 달에 한 번 받는 정기 검진이 있어. 종합 검진은 아니지만, 베렌스가 내 몸을 조금 타진해 보고, 크로코브스키에게 나에 관한 두세 가지 주의 사항을 기록하도록 하는 거야. 이 기회에 자네도 같이 가서 간단한 진찰을 받아 보도록 하지그래. 그게 뭐 좀 우스운 일이기도 하겠지 — 집에 돌아가면 하이데킨트에게 진찰을 받을 테니까 말이야. 그런데 전문의가 둘이나 있는 이곳에서 돌아다니는 동안, 어디에 문제가 있는지, 병세가 얼마나 심각한지, 누워 있는 게 더 좋은지 어떤지 정도는 알아야 하지 않겠느냐는 말이지.」

「좋아.」 한스 카스토르프가 말했다. 「자네 말대로 하겠어. 나야 물론 그렇게 할 수 있지. 그리고 진찰하는 것을 한 번쯤 보아 두는 것도 흥미로운 일이니까.」

이렇게 두 사람은 의견 일치를 보았다. 그리고 이들은 오르막길을 올라 요양원 현관 앞에 이르렀을 때 우연히 베렌스 고문관과 마주쳤기 때문에, 이 좋은 기회를 놓치지 않고 그곳에 선 채로 자신들의 관심사를 꺼냈다.

키가 크고 목이 긴 베렌스는 뒷머리에 빳빳한 모자를 젖혀 쓰고 여송연을 입에 문 채, 푸르스름한 볼에 젖은 눈을 하고 현관에서 나왔다. 그가 설명했듯이 그는 지금 막 수술실에서 수술을 마친 후, 사적으로 환자들을 왕진하러 플라츠로 가는 길이라 아주 활기찬 표정이었다.

「안녕하세요, 여러분!」 그가 말했다. 「오늘도 세상 구경에 나섰나요? 넓은 세상이야말로 정말 훌륭하지 않던가요? 나는 메스와 뼈 자르는 톱을 들고 불공평한 결투를 벌이다가 나오는 길입니다 — 아시다시피 갈비뼈 절개는 대수술입니다. 예전에는 50퍼센트가 수술대 위에서 수술 중에 그대로 굳어 버렸지요. 지금은 사정이 훨씬 나아졌지만, 그래도 종종 때 이르게 시신을 싸야 하는 경우가 있습니다. 그런데, 오늘 수술한 환자는 말이 통하는 사람이라, 마지막 순간까지 꼿꼿한 자세를 유지하더군요……. 인간의 흉곽이란 이름뿐이지요, 정말 이상하더군요. 아시다시피 뼈가 없는 부분이란 말은 어울리지 않는 표현이죠. 소위 말하자면, 관념을 약간 모호하게 하는 표현입니다. 아무튼 그건 그렇고, 그런데 당신들은? 귀중한 시간을 어떻게 보내고 있습니까? 두 분께선 아마 즐거운 시간을 보내겠지요? 노련한 침센 선배께서는 어떠신가? 아니, 그런데 유람객인 당신은 왜 울고 있습니까?」 그는 갑자기 한스 카스토르프 쪽으로 몸을 돌렸다. 「여기서 드러내고 우는 것은 금지되어 있습니다. 요양원 규칙상 말입니다. 그러면 모두가 따라 할지도 모르니까요.」

「코감기 때문입니다, 고문관님.」 한스 카스토르프가 대답했다. 「어째서 이렇게 되었는지는 알 수 없지만, 심한 감기에 걸렸습니다. 기침도 나고, 가슴에 정말로 뭔가 문제가 있습니다.」

「그래요?」 베렌스가 말했다. 「그렇다면 사려 깊고 총명한 의사에게 한번 진찰을 받아 보셔야지요.」

두 사람은 웃음을 지었다. 요아힘은 발뒤꿈치를 가지런히 붙이면서 이렇게 대답했다.

「그렇게 하려고 생각하고 있습니다, 고문관님. 전 내일 진찰이 있습니다. 그때 제 사촌도 한번 진찰을 해주셨으면 합니다. 사촌이 화요일에 고향으로 떠날 수 있을지가 중요한 문제라서요…….」

「오케이!」 베렌스가 말했다. 「그렇게 합시다! 기꺼이 그래야죠! 진작 한번 진찰을 해드렸어야 하는데 말입니다. 여기에 있는 이상 진찰도 함께 받는 게 당연하겠죠. 물론 강요할 일은 아닙니다만. 그럼 내일 2시에 — 식사를 마치는 대로 바로 오십시오!」

「열도 좀 있답니다.」 한스 카스토르프가 덧붙여 말했다.

「무슨 소린가요!」 베렌스가 소리쳤다. 「내가 그걸 모른다고 생각하십니까? 내가 눈이 없는 줄 아세요?」 그러면서 그는 자신의 커다란 집게손가락으로, 핏줄이 서려 푸르게 충혈된 촉촉한 두 눈동자를 가리켰다. 「그런데 대체 몇 도나 되는데요?」

한스 카스토르프는 공손하게 체온을 알려 주었다.

「오전 중의 체온이 그렇다고요? 음, 그다지 나쁜 것은 아니군요. 하지만 처음치고는 무시할 수 없겠어요. 자, 그럼 내일 2시에 두 분이 함께 오세요! 나로서는 영광입니다. 축복받은 영양분 섭취를 하시길!」 그는 노 젓듯이 손을 흔들면서 안짱다리 걸음으로 언덕길을 힘차게 내려가기 시작했다. 길게 뻗은 여송연 연기가 뒤로 뿜어져 나와 바람에 날렸다.

「이제 자네가 바라던 대로 약속이 되었네.」 한스 카스토르프가 말했다. 「이 이상 더 잘될 수는 없어. 그리고 이제 나도 신고를 한 셈이니까. 물론 그래 봤자 그는 나에게 감초를 달인 즙이나 기침을 멎게 하는 차를 처방해 줄 거야. 하지만 지금의 나와 같은 심정의 소유자라면 의사한테 이런저런 위로의 말을 듣는 것도 기분 좋은 일이야. 그런데 고문관은 왜 늘 저렇게 말을 많이 하는지 모르겠어!」 그가 말했다. 「처음에는 재미있었는데, 계속 저러니 이제 싫증이 나네. 〈축복받은 영양분 섭취를 하시길!〉이라니, 무슨 횡설수설이 그래. 〈축복받은 식사 하시길!〉 정도라면 또 모를까. 〈식사〉는 소위 말하자면, 〈매일의 양식〉처럼 시적인 표현이라서, 〈축복받은〉이라는 말과 잘 어울리잖아. 그런데 〈영양분 섭취〉는 순수한 생리 현상인데, 거기에 축복을 기원한다는 말은 조롱적인 언사야. 또한 그가 담배를 피우는 것도 별로 좋지 않아. 담배가 그에게 맞지 않고, 그를 우울하게 만든다는 것을 알기 때문이지. 내가 보기에 좀 걱정이 돼서 그러는 거야. 세템브리니는 고문관의 명랑함이 어느 정도 강요된 것이고 억지스럽다고 말했지. 하지만 세템브리니는 누가 뭐라 해도 비평가이자 판단력이 있는 사람이니 옳다고 해야겠지. 나도 판단력을 좀 키워서, 지금까지처럼 모든 현상을 있는 그대로 받아들여서는 안 될 것 같아. 이 점은 그의 말이 전적으로 옳아. 하지만 때로는 비평과 비난, 정당한 분노로 시작하다가, 비평과는 아무런 관계가 없는 엉뚱한 감정 같은 것이 사이에 끼이게 돼. 그렇게 되면 도덕적 엄격성은 사라져 버리고, 공화국이니 아름다운 문체니 하는 말도 그다지 매력 없는 것으로 느껴지게 되지…….」

한스 카스토르프는 무언가 분명치 않은 말을 중얼거리고 있었으며, 그 자신도 자기가 말하는 것에 대해 분명하게 알지 못하는 것 같았다. 요아힘도 사촌의 얼굴을 그냥 옆에서만 바라보면서 〈잘 가〉 하고 말한 다음, 각자 자기 방으로 돌아가서는 발코니로 나갔다.

「몇 도지?」 요아힘은, 한스 카스토르프가 다시 체온을 재는지 본 것은 아니었지만, 잠시 후에 나지막한 소리로 물었다……. 그러자 한스 카스토르프는 별로 중요하지 않다는 듯한 어조로 대답했다.

「뭐, 새로울 것도 없어. 마찬가지야.」

사실 그는 방에 들어가자마자 오늘 아침에 산 깜찍한 기구를 세면대에서 집어 들고 위아래로 몇 번 흔들어 이제 자신의 역할을 다 마친 37.6도라는, 아침에 잰 기록을 없애 버렸다. 그러고는 유리처럼 투명한 여송연을 입에 물고는 숙련된 늙은이처럼 안정 요양에 들어갔다. 하지만 기대가 컸던 것과는 달리, 그 기구를 8분간이나 혀 밑에 두었는데도 수은주는 37.6도 이상은 올라가지 않았다 — 오전에 쟀던 체온보다 더 높지는 않았지만, 그래도 열이 있는 것은 분명했다. 점심 식사 후에는 가물가물 번쩍이는 수은주가 37.7도로 올라갔고, 하루의 흥분과 사건으로 지친 저녁에는 37.5도를 고수했다. 그리고 다음 날 이른 아침에는 37도였다가, 점심 무렵에는 다시 어제의 체온에 도달했다. 이렇게 체온이 오르내리는 가운데 그다음 날 점심시간이 왔고, 점심 식사를 마친 후에는 약속 시간이 다가왔다.

한스 카스토르프는 쇼샤 부인이 이 점심 식사 때에 큼직한 단추와 가장자리에 레이스 달린 주머니가 있는 황금색 스웨터를 입었다는 사실을 나중에 기억에 떠올렸다. 그 스웨터는 새것이라고 해야 하나, 좌우간 한스 카스토르프에게는 새로운 것이었다. 그녀는 그 스웨터를 입고 늘 그렇듯 늦게 들어와서는, 한스 카스토르프가 익히 보아 잘 알고 있는 방식으로 홀을 향해 잠시 얼굴을 들어 보였다. 그런 다음 매일 다섯 차례 그러듯 자신의 식탁으로 미끄러지듯 내려가서는, 부드러운 동작으로 자리에 앉아 재잘거리며 식사하기 시작했다. 비스듬하게 사이에 있는 식탁의 끝에 앉은 세템브리니 뒤로 일류 러시아인석을 바라볼 때면, 한스 카스토르프는 매일 그러면서도 이번에는 특별히 주의해서, 그녀의 머리가 말할 때마다 움직이는 모습을 바라보았고, 둥그스름한 그녀의 목덜미와 축 늘어진 등의 곡선을 새삼스럽게 지켜보았다. 쇼샤 부인 쪽에서는 점심 식사를 하는 동안 한 번도 식당을 둘러보지 않았다. 하지만 디저트가 끝나고, 이류 러시아인석이 있는 식당의 오른편 좁은 벽에 걸린 사슬 달린 추시계가 2시를 알렸을 때, 수수께끼같이 한스 카스토르프를 흥분시키는 일이 일어났다. 시계가 2시를 알리자 — 한 번, 두 번 울리면서 — 그 우아한 환자는 천천히 머리를 돌리고, 상체도 약간 돌리고는 어깨 너머로 분명하고도 노골적으로 한스 카스토르프의 식탁 쪽을 바라보았던 것이다 — 전반적으로 그의 식탁 쪽만 쳐다본 것이 아니라, 아니, 의심의 여지없이 분명히 사적으로 그 한 사람만을 쳐다보았다. 꼭 다문 입술과 프리비슬라프같이 가느다란 눈에 미소를 머금은 채, 이렇게 말하려는 것 같았다. 〈이제 어떻게 할 거니? 시간이 됐어. 갈 거야?〉 (입으로는 아직 〈당신〉이라고 말한 적이 없을지라도, 단지 눈으로만 말할 때는 〈너〉라고 말하기 때문이다) — 그리고 이것은 한스 카스토르프를 완전히 혼란에 빠뜨리고 깜짝 놀라게 한 돌발 사건이었다 — 그는 자기의 눈을 도저히 믿을 수 없어, 처음에는 멍하니 쇼샤 부인의 얼굴을 바라보다가, 그다음에는 눈을 들어 그녀의 이마에서 머리칼을 지나 허공을 응시했다. 자신이 2시에 진찰 약속이 있다는 것을 그녀가 알고 있는 것일까? 마치 그런 것처럼 보였다. 하지만 도저히 그럴 수는 없었다. 사실 몇 분 전만 하더라도 감기가 이미 꽤 호전되었으니, 진찰을 받을 필요가 없다는 것을 요아힘을 통해 고문관에게 알리는 게 어떨까 생각하고 있었으니 말이다. 그런데 질문하는 듯한 그녀의 미소를 보자 당연하게도 그러한 생각은 매력이 점차 사그라지면서, 순전히 꺼림칙하고 지루한 것으로 변모

해 버렸다. 다음 순간 요아힘도 벌써 말아 놓은 냅킨을 식탁에 내려놓고 사촌에게 눈썹을 위로 찡긋하고는, 주위 사람들에게 머리 숙여 인사하고 식탁을 떠났다 — 한스 카스토르프는 겉으로는 힘찬 발걸음이었지만 마음속으로는 비틀비틀했고, 그녀의 미소와 눈길이 아직까지 자기에게 머물러 있는 듯한 느낌을 지닌 채 사촌을 따라 식당 밖으로 나왔다.

두 사람은 어제 오전부터 오늘 있을 진찰에 대해 아무 말도 하지 않았는데, 지금도 여전히 암묵적인 동의하에 말없이 걸어가고 있었다. 요아힘은 걸음을 서둘렀다. 약속한 시간이 벌써 지나기도 했고, 또 베렌스 고문관은 시간 지키는 것을 중시했기 때문이다. 두 사람은 식당을 뒤로 하고 1층 복도를 따라가다가 〈사무국〉을 지나, 왁스로 닦은 리놀륨을 깐 깨끗한 계단을 이용해 지하로 〈내려〉갔다. 계단을 다 내려가서 바로 맞은편에 사기로 된 푯말이 붙어 있는 문을 요아힘이 노크했다. 푯말을 보면 누구나 진찰실임을 알 수 있는 문이었다.

「들어오세요!」 베렌스는 첫째 음절에 강세를 주면서 외쳤다. 수술복 가운을 입은 그는 오른손에 들고 있는 검은 청진기로 자신의 허벅지를 두드리면서 진찰실 한가운데에 서 있었다.

「빨리, 빨리.」 그는 이렇게 말하며 촉촉한 눈으로 벽시계를 가리켰다. 「시간을 엄수해 주시기 바랍니다, 신사분들! 우린 당신들만을 위해서 있는 전속 의사가 아니거든요.」

크로코브스키 박사는 창문 앞 커다란 사무용 책상에 앉아 있었는데, 번쩍거리는 검은 셔츠와 대비되어 얼굴이 창백해 보였다. 그는 책상에 팔꿈치를 대고, 한쪽 손에는 펜을 쥐고, 한쪽 손으론 수염을 매만지고 있었으며, 그의 앞에는 진료 카드로 보이는 서류가 놓여 있었다. 그리고 들어오는 두 사람에게 자신은 그냥 이곳에 조수로 있는 것뿐이라는 듯이 무관심한 시선을 던졌다.

「자, 그럼 카드를 이리 주시오!」 고문관은 요아힘이 지각에 대해 사과의 말을 하자 이렇게 대답했다. 그리고 체온표를 받아 들고는 그것을 훑어보았다. 그러는 사이에 환자는 서둘러 상의를 벗고는, 벗은 옷가지를 문 옆 옷걸이에 걸어 두었다. 한스 카스토르프에 대해서는 아무도 신경 쓰지 않았다. 그는 잠시 선 채로 구경하다가, 조금 후에 유리 물병이 놓인 조그만 탁자 옆 구석 안락의자에 가서 앉았다. 의자는 팔걸이에 술이 달려 있었다. 벽 가에는 두꺼운 의학책과 간행물들이 꽂힌 책장이 있었다. 그 밖의 가구로는 밀랍을 입힌 흰색 천으로 덮인 긴 의자가 하나 있었는데, 손잡이로 높낮이를 조절할 수 있었으며, 머리를 얹는 베개 부분에는 종이 냅킨이 씌워져 있었다.

「37도 7분, 9분, 8분.」 베렌스는 요아힘이 하루 다섯 번씩 잰 검온 결과를 성실하게 기입한 주간 체온표를 넘기면서 말했다. 「여전히 열이 약간 높아요, 침센 군. 얼마 전보다 더 건강해졌다고 주장할 수 없겠는데요. (〈얼마 전〉이란 4주 전을 의미했다.) 독소가 해소되지 않았어요, 독이 그대로 있어.」 그가 말했다. 「물론 오늘내일에 좋아질 수는 없어요. 우리가 요술을 부릴 수 있는 것도 아니고.」

요아힘은 자기가 이곳에 온 게 어제오늘이 아니라고 항의할 수도 있었겠지만, 그저 고개를 끄덕이며 벌거벗은 어깨를 으쓱할 뿐이었다.

「언제나 날카로운 숨소리가 나던 오른쪽 폐문(肺門)의 통증은 어떤가요? 좀 나아졌나요? 그럼, 이리 와보세요! 정중하게 한번 타진해 보겠습니다.」 그러고는 청진이 시작되었다.

베렌스 고문관은 다리를 벌리고 몸을 뒤로 젖힌 채, 청진기를 옆구리에 끼고 먼저 가슴 위쪽으로 요아힘의 오른쪽 어깨를 타진했다. 그는 오른손의 굵은 가운뎃손가락을 해머로 이용하고, 왼손은 받침대로 사용하면서 손목을 움직여 가며 타진했다. 그런 다음 어깻죽지 아래로 내려가, 등의 중간과 아래 부분을 옆으로 움직여 가며 타진했다. 그러자 훈련이 잘 되어 있는 요아힘은 팔을 들어 올려 겨드랑이 밑도 타진하게 했다. 그리고 나서 전체적으로 똑같은 일이 왼쪽에서도 되풀이되었다. 이 일이 끝나자 고문관은 〈뒤로 도세요!〉라고 명령하며 가슴 부분의 타진에 들어갔다. 그는 목 아래의 쇄골 부분에서부터 시작해 가슴 위아래를 오른쪽에서 왼쪽으로 타진했다. 하지만 남김없이 타진한 다음에는 청진으로 넘어가, 청진기를 귓바퀴에 대고 요아힘의 가슴과 등을 청진하면서, 아까 타진한 곳을 똑같이 남김없이 청진했다. 그러는 동안 요아힘은 깊이 숨을 들이마시고 내쉬면서, 나오지도 않는 기침을 일부러 해야 했다. 이것이 그를 무척 힘들게 한 것 같았다. 그는 숨을 헐떡거렸고, 눈에서는 눈물이 새어 나왔기 때문이다. 하지만 베렌스 고문관은 요아힘의 체내에서 들었던 모든 것을 사무용 책상에 앉아 있는 조수에게 간결하고도 확실한 말로 기입하게 했다. 한스 카스토르프는 이 광경을 보고 재단사가 양복 치수를 재는 과정을 연상하지 않을 수 없었다. 말쑥한 옷차림의 재단사가 손님의 허리와 팔다리 주위 여기저기를 일정한 순서에 따라

줄자로 재면서, 얻어 낸 숫자를 옆에 허리를 구부리고 있는 조수에게 펜으로 받아 적게 하는 광경이 연상되었다. 〈호흡 가쁨〉, 〈단축음〉 하고 베렌스 고문관은 받아 적게 했다. 〈폐 포음(肺胞音)〉 그가 이렇게 말하고, 또 한 번 〈폐포음〉 (이것 은 분명히 좋다는 말이었다) 하고 말했다. 〈거침〉이라고 말 하며 그는 얼굴을 찡그렸다. 「매우 거침.」「잡음.」 그리고 크 로코브스키 박사는 이 모든 것을 기입했다. 마치 재단사가 불러 주는 숫자를 적는 종업원 같았다.

한스 카스토르프는 머리를 옆으로 기울이고 깊은 생각에 잠긴 채, 요아힘의 상반신을 관찰하며 이 과정들을 지켜보았 다. 요아힘이 가쁘게 숨을 쉴 때마다 잔뜩 긴장한 피부 아래, 쑥 들어간 배 위의 늑골이 (다행히도 그에게는 늑골이 있었 다) 뚜렷이 드러났다 — 황갈색의 날씬한 상반신을 지니고 있는 이 젊은이는 가슴과 억센 팔에 시커먼 털이 나 있었고, 한쪽 팔의 손목에는 금 사슬 팔찌를 끼고 있었다. 이건 체조 선수의 팔이라고 한스 카스토르프는 생각했다. 〈요아힘은 늘 체조를 좋아했지만, 반면에 나는 그런 것엔 아무런 흥미 도 없었어. 그리고 이러한 사실은 그가 군인이 되고 싶다는 희망과도 관련이 있었지. 그는 나보다 훨씬 더, 혹은 다른 방 식으로 항상 훌륭한 신체에 관심을 기울였지. 나는 언제나 문화인이었기 때문에, 나에게는 따뜻한 목욕을 한다든지, 고 급 음식을 먹고 마시는 것이 더 중요했지만, 그에게는 남성 적인 요구와 업적이 더 중요했어. 그런데 이제 아주 다른 방 식으로 그의 몸이 전면에 부각되었어, 말하자면 병 때문에 독립하여 제 나름대로의 중요성을 획득하게 된 거야. 그는 약간 취한 듯 열이 있어서, 독이 해소될 것 같지도 않고 건강한 몸이 될 것 같지도 않아. 불쌍한 요아힘은 평지에서 그토록 건강한 군인이 되고 싶어 하는데 말이야. 보라, 그는 책에 쓰여 있는 것과 같은 나무랄 데 없이 훌륭한 몸이 아닌가. 털만 없다면 벨베데레의 아폴로상[42]과 똑같지 않은가. 그러나 속으로는 병들어 있고, 겉으로는 병 때문에 너무 뜨겁다. 병은 인간을 더욱 육체적으로, 그것도 완전히 육체로 만든다······.〉한스 카스토르프는 이런 생각을 하다가 깜짝 놀랐다. 그리고 얼른 요아힘의 벌거벗은 상반신에서 눈을 돌리고 그의 커다란 두 눈, 검고 온화한 두 눈을 탐색하듯 올려다보았다. 그의 두 눈은 일부러 숨을 쉬고 기침을 하느라 눈물이 새어 나와 있었으며, 진찰을 받는 동안 견학을 하고 있는 한스 카스토르프의 어깨 너머로 슬픈 표정을 지으며 허공을 응시하고 있었다.

그러는 사이에 베렌스 고문관의 진찰이 다 끝났다.

「자, 됐어요, 침센 군.」 그가 말했다. 「아주 좋은 것은 아니지만, 그런대로 다 정상입니다. 다음번 진찰에는 (이것은 4주 후를 의미했다) 어느 부분이든 분명히 좀 더 좋아질 겁니다.」

「고문관님의 생각으로는 앞으로 얼마나 더······.」

「또 재촉하는 건가요? 이렇게 유쾌한 상태로는 당신의 부하를 괴롭힐 수 없습니다! 얼마 전에 내가 불과 반년이라고 말했을 텐데요 ─ 그때부터 얼마나 지났는지 어디 한번 계산해 보세요. 그렇지만 그 반년이라는 것도 최소한의 기간

42 바티칸 궁전의 벨베데레에 있는 대리석으로 된 아폴로상으로 안티오의 네로 황제 별장에서 발견되었다. 아테네의 아고라에 있었던 레오카레스의 청동상을 로마 시대에 모작한 것으로 해석되고 있으며, B. C. 4세기 중반 우수 작품의 면모를 드러내고 있다. 높이가 2.24미터이며 왼손에 궁시(弓矢), 오른손에는 월계수의 가지를 들고 있었다고 추정한다.

이라고 간주해야 합니다. 잘 생각해 보면 이곳에서도 살아갈 수는 있으니까요. 예의도 좀 갖추고 기다려야지요. 그러니까 여기는 감옥이 아니고…… 시베리아의 탄광도 아니란 말입니다! 아니 이곳이 그와 유사한 점이라도 있다는 말인가요? 좋아요, 침첸 군! 물러가세요! 자, 다음 분, 누구!」 그는 이렇게 외치면서 허공을 쳐다보았다. 이때 그는 팔을 쭉 뻗어 청진기를 크로코브스키 박사에게 건네주었다. 크로코브스키 박사는 자리에서 일어나 그것을 받아 들고는 조수로서 요아힘의 몸을 간단히 진찰하기 시작했다.

한스 카스토르프도 자리에서 벌떡 일어났다. 그리고 다리를 넓게 벌리고 입을 멍하니 벌린 채 생각에 잠겨 있는 듯한 고문관이라는 인간에게서 눈을 떼지 않고, 서둘러 채비를 갖추기 시작했다. 너무 급히 서둘러서, 소맷부리에 주름 장식이 있는 점무늬 와이셔츠가 생각대로 머리에서 잘 벗겨지지 않았다. 그런 다음 그는 흰 피부에 금발과 가느다란 몸을 드러낸 채 베렌스 앞에 섰다 — 그는 군인 같은 요아힘 침첸보다 훨씬 더 시민다운 몸집을 하고 있었다.

그렇지만 고문관은 여전히 무엇인가를 깊이 생각하면서, 앞에 서 있는 한스 카스토르프를 거들떠보지도 않았다. 크로코브스키 박사가 다시 자리에 앉고, 요아힘이 옷을 입기 시작하자, 베렌스는 그때서야 비로소 진찰을 기다리고 있는 한스 카스토르프에게로 눈길을 돌렸다.

「아, 그렇지, 다음은 당신 차례였지!」 그는 이렇게 말하면서 한스 카스토르프의 위쪽 팔을 자신의 커다란 손으로 잡아, 그를 조금 뒤로 밀어내고는 날카로운 눈초리로 그의 몸을 관찰하기 시작했다. 베렌스는 한스 카스토르프의 얼굴이 아니라, 몸을 쳐다보았으며, 물건을 돌리듯 몸을 돌리면서 그의 등도 살폈다. 「음.」 그가 말했다. 「자, 그럼 어떤 소리가 나는지 한번 들어 봅시다.」 그러고는 조금 전 요아힘의 경우처럼 한스 카스토르프의 몸을 타진하기 시작했다.

그는 요아힘 침센에게 했던 것과 똑같은 부위를 타진하고, 몇몇은 여러 번 되풀이해서 타진했다. 또 왼쪽 상부의 쇄골 부분과 그 약간 아래 부위는 번갈아 가며 꽤 오랫동안 타진 했는데, 두 부분을 서로 비교하기 위한 목적이었다.

「들리나요?」 그는 타진하면서 크로코브스키 박사 쪽을 건너다보며 물었다…. 다섯 걸음 정도 떨어진 사무용 책상에 앉은 크로코브스키 박사는 고개를 끄덕이며 들린다는 시늉을 했다. 하지만 너무 힘을 주어 턱을 가슴 쪽으로 끄덕이는 바람에 수염이 눌려 끝이 위로 구부러질 지경이었다.

「깊게 숨을 들이마시고! 자, 기침하시고!」 이제 다시 청진기를 손에 쥔 고문관이 명령하듯 말했다. 그리고 한스 카스토르프는 고문관이 청진하는 동안 대략 8분 내지 10분 정도 힘들게 숨을 들이쉬고 기침을 하기도 했다. 의사는 그러면서 아무 말도 하지 않고, 청진기를 이쪽저쪽에 대기만 했다. 그리고 아까 벌써 정성들여 타진했던 부위에 거듭 청진을 되풀이했다. 그것이 끝나자, 그는 청진기를 겨드랑이에 끼고 두 손으로 뒷짐을 지고는 자신과 한스 카스토르프 사이의 바닥을 내려다보는 것이었다.

「그래요, 카스토르프 군.」 그가 이렇게 말했다 — 그가 젊은 이를 그냥 성으로 부르는 일이 처음으로 일어났다 — 「상태는 내가 이미 생각했던 것과 대체로 일치합니다. 이제 와서 밝히지만, 카스토르프 군, 난 자네를 점찍어 두었어요 — 진작부터 말입니다. 자네와 대면하게 되는 과분한 영광을 얻게 된 뒤부터 말이지요. 그리고 난 자네가 이곳에 속하는 사람이고, 머지않아 그런 사실을 말없이 속으로 인식하게 될 거라고 꽤 자신 있게 추측하고 있었답니다. 그런 사람들이 많거든요. 재미 삼아 이곳에 올라와서 콧대를 세우며 주위를 둘러보다가, 어느 날 이런 방관적이고 호기심 어린 태도를 완전히 버리고 자신도 이곳에 좀 더 오래 체류하는 것이 좋지 않을까 — 그리고 〈좋지 않을까〉의 정도가 아니지요, 부디 이 점을 잘 이해해 주시길 부탁드립니다 — 하는 것을 깨닫는 사람들이 말입니다.」

그러자 한스 카스토르프는 얼굴빛이 변했고, 요아힘은 바지 멜빵의 단추를 채우려다가 멈춰서는, 그 자세 그대로 귀를 기울였다.

「당신은 이렇게 훌륭하고 호감이 가는 사촌이 있군요.」 고문관은 발가락과 발꿈치로 몸을 앞뒤로 흔들면서 요아힘을 턱으로 가리키며 말을 계속했다. 「바라건대 이제 이 사람이 언젠가 아팠던 적이 있다고 옛날이야기 하듯 곧 말할 수 있게 되었으면 좋겠습니다. 하지만 사실 그렇게 되더라도 그는 여전히 옛날 언젠가 아팠던 게 될 겁니다, 자네의 친사촌님 말입니다. 그리고 이것은 어느 사상가가 말했듯 선험적인 일로, 자네의 경우에도 어느 정도 설명을 해주는 것입니다, 카스토르프 군……」

「우린 서로 이종사촌 간일 뿐입니다. 고문관님.」

「아니, 뭐라고요. 당신들이 서로 사촌 간이라는 사실을 부인하는 것은 아니겠지요. 이종사촌이든 친사촌이든 간에 그래도 서로 혈연관계임에는 분명하지요. 대체 어느 쪽인가요?」

「외가 쪽입니다, 고문관님. 사촌은 어머니 이복 언니의 아들입니다.」

「자네 어머님께서는 무고하시고요?」

「아니, 돌아가셨어요. 제가 아주 어릴 때 돌아가셨지요.」

「오, 무슨 일로요?」

「혈전(血栓) 때문에요, 고문관님.」

「혈전 때문이라고요? 그건 벌써 구식 얘기예요. 그럼 아버님께서는요?」

「폐렴으로 돌아가셨어요.」 한스 카스토르프가 말했다. 「그리고 할아버지도요.」 그가 이렇게 덧붙였다.

「아, 할아버지께서도? 자, 아무튼, 조상 이야기는 그쯤 해 두기로 합시다. 이제 당신에 관해 말하자면, 당신은 평소에 빈혈이 꽤 심했을 텐데요, 그렇지 않던가요? 육체노동이나 정신노동을 하면 쉽게 피로해지지 않던가요? 그렇죠? 그리고 심장이 몹시 두근거리고요? 최근 들어 처음이라고요? 좋아요, 게다가 이곳에서는 기관지염에 걸리기 아주 쉬워요. 전에도 벌써 이 병을 앓은 것을 알고 있나요?」

「제가요?」

「그래요, 당신을 두고 하는 말입니다. 여기 소리가 다르다는 것을 알겠어요?」 그러면서 베렌스 고문관은 가슴 왼쪽 상부와 그 약간 아래 부위를 번갈아 가며 두드렸다.

「이쪽이 보다 탁하게 들리는 것 같군요.」 한스 카스토르프가 말했다.

「아주 좋아요. 전문의가 될 소질이 있어요. 그러니까 그건 탁음(濁音)입니다. 그리고 탁음은 벌써 석회질화가 진행된 곳인 옛날의 환부, 즉 흉터로 변한 곳에서 오는 겁니다. 카스토르프 군, 당신은 옛날부터 환자입니다. 하지만 당신이 그걸 몰랐다고 해도 우린 아무도 탓하지 않습니다. 조기 진단은 무척 힘들거든요 — 특히나 평지의 우리 동료들에게는 매우 어렵습니다. 물론 우리가 이 분야에 특별한 수련을 쌓아서 좀 낫다고 자부하기는 하지만, 그렇다고 해서 우리 귀가 더 예민하다는 말은 아닙니다. 하지만 이곳의 공기가, 아시겠어요, 이 위의 희박하고 건조한 공기가 우리의 청각에 많은 도움을 주고 있는 겁니다.」

「확실히, 당연하겠지요.」 한스 카스토르프가 말했다.

「좋아요, 카스토르프 군. 그럼 이제 내 말을 좀 잘 들어 주세요. 이제 몇 가지 잊지 말아야 할 금언을 들려 드리겠습니다. 당신의 병이 더 이상 악화되지 않는다면, 아시겠어요, 즉 체내의 바람 주머니에서 탁음과 흉터, 체내의 석회질 이물질 정도의 일로 끝난다면, 나는 당신을 고향집으로 보내고 더 이상 당신에게 신경 쓰지 않을 겁니다, 무슨 말인지 아시겠지요? 하지만 당신 몸의 상태가 이렇고, 더구나 진찰 결과도 확실하게 드러났고, 이왕 여기 이 위에 있는 형편이니 — 집에 돌아가는 것은 별로 도움이 되지 않을 겁니다, 한스 카스토르프 군. 얼마 안 가 반드시 다시 돌아오게 될 테니 말입니다.」

한스 카스토르프는 새로이 피가 심장으로 거꾸로 콸콸 흐르는 듯하여, 그 때문에 가슴을 해머로 두드리는 듯한 고통을 느꼈다. 그리고 요아힘은 여전히 뒷단추에 손을 댄 채, 시선을 아래로 깔고 우두커니 서 있었다.

「왜냐하면 탁음 외에도.」 베렌스 고문관이 말했다. 「왼쪽 상부에서도 역시 거친 음이 나는데, 이것은 벌써 거의 잡음에 가까워 의심의 여지없이 새로운 환부로 보이기 때문입니다 — 아직 연화병소(軟化病巢)를 운운하려는 것은 아니지만, 적어도 침윤된 곳인 것만은 분명합니다. 만일 당신이 저 아래에 내려가서, 젊은이, 지금까지와 마찬가지로 계속 생활한다면, 폐엽(肺葉) 전체가 못쓰게 될지도 모릅니다.」

한스 카스토르프는 그 자리에 꼼짝 않고 서 있었다. 입술 주위가 이상하게 씰룩거렸으며, 심장이 늑골 부근을 향해 고동치는 것을 분명하게 볼 수 있었다. 그는 요아힘을 쳐다보았지만, 그의 시선을 포착할 수 없어서, 다시 베렌스 고문관의 얼굴을 바라보았다. 푸르스름한 볼에 촉촉하게 젖은 푸른 눈을 한 그는 한쪽으로 비스듬하게 치켜 올려진 콧수염을 기르고 있었다.

「객관적인 확실한 증거로.」 베렌스가 말을 이었다. 「오전 10시에 쟀던 37.6도라는 체온을 들 수 있습니다. 이 체온은 타진 및 청진 결과와 상당히 일치합니다.」

「저는 단지.」 한스 카스토르프가 말했다. 「감기 때문에 열이 생긴 것으로 알았는데요.」

「감기라고요?」 고문관이 대답했다……. 「그것은 무엇 때문에 생기겠습니까? 당신에게 이야기해 드리겠어요, 카스토르프 군. 잘 들어 보세요, 내가 아는 한, 당신의 뇌에는 상당히 많은 주름이 잡혀 있는 것 같아요. 그러므로 우리들이 사는 이곳 공기는 병을 낫게 하는 데 좋아요, 자네도 그렇게 생각하지요, 그렇지 않아요? 사실 그렇기도 해요. 하지만 이곳 공기는 병에 걸리게 하는 데에도 좋단 말입니다, 내 말 이해하시겠어요? 공기가 우선 병을 촉진시키고, 몸에 혁명적 변화를 일으키고, 그다음에 잠재하고 있는 병을 폭발하게 합니다. 그렇게 폭발된 것이, 언짢게 생각하지 마십시오, 바로 당신이 걸린 감기라는 겁니다. 당신이 평지에 있을 때부터 이미 열이 있었는지는 모르겠지만, 좌우간 이 위에 오자마자 첫날부터 열이 있었다는 것입니다. 감기 때문에 열이 생긴 게 아니라는 말입니다 — 나의 견해를 말하자면 그렇습니다.」

「그렇네요.」 한스 카스토르프가 말했다. 「그렇습니다, 나도 사실 그렇게 생각합니다.」

「십중팔구 당신은 이 위에 도착하자마자 살짝 취했을 겁니다.」 고문관은 힘을 주어 말했다. 「그것은 박테리아에 의해 발생하는 가용성 독소인데, 이것이 중추 신경 계통에 영향을 끼쳐 취하게 만드는 것입니다, 알아듣겠어요? 그렇게 되면 볼이 상기됩니다. 이제 우선 침대에 들어가도록 하세요, 카스토르프 군. 2~3주 동안 침대에서 편안히 지낸 후, 취한 상태가 깨어나는지 우리가 지켜봐야 합니다. 차후의 일은 그때 가서 생각하도록 하겠습니다. 우린 당신의 아름다운 몸 내부의 사진을 찍도록 하겠습니다 — 자기 신체의 내부를 들여다보는 것도 재미있지요. 하지만 지금 이 대목에서 말해 둘 게 있는데, 당신 같은 경우는 오늘내일 사이에 낫는 성질의 병이 아닙니다. 광고에 나오는 성공 사례나 기적과 같은 치료는 바랄 수 없습니다. 그래도 내가 보기에 당신은 사촌보다 더 나은 환자가 될 것 같습니다. 저기 여단장보다 환자로서의 재능을 훨씬 더 갖추고 있으니까요. 사촌은 체온계의 눈금이 두세 개만 내려가도 당장 이곳을 떠나려고 하니 말입니다. 사촌은 〈쉬어〉 하는 구령이 〈차렷〉 하는 구령보다 좋지 않다고 생각하는 모양입니다! 안정이야말로 시민의 제일가는 의무이며, 성급하고 초조한 것은 해가 될 뿐입니다. 그럼 나를 실망시키지 말아 주십시오, 카스토르프 군, 나의 인간 감식 능력이 책망받지 않도록 부탁드립니다! 그럼 당신의 보금자리인 침대로 가도록 하십시오!」

이것으로 베렌스 고문관은 상담을 끝내고, 다음 진찰 때까지의 쉬는 시간에 아주 일이 많은 의사답게 무엇인가 문서 작업을 하려고 책상에 가 앉았다. 그러자 크로코브스키 박사가 자리에서 일어나 한스 카스토르프에게 다가갔다. 그는 머리를 비스듬하게 뒤로 젖힌 채 한쪽 손을 젊은이의 어깨 위에 얹고, 수염 사이로 누런 이가 드러날 정도로 힘차게 미소를 지으며, 반갑다는 듯 열렬하게 젊은이의 오른손을 쥐고 흔들었다.

제5장

영원히 계속되는 수프와
갑자기 밝아지는 방

여기서 독자 쪽에서 너무 놀라지 않도록, 차라리 이야기를 하는 화자 자신이 대신하여 놀라는 편이 나을 것 같은 일이 한 가지 있다. 말하자면 한스 카스토르프가 이 위의 사람들과 함께 지낸 첫 3주에 관한 우리의 보고는(신이 아닌 인간으로서의 예상에 따라 그는 이번 여행의 총 날짜를 한여름의 21일간으로 잡았다), 우리 자신이 반쯤 보증하는 예상과 너무도 일치하는 공간과 시간의 너비를 필요로 했다 ── 그러나 그다음 3주간 그의 방문 기록은 처음 3주간을 보고하는 데 필요했던 페이지와 종이, 시간과 날짜 수만큼 많은 행간(行間)들, 즉 말과 순간들을 필요로 하지는 않을 것이다. 앞으로 알게 되겠지만, 다음 3주간은 눈 깜짝할 사이에 지나가 버리고 말 것이다.

그러므로 이 얘기는 이상하게 들릴지도 모르지만 잘 생각해 보면 나무랄 데 없는 것이어서, 이야기를 하거나 또 듣는 경우의 법칙에도 일치한다. 뜻하지 않은 운명의 장난에 압류되어 이곳에 머무르게 된 우리 이야기의 주인공 젊은 한스 카스토르프의 경우와 마찬가지로, 시간이 우리에게 길어지기도 짧아지기도 하고, 또 우리의 체험에서 볼 때 시간의 폭이 넓어지기도 줄어들기도 하는 것이 순리에 맞는 일이며, 이야기의 법칙에도 상응하기 때문이다. 그리고 시간의 불가사의한 점을 고려하여, 여기서 우리가 그와 함께 경험하게 되는 것과 전혀 다른 놀라운 일과 현상에 대해서도 독자에게 알려 주는 것이 유익할지 모르겠다. 우리가 환자로서 침대에 누워 보내는 나날이 아무리 〈길다〉 하더라도, 그것이 얼마나 빨리 지나가 버리는가를 독자들 누구든지 상기한다면 지금으로서는 충분하다. 매일이 언제나 되풀이되는 똑같은 나날이기는 하지만, 언제나 똑같기 때문에 〈되풀이된다〉고 말하는 것은 사실 그렇게 정확한 표현이 아니다. 그것은 단조로움이라든지 언제나 계속되고 있는 현재, 또는 영원이라고 불러야 할 것이다. 어제 당신에게 제공되었던 것과 똑같은 정오의 수프가 오늘 제공되고, 내일도 마찬가지로 오늘과 똑같은 정오의 수프가 제공될 것이다. 그리고 당신은 이와 똑같은 순간, 즉 영원의 바람결을 느끼게 된다 — 그 바람결이 어떻게, 어디서 불어오는지 당신은 모른다. 수프를 날라 오는 것을 보면서 당신은 현기증을 느끼게 되고, 시청이 희미해지고, 시간이 서로 뒤섞여 흘러가게 된다. 그리하여 존재의 진정한 형식으로서 그 모습을 드러내는 것은, 당신에게 영원히 수프가 제공되는 너비도 길이도 없는 현재인 것이다. 그러나 영원과 관련해서 지루하다는 말을 하는 것은 크나큰 모순이라 하겠다. 우리는 이러한 모순을 피하고

자 한다. 특히 우리의 주인공과 함께하는 동안에는 말이다.

한스 카스토르프는 우리를 에워싸고 있는 세계의 최고 권위자인 베렌스 고문관의 지시에 따라 토요일 오후부터 침대에 누워 있게 되었다. 그는 가슴 주머니에 자기 이름의 머리글자를 새긴 잠옷을 입고 양손을 머리 뒤로 포갠 채, 미국 아가씨와 그 밖의 다른 많은 사람이 임종을 맞았을 깨끗한 흰 침대에 누워 있었다. 그는 이상하게 된 현재 자신의 생활 환경을 생각하면서, 코감기로 흐릿해진 푸르고 순진하게 보이는 눈으로 천장을 올려다보았다. 만약 자신이 코감기에 걸리지 않았더라면 자신의 눈이 맑고 밝아서 명확하게 사물을 바라볼 수 있었다고 생각할 수는 없었다. 왜냐하면 그의 심성이 아무리 순진하다 하더라도, 그의 지금 기분은 그렇게 맑고 밝기는커녕 사실 몹시 흐릿하고, 혼란스러우며, 애매모호하고 미심쩍었기 때문이다. 그렇게 침대에 누워 있으려니 마음속 깊이 치밀어 오르는 미칠 듯한 승리의 웃음이 내부로부터 솟아올라, 이내 가슴을 마구 뒤흔드는 것이었다. 그리고 이때까지 알지 못했던 무절제한 기쁨과 희망으로 심장이 멎을 것처럼 고통스러웠으며, 그러다가 곧 다시 공포와 불안 때문에 얼굴이 창백해졌다. 그리고 심장이 급하고도 빠른 박자로 늑골을 마구 두드리기도 했는데, 이것은 바로 양심의 고동이었다.

요아힘은 첫날에는 가급적 환자의 기분을 생각해 그를 조용히 내버려 두고 일체의 상세한 토론을 피했다. 요아힘은 조심스럽게 두세 번 병실에 들어와서, 누워 있는 환자를 향해 고개를 끄덕이고 뭐 필요한 게 없는지 자상하게 물어보았다. 한스 카스토르프가 말을 하기를 꺼리는 기분을 알아

주고 존중하는 것이 요아힘에게는 훨씬 더 쉬운 일이라 생각되었다. 요아힘 자신도 이런 기분이 들었던 적이 있었으며, 또 심지어 자신이 사촌보다 훨씬 더 고통스러운 상황에 처한 적도 있다고 여겼기 때문이다.

그러나 다음 날인 일요일 오전, 요아힘은 예전처럼 혼자 아침 산책을 마치고 돌아와서, 당장 급하게 해야 하는 일에 관해 사촌과 상의하는 것을 더 이상 미루지 않았다. 그는 사촌의 침대 곁에 서서 한숨을 몰아쉬며 말했다.

「그래, 이제 무엇인들 도움이 되겠는가! 이렇게 된 이상 필요한 조치는 다 취해 봐야지. 집에서는 자네가 돌아오기를 기다리고 있잖아.」

「아직은 아니야.」 한스 카스토르프가 대답했다.

「그렇긴 하겠지, 하지만 며칠 지나서 수요일이나 목요일이 되면 걱정을 하겠지.」

「아.」 한스 카스토르프가 말했다. 「그들이 나를 오늘내일 하며 기다리는 것은 아니야. 그들은 내가 돌아올 때까지 기다리며 날짜를 헤아리고 할 만큼 한가한 사람들이 아니거든. 내가 돌아가면 이제 왔나 하고 생각할 거야. 그리고 티나펠 외삼촌은 〈그래, 너, 다시 돌아왔구나!〉 할 거고, 제임스 외삼촌은 〈그래, 잘 다녀왔니?〉 하겠지. 내가 돌아오지 않아도, 그것을 깨닫는 데 오랜 시일이 걸릴 거야. 그 점은 안심해도 좋아. 물론 차차 소식을 알리기는 해야겠지만 말이야…….」

「자네는 내 마음을 알아주겠지.」 요아힘은 이렇게 말하며 다시 한숨을 내쉬었다. 「이번 일로 내가 얼마나 좌불안석인지 몰라! 대체 이제 어떡하면 좋겠나? 물론 책임을 통감하고 있어. 자네는 나를 문병하러 여기 이 위에 왔잖아. 내가 자네를 이곳에 불러들였는데, 이제 자네는 여기에 붙들려 옴짝달싹 못하고 있으니. 자네가 언제 이곳을 떠나 직장에 다닐 수 있을지 도대체 누가 알겠나. 그것을 생각하면 정말 내 마음이 미치도록 괴롭다는 걸 자네도 알아주길 바라네.」

「아니, 잠깐만 실례!」 여전히 양손을 머리 뒤로 포갠 채 한스 카스토르프가 말했다. 「무엇 때문에 그렇게 골치 아파하는 건가? 바보 같은 소리 하지 말게. 내가 자네를 문병하러 이곳에 왔는가? 물론 그렇기도 하지. 그러나 결국 우선은 하이데킨트 박사의 지시로 휴양하러 이곳에 온 거야. 그런데, 하이데킨트 박사와 우리 모두가 생각했던 것 이상으로 나에게 휴양이 더 필요하다는 것이 이제 밝혀진 것뿐이지. 이곳에 잠깐 방문하러 왔다가 상황이 달라진 예는 내가 처음이 아니지 않은가. 예를 들어 〈둘 다〉의 둘째 아들을 한번 생각해 보게나. 그리고 그가 이곳에 와서 얼마나 비참한 꼴이 되었는지 ― 그가 아직 살아 있는지 어떤지는 모르지만 말이야. 어쩌면 우리가 식사하는 동안 어디론가 실려 나갔는지도 모를 일이지. 내가 몸이 좀 좋지 않다는 것은 내게는 정말 뜻밖의 일이야. 지금까지처럼 손님으로서가 아니라 대신, 이곳에서 환자로서, 일단 자네들과 같은 환자의 한 사람으로 느끼도록 해야겠지. 그러나 한편으로, 나로서는 뜻밖의 일이 아니라고도 할 수 있어. 왜냐하면 엄밀히 말해 지금까지 내 몸이 아주 건강하다고 느낀 적이 한 번도 없었기 때문이야. 그리고 우리 부모님이 그렇게 일찍 돌아가신 것을 생각하면 ― 내가 아주 건강하기를 바라는 것은 정말 무리가 아니겠는가! 자네에게 약간의 결함이 있다는 사실에 대해서도, 물론 지금이야 거의 다 나은 거나 마찬가지라 할지라도, 우리들이 솔직하게 인정해야 할 게 있잖아. 그러므로 우리의 혈통에는 병적인 요소가 약간 있을지도 몰라. 적어도 베렌스는 그런 뜻으로 말한 거야. 아무튼 나는 어제부터 여기 이렇게 누워 곰곰이 생각해 보았어. 도대체 나는 평소에 어떤 기분으로 살아왔는가, 그리고 인생 전반에 대해, 인생의 요구에 대해 어떤 태도를 취해 왔는가를 생각해 보았다는 말이야. 나의 본성에는 모든 것을 진지하게 생각하는 성향과 거칠고 떠들썩한 것을 혐오하는 경향이 늘 있었어 ― 우린 얼마 전에도 이 점에 대해 대화를 나눈 적이 있었지. 무엇인가 슬프고 엄숙한 것에 관심을 가져서, 그 때문에 성직자가 되고 싶은 기분이 가끔 들기도 했다는 것 말이야 ― 이를테면 있잖아, 관을 덮는 검은 천이라든가, 은으로 된 십자가며, 또는 〈고이 잠드소서〉(R. I. P.: *Requiescat in pace*)라는 것 말이야 ……. 사실 나는 이런 것이 너무 좋아. 거창하고 야단스러운 표현인 〈만수무강 하소서〉 같은 말보다 이런 것에 훨씬 더 공감이 간단 말이야. 이 모든 것이 다 내 자신이 흠이 있는 몸이고, 애당초부터 병과 친숙해서 그런 것 같다는 생각이 들어 ― 그것이 이번 기회에 드러난 거지. 그렇다고 하면, 내가 이 위에 올라와 진찰을 받게 된 것이 오히려 운이 좋았다고 말할 수 있어. 그러니 자네는 그 때문에 자책할 필요가 전혀 없어. 자네도 들었잖아. 내가 평지에서 계속 지금처럼 살고 있었다면, 나의 폐엽 전부가 망가져 영락없이 못쓰게 되었을지도 모른다는 사실을 말이야.」

「그걸 알 수 있는 사람이 어디 있겠어!」 요아힘이 말했다. 「정말이지, 그건 결코 아무도 알 수 없는 일이야! 자네는 전에도 벌써 환부가 있었다지만, 아무도 신경을 쓰지 않는 사이에 자연적으로 치유가 되었다고 그러잖아. 그래서 이젠 별 문제가 안 되는 탁음이 조금 남아 있을 뿐이라고 하잖아. 그러니 지금 자네가 지니고 있다는 침윤된 부위도, 자네가 우연히 내가 있는 이곳에 올라오지 않았더라면 아마 그냥 사라져 버렸을지도 몰라 ─ 그건 알 수 없는 일이야!」

「그렇겠지, 그거야 결코 알 수 없는 일이지.」한스 카스토르프가 대답했다.「그 때문에 최악의 경우를 미리 예측할 권리는 없는 거야. 예를 들어, 내가 요양하기 위해 이곳에 머물러야 하는 기간에 대해서도 말이야. 자네는 내가 언제 이곳을 빠져나가 조선소에 근무하게 될지 아무도 모른다고 말했지만, 자네가 모른다는 것은 비관적인 의미에서 한 말이잖아. 그리고 내가 볼 때 그렇게 생각하는 것은 너무 성급한 것 같아. 사실 어떻게 될지 알 수 없으니까. 베렌스가 언제까지라고 말하지 않은 건, 생각이 깊은 사람이라 예언자의 흉내를 내지 않은 거야. 아직 뢴트겐 투시와 사진 촬영도 하지 않았어. 그 결과를 알고 나서야 진상을 객관적으로 명백히 알 수 있지. 그때 가서 무언가 언급할 만한 중요한 사항이 드러날지, 아니면 그 전에 열이 내려가 자네들과 작별을 고하게 될지 누가 알겠는가. 내 생각에는 미리 지레 짐작으로 아는 체해서, 당장 집에다가 황당무계한 이야기를 전할 필요는 없다는 거야. 앞으로 형편을 보아 가며 편지를 써도 충분할 거야 ─ 몸만 조금 일으키면 이 만년필로 내가 직접 쓸 수도 있어 ─ 내가 심한 감기에 걸려 열이 나서 침대 신세를 지고 있다고, 그래서 당분간은 집에 갈 수 없다고 말이야. 그다음 일은 그때 가서 생각하면 되겠지.」

「좋아, 당분간은 그렇게 하자. 그리고 다른 일이 있는데 그것도 좀 기다렸다가 할 수 있겠어.」

「다른 일이라니 뭔데?」

「자네 참, 정신 좀 차리게! 자네는 손가방 하나만 달랑 들고 3주 예정으로 이곳에 오지 않았나. 그러니 속옷과 셔츠, 겨울옷도 필요하고, 또 신발도 더 필요하고 말이야. 결국에는 돈도 보내 달라고 해야겠지.」

「만약.」 한스 카스토르프가 말했다. 「만약 이 모든 게 필요하게 되면 말이지.」

「좋아, 그러면 기다려 보기로 하세. 그러나 어쩌면……. 아닐세.」 요아힘은 이렇게 말하고는 흥분한 것처럼 방 안을 이리저리 왔다 갔다 했다. 「결코 착각해서는 안 돼! 내가 이곳에 있을 만큼 있어 봐서 이곳 사정을 잘 알아. 베렌스가 탁음에 가까운 거친 음이 들린다고 말할 때는……. 하지만 물론 지켜 볼 수 있겠지만 말이야!」

이번에는 이것으로 대화가 끝났다. 그리고 우선 평일의 1주와 2주째의 변화가 그들의 권리인 양 어김없이 찾아왔다 ─ 한스 카스토르프는 침대에 누워 있는 상황에서도 그 변화에 참여했다. 직접적으로 참여해 즐긴 것은 아니었지만, 요아힘이 자신을 찾아와 15분가량 침대 맡에 앉아서 말해 준 보고를 통해 간접적으로 그 내용을 들을 수 있었던 것이다.

일요일의 아침 식사가 담겨 온 차 쟁반은 화초를 꽃은 작은 꽃병으로 장식되어 있었고, 그날 식당에 나온 고급 케이크를 곁들이는 것도 소홀히 하지 않았다. 조금 후에 저 아래 정원과 테라스는 활기를 띠었고, 2주마다 열리는 일요일 연주회가 트럼펫 소리와 클라리넷의 비음(鼻音)을 시작으로

막이 올랐다. 요아힘은 사촌의 방에 와서 그것을 함께 들었는데, 발코니 문을 열어 놓고 발코니에서 음악을 들었고, 반면에 한스 카스토르프는 침대에서 몸을 반쯤 일으켜 머리를 옆으로 기울인 채 사랑스럽고 경건하게 흐릿해지는 시선으로 들려오는 하모니에 귀를 기울였다. 그리고 음악에는 〈정치적 혐의가 있다〉고 말한 세템브리니의 말투를 생각하며 마음속으로 어깨를 으쓱하기도 했다.

그런데 아까도 우리가 말했듯이, 한스 카스토르프는 이날 벌어진 현상과 행사에 대해서는 요아힘으로부터 소식을 듣고 알았다. 일요일이라고 화려하게 치장을 하거나, 레이스가 달린 아침 실내복이나 그 비슷한 것을 입고 온 사람이 있었는지 (그런 옷을 입기에는 날씨가 너무 추웠다) 그는 꼬치꼬치 물어보았다. 또한 오후에 마차를 타고 드라이브를 한 사람이 있었는지 (실제로 두세 팀이 드라이브를 했는데, 〈반폐 클럽〉 회원들이 떼거리로 클라바델로 몰려갔다고 한다) 역시 물어보았다. 그리고 월요일에는 요아힘에게 크로코브스키 박사가 무슨 내용의 강연을 했는지 이야기해 달라고 요구했다. 요아힘이 크로코브스키 박사의 강연에서 돌아와 정오의 안정 요양에 들어가기 전에 한스 카스토르프를 문병하러 잠시 들렀을 때였다. 요아힘은 말수가 적은 편이고 또 뚱해 있어서, 강연에 대해 이야기하려고 하지 않았다 — 그 전의 강연에 대해서도 두 사람이 아무런 이야기를 나누지 않았던 것처럼 말이다. 그러나 한스 카스토르프는 그 내용을 자세하게 들려 달라고 계속 졸라 댔다. 「난 이곳에 이렇게 누워 있으면서도 지불할 것은 다 하고 있단 말이야.」 그가 말했다. 「그러니 나도 이곳에서 제공되는 서비스를 좀 받고 싶단 말이네.」그는 2주 전에 독자적으로 산책을 감행했다가 그렇게 결과가 좋지 못했던 월요일을 회상했다. 그리고 자신의 몸에 급격한 작용을 일으켜 잠재된 병을 폭발시킨 것이 바로 그 산책이 아니었을까 하는 자신의 추측을 피력했다. 「그런데 이곳 사람들이 쓰는 말씨 말이야.」그가 소리쳤다. 「신분이 낮은 보통 사람들인데 — 매우 품위가 있고 점잖더구먼. 어떤 때는 시처럼 들리기도 하고. 〈그럼, 잘 가게, 고맙네!〉」그는 나무꾼의 말투를 흉내 내면서 따라 해보았다. 「이런 말을 숲 속에서 들었는데, 아마 평생 못 잊을 거야. 그런 것은 다른 여러 가지 인상이나 추억과 함께 어우러져, 있잖아, 죽을 때까지 귓전에 맴돌 것 같아 — 그런데 오늘도 크로코브스키 박사는 또 〈사랑〉에 대해 말했나?」그는 이렇게 물으면서 사랑이라는 말을 할 때 얼굴을 찡그렸다.

「물론이지.」요아힘이 말했다. 「그것 말고 대체 무슨 이야기를 하겠나. 그게 바로 그의 단골 주제 아닌가.」

「그래, 오늘은 대체 무슨 말을 했나?」

「아, 뭐 특별한 건 없었어. 지난번에 그가 표현한 대로일세. 자네도 들었으니 대강 짐작할 거야.」

「그래도 뭐 새로운 말을 했겠지?」

「아니, 새로운 것은 없었어……. 글쎄, 이번에 들려준 것은 순전히 화학 이론에 관한 강연이었어.」요아힘은 저항하듯 마지못해 보고하기 시작했다. 크로코브스키 박사의 강연에 따르면, 〈이 경우〉에는 일종의 중독, 유기체의 자가 중독이 일어난다는 것이다. 그래서 체내에 퍼져 있는 어떤 물질, 아직까지도 정체가 밝혀지지 않은 어떤 물질이 분해되면서 중독이 일어난다. 이러한 분해 과정의 산물이 척수 신경 중추에 도취 작용을 일으킨다고 한다. 그리고 이 도취 작용은 모르핀이나 코카인과 같은 습관성이 있는 낯선 독소를 복용할 때 생기는 현상과 같다는 것이다.

「그렇게 해서 볼이 상기된다는 거구나!」 한스 카스토르프가 말했다. 「그것 봐. 들을 만한 가치가 있잖아. 그 사람은 모르는 게 없어 — 지식을 숟가락으로 퍼먹은 듯이 정말 해박한 사람이야. 두고 봐, 언젠가는 그 사람이 자네의 몸 전체에 퍼져 있다고 하는 미지의 물질을 찾아낼 거야. 그리고 중추 신경을 도취시키는 가용성 독소도 제조해 내고 말 거야. 그렇게 되면 그는 사람들을 특수한 방식으로 취한 상태로 만들 수 있어. 어쩌면 예전부터 이미 그렇게 할 수 있었는지도 모르지. 그의 말을 듣고 있으면, 옛날 전설집에 언급되어 있는 사랑의 묘약이라든가 그와 비슷한 물질에 관한 이야기가 진짜일 것 같다는 생각이 들어……. 아니, 벌써 가려는 거야?」

「그래.」 요아힘이 말했다. 「난 무조건 좀 누워 있어야겠어. 어제부터 체온이 올라가기 시작했거든. 자네 일이 나에게 영향을 좀 준 것 같아.」

이상은 일요일과 월요일에 있었던 일이다. 이렇게 하여 한스 카스토르프의 〈창고〉 생활의 3일째가 밝았는데, 이날은 별다른 특징이 없이 평일과 같은 화요일이었다. 하지만 화요일은 그가 이 위에 도착한 날이었으므로, 이것으로 이제 그가 이곳에 온 지 꼬박 3주가 된 셈이었다. 그래서 그는 집에 편지를 써 적어도 외삼촌들에게 자신의 근황을 일시적으로라도 알리지 않을 수 없게 되었다. 그는 새털 이불을 덮고 엎드려 요양원의 편지지에다 자신의 귀향이 예정보다 조금 늦어질 것이라고 다음과 같은 내용의 글을 썼다. 자신은 감기 열로 누워 있는데, 베렌스 고문관이라는 사람이 매우 양심적인지 이 감기를 대수롭지 않게 처리하려고 하는 것이 아니라 자신의 체질과 관련이 있다고 생각하는 것 같다. 왜냐하면 원장은 자신을 처음 보는 순간 악성 빈혈이 있다는 것을 간파했기 때문이다. 그리고 요컨대 이곳의 권위자인 그는 자신이 휴양을 위해 책정했던 기간을 충분한 기간이라고 보지 않는 것 같다. 이후 일어나는 일은 되도록 속히 알려 주겠다 — 이쯤이면 충분하겠지, 하고 한스 카스토르프는 생각했다. 여기에 한 마디라도 더 쓰면 과유불급이라, 이 정도면 어찌됐든 한동안 숨은 돌릴 수 있겠다고 생각했다 — 그리고 이 편지를 건네받은 사환은 우편함에 넣지 않고 직접 다음 정기 열차 편으로 보냈다.

이 일이 있은 뒤 우리의 모험가에게는 많은 것이 정리된 것 같았다. 비록 기침과 코감기로 머리가 멍해져 고통을 당하기는 했지만, 그는 한결 홀가분한 마음으로 하루하루를 기대하며 보내고 있었다. 몇 개의 작은 부분으로 나뉜 하루하루는, 언제나 변함없는 단조로움 때문에 재미있지도 않고 지루하지도 않은 항상 똑같은 나날의 연속이었다. 매일 아침마다 마사지사가 힘차게 문을 두드리며 방으로 들어왔다. 투른헤어라는 이름의 이 근육질 사나이는 셔츠의 소매를 걷어 올려 아래팔에 혈관이 불거져 나오게 한 채, 걸걸한 목소리로 말했다. 그 사나이는 모든 환자들에게 하는 것과 마찬가지로 한스 카스토르프를 방 번호로 부르고는 알코올로 그의 몸을 닦아 주었다. 그가 나가고 조금 있다가 옷 치장을 마친 요아힘이 나타나 아침 인사를 했다. 요아힘은 사촌의 오전 7시 체온을 물었고, 자신의 체온도 알려 주었다. 요아힘이 아래에 내려가서 아침 식사를 하는 동안, 언제나 새털 이불을 뒤집어쓰고 있던 한스 카스토르프는 새로운 생활 환경 탓에 왕성해진 식욕으로 아침 식사를 했다 — 이 시간에 회진을 다니는 의사들이 사무적으로 부리나케 들이닥쳐도 그는 이에 거의 개의치 않았다. 의사들은 식당을 통과해 침대에서 지내는 환자와 중환자들을 빠른 걸음으로 지나치며 회진하는 중이었다. 그는 의사들이 질문을 하면, 통조림에 든 과일을 입안에 가득 넣은 채, 〈잘〉 잤다고 보고했다. 또 고문관이 방 가운데 탁자에 주먹을 짚고 거기에 놓인 체온표를 검토하는 것을 찻잔 너머로 지켜보다가, 의사들이 나가면서 아침 인사를 해도 무관심하게 길게 끄는 톤으로 대답했다. 그런 다음 담배에 불을 붙여 입에 물고는, 언제 나갔는지도 모르는 사이에 사촌이 벌써 아침 산책을 갔다가 돌아오는 모습을 바라보았다. 두 사람은 다시 이런저런 시시콜콜한 이야기를 주고받았다. 그리고 두 번째 아침 식사 때까지의 시간은 너무 짧아서 — 요아힘은 그사이에 안정 요양을 했다 — 머리가 텅 빈 사람이나 멍청한 사람조차도 지루하다고 느낄 수 없을 정도였다 — 반면에 한스 카스토르프는 이 위에 올라온 첫 3주 동안 받은 인상으로 여러 가지 생각할 재료가 풍부했고, 자신의 현재 처지에 관해서 또 그것이 앞으로 어떻게 전개될지에 대해서도 마음속으로 생각할 것이 많아서, 요양원 도서관에서 빌려 온 두꺼운 책 두 권은 탁자에 놓인 그대로 거의 들여다볼 틈이 없었다.

요아힘이 다보스 플라츠로 가는 두 번째 산책을 마치는 시간도 마찬가지로 한 시간 정도밖에 걸리지 않았다. 요아힘은 산책을 마치고 돌아오면, 정오의 안정 요양을 하러 가기 전에, 다시 한스 카스토르프의 방에 들러 한동안 환자의 침대 옆에 서 있거나 앉아서 산책 중에 눈에 띈 것을 이것저것 들려주었다 — 이렇게 하는 시간이 얼마나 될까? 겨우 한 시간 정도밖에 걸리지 않았다! 양손을 머리 뒤로 포개고 잠시 천장을 쳐다보며 이런저런 생각에 젖어 있으면, 어느새 징이 울려 침대에서 지내는 환자와 중환자를 제외하고는 모두 식사를 하러 오라고 준비를 재촉했던 것이다.

요아힘이 식사하러 나가면, 한스 카스토르프의 병실에는 〈정오의 수프〉가 운반되어 왔다. 이 명칭은 운반되어 온 실제 음식에 비하면 단순히 상징적인 이름이었다! 한스 카스토르프는 환자용 식사를 제공받지 않았다 — 그가 왜 그런 것을 제공받아야 한단 말인가? 그의 상태로는 결코 환자용 식사나 감식(減食)을 제공받을 필요가 없었다. 그는 침대에 누워 있기는 했지만, 지불할 돈은 다른 사람과 똑같이 내고 있었다. 그리고 영원한 현재인 이 시각에 그에게 운반되는 것은 〈정오의 수프〉가 아니라, 하나도 빠져 있지 않은 베르크호프의 정식 6품 요리였다 — 평일에도 푸짐한 양의 음식이 나왔지만, 특히 일요일에는 유럽의 각국 요리에 정통한 주방장이 요양원에 완비된 호텔식 조리실에서 직접 조리한 잔칫상이자 행복한 진수성찬이 나왔다. 침대에서 지내는 환자에게 서비스하는 식당 아가씨가 니켈로 도금된 오목한 뚜껑이 덮인, 예쁘고 큰 냄비에 식사를 가지고 왔다. 그녀는 병실용 식탁, 즉 다리 하나로 균형을 잡고 선 마법의 식탁[43]을

---

43 티슈라인-데크-디히Tischlein-deck-dich. 주문을 외우면 음식이 차려진다는 그림 동화의 마술 식탁에서 유래한다.

침대 위로 비스듬히 환자 앞에까지 밀어 주었다. 그러면 한
스 카스토르프는 그 마법의 식탁에 앉은 재단사의 아들처럼
음식을 먹고 마셨다.

　한스 카스토르프의 식사가 끝나자마자 요아힘도 돌아와
자기 발코니로 갔으며, 정오 안정 요양의 고요함이 베르크
호프 요양원 건물을 덮을 때면 대략 2시 반이 되었다. 아니,
어쩌면 아직 2시 반까지는 되지 않았을지 모른다. 정확히 말
하자면 2시 15분쯤 되었다고 할 수 있다. 하지만 시간 계산
을 대범하게 하는 경우, 가령 여행을 하는데 너무 장시간 기
차 여행을 하거나, 아니면 시간을 보내고 때우는 일에 우리
의 모든 노력과 생활을 쏟으면서 공허하게 기다릴 때는, 우
수리 없는 숫자 단위가 아닌 그러한 여분의 15분은 계산에
포함되지 않고 그냥 무시되는 법이다. 2시가 지난 15분 —
이것은 2시 반과 마찬가지로 간주된다. 벌써 3이라는 숫자
에 관여하고 있으므로, 3시라 해도 맹세코 무방하다고 하겠
다. 30분이라는 시간은 3시에서 4시까지의 우수리 없는 시
간의 서곡으로 이해되어 마음속에서 제거된다. 시간 계산에
대범한 경우에는 시간을 이런 식으로 처리하는 법이다. 그리
고 이렇게 하여 정오의 안정 요양 시간도 결국은 다시 한 시
간으로 축소되어 버렸다고 할 수 있다 — 게다가 그 한 시
간도 끝이 줄어들고 잘려 말하자면 생략 부호로 처리되고
말았다. 그런데 그 생략 부호가 바로 크로코브스키 박사였
던 것이다.

　그렇다, 크로코브스키 박사는 오후에 홀로 회진을 돌 때
한스 카스토르프를 더 이상 건너뛰지 않았다. 한스 카스토
르프는 이제 회진 대상에 포함되었고, 더 이상 중간적 존재

이자 회피 대상이 아니었으며, 엄연히 환자의 일원이었다. 그는 의사의 질문을 받았으며, 열외 취급을 받지 않게 되었다. 지금까지 오랫동안 매일 반복적으로 그런 취급을 받을 때마다 그는 남몰래 약간 화가 났던 것이다. 크로코브스키 박사가 한스 카스토르프의 방 34호실에 처음으로 등장했던 날은 월요일이었다 ─ 우리가 〈등장했다〉라는 말을 쓰는 것은, 한스 카스토르프가 그 당시에 물리칠 수 없었던 이상하고 색다르고 심지어 무언가 놀랄 만한 인상을 표현하는 데에, 이것이 매우 적합한 말이기 때문이다. 그는 누워서 반쯤 혹은 4분의 1쯤 꾸벅꾸벅 졸고 있었는데, 베렌스의 조수인 크로코브스키 박사가 복도로 난 문으로 들어오지 않고 옆쪽에서 자신을 향해 걸어오는 것을 알고는 깜짝 놀랐다. 왜냐하면 박사가 복도가 아니라 바깥의 베란다를 통해 들어왔기 때문이다. 그리고 열린 발코니 문으로 들어오는 바람에, 마치 그가 공중에서 내려온 것 같았다. 좌우간 시간의 생략 부호인 그가 이제 검은 머리칼에 창백한 얼굴로, 넓은 어깨와 당당한 모습으로 한스 카스토르프의 침대맡에 서서 미소를 짓자 양쪽으로 가른 수염 사이로 누렇고 남성다운 이가 드러나 보였다.

「내가 들른 것을 보고 놀란 모양이군요, 카스토르프 씨.」 그는 바리톤의 부드러운 목소리로 느릿느릿하게 뭔가 좀 점잔을 빼며 말을 했는데, 구개음 r를 외국 사람처럼 발음했다. r를 굴리지 않고 위쪽 앞니 바로 뒤를 혀로 한 번만 치면서 발음했던 것이다. 「내가 이제 당신 방에도 들러 용태를 살펴볼 때, 그것은 단지 나의 즐거운 의무를 이행하는 것입니다. 당신과 우리의 관계가 새로운 국면에 접어들어 하룻밤 사이에 손님에서 동지가 되었습니다……. (〈동지〉라는 말이 한스 카스토르프를 약간 불안하게 했다.) 누가 이렇게 될지 예상이나 했겠어요!」 크로코브스키 박사는 정말 동지다운 어투로 농담조로 말했다……. 「내가 당신을 처음 만나 인사를 나누었던 그날 저녁, 당신이 나의 잘못된 견해를 듣고 나서 — 그때는 잘못된 견해였지요 — 〈나는 완전히 건강합니다〉라고 반박했던 그날 저녁에 누가 상상이나 했겠습니까. 생각해 보니까, 나는 그때 당신이 말한 것을 좀 의심한다고 표현한 것 같습니다. 하지만 단언하건대, 그런 의미에서 한 말은 아닙니다! 내가 실제보다 더 혜안이 있는 척하려는 것은 아니었습니다. 그때 나는 침윤된 부위 같은 것은 생각하지도 않았고, 이와는 달리 뭐랄까 좀 더 일반적이고 철학적이었던 것 같습니다. 나는 〈인간〉과 〈완전한 건강〉이라는 두 말이 대체 조화를 이룰 수 있는지에 대한 의심을 밝혔던 것입니다. 그리고 당신을 진찰한 후인 오늘도 역시 그렇습니다. 언제나 그렇듯이 말입니다. 그래서 내가 존경하는 원장과는 달리 당신의 이러한 침윤된 부위는 — 그러면서 그는 손가락 끝으로 한스 카스토르프의 어깨를 살짝 건드렸다 — 내 관심의 초점이 아닙니다. 그건 내게 부차적인 현상일 뿐입니다……. 유기체적인 것은 언제나 부차적인…….」

한스 카스토르프는 이 말을 듣고 움찔했다.

「……그래서 내가 볼 때 당신의 감기는 제3의 현상입니다.」 크로코브스키 박사는 아주 가볍게 덧붙였다. 「그러면 그 감기는 어떤 현상일까요? 그런 것쯤은 침대에 누워 쉬기만 하면 금방 나을 겁니다. 오늘 검온 결과는 어땠나요?」 이때부터 박사의 방문은 보통의 회진과 같은 성격을 띠었고,

그다음의 여러 날과 여러 주의 방문도 마찬가지였다. 크로 코브스키 박사는 3시 45분이나 이보다 조금 전에 발코니를 통해 방으로 들어와, 누워 있는 청년에게 아주 명랑하게 인사를 하고는, 의사로서의 극히 간단한 질문을 두서너 개 던졌으며, 신상에 관한 짧은 잡담을 나누기도 하고, 동지로서 농담을 하기도 했다 — 이 모든 것에 어딘가 미심쩍은 느낌이 들지 않는 건 아니었지만, 이것도 도를 넘지만 않으면 결국 익숙해지게 마련이다. 그래서 한스 카스토르프는 크로코 브스키 박사가 규칙적으로 등장하는 것에 더 이상 반감을 품지 않게 되었고, 그의 등장은 이제 평일의 변함없는 일과에 속하게 되어 정오의 안정 요양 시간에 생략 부호를 찍게 되었다.

어쨌든 크로코브스키 박사가 발코니 문으로 사라질 때면 4시가 되었다 — 그러면 느지막한 오후가 되는 것이다! 갑자기 자기도 모르는 사이에 느지막한 오후가 되었다 — 어느새 저녁이 가까워 온 것이다. 아래 식당과 이 34호실에서 오후의 차를 마시는 동안 5시에 가까워지는데 결코 5시를 넘기지는 않았으며, 요아힘이 세 번째 산책에서 돌아와 사촌과 다시 이런저런 이야기를 나눌 때는 거의 6시가 되었다. 그래서 저녁 식사 때까지의 안정 요양 시간은 그냥 대충 계산해도 결국 한 시간 남짓이었다 — 이 한 시간이란, 누구나 머릿속으로 무엇을 생각하면서 나이트 테이블에 놓여 있는 『세계도해(世界圖解)』[44]를 건성으로 뒤적거리기만 해도 간단하게 처리할 수 있는 짧은 시간이었다.

44 체코의 교육자 코메니우스Johann Amos Comenius(1592~1670)가 저술한 화보집으로 1658년에 출간되었다.

요아힘이 사촌과 헤어져 저녁 식사를 하러 가면, 한스 카스토르프의 방에도 식사가 운반되어 왔다. 골짜기에는 오래전에 어둠이 깔려 있었고, 한스 카스토르프가 식사하는 동안 흰 방 안은 눈에 띄게 어두워졌다. 그는 식사를 다 끝내면 새털 이불에 몸을 기대고, 다 먹은 음식이 놓인 마술 식탁 앞에 앉아, 황급히 저물어 가는 황혼을 속절없이 바라보았다. 오늘도, 어제도, 그저께도, 일주일 전도 하나도 다를 게 없는 황혼이었다. 어느새 저녁이 되었다 — 아까까지만 해도 아직 아침이었는데 말이다. 조각조각 잘게 나뉘어 지루함을 느끼지 않도록 인위적으로 만들어진 하루는 문자 그대로 어느새 무너져 허무하게 사라져 버렸다. 그는 이것을 깨닫고 기분 좋게 놀라워하거나 경우에 따라서는 감상에 젖기도 했다. 그 나이의 젊은이로서는 이러한 것에 두려움을 느낀다는 것이 아직 낯설었기 때문이었다. 〈여전히〉 같은 석양을 바라보고 있다는 느낌뿐이었다.

한스 카스토르프가 침대에 누워 있게 되고 나서 10일이나 12일쯤 지났을 어느 해 질 녘, 즉 요아힘이 저녁 식사와 저녁의 사교 모임에서 돌아오기 전에, 누군가 방문을 노크하는 소리가 들렸다. 한스 카스토르프가 누굴까 의아해하면서 들어오라고 하자, 로도비코 세템브리니가 문지방 위로 모습을 드러내었다 — 이와 동시에 방 안이 눈부시도록 환하게 밝아졌다. 방문객이 들어오면서 문을 채 닫기도 전에, 천장의 전등 스위치를 제일 먼저 켰기 때문이다. 그러자 전등불이 천장과 가구의 흰색에 반사되어 방 안이 순식간에 어른거리면서 밝은 빛으로 가득 찼다.

이 이탈리아인은 요양객들 중에서 요 며칠 동안 한스 카스토르프가 요아힘한테 이름을 들어 가며 분명하게 안부를 물어본 유일한 인물이었다. 요아힘은 사촌의 침대맡에 앉거나 서서 10분 동안 사촌에게 보고했는데 — 이런 일은 하루에 열 번이나 일어났다 — 요양원에서 일상적으로 일어나는 사소한 사건과 변동 사항에 대해서였다. 그런데 한스 카스토르프는, 보다 일반적이고 비개인적인 것에 관한 질문을 했다. 고립된 자 한스 카스토르프의 호기심은, 새로운 손님이 왔는지 또는 얼굴을 잘 아는 사람 중에 누가 퇴원했는지를 알고 싶어 하는 데에까지 이르렀다. 퇴원한 사람은 없고 새로운 손님이 왔을 때만 그는 흡족해하는 것 같았다. 〈새 얼굴〉이 한 사람 왔는데, 얼굴에 초록빛이 돌고 볼이 쑥 들어간 이 젊은 남자는 사촌들 식탁의 바로 오른쪽에 있는 상앗빛 레비와 일티스 부인의 식탁에 앉게 되었다고 했다. 그렇다면 이제 한스 카스토르프는 얼마 안 있어 이 사람을 면밀히 관찰할 수 있을 것이다. 그러면 퇴원한 사람은 아무도 없다는 말인가? 이에 대해 요아힘은 눈을 내리깔면서 간단히 그렇다고 잘라 말했다. 하지만 요아힘도 마침내는 다소 짜증 섞인 목소리로 자신이 아는 한 아무도 퇴원하게 될 사람은 없으며, 이곳에서는 그렇게 쉽사리 퇴원하는 일은 없다고 딱 잘라 말했음에도 불구하고, 그는 사촌의 똑같은 질문에 여러 번, 사실은 이틀에 한 번 꼴로 대답해야 했다.

세템브리니에 관해 말하자면, 그러니까 한스 카스토르프는 이름까지 얘기하며 그에 관해 물어보았으며, 그가 〈이번 일에 대해 뭐라고 말했는지〉 알고 싶어 했다. 이번 일이라니? 「즉, 내가 이렇게 병에 걸려 여기 누워 있다는 사실에 대해 말이야.」 사실 세템브리니는 이번 일에 관해서 아주 간결하기는 하지만 자신의 의견을 표명했었다. 한스 카스토르프의 모습이 보이지 않게 된 그날에 바로 그는 다가오면서 그 손님의 소재에 대해 요아힘에게 물어보았다. 그러면서 분명 한스 카스토르프가 집으로 돌아갔다는 답변을 기대했던 것이다. 요아힘에게서 사정 이야기를 듣더니 그 이탈리아인은 단 두 마디의 이탈리아어로 대답했다. 먼저 〈에코*Ecco*〉라고 말했고, 그다음에는 〈포베레토*Poveretto*〉라고 말했다. 이 말을 옮기면 〈그것 보라지〉와 〈가엾기도 하지〉였다 — 두 젊은이의 얼마 안 되는 이탈리아어 지식으로도 이 두 가지 말의 의미 정도는 이해할 수 있었다. 「왜 내가 〈가엾다는〉 거야?」 한스 카스토르프가 말했다. 「그 자신도 인문주의와 정치로 구성된 문학을 내세우지만, 이 위에 있으면서 현세의 중대사를 조금도 증진시키지 못하고 있지 않느냐는 말이야. 그러면서 그가 나를 위에서 내려다보듯 동정한다는 건 말이 안 되지. 그래도 나는 그보다는 더 일찍 평지로 돌아갈 거니까.」

바로 그 세템브리니 씨가 갑자기 환해진 방 안에 지금 서 있었다 — 팔꿈치를 괴고 문 쪽을 보고 있던 한스 카스토르프는 누군가 하고 실눈으로 바라보다가, 그것이 세템브리니인 줄 알아채고 얼굴을 붉혔다. 세템브리니는 여느 때와 마찬가지로 접힌 칼라가 조금 낡고, 소매를 많이 접은 두꺼운 상의와 체크무늬 바지를 입고 있었다. 저녁 식사를 마치고 돌아오는 길이라서, 자신의 습관대로 입술 사이에 나무 이쑤시개를 물고 있었다. 콧수염이 멋지게 젖혀 올라간 입가엔 세련되면서도 냉정하고 비판적인 미소를 머금고 있었는데, 그 미소는 전혀 낯설지가 않았다.

「안녕하십니까, 엔지니어 양반! 어떻게 지내는지 둘러보러 찾아왔는데, 괜찮겠지요? 또 불빛이 필요할 것 같아서요 —
내 독단을 용서해 주십시오!」 그는 이렇게 말하며 작은 손을
힘차게 천장의 전등 쪽으로 들어 올렸다. 「명상을 하고 있던
모양이군요 — 결코 방해할 생각은 없습니다. 지금 당신의
처지라면 생각에 잠기는 경향이 있는 게 아주 당연하니까요.
더욱이 대화 상대로 사촌이 있으니까 나 같은 사람은 필요
없다는 것도 잘 알고 있습니다. 그렇지만 우린 이렇게 비좁은
공간에서 함께 살아가고 있습니다. 인간에 대한 관심, 즉 정
신적이며 마음에서 우러나는 관심을 지니고서 말입니다…….
당신의 모습을 보지 못한 지 일주일은 족히 된 것 같습니다.
저 아래 레펙토리움[45]에 당신의 자리가 비어 있는 것을 보고,
틀림없이 고향으로 떠나신 줄로 알았습니다. 그런데 소위 님
이 나의 더 좋은 착각을, 아니, 이런 말을 해도 실례가 되지
않는다면, 덜 좋은 착각을 바로잡아 주었습니다……. 그건
그렇다 치고, 좀 어떻습니까? 어떻게 지내세요? 기분은 어떤
가요? 너무 의기소침한 것은 아니겠지요?」

「아, 당신이군요, 세템브리니 씨! 찾아 주셔서 감사합니다.
하하하, 〈레펙토리움〉이라고요? 금방 또 재치 있는 말을 하
셨군요. 의자에 앉으세요, 어서요. 전혀 방해가 되지 않으니
걱정 마십시오. 그냥 누워서 뭘 좀 생각하고 있었거든요 —
생각하고 있었다는 말은 사실 지나치지요. 그저 너무 게을러
져서 전등불도 켜지 않고 있었어요. 정말 고맙습니다. 기분
은 보통 때와 다를 바 없습니다. 코감기는 침대에 누워 있다
보니 거의 다 나았지만, 이것은 여기서 일반적으로 하는 말
로는 부차적인 현상에 불과하다고 하는군요. 체온은 여전히

45 수도원이나 신학교의 식당을 말한다.

정상이 아니라서 때로는 37.5도가 되었다가, 때로는 37.7도가 되기도 합니다. 이건 요즘 들어서도 변하지 않네요.」

「정규적으로 체온은 재나요?」

「네, 하루에 여섯 번 재고 있습니다. 이 위에 있는 모든 사람처럼 말입니다. 하하하, 용서해 주세요, 당신이 우리의 식당을 레펙토리움이라고 부른 것이 아직 우스워서 말입니다. 수도원에서 식당을 그렇게 부르지 않습니까? 여기도 정말 그런 점이 좀 있긴 하군요 — 아직 수도원을 방문한 적은 없지만, 여기와 비슷할 거란 생각이 드네요. 〈규칙〉도 벌써 눈 감아도 알 수 있을 정도로 터득했고, 또 아주 엄격하게 지키고 있습니다.」

「아, 신앙심이 깊은 수도사처럼 말입니까? 그럼 이제 당신의 수련 기간은 끝났다고 할 수 있습니다. 종단의 가입 서약도 마친 셈입니다. 진심으로 축하드립니다. 당신이 벌써 〈우리의 식당〉이라고까지 말했으니까 말입니다. 게다가 — 남성으로서 당신의 품위를 떨어뜨리려고 그러는 것은 아닙니다만 — 당신은 수도사라기보다는 오히려 젊은 수녀를 연상하게 합니다 — 머리를 막 잘라 버린, 순교자의 커다란 눈망울을 한 그리스도의 순결한 신부를 말입니다. 나는 전에 가끔 그런 어린 양을 보았는데, 그때마다…… 어떤 감상적인 기분에 젖지 않을 수 없었습니다. 아, 그래요, 그건 그렇고, 당신 사촌에게서 모두 들었는데, 그러니까 떠나기 직전에 진찰을 받았다고요.」

「열이 있어서요 — 그렇지만 세템브리니 씨, 이 정도의 감기에 걸리면 평지에 있었어도 주치의한테 문의를 했을 겁니다. 하물며 소위 전문의가 두 분이나 있는, 말하자면 본바닥에서 — 진찰도 받지 않는다는 것은 우스운 일이 아닐까요……」

「그야 당연한 말씀이지요, 당연하고말고요. 그러니까 의사가 하라고 말하기도 전에 검온을 하신 거군요. 하기야 처음부터 권유를 받았겠지요. 체온계는 밀렌동크가 몰래 주었습니까?」

「몰래 주다니요? 필요해서 그녀에게 하나 산 것뿐입니다.」

「알겠습니다. 이를테면 하자가 없는 거래였군요. 그런데 원장은 당신에게 몇 달을 선고하던가요……? 이런, 참, 언젠가 당신한테 내가 이렇게 물어본 적이 있었지요! 기억나세요? 당신이 갓 올라왔을 때 말입니다. 그땐 아주 씩씩하게 대답하더군요……」

「물론 아직 기억이 납니다만, 세템브리니 씨. 그 이후로 난 여러 가지 새로운 경험을 했지만, 그때의 일만큼은 마치 오늘 일어난 일처럼 기억에 생생합니다. 그때 이후 당신은 무척 재미난 얘기를 많이 해주시며, 베렌스 고문관을 저승사자에 비유하기도 했지요……. 라다메스…… 아니, 좀 다른 이름인 것 같은데……」

「라다만토스 말인가요? 말이 난 김에 내가 그렇게 불렀는지도 모르겠네요. 우연히 입에 담은 말을 모두 다 기억할 수야 없죠.」

「라다만토스입니다, 물론입니다! 미노스와 라다만토스! 카르두치에 대해서도 바로 그때 들려주셨지요.」

「실례지만, 그 카르두치에 대해서는 언급하지 말기로 합시다. 지금 이 순간 당신이 그 이름을 언급한다는 것은 너무 어울리지 않는군요!」

「아, 좋습니다.」 한스 카스토르프가 웃으며 말했다. 「그래도 난 당신을 통해 그에 대해 많은 것을 알게 되었어요. 그래요, 그때 난 아무것도 알지 못하면서, 당신에게 3주 예정으로 왔다고 대답했지요. 달리 알지 못했으니까요. 마침 클레펠트가 기흉으로 휘파람 소리를 내며 인사하고 지나가서, 좀 어리둥절했지요. 그러나 그때부터 벌써 열도 좀 있다고 느꼈어요. 말하자면 이곳 공기는 병을 고치는 데 좋을 뿐 아니라 병에 걸리게 하는 데도 좋아서, 때때로 병을 유발하기도 하지요. 병이 낫기 위해서는 이것도 결국 필요할지 모르겠지만요.」

「무척 인상 깊은 가설이군요. 베렌스 고문관이 독일계 러시아 부인 이야기도 하던가요? ─ 그러니까 작년, 아니 재작년에 이곳에 5개월간 있었던 부인 이야기 말입니다. 아니라고요? 그 이야기를 했어야 하는 건데. 사랑스러운 부인으로, 태생이 독일계 러시아인이고 결혼을 해서 아이도 있는 젊은 엄마였지요. 동방의 나라에서 이곳에 온 그녀는 임파성 체질에 빈혈이 있었고, 또한 무언가 좀 더 심각한 병이 있었던 모양입니다. 그런데 이곳에서 한 달간 살고는 몸이 좋지 않다고 호소했습니다. 그런데도 계속 참으라는 말만 들었다는 것입니다! 두 달이 지났는데도 몸은 나아지지 않고 오히려 더 나빠지고 있다고 계속 주장했습니다. 여기에 대해 의사는, 그녀의 몸 상태는 오로지 의사만이 판단할 수 있고, 그녀가 할 수 있는 것은 오로지 자신의 기분이 어떤지 말할 수 있는 정도라고 했습니다 ─ 그리고 그것이 별로 대수롭지 않다는 겁니다. 그녀의 폐는 만족할 만한 상태라면서요. 그래서 그녀는 아무 말도 하지 않고 요양에 열중했습니다만, 매주 체중이 줄어들었습니다. 넉 달째에는 진찰을 받으면서 기절까지 했습니다. 그래도 베렌스는 아무 문제가 없다고 설명합니다. 그녀의 폐는 여전히 아주 만족할 만한 상태라고요. 하지만 다섯 달째 접어들어 더 이상 걸을 수도 없게 되었을 때, 그녀는 동방에 있는 남편에게 편지를 썼습니다. 그리고 베렌스는 남편으로부터 편지를 한 통 받았습니다 — 겉봉에는 힘찬 필체로 〈친전(親傳)〉과 〈지급(至急)〉이라는 글이 적혀 있었어요. 나도 이 두 눈으로 그 글을 보았습니다. 그제야 베렌스는 이곳 기후가 그녀에게 맞지 않는 것 같다고 말하면서 어깨를 으쓱했답니다. 그 여자는 미칠 정도로 격분했습니다. 그러면 그렇다고 더 빨리 말해 줬어야 하지 않느냐고, 그녀는 크게 소리쳤습니다. 자신은 처음부터 그것을 느끼고 있었으며, 어쨌든 그러다가 완전히 몸을 망쳐 버렸다는 겁니다! 그녀가 동방의 남편 곁에 가 살면서 다시 기운을 회복했기를 바랄 뿐입니다.」

「훌륭하십니다! 당신은 어떻게 그렇게 이야기를 재미있게 하십니까, 세템브리니 씨, 말 한 마디 한 마디가 모두 조형적입니다. 또한 무한정 체온계를 받고서 열을 식히기 위해, 호수에 들어가 목욕을 했다는 그 아가씨 이야기 역시 지금도 생각하며 종종 혼자 웃음을 짓곤 합니다. 정말이지 갖가지 일이 다 일어나는군요. 확실히 사람은 늘 새로운 경험을 하나 봅니다. 여하튼 나 자신의 경우는 아직 아무것도 모르는 상태입니다. 고문관은 내 몸에서 약간 좋지 않은 데를 발견했다고 말하더군요 — 나도 모르게 내가 옛날에 앓았던 환부를 고문관이 타진하는 소리를 직접 들었습니다. 그런데 이번에는 환부 주변 어딘가에서 신선한 소리가 들린다는 것입니다 — 하하하, 이런 경우에 독특하게도 〈신선한〉이라는 표현을 쓰더군요. 하지만 지금까지는 청각에 의한 진단밖에 하지 않았어요. 진짜 제대로 된 진단은 내가 다시 일어날 수 있게 되어, 뢴트겐 투시와 사진 촬영을 한 후에야 비로소 이루어질 겁니다. 그때 가면 확실한 결과를 알게 되겠지요.」

「그렇게 생각하세요? ── 뢴트겐의 사진 감광판에 가끔 보이는 반점이 단순한 그림자에 불과한데도 이것을 폐의 공동(空洞)으로 오진하는 경우가 있고, 또 반대로 어딘가 나쁜 데가 있는데도 때로는 아무런 반점이 나타나지 않는다는 것을 아십니까? 정말이지, 사진 감광판은 믿을 수가 없습니다! 여기에 어떤 젊은 화폐 수집가가 있었는데, 열이 있었지요. 사진 감광판에 찍힌 그의 폐에선 또렷이 공동이 보였습니다. 그에게 열이 있었기 때문이라는 거죠. 심지어 거기에서 소리까지 들린다고 주장했습니다! 그래서 폐결핵 치료를 받았는데, 그는 그 일로 죽고 말았습니다. 시체 해부 결과 폐에는 아무런 이상이 없고, 사망의 원인은 무슨 구균(球菌)이었음이 판명되었습니다.」

「잠깐, 들어 보세요, 세템브리니 씨, 벌써부터 시체 해부 이야기를 하다니요! 나는 아직 그 정도까지 나간 것 같지는 않은데 말입니다.」

「엔지니어 양반, 당신은 악동처럼 장난스러운 데가 있군요.」

「분명히 말하지만, 당신은 철저한 비평가이자 회의가이십니다! 당신은 정확한 과학조차 믿지 않으시네요. 그럼 당신의 감광판에는 반점이 보이나요?」

「네, 여러 개 보이지요.」

「그런데 당신 정말로 좀 아픈가요?」

「그래요, 유감스럽게도 상당히 아픕니다.」 세템브리니 씨는 이렇게 대답하고는 머리를 수그렸다. 말이 잠깐 중단되고 세템브리니가 잔기침을 했다. 한스 카스토르프는 편안히 누운 자세로 이 말 없는 손님을 쳐다보았다. 그는 아주 간단한 질문 두 개로 모든 것을 반박하고 또 세템브리니의 입을 열지 못하게 했다는 기분이 들었다. 심지어 공화국과 아름다운 문체에 대해서도 그러했다. 한스 카스토르프가 자기 쪽에서 대화를 재개하기 위해 한 것은 아무것도 없었다.

잠시 후 세템브리니 씨는 미소를 지으며 다시 고개를 들었다.

「이제 이야기 좀 해주세요, 엔지니어 양반.」 그가 말했다. 「가족들은 당신의 소식을 어떻게 받나요?」

「뭐라고요, 무슨 소식요? 나의 귀향이 늦어진다는 소식 말인가요? 아, 내 가족은, 아십니까, 고향의 내 가족은 외가 쪽 셋밖에 없어요. 외종조부와, 나와는 삼촌 관계인 그의 두 아들이지요. 이들 외에는 가족이 없어요. 그러니까 나는 아주 어렸을 때 부모를 여의고 고아가 되었다는 얘깁니다. 이 가족들이 어떻게 내 소식을 받아들이고 있느냐 그 말입니까? 이들은 아직 자세한 내용은 알지 못합니다. 나 자신도 잘 모르는 상태니까요. 내가 처음으로 안정 요양을 해야 했을 때, 심한 감기에 걸리는 바람에 떠날 수 없다고 편지를 썼습니다. 그런데 그 편지가 너무 오래 걸리는 것 같아 어제 또 한 번 편지를 썼답니다. 내가 걸린 감기로 인해 베렌스 고문관이 내 가슴의 상태에 관심을 갖게 되었는데, 자세한 결과가 나올 때까지 고향으로의 출발을 연기해 줄 것을 그가 촉구했다고 말했지요. 이에 대해 집에서는 차분하게 받아들이고 이해해 줄 겁니다.」

「그럼 당신의 직장은요? 곧 취직이 될 단계에 있었다는 이야기를 들었습니다만.」

「네, 수습 단계였지요. 조선소에는 일단 입사를 못 한다고 알렸습니다. 그 때문에 조선소가 뭐 절망하지는 않을 테니까요. 이들은 수습생이 없어도 얼마든지 오래 꾸려 나갈 수 있거든요.」

「아주 좋습니다! 그러니까 이런 면에서 보자면, 모든 게 별문제 없다는 말이군요. 아주 냉정하게 처리하셨군요. 독일 사람들은 일반적으로 냉정하지요, 그렇지 않습니까? 또한 정력적이기도 하고요?」

「네, 그렇지요. 정력적이기도 하지요. 하긴 아주 정력적이지요.」 한스 카스토르프가 말했다. 그는 멀리 떨어진 고향 사람들의 생활 기풍을 음미해 보고, 세템브리니 씨가 독일 사람들의 특징을 제대로 포착했다고 생각했다. 「냉정하고 정력적이지요, 정말 그렇습니다.」

「그러면.」 세템브리니 씨가 말을 계속했다. 「당신이 이곳에 오래 있게 되면, 우리는 당신의 외삼촌도 이 위에서 보게 되겠군요 — 당신의 외종조부 말입니다. 그분께서는 틀림없이 당신의 용태를 알아보러 올라오시겠군요.」

「천만의 말씀입니다!」 한스 카스토르프가 소리쳤다. 「절대 그런 일은 없을 겁니다! 말 열 필이 끈다 해도 외종조부는 이곳에 올라오지 않을 겁니다! 그에겐 뇌졸중의 위험이 있거든요. 거의 목이 없을 정도지요. 아무튼 그에겐 정상적인 기압이 필요합니다. 여기에 올라왔다가는 동방의 나라에서 온 부인 이상으로 몸이 더 나빠질 거고, 무슨 큰일이 일어날지 모릅니다.」

「참으로 유감스러운 일이군요. 그러니까 뇌졸중의 위험이 있단 말이지요? 그럼 냉정도 정력도 다 무슨 소용인가요? ─ 당신의 외종조부는 부자겠지요? 당신도 역시 부자고요? 독일 사람들은 모두 다 부자더군요.」

한스 카스토르프는 세템브리니 씨가 문필가답게 요약하는 말을 듣고 미소를 지었다. 그리고 편히 누운 상태에서 눈에서 사라진 먼 세계, 멀리 떨어진 고향 하늘을 다시 머릿속에 그려 보았다. 그는 기억을 되살리고, 공정하게 판단해 보려고 노력했으며, 멀리 떨어져 있다는 거리감에 용기를 얻어 공평하게 판단을 내릴 수 있었다. 그는 이렇게 대답했다.

「부자입니다, 그렇지요 ─ 하지만 그렇지 않은 경우도 있습니다. 부자가 아니면 ─ 이거야말로 한층 더 곤란해집니다. 나 말입니까? 난 백만장자는 아닙니다만 내가 지닌 재산이 안전한 곳에 투자되어 있어, 누구에게도 의지하지 않고 살아가고 있습니다. 이제 내 이야기는 그만두기로 합시다. 당신이 저 아래에서 살아가려면 반드시 부자여야 한다고 말씀하신다면, 나는 당신의 견해에 동의했을 겁니다. 부자가 아니거나, 또는 부자가 아니게 되어 버린 경우엔 ─ 슬픈 일입니다! 〈그 사람? 그 사람은 아직 돈을 가지고 있나?〉라고 그들은 묻습니다……. 이와 같은 말을 하고, 정확하게 이와 같은 표정을 짓습니다. 나는 이런 소리를 종종 들었는데, 그것이 나에게 강한 인상을 심어 준 모양입니다. 아주 흔하게 이런 말을 들었음에도 불구하고, 역시 이상하게 생각한 것이 분명합니다 ─ 그렇지 않다면 이렇게 강한 인상을 남기지 않았을 테니까요. 그런데, 당신은 어떻게 생각하세요? 그렇지요, 이를테면 휴머니스트인 당신에게 우리나라가 마음

에 들 거라고는 생각하지 않습니다. 그곳이 고향인 나로서
도 지금 생각해 보면 종종 과도하고 터무니없다는 생각이
들곤 합니다. 개인적으로 저 아래에서 그런 고통스러운 일
을 겪진 않았지만 말입니다. 예컨대 만찬에 제일 좋고 비싼
포도주를 내놓지 못하는 집과는 교제하려 들지 않고, 그 집
딸들은 시집을 가지도 못합니다. 그런 사람들입니다. 여기
이렇게 누워 멀리 떨어져서 생각해 보니 정말 심하고 터무니
없다는 생각이 드는군요. 아까 뭐라고 그랬던가요? 냉정하
고 그리고? 그리고 정력적이라고 했지요! 좋습니다, 하지만
그것이 무엇을 의미할까요? 그것은 무정하고 냉혹하다는
말입니다. 그리고 무정하고 냉혹하다는 것은 무엇을 의미하
겠습니까? 그건 잔혹하다는 뜻이지요. 저 아래의 공기는 가
혹하고 잔혹합니다. 이렇게 누워 멀리서 생각해 보니 몸이
오싹해지는군요.」

　세템브리니는 그의 말을 경청하며 머리를 끄덕였다. 한스
카스토르프가 잠시 비판을 끝내고 입을 다물어 버린 후에도
그는 계속 고개를 끄덕였다. 이윽고 그는 안도의 한숨을 쉬
며 이렇게 말했다.

　「인생에 따르기 마련인 자연스러운 잔혹성이 독일 사회
내에서 특수한 현상이라는 형태로 행해지고 있다는 사실을
변호하고 싶지는 않습니다. 아무래도 잔혹성을 비난하는 것
은 꽤나 감상적으로 들립니다. 당신도 고향 독일에 있다면,
스스로 생각해도 자신이 우습게 느껴지는 것이 두려워서 그
런 비난을 하지 않을지도 모릅니다. 그런 비난은 모름지기
인생의 기피자에게 가하는 것이 정당할지도 모르겠습니다.
당신이 지금 그런 잔혹성을 비난한다면 어떤 소외에 관해

증언하는 것인데, 나는 그런 소외가 심해지는 것을 보고 싶지 않습니다. 삶이 잔혹하다고 비난하는 것에 익숙해진 사람은 삶으로부터, 자신이 태어난 삶의 형태로부터 너무나 쉽게 사라져 버리고 맙니다. 엔지니어 양반, 〈삶에서 사라져 버린다〉는 말이 무슨 뜻인지 알겠어요? 나야 당연히 그것을 알고 있지요. 여기서는 매일 그것을 보고 있습니다. 이곳에 올라오는 젊은 사람은 (더욱이 이곳에 올라오는 사람들은 거의 젊은이들뿐입니다) 늦어도 반년만 지나면 시시덕거리며 아양 떠는 것과 체온 외에는 머릿속에 남는 것이 없게 됩니다. 그리고 늦어도 1년만 지나면 다른 생각은 전혀 품을 수 없게 되고, 다른 생각은 모두 〈잔혹하다〉고, 보다 정확히 말하자면, 오류나 무지라고 느끼게 됩니다. 당신은 실화(實話)를 좋아하니 — 내가 당신의 희망을 들어줄 수 있을 것 같네요. 이곳에 11개월 체류했던 어떤 남자 이야기로, 나도 그 사람을 알고 있었지요. 그 사람은 누군가의 아들이자 남편이었는데, 당신보다 약간 나이가 많았던 것 같습니다 — 아니 꽤 많았을지도 모르지요. 의사는 그가 상당히 호전되었다고 생각하고 시험 삼아 퇴원하게 해, 사랑하는 가족들의 품으로 돌려보냈어요. 그의 경우는 당신처럼 외삼촌들의 품이 아니라 어머니와 아내의 품이었지요. 그런데 그는 하루 종일 체온계를 입에 물고 누워 있을 뿐, 다른 것에는 전혀 관심이 없었습니다. 그는 〈당신들은 모른다니까〉라고 말했습니다. 〈그게 어떤 기분인지 알기 위해서는 저 위에서 살아 보아야 해요. 이 아래에서는 기본 개념이 결여되어 있으니까요.〉 그래서 그의 어머니가 이렇게 결정 내리는 것으로 끝이 났습니다. 〈다시 올라가도록 해라. 우리로서는 너를 어떻게 할

도리가 없구나.〉그래서 그는 이 위로 다시 올라왔습니다. 말하자면, 그는 〈고향〉으로 되돌아온 것입니다 — 당신도 아시겠지만 여기에 한번 살아 본 사람은 이곳을 〈고향〉이라 부른답니다. 그는 자신의 젊은 아내에게서도 완전히 소외되고 말았습니다. 그녀에게는 〈기본 개념〉이 결여되어 있었으니까요. 그래서 아내도 결국 포기하고 말았습니다. 그녀는 남편이 그 잘난 고향에서 뜻이 맞는 〈기본 개념〉을 지닌 여성 동지를 찾아, 다시는 아래로 돌아오지 않을 거라고 생각했답니다.」

한스 카스토르프는 그냥 건성으로 듣고 있는 것처럼 보였다. 그는 여전히 먼 곳을 바라보는 시선으로, 흰 방의 밝은 전등 불빛을 쳐다보고 있었다. 그러다가 한참 만에야 웃으며 이렇게 말했다.

「그 사람이 이곳을 고향이라고 불렀다고요? 당신 말씀처럼 정말 감상적인 면이 있군요. 그래요, 당신은 참으로 많은 실화들을 알고 계시네요. 나는 우리가 이야기를 나누었던 냉혹함과 잔혹성에 대해 계속 생각해 보았습니다. 요즈음 그것을 여러 가지로 곰곰이 생각해 보았어요. 아시다시피, 저 아래 평지 사람들의 사고방식, 그리고 〈그 친구 아직 돈은 있나?〉와 같은 질문, 그런 질문을 받았을 때 짓는 표정, 그러한 것에 아주 자연스럽게 동의하기 위해서는 꽤 두꺼운 피부를 가져야 합니다. 나는 비록 휴머니스트는 아니지만, 그런 것을 아무렇지도 않게 받아들인 적은 지금까지 한 번도 없었습니다 — 지금 와서 생각해 보니 나는 그런 말을 들을 때마다 늘 눈에 띄게 신경을 썼던 것 같습니다. 그런 것을 내가 자연스럽게 받아들이지 못한 것은, 어쩌면 나도 몰랐던 나의 이환(罹患) 경향, 즉 병에 잘 걸리는 경향과 관계가 있는 것 같습니다 — 나는 내 귀로 옛날에 앓았던 환부에서 나는 소리를 직접 들어 보았습니다. 게다가 이제 베렌스는 나의 몸에서 대수롭지 않은 신선한 환부를 발견했다고 합니다. 이것은 깜짝 놀랄 일이었지만, 난 이에 대해 근본적으로 그렇게 이상하다고 생각하지 않았습니다. 내 몸이 바위처럼 단단한 건강 체질이라고 느낀 적이 사실은 한 번도 없었기 때문이지요. 게다가 부모님도 일찍 돌아가셨으니까요 — 나는 아주 어릴 때 부모님을 모두 여의었습니다. 아시다시피…….」

세템브리니 씨는 머리와 어깨와 두 손을 모두 움직이며 제스처를 썼는데, 그 몸짓은 쾌활하고 우아하게 〈자, 그래서? 그다음은?〉 하고 묻는 듯이 보였다.

「당신은 문필가가 아닙니까.」한스 카스토르프가 말했다. 「— 문학가 말입니다. 그러니 당신은 이런 점을 잘 이해하고 통찰하실 겁니다. 그런 상황하에서는 그처럼 둔감하게 생각할 수 없으며, 또 세상 사람들의 잔혹성을 당연한 것으로 받아들일 수 없다는 사실도 잘 이해하실 겁니다 — 돌아다니고, 웃고, 돈을 벌어 배부르게 먹고 지내는 보통 사람들의 잔혹성을 말입니다……. 이거, 내가 제대로 말했는지 모르겠군요…….」

세템브리니는 허리를 구부렸다. 「당신이 하고 싶은 말은.」 그가 상세하게 설명했다. 「어려서부터 여러 번 죽음과 가깝게 접촉한 사람은 무분별한 세상 사람들의 냉혹함과 거친 행동에 대해, 다시 말해 이들의 냉소적 태도에 대해, 감정이 상하여 화가 나고 예민해진다는 것이지요.」

「바로 그겁니다!」 한스 카스토르프는 진심으로 감격하며 외쳤다. 「너무도 정확히 완전무결하게 표현했습니다. 세템 브리니 씨! 죽음과의 접촉이라! 나는 알고 있었습니다, 당신 이 문학가로서…….」

세템브리니는 머리를 옆으로 갸우뚱하고, 두 눈을 감은 채, 그를 향해 손을 내뻗었다 — 이것은 자신의 말을 잠자코 더 들어 달라는 부탁을 매우 멋지고도 부드럽게 나타낸 몸 짓이었다. 한스 카스토르프가 진작부터 말을 멈추고, 다소 당황하여 이제 어떤 일이 일어날까 기다리고 있었을 때도 마찬가지로, 그는 이런 자세로 몇 초 동안 가만히 있었다. 마 침내 그는 자신의 검은 눈을 — 손풍금장이의 눈을 — 다시 뜨고 말했다.

「들어 주십시오, 내 말 좀 들어 주십시오, 엔지니어 양반, 아무쪼록 마음에 새겨 두기 바랍니다. 죽음을 관찰하는 강 하고 고귀한 방식은 — 이 점에 대해 분명히 덧붙여 말하겠 습니다 — 게다가 종교적이기도 한 유일한 방식은, 말하자면 죽음을 삶의 일부분이자 그 부속물, 삶의 성스러운 조건으 로 파악하고 느끼는 것입니다. 하지만 건강하고, 고귀하고, 합리적이고, 종교적인 것과는 정반대라고 할 수 있는 죽음 을 정신적으로 어떻게 해서든 삶과 떼어 놓고 삶과 대립시키 며, 심지어 구역질 나게도 삶을 천하게 하고 죽음을 높이려 는 관찰 방식이 아닙니다. 고대 사람들은 죽은 자들의 석관 (石棺)을 삶과 생식의 상징뿐만 아니라 심지어 외설적인 상 징으로 장식했습니다. 고대인의 신앙심에서, 성스러운 것이 란 종종 외설적인 것과 동일한 것이었습니다. 고대인들은 죽음을 존경할 줄 알았습니다. 죽음은 삶의 요람으로서, 갱

신(更新)의 모태로서 존경할 만한 것이었습니다. 삶과 떼어 놓고 생각해 보면, 죽음은 유령이자 추한 얼굴 — 그리고 더 한층 고약한 것으로 변하고 맙니다. 정신적으로 독립한 힘으로서의 죽음은 극히 방종한 힘이며, 그 힘의 사악한 매력이 아주 큰 것임에는 의심의 여지가 없습니다. 하지만 그 힘에 공감하는 것은 인간 정신의 가장 비참한 착오라는 것도 마찬가지로 의심의 여지가 없습니다.」

이 말과 더불어 세템브리니는 입을 다물었다. 그는 이렇게 일반화하고는 딱 잘라 말을 끝내 버렸던 것이다. 그는 아주 진지했다. 재미 삼아 말한 것이 아니었으며, 상대방에게 말을 하게 할 기회를 준다거나 반박할 기회를 주는 것도 무시하고, 그 대신에 마지막에 가서는 낮은 목소리로 이상 끝이라고 마침표를 찍어 버렸다. 그는 입을 꼭 다물고, 양손을 무릎에 얹고, 체크무늬 바지를 입은 한쪽 다리를 다른 쪽 다리 위에 포갠 채, 앉아 있었다. 그러고는 허공에 떠 있는 발을 엄숙한 눈초리로 바라보면서 가볍게 흔들고 있었다.

그래서 한스 카스토르프 역시 침묵을 지키고 있었다. 새털 이불을 깔고 앉은 채, 머리를 벽 쪽으로 돌리고 손가락 끝으로 누비이불 위를 가볍게 두드리고 있었다. 설교를 듣고 질책을 받고 꾸지람을 당한 것처럼 여겨졌다. 그래서 침묵을 지키고 있는 그의 태도에는 마치 야단맞은 어린이처럼 토라진 데가 있었다. 대화는 중단된 채로 꽤나 오랫동안 지속되었다.

마침내 세템브리니 씨가 다시 머리를 들고 미소 지으며 말했다.

「기억하고 있습니까? 엔지니어 양반, 우리는 전에도 이와 비슷한 토론을 한 적이 있었지요 — 아니, 똑같은 토론을 나누었다고 할 수 있겠지요? 우린 그때 — 산책 도중이었다고 생각됩니다만 — 병과 우둔함에 대해 의견을 교환했지요. 당신은 이 둘의 결합을 모순이라고 설명했지요. 그것도 병을 존경하는 의미에서 그렇게 설명했습니다. 거기에 대해서 난 그러한 존경심을 인간의 사고를 더럽히는 음울한 망상이라 불렀습니다만, 다행히도 당신은 나의 항의를 곰곰이 생각해 봐주는 것이 싫지 않은 것 같았습니다. 우리는 젊은 사람들의 중립성과 정신적 우유부단, 선택의 자유, 모든 가능한 입장을 실험해 보려는 경향, 이러한 것들에 대해 이야기를 나누었고, 또 그러한 실험을 결정적이고 중대한 선택으로 간주해서는 안 되고 — 그렇게 간주할 필요도 없다고 서로 이야기를 나누었지요. 그러면, 어떻습니까……」 이렇게 말하고 세템브리니 씨는 두 발을 바닥에 가지런히 모으더니, 양손은 무릎 사이에 포개고, 머리도 마찬가지로 약간 비스듬히 앞으로 내밀고는, 미소를 지으며 의자에서 몸을 앞으로 굽혀 일어나려 하고 있었다. 「앞으로도 내가.」 이렇게 말하는 그의 목소리가 약간 떨리고 있었다. 「당신의 연습과 실험에 조금이라도 도움을 주고, 당신이 위험한 견해에 고정될 염려가 생길 경우 당신을 바로잡아 주는 교정적(矯正的) 영향을 미치도록 허락해 주셨으면 합니다만.」

「물론이지요, 세템브리니 씨.」 한스 카스토르프는 당황해서 어쩔 줄 몰라 하며 반쯤 반항적인 태도를 거두어들이고, 이불을 두드리던 동작도 중단하고는, 손님을 향하여 갑자기 친절한 표정으로 얼굴을 돌렸다. 「이렇게 친절히 대해 주시니 정말 고맙습니다……. 그런데 나 같은 사람이 어떻게……

말하자면 내가 그런 도움을 받을 자격이……」

「완전 무료입니다.」 세템브리니 씨는 자리에서 일어나면서 베렌스의 말을 인용했다. 「절대 인색하게 굴지 않겠어요!」 이들은 웃었다. 이때 이중문의 바깥쪽 문이 열리는 소리가 들리더니, 곧이어 안쪽 문도 열렸다. 요아힘이 저녁 모임에서 돌아온 것이다. 요아힘은 이탈리아인이 있는 것을 보자, 한스 카스토르프가 아까 그랬던 것처럼 얼굴을 붉혔다. 햇볕에 그을린 그의 검은 얼굴이 한층 더 검붉어졌다.

「아, 손님이 계셨군.」 요아힘이 말했다. 「마침 잘됐네. 난 붙들려 있었다네. 브리지 게임을 한판 하자고 자꾸 조르지 뭔가 — 겉으로만 브리지라고 부르기는 하지만.」 그는 머리를 절레절레 흔들면서 말했다. 「그런데 실제로는 완전히 다른 거였어. 난 5마르크 땄지만 말이지……」

「자네가 거기에 빠져들지만 않는다면, 그런 게임을 가끔 해도 무방하겠지.」 한스 카스토르프가 말했다. 「음, 그런데 나도 그사이에 세템브리니 씨 덕분에 즐거운 시간을 보냈다네……. 뭐랄까 즐겁다는 이 말이 딱 들어맞는 표현은 아니지만 말이야. 자네들의 가짜 브리지에는 딱 들어맞겠지만. 하지만 세템브리니 씨는 나의 시간을 아주 유익하게 채워 주었어……. 누군가 행실이 바른 사람이라면, 이곳을 빠져나가기 위해 전력을 다해야 할 거야 — 자네마저도 가짜 브리지까지 하게 된 바로 이곳을 말이야. 하지만 세템브리니 씨의 말에 더 자주 귀를 기울이고, 그와의 대화에서 여러 가지 도움을 얻기 위해, 좀 더 오랫동안 열이 내려가지 않아 여기에 계속 머무르게 되면 좋겠다는 생각이 들 정도야……. 결국 나도 무한정 체온계를 사용하여 속임수를 쓰게 될지도 모르겠네.」

「아까도 말했지만, 당신은 악동처럼 장난스러운 데가 있
군요, 엔지니어 양반.」이탈리아인이 말했다. 그는 아주 정
중하게 인사를 하고 물러갔다. 한스 카스토르프는 사촌과
단둘이 남게 되자, 안도의 한숨을 쉬었다.

「대단한 교육자야!」그가 말했다……「정말 인문주의적
교육자라는 걸 인정하지 않을 수 없어. 실제 이야기와 추상
적인 이론을 교대로 섞어 가면서, 계속 교정(矯正)하려고 끊
임없이 간섭을 하는 거야. 그리고 그와 대화를 나누면 이야
기가 고상해진단 말이야 ─ 전에는 이런 고상한 대화를 나
누거나 이해할 줄은 꿈에도 생각하지 못했거든. 만약 내가
평지에서 그를 만났더라면 그의 말을 도저히 이해하지 못했
을 거야.」그가 이렇게 덧붙였다.

요아힘은 이 시간에는 언제나 사촌의 방에 잠시 머물렀
다. 그래서 그는 밤의 안정 요양 시간을 30분이나 45분 정도
줄여야 했다. 어떨 때는 한스 카스토르프의 식탁에서 체스
를 두기도 했다 ─ 요아힘이 저 아래에서 한 벌 가지고 왔던
것이다. 이윽고 요아힘이 소지품을 모두 챙겨 들고 체온계
를 입에 문 채 자신의 발코니로 나가면, 한스 카스토르프도
그날의 마지막 체온을 쟀다. 그러는 동안 밤의 장막에 싸인
골짜기로부터 가까이 또는 좀 멀리서 경음악이 이 위로 울
려 왔다. 밤 10시가 되면 안정 요양이 끝난다. 요아힘의 방
에서도, 이류 러시아인석 부부의 방에서도 안정 요양을 끝
내는 소리가 들렸다……. 그러면 한스 카스토르프는 몸을
옆으로 눕히고 잠을 청하는 것이었다.

밤은 하루의 절반인 낮과 비교가 안 될 만큼 견디기 힘들

었다. 체온 이상으로 잠이 오지 않아서인지, 아니면 낮에 완전히 수평 생활에만 전념하는 바람에 잠자고 싶은 기분이나 기력이 떨어져서인지, 한스 카스토르프는 눈을 뜨고 몇 시간 동안이나 잠을 이루지 못할 때가 자주 있었기 때문이다. 그 대신 잠자고 있는 동안에는 변화무쌍하고 생생한 꿈을 꾸어, 잠이 깬 후에도 그것을 다시 기억해 낼 수 있을 정도였다. 낮은 여러 가지로 구분되고 잘게 나뉘어 있어 짧게 느껴졌지만, 밤에는 흘러가는 시간이 구분 없이 한 가지 모양을 하고 있어 마찬가지로 짧게 느껴졌다. 그러다가 겨우 아침이 가까워지면서 방 안이 서서히 밝아져 윤곽이 드러나고, 주위의 사물이 눈에 드러나면서 베일을 벗고, 또 바깥에서 새로운 날이 흐리거나 활짝 갠 상태로 밝아 오는 것을 바라보는 것도 재미가 있었다. 그리고 자기도 모르는 사이에 마사지사의 힘찬 노크 소리가 하루 일과의 개막을 알리는 순간이 다시 찾아왔다.

한스 카스토르프는 이번 여행을 떠나오며 달력을 가져오지 않아서, 언제나 날짜를 정확하게 알 수가 없었다. 그래서 때때로 사촌에게 물어보았지만, 요아힘도 사실 이 점에 있어서는 그때마다 확실한 대답을 주지는 못했다. 그런대로 일요일이 어느 정도 근거를 제공해 주었다. 특히 격주로 찾아오는 연주회가 열리는 일요일, 한스 카스토르프가 이런 식으로 보내는 일요일이 어느 정도 길잡이가 되었다. 그것으로 미루어 볼 때, 어느덧 9월도 꽤 깊어져 벌써 중순이 다가오고 있었다. 바깥의 골짜기에서는 한스 카스토르프가 자리에 눕고 난 이후부터 계속되었던 스산하고 추운 날씨가 화

46 「루가의 복음서」 17장 19절에서 인용.

창한 한여름 날씨로 변했다. 이런 날씨가 한없이 계속 이어지는 바람에 요아힘은 아침마다 흰 바지 차림으로 사촌의 방에 나타났던 것이다. 이런 화창한 날씨에 매일 누워만 있어야 한다는 것은, 한스 카스토르프에겐 그의 영혼이나 젊은 근육을 위해서나 실로 아쉽고도 유감스러운 일이었다. 언젠가 한번은, 이런 식으로 누워서 지내는 것을 〈치욕〉이라고까지 나지막하게 말한 적이 있었다 — 하지만 이곳에서 활발하게 돌아다니는 것이 위험하다는 사실을 경험상 잘 알고 있었기 때문에, 그는 일어나 있어도 지금처럼 누워 있는 것이나 별반 다를 바 없었을 거라고 생각하며 스스로를 달래었다. 그래도 발코니의 문을 활짝 열어 놓으면, 저 바깥의 따스한 빛을 어느 정도는 맛볼 수 있었다.

그러나 그에게 부과된 방 안의 은거 생활이 끝날 무렵, 다시 날씨는 급변했다. 하룻밤 사이에 안개가 끼고, 기온이 급강하했다. 골짜기는 축축한 눈보라에 싸이게 되었고, 스팀으로 건조해진 공기가 방 안을 가득 채웠다. 그러던 어느 날, 의사들이 아침 회진을 돌 때 한스 카스토르프는 오늘로 이곳에 누워 지낸 지 3주가 된다는 사실을 베렌스 고문관에게 상기시키고, 이제 그만 일어나게 허락해 달라고 부탁했다.

「뭐라고요? 벌써 졸업이라고요?」베렌스가 말했다. 「어디 한번 봅시다. 정말이군요, 말씀대로입니다. 벌써 이렇게 되었군요. 그런데 그동안 당신에게 그리 많은 변화가 생기진 않았네요. 뭐라고요, 어제는 정상이었다고요? 그래요, 오후 6시의 검온까지는 말입니다. 자, 카스토르프 군, 그렇다면 나도 이러고 싶지는 않으니, 당신을 인간 사회로 돌려보내 드리지요. 〈일어나 가거라!〉[46] 물론 규정된 범위와 정도를 넘어서는 안 됩니다. 이제 곧 당신의 내부 초상화인 뢴트겐을 찍어 보도록 합시다. 예정표에 기입해 두도록 하세요!」 그는 밖으로 나가면서 크로코브스키 박사에게 이렇게 말했다. 그러면서 자신의 커다란 엄지손가락으로 한스 카스토르프를 어깨 너머로 가리키면서 촉촉하게 젖은 자신의 푸르고 충혈된 눈으로 조수를 바라보았다……. 이리하여 한스 카스토르프는 〈보금자리〉를 떠나게 되었다.

그는 외투의 칼라를 높이 세우고 고무 구두를 신고서, 사촌과 함께 다시 처음으로 개울가 벤치까지 산책을 했다. 가는 도중에 그는, 자신이 처음에 정한 3주가 지났다는 것을 고문관에게 알리지 않았더라면, 고문관은 도대체 얼마나 오래 자신을 눕혀 놓았을 것인가를 문제 삼지 않을 수 없었다. 그러자 요아힘은 눈을 멍하니 뜨고, 입을 벌려 〈아〉 하고 절망적으로 한숨짓는 듯한 모습으로, 〈한없이 눕혀 두었겠지〉 하는 몸짓을 허공에다 대고 해보였다.

아, 보인다!

그로부터 일주일 후에야 비로소 한스 카스토르프는 밀렌동크 수간호사로부터 뢴트겐 검사실로 출두하라는 통보를 받았다. 그는 허겁지겁 급하게 가고 싶지는 않았다. 베르크호프에서는 다들 몹시 바빠서, 의사와 직원들 모두 일에 쫓기고 있는 것이 분명했다. 요 며칠 사이에 새로운 손님들이 이 위에 도착했다. 세탁한 흔적은 찾아볼 수 없는, 앞이 막힌 검은 블라우스를 입은 더벅머리 러시아 대학생 두 명과, 세템브리니의 식탁에 자리를 배정받은 네덜란드인 부부, 그리고 무서운 천식 발작으로 식탁 동료를 공포에 몰아넣은 곱사등이 멕시코인이 그들이었다. 그는 발작이 일어나면 기다란 손으로 남녀 구분할 것 없이 옆 사람을 붙잡아 매달리며, 나사 바이스처럼 꽉 쥐어 댔다. 그러면서 깜짝 놀라 저항하는 사람들과 도움을 청하는 사람들을 그 자신의 공포 속으로 몰아넣었던 것이다. 요컨대 겨울 시즌은 10월부터야 비로소 시작되었지만, 식당은 지금부터 거의 만원이었다. 그리고 한스 카스토르프 정도의 증상과 병의 등급으로는 특별 취급을 요구할 권리가 거의 없었다. 가령, 슈퇴어 부인이 아무리 어리석고 교양이 없다 해도 한스 카스토르프보다 훨씬 중병인 것은 의심의 여지가 없었고, 하물며 블루멘콜 박사는 더 말할 것도 없었다. 한스 카스토르프 정도의 증세로는 얌전하게 가만히 있는 것이 당연한 일이었다. 그러지 않는다면 등급이나 차이에 대한 의식이 전혀 없는 사람일 것이다 — 특히 이러한 차별 의식이 바로 베르크호프의 정신이었다. 베르크호프에서는 증세가 가벼운 환자는 무시당했고, 한스 카스토르프는 주위에서 나누는 대화로 종종 이것을 느낄 수 있었다. 증세가 가벼운 환자는 이곳에서 통용되는 기준에 따라 멸시당했으며, 사람들에게 업신여김을 당했다. 그것도 증세가 심한 중환자들뿐 아니라 증세가 〈가벼운〉 환자들로부터도 무시를 당했다. 물론 증세가 가벼운 환자들의 이러한 태도는 스스로를 멸시하고 있음을 드러내는 행위였지만, 그들로서는 이러한 기준을 따름으로써 건강한 사람들에 대해 자신들의 높은 자존심을 지킬 수 있었다. 인간이란 이런 존

재인 것이다. 「아아, 그 사람 말인가!」 그들은 어쩌면 이런
식으로 쑥덕거렸을지도 모른다. 「그 사람은 실은 아무 데도
안 좋은 곳이 없어. 이곳에 있을 권리도 거의 없는 셈이지.
공동 하나도 없으니까 말이야…….」 이것이 베르크호프의
정신이었고, 특별한 의미에서의 귀족주의 정신이었다. 법이
나 질서라면 무엇에든 선천적인 존경심을 갖는 한스 카스토
르프는 이러한 정신에도 경의를 표했다. 나라가 다르면 풍
습도 다르다는 말이 있다. 여행객이 여행지의 민족이 지닌
풍습이나 가치 기준을 비웃는다면, 그것은 자신의 교양 없
음을 드러내는 것과 같다. 그리고 어떤 민족에게든 다른 민
족을 능가하는 이런저런 장점이 있는 법이다. 심지어 한스
카스토르프는 요아힘에 대해서도 존경과 관심을 보였는데
─ 이것은 요아힘이 자신보다 이곳에 더 오래 있었고, 이 위
세계의 안내자 내지 지도자 역할을 했기 때문이라기보다는
요아힘이 분명 자신보다 더 〈중환자〉였기 때문이다. 이 위의
사정이 이러했기 때문에 누구나 될 수 있는 대로 중환자로
보이려 하고, 자신의 병세를 과장하여 귀족층에 들어가거나
거기에 더 가까이 다가가려고 하는 것은 쉽게 이해할 수 있
는 일이었다. 한스 카스토르프 역시 식사 중에 누군가로부
터 질문을 받으면, 실제 측정된 검온 결과에 눈금을 두세 개
더 올려 체온을 실제보다 더 높여 말했다. 그러다 사람들에
게 보기와는 달리 교활하기 짝이 없는 사람이라고 손가락질
당하며 위협을 받으면, 공연히 우쭐한 기분을 느꼈다. 그렇
지만 체온을 좀 높여 말한다 해도, 엄밀히 말해 그는 여전히
무시당하는 경량급의 환자 하나에 불과했기 때문에, 인내하
고 자제하는 것만이 확실히 그에게 어울리는 태도라 할 수

있었다.

한스 카스토르프는 처음 3주 동안의 생활 방식이 그랬듯, 요아힘의 옆방에서 이미 몸에 익숙하고 똑같으며 정확하게 규율된 생활로 다시 돌아왔다. 그렇게 그의 생활은 결코 중단된 적이 없었던 것처럼 첫날부터 순조롭게 진행되었다. 사실 이러한 중단은 아예 없었던 것이나 마찬가지였다. 그가 침대를 떠나 식탁에 처음 다시 모습을 드러냈을 때 즉각 이러한 사실을 분명히 느꼈기 때문이다. 요아힘은 이러한 생활의 변화에 아주 특별하고도 의도적인 중요성을 부여하는 사람이라, 침대에서 일어난 사촌의 좌석을 몇 송이의 꽃으로 꾸며 주는 배려를 잊지 않았다. 하지만 몇 주 만에 만난 식탁 동료들의 인사는 별로 떠들썩하지 않았다. 3주 만에 얼굴을 맞댄 지금이나, 예전에 세 시간 만에 다시 만났을 때나 본질적으로는 다를 게 없었다. 이것은 평범하고 호감이 가는 그에 대한 무관심이라든가, 모두들 자신의 문제에, 즉 각자의 관심 대상인 자신의 신체에 너무나 신경을 쓰느라 바빠서라기보다는, 아무도 그 3주간의 기간을 의식하지 못하고 있기 때문이었다. 그리고 그 자신도 여교사와 로빈슨 양의 사이, 식탁 끝 자신의 자리에 앉아 있으면, 거기에 마지막으로 앉은 것이 늦어도 어제인 것처럼 느껴졌기 때문에, 별어려움 없이 이들의 분위기에 젖어 들 수 있었다.

하지만 그의 식탁 동료들까지도 그의 칩거 생활이 끝난 것에 대해 떠들어 대지 않았으니 다른 식탁 사람들이 이에 대해 감 놔라 대추 놔라 할 리 있겠는가? 그곳에서는 문자 그대로 어느 누구도 이에 대해 알아차리지 못했다 — 단지 세템브리니만은 예외여서, 그는 식사가 끝나자 가까이 다가와 약간 장난스럽고도 다정하게 인사를 했다. 물론 한스 카스토르프는 또 다른 예외가 있을 거라고 생각했겠지만, 우리는 그 생각이 맞을지 그렇지 않을지 판단을 유보하지 않을 수 없다. 그는 주장했다. 클라브디아 쇼샤가 자신이 다시 나타난 것을 알아차렸을 거라고. 또한 그녀는 언제나처럼 마찬가지로 늦게 나타나서는 유리문을 쾅 소리를 내며 닫은 뒤에 금방 가느다란 눈으로 자신을 쳐다보았으며, 그도 그녀의 눈을 마주 쳐다보았다고 생각했다. 그리고 3주 전에 진찰을 받으러 가기 전에 그랬듯이, 그녀가 식탁에 앉자마자 또 한 번 어깨 너머로 미소를 지으며 그를 돌아보았다고 생각했다. 그 돌아보는 동작이 너무나 노골적이고 무분별해서 — 그 자신뿐만 아니라 거기에 앉아 있는 다른 손님들도 전혀 고려하지 않은 무분별한 동작이어서 — 이것에 대해 기뻐해야 할지, 또는 자신을 안중에도 두지 않는 징표로 보아 화를 내야 할지 갈피를 잡을 수 없었다. 아무튼 어느 쪽이든 간에 그의 심장은 이러한 눈초리를 받고 오그라들었는데, 그 눈초리는 그의 눈으로 볼 때 그 여자 환자와 자신이 사회적인 의미에서 친분이 없는 사이라는 사실을 무섭고도 도취적인 방식으로 부인하고 그것이 거짓임을 밝혀 주었으며 — 더욱이 그는 유리문이 쾅 소리를 내는 순간을 가슴 죄며 기다렸기 때문에, 그 소리를 들었을 땐 이미 심장이 고통스러울 정도로 오그라들어 있었다.

여기에 덧붙일 사실이 있다. 그것은 한스 카스토르프와 일류 러시아인석에 앉은 여자 환자와의 내적인 관계, 즉 그가 그녀에 대해 갖고 있는 관심이다. 적당한 키에 나긋나긋하게 걸어가는 키르키스인의 눈을 한 여인에 대한 그의 관

능과 소박한 정신의 관심, 다시 말해서 그의 연정(戀情)(이
단어는 저 〈아래〉 평지의 말로서, 〈내 마음 이상하게 두근거
리누나〉와 같은 노래 가사가 여기에도 어느 정도 적용될 수
있을 것 같은 인상을 불러일으키지만 그냥 이 말을 사용하
기로 한다)이 3주간의 칩거 생활 동안 더욱 깊어 갔다는 사
실이다. 그가 아침 일찍 눈을 떠서 서서히 밝아 오는 방을 바
라보고 있을 때에도, 저녁에 짙어 가는 황혼을 바라보고 있
을 때에도, 그의 눈앞에는 언제나 그녀의 모습이 아른거렸
다. (언젠가 세템브리니가 갑자기 그의 방에 들어와 불을 켰
을 때에도 그녀의 모습이 또렷이 떠올라서, 그는 그 휴머니
스트의 모습을 보고 그토록 얼굴을 붉혔던 것이다). 한스 카
스토르프는 작게 구분된 하루의 순간순간 그녀의 입술, 광
대뼈, 가슴을 파고드는 눈의 빛깔과 모양과 위치, 축 늘어진
등, 머리의 자세, 블라우스의 목덜미 파인 부분에 드러난 경
추(頸椎), 얇은 망사로 덮여 훤히 들여다보이는 팔, 이 모든
것을 항상 생각하였다 ― 이로 인해 그에게는 시간이 쉽게
소리 없이 흘러갔던 것이다. 우리가 이런 사실에 대해 침묵
한 것은 그의 이러한 모습과 얼굴에서 보이는 놀랄 만한 행
복감 속에 양심의 가책이 섞여 있어, 거기에 우리가 공감하
고 있었기 때문이다. 그렇다, 이 행복감에는 공포와 놀라움
이, 막연하고 무제한적이며 완전히 모험석인 것으로 일탈하
려는 희망과 기쁨, 말로 표현할 수 없는 불안 등이 결부되어
있었다. 하지만 이 행복감이 청년의 심장을 ― 본래적 육체
적 의미에서의 그의 심장을 ― 때때로 너무 세게 압박했기
때문에, 그는 한 손은 심장 부위에 갖다 대고, 다른 손은 이
마에 올려놓고서 (마치 눈 위에 가리개처럼 대고) 이렇게 속

삭이듯 중얼거렸다.

「아뿔싸!」

그의 머릿속에는 갖가지 상념들, 아니면 상념의 모습을 절반 갖춘 상념의 씨앗들이 가득 차 있었다. 이러한 상념들이 그러한 모습과 얼굴에 지나치리만큼 감미로운 분위기를 부여해 주었던 것이다. 그것은 쇼샤 부인의 단정치 못하고 무분별한 태도, 그녀가 환자라는 사실, 병으로 인해 돋보이는 육체, 병으로 인한 그녀 존재의 육체화(肉體化)와 관계되는 상념들이었다. 의사의 말에 따르면 이제 한스 카스토르프 자신도 그러한 육화(肉化)에 가담하게 되리라는 것이었다. 쇼샤 부인이 뒤를 돌아보고 미소를 지었으므로 그는 머릿속으로 이미 두 사람은 사회적인 의미에서의 타인이 아니며, 마치 둘은 사회적인 존재가 아니고 두 사람 사이에는 말을 나눌 필요조차도 없는 사이인 듯이, 모험적인 자유를 음미하고 있었다……. 그가 소스라치게 놀란 것도 바로 이러한 사실 때문이었다. 그는 이와 똑같은 의미에서 소스라치게 놀란 적이 또 있었는데, 전에 진찰실에서 요아힘의 상반신을 보다가 황급히 사촌의 두 눈을 살피며 쳐다보았을 때였다 — 당시에는 연민과 걱정 때문에 놀랐다면, 지금은 이와는 전혀 다른 기분에서였다.

이제, 좁은 무대이긴 하지만, 기회가 풍부하고 규칙적인 베르크호프에서의 생활이 다시 단조롭게 계속되었다 — 한스 카스토르프는 몸속 엑스레이 촬영을 기다리며, 24시간 내내 선량한 요아힘과 똑같이 행동하면서 함께 생활했는데, 사촌이 늘 옆에 있다는 사실이 그에게는 얼마나 다행인지 몰랐다. 비록 병에 걸린 이웃이긴 했지만, 그는 다분히 군인다운 성실함과 예의를 지니고 있었기 때문이다. 물론 요아힘 자신은 이를 알아차리지 못했지만, 이러한 성실함과 예의 바름으로 그는 요양 근무만으로도 만족하려 했다. 말하자 면 이러한 요양 근무가 요아힘에게는 평지에서 이루어질 의 무 수행의 대용물이자, 슬쩍 바뀐 직업이 되어 버렸다. 한스 카스토르프는 이 점을 제대로 파악하지 못할 정도로 어리석 지는 않았다. 오히려 그는 자신의 시민적인 기질을 제어하고 억제하는 사촌의 영향력을 충분히 느끼고 있었다 — 심지어 이러한 이웃의 모범과 감독이 있었기에 극단적인 행보와 맹 목적인 행동을 자제할 수 있었다. 그는 용감한 요아힘이 둥 근 갈색 눈, 작은 루비, 쉽게 터지는 잦은 웃음, 겉보기에도 풍만한 가슴을 지닌 마루샤로부터 매일같이 솔솔 풍겨 나오 는 오렌지 향수 냄새를 견뎌 내는 모습을 생생히 보았기 때 문이다. 그리고 한스 카스토르프는 이성과 명예심을 갖춘 요아힘이 이러한 환경의 영향이 두려워 피하려는 것에 감명 을 받았다. 그래서 자기 자신도 어느 정도는 자제하고 질서 를 지켰으며, 키르키스인의 눈을 한 환자에게 말하자면 옛 날 프리비슬라프한테 접근할 때 써먹은 〈연필을 빌리는 수 법〉을 쓰는 것을 주저하고 있었던 것이다 — 규율이 엄한 이런 이웃이 없었더라면, 이때까지의 모든 경험으로 미루어 볼 때 한스 카스토르프가 연필을 빌릴 위험성이 높았던 것 이다.

요아힘은 웃기 좋아하는 마루샤에 대한 이야기를 한 번도 꺼낸 적이 없었다. 그래서 한스 카스토르프도 클라브디아 쇼샤에 대해 요아힘과 이야기를 나눌 수 없었다. 한스 카스 토르프는 그것을 보충하려고 식사 중에 자신의 오른쪽에 앉은 여교사와 몰래 소곤소곤 대화를 나누었으며, 그때 이 노처녀가 유연한 몸매의 여자 환자 쇼샤 부인에게 정신없이 빠져 있는 것을 놀려 대면서 노처녀가 얼굴을 붉히게 만들고는 자신은 옛날 카스토르프 할아버지의 흉내를 내며 턱을 가슴 쪽으로 당기고 위엄 있는 자세를 취하였다. 그는 쇼샤 부인의 개인적인 신상, 말하자면 그녀의 출신, 남편, 나이, 병의 증세에 관해 새롭고도 알아 둘 가치가 있는 정보를 가르쳐 달라고 그녀에게 졸라 댔다. 또 쇼샤 부인에게 아이가 딸려 있는지도 알고 싶어 했다 — 하지만 그녀에게는 아이가 하나도 없었다. 그녀 같은 여자에게 혹시라도 아이가 있다면 어떻게 하겠는가? 아마 아이를 갖지 못하도록 엄격하게 금지했을 것이다 — 다른 한편에서 생각해 볼 때, 만약 아이를 갖게 된다면 어떤 아이가 태어날까요? 이것이 마루샤의 대답이었는데, 이 말에 한스 카스토르프는 동의하지 않을 수 없었다. 아이를 가지기에는 너무 늦었을 것이라고 결국 그도 지나친 객관성에 입각한 추측을 하였다. 옆에서 보면 때때로 쇼샤 부인의 얼굴이 이미 나이가 든 것처럼 꽤나 날카롭게 보인다고 말이다. 서른을 넘겼을까? — 이러한 추측에 대해 엥엘하르트 양은 펄쩍 뛰며 아니라고 했다. 그녀가 서른이라고? 아무리 많아도 스물여덟 정도일 거라고 했다. 그리고 그녀의 옆모습에 관한 한, 여교사는 그런 엉뚱한 소리는 하지도 말라고 나무랐다. 클라브디아의 옆모습은 흥미로운 면모도 당연히 지니고 있으면서 비록 건강한 젊은 여자의 얼굴은 아니라 하더라도, 세상에서 가장 부드러운 젊음과 감미로움을 지니고 있다고 했다. 그리고 엥엘하르트 양은 청년을 놀려 주려고 계속해서 자신이 알고 있는 사실을 덧붙여 말했다. 즉, 쇼샤 부인은 플라츠에 살고 있는 러시아 남자의 방문을 가끔 받는다는 것이다. 그녀는 오후에 그 남자를 자신의 방에 불러들인다고 했다.

이 말은 제대로 적중했다. 한스 카스토르프는 아무렇지도 않은 척 무진 애를 썼지만 얼굴이 완전히 일그러졌다. 그가 그녀의 사실 보고를 듣고 〈말도 안 되지〉라든가 〈어떻게 설마〉와 같은 말로 얼버무리려고 한 말투도 어색하게 들렸다. 그는 처음에는 그녀와 같은 나라의 남자가 출현한 것에 대해 어깨를 으쓱하며 별로 문제 삼지 않는 척하려 노력했지만, 이것이 불가능해져서 입술이 파르르 떨리며 계속 화제를 그 남자에게로 돌렸다. 젊은 사람인가요? — 자신이 들은 바로는 젊고 매력적으로 생겼다고 여교사가 대답했다. 그런데 자기 눈으로는 뭐라고 판단할 수 없었다고도 말했다 — 병에 걸린 사람인가요? 라는 질문에는 — 병을 앓고 있다 하더라도 증세가 가벼울 겁니다! 라고 대답했다 — 이 말에 한스 카스토르프는 그 남자에게서는 이류 러시아인석의 사람들보다 더 많은 빨랫감을 볼 수 있기를 바란다고 조롱 섞인 말을 했다 — 이에 대해 엥엘하르트는 여전히 놀리려는 듯, 그것은 보증할 수 있다고 설명했다. 그래서 그는 이 문제는 반드시 짚고 넘어가야 하는 사안임을 시인하고, 쇼샤 부인의 방을 들락거리는 이 러시아 사람이 어떤 남자인지 알아봐 달라고 그녀에게 진지하게 부탁했다. 하지만 며칠 후에 그녀는 그 남자에 대한 소식을 전달해 주는 대신 완전히 새로운 뉴스를 갖고 왔다.

그녀는 클라브디아가 초상화의 모델로 활동하고 있다는 사실을 알아내고서, 한스 카스토르프에게 이런 사실을 알고

있느냐고 물어보았다. 그가 이 사실을 모른다 해도 자기가
아주 확실한 소식통에게 들었기 때문에, 이것에 대해 확신해
도 좋다는 것이다. 쇼샤 부인은 꽤 오래전부터 이곳 요양원
에서 누군가의 모델이 되어 초상화를 그리게 한다고 했다 ―
누구에게 초상화를 그리게 한다는 것인가? 그 사람은 바로
고문관이라는 것이다! 그녀는 이러한 목적으로 거의 매일
고문관 베렌스 씨의 자택에 드나들고 있다고 했다.

　이 얘기는 지난번 소식보다 한스 카스토르프에게 더욱 충
격을 주었다. 그는 이번에도 이야기에 억지를 부리며 대수롭
지 않게 생각하려고 애썼다. 그래, 분명해. 있을 수 있는 일
이지. 고문관이 유화를 그린다는 것은 누구나 다 아는 사실
이 아닌가 ― 거기에 대해 아무리 여교사가 떠들어 댄다 해
도, 금지된 일이 아니고, 누구나 그런 일을 해도 괜찮은 것
아닌가. 그런데 홀아비인 고문관이 사는 집에서 그림을 그
린다는 말인가? 적어도 밀렌동크 양 정도는 그 장소에 함께
있지 않을까? ― 하지만 밀렌동크 수간호사는 너무 바빠
그럴 시간이 없다고 노처녀가 대답했다 ―「시간이 없다는
점에서는 고문관도 수간호사와 마찬가지일 텐데요.」 한스
카스토르프는 잘라 말했다. 이것으로 이 문제에 대한 최종
적인 결론이 내려진 것 같았지만 그는 여기서 이야기를 일단
락 짓지 않고 더 자세하고 새로운 내용을 알려고 질문을 퍼
부었다. 즉 초상화의 크기까지 알려고 하며, 머리 부분까지
그린 그림인가, 아니면 무릎 부분까지 그린 그림인가 묻고
는, 또 모델이 앉아 있는 시간에 대해서도 물어보았다. 그러
나 엥엘하르트 양은 이번에도 자세한 내용까지는 알지 못했
으므로, 앞으로 더 알아보고 결과를 알려 주겠다고 그를 달

랠 수밖에 없었다.

이 소식을 접한 후, 한스 카스토르프의 체온은 37.7도로 올라갔다. 쇼샤 부인이 하는 방문은 쇼샤 부인이 받는 방문보다도 한층 더 그의 마음을 괴롭혔고 불안하게도 했다. 쇼샤 부인의 사적인 개인 생활 그 자체만 해도 내용과 관계없이 그에게 고통과 불안을 주기 시작한 참인데, 그 내용에 관해 여러 가지 의심스러운 점이 귀에 들어오자 고통과 불안도 한층 더 심해져 갔다! 사실 쇼샤 부인과 그녀를 방문하는 같은 나라 남자와의 관계는 더 깨끗하고 더 순수한 성질을 띠고 있는 것이라 생각할 만도 했지만, 한스 카스토르프는 얼마 전부터 깨끗하고 순수한 관계라는 것을 허튼소리로 간주하기에 이르렀다. 그는 정력적으로 얘기하는 독신 남성과 사뿐사뿐 걸어가는 가느다란 눈의 젊은 쇼샤 부인 사이의 관계를 단순히 유화 때문이라고 애써 억누를 수 없었고 또 그렇게 믿을 수도 없었다. 게다가 고문관이 모델 선택에 보였던 취향이 자신의 취향과 너무나 일치했기 때문에, 그는 이 점에서 깨끗한 관계라는 것을 도저히 믿을 수 없었다. 사정이 이러하니 고문관의 창백한 볼과 붉게 충혈된 눈을 생각해 보아도 그에게 별로 위로가 되지 않았다.

한스 카스토르프가 이 무렵에 우연히 자기 눈으로 직접 목격한 장면 역시, 자신의 취향을 또 한 번 증명해 주는 것이었지만 지난번 충격과는 다른 방식으로 그에게 영향을 미쳤다. 한스 카스토르프가 듣기로는 사촌들의 식탁 좌측에, 옆쪽 유리문 바로 가까이에 있는 잘로몬 부인과 안경을 낀 대식가 학생이 앉아 있는 식탁에, 만하임 출신의 환자가 한 명 있었다. 서른 살가량의 머리숱이 적고 충치가 몇 개 있는 그는 소심하게 말하는 사람으로 — 저녁 모임 때 이따금 피아노를 연주하며, 그것도 대체로 「한여름 밤의 꿈」에 나오는 「결혼 행진곡」만을 연주하는 바로 그 사나이였다. 물론 이 위의 사람들이 대체로 그렇듯이 그 사람은 신앙심이 무척 깊다고, 한스 카스토르프는 들었다. 일요일마다 저 아래 플라츠에 내려가 예배를 보고, 안정 요양 중에도 표지에 성배 (聖杯)나 종려나무 가지가 인쇄된 경건한 책들을 읽는다는 것이다. 그런데 어느 날 한스 카스토르프는 이 사나이가 자신이 쳐다보는 곳과 똑같은 곳에 눈길을 보내고 있다는 사실을 알아차리게 되었다 — 그것은 바로 쇼샤 부인의 우아한 모습에 보내는 시선이었다. 그것도 흘끔흘끔 야비하다 할 정도로 집요하게 그녀를 쳐다보는 것이었다. 한스 카스토르프는 이것을 한 번 알아차리고 나자 몇 번이고 재차 확인하지 않을 수 없었다. 한스 카스토르프는 그 사나이가 저녁 식사 뒤 오락실에서 손님들 틈에 끼여, 병을 앓긴 하지만 사랑스러운 부인의 모습을 슬픈 표정으로 멍하니 바라보는 것을 목격했다. 그 사나이의 부인은 저 건너 작은 방의 소파에 앉아 부드러운 머리숱을 한 같은 식탁의 타마라(이 유머러스한 아가씨는 이렇게 불렸다)와 잡담을 나누고 있었으며, 블루멘콜 박사와도, 또 볼이 쑥 들어가고 어깨가 축 늘어진 신사와도 잡담을 나누고 있었다. 한스 카스토르프는 그 사나이가 눈길을 딴 데로 돌려 이리저리 둘러보다가 다시 천천히 옆으로 눈동자를 돌리고, 애절하게 윗입술을 치켜올리고는 어깨 너머로 머리를 부인 쪽으로 돌리는 것을 보았다. 또 유리문이 쾅 닫히고 쇼샤 부인이 자기 자리로 미끄러지듯 걸어가면, 얼굴색이 변하면서 눈을 위로 뜨지 못하고

있다가, 다시 눈을 들어 갈망하듯 그녀를 바라보는 것을 지
켜보았다. 그리고 이 불쌍한 사나이가 식사 후에 출구와 일
류 러시아인석 사이에 서서 쇼샤 부인을 옆으로 지나가게
해놓고는, 자신을 거들떠보지도 않는 부인을 슬픔에 찬 눈
으로 바로 가까이에서 뚫어지게 쳐다보는 것을 수차례 목격
하였다.

　이러한 발견도 젊은 한스 카스토르프에게 적지 않은 충격
을 주었다. 물론 만하임 출신 남자가 보내는 애절한 시선이,
연령이나 인품이나 지위에 있어서 자신보다 월등한 베렌스
고문관과 클라브디아 쇼샤의 사적인 교제만큼 그의 마음을
불안하게 하지는 않았다 하더라도 말이다. 클라브디아는 이
만하임 출신의 남자를 거들떠보지도 않았다 — 만약 그랬
다면 한스 카스토르프의 민감해진 감각이 이것을 놓칠 리
없었다. 그러므로 이때 그가 마음속으로 느낀 것은 질투의
역겨운 가시 같은 것은 아니었다. 하지만 그는 자신과 똑같
은 도취와 정열에 괴로워하는 다른 사람들을 볼 때에 느끼
는 모든 감정을 맛보았으며, 혐오감과 공동체 의식이 섞인
가장 기묘한 감정을 맛보았다. 하지만 이야기의 진행상 이
모든 것을 규명하고 분석하기란 불가능하다. 아무튼 만하임
출신의 그 사나이를 관찰하고 속속들이 느낀 한스 카스토
르프의 기분은 그의 현재 상태로 보아 한꺼번에 감당하기
벅찬 것이었다.

　이렇게 한스 카스토르프의 엑스레이 검사 때까지 일주일
이 지나갔다. 그는 일주일이 지나갔다는 사실도 모르고 있
었는데, 어느 날 아침 첫 번째 아침 식사 때 수간호사(그녀는
이번에도 다래끼가 나 있었는데, 지난번 것과는 다른 종류였

다. 이러한 보기 흉한 종기는 별로 해가 되진 않으며, 그녀의 체질과 관계되는 것이라고 봐도 무방하다)로부터 오후에 엑스레이 촬영실로 오라는 지시를 받았다. 그러니까 이것은 일주일이 막 지나갔다는 뜻이었다. 한스 카스토르프는 오후의 차를 마시기 30분 전에 사촌과 함께 가야 했다. 요아힘도 이 기회에 다시 뢴트겐 사진을 찍게 되었다 — 지난번에 찍은 것이 이미 너무 오래되었기 때문이다.

이리하여 두 사람은 오후의 긴 안정 요양을 30분 정도 단축하고, 시계가 3시 30분을 알리자 돌층계를 〈내려가〉 지하실처럼 보이는 곳으로 가서, 진찰실과 엑스레이 촬영실 사이에 있는 작은 대기실에 함께 앉았다 — 이런 일이 전혀 새롭지 않은 요아힘은 아무렇지도 않은 담담한 표정이었으나, 지금까지 제 유기체의 내부를 들여다본 적이 없는 한스 카스토르프는 약간 열이 날 정도로 흥분해 있었다. 대기실에는 이들 외에 다른 손님들이 차례를 기다리고 있었다. 두 사람이 들어왔을 때, 먼저 온 몇 사람은 찢어진 화보 잡지를 무릎에 놓고 방에 앉아 있었다. 사촌들은 이들과 함께 차례를 기다려야만 했다. 이들 가운데에는 식당에서 세템브리니의 식탁에 앉는 거인 같은 젊은 스웨덴인도 있었다. 그 사나이가 4월에 이곳에 도착했을 때에는 너무 중환자라서 요양원에서 그를 받아들이려 하지 않을 정도였는데, 그동안 80파운드나 살을 찌운 그는 이제 병이 완전히 나아 얼마 안 있으면 퇴원할 수 있다고 한다. 이 밖에 이류 러시아인석에 앉는 부인이 한 명 있었는데, 몸집이 가냘픈 어머니였다. 그녀는 자샤라는 이름의 아들과 함께 있었는데, 그 아이는 엄마보다 더 빈약한 모습으로 코가 길고 볼품이 없었다. 이 세 사람은 사촌들보다 더 오랫동안 기다리고 있었던 것이다. 분명 이들은 호출 명령의 순번이 사촌들보다 빨랐을 것이므로, 아마 옆의 촬영실에서 일이 늦어지고 있는 모양이었다. 그러니 아무래도 따뜻한 차는 기대할 수 없을 것 같았다.

검사실 안은 분주했으며, 뭐라고 지시하는 고문관의 목소리가 들려왔다. 검사실의 문이 열린 것은 3시 30분이나 그보다 좀 지나서였다 — 이 지하실에서 일하는 전문 조수가 문을 열어 주었다 — 그래서 스웨덴 출신의 거인이 먼저 들어가는 행운을 잡았다. 그의 바로 앞 환자는 다른 출구로 나간 게 분명했다. 그런 다음부터는 일이 보다 빨리 진전되었고, 10분쯤 후에는 완쾌된 커다란 스칸디나비아인, 즉 이곳과 요양원의 이동 광고라고 할 수 있는 이 사나이가 당당한 걸음걸이로 복도에서 물러가는 소리가 들렸다. 그리고 러시아인 어머니와 아들 자샤가 불려 들어갔다. 한스 카스토르프는 스웨덴 출신의 사나이가 들어갔을 때와 마찬가지로 이번에도 엑스레이 촬영실에는 박명(薄明), 즉 인위적으로 희미하게 밝은 분위기가 조성되도록 하고 있다는 것을 알아차렸다 — 반대쪽 크로코브스키 박사의 분석실도 어스레하기는 마찬가지였다. 검사실의 창문은 모두 가려져 햇빛이 차단되었고, 전등 몇 개가 켜져 있었다. 하지만 자샤와 그의 어머니가 엑스레이 촬영실 안으로 호출되어 한스 카스토르프가 이들의 뒷모습을 바라보고 있을 때 — 바로 이와 동시에 복도의 문이 열리더니 사촌들 다음 차례의 환자가 대기실에 때이르게 들어왔다. 촬영실의 일이 지체되어 일찍 들어온 환자였는데, 바로 쇼샤 부인이었다.

작은 대기실에 모습을 나타낸 사람이 뜻밖에도 클라브디

아 쇼샤라는 것을 알아차린 한스 카스토르프는 눈이 휘둥
그레졌다. 그 순간 얼굴에서 핏기가 싹 가시며 아래턱이 축
늘어졌고, 입이 벌어지려는 것을 또렷이 느꼈다. 클라브디아
의 출현은 너무도 자연스럽고 뜻밖에 이루어졌다 ─ 지금
까지 없었던 그녀가 갑작스럽게 사촌들과 방을 같이 쓰게
되는 일이 벌어졌던 것이다. 요아힘은 한스 카스토르프를
힐끗 쳐다보고는 다시 눈을 내리깔았을 뿐 아니라, 이미 내
려놓았던 화보 잡지를 탁자에서 다시 집어 들고 자신의 얼
굴을 그 뒤로 감추었다. 한스 카스토르프는 사촌과 같이 행
동할 수 있는 결단력이 없었다. 그는 얼굴이 창백해진 후에
다시 새빨개졌고, 심장이 마구 뛰었다.

쇼샤 부인은 검사실로 들어가는 문 옆의 의자, 형태만 남
은 팔걸이가 앙상하게 달려 있는 원형의 작은 안락의자에
앉아 몸을 뒤로 기대고 양다리를 가볍게 포갠 채 허공을 쳐
다보고 있었다. 그러면서 사람들이 자신을 쳐다본다는 것을
의식하고 프리비슬라프처럼 생긴 그 눈의 시선을 신경질적
으로 다른 방향으로 돌리고는 약간 사시(斜視)로 바라보았
다. 그녀는 흰색 스웨터에 푸른색 치마를 입고 있었고, 도서
관에서 빌린 것 같은 책을 무릎 위에 놓고는 바닥에 붙인 구
두 뒤꿈치로 가볍게 바닥을 두들기고 있었다.

1분 30초쯤 지나자 그녀는 벌써 자세를 바꾸고 주위를 둘
러보고는 어떻게 해야 할지, 어느 쪽에다 물어봐야 할지, 아
무것도 모르겠다는 표정으로 일어서더니 ─ 이윽고 말하기
시작했다. 그녀가 무언가 물었는데, 아무것도 하지 않고 앉
아 있는 한스 카스토르프에게 물은 것이 아니라, 화보 잡지
를 열심히 들여다보는 척하는 요아힘에게 질문을 던졌다.

그녀는 그 입술로 말을 만들었고, 그 말은 그녀의 눈처럼 흰 목을 통해 소리가 되어 나왔다. 그 목소리는 깊지는 않지만 약간 날카로우며 듣기 좋게 쉰 소리였다. 이것은 한스 카스토르프가 오래전부터 알고 있는 목소리 — 심지어 한번은 바로 귓전에서 들은 적이 있었던 목소리였다. 당시 그는 직접 자신에게 이렇게 하는 말을 들었다. 「좋아. 그런데 수업이 끝나면 꼭 돌려줘야 해.」 그때는 좀 더 유창하고 좀 더 단호하게 말했었는데, 지금은 약간 더듬거리기도 하는 서툰 말씨였다. 왜냐하면 이야기하고 있는 부인에겐 원래 이 말을 할 권리가 없고, 다만 빌린 것에 불과했기 때문이다. 한스 카스토르프는 전에도 몇 번 그녀가 말하는 것을 듣고는 겸허한 황홀감에 휩싸인 일종의 우월감을 느꼈다. 쇼샤 부인은 한 손은 스웨터 주머니에 넣고 다른 한 손은 뒷머리에 대고는 이렇게 물었다.

「실례지만, 당신들은 몇 시에 호출을 받으셨나요?」

요아힘은 사촌을 힐끔 쳐다보고는 앉은 채로 발뒤꿈치를 오므리면서 대답했다.

「3시 반에요.」

그녀가 다시 말했다.

「난 45분이에요. 대체 무슨 일인가요? 금방 4시가 될 텐데요. 사람들이 방금 들어갔나 보죠, 그렇지 않아요?」

「네, 두 사람요.」 요아힘이 대답했다. 「우리보다 순서가 앞선 사람들입니다. 일이 늦어지고 있나 봅니다. 전체적으로 30분씩 지연되는 것 같습니다.」

「아, 이거, 불쾌하네요!」 그녀는 이렇게 말하며 신경질적으로 머리카락을 매만졌다.

「글쎄 말입니다.」 요아힘이 대답했다. 「우리도 벌써 30분 가까이 기다리고 있답니다.」

이렇게 이들은 서로 이야기를 주고받았는데, 한스 카스토르프는 이 대화를 꿈속에서 듣는 것 같았다. 요아힘이 쇼샤 부인과 대화를 나누는 것은 한스 카스토르프 자신이 그녀와 대화를 나누는 것과 거의 마찬가지였다 — 물론 전혀 다른 대화이기는 했지만 말이다. 〈글쎄 말입니다〉라는 요아힘의 말에 한스 카스토르프는 모욕을 느꼈으며, 현재의 상황을 고려해 볼 때 이 말은 그에게는 뻔뻔스럽고 적어도 낯설 정도의 냉담한 느낌으로 들렸다. 하지만 결국 요아힘은 그렇게 밖에 말할 수 없는 입장이었다 — 아무튼 요아힘은 그녀와 대화를 나눌 수 있었고, 〈글쎄 말입니다〉라는 뻔뻔스러운 말로 사촌에게 보란 듯이 대답한 것이었다 — 이것은 한스 카스토르프 자신이 이곳에 얼마나 오래 머물 작정인가라는 질문을 받았을 때, 〈3주〉라는 대답으로 요아힘과 세템브리니 앞에서 자랑하듯 의기양양했던 것과 거의 마찬가지였다. 그녀는 요아힘이 신문으로 얼굴을 가리고 있는데도 불구하고 그에게 말을 건 것이었다 — 물론 요아힘이 이곳에 한스 카스토르프보다 더 오래 있었고, 그녀와 전부터 서로 얼굴을 알고 지냈기 때문이다. 하지만 여기에는 다른 이유도 있었다. 요아힘과 쇼샤 부인 사이에는 윤리적인 것에 기초를 둔 교제, 대화를 나누는 교제가 어울리며, 야성적인 것, 심연처럼 깊은 것, 끔찍한 것, 비밀스러운 것 등은 전혀 없었기 때문이다. 만약 루비 반지를 끼고 오렌지 향수 냄새를 풍기는 갈색 눈의 여성이 사촌들과 함께 대기실에서 기다리고 있었다면, 두 사람을 대표하여 〈글쎄 말입니다〉라고 말할 수 있는 사람은, 그 여성과 감정의 부담이 없고 순수한 관계에 있는 한스 카스토르프 쪽이었을 것이다. 만약 그랬다면 〈물론입니다, 불쾌하기 짝이 없네요, 부인!〉 이렇게 말하며 양복 안 주머니에서 손수건을 꺼내어 코를 풀기라도 했을 것이다. 〈좀 참으십시오. 우리도 당신과 마찬가지 상태입니다〉라고 말했다면, 요아힘은 사촌이 이렇게 지나가는 말로 가볍게 말하는 것에 놀라워했겠지만 그렇다고 자신이 진심으로 그 대신에 말하는 것을 바라지는 않았을 것이다. 그렇다, 한스 카스토르프도 지금처럼 쇼샤 부인과 대화를 나누는 것이 자기가 아니라 요아힘이었음에도 불구하고 그에게 질투심을 느끼지는 않았다. 그녀가 사촌에게 말을 건 것에 그는 동의하고 있었다. 그녀가 요아힘을 택해 말을 건 것도 상황을 고려하여 그렇게 한 것이었고, 이로 인해 그녀도 이런 상황을 의식하고 있음을 고백한 셈이었다……. 그의 심장은 심하게 뛰기 시작했다.

쇼샤 부인은 요아힘한테 냉정한 취급을 받았고, 이 냉정한 취급에 한스 카스토르프는 심지어 동료 환자를 이렇게 대하는 선량한 요아힘에게 가벼운 적대감까지 느꼈으며, 마음의 충격을 받은 가운데에서도 이러한 적대감에 대해 미소 짓지 않을 수 없었다. 이러한 냉정한 취급을 받은 후에 — 쇼샤 부인은 대기실 안을 좀 걸어 볼까 했지만 그럴 공간이 없었다. 그래서 〈클라브디아〉도 탁자의 화보 잡지를 집어 들고 앙상한 팔걸이가 달린 안락의자로 돌아갔다. 한스 카스토르프는 턱을 당기는 할아버지의 흉내를 내면서 자리에 앉아 그녀를 바라보았는데, 그 모습이 정말 우스꽝스러울 정도로 노인과 닮아 보였다. 쇼샤 부인은 이번에도 다리를 포개고 앉아 있었으므로 그녀의 무릎은 물론, 푸른 모직 치마 밑 다리 전체의 미끈한 선이 훤히 드러나 보였다. 그녀의 키는 중간 정도로, 한스 카스토르프의 취향에 아주 적당하고 알맞았으며, 키에 비해 다리가 길고 허리도 굵지 않았다. 그녀는 몸을 뒤로 젖혀 의자에 기대지 않고 앞으로 구부리고 앉아, 포갠 다리의 허벅지 위에 팔짱을 낀 양팔을 얹고 등을 둥그렇게 굽혀 양쪽 어깨를 앞으로 숙였으므로, 목덜미가 훤히 드러나 보였다. 그렇다, 게다가 몸에 착 달라붙은 스웨터 때문에 등뼈까지 눈에 보일 정도였다. 그녀의 가슴은 마루샤처럼 불룩하고 풍만하게 발달한 것이 아니라, 양쪽에서 꽉 눌려 밋밋해진 소녀 같은 작은 가슴이었다. 갑자기 한스 카스토르프는 그녀도 뢴트겐 사진을 찍기 위해 이곳 대기실에서 기다리고 있다는 생각이 불쑥 들었다. 고문관은 그녀의 초상화를 그렸으며, 그녀의 겉모습을 유화로 캔버스에 옮기고 있었다. 이번에는 어스름한 박명 속에 그녀의 체내를 드러나게 하는 광선을 그녀에게 비출 것이다. 이런 상상을 하면서 한스 카스토르프는, 신중하고 단정한 표정을 짓는 게 좋겠다고 생각하고 근엄하게 찡그린 표정을 지으며 머리를 옆으로 돌렸다.

대기실에서 세 사람이 같이 있는 시간은 오래 이어지지 않았다. 안쪽 검사실에서는 자샤와 그의 어머니의 일을 거리낌 없이 척척 처리하였다. 늦어진 시간을 만회하려고 서두른 탓이었다. 흰 가운을 입은 기사가 다시 문을 열자, 요아힘은 일어나면서 화보 잡지를 탁자 위에 도로 던져 놓았다. 그리고 한스 카스토르프는 속으로 주저하는 마음이 없었던 것은 아니었지만, 사촌을 따라 문 쪽으로 갔다. 그런 와중에도 예의 바르게 쇼샤 부인에게 말을 걸어 먼저 들어가라고 얘기하고 싶은 기사도적인 양보심이 마음속에서 끓어올랐다. 할 수만 있다면 그는 아마 프랑스어로 말을 걸었을지도 모른다. 그래서 급히 프랑스어의 어휘와 문장 구조를 찾아보았다. 그러나 이러한 예의 바름이 이곳에서도 통용되는지 어떤지, 그렇지 않고 일단 정해진 순서가 기사도적인 태도보다 더 존중되는 것은 아닌지 알 수 없었다. 요아힘은 이것을 알고 있음에 틀림없었다. 한스 카스토르프는 요아힘에게 애원하듯 마음을 움직이는 눈길을 보내었지만, 그는 눈앞의 숙녀에게 순서를 양보할 기색을 보이지 않았다. 그래서 한스 카스토르프는 사촌을 따라 쇼샤 부인 곁을 지나 문을 통과해 검사실로 들어갔다. 그녀는 등을 구부린 자세 그대로 그냥 그를 흘낏 쳐다볼 뿐이었다.

한스 카스토르프는 뒤에 남기고 온 아까부터 10분간의 모험에 깊이 사로잡혀 있어, 촬영실에 들어와서도 마음을 즉각 그곳으로 돌릴 수 없었다. 인공적으로 어스름하게 만든 조명 시설 때문에 그의 눈에는 아무것도, 아니 사물이 대강밖에 보이지 않았다. 기분 좋게 흐려지는 쇼샤 부인의 음성이 그의 귓전에 남아 있었다. 「도대체 어떻게 된 일이에요? 조금 전에도 들어간 사람들이 있는데……. 아이, 정말 불쾌해요…….」 이러한 음성이 감미로운 자극제가 되어, 그의 등줄기를 타고 흘러내리며 그를 짜릿하게 했다. 그는 그녀의 모직 치마 밑으로 무릎 선이 드러난 모습을 보았고, 땋은 머리에서 헐렁하게 풀어져 나온 불그스름한 금발의 짧은 머리칼 아래 굽어진 목덜미에 경추가 드러난 것도 보았다. 그리고 또 한 번 등줄기가 짜릿했다. 방 안으로 들어온 사촌들에게서 등을 돌린 베렌스 고문관이 책장인지 서가인지 모를 튀어나온 구조물 앞에 서서 팔을 뻗쳐 거무스름한 사진 원판을 천장의 흐릿한 전등 불빛에 대고 살펴보는 모습이 보였다. 사촌들은 그의 옆을 지나 방 안 깊숙이 더 들어갔지만, 조수가 이들을 검사하고 처리할 준비를 하기 위해 두 사람을 휙 앞질러 갔다. 방 안에서는 이상한 냄새가 났다. 김이 빠진 오존 같은 냄새가 진동했던 것이다. 검은 천으로 덮인 창들 사이로 튀어나온 돌출부가 촬영실을 크고 작은 두 부분으로 나누고 있었다. 물리 기구들, 오목 렌즈, 배전반(配電盤), 수직으로 서 있는 측정 기구들, 바퀴 달린 대(臺) 위에 놓인 카메라 모양의 상자 등이 보였으며, 벽에 열을 지어 가지런히 놓인 유리로 된 투명 슬라이드가 눈에 들어왔다 ── 그래서 그는 사진사의 아틀리에나 암실, 아니면 발명가의 작업실이자 마녀의 조제실에 들어와 있는 것 같은 기분이 들었다.

요아힘은 당장 상의를 벗기 시작했다. 흰 가운을 입은, 비교적 젊고 작달막한 키에 뺨이 붉은 이 지방 출신의 조수는, 한스 카스토르프에게 사촌과 똑같이 하라고 지시했다. 일이 빨리 진행되어 금방 그의 차례가 된다는 것이다⋯⋯. 한스 카스토르프가 조끼를 벗고 있는 동안, 베렌스 고문관은 그때까지 서 있던 좁은 곳에서 보다 넓은 곳으로 건너왔다.

「어서 오시오!」 그가 말했다. 「우리의 쌍둥이 양반[47]들이군요. 카스토르와 폴리데우케스⋯⋯. 아무쪼록, 비명을 지르지 않도록 해주세요! 잠깐만 기다려요, 당장 두 분 다 투

---

47 그리스 신화에 나오는 쌍둥이 형제 카스토르Castor와 폴리데우케스Polydeuces를 말한다.

시해서 내부의 기관을 보여 드리죠. 카스토르프 군은 우리에게 자신의 내부를 공개하는 것이 불안한가요? 안심하세요, 완전히 미학적으로 진행되니까요. 여기 나의 개인 화랑을 구경한 적이 있나요?」 그리고 그는 한스 카스토르프의 팔을 붙잡아 나란히 진열된 컴컴한 유리판들 앞에 세우고는 그 뒤에서 탁 소리를 내며 불을 켰다. 그러자 유리판들이 밝아지고 그림이 나타났다. 한스 카스토르프는 인간의 사지를 보았다. 손과 발, 무릎 연골, 허벅다리와 종아리, 팔과 골반을 보았던 것이다. 하지만 인체의 이러한 부분들의 둥그스름한 형태는 안개가 낀 것처럼 윤곽이 희미했고, 그것은 분명하고 자세하며 선명하게 드러나 있는 핵심 골격을 안개와 창백한 빛처럼 흐릿하게 둘러싸고 있었다.

「정말 흥미로운데요.」 한스 카스토르프가 말했다.

「물론 흥미로울 테지요.」 고문관이 대답했다. 「젊은이들에게 유익한 시청각 교육이지요. 빛에 의한 해부, 이거야말로 근대 과학의 승리입니다. 이것은 여성의 팔입니다. 사랑스러운 모습으로 알 수 있겠지요. 그녀가 사랑을 하게 되면, 이 팔로 누군가를 껴안을 겁니다, 아시겠어요?」 고문관은 이렇게 말하며 웃었다. 이때 윗입술이 짧게 깎은 수염과 함께 한쪽으로 치켜 올려졌다. 그림들은 사라졌다. 한스 카스토르프는 요아힘의 엑스레이 촬영이 준비되고 있는 옆쪽으로 시선을 돌렸다.

엑스레이 촬영은 고문관이 처음에 서 있던 쪽과 반대쪽의 설치물 앞에서 행해졌다. 요아힘은 구둣방에서 사용하는 걸상 같은 곳에 앉아 앞에 놓인 판에 가슴을 밀어붙이고 양팔로 그 판을 감싸 안았다. 그리고 조수는 반죽하는 듯한 동작으로 그의 자세를 교정해 주면서 요아힘의 어깨를 계속 앞으로 밀고는 등을 주물렀다. 그런 후 카메라 뒤로 가서 여느 사진사와 마찬가지로 사진이 잘 나오는지 시험하기 위해 허리를 굽히고 양다리를 벌린 채 만족스러운 표정을 지었다. 그리고 옆으로 비켜서더니, 요아힘에게 숨을 깊이 들이마시게 하고는 촬영이 다 끝날 때까지 숨을 멈추고 있으라고 주의를 주었다. 요아힘의 둥그스름한 등은 쭉 펴졌고 그대로 고정되어 움직이지 않고 있었다. 이 순간 조수는 배전반에서 필요한 조작을 하였다. 단 2초 동안에 물체를 관통하는 데 필요한 어마어마한 힘이 흘러나왔다. 한스 카스토르프가 전에 들은 말에 따르면, 이때 수천 볼트나 수만 볼트의 전력이 흐른다고 한다. 이 전력은 제대로 제어되었다고 생각하자마자 옆길로 새면서 길을 트려고 했다. 방전이 되면서 쾅 하고 총소리 같은 게 들렸고, 계량기에서는 푸른빛이 번쩍이며 굉음이 났다. 기다란 전광(電光)이 뿌지직 소리를 내면서 벽을 따라 지나갔다. 어디선가 사람 눈과 같은 붉은빛이 무언의 협박이라도 하듯 실내를 들여다보고 있었다. 그리고 요아힘의 등 뒤에 있는 플라스크가 녹색 빛깔로 가득 찼다. 그러고 나서 모든 것이 조용해지고 빛의 현상이 사라졌다. 요아힘은 한숨을 쉬며 참았던 숨을 내쉬었다. 이것으로 촬영이 끝난 것이었다.

「다음 사람!」 베렌스는 이렇게 말하고는 한스 카스토르프를 팔꿈치로 밀었다. 「핑계 대지 말고 어서 오시죠! 견본을 한 장 드리겠소, 카스토르프 군. 그러면 당신은 자녀나 손자들에게도 당신 가슴의 비밀을 벽에 비쳐 보일 수 있을 거외다!」

요아힘이 의자에서 내려오자 기사는 원판을 갈아 끼웠다.

베렌스 고문관은 신참에게 앉는 방법과 자세를 몸소 가르쳐 주었다. 「껴안아요!」 그가 말했다. 「판을 껴안으세요! 그것을 다른 무엇이라고 상상해도 좋습니다! 무언가 황홀한 것이라고 생각하고 가슴을 바짝 붙이세요! 좋습니다. 숨을 들이쉬고! 자, 숨을 멈추어요!」 그가 명령을 내렸다. 「됐어요, 그럼 찍습니다!」 한스 카스토르프는 폐에 공기를 가득 넣은 채 눈을 껌벅이면서 기다렸다. 그의 뒤에서 방전이 시작되어, 찌지직, 따다닥, 펑 하는 요란한 소리가 나더니 다시 잠잠해졌다. 대물렌즈가 그의 내부를 들여다보았던 것이다.

비록 한스 카스토르프는 자신의 몸을 광선이 뚫고 지나간 것을 조금도 느끼지 못했지만, 자신에게 일어난 일로 인해 정신이 없고 기분이 멍해져서 걸상에서 내려왔다. 「아주 잘했습니다.」 고문관이 말했다. 「이제 우리의 눈으로 들여다보도록 합시다.」 이 모든 과정을 잘 알고 있는 요아힘은 벌써 다음 장소로 옮겨 가, 출구 가까이에 있는 삼각대 옆에서 무척 복잡하게 생긴 기구를 뒤로하고 서 있었다. 그 기구 등 높이엔 물이 반쯤 찬 증류기가 달려 있고 앞쪽으로 가슴 높이에는 도르래에서 내려진 틀에 넣은 형광판이 보였다. 요아힘의 왼쪽에 있는 배전반과 기구들 사이에는 종 모양의 빨간 전등이 툭 튀어나와 있었다. 고문관은 도르래에 걸린 형광판 앞 걸상에 걸터앉아 빨간 전등의 불을 켰다. 천장의 불이 꺼지고 루비 빛만 그 위를 밝혀 주었다. 그런 다음 전문가인 고문관이 이 불마저 간단하게 꺼버리자, 짙은 어둠이 실험자들을 에워쌌다.

「먼저 눈이 적응되어야 해요.」 고문관의 말이 어둠 속에서 들려왔다. 「우리가 보고자 하는 것을 보기 위해서는 먼저 고양이처럼 동공을 아주 크게 만들어야 합니다. 당신도 아시겠지만 우리가 대낮에 하는 보통 눈으로는 금방 제대로 볼 수 있는 것이 아니니까 말입니다. 이 목적을 위해서는 여러 가지 화려한 영상을 지닌 밝은 대낮을 무엇보다 먼저 머릿속에서 깨끗하게 지워야 합니다.」

「물론 그렇겠군요.」 고문관의 어깨 뒤에 서 있던 한스 카스토르프가 말했다. 그리고 이런 짙은 어둠 속에서는 눈을 뜨고 있으나 감고 있으나 캄캄하기는 매한가지이므로, 아예 두 눈을 감아 버렸다. 「무언가를 보기 위해서는 우선 눈을 어둠으로 씻어 내야 한다는 말이군요. 그거야 당연한 말입니다. 심지어 나는 말하자면 무언의 기도를 드리는 식으로 미리 정신을 좀 가다듬는 것이 좋고 옳다고 생각합니다. 나는 여기에 서서 두 눈을 감고 있습니다. 졸음이 오는 듯한 아주 좋은 기분이 드는군요. 그런데 이 냄새는 무슨 냄새입니까?」

「산소입니다.」 고문관이 말했다. 「당신이 공기 중에서 감지하고 있는 것은 산소입니다. 실내에서 방전을 함으로써 대기에 생기게 된 산물이지요, 아시겠지요…… . 자, 눈을 떠보세요!」 그가 말했다. 「이제 주문을 한번 외워 보겠습니다.」 한스 카스토르프는 그의 말을 듣고 얼른 눈을 떴다.

스위치를 바꾸는 소리가 들렸다. 모터가 움직이기 시작하면서 허공으로 굉음이 울려 퍼졌지만, 다시 스위치를 조절하자 일정한 속도로 제어가 되었다. 방바닥이 규칙적으로 진동했다. 붉은 빛이 기다랗게 수직으로 조용히 위협하듯이 이쪽을 바라보고 있었다. 어디선가 빛이 번쩍이며 찌지직 소리가 났다. 그리고 형광판의 창백한 사각형이 우유 같은 빛을 내며 밝아 오는 창문처럼 서서히 어둠 속에서 떠올랐다. 베렌스 고문관은 그 앞에서 구둣방 걸상 같은 곳에 걸터앉아, 두 주먹을 허벅다리에 짚은 채 두 다리를 벌리고 인간의 유기체 내부를 보여 주는 판에 뭉툭한 코를 바짝 대고 있었다.

「보이나요, 젊은이?」 고문관이 물었다……. 한스 카스토르프는 그의 어깨 너머로 몸을 구부리고 있다가 다시 한 번 머리를 들고는, 지난번에 진찰을 받을 때처럼 부드럽고도 슬픈 빛을 띠고 있을 요아힘의 눈이 있다고 추측되는 쪽을 향해 어둠 속에서 물었다.

「내가 봐도 괜찮겠나?」

「그럼, 괜찮고말고.」 요아힘이 어둠 속에서 아무렇지 않게 대답했다. 방바닥이 진동하고 전류가 찌지직거리며 울부짖는 가운데, 한스 카스토르프는 허리를 굽히고 희미한 유리판 속 요아힘 침센의 뼈만 앙상한 해골을 들여다보았다. 가슴뼈가 척추와 겹쳐져 시커멓고 주름 잡힌 기둥처럼 보였고, 앞쪽의 늑골은 더 희미하게 보이는 등쪽의 늑골과 교차해서 보였다. 위쪽에는 쇄골이 활 모양으로 양쪽으로 갈라져, 살 부분이 부드러운 투명 보자기에 싸여진 듯 했고 어깨뼈인 견갑골(肩胛骨)과 팔 위쪽 뼈인 상박골(上膊骨)의 시작 부분이 앙상하고도 선명하게 보였다. 가슴 부분인 흉강(胸腔)은 밝고 투명하게 보였지만, 그 안의 혈관인 맥관(脈管)과 거무스름한 반점, 또 시커멓게 주름이 잡힌 부분은 분간할 수 있었다.

「선명한 상입니다.」 고문관이 말했다. 「적당히 마른 몸매에 군인다운 젊은이군요. 나는 여기서 굉장한 뚱보의 배를 관찰한 적이 있었는데…… 그런 배에는 빛이 통과하지 못해 거의 아무것도 식별하지 못했습니다. 그런 두꺼운 지방층을 뚫을 수 있는 광선, 그런 광선이 발견되어야만 합니다……. 그런데 이 청년의 내부는 깨끗하고 선명하게 보입니다. 횡격 막이 보입니까?」그는 이렇게 말하고 저 아래 유리판 속에서 오르락내리락하고 있는 거무스름한 활 모양을 손가락으로 가리켰다……. 「여기 왼쪽에 있는 혹이 보입니까? 툭 튀어나온 부분 말입니다. 이것은 그가 열다섯 살 때 앓았던 늑막염의 흔적입니다. 숨을 깊이 들이쉬어 보세요!」그는 요아힘에게 명령했다. 「더 깊이, 더 깊이 쭉!」그러자 요아힘의 횡격막이 떨리면서 훨씬 더 위쪽까지 높이 올라가서, 위쪽의 폐 부분이 선명하게 모습을 드러내었다. 하지만 고문관은 이에 만족하지 않았다. 「이걸로 안 돼!」그가 말했다. 「폐문 림프선이 보입니까? 유착부(癒着部)가 보입니까? 여기 폐 공동이 보입니까? 그를 취하게 하는 독소가 바로 여기에서 제조되는 겁니다.」그러나 한스 카스토르프는 무언가 자루 같고, 흉한 동물 같으며, 중앙의 굵은 줄기 뒤에 있는 거무스름한 것, 게다가 관찰자가 볼 때는 대부분 오른쪽에 위치해 있는, 그것에 사로잡혀 있었다 — 그것은 마치 헤엄쳐 다니는 해파리처럼 규칙적으로 늘어났다 줄어들었다 하고 있었다.

「그의 심장이 보입니까?」고문관은 또 한 번 커다란 손을 허벅지에서 떼고, 맥박 치듯 팔딱팔딱 뛰고 있는 그 늘어진 물체를 손가락으로 가리키면서 물었다……. 맙소사, 그것은 심장이었다. 명예를 중히 여기는 요아힘의 심장! 그 심장을 한스 카스토르프는 보았던 것이다!

「자네 심장을 보고 있어!」그는 짜내는 듯한 목소리로 말했다.

「그래, 봐. 괜찮고말고.」요아힘이 재차 대답을 했다. 그는 저기 위쪽 어둠 속에서 체념한 듯 빙그레 웃고 있는 것 같았다. 하지만 고문관은 두 사람에게 조용히 하라고 일렀고, 어떠한 감상적인 말도 나누지 말라고 했다. 베렌스 고문관이 흉강 속의 반점과 선들, 검은 주름을 관찰하는 동안, 함께 들여다보고 있던 한스 카스토르프도 요아힘의 무덤 속 모습과 해골, 즉 앙상한 뼈대와 물레 바늘처럼 비쩍 마른 죽음의 실체를 지칠 줄 모르고 뚫어지게 살펴보았다. 경건한 마음과 공포의 감정이 엇갈리며 그의 가슴을 짓눌렀다. 「아, 보이네, 보입니다!」 그는 몇 번이고 되풀이해 말했다. 「맙소사, 정말 보여!」 그는 전에 티나펠 쪽의 친척이 되는, 이미 오래전에 고인이 된 부인에 관한 이야기를 들은 적이 있었다 — 그 부인은 부담스럽고 괴로운 능력을 후천적으로 부여받았거나 또는 선천적으로 지니고 있었다. 그녀는 이 능력을 겸허하게 받아들였다. 그런데 그 능력이란 다름 아닌, 머지않아 죽을 사람이 그녀의 눈에 해골로 보이는 것이었다. 그런데 이제 한스 카스토르프의 눈에도 선량한 요아힘이 그렇게 보였다. 물론 그의 경우는 물리적이고 광학적인 과학의 도움과 설비에 의한 것이어서, 그리고 특히 그가 요아힘의 분명한 동의를 얻고 보았던 것이어서, 별로 문제 삼을 것도 없었고 또 모두가 정상적으로 진행된 일이었다. 그럼에도 불구하고 그는 투시력을 지닌 그 부인의 운명에 따라다니던 비애를 이해할 것만 같았다. 그는 자신이 본 것에 커다란 감동을 받았다. 아니 엄밀히 말하자면 그가 그것을 보았다는 사실에 커다란 감동을 받았다. 그의 마음속에는 그것을 본 것이 과연 정상적인 일인가 하는 남모를 의구심이 들끓었다. 바닥이 진동하고 찌지직거리는 어둠 속에서 그런 장면을 보도록 허락된다는 것이 과연 옳은 일인가 하는 남모르는 의구심 말이다. 그의 마음속에서는 신중하지 못한 강렬한 쾌감이 감동적이고 경건한 감정과 함께 뒤섞였다.

그러나 몇 분 뒤에는 한스 카스토르프 자신이 요란한 소리의 전류를 받는 몸이 되고, 반면 요아힘은 다시 완전한 몸으로 되돌아가 옷을 입고 있었다. 고문관은 또 한 번 우윳빛 판을 통해 이번에는 한스 카스토르프의 체내를 들여다보았다. 고문관의 중얼거리는 듯한 말, 간간이 흘리는 잔소리와 말투 등으로 미루어 보아, 결과가 그의 기대와 일치하는 모양이었다. 그러고 나서 그는 친절하게도, 환자가 간절히 부탁하였기 때문에, 환자가 형광판을 통해 자신의 손을 보게 허락해 주었다. 그래서 한스 카스토르프는 자신이 보는 것을 각오해야만 했던 것, 하지만 사실 인간이 보는 것을 허락받지 않은 것, 또한 그 자신도 보리라고는 꿈에도 생각지 않았던 것, 바로 그것을 보고야 말았다. 즉 그는 자신의 무덤을 보았던 것이다. 죽은 뒤에 자신의 몸이 분해된 것을 그는 광선의 힘에 의해 생전에 보았던 것이다. 자신이 현재 지니고 있는 살이 분해되고 소멸되어 안개처럼 형체도 없이 사라지고, 안개처럼 흐릿한 가운데, 소심하게 가공된 오른손 뼈대의 넷째 손가락에는 할아버지에게서 물려받은 인장 반지가 까맣고 느슨하게 둥둥 떠 있었다. 인간이 자신의 몸에 장식하는 속세의 딱딱한 물건인 반지는, 그 몸이 녹아 없어지면 자유로워지고, 그다음 다른 몸으로 넘어가 한동안 그 몸이 자신을 끼고 다니며 장식하게 되는 것이다. 한스 카스토르프는 티나펠 가문의 죽은 여자 선조가 지녔던 투시하고 예견하는 눈으로, 자신에게 친숙한 몸의 일부를 바라보았다. 그리고 난생처음으로 자신도 언젠가는 죽는다는 사실을 이해하게 되었다. 그러면서 자신이 음악을 들을 때면 언제나 하던 얼굴 표정을 지었다. 즉 꽤나 얼빠진 듯하고, 졸린 듯하며, 경건한 표정에, 입을 반쯤 벌리고 머리를 어깨 쪽으로 기울이고 있었다. 고문관이 이렇게 말했다.

「무시무시하지요, 그렇지 않아요? 정말이지, 무시무시한 데가 있다는 것은 부정할 수 없지요.」

그런 다음 고문관은 전기 스위치를 껐다. 방바닥이 진동을 멈추었고, 빛의 현상이 사라졌으며, 마법의 유리판은 다시 어둠에 싸였다. 그리고 천장의 불이 켜졌다. 한스 카스토르프가 서둘러 옷을 입는 동안, 베렌스는 두 젊은이가 전문 지식이 없는 문외한인 점을 고려하여, 자신이 관찰한 것에 대해 몇 가지 설명을 해주었다. 특히 한스 카스토르프에 관해서는, 시각적인 소견 즉 엑스레이 결과가 과학이라는 명예에 부끄럽지 않게 청각에 의한 진단과 완전히 일치한다고 했다. 옛날의 환부뿐만 아니라 새로운 환부도 볼 수 있으며, 〈끈〉이 기관지에서 폐의 꽤 깊은 곳에까지 들어가 있다는 것이다 — 〈매듭이 있는 끈들〉이 말이다. 앞서 말했듯이, 얼마 안 있어 투명 양화를 증정할 테니 그것을 나중에 몸소 살펴볼 수 있을 거라고 했다. 그러니 안정을 취하고, 인내하며, 규율을 지키고, 검온하고, 먹고, 누워 있고, 기다리고, 차를 마시라는 것이다. 고문관은 그렇게 말하고 사촌들에게서 등을 돌렸고, 사촌들은 검사실에서 나왔다. 한스 카스토르프는 요아힘의 뒤를 따라 나가면서 그의 어깨 너머로 출구를 바라보았다. 기사에게서 들어가도 좋다는 허락을 받고 쇼샤 부인이 검사실로 들어가고 있었다.

자유

한스 카스토르프 청년에게는 이 모든 것이 대체 어떻게
느껴졌을까? 그가 이 위에 사는 사람들 곁에서 보낸, 의심의
여지없이 명백한 7주가 그에게는 일주일에 불과한 것처럼
느껴졌을까? 아니면 그 반대로 이 위에서 그가 실제로 살았
던 날짜보다 훨씬 더 오래 있었던 것처럼 느껴졌을까? 그는
이것에 대해 머릿속으로 곰곰 생각해 보기도 하고, 요아힘에
게 물어보기도 했지만, 그 어느 쪽으로도 결정을 내릴 수 없
었다. 어쩌면 두 가지 다에 해당되는 일일지도 몰랐다. 이곳
에서 보낸 시간은, 돌이켜 보면, 부자연스러울 정도로 짧게
도 길게도 느껴졌지만, 아무리 해도 실제 일수만큼 느껴지진
않았기 때문이다 — 물론 이렇게 말하는 것도 시간이란 것
이 대체로 자연 현상으로서, 길고 짧음의 실제 개념으로 말
해도 좋다는 것을 가정했을 때의 이야기이다.

아무튼 10월도 눈앞에 다가와, 당장에라도 10월의 문턱을
넘을 수 있을 것 같았다. 그것을 산출해 내는 것은 한스 카스
토르프에게는 쉬운 일이었고, 게다가 동료 환자들이 그 점에
대해 얘기하는 것만 들어 보아도 알 수 있었다. 「앞으로 닷새
가 지나면 다시 초하루가 된다는 것을 아세요?」 그는 헤르미
네 클레펠트 양이 자주 함께 어울리는 두 젊은 남자에게 말
하는 것을 들었다. 그들은 대학생인 라스무센과 입술이 두꺼
운 갠저였다. 이 세 사람은 점심 식사가 끝난 뒤 식탁들 사이
로 아직 음식 냄새가 가시지 않은 식당에 서서, 잡담을 나누
며 안정 요양을 하러 가는 것을 머뭇거리고 있었다. 「10월 초
하루 말이에요. 사무국의 달력에서 봤어요. 이 유쾌한 요양

원에서 두 번째 맞이하는 10월이에요. 멋져요, 이제 여름도 다 지나갔네요, 그것도 여름이라고 할 수 있다면 말이에요. 대체로 우리가 인생을 속아 살아가는 것처럼, 우리는 여름에 속아 넘어간 거예요.」 이렇게 말한 다음 헤르미네 클레펠트 양은 멍청한 빛을 띤 두 눈으로 천장을 바라보고 머리를 흔들면서, 반쪽 폐로 한숨을 쉬었다. 「기운 내세요, 라스무센 씨! 농담이라도 좀 해보세요!」 그녀는 다시 말하며, 동료의 축 처진 어깨를 두드려 주었다. 「농담이라……. 별로 아는 게 없어요! 농담을 할 기분도 아닌 데다가 난 항상 너무 피곤해요.」 라스무센은 이렇게 대답하고 두 손을 지느러미처럼 가슴에 갖다 대었다. 「개라도 그러지 않을 거야. 이런 식으로 더 오래 살아야 한다면 말이야.」 갠저가 중얼거리듯 말했다.

세템브리니도 이쑤시개를 입에 물고, 그 근처에 서 있다가, 식당 밖으로 나오면서 한스 카스토르프에게 말했다.

「저 사람들 말을 믿지 마세요, 엔지니어 양반! 그들이 뭐라고 불평하더라도 결코 그대로 믿으면 안 됩니다! 그들은 모두 여기서 아주 편안하게 지내고 있음에도 불구하고, 예외 없이 불평하고 있는 겁니다. 지독하게 게으르게 생활하며, 주위에 동정을 요구하고, 독설에다가, 반어, 그리고 냉소할 권리까지 있다고 생각한다니까요! 〈이 유쾌한 요양원〉에서 말입니다! 어쩌면 여기가 저 아가씨가 말한 대로 유쾌한 요양원이 아닐까요? 물론 나도 그렇다고 생각하고 있긴 합니다만, 그건 아주 불확실한 의미에서입니다! 〈속았다고〉 저 아가씨가 말합니다. 〈이 유쾌한 요양원에서 인생을 속아 살았다〉고 합니다. 하지만 저 아가씨를 시험 삼아 저 아래 평지로 보내 봅시다. 그러면 그녀는 저 아래에서의 생활도 견디지 못할 것임은 의심의 여지가 없으며, 하루 빨리 이곳에 올라오고 싶어 할 겁니다. 아, 그렇습니다, 그 반어 말입니다! 당신은 이곳에서 유행하는 반어적인 말에 주의해야 합니다, 엔지니어 양반! 무릇 반어라는 이러한 정신적 태도에 대해 경계해 주십시오! 반어가 수사법의 솔직하고 고전적인 수단이 아니라면, 또 건전한 감성에서 한순간이라도 오해할 여지가 없는 게 아니라면, 반어는 방종한 것이 되고, 문명의 장애가 되며, 정체와 망상과 악덕과의 불결한 사랑 놀음이 됩니다. 우리가 살고 있는 이곳의 분위기는 틀림없이 이러한 늪지대 식물이 번성하기에 너무도 적합하니, 내가 얘기하는 것이 당신에게 잘 이해가 되었으면 합니다만 그게 뜻대로 될지 걱정이 되기도 하는군요.」

정말이지 이 이탈리아인의 말을 7주 전에 평지에서 들었다면, 이 말은 한스 카스토르프에게는 공허한 횡설수설에 불과했을 것이다. 하지만 이 위에서 7주나 체재한 상황이었던 터라, 그의 정신은 그 말의 의미를 이해할 수 있게 되었다. 그것도 아직 머리로 이해했다는 것뿐이지, 어쩌면 그보다 훨씬 더 중요한 이해, 즉 마음으로 공감한다는 의미는 아니었다. 그들 두 사람 사이에 어색한 일이 있었음에도 불구하고, 세템브리니가 한스 카스토르프의 행동에 대해 지금처럼 말을 하고, 계속 자신을 깨우쳐 주고, 경고를 하면서 자신에게 영향을 끼치려고 하는 것에 대해 한스 카스토르프는 내심 기쁘게 여기고 있었다. 하지만 이제 그의 이해력도, 세템브리니의 말을 비판하거나 적어도 어느 정도까지는 동의를 보류하는 정도에까지 이르게 되었다. 〈이것 보라니까〉 하고 그는 생각했다. 〈반어에 관해서도 음악에 관해서 말할 때와 아주 비슷하게 말하는군. 즉 반어가 《솔직하고 고전적인 수사법》이기를 그만두는 순간부터 반어란 《정치적으로 수상쩍다》고만 말하지 않을 뿐이군. 하지만 《한순간이라도 오해의 여지가 없는》 반어란 — 도대체 어떠한 종류의 반어란 말인가? 내가 한마디 해도 된다면 나는 이렇게 말하고 싶어. 그것은 무미건조한 글방 샌님의 현학적인 반어일 거야!〉 (교양을 쌓아 가는 젊은이가 너무도 감사할 줄 모른다. 이런 젊은이는 은혜를 입으면서도 그것을 헐뜯으려고 하고 있다.)

자신의 이러한 반항적인 생각을 말로 표현하는 것은 역시 너무 모험적이라고 생각했으리라. 한스 카스토르프는 단지 세템브리니가 헤르미네 클레펠트를 비판한 것에 대해서만 이의를 제기하기로 했다. 세템브리니의 비판이 부당하다고 느껴졌으며, 또한 특정한 이유에서 그렇게 느끼고 싶었기 때문이다.

「하지만 그 아가씨는 병을 앓고 있습니다!」 그가 말했다. 「그녀는 정말로 중병을 앓고 있습니다. 그러니 절망하고 있는 것도 무리는 아닙니다. 그런 아가씨에게서 대체 당신은 무엇을 바라는 겁니까?」

「병과 절망.」 세템브리니가 말했다. 「이것도 역시 종종 방종의 한 형태에 지나지 않습니다.」

〈그렇다면 레오파르디는.〉 한스 카스토르프는 생각했다. 〈심지어 과학과 진보에 공공연히 절망했다고 말하는 그는? 그리고 글방 샌님인 당신 자신은? 당신 자신도 병을 앓아 몇 번씩이나 이곳에 돌아왔으니, 카르두치가 기뻐할 만한 제자는 아니지 않은가.〉 이렇게 생각한 그는 마침내 소리 내어 말했다.

「당신은 좋은 분입니다. 그런데도 그 아가씨가 언제 죽을지 모르는 상태에 있는데, 이것을 방종이라고 부르고 있습니다. 이 점에 대해 좀 더 자세히 설명해 주셨으면 합니다. 물론 병이 때로는 방종의 결과라고 말씀하신다면, 그것은 그럴 법도 합니다만…….」

「매우 그럴 법하지요.」세템브리니가 끼어들어 말했다. 「그러니까 내가 그런 식으로 말을 끝맺는다면, 당신은 만족하시겠습니까?」

「네, 혹은 병이 종종 방종의 구실로 이용된다고 말씀하신다면 ─ 이것도 나는 납득이 갑니다만.」

「대단히 감사합니다!」

「그런데 병이 방종의 한 형태라고요? 즉, 방종에서 생긴 게 아니라 방종 그 자체라고요? 그거야말로 역설이군요!」

「오, 제발, 엔지니어 양반, 오해는 말아 주세요! 나는 역설을 경멸하고, 증오합니다! 내가 반어에 대해 얘기한 모든 것은 역설에 대해서도 똑같이 얘기할 수 있으며, 오히려 그 이상입니다! 역설은 정적주의의 독이 든 꽃, 부패하게 된 정신의 무지갯빛, 모든 방종의 극치라고 할 수 있습니다! 그건 그렇고, 당신은 또다시 병을 옹호하고 있군요. 내가 확신컨대…….」

「아닙니다, 난 당신이 하는 말에 흥미를 느끼고 있습니다. 당신 말의 몇몇 부분은 크로코브스키 박사가 월요일에 들려주는 강연이 생각나게 하는군요. 크로코브스키 박사 역시 유기체의 병을 부차적인 현상이라고 설명하고 있답니다.」

「결코 순수한 이상주의자는 아니더군요.」

「박사의 어떤 점이 마음에 들지 않습니까?」

「지금 얘기한 것 말입니다.」

「당신은 정신 분석에 대해 부정적입니까?」

「반드시 그런 것은 아닙니다 — 절대적으로 반대이기도 하고 절대적으로 찬성이기도 합니다. 그러니까 양쪽 다에 해당됩니다, 엔지니어 양반.」

「그건 어떤 의미로 이해해야 할까요?」

「정신 분석은 계몽과 문명의 수단으로서는 좋습니다. 우매한 확신을 뒤흔들고, 자연스러운 편견을 해소하고, 권위를 전복시킨다는 점에서는 좋습니다. 다른 말로 하면 해방시키고, 순화하고, 인간화하고, 노예가 자유를 얻도록 해줄 때는 좋은 것입니다. 반면에 행동을 방해하고, 생명을 잉태할 능력이 없어 생명의 근원을 손상시키는 경우에는 아주 나쁩니다. 정신 분석은 아주 역겨운 것일 수도 있습니다. 그것은 엄밀히 말하면 죽음에 속하고 있어서, 마치 죽음처럼 역겨운 것일 수도 있습니다 — 무덤과 그것의 추잡한 해부와 비슷한 것이 될 수 있습니다……」

〈잘도 으르렁대는군, 사자야 사자.〉 한스 카스토르프는 세템브리니가 교육적인 이야기를 들려줄 때 보통 그러는 것처럼 이번에도 그렇게 생각하지 않을 수 없었다. 그러나 이렇게만 입 밖에 내었을 뿐이다.

「우리들은 최근에 지하실에서 빛에 의한 해부를 해보았습니다. 베렌스는 우리를 뢴트겐으로 투시하면서 그렇게 불렀습니다.」

「그래요, 벌써 그런 단계에까지 이르렀습니까? 그래서요?」

「나는 내 손의 해골을 보았습니다.」 한스 카스토르프는 그것을 본 순간 자기 마음속에 떠오른 기분을 불러일으키려고

433

하면서 말했다. 「당신도 자신의 해골을 본 적이 있습니까?」

「아니오, 나는 나의 해골에는 조금도 관심이 없습니다. 그래서 의사가 진단한 결과는 무엇이었나요?」

「그는 끈을, 매듭이 있는 끈을 보았다고 했습니다.」

「악마의 종놈 같으니.」

「당신은 언젠가도 베렌스 고문관을 그렇게 불렀지요. 그건 무슨 의미인가요?」

「그것이 꼭 들어맞는 속칭이라고 믿어도 좋습니다!」

「아닙니다, 그건 좀 부당한 표현입니다, 세템브리니 씨! 그 사람에게 약점이 있다는 것은 인정합니다. 그의 말투를 한참 듣고 있으면 나도 불쾌하게 느껴지니까요. 때때로 어딘지 부자연스러운 점이 느껴집니다. 그가 이 위에서 부인을 잃은 커다란 불행을 경험한 사람이라는 점을 떠올리면 특히 그렇습니다. 하지만 그는 요컨대 존경할 만한 훌륭한 인물이고, 고통을 겪고 있는 인류의 은인입니다! 나는 얼마 전에 갈비뼈 절개 수술을 막 마치고 나오는 그와 마주친 적이 있습니다. 죽느냐 사느냐의 대수술을 끝마치고 나오는 길이었죠. 나는 그가 그토록 힘들고 유익한 일을 마치고 나오는 것을 보고, 그에게 커다란 감명을 받았습니다. 그 사람은 그 일에 관한 한 정말 대가지요. 그는 아직 흥분이 가시지 않은 얼굴을 하고 자신의 수술에 대한 보답으로 여송연을 피우고 있었습니다. 나는 정말 그 사람이 부러웠습니다.」

「그렇군요. 좋은 말입니다. 그런데 형량은 어느 정도 받았습니까?」

「언제까지라고 특별한 기한은 말하지 않았습니다.」

「그것도 괜찮겠죠. 그럼 이제 가서 눕도록 합시다, 엔지니어 양반. 각자의 자리로 돌아가도록 합시다.」

두 사람은 34호실 앞에서 헤어졌다.

「세템브리니 씨, 이제 옥상으로 올라가십니까? 혼자 누워 있는 것보다 여러 사람이 함께 누워 있는 게 더 즐겁겠지요. 모두들 서로 얘기도 주고받습니까? 같이 안정 요양을 하는 사람들은 재미있는 사람들인지요?」

「아, 모두가 파르티아인[48]과 스키타이인입니다!」

「러시아인들 말인가요?」

「그렇습니다. 러시아 여자들도 있습니다.」 세템브리니는 이렇게 말했다. 그의 입언저리가 팽팽하게 긴장되었다. 「자, 그럼 다음에 봅시다, 엔지니어 양반!」

그것은 분명 저의가 있는 말이었다. 한스 카스토르프는 혼란스러운 마음으로 자신의 방으로 들어갔다. 세템브리니 가 한스 카스토르프의 현재 상태를 헤아리고 있다는 말인 가? 아마도 그는 교육자답게 탐색하여 한스 카스토르프의 시선이 향한 방향을 추적했을 것이리라. 한스 카스토르프는 그 이탈리아인에 대해서 화가 났고, 또 자제하지 못하고 섣 불리 쓸데없는 질문을 던진 자신에게도 화가 났다. 그는 안 정 요양에 가지고 갈 펜과 종이를 찾으면서도 ─ 이제는 고 향에 보낼 세 번째 편지를 더 이상 주저할 수 없었기 때문이 다 ─ 그는 여전히 화가 나 있었다. 자기는 길거리에서 아가 씨들에게나 추파를 던지면서 자기와는 아무런 관계도 없는 남의 일에까지 간섭하는 이 허풍선이이자 수다쟁이에 대해 한스 카스토르프는 투덜투덜 중얼거렸다 ─ 그런데 이젠 편지를 쓸 기분조차 사라지고 말았다 ─ 이 손풍금장이가

48 고대 이란 지방에 살았던 유목민.

435

아까 넌지시 비꼬는 말을 해 완전히 자신의 기분을 망쳐 버렸던 것이다. 그러나 기분이야 어떻든, 겨울옷이 없이는 지낼 수가 없었다. 그는 돈과 속옷, 신발이 필요했고, 여름 3주뿐 아니라…… 기간이 얼마가 될지는 확실히 알 수 없지만, 어쨌든 겨울의 일부, 아니 이 위에 사는 우리들의 개념과 시간관념으로는 겨울철 내내 체재하게 될 줄 미리부터 알고 있었다면, 준비하고 가져왔음에 틀림없는 모든 것이 필요했다. 사실 이러한 점을 적어도 그럴 가능성이 있다는 의미로서도 집에 알려 두어야 했다. 이번에는 저 아래 사람들에게 모든 것을 숨김없이 털어놓아야 했는데, 자신에게나 이들에게 언제까지나 속일 수는 없는 노릇이었다…….

이런 생각으로 그는 편지를 썼다. 전에 여러 번 본 적이 있는 요아힘이 하는 기술을 따라서 했다. 즉 접이식 침대에 누워서 두 무릎을 세우고 그 위에 여행용 손가방을 얹고 만년필로 편지를 썼다. 그는 책상 서랍에 준비되어 있는 요양원의 편지지를 사용하여, 세 명의 삼촌 가운데 자신과 제일 친한 제임스 티나펠에게 편지를 쓰고, 영사인 종조부에게도 이러한 사실을 전해 달라고 부탁했다. 그는 뜻하지 않은 난처한 사건에 관해 썼는데, 그것이 사실이 될지도 모른다는 우려에 대해서 썼고, 의사의 소견에 따라 겨울의 일부 내지는 겨울 한철 내내 이 위에서 지내야 할지도 모른다고 썼다. 자기와 같은 경우는 분명하게 발병하는 증세보다 오히려 더 위험하니, 단호히 개입하여 제때에 확실히 예방하는 것이 중요하기 때문이라고 썼다. 이러한 관점에서 볼 때, 우연히 이곳에 올라와 진찰을 받게 된 것은 행운이며 기막힌 숙명이라고 말했다. 그러지 않았더라면, 자신의 용태에 대해 오랫동안 아무것도 모르고 있다가 나중에 가서 손쓸 수 없는 상태임을 알게 될지도 모르기 때문이다. 요양에 예상되는 기간에 대해서는 아마 겨울을 여기서 지내게 될지도 모르겠고, 혹시라도 요아힘보다 더 늦게 평지로 돌아가더라도 놀라지 말아 주길 바란다고 썼다. 이곳의 시간 개념이란 것은 보통의 온천 여행이나 요양 여행 때의 그것과는 달라서, 소위 말해 1개월인 달이 최소의 시간 단위로, 달도 하나하나로 볼 때는 전혀 중요하지 않다고 썼다……

추운 날씨였다. 그래서 그는 외투를 입고 담요를 둘러쓴 채 발갛게 언 손으로 편지를 썼다. 합리적이고 설득력 있는 내용으로 채워진 편지지에서 때때로 눈을 들어, 이제는 친숙해져 보지 않아도 거의 알 만한 풍경, 길게 뻗어 있는 골짜기를 바라보기도 했다. 골짜기가 시작되는 곳에 있는 유리처럼 투명하고 창백한 산은 그 바닥 부분에 집들이 있었는데, 때때로 햇빛을 받아 반짝거렸고, 황량한 숲과 비탈진 목초지에서는 암소들의 방울 소리가 들려왔다. 한스 카스토르프는 편지를 쓰면서 펜 끝이 점점 더 가벼워져, 이 편지를 쓰는 것을 어째서 두려워했는지 이해가 되지 않았다. 편지를 써내려가면서 그는 자신의 설명보다 더 명확한 것은 없을 것이며, 물론 집에서도 완전히 이해해 줄 것이라고 믿었다. 자신과 같은 계층과 환경에 있는 젊은이에게는 그렇게 하는 게 현명할 것이라는 판단이 들면, 다소 사치라 해도 특별히 자신과 같은 사람들을 위해 준비된 편의 시설을 이용하는 것이 상례였다. 또 그렇게 하는 게 당연한 일이었다. 그가 만약 집으로 돌아갔다면 ─ 집안사람들은 그의 얘기를 듣고 그를 다시 이 위로 돌려보냈을 것이다. 그렇게 생각하고 그는 자신이 필요한 물건을 보내 달라고 부탁했다. 또한 마지막으로 필요한 돈을 정기적으로 보내 달라고 부탁했다. 한 달에 8백 마르크면 충분하다고 끝을 맺었던 것이다.

그는 편지 끝에다 서명을 했다. 이것으로 그의 일은 다 끝났다. 집에 보낸 이 세 번째의 편지 내용으로 충분히 당분간은 — 저 아래의 시간 개념이 아니라 이 위에서의 시간 개념으로 말이다 — 버틸 수 있었다. 이 편지는 한스 카스토르프의 자유를 보장해 주었다. 그가 사용한 이 자유라는 말은, 마음속으로 철자를 만들어 본 것에 불과할 뿐 확고하게 의미를 부여한 말은 아니었고, 그가 이곳에 체류하는 동안 배우게 되었듯 가장 광범위한 의미로 사용한 것이었다 — 세템브리니가 이 말에 덧붙일 의미와는 거의 관계가 없는 의미였다 — 그리고 그는 이미 경험한 바 있는 공포와 흥분의 물결에 사로잡혔고, 한숨을 내쉬자 가슴이 마구 떨렸다.

편지를 쓰느라고 머리에 피가 몰려 볼이 화끈거렸다. 그는 작은 전기스탠드가 놓여 있는 탁자에서 체온계를 꺼내 이 기회를 놓치지 않고 체온을 재보았다. 37.8도까지 올라가 있었다.

〈이것 보라니까?〉 한스 카스토르프는 생각했다. 그리고 추신으로 이렇게 덧붙였다. 〈이 편지를 쓰느라 무척 힘이 들었어요. 그래서 체온이 37.8도로 올라갔네요. 당분간은 절대 안정을 취하지 않으면 안 될 모양입니다. 편지를 자주 드리지 못하더라도 부디 용서해 주시기 바랍니다.〉 그런 다음 자리에 누워, 전에 형광판 뒤에서 내밀었던 것처럼 손바닥을 밖으로 향한 채 허공으로 손을 쳐들었다. 그러나 하늘빛은 손의 상태에 변화를 주지 못했고, 밝은 빛 앞에서 손 모양이 보통보다 더 어둡고 불투명하게 보였으며, 손의 가장 바깥쪽 윤곽만이 불그레하게 투명해 보일 뿐이었다. 이것은 그가 언제나 보고 씻고 사용하는 살아 있는 손이었고, 전에 형광판 속에서 본 낯선 뼈대가 아니었다. 그가 당시에 본 해부된 무덤은 다시 닫혀 있었다.

수은주의 변덕

새로운 달이 늘 시작되곤 하는 것처럼 10월이 시작되었다 ── 그 자체로는 완전히 겸손한 시작이고 소리 없는 시작이며, 신호도 없고 표시도 없이 살며시 들어온다. 그래서 엄격한 시간의 질서에 주의하지 않으면 이러한 시간의 흐름을 쉽사리 놓쳐 버리게 된다. 시간에는 사실 새긴 눈금이 없고, 새로운 달이나 해가 시작될 때 천둥이 치는 것도 아니며, 또 나팔 소리가 울리는 것도 아니다. 새로운 세기가 시작될 때 총을 쏘거나 종을 치는 것은 우리들 인간뿐이다.

한스 카스토르프가 맞이한 10월 초하루는 9월의 마지막 날과 조금도 다를 바 없이 춥고 음산한 하루였으며, 그다음 며칠 동안도 같은 나날의 연속이었다. 안정 요양을 하기 위해서는 밤뿐만 아니라 낮에도 겨울 외투와 낙타털 담요 두 장이 필요했다. 볼은 마른 열기에 까칠까칠하게 상기되었지만, 책을 든 손가락은 축축하고 뻣뻣했다. 요아힘은 털 소재의 침낭을 사용하고 싶은 유혹을 강하게 느꼈지만, 벌써부터 추위를 타는 잘못된 버릇이 들까 봐 이를 단념해 버렸다.

하지만 며칠 후, 10월 초와 중순 사이에 모든 것이 달라졌다. 뒤늦게 다시 여름이 찾아와 놀라울 정도로 화창한 날씨가 계속되었던 것이다. 한스 카스토르프는 전부터 이 지역의 10월을 찬미하는 얘기를 들어 왔는데 과연 그렇구나 하는 생각이 들었다. 2주 반 동안 맑고 푸른 하늘이 산과 골짜기에 퍼지더니, 날이 갈수록 더욱 청명해져 갔다. 구름 한 점 없는 하늘에서 햇볕이 어찌나 따갑게 내리쬐는지, 누구나 이미 벗어 버린 가장 가벼운 여름옷인 모슬린 웃옷과 아마포 바지를 다시 꺼내 입지 않을 수 없었다. 아마포로 만든 손잡이가 없는 커다란 차양조차도 한낮의 직사광선에는 별로 도움이 되지 않았다. 이 차양은 구멍이 여러 개 뚫린 쐐기로 접이식 침대의 팔걸이에 솜씨 좋게 단단히 고정되어 있었다.

「날씨가 이렇게 좋으니 참으로 다행스러운 일이야.」 한스 카스토르프는 사촌에게 말했다. 「가끔씩 날씨가 그렇게 고약하더니 말이야 — 벌써 겨울이 가고 좋은 계절이 온 것만 같아.」 그의 말이 옳았다. 몇몇 특징이 계절의 진정한 양상을 암시해 주었지만, 이것도 별로 눈에 띄지는 않았다. 저 아래 플라츠에서 겨우 생명을 유지해 가며, 오래전부터 시들어 나뭇잎이 떨어져 버린 단풍나무 두세 그루를 제외하면, 주위 풍경에 계절의 특징을 각인시켜 줄 만한 활엽수가 이곳에는 없었다. 부드러운 침엽을 지니고서 이것을 나뭇잎처럼 변화시키는 자웅 동체인 알프스 오리나무만이 가을답게 벌거숭이 모습을 보이고 있었다. 그 밖에 이 근방의 수목은 높이 올라간 것이든 낮게 웅크린 것이든 모두 상록의 침엽수였다. 이 상록수들은 1년 내내 눈보라가 치고 경계가 뚜렷하지 않은 이곳의 겨울 날씨에 잘 견디었다. 여름과 같은 강렬한 태양에도 불구하고, 깊어 가는 가을을 알려 주는 것은 숲을 여리 층으로 나누고 있는 적갈색의 색조뿐이었다. 물론 주의해서 관찰해 보면 들꽃도 마찬가지로 소리 없이 계절을 알려 주고 있었다. 한스 카스토르프가 이곳에 도착했을 무렵에 산비탈을 장식하고 있던 난초와 비슷하게 생긴 야생 난초와 관목 모양의 매발톱꽃은 더 이상 없었고, 야생 패랭이꽃도 이미 자취를 감추었다. 단지 용담(龍膽)이나 줄기가 짧은 콜키쿰[49]만은 아직 남아서, 표면이 따뜻해진 대기 어딘가에 냉기가 흐르고 있음을 알려 주었다. 이러한 냉기는, 열병을 앓는 환자에게 오한이 느껴지듯, 겉으로는 거의 피부가 탈 정도로 그을린 안정 요양을 하고 있는 청년의 전신에 갑자기 느껴질 수 있는 오한이었다.

한스 카스토르프는 시간을 통제하는 사람처럼 시간의 흐름에 주의를 기울이고, 시간의 단위를 구분하고 헤아리며 명명하는 수고를 마음속으로 이행하지 않았다. 어느새 10월이 소리 없이 찾아온 것에 주의를 기울이지 않았던 것이다. 다만 10월의 감촉과, 내부와 밑바닥에 은밀한 냉기를 숨긴 태양열만을 느꼈을 뿐이다 — 이 감촉을 이렇게 강하게 느낀 것은 처음이어서, 그는 이것을 어떤 요리와 비교해 보고자 했다. 그가 요아힘에게 한 표현에 따르면, 그 감촉은 거품을 일게 한 뜨거운 계란 요리 밑에 차가운 아이스크림을 숨긴 〈오믈렛 엉 쉬르프리즈〉를 생각나게 했다. 그는 종종 그런 말을 했는데, 피부에 열이 있으면서도 오한을 느끼는 사람처럼 급하고도 유창하게 떨리는 목소리로 말했다. 물론 그렇지 않을 때는, 깊이 생각에 잠겼다 할 수는 없지만 침묵을

49 약용 식물의 일종.

지켰다. 그는 외부의 사물에 주의를 기울였지만, 한 가지에 집중되어 있어서 그 밖의 것은 사람이든 사물이든 모두 안개 속에서 몽롱해져 있었기 때문이다. 그 안개는 한스 카스토르프의 머릿속에 생겨난 것으로, 몽롱하게 안개에 둘러싸인 당사자와 마찬가지로 베렌스 고문관과 크로코브스키 박사는 이것을 틀림없이 가용성 독소의 산물이라고 진단했을 것이다. 하지만 이런 사실을 인식하고 있으면서도 그는 도취에서 깨어날 수 있는 능력을 기르지 않았고, 깨어나려는 마음조차 먹지 않았다.

도취라는 것은 취해서 몽롱해지는 것이 목적이며, 깨어나는 것이야말로 무엇보다 귀찮고 혐오스럽게 생각되는 것이다. 도취는 이를 약화시키려는 인상에 반대해 자신의 견해를 주장하며, 이러한 인상을 간직하는 것을 허용하지 않는다. 한스 카스토르프는 쇼샤 부인의 옆모습이 다소 날카롭고, 그리 젊어 보이지 않는다는, 한마디로 별 매력이 없어 보인다는 사실을 알고서 이것을 예전에 직접 입 밖에 낸 적이 있었다. 그 결과는 어떠했을까? 그는 그녀의 옆모습을 보는 것을 피하고, 멀리에서 또는 가까이에서 우연히 그녀의 옆모습을 보게 되는 일이 생기면 문자 그대로 눈을 감아 버렸다. 그녀의 옆모습을 보는 것이 그에게는 고통스러웠다. 왜 그랬을까? 그의 이성은 서슴지 않고 이런 기회를 이용하여 자신의 진가를 발휘해야 했을 것이다! 그러나 이것은 무리한 요구이다……. 클라브디아 쇼샤 부인이 요즈음 화창한 날씨가 계속되자, 따뜻할 때 입으면 그녀를 이루 말할 수 없이 매력적으로 보이게 하는 흰 레이스가 달린 아침 실내복을 입고, 두 번째 아침 식사에 또 한 번 나타났을 때 한스 카스토르프는 너무 황홀한 나머지 얼굴이 창백해졌다 — 그녀가 늦게 늘어와서 문을 쾅 닫고 두 팔을 약간 다른 높이로 올리고는 미소를 지으며 식당 모든 사람들에게 정면으로 자신을 내보였을 때 말이다. 하지만 그가 황홀해진 것은 그녀의 모습이 매력 있게 보여서가 아니라, 그녀로 인해 감미로운 안개가 머릿속에서 더욱 짙어지고, 스스로 바라는 도취가 더욱 심해졌기 때문이며, 몽롱해지는 것이 목적인 취한 상태가 정당화되고 고무되었기 때문이었다.

로도비코 세템브리니 식으로 사고하는 비평가가 이렇게 선한 의지가 결여된 것을 보았다면, 곧바로 방종 혹은 〈방종의 한 형태〉라고 말했을 것이다. 한스 카스토르프는 세템브리니가 〈병과 절망〉에 대해 언급한 문필가다운 문구, 그가 이해할 수 없다고 생각했거나 그저 이해하는 척했던 문구를 가끔씩 생각했다. 한스 카스토르프는 클라브디아 쇼샤를, 그녀의 축 늘어진 등을, 앞으로 내민 머리의 자세를 주시했다. 그는 쇼샤 부인이 이렇다 할 이유도 구실도 없이, 다만 규율과 예의를 지키는 힘이 부족하기 때문에 언제나 늦게 식당에 나타나는 것을 지켜보았다. 또한 그녀가 바로 이러한 기본적인 소양의 결여로 인해 출입문을 쾅 하고 거칠게 닫고, 빵을 둥글게 뭉치며, 때로는 손톱 부위를 씹는 것을 지켜보았다 — 그리고 그의 마음속에서는 조용한 예감이 일어났다. 그녀가 병을 앓고 있다면 — 그리고 그토록 오랫동안 여러 번씩이나 이 위에서 살아야 했던 것을 보면 그녀가 어쩌면 희망이 없을 정도로 중병을 앓고 있는 것이 분명하지만 — 그녀의 병은 전적으로는 아니라도 대부분 윤리적 속성에 기인하는 것이 아닐까. 그것도 사실 세템브리니가 말한 것처럼

〈방종〉의 원인이나 결과가 아니라 방종과 동일한 것이 아닐까. 이런 막연한 의혹을 가질 수밖에 없었다. 한스 카스토르프는 휴머니스트 세템브리니가 안정 요양을 같이해야 하는 〈파르티아인과 스키타이인〉을 입 밖에 내면서 나타내 보인 경멸의 몸짓을 기억에 떠올렸다. 그러한 몸짓은 새삼스럽게 그 이유를 따질 필요도 없는 자연스럽고도 즉각적인 멸시와 거부의 몸짓이었다. 한스 카스토르프도 어쩌면 이러한 감정을 예전부터 잘 알고 있었을지도 모른다 ─ 그가 식탁에 단정하게 앉아 문을 쾅 하고 닫는 것을 마음속으로부터 증오하고, 꿈에도 생각해 본 적이 없는 손톱을 깨무는 것을 보고 (자신에게는 마리아 만치니가 있었기 때문에 그럴 필요가 없었지만), 쇼샤 부인의 무례함에 심한 분노를 느끼고, 눈이 가느다란 그 이국 여자가 그의 모국어인 독일어로 말하려 하는 것을 듣고 모종의 우월감을 떨칠 수 없었을 때, 바로 그때부터였다.

그러나 이제 한스 카스토르프는 내적인 사정이 변화함에 따라 이러한 감정을 완전히 내버리게 되었다. 그런데 오히려 그가 화를 낸 대상은 이탈리아인 세템브리니였다. 〈파르티아인과 스키타이인〉에 대해 오만하게 말했기 때문이다 ─ 그렇다고 세템브리니가 〈이류〉 러시아인석의 사람들, 즉 머리를 길러 아무렇게나 하고 셔츠도 입지 않고 앉아, 다른 나라 말로는 전혀 얘기할 수 없는지 낯설기만 한 자기 나라 언어로 끊임없이 토론을 하는 대학생들을 염두에 두고 한 말은 아니었다. 베렌스 고문관이 요전에 언급한 바에 따르면, 뼈가 없는 듯 흐느적거리는 이들 언어의 성격은 늑골이 없는 흉곽을 연상시킨다고 한다. 이 사람들의 풍습이 휴머니스트 세템브리니에게 어쩌면 심한 이질감을 불러일으킬 수 있을 것은 당연히 가능했다. 이들은 음식을 포크가 아닌 나이프로 먹었고, 화장실을 말로 표현할 수 없을 만큼 더러웠다. 세템브리니의 주장에 따르면, 이들 무리 중 의과 대학 본과에 다니는 한 대학생은 라틴어를 전혀 이해하지 못하더란다. 예를 들어 바쿰[50]이 무슨 뜻인지도 모르더라는 것이다. 그리고 한스 카스토르프 자신의 일상적 경험으로 미루어 보아, 32호실의 부부는 아침에 마사지를 하러 방으로 들어오는 마사지사를 맞이할 때 침대에 둘이 드러누운 채로 맞이한다고 식탁에서 이야기하는 슈퇴어 부인의 말은 아마 사실일 것이다.

하지만 이 모든 말이 전부 사실이라 하더라도, 〈일류〉와 〈이류〉의 확실한 구별은 그냥 장식만이 아니었다. 한스 카스토르프는 이 두 식탁의 사람들을 오만하고도 냉담하게 — 비록 자신도 열이 있고 취해 있기는 하지만 냉담하게 — 파르티아인과 스키타이인이라는 이름으로 한데 묶어 말하는 사람, 즉 공화국과 아름다운 문체의 선전가에 대해서는 단지 경멸의 몸짓 내지 무관심으로 대하겠다고 마음속으로 다짐했다. 세템브리니가 이것을 어떤 의미로 말했는지 젊은 한스 카스토르프는 잘 이해하고 있었다. 그도 쇼샤 부인의 병과 그녀의 〈조심성 없는 태도〉와의 관계를 이해하기 시작했다. 하지만 그것은 그 자신이 언젠가 요아힘에게 말한 그대로였다. 처음에는 분개하고 이질감을 느끼는 것에서부터 시작하지만, 어느 사이에 〈판단력과는 전혀 관계가 없는 다른 요소가 섞여 들어〉 예의범절에 대한 엄격함이 그 역할을 다하게 된다 — 이렇게 되면 공화주의자의 웅변조의 영향은

50 *vacuum*, 진공.

거의 먹혀들지 않는다. 그러나 우리가 물어보건대, 로도비코 세템브리니가 말하는 의미에서도 마찬가지겠지만, 도대체 인간의 판단력을 마비시키고 정지시키며, 인간에게서 비판하는 권리를 빼앗거나 혹은 오히려 터무니없는 희열에 빠져 그 권리를 포기하게 하는 일은 얼마나 수상쩍은 일인가? 우리는 그 이름을 묻고 있는 것이 아니다. 그 이름은 누구나 다 알고 있기 때문이다. 우리가 묻는 것은 그것의 윤리적인 성질이다 — 그리고 솔직히 말하자면, 그것에 대해 의기양양하고 신통한 대답을 기대하는 것은 아니다. 이러한 윤리적인 성질 때문에 한스 카스토르프의 경우에는 판단하는 것을 그만두게 되었을 뿐만 아니라, 자신의 마음을 사로잡는 생활 방식을 스스로 실험해 보는 정도에까지 이르렀다. 예를 들어 그는 식탁에서 등을 구부정하게 축 늘어뜨리고 앉아 보기도 했는데, 이러한 자세가 골반 근육의 부담을 현저하게 경감시켜 준다는 것을 알게 되었다. 더구나 자신이 드나드는 문을 조심스럽게 닫지 않고 쾅 닫아 보기도 했다. 이것 역시 해볼 만하고 편하다는 사실을 알게 되었다. 이는 어깨를 으쓱하는 몸짓과 꼭 같은 느낌이었다. 그가 이곳에 왔을 때 역에서 바로 요아힘이 어깨를 으쓱하며 자신을 마중하였고, 그 후로도 그는 이 위의 사람들에게서 종종 그런 몸짓을 발견했었다.

한마디로 말해, 우리의 여행자인 한스 카스토르프는 이제 클라브디아 쇼샤에게 홀딱 반했다 — 이 〈반했다〉는 말이 불러일으킬지도 모를 오해에 대해서는 지금까지 충분히 예방 조치를 취해 놓았다고 생각하기 때문에, 우리는 또 이런 표현을 쓰는 것이다. 그러므로 한스 카스토르프가 지닌 연애 감정의 본질은 앞에서 얘기한 노래의 정신인 감미롭고 부드러운 애수가 아니었다. 오히려 그것은 이러한 연정 중에서도 상당히 모험적이고 방랑자적인 변종이었고, 열병 환자의 증세나 고원 지대의 10월같이 오한과 열기가 뒤섞인 상태였다. 그리고 이 양극단을 연결해 주는 정서적인 매개물, 이것이 사실 결여되어 있었다. 한스 카스토르프의 연정은 한편으로는 청년을 창백하게 하고 얼굴 표정을 일그러지게 하는 직접적인 대상, 즉 쇼샤 부인의 무릎, 다리 선, 등, 목덜미, 소녀같이 작은 가슴을 양쪽에서 압박하고 있는 팔 — 한마디로 말해 그녀의 칠칠치 못하고 고양된 육체, 병 때문에 지나치게 강조되고 한층 더 육화된 몸에 쏠려 있었다. 다른 한편으로 이 연정은 무언가 지극히 순간적이고 막연한 상념, 아니 하나의 꿈이었다. 그 꿈은 무의식적이긴 하지만 분명하게 제기된 질문에 대해 공허한 침묵 외에 아무런 답변도 얻을 수 없었던 청년이 꾸었던, 끔찍하고 무한히 매혹적인 하나의 꿈이었다. 누구나 그러하듯이 이야기를 진행하는 도중에 여기서 우리의 사적인 견해를 말해도 좋다면, 다음과 같이 추측해 보자. 한스 카스토르프가 인생 근무의 의의와 목적에 관해 시대의 깊은 곳에서 그의 단순한 영혼을 만족시킬 수 있는 해답을 얻을 수 있었더라면, 애초에 이 위의 사람들 곁에 머무르기로 예정했던 날짜를 지금 우리가 이야기를 하는 시점까지 연장하는 일 따위는 하지 않았을 것이다.

게다가 그의 연정은 이 세상 어디에서나, 어떤 상황에서나 이러한 정신 상태에 수반되는 고통을 모두 맛보게 하고 기쁨도 남김없이 그에게 안겨다 주었다. 이러한 고통은 뼈에 사무치며, 모든 고통이 그러하듯이 굴욕적인 요소를 지니고 있다. 그리고 신경 계통에 심한 충격을 주어, 호흡을 곤란하게 하고 성년이 다 된 남자로 하여금 쓰라린 눈물을 흘리게도 한다. 기쁨에 관해서도 제대로 말하자면, 그 역시 컸다. 비록 눈에 띄지 않는 동기에서 비롯된 것이긴 하지만 고통 못지않게 강렬했다. 베르크호프의 하루는 거의 매 순간 그러한 기쁨을 맛보게 할 수 있었다. 예를 들어 식당에 들어가려는 순간, 한스 카스토르프는 자신이 동경하던 대상이 뒤에 따라오는 것을 깨닫게 된다. 그 결과는 처음부터 빤한 것으로 단순하기 그지없지만, 역시 기쁨의 눈물을 흘리게 할 정도로 마음속에 황홀감을 안겨 준다. 두 사람의 눈, 그의 눈과 잿빛을 띤 그녀의 녹색 눈이 가까이에서 서로 마주치면, 그녀의 약간 아시아적인 눈매에 그는 뼛속까지 황홀하게 도취해 버린다. 그는 그만 몽롱한 상태에 빠지게 되지만, 의식을 잃은 상태에서도 옆으로 비켜서서 그녀를 문으로 먼저 들어가게 한다. 그러면 그녀는 은근한 미소를 띠며 들릴락 말락 낮은 음성으로 〈메르시〉[51]라고 말하고는, 남의 눈에는 부인에 대한 단순한 예의에 지나지 않는 그의 호의를 받아들여 그의 옆을 지나 실내로 들어간다. 그는 자기 옆을 스쳐 지나간 그녀의 향기에 취해서, 서로 마주친 것에 대한 기쁨과 그녀가 자신의 입으로 직접 그에게 〈메르시〉라고 말한 것에 대한 기쁨에 바보같이 서 있다가, 그녀의 뒤를 따라 오른쪽에 있는 자신의 자리로 비틀비틀 걸어간다. 그리고 자신의 자리에 넘어지듯 앉으면서, 저쪽에서도 역시 클라브디아가 자리에 앉으며 자기 쪽으로 고개를 돌리는 것을 본다 — 그녀가 문에서 자신을 만난 것을 곰곰 생각하는 표정을

51 *merci.* 〈고마워요〉라는 뜻의 프랑스 인사말.

짓고 있다고 생각하는 것이다. 오, 믿을 수 없는 모험이여! 오, 환희, 승리, 터질 듯한 이 기쁨이여! 그렇다, 이러한 환상적인 만족감과 황홀감은 한스 카스토르프가 저 아래 평지에서 건강한 아가씨를 만나 희망에 차서, 붙임성 있게, 공개적으로 저 노래 가사에나 나오는 〈자신의 마음을 바쳤다〉 하더라도 맛보지 못할 것이었다. 이 모든 장면을 본 여교사, 그 때문에 솜털이 보송보송한 볼을 붉히는 여교사에게 한스 카스토르프는 열에 들뜬 것처럼 쾌활하게 인사를 한다 ─ 그런 다음 그가 로빈슨 양에게 영어로 아무 의미도 없는 말을 지껄이면, 이런 황홀감을 경험해 본 적이 없는 그 노처녀는 놀라 뒤로 주춤 물러서며 겁먹은 눈으로 그를 빤히 쳐다보는 것이다.

또 한 번은 어느 저녁 식사 때였는데, 붉게 저물어 가는 저녁 햇살이 일류 러시아인석을 비추고 있었다. 베란다로 통하는 문과 식당 창문에는 커튼이 쳐져 있었지만, 어딘가에 틈이 벌어져 있어 그곳으로 차갑고도 눈부시게 들어온 붉은 햇살이 바로 쇼샤 부인의 머리를 비추었다. 그래서 그녀는 오른쪽 이웃에 앉은, 가슴 부분이 옴팍한 동국인과 이야기를 나누면서 손으로 햇빛을 가리지 않으면 안 되었다. 약간 귀찮은 일이긴 했지만 별로 힘든 일은 아니었다. 아무도 이에 신경 쓰지 않았고, 쇼샤 부인 자신도 어쩌면 이것을 불편하게 느끼지 않았을지 모른다. 그러나 한스 카스토르프는 이런 장면을 홀 너머로 지켜보고 있었다 ─ 그는 잠시 동안 이를 주시하고 있다가, 사태의 진상을 알아차리고 빛이 들어오는 길을 추적해서 그 장소를 알아냈다. 빛은 저 뒤 오른쪽 베란다로 나가는 문과 이류 러시아인석 사이 구석에 있는 아치형의 창문을 통해 들어왔다. 창문은 쇼샤 부인의 자리로부터 멀리 떨어져 있었지만 한스 카스토르프의 자리로부터도 거의 마찬가지로 멀리 있었다. 그래서 그는 결단을 내렸다. 그는 아무 말 없이 일어나 냅킨을 손에 쥔 채로 홀을 통과해 식탁 사이를 비스듬히 가로질러 갔다. 그는 저 뒤 크림색 커튼을 꼭 붙게 닫은 다음, 어깨 너머로 바라보고는 햇살이 차단되어 쇼샤 부인이 빛에서 해방된 것을 확인했다 — 그런 다음 아무 일도 아니라는 듯 태연한 모습으로 되돌아왔다. 아무도 이런 일을 하지 않기에, 이것은 마땅히 해야 할 일을 한 주의 깊은 청년의 모습이었다. 그가 한 세심한 배려에 주의를 기울이는 사람은 거의 없었지만, 쇼샤 부인은 편해진 것을 곧바로 느끼고 뒤를 돌아보았다 — 한스 카스토르프가 다시 자신의 자리에 돌아와 앉으면서 그녀 쪽을 바라볼 때까지 그녀는 계속 한스 카스토르프를 쳐다보는 자세를 유지하고 있었다. 그런 후 그녀는 기분 좋게 놀란 듯한 미소를 지으며 감사의 뜻을 표했다. 즉 머리를 숙였다기보다는 앞으로 내밀었던 것이다. 그러자 그도 머리를 숙이며 이에 답례를 보냈다. 심장이 멎어 버려 전혀 뛰지 않는 것 같았다. 이윽고 이 모든 일이 끝나자 비로소 그의 심장은 다시 고동치기 시작했다. 그리고 그때서야 그는 요아힘이 조용히 접시 위에 시선을 떨어뜨리고 있는 것을 알아챘다 — 슈퇴어 부인이 블루멘콜 박사의 옆구리를 찌르고는 킥킥 웃으며, 그녀의 식탁이나 다른 식탁에서 이 사건을 눈치챈 사람이 있지나 않을까 하고 주위를 두리번거리는 것을 나중에야 그도 알아차렸다…….

우리는 일상적으로 일어나는 일을 묘사하고 있지만, 일상적인 일이라도 남다른 환경에서 일어나면 특별한 것이 된다. 두 사람 사이에는 긴장이 감돌다가 기분 좋게 해소되기도 했다 ─ 물론 두 사람 사이라고 말하는 게 좀 이상하지만 (쇼샤 부인이 이것을 어느 정도로 느끼고 있었는가에 대해 우리는 불문에 부치기로 했으므로) 열에 들뜬 한스 카스토르프의 공상과 감정으로는 그러하였다. 요즈음 계속되는 화창한 날씨로 인해 대부분의 요양객은 점심 식사가 끝난 뒤 식당 앞 베란다로 나와 15분 정도 무리 지어 일광욕을 했는데, 그럴 때면 격주로 열리는 일요일의 관악기 연주회 때와 비슷한 광경이 전개되었다. 아무 일도 하지 않으며, 고기 요리와 달콤한 과자로 배를 잔뜩 채우고, 미열이 약간 있을 뿐인 젊은이들이 잡담을 나누고 시시덕거리며 추파를 던지기도 했다. 암스테르담 출신의 잘로몬 부인이 난간에 앉아 있었는데, 한쪽에서는 입술이 두툼한 갠저가, 다른 쪽에서는 몸집이 거대한 스웨덴인이 양쪽에서 그녀를 무릎으로 죄어대고 있었다. 이 스웨덴인은 병이 다 나았지만, 병후의 요양을 위해 이곳에 계속 머무르고 있었다. 일티스 부인은 미망인인 양 행동했다. 얼마 전부터 어떤 〈신랑〉과 사귀는 것을 즐기고 있었기 때문이다. 그 남자는 우울한 표정에 보잘것없는 외모를 하고 있었는데, 일티스 부인은 그와 어울리면서도 미클로지히 대위의 구애를 받아들이는 것을 마다하지 않았다. 대위는 매부리코에다 콧수염에 포마드를 바르고 가슴이 떡 벌어졌으며 매서운 눈을 하고 있었다. 그 밖에 안정 요양 홀에는 국적이 서로 다른 부인들이 있었는데, 그중에는 10월 초하루에 처음으로 모습을 드러내어, 한스 카스토르프가 아직 이름을 잘 모르는 새로 온 여자들도 있었다. 이 여자들 사이에는 알빈 씨 타입의 신사들이 있었고, 외알 안경을 낀 17세가량의 소년도 있었으며, 장밋빛 얼굴을 하고 우표 수집에 광적인 열정을 갖고 있는 안경 낀 젊은 네덜란드인도 있었다. 이 외에 머리에 포마드를 바르고 갸름한 눈을 한 그리스인들도 여럿 있었는데, 이들은 식사 중에 남의 음식에까지 손을 대는 버릇이 있었다. 또한 항상 꼭 붙어 다니는 멋쟁이 둘도 있었는데, 〈막스와 모리츠〉[52]로 불리는 이들은 위대한 탈옥수로 간주되었다……. 그리고 등이 굽은 멕시코인도 있었는데, 이 사람은 여기서 오가는 언어를 하나도 이해하지 못하므로 귀머거리 같은 표정을 짓고 있었다. 그는 자신의 삼각대를 놀랄 정도로 민첩하게 테라스 여기저기로 끌고 다니면서 쉬지 않고 사진을 찍어 댔다. 고문관도 가끔 거기에 나타나 구두끈을 매는 자신의 〈재주〉를 보여 주기도 했다. 사람들이 모여 있는 어딘가에는 만하임 출신의 독실한 신앙가가 홀로 사람들 틈에 끼어 있었는데, 그는 이루 말할 수 없이 슬픈 듯한 눈초리로 몰래 어느 한곳을 주시해 한스 카스토르프의 기분을 거슬리게 하고 있었다.

이제 여기서 아까 말한 〈긴장과 긴장 해소〉로 화제를 돌려 몇 가지 예를 들어 보자. 이런 경우에 한스 카스토르프는 벽옆에 놓인 래커 칠을 한 정원 의자에 앉아, 마지못해 밖으로 끌려 나온 요아힘을 상대로 이런저런 이야기를 수다스럽게 지껄였다. 반면에 그의 앞에는 쇼샤 부인이 자기 식탁의 동료들과 담배를 피우며 난간에 기대어 서 있었다. 그는 그녀

---

52 시인이자 풍자 화가인 빌헬름 부슈Wilhelm Busch(1832~1908)의 대표적인 어린이용 그림책 『막스와 모리츠*Max und Moritz*』에 나오는 두 주인공의 이름.

를 위해, 즉 그녀가 자신의 말을 듣도록 하기 위해 지껄이고 있었다. 그녀는 그에게서 등을 돌리고 있었다……. 보다시피 우리는 여기서 어떤 특정한 경우를 이야기하고 있다. 그는 일부러 수다스럽게 말을 했는데, 이 가장된 대화의 상대가 사촌뿐인 것에 만족하지 않고 의도적으로 어떤 인물과 가까워졌다. 누구와? 바로 헤르미네 클레펠트였다 — 그는 우연을 가장하여 그 젊은 숙녀에게 말을 걸고는 자신과 요아힘을 그녀에게 소개했다. 그리고 셋이서 더욱 재미나게 수다를 떨며 놀기 위해서, 래커 칠을 한 의자를 그녀에게 끌어다 주었다. 그는 자신이 이곳에 와서 처음으로 아침 산책을 하던 날, 그녀가 그를 얼마나 놀라게 했는지 알고 있느냐고 물었다. 그렇다, 당시에 그녀가 그토록 통쾌할 정도로 휘익! 하는 환영의 휘파람 소리를 내었고 그 소리를 뒤집어쓴 사람이 바로 자기였던 것이다! 그리고 솔직하게 고백하자면 그녀의 이 목적은 백 퍼센트 달성되어, 그는 곤봉으로 머리를 얻어맞은 것 같은 충격을 받았으며, 이것은 사촌에게 물어보아도 좋다고 했다. 하하하, 기흉으로 휘파람 소리를 내어 영문도 모르는 산책객을 놀라게 하다니요! 그는 이것을 짓궂은 장난이라 부르면서, 당연히 죄 많은 남용으로 간주하며 이에 대해 상당히 분개한다고 했다……. 요아힘은 자신이 도구로 이용되고 있다는 것을 눈치채고 눈을 내리깔고 앉아 있었고, 클레펠트도 역시 한스 카스토르프의 맹목적이고 산만한 눈초리에서 차츰 자신이 목적을 위한 수단으로만 이용되고 있다는 굴욕감이 들었다. 반면에 한스 카스토르프는 토라진 표정을 짓기도 하고, 고상한 척하기도 하고, 멋지게 말을 꾸며 내기도 하고, 듣기 좋은 목소리를 내기도 하더니,

453

마침내 소기의 목적을 달성하였다. 쇼샤 부인이 유난히 눈에 띄게 이야기하는 사람 쪽으로 고개를 돌려 그의 얼굴을 바라보았던 것이다 — 하지만 이것은 아주 짧은 순간에 불과했다. 프리비슬라프와 같은 그녀의 눈은 다리를 포개고 앉아 있는 남자의 몸을 재빨리 훑고는 경멸에 가까운 표정, 아니 정확히 말해 바로 경멸의 표정을 의도적으로 무관심하게 지으며, 아주 잠깐 그의 노란 구두를 바라보았다 — 그런 다음 무덤덤한 표정으로, 아니 어쩌면 의미심장한 미소를 지으며 구두에서 눈길을 뗐다.

이는 너무도 엄청난 불상사였다! 한스 카스토르프는 열에 들뜬 사람처럼 한동안 계속 지껄이고 있었지만, 자신의 구두를 내려다보던 눈길이 마음속에 뚜렷이 떠오르자 그만 말문이 막히고 비탄에 빠졌다. 그러자 클레펠트는 지루하고 기분이 상해서 떠나가 버렸다. 급기야 요아힘도 다소 조급해진 목소리로, 이젠 안정 요양이나 하러 가자고 말했다. 한스 카스토르프는 얼빠진 사람처럼 핏기 잃은 입술로 그러자고 대답했다.

이 사건으로 한스 카스토르프는 이틀이나 지독한 고민에 빠져 있었다. 이 이틀 동안 타는 듯한 그의 상처를 가라앉혀 줄 사건이 일어나지 않았기 때문이다. 어째서 그녀는 그런 눈초리를 했을까? 삼위일체의 신의 이름으로 말이지만, 어째서 그에게 그런 멸시의 눈초리를 보냈을까? 그를 아무것도 아닌 일에 열을 올리는 평지의 건강하고 평범한 녀석이라고 여긴 걸까? 말하자면 평지의 순진한 사람처럼, 돌아다니면서 킬킬거리고 실컷 먹고 돈을 벌어 대는 평범한 녀석 — 명예의 고루한 특권만을 생각하는 인생의 모범생이라고 생각한 게 아닐까? 그는 그녀의 세계와는 관계가 없는, 3주 예정으로 왔다가 바람이 불면 언제라도 날아가 버릴 신뢰할 수 없는 청강생에 지나지 않는단 말인가? 자기에게도 침윤된 부위가 있으므로, 입문 선서를 하지 않았던가? 그도 이제는 편입되고 소속되어 이 위 사람들의 일원이고, 이곳에 온 지 벌써 2개월 남짓의 경력이 있으며, 어젯밤에도 수은이 다시 37.8도까지 올라가지 않았던가……? 그렇다, 바로 그것이었다, 그 점이 그의 고민을 가중시켰다! 수은주가 더 이상 올라가지 않았던 것이다! 이틀 동안 끔찍하게 의기소침한 상태에 빠짐으로써, 한스 카스토르프는 감정이 냉각되고, 진지해지고, 긴장이 이완되었다. 그 결과가 창피하게도 평열을 거의 넘지 않는 낮은 체온으로 나타났다. 그가 아무리 괴로워하고 슬퍼해도 결과적으로는 자신이 클라브디아의 존재와 본질로부터 점점 더 멀어져 갈 뿐이라는 것이 그에게는 끔찍한 일이었다.

그러나 3일 째 되는 날 부드러운 구원의 손길이 뻗쳐 왔다. 그것도 이른 아침부터였다. 화창한 가을날 아침으로, 햇빛이 내리쬐고 상쾌하며, 풀밭에는 은회색의 풀이 덮여 있었다. 맑은 하늘에는 떠오르는 해와 기울기 시작하는 달이 거의 같은 높이에 걸려 있었다. 사촌들은 평소보다 좀 더 일찍 일어나서, 이 아름다운 날에 경의를 표하기 위해 아침 산책을 규정된 길이보다 약간 연장하려고 하였다. 두 사람은 수로 옆 벤치가 있는 숲 속 길을 따라 조금 더 멀리 가볼 작정이었다. 요아힘이 자신의 체온 곡선도 마찬가지로 내려가기 시작한 것을 기쁘게 생각하고 기분 전환을 위해 예외적인 제안을 하자, 한스 카스토르프도 이에 반대하지 않았다. 「우린 이제 다 나았잖아.」 그가 말했다. 「열이 없어지고 독이 해소되어, 평지에 내려가도 괜찮을 것 같아. 그러니 망아지처럼 이리저리 돌아다니지 못할 이유가 뭐란 말인가.」 그래서 두 사람은 모자를 쓰지 않고 ─ 처음에 한스 카스토르프는 이 위의 사람들이 모자 없이 걸어다니는 습관에 관계없이 자신은 자신만의 생활 형식과 예의범절을 확실히 지켰지만, 선서식을 마치고부터는 이곳의 풍습에 그냥 따르고 말았다 ─ 지팡이를 흔들며 길을 떠났다. 하지만 두 사람이 황톳길의 오르막 부분을 미처 다 오르기도 전에, 신참 한스 카스토르프가 당시 기흉 회원들을 만났던 지점에 왔을 때 이들의 조금 앞에서 쇼샤 부인이 천천히 걸어가고 있는 것을 알아차렸다. 흰 스웨터에 흰 플란넬 치마, 심지어 흰 구두 등 모두 흰 옷차림의 쇼샤 부인이 아침 햇살을 받아 불그스름해진 머리칼을 빛내며 앞서 올라가고 있었다. 엄밀히 말하자면 한스 카스토르프가 그녀라는 것을 알아보았고, 요아힘은 그의 옆에서 억지로 끌려가는 듯한 불쾌한 기분을 느끼고서야 비로소 사태를 파악했다 ─ 불쾌한 기분이란, 함께 걷던 한스 카스토르프가 갑자기 발걸음을 멈추고 거의 서 있는 듯하더니 이내 재촉하듯 발걸음을 빨리한 데서 생긴 것이었다. 이렇게 재촉받는 바람에 요아힘은 도저히 참을 수 없어 화를 냈다. 급히 숨을 몰아쉬며 잔기침까지 해댔다. 하지만 목적의식에 사로잡힌 한스 카스토르프는 자신의 모든 기관이 활발하게 움직이기 시작하는지 사촌의 몸 상태는 안중에도 없었다. 요아힘은 사태를 알아차리자, 사촌만을 혼자 앞서 가도록 할 수 없어서 말없이 눈썹을 찡그리면서도, 그와 보조를 맞추어 걸었다.

이 아름다운 아침은 한스 카스토르프 청년에게 힘이 불끈 솟게 하였다. 또한 지난 이틀 의기소침해 있으면서 남몰래 원기가 축적되어서인지, 자신의 앞에 놓인 장애물을 무너뜨 릴 순간이 왔다는 확신이 번쩍하고 뇌리를 스쳤다. 그래서 그는, 그러지 않아도 숨을 헐떡이며 억지로 따라오는 요아 힘을 끌다시피 하면서, 성큼성큼 걸었다. 그리고 이들은 나 무로 뒤덮인 언덕을 따라 평평해진 길이 오른쪽으로 꺾이기 직전에, 마침내 쇼샤 부인을 따라잡았다. 그러자 한스 카스 토르프는 다시 발걸음을 늦추었다. 급하게 걸어서 흐트러진 모습으로 자신의 계획을 실행하지 않기 위해서였다. 그래서 커브 길을 지나 비탈과 산의 절벽 사이, 나뭇가지 사이로 햇 빛이 새어 들어오는 청동색의 가문비나무 사이에서 그의 계 획은 실행되었다. 한스 카스토르프가 요아힘의 왼쪽에서 사 랑스러운 여자 환자를 추월하고, 씩씩한 발걸음으로 그녀 곁을 지나가는 놀라운 일이 일어났다. 그가 그녀의 오른쪽 옆을 지나는 순간, 모자를 쓰지 않은 머리를 숙여 나지막한 목소리로 공손하게 (당연히 공손하게) 〈안녕하세요〉라고 인 사를 했더니 그녀도 답례를 해주었다. 그녀는 그렇게 놀라 는 기색도 없이 상냥하게 머리를 숙이고, 그것도 독일어로 똑같이 〈안녕하세요〉라는 인사말을 하면서 눈웃음을 지었 다 ─ 그리고 이 모든 것은 그의 구두를 쳐다보던 눈초리와 는 다른, 무언가 철저하고도 기쁨에 겨울 정도로 다른 것이 었다. 이것은 행운이었고, 사태의 급변이었다. 이 급변은 이 루 비길 데 없는 최상의 호전이었으며, 거의 그의 이해력을 뛰어넘는 것이었다. 이것은 바로 구원이었다.

한스 카스토르프는 이성을 잃은 기쁨에 눈이 멀어서 그녀의 인사말, 단어, 미소를 얼싸안고, 이용만 당한 요아힘의 옆에서 날아오를 듯 앞으로 걸음을 옮겼다. 요아힘은 사촌에게서 눈길을 돌려 말없이 비탈길을 내려다보고 있었다. 한스 카스토르프의 행동은 일격을 가하는 행위, 즉 모험이었다. 그것도 대담한 모험이었다. 그러므로 요아힘의 눈에는 어쩌면 심지어 배반이나 교활함과 같은 것으로 비칠 수 있다는 것도 한스 카스토르프는 아주 잘 알고 있었다. 하지만 그가 전혀 일면식도 없는 상대방에게 연필을 빌려 달라고 간청한 것은 아니었다 — 오히려 몇 달 동안이나 같은 지붕 아래 살고 있는 부인 곁을 굳은 표정으로 인사도 하지 않고 지나친다면 이것이야말로 무례한 짓일 것이다. 얼마 전에 클라브디아는 대기실에서 심지어 이들과 대화를 나누기까지 하지 않았는가? 그랬기 때문에 요아힘은 침묵하고 있을 수밖에 없었다. 그러나 한스 카스토르프는 명예를 존중하는 요아힘이 무엇 때문에 입을 다문 채 고개를 돌리고 걸어가는지, 그 이유를 잘 알고 있었다. 반면 한스 카스토르프 스스로는 자신의 모험이 성공을 거둔 데 대해 그토록 방약무인(傍若無人)하며 기뻐했다. 어느 누가 저 아래 평지에서 건강하고 순진한 아가씨에게 공개적으로, 희망에 차서, 흡족한 마음으로 〈자신의 마음을 바쳐〉 대성공을 거두었다 해도, 지금의 한스 카스토르프보다 더 행복하지는 않을 것이다 — 그렇다, 그가 이제 기회를 잡아 빼앗고 확보한 작은 성공으로 기뻐한 만큼 그렇게 행복할 수는 없을 것이다……. 그래서 그는 잠시 후 사촌의 어깨를 툭 치며 이렇게 말했다.

「이봐, 자네, 어떻게 된 거야? 정말 기막히게 좋은 날씨 아닌가! 조금 있다가 요양 호텔에 내려가 보기로 하지. 거기서

458

아마 음악을 연주할 거야! 〈카르멘〉에 나오는 〈여기 이 가슴에 깊이 숨겨져 있는 이 꽃, 아, 지나간 아침의 꽃〉을 연주할지도 몰라. 자네 무슨 걱정거리라도 있는 건가?」

「아니, 없어.」 요아힘이 말했다. 「그런데 자넨 열이 심해 보여. 모처럼 내려간 열이 다시 올라간 것은 아닌지.」

사실 그러했다. 한스 카스토르프 유기체의 수치스러운 침체 상태는 그가 클라브디아 쇼샤와 나눈 인사로 극복되었다. 더 정확히 말하자면, 그는 이런 사실을 의식했고 만족스럽게 여겼다. 그렇다, 요아힘의 예언은 적중하여 수은주가 다시 올라갔던 것이다! 한스 카스토르프가 산책을 하고 돌아온 후 검온을 하니 수은주는 거의 38도까지 올라가 있었다.

백과사전

넌지시 암시하는 듯한 세템브리니의 말투가 한스 카스토르프를 화나게 했다 하더라도 ─ 그는 이에 대해 이상하게 생각할 이유가 없었고, 교육자답게 무언가를 탐색하려는 이 휴머니스트를 탓할 권리는 없었다. 한스 카스토르프가 현재 어떤 상태에 있는지는 눈먼 장님이라도 알아차렸을 것이며, 자기 자신도 굳이 이것을 숨기려 하지 않았다. 관대하고도 고결하고 단순한 성품 때문에 자신의 속마음을 숨기지 못했던 것이다. 그런 점에서 ─ 그의 장점이라고 할 수 있는 ─ 이 성품은, 사랑에 빠져 있는 만하임 출신의 머리숱이 적은 사나이의 몰래 엿보는 성품과는 확실히 구별되었다. 여기서 기억을 되살리고 거듭 말해 두지만, 한스 카스토르프와 같은 상태에 있는 사람에게는 대체로 자기의 기분을 밖으로 드러내고 싶어 하는 충동과 욕구, 고백하고 자백하고 싶은 충동, 맹목적인 자기 편견, 세상을 자기 자신으로 채워 버리고 싶은 욕구가 뒤따르기 마련이다 — 이 경우에는 그 대상이 무의미하고, 비이성적이고, 희망이 없다는 것이 분명하기 때문에 그런 만큼 우리 냉정한 사람들에게는 더욱 이상하게 여겨지는 것이다. 어째서 그런 사람들이 자신의 마음을 드러내지 않고는 못 견디는가 하는 것은 설명하기 힘들다. 아무튼 이들은 그러지 않고서는 견딜 수 없다는 사실만은 확실하다 — 판단력이 있는 사람이 지적하기를, 그와 같은 사실은 이 베르크호프 같은 사회에서 특히 그러하다는 것이다. 이곳에서는 대체로 머릿속에 딱 두 가지 사실밖에 들어 있지 않다고 한다. 말하자면 첫째도 체온이고, 둘째도 역시 체온뿐인 사회에서 그러하다. 가령 빈 출신의 부름브란트 총영사 부인은 미클로지히 대위의 바람기를 누구로 말미암아 위로받을 것인가 하는 문제에 골몰한다. 즉, 완전히 병이 다 나은 스웨덴의 거인으로부터 위로받을 것인가, 혹은 도르트문트 출신의 파라반트 검사로부터 위로받을 것인가, 또는 동시에 두 사람 모두에게서 위로받을 것인가 하는 문제로 말이다. 파라반트 검사와 암스테르담 출신의 잘로몬 부인 사이에 몇 개월간 지속되었던 관계는 두 사람 사이의 원만한 합의로 해소되어, 잘로몬 부인은 제 나이의 취향에 따라 보다 젊은 대학생들에게로 방향을 돌려 클레펠트의 식탁에 앉는 입술이 두툼한 갠저를 받아들이게 되었다. 또는 관청식 표현이긴 하지만 슈퇴어 부인의 실감 나는 표현을 빌린다면,

잘로몬 부인은 갠저를 자기 것으로 〈잡아넣어 버렸다〉 ─ 이것은 확실한 주지의 사실이었기 때문에, 검사는 총영사 부인 일로 스웨덴의 거인과 결투를 하건 타협을 하건 자기 마음대로 할 수 있었다.

사실 이러한 사건들은 베르크호프라는 사회에서 일어날 수 있는, 특히 열이 있는 젊은이들 사이에서 일어날 수 있는 사건들이었다. 그리고 여기에는 발코니의 통로(유리 칸막이를 지나 난간을 따라가는)가 분명 중요한 역할을 하고 있었다. 이러한 사건은 모든 사람들의 머리를 가득 채우고 있었으며, 이곳 생활의 중요한 구성 요소를 이루고 있었다 ─ 그러나 이것만으로 이곳 사람들이 염두에 두고 있는 문제가 다 표현된 것은 아니다. 즉, 한스 카스토르프는 세계 어디에서나 진지하게든 농담으로든 그 중요성에 부족함이 없이 상당한 관심거리가 되는 인생의 근본 문제가 이곳에서는 더한층 강조되고, 드높은 가치와 의의를 띠고 있어서, 그것이 아주 중대하다는 인상을 받았고, 또 그 중대함 때문에 너무나 새롭다는 독특한 인상을 받았다. 그리하여 그 문제는 완전히 새로운 모습으로, 무섭다고까지는 할 수 없더라도, 그 새로움에 사람들을 깜짝 놀라게 할 정도였다. 우리는 이런 사실을 말하면서, 표정을 한 번 바꾸고 다음과 같이 말해 둔다. 우리가 지금까지 의문스러운 온갖 남녀 관계에 대해 가벼운 농담조로 말한 것은, 이것이 세상에서 흔히 다루어지는 경우와 똑같이 은밀하다는 이유 때문이지, 그 문제가 가볍거나 익살스러워서 그런 것은 아닐 것이다. 그리고 우리가 있는 이 위의 세계에서는 사실 다른 어느 곳보다 더욱 그럴지도 모른다. 한스 카스토르프는 자신이 농담의 대상이 되기 쉬운 이러한 근본 문제에 대해 보통 정도로 이해하고 있다고 생각했고, 사실 그렇게 생각해도 무방했다. 그러나 이 위에 있어 보니 그는 평지에서 그걸 제대로 이해하지 못했으며, 그것에 대해서 단순할 정도로 무지한 상태에 있었음을 깨닫게 되었다 — 반면에 우리가 그 성질을 몇 번이나 암시하려고 했던, 어떤 순간에 〈아뿔싸!〉 하고 외치게 했던 그런 개인적 경험들 덕분에, 한스 카스토르프는 지금까지 들어 보지 못했을 정도로 모험적이고 말로 형언할 수 없을 정도로 강조하는 악센트, 즉 이 위의 사람들 사이에서 일반적으로나 개별적인 누구에게나 강조되고 있는 악센트를 내부에서부터 감지하고 파악할 수 있었던 것이다. 이 위에서도 그 근본 문제에 대해 농담조로 말하지 않는 것은 아니었다. 하지만 여기서는 이러한 농담의 방식이 저 아래 평지에서보다 훨씬 더 부자연스러운 느낌이었고, 이를 덜덜 떨게 하고 숨을 헐떡이게 하는 무엇을 지녔다. 그래서 이러한 방식은 그 농담 뒤에 숨겨져 있거나 또는 숨기려 해도 숨길 수 없는 고통을 가리켜, 빤히 들여다보이는 핑계에 지나지 않는다고 너무도 분명하게 언급하고 있었다. 한스 카스토르프는 언젠가 딱 한 번 마루샤의 몸매에 관해 평지에서처럼 아무런 악의 없이 농담조로 말한 적이 있었는데, 이때 요아힘의 얼굴이 얼룩덜룩 새파랗게 질렸던 것을 상기했다. 또 쇼샤 부인의 얼굴에 저녁 햇살이 비치는 것을 막아 주기 위해 그가 커튼을 내렸을 때, 자신의 얼굴도 새파랗게 질렸던 것을 상기했다 — 그리고 그 앞뒤 여러 기회에 많은 다른 사람들의 얼굴에서도 마찬가지로 핏기가 가셨던 것을 기억에 떠올렸다. 보통 두 사람의 얼굴이 동시에 새파래졌는데, 이를테면 잘로몬 부인과 갠저 청년 사이에 — 슈퇴어 부인이 상투적으로 표현하는 — 관계가 시작되던 무렵에, 이 두 사람의 얼굴이 동시에 새파랗게 질렸던 것이다. 한스 카스토르프는 이런 것을 상기하고, 그러한 상황에서는 자신의 기분이 〈간파되지〉 않는 것이 무척 어려운 일이라는 것을 알았을 뿐만 아니라, 그러려고 애를 써보았자 별로 보람이 없다는 것도 알았다. 다른 말로 하면 한스 카스토르프가 자신의 감정을 억제하거나 자신의 상태를 비밀에 부칠 필요가 없다고 생각하게 된 것은, 관대하고 진솔한 성격 때문만이 아니라 주위의 이러한 분위기에 고무된 것이 틀림없다.

한스 카스토르프가 처음 이곳에 도착하자마자 요아힘은, 이곳에서는 친구를 사귀기가 어렵다고 말했었다. 하지만 이 어려움의 주된 이유는 말하자면, 두 사촌이 요양원 사회에서 하나의 당(黨)이자 아주 작은 그룹을 이루고 있었고, 군인풍의 요아힘은 빨리 병이 낫는 것만을 생각해 다른 환자들에게 보다 가까이 접근하고 교제하는 것을 원칙적으로 꺼렸기 때문이었다. 만약 이러한 어려움이 없었더라면 한스 카스토르프에게는 공공연히 자신의 감정을 솔직하고도 거리낌 없이 드러낼 기회가 더 많았을 것이고, 또한 그가 그런 기회를 잘 살릴 수도 있었을 것이다. 아무튼 요아힘은 어느 날 밤 살롱 모임에서 사촌이 헤르미네 클레펠트, 그녀의 식탁 동료인 갠저와 라스무센, 그리고 네 번째로 외알 안경을 끼고 긴 손톱을 한 소년과 함께 서 있는 광경을 목격한 적이 있었다. 한스 카스토르프가 두 눈에 이상한 빛을 번쩍이면서, 쇼샤 부인의 특이하고 이국적인 용모에 대해 흥분하여 들뜬 목소리로 즉흥 연설을 하고 있는 동안, 네 사람의 청중은 서로 눈짓을 교환하기도 하고, 옆구리를 쿡쿡 찌르며, 킥킥거리고 있었다.

이러한 사촌의 모습을 보는 것이 요아힘으로서는 곤혹스러운 일이었지만, 정작 구경거리가 되고 있는 본인은 자신의 감정 상태를 드러내는 것에 무덤덤했다. 그는 그러한 감정이 남의 이목을 끌지 못하고 감추어진 채로 있으면 자신의 당연한 권리를 포기하는 것이라 생각하는 모양이었다. 이것에 대해 모든 사람들이 이해해 줄 거라고 그는 확신하고 있었다. 그래서 그는 거기에 혼재되어 있는 짓궂고 고약한 즐거움을 감수했다. 식사가 시작되어 유리문이 쾅 하고 닫히면, 한스 카스토르프의 식탁 동료들뿐만 아니라 얼마 안 있어 주위의 다른 식탁 사람들까지도 그의 얼굴이 새파래지고 붉어지는 것을 보며 즐거워했다. 그는 어쩌면 이런 것까지도 만족스러워했을지 모른다. 그가 주변 사람들의 이목을 끌면서 그의 도취가 외부로부터 승인받고 확인되어, 그로 인해 그의 문제를 촉진시키고 그의 막연하고 비이성적인 희망을 고무시키기에 알맞다고 생각하는 것 같았기 때문이다 — 그리고 이런 사실이 심지어 그를 행복하게까지 했다. 사랑에 눈이 먼 그를 구경하려고 사람들이 문자 그대로 그의 주위에 몰려들기까지 했다. 가령 식사가 끝난 뒤의 테라스 위라든가, 또는 일요일 오후의 수위실 앞이 그런 일이 일어나는 장소였는데, 일요일에는 우편물이 각자의 방에 배달되지 않아 요양객들이 이것을 수위실에서 받았기 때문이다. 거기서 기분이 몹시 들뜬, 사랑에 취한 사나이가 무엇이든 구경하게 해준다는 것을 사람들은 잘 알고 있었다. 그곳에는 슈퇴어 부인, 엥엘하르트 양, 클레펠트 양, 맥 같은 얼굴을 한 그녀의 친구, 불치병에 걸린 알빈 씨, 손톱을 길게 기른 소년, 그리고 이 밖에도 이런저런 환자들이 입을 꾹 다문 채 웃음이 터져 나오려는 것을 겨우 참고 코를 벌름거리며 서서 그를 지켜보았다. 그는 이곳에 온 바로 첫날 밤에 그랬던 것처럼 볼이 빨갛게 상기된 채, 아마추어 기수의 기침 소리를 들었을 때처럼 눈에 빛을 띠고, 고독하면서도 정열적인 미소를 지으며 어떤 특정한 방향을 바라보았던 것이다…….

이러한 상황에서 세템브리니 씨가 한스 카스토르프에게 다가와 말을 걸고 그의 병세를 물어봐 준 것은 정말로 고마운 일이긴 했지만, 한스 카스토르프가 세템브리니 씨의 배려에 담긴 박애적이고 편견 없는 태도를 감사하게 받아들일 수 있었는지는 의심스럽다. 어느 일요일 오후 수위실 현관에서의 일이었다. 수위실 앞에는 손님들이 몰려들어 우편물을 받으려고 손을 내밀고 있었다. 요아힘도 역시 수위실 앞에 나와 있었다. 하지만 사촌 한스 카스토르프는 뒤에 물러선 채, 앞에서 언급한 상태로 클라브디아 쇼샤의 — 그녀는 자신의 식탁 동료들과 그 가까이에 서서 사람들의 혼잡이 덜하기를 기다리고 있었다 — 시선을 끌려고 했다. 이 우편물 수령 시간은 요양객들이 서로 뒤엉키는 시간이었고, 기회가 많은 시간이어서, 한스 카스토르프 청년은 이 시간을 좋아했고 이 시간이 오기를 고대하고 있었다. 일주일 전에 그는 창구에서 쇼샤 부인과 거의 몸이 맞닿을 정도로 가까이 있게 되었는데, 어쩌다 그녀가 그를 약간 밀치게 되자 그녀는 순간 고개를 돌려 그를 보고 〈파르동(죄송해요)〉 하고 불어로 말하는 것이었다 — 그러자 그는 타고난 재치의 힘으로 이렇게 불어로 대답할 수 있었다.

「파 드 쿠아, 마담!(천만에요, 부인!)」

매주 일요일 오후에 바깥 현관에서 어김없이 우편물을 수령할 수 있다는 것은 얼마나 고마운 삶의 은총인가 하고 그는 생각했다. 그는 일주일이 지나 이 시간이 다시 돌아오기를 기다리면서 일주일을 보냈다고 말할 수 있다. 기다린다는 것은 앞질러 간다는 것을 의미한다. 이 말은 시간과 현재를 선물로서가 아닌 장애물로서 느끼고, 시간과 현재의 고유한 가치를 인정하지 않고 부정하며 그 가치를 마음속에서 뛰어넘는 것을 의미한다. 기다린다는 것은 지루하다고 사람들은 말한다. 물론 그렇기도 하지만 기분 전환이 되기도 한다. 긴 시간을 긴 시간 자체로 보내지도, 그것을 이용하지도 않고 마구 집어삼킬 때 말이다. 오직 기다리기만 하는 사람은 이용 가치가 있는 음식물의 영양가를 소화 기관이 흡수할 겨를도 없이 대량으로 그냥 지나가게 하는 대식가와 같다고 말할 수 있다. 한 걸음 더 나아가 말하자면, 소화되지 않은 음식물이 인간을 더 강하게 할 수 없듯이, 기다리기만 한 시간은 사람을 늙게 하지 않는다고 말할 수 있다. 물론 순전히 기다리기만 하고, 그 외의 다른 일은 생각하지도 않는 경우는 실제로 일어날 수 없겠지만 말이다.

다시 일주일이 꿀꺽 삼켜지듯 지나가고, 여전히 일주일 전의 시간인 것처럼 일요일 오후의 우편물 수령 시간이 찾아왔다. 그 시간은 긴장감 감도는 기회를 계속해서 만들어 냈고, 언제라도 쇼샤 부인과 사회적인 관계를 맺을 수 있는 가능성을 품고 또 제공해 주었다. 그러한 가능성에 한스 카스토르프는 심장이 죄어들고 몹시 고동쳤지만 실제로 행동에 옮기지는 않았다. 거기에는 ── 군인적인 본성과 민간인적인 본성이라는 — 장애가 가로막고 있었기 때문이다. 다시 말해, 한편으로는 근엄한 요아힘의 존재와 한스 카스토르프 자신의 명예와 의무에 관련된 장애였고, 다른 한편으로는 클라브디아 쇼샤에 대한 사회적인 관계, 즉 〈당신〉이라고 부르고 인사를 나누며 가능한 한 프랑스어로 대화를 나누는 그러한 예의 바른 관계에 근거를 둔 장애 — 그러한 관계는 필요하지도 않고, 바람직하지도 않으며, 걸맞지도 않다는 느낌에서 오는 장애였다……. 한스 카스토르프는 옛날 프리비슬라프 히페가 교정에서 말하면서 웃던 것과 꼭 마찬가지로 그녀가 말하면서 웃는 모습을 서서 지켜보았다. 웃을 때 그녀의 입은 꽤나 크게 벌어졌고, 광대뼈 위의 약간 비뚤어진 회녹색 눈은 실처럼 가늘어졌다. 그것은 결코 〈아름답다〉고는 할 수 없었지만, 그게 실제 그대로의 모습이었다. 사랑에 빠지면 도덕적인 방면에서 이성적 판단을 올바르게 내리지 못하는 것과 마찬가지로, 심미적인 방면에도 이성적 판단을 올바르게 내리지 못하는 것이리라.

「당신도 서류를 기다리는 모양이죠, 엔지니어 양반?」

이렇게 말을 걸어오는 자는 단 한 명밖에 없었다. 방해자였다. 한스 카스토르프가 화들짝 놀라 뒤를 돌아보니, 눈앞에 세템브리니 씨가 미소를 지으며 서 있었다. 그건 우아하고 인문주의적인 미소였다. 언젠가 개울가 벤치 옆에서 신참인 한스 카스토르프와 처음으로 대면해 인사를 나눌 때의 그런 미소였다. 그리고 그런 모습을 보고 한스 카스토르프는 그때와 마찬가지로 얼굴을 붉혔다. 꿈속에서는 이 〈손풍금장이〉를 〈여기 계시면 방해가 됩니다〉라고 하면서 몇 번이나 밀어내려고 했지만 — 깨어 있을 때의 그는 꿈을 꾸고 있을 때와는 완전히 달랐다. 오히려 이런 미소를 보고 그는 수치스럽고 흥이 깨어지는 기분을 느꼈을 뿐 아니라, 마침 잘 왔다는 고마운 기분이 들기도 했다. 그는 이렇게 말했다.

「서류라뇨, 세템브리니 씨. 난 대사(大使)가 아닙니다. 어쩌면 우리들 중의 한 명에게 우편엽서 정도나 와 있겠지요. 사촌이 지금 살펴보고 있을 거예요.」

「난 벌써 저 앞에 있는 절름발이 녀석한테서 우편물 몇 가지를 받았습니다.」 세템브리니는 이렇게 말하면서, 언제나 변함없는 단벌 나사 상의의 옆 주머니에 손을 댔다. 「이것은 흥미로운 물건입니다. 문학적으로나 사회적으로 파급 효과가 상당히 큰 물건이라는 것을 부인할 수 없지요. 백과사전 작업에 관한 일인데, 어떤 인문주의 단체가 나의 진가를 알아보고 내게 그 일부를 담당해 달라고 부탁한 겁니다……. 요컨대 대단한 일이지요.」 세템브리니는 여기서 말을 멈추었다. 「그런데 당신 문제는?」 그가 물었다. 「당신은 어떻습니까? 예를 들어 적응 과정 말입니다. 이곳에 어느 정도 적응이 되었습니까? 요컨대 당신은 이런 질문이 더 이상 흔하게 제기되는 일이 없을 정도로 우리들 곁에 오래 있었다고는 말할 수 없으니까요.」

「감사합니다, 세템브리니 씨. 적응하기가 여전히 쉽지 않군요. 마지막 날까지 그러는 게 아닐까 생각되기도 합니다. 내가 이곳에 도착했을 때 사촌이 말해 준 바에 따르면, 끝내 적응이 안 되는 사람도 적지 않다고 합니다. 하지만 적응이 되지 않는 것에 적응이 되는 경우도 있을 겁니다.」

「아, 그건 정말 복잡한 적응 과정이군요.」 이탈리아인이 웃으며 말했다. 「특별한 방식의 적응이자, 동화(同化)군요.

물론 젊은이에겐 무엇이든지 가능하지요. 젊은이는 적응은 못 하더라도, 어떻게든 뿌리는 박습니다.」

「그렇다 해도 결국 이곳이 시베리아 광산은 아니니까요.」

「그렇고말고요. 아, 당신은 동방(東方)의 비유를 무척 좋아하시는군요. 충분히 이해합니다. 아시아가 우리를 집어삼키려 하니까요. 어디를 둘러보아도 타타르인의 얼굴뿐입니다.」 그러고 나서 세템브리니는 어깨 너머로 슬쩍 뒤를 돌아다보았다. 「칭기즈 칸.」 그가 말했다. 「스텝 지대의 늑대의 눈빛, 눈(雪)과 보드카, 가죽 채찍, 굳게 닫힌 성(城)과 러시아 정교. 우리들은 이 현관에 지혜의 신 팔라스 아테네를 위한 제단을 세워야겠습니다 — 방어적 의미에서 말입니다. 보십시오, 저 앞에서 셔츠도 입지 않은 이반 이바노비치라는 사람이 파라반트 검사와 말다툼을 하고 있군요. 두 사람다 우편물을 받을 차례가 자기가 먼저라며 주장하고 있는 겁니다. 누구의 견해가 옳은지는 잘 모르겠습니다만, 내 느낌으로는 검사가 여신 팔라스 아테네의 보호를 받고 있는 것 같습니다. 그는 어리석기는 하지만 그래도 라틴어를 이해하니까요.」

한스 카스토르프는 웃었다 — 반면에 세템브리니는 결코 웃는 법이 없었다. 그가 진심에서 웃는다는 것은 도저히 상상할 수 없는 일이었다. 그가 웃는다고 해봐야, 입가를 섬세하고 냉정하게 긴장시키는 정도의 행위를 하는 것에서 벗어나지 않았다. 그는 웃고 있는 청년을 쳐다보며 이렇게 물었다.

「당신의 슬라이드 필름은 — 받았나요?」

「받았습니다!」 한스 카스토르프는 그것이 중요한 것인 양확인했다.

「얼마 전에 이미 받았죠. 여기 있습니다.」 이렇게 말하고 그는 가슴 안주머니에 손을 집어넣었다.

「아, 당신은 그것을 지갑에 넣어 다니는군요. 말하자면 신분증으로요, 여권이나 회원증처럼 말입니다. 아주 좋습니다. 어디, 좀 보여 주시겠습니까?」 이렇게 말하고서 그는 검은 종이테이프로 테두리를 두른 작은 유리판을 왼손 엄지손가락과 집게손가락으로 집고서 햇빛에 비춰 보았다 ─ 이것은 이 위에서 흔히 볼 수 있는 아주 평범한 동작이었다. 세템브리니는 그 음울한 사진을 검토하면서 눈이 검고 갸름한 얼굴을 약간 찌푸렸는데 ─ 단지 사진을 보다 자세히 보기 위해서 찌푸린 것인지 혹은 다른 이유 때문인지는 확실하지 않았다.

「역시, 그렇군요.」 그러고 나서 그가 말했다. 「자, 이것으로 당신은 신분증명서를 받은 셈이군요. 잘 보았습니다.」 그러고서 그는 얼굴을 돌리고 자신의 어깨 너머 옆쪽으로 유리판을 주인에게 돌려주었다.

「줄은 보셨나요?」 한스 카스토르프가 물었다. 「그리고 매듭은요?」

「당신도 아실 거라 생각합니다.」 세템브리니 씨는 말을 길게 빼면서 말했다. 「이런 물건의 가치를 내가 어떻게 생각하는지 말입니다. 저 내부의 반점과 암영(暗影)이 대체로 생리학적인 현상이라는 것도 아실 겁니다. 나는 당신의 사진과 거의 똑같아 보이는 사진을 수백 장 보아 왔습니다. 그리고 그것이 정말로 〈신분증〉이 될 수 있는지 어떤지는 어느 정도 판단하는 사람의 임의에 맡겨져 있습니다. 문외한의 견해이긴 하지만, 아무튼 오랜 경험을 가진 문외한으로서 말하는 겁니다.」

「당신의 증명서는 내 것보다 더 나쁩니까?」

「그래요, 좀 더 나쁘지요 — 게다가 내가 알기로는, 우리의 전문가 선생님들도 이런 어린애 장난감 같은 것만을 가지고 진단을 내리지는 않습니다 — 그건 그렇고, 이제 당신은 우리들이 있는 이곳에서 겨울을 보낼 작정인가요?」

「네, 아마 그렇게 될 것 같습니다……. 그런데 나는 사촌과 함께라야 비로소 저 밑으로 다시 내려가게 되지 않을까 하는 생각에 적응하기 시작했어요.」

「그 말은 다시 말해, 적응이 안 되는 것에 적응한다는 말인가 보군요……. 아주 재치 있게 표현을 하셨어요. 필요한 물건은 다 준비했겠지요 — 따뜻한 옷이나 튼튼한 구두 같은 것 말입니다.」

「전부 다 준비했습니다, 세템브리니 씨. 친척들에게 알렸더니 가정부가 급행편 화물로 보내왔습니다. 이젠 견뎌 낼 수 있습니다.」

「그렇다니 안심이 되는군요. 그런데 잠깐만, 침낭도 하나 필요합니다. 모피로 된 거 말입니다 — 우리는 정신을 바짝 차려야 합니다! 이런 늦여름 날씨는 믿을 수 없으니까요. 바로 한 시간 뒤에라도 한겨울이 닥쳐올 수 있습니다. 자칫하다가는 이곳에서 가장 추운 겨울을 보내게 될 것입니다…….」

「네, 안정 요양용 말씀이시군요.」 한스 카스토르프는 이렇게 말했다. 「그것도 필수 품목이겠군요. 나도 진작부터 며칠 내로 사촌과 같이 플라츠에 내려가 한 개 사야겠다고 얼핏 느끼고 있었습니다. 퇴원한 뒤에는 다시 필요하지 않겠지만, 그래도 4개월 내지 6개월 동안은 도움이 되겠지요.」

「당연히 도움이 되지요, 틀림없어요, 엔지니어 양반!」세템브리니는 젊은 한스 카스토르프에게 좀 더 가까이 다가서며 나지막하게 말했다. 「당신이 여기서 시간을 낭비하고 있다는 것이 얼마나 끔찍한 일인지 모르십니까? 정말 끔찍하지요, 왜냐하면 그것은 자연스럽지 못하고 당신의 본성에도 어긋나며, 당신 같은 젊은 나이에서 오는 영리함에만 의존하고 있기 때문입니다. 아, 청춘의 극단적인 영리함이여! ― 이것은 교육자를 절망하게 합니다. 무엇보다도 젊은이들은 나쁜 일에 금방 순응할 태세를 갖추고 있기 때문입니다. 당신은 이곳에 만연되어 있는 공기에 물들지 말고, 유럽적인 생활 양식에 적합한 말을 하십시오! 이곳에는 특히 아시아적인 것이 많고 널리 퍼져 있습니다 ― 모스크바계 몽골인이 우글거리고 있는 것이 다 이유가 있는 겁니다! 저 사람들입니다.」 ― 그러면서 세템브리니 씨는 턱으로 어깨 너머 뒤를 가리켰다 ― 「당신은 마음속으로 저 사람들에게 맞추려고 하지 말고, 저들의 사고방식에 물들지 마십시오. 당신은 저들의 본성에 맞서 오히려 당신의 본성, 보다 고상한 당신의 본성을 내세우십시오. 서구의 아들, 신성한 서구의 아들, 즉 본성과 출신으로 볼 때 문명의 아들인 당신에게 성스러운 것을 신성시하십시오, 이를테면 시간 말입니다! 시간을 소비하는 데 있어 이러한 즉흥성과 야만적인 관대함은 아시아적인 방식입니다 ― 동방의 자식들이 여기가 마음 편하게 느껴지는 이유도 그 때문일지 모릅니다. 러시아인이 〈네 시간〉이라고 말하는 것은 우리 서구인이 〈한 시간〉이라고 말하는 것과 거의 같다는 것을 알아차리지 못하셨나요? 이 사람들의 시간에 대한 무관심은 이들 나라의 땅덩어리가 야만의 상태로 광활하다는 것과 관련이 있음을 쉽게 생각할 수 있습니다. 공간이 많은 곳에서는 시간도 많은 법이지요 ― 그러니까 이들은 시간이 많아서 기다릴 수 있는 민족이라고 흔히 말합니다. 우리 유럽인들은 그럴 수가 없지요. 섬세하게 나뉜 우리의 고상한 대륙에 공간이 부족한 것처럼 우리는 시간이 부족합니다. 우리는 시간과 공간 둘 다 어느 것이든 정확하게 관리하고 이용하도록, 그렇습니다, 이용하도록 지시받고 있습니다, 엔지니어 양반. 문명의 중심지이자 초점, 사상의 도가니, 바로 우리의 이 대도시를 상징으로 간주하십시오! 도시에서 땅값이 오르고, 공간을 낭비하는 것이 불가능해짐에 따라 이와 보조를 맞추어 도시에서의 시간도 점점 더 소중해진다는 것을 잊지 마십시오. 오늘을 즐겨라![53] 어떤 도시인은 이렇게 노래했습니다. 시간이란 신들의 선물입니다, 인간이 그것을 이용하도록 빌려 준 신들의 선물 말입니다 ― 엔지니어 양반, 인류의 진보를 위해 시간을 이용하라는 것입니다.」

마지막의 이 〈인류의 진보 Menschheitsfortschritt〉라는 독일어 단어는 지중해 연안에서 태어난 세템브리니에게는 발음하기가 무척 어려웠을 텐데도 그는 그것을 즐거운 듯 명확하고도 듣기 좋게 ― 어쩌면 조형적이라고 말할 수 있을 정도로 ― 발음했다. 한스 카스토르프는 훈계조의 꾸중을 듣고 있는 학생처럼 어색해하고 수줍어하며 짧게 인사했을 뿐 아무런 대답도 하지 않았다. 그가 무슨 대답을 했어야 했을까? 세템브리니 씨가 다른 모든 손님들에게서 등을 돌리

---

53 *Carpe diem.* 로마의 시인 호라티우스Quintus Horatius Flaccus(B.C. 65~B.C. 8)의 말.

고 거의 속삭이듯 그에게 은밀히 행하는 개인적인 훈계는 너무나 실용적이고, 비사회적이며, 비대화적인 성격을 띠었기 때문에, 이에 대해 찬동을 표명하는 것조차도 실례가 될 것 같았다. 선생님의 훈계에 대해 〈정말 훌륭한 말씀입니다〉라고 대답하는 학생은 없을 것이다. 한스 카스토르프는 예전에는 어느 정도 사교적으로 대등한 관계를 잃지 않기 위해 그런 대답을 한 경우가 가끔 있었다. 하지만 그 휴머니스트가 이렇게 절실하게 교육자적인 어조로 말한 적은 없었기 때문에 그 훈계를 잠자코 듣는 수밖에 없었다 — 도덕적인 훈계를 듣는 초등학교 학생처럼 어리둥절해하면서 말이다.

말이 나온 김에 하는 말이지만, 세템브리니의 사고 활동은 그가 입을 다물고 있을 때도 여전히 진행되고 있는 것처럼 보였다. 그가 한스 카스토르프의 바로 코앞에 계속해서 서 있었기 때문에, 젊은이는 몸을 약간 뒤로 젖히지 않으면 안 되었다. 세템브리니는 검은 눈을 심사숙고하듯 한곳에 맹목적으로 고정한 채 청년의 얼굴을 뚫어져라 쳐다보고 있었다.

「당신은 괴로워하고 있습니다, 엔지니어 양반!」 세템브리니는 말을 계속했다. 「길을 잃은 사람처럼 당신은 괴로워하고 있습니다 — 누가 그것을 알아차리지 못하겠습니까? 하지만 고민에 대한 당신의 태도 역시 유럽적인 것이어야 합니다 — 동방은 유약하고 병에 걸리기 쉬우므로, 이곳에 저렇게도 많은 손님들을 보내고 있는 동방의 태도여서는 안 됩니다……. 연민과 무한한 인내, 이것이 고통을 대하는 아시아의 방식입니다. 그것이 우리나 당신의 방식일 수는 없으며, 그래서도 안 됩니다……. 조금 전에 우린 내 우편물에 관

한 대화를 나누었지요……. 보십시오, 이곳에서……. 아니 이
곳보다는 더 나은 곳을 ─ 자, 저쪽으로 갑시다! 이곳에서는
안 되겠습니다……. 뒤로 물러나 우리 저 건너편으로 들어갑
시다. 당신에게 털어놓을 것이 좀 있어서요……. 자, 저쪽으
로 가시죠!」세템브리니는 뒤로 돌아서 한스 카스토르프를
현관 바로 옆에 있는 응접실로 데리고 갔다. 이곳은 바깥 현
관에 가장 가까운 방으로, 주로 편지를 쓰거나 독서를 하는
방인데 지금은 손님들 없이 텅 비어 있었다. 밝은 느낌의 둥
근 천장에 벽은 참나무 판자로 되어 있었고, 책장들이 있었
으며, 중앙의 테이블에는 틀에 끼운 신문이 있었는데, 그 주
위에 의자가 하나씩 딸려 있었다. 그리고 밖으로 튀어나온
아치형의 창 아래에서 글을 쓸 수 있게 되어 있었다. 세템브
리니가 그 유리창 쪽으로 가까이 다가가자, 한스 카스토르
프도 그의 뒤를 따랐다. 문은 열려 있었다.

　「이 서류에는.」이탈리아인은 이렇게 말하면서, 나사 상의
의 불룩해진 옆 주머니에서 서류 묶음, 즉 이미 개봉된 두툼
한 서류 봉투를 재빨리 끄집어내서, 봉투 속의 여러 가지 인
쇄물과 편지 한 통을 한스 카스토르프의 눈앞에 하나씩 내
보였다. 「이 서류에는 프랑스어로 〈진보 촉진 국제 연맹〉이
라고 인쇄되어 있습니다. 이 연맹의 지부가 있는 루가노에서
나에게 보낸 것입니다. 당신은 이 연맹의 원칙, 이 연맹의 목
표에 대해 알고 싶지 않습니까? 그것을 두 마디로 말씀드리
겠습니다. 즉 다윈의 진화론에서 인류의 가장 내적인 자연적
소명이 자기완성에 있다는 철학적 견해를 추론해 내는 것이
첫 번째이고, 여기에서 자신의 자연적 소명을 충족하려 하는
모든 사람의 의무는 인류의 진보를 위해 적극적으로 힘을

다하는 것이라는 결론을 이끌어 내는 것이 그 두 번째입니다. 이 연맹의 기치 아래 많은 사람들이 몰려들었습니다. 프랑스, 이탈리아, 스페인, 터키 및 독일에도 상당수의 회원이 있습니다. 나 역시 영광스럽게도 회원 명부에 이름을 올렸습니다. 인류라는 유기체에 대해 일시적인 자기완성이 가능한 모든 영역을 망라하는 대규모의 개혁안이 학문적으로 윤곽을 드러내고 있습니다. 우리 인류의 건강 문제가 연구되고 있고, 가속되는 공업화에 따라 개탄스럽기 짝이 없는 부수 현상인 퇴화를 방지하기 위한 모든 방법이 검토되고 있습니다. 더 나아가 연맹은 시민 대학의 설립에 노력을 기울이며, 또 퇴화 방지라는 목적에 유효한 일체의 사회적 개선을 통한 계급 투쟁의 극복에 노력을 기울이며, 마지막으로 국제법의 발전을 통한 민족 투쟁의 종식과 전쟁의 종식을 위해 노력을 기울이고 있습니다. 보시다시피 이처럼 연맹은 고매하고 광범위한 노력을 기울이고 있습니다. 여러 개의 국제 잡지가 연맹의 활동을 말해 주고 있습니다 ─ 서너 가지의 세계어로 문화적 인류의 진보 발전에 대해 대단히 고무되어 보고하는 월간지들입니다. 수많은 지부가 여러 나라에 설치되어, 토론의 밤과 일요일 대회를 개최해 인류의 진보적 이상을 구현하기 위한 계몽과 교화에 힘쓰고 있습니다. 특히 연맹은 모든 나라의 진보적인 정치 단체에 실질적인 자료를 제공하여 그 활동을 원조하는 데 힘을 기울이고 있습니다……. 내 말 듣고 계시는 거죠, 엔지니어 양반?」

「물론입니다!」 한스 카스토르프는 몹시 허둥지둥하며 대답했다. 이렇게 대답하면서 그는 미끄러졌지만 다행스럽게도 두 발로 아슬아슬하게 몸의 균형을 유지한 기분이었다.

세템브리니 씨는 흡족한 것 같았다.

「이런 이야기는 아마 처음 듣는 것이라 깜짝 놀랐으리라 생각됩니다만?」

「네, 솔직히 말해서 처음 듣는 이야기입니다. 이러한……이러한 노력을 기울인다는 말은 처음 들어 봅니다.」

「당신이……」 세템브리니는 나지막한 소리로 외쳤다. 「당신이 이런 이야기를 좀 더 일찍 들었더라면! 하지만 지금이라도 그리 늦은 것은 아닐 겁니다. 그래서, 이 인쇄물 말인데요……. 어떤 내용의 인쇄물인지 알고 싶지 않습니까……? 계속 들어 보세요! 지난봄에 바르셀로나에서 연맹 총회가 성대하게 거행되었습니다 — 당신도 알다시피 이 도시는 정치적 진보 이념과 특별한 관계가 있음을 자랑스럽게 생각하고 있습니다. 회의는 연회와 축제 속에 일주일 동안 계속되었습니다. 아, 나도 거기에 얼마나 가고 싶었는지 모릅니다. 회의에 참석하기를 정말로 열망하고 있었습니다. 그러나 고문관 악당이 죽을 각오가 되어 있다면 가도 좋다고 위협하는 바람에 허가를 얻지 못했답니다 — 그러니 어쩌겠습니까, 난 죽음이 두려워 출발하지 못했습니다. 당신도 이해할 수 있겠지만, 시원찮은 건강이 나를 이렇게 희롱하는 것에 난 절망했습니다. 우리의 유기체적인 부분이나 동물적인 부분으로 인해 이성에 봉사하는 것을 방해받을 때, 그때보다 더 고통스러운 것은 없습니다. 그런 만큼 루가노 지부로부터 받은 이 잡지가 나에게는 한층 더 큰 기쁨을 선사하는군요……. 당신은 그 내용에 무척 흥미를 가지고 있지요? 그러리라 믿습니다! 개요를 간단하게 말씀드리지요……. 〈진보 촉진 연맹〉은 그 임무가 인류의 행복을 가져오는 데 있다는 진리를 기억하

고 있습니다. 달리 말하면, 연맹의 임무는 목적에 맞는 사회
활동을 통해 인류의 고통과 싸우고, 나아가서는 이것을 완
전히 절멸시키는 데에 있습니다 — 연맹은 이러한 최상의 임
무가 완전한 국가를 궁극적인 목표로 삼는 사회학적인 학문
의 도움에 의해서만 실현될 수 있다는 진리 또한 기억하고
있습니다 — 그래서 연맹은 바르셀로나에서 〈고통의 사회
학〉이라는 제목의 총서를 편찬하기로 결의했습니다. 이것은
인간의 고통을 그 종류와 항목에 따라 정확하고도 철저하게
체계적으로 분석하는 작업입니다. 당신은 이에 대해 이의를
제기할지도 모르겠습니다. 종류와 항목 및 체계가 무슨 소
용이 있는 것인지!라고. 그러면 나는 이렇게 대답하겠습니
다. 정리와 분류야말로 극복의 첫걸음이며, 참으로 무서운
적은 정체가 분명치 않은 적입니다. 우리는 인류를 공포와
우둔함이라는 원시 단계에서 데리고 나와, 목적의식이 있는
행동의 단계로 인도해야 합니다. 만약 그 효과가 없을 경우
그것의 원인을 먼저 인식하고 그러고 난 다음 지양하도록 인
류를 계몽해야 합니다. 또한 개인의 거의 모든 고통은 사회
유기체의 질병이라는 것에 대해서도 인류를 계몽해야 합니
다. 좋습니다! 이것이 〈사회학적 병리학〉이 의도하는 바입니
다. 이 병리학은 백과사전식으로 편집되는 약 스무 권의 총
서에서, 우리가 생각해 낼 수 있는 인간의 모든 고통을 종류
별로 소개하고 논할 것입니다. 지극히 개인적이고 은밀한 고
통에서부터 집단 간의 커다란 갈등, 즉 계급의 적대감과 국
제적인 충돌에서 생기는 고통에 이르기까지 말입니다. 간단
히 말해서 이 병리학은, 다양한 혼합과 결합을 통해 인간의
온갖 고통을 구성하는 화학적 성분을 끄집어내 보일 것입니

다. 그리고 인간의 존엄과 행복을 지침으로 삼으면서, 고통의 원인 제거에 적절해 보이는 방법과 조치를 어떠한 경우에라도 인류에게 제공해 줄 것입니다. 유럽 학계의 탁월한 전문가들, 즉 의사, 경제학자, 심리학자들이 이러한 고통의 백과사전 편찬에 동참할 것이고, 루가노의 편찬 본부는 원고들이 모이는 저장소가 될 것입니다. 그렇다면 내가 이 작업에서 어떤 역할을 맡고 있는지 당신은 눈으로 묻고 계시는군요. 내 말을 끝까지 들어 보세요! 이 방대한 작업은 아름다운 정신인 문학도 소홀히 하지 않을 겁니다. 문학이 인간의 고통을 대상으로 하고 있는 한 말입니다. 이 때문에 문학도 총서 중 한 권으로 예정되어 있습니다. 그 속에는 고통에 시달리는 사람들을 위로하고 교화하려는 목적으로 세계 문학 중에서 모든 개별적 갈등을 고찰하는 걸작들을 집대성하고 간명하게 분석한 내용을 포함할 예정입니다. 그리고 — 바로 이것이, 당신이 여기에서 보는 이 편지 속에 담긴 당신의 충실한 하인인 나에게 부과된 임무입니다.」

「하인이라뇨, 그런 말씀을 다 하시다니! 세템브리니 씨! 아무튼 진심으로 축하의 말을 전하는 바입니다! 참으로 대단한 일이며, 내가 보기에 당신에게 딱 맞는 일로 여겨지는군요. 연맹이 그 일을 할 적임자가 바로 당신이라고 생각한 것은 조금도 이상할 게 없습니다. 그리고 당신이 이제 인간의 고통을 절멸시키는 데 도움을 줄 수 있다니 얼마나 기쁘시겠습니까!」

「이건 방대한 작업입니다.」 세템브리니 씨는 심사숙고하며 말했다. 「이 작업을 하기 위해서는 여러모로 신중해야 하고 많은 독서량이 필요합니다. 특히.」 그는 자신의 임무의 방대함에 넋을 잃은 듯한 눈초리로 이렇게 덧붙였다. 「특히 문학은 실제로 거의 언제나 고통을 대상으로 삼아 왔습니다. 심지어 이류, 삼류의 작품들도 어떤 형태로든 고통을 다루고 있으니까요. 그러나 이런 것은 아무 문제도 아닙니다. 아니 그런 만큼 더욱 좋다고 할 수 있습니다! 내 과제가 아무리 광범위한 것이라고 해도, 어쨌든 이런 빌어먹을 장소에서도 그럭저럭 처리할 수 있는 성질의 작업입니다. 물론 이곳에서 그 일을 억지로 완결하고 싶지는 않습니다만 말입니다. 이와 같은 작업은……」세템브리니는 다시 한스 카스토르프에게 더 가까이 다가와 거의 속삭이듯 목소리를 낮추고는 계속 말했다. 「이와 같은 작업은 자연이 당신에게 부과한 의무라고는 할 수 없습니다, 엔지니어 양반. 나는 이 점을 당신에게 말하고 싶고, 그래서 당신의 주의를 환기하고 싶습니다. 내가 당신의 직업을 얼마나 찬미하는지 알고 계시지요. 그러나 그것은 실제적인 직업이지 정신적인 직업이 아니기 때문에 당신은 나와는 달리 저 아래 세상에서만 그 일을 수행할 수 있습니다. 당신은 평지에서만 유럽인이 될 수 있으며, 당신 자신의 방식으로 고통을 적극적으로 타파하고, 진보를 촉진하며, 시간을 이용할 수 있습니다. 내가 나에게 부과된 과제에 대해 이야기하는 것은 오로지 당신에게 이것을 상기시키고, 당신이 정신을 차리도록 하고, 당신의 개념을 바로잡게 하기 위해서입니다. 이곳 분위기의 영향으로 분명히 혼란해지기 시작하고 있는 당신의 개념을 말입니다. 거듭 당신에게 촉구합니다. 당신의 이미지에 신경을 쓰십시오! 자부심을 가지고, 낯선 이 세계에 빠져들지 마세요! 이러한 진흙탕 구덩이, 마녀 키르케[54]의 섬에서 벗어나 주십시오. 당신이 오디세우스가 아닌 이상 이곳에서 무사히 지낼 수는 없을 것입니다. 머지않아 당신은 네 발로 기어다니게 될 것입니다. 벌써 당신의 두 앞발이 땅에 붙으려고 합니다. 이제 당신은 금방 꿀꿀거리기 시작할 것입니다 — 주의하십시오.」

휴머니스트는 낮은 목소리로 훈계조의 주의를 주면서 머리를 심하게 흔들었다. 그러더니 두 눈을 내리깔고 눈썹을 찡그리고는 입을 다물었다. 한스 카스토르프가 늘 하던 대로 농담을 하고 가볍게 빠져나오는 식의 대답은, 지금 이 순간에도 가능성으로서는 생각해 볼 수 있었지만, 그는 도저히 그럴 수 없었다. 그래서 그도 눈을 밑으로 내리깔고 서 있었다. 그런 다음 어깨를 으쓱하고 치켜 올리며 역시 나지막한 소리로 말했다.

「그럼 어떻게 하면 좋겠습니까?」

「내가 당신에게 말한 그대로입니다.」

「즉, 이곳을 떠나라는 말입니까?」

세템브리니는 아무 말이 없었다.

「내가 고향으로 떠나야 한다는 말입니까?」

「그 일이라면 바로 첫날 밤에 당신에게 충고했던 것으로 아는데요, 엔지니어 양반.」

54 그리스 신화의 여신으로 태양신 헬리오스의 딸이다. 전설적인 아이아이아라는 섬에 살며, 마법에 능숙하다. 호메로스의 『오디세이아』에 실린 일화는 다음과 같다. 오디세우스와 그 부하들이 이 섬에 가서 그녀의 궁전을 방문했을 때, 그녀는 오디세우스를 사랑하게 되어 그가 섬을 떠나지 못하도록 붙잡는다. 하지만 사랑을 이루지 못하자 그녀는 오디세우스와 그의 부하들에게 마법의 술을 마시게 해서 돼지로 바꾸려 한다. 그러나 오디세우스는 미리 헤르메스로부터 특별한 마법 방지의 약초를 받았기 때문에 마법에 걸리지 않았으며, 부하들을 원래의 모습으로 되돌려 놓는다.

「그렇습니다, 그때는 나도 그렇게 할 수 있는 입장이었습니다. 단지 이곳 공기가 나에게 다소 맞지 않는다고 금세 여정을 바꾼다는 것은 어리석은 짓이라고 생각하긴 했지만 말입니다. 그러나 그 이후로 사정이 달라졌습니다. 진찰을 받은 결과 베렌스 고문관은 나에게 솔직하게 말했습니다. 고향에 돌아가도 아무 소용이 없으며, 얼마 안 있으면 다시 돌아오게 될 것이라고 말입니다. 그리고 내가 저 아래 세상에서 이런 상태로 계속 생활한다면, 나의 폐엽이 완전히 엉망진창이 될 것이라고도 했습니다.」

「그것도 물론 알아요, 게다가 당신 주머니에 이제는 신분증까지 들어 있지요.」

「네, 당신은 그것을 빈정거리는 투로 말씀하시는군요…….물론 정당한 아이러니, 한순간도 오해할 수 없는 솔직하고 고전적인 수사학의 수단인 아이러니를 사용해서 말입니다 — 보시다시피 나는 당신이 내게 말하는 것을 전부 잘 알고 있습니다. 하지만 나에게 이런 사진이 있고, 또 뢴트겐 사진의 결과와 고문관의 진단이 있는 지금 이 시점에서도 당신이 책임을 질 테니 나더러 고향으로 떠나라는 말씀이십니까?」

세템브리니는 한순간 주저했다. 그러더니 곧 자세를 똑바로 하고, 두 눈도 치켜뜨고는 한스 카스토르프를 검은 눈으로 뚫어지게 쳐다보다가 극적 효과를 노리는 듯한 느낌의 억양으로 대답했다.

「네, 엔지니어 양반. 내가 책임을 지겠습니다.」

그러자 한스 카스토르프의 태도에도 이제 긴장이 가득했다. 그는 발뒤꿈치를 모으고 서서, 마찬가지로 세템브리니의 눈을 똑바로 쳐다보았다. 이번에는 한판의 싸움이었다.

한스 카스토르프는 남자답게 물러서지 않았다. 가까이에 있는 사람들의 영향이 그를 〈강하게 해준〉 것이었다. 이쪽에는 교육자가 있고, 저 바깥쪽에는 눈이 가느다란 부인이 있었다. 한스 카스토르프는 자신이 과격하게 말한 것에 대해 사과조차 하지 않았고, 〈나를 나쁘게 생각하지 말아 주세요〉라고 덧붙이지도 않았다. 그의 대답은 이랬다.

「그렇다면 당신은 다른 사람에게보다는 당신 자신에게 더 신중한 사람이군요! 당신은 의사의 금지를 무시하면서까지 바르셀로나의 진보 회의에 가려고 하였지만, 결국은 가지 않았습니다. 죽음이 두려워서 여기에 머물러 있었던 것이지요.」

이 반박으로 세템브리니의 자세가 어느 정도 허물어진 것은 분명한 사실이었다. 그는 다소 난감한 듯 웃으며 이렇게 말했다.

「비록 당신의 논리는 궤변에 가깝기는 하지만, 나는 당신의 재치 있는 대답을 존중할 수 있습니다. 여기서는 자기 병을 중병으로 보이게 하려는 병이 유행하고 있는데, 내가 이 혐오스러운 경쟁에 뛰어드는 것이 역겹습니다만, 그렇지 않다면 내 병이 당신 병보다 훨씬 중병이라고 할 수 있습니다 ─ 유감스럽게도 사실 아주 중환자입니다. 그래도 내가 언젠가는 이곳을 다시 떠나 저 아래 세계로 돌아갈 수 있다는 희망을 품고 있기는 합니다만, 그것은 인위적이고 다소 자기기만적인 것에 불과하다는 생각이 드는군요. 그러한 희망을 품는 것이 완전히 무의미한 것으로 확인되는 순간, 나는 이 요양원에 등을 돌리고 골짜기 근처 어딘가에 있는 하숙집으로 옮겨 거기에서 여생을 보내게 될 것입니다. 그것은 슬픈 일입니다만 나의 작업 세계는 아주 자유롭고 아주 정신적인 것이기 때문에, 숨이 붙어 있는 한 마지막 날까지 나는 인간사에 공헌하고 병의 정신에 저항할 수 있을 것입니다. 이 점에서 우리 둘 사이에 존재하는 차이점을 나는 이미 당신에게 환기했습니다. 엔지니어 양반, 당신은 이곳에서 당신이 지닌 훌륭한 본성을 발휘할 수 없습니다. 이것을 나는 우리가 처음 만난 순간부터 알고 있었습니다. 당신은 내가 바르셀로나에 가지 않은 것에 대해 비난하고 있습니다. 나는 때 이르게 스스로를 파멸시키지 않기 위해서 의사의 금지 명령에 굴복했습니다. 하지만 엄청나게 강렬한 유보 조건을 붙여서, 나의 불쌍한 육체의 명령에 극히 당당하고도 통렬한 정신적 반항을 하면서 굴복했습니다. 나처럼 이러한 격한 반항심이 이곳의 권력자들이 정한 규정을 따르고 있는 당신에게도 과연 불타고 있는지 궁금합니다 — 오히려 그 육체와 그것의 나쁜 본능 때문에 당신이 그렇게 쉽게 복종하고 있는 것은 아닐런지요…….」

「당신은 육체의 어떤 점이 좋지 않다는 것입니까?」한스 카스토르프는 그의 말을 재빨리 가로막으며, 흰자위에 붉은 혈관이 퍼져 있는 푸른 눈을 크게 뜨고 그를 쳐다보았다. 한스 카스토르프는 자신의 무모함에 어지러울 지경이었으며, 이것이 표정에도 드러나 보였다. 〈내가 지금 무슨 말을 지껄이고 있는 거지?〉 그는 생각했다. 〈정말 터무니없는 일이야. 그러나 일단 그에게 선전포고를 한 셈이니, 어찌 됐든 끝까지 싸워 볼 수밖에 없어. 물론 이기는 쪽은 그가 틀림없겠지만, 그런 것은 아무 문제도 안 돼. 어쨌든 내가 지더라도 거기서 얻는 것이 있을 거야. 나는 그를 흥분하게 하는 것만으로도 만족스러울 테니까.〉 그는 다시 항변을 계속했다.

「당신은 휴머니스트 아닌가요? 그런 당신이 왜 육체에 대해 나쁘게 말씀하시는 겁니까?」

세템브리니는 이번에는 꾸밈없고 자신 있게 미소 지었다.

「그럼 당신은 정신 분석의 어떤 점이 좋지 않다는 건가요?」 그는 한쪽으로 머리를 숙이며 한스 카스토르프가 한 말을 흉내 내어 말했다. 「〈당신은 정신 분석을 나쁘게 생각하나요?〉 — 이런 물음을 나에게 던진 적이 있는데, 거기에 대해 난 언제든지 답변할 준비가 되어 있습니다, 엔지니어 양반.」 그는 허리를 구부리고 손으로 바닥을 향해 인사를 하는 듯한 동작을 취하면서 말했다. 「당신의 항변에 재능이 엿보일 때는 특히 그렇습니다. 당신의 응수는 꽤 훌륭합니다. 그렇습니다, 난 분명 휴머니스트입니다. 당신은 내게 금욕적인 경향이 있음을 결코 입증하지 못할 겁니다. 나는 인간의 육체를 긍정하고 존중하고 사랑합니다. 그것은 내가 형태와 아름다움, 자유, 명랑, 향락을 긍정하고 존중하며 사랑하는 것과 마찬가지입니다 — 또한 그것은 내가 감상적인 현실 도피에 반대해 〈현세〉와 삶의 이해관계를 옹호하고, 낭만주의에 반대해 고전주의를 옹호하는 것과 마찬가지입니다. 나의 입장은 분명히 표명했다고 생각합니다. 나에게는 하나의 힘, 하나의 원칙이 있습니다. 거기에 나의 최고의 긍정과, 최고이자 최후의 존경과 사랑을 바치고 있습니다. 그 힘, 그 원칙은 바로 정신입니다. 나는 〈영혼〉이라고 부르는 수상쩍은 월광의 요괴와 허깨비 때문에 육체를 천하게 다루는 것을 보면 구토를 일으킬 정도입니다만 — 육체와 정신의 대립에 있어서는 육체가 사악하고 악마적인 원칙을 의미한다고 여깁니다. 왜냐하면 육체는 자연이고, 자연은 — 되풀이해서 말하지만, 정신이나 이성과 대립할 때는 — 사악하기 때문입니다. 신비스러우면서도 사악하기 때문이죠. 당신은 나에게 〈당신은 휴머니스트시죠!〉라고 말했습니다. 물론 나는 휴머니스트입니다. 나는 프로메테우스가 그랬던 것처럼 인간의 친구이며, 인류와 그 고귀함을 사랑하는 사람이기 때문입니다. 하지만 이러한 고귀함은 기독교에서 말하는 〈영혼〉에 있는 것이 아니라, 정신과 이성에 있습니다. 이 때문에 당신이 나의 이러한 사고방식을 기독교적인 반계몽주의라고 비난해도 아무 소용이 없는 것입니다…….」

한스 카스토르프는 이에 대해 그렇지 않다는 몸짓을 취했다.

「……당신이.」 세템브리니는 계속 주장했다. 「그렇게 비난해 봤자 아무 소용 없을 것입니다. 인간의 고귀함에 자부심을 느끼는 인문주의적인 정신이 어느 날엔가 육체와 자연에 예속되는 것을 굴욕이자 치욕이라고 느끼게 되는 날이 있다 해도 말입니다. 당신은 위대한 플로티노스[55]가 육체를 지닌 것을 부끄럽게 생각한다고 말한 것을 알고 있습니까?」 세템브리니가 이렇게 묻고는 아주 진지하게 대답을 기다리는 표정을 지었으므로, 한스 카스토르프는 하는 수 없이 그런 말은 처음 들어 본다고 고백하지 않을 수 없었다.

「포르피리오스[56]가 그렇게 전하고 있습니다. 이것은 비상식적인 말이라고도 할 수 있습니다. 하지만 비상식적인 것, 그것이야말로 정신적으로는 존경받을 만합니다. 그런데 요

---

55 Plotinos(205?~270). 신플라톤주의 철학자. 그의 사상의 핵심은 만유의 근원자로서의 일자 사상인데 이것은 철학과 종교를 결합한다. 고대 철학과 아우구스티누스를 연결하는 다리 역할을 하였다.

컨대 정신이 자연에 대해 자신의 존엄성을 주장하고, 자연에 굴복하는 것을 거부하는 행위를 비상식적이라고 비난하는 것만큼 가련한 것은 없습니다……. 당신은 리스본의 지진 이야기를 들어 본 적이 있습니까?」

「아니오 — 지진이라고요? 여기선 신문을 보지 않아서요…….」

「당신은 오해를 하고 계시는군요 — 곁들여 말씀드리자면, 이곳에서 신문 읽기를 게을리하는 것은 — 이 장소의 특색이기도 합니다만 — 참으로 유감스러운 일입니다. 하지만 당신은 내 말을 오해하고 계십니다. 내가 말하는 자연 현상은 최근 일이 아니라, 지금으로부터 대략 150년 전의 일입니다…….」

「아, 네, 그렇군요, 잠깐만요 — 맞습니다! 어디선가 읽은 적이 있습니다. 당시 괴테가 바이마르에 머물 때 밤중에 침실에서 하인에게 말했다는…….」

「아 — 나는 그런 뜻으로 말한 것이 아닙니다.」 세템브리니는 두 눈을 감고 햇볕에 그을린 작은 손을 내저으면서 그의 말을 가로막았다. 「말이 났으니 말이지, 당신은 두 천재지변을 혼동하고 있습니다. 당신이 말하는 것은 메시나의 지진이고, 내가 말하는 것은 1755년에 리스본을 덮친 대재앙입니다.」

「죄송합니다.」

56 Porphyrios(232?~305?). 플로티노스의 제자로 신플라톤주의 철학자이다. 성경이 가르치는 창조, 타락, 심판 등의 진리를 송두리째 배격하고 기독교에 대한 비판서를 썼다. 인간과 동물의 영혼은 동일한 보편적 양태라고 말하는 다신교를 옹호했다.

「그때 볼테르는 거기에 대해 반항했습니다.」

「네? 그게 무슨 말씀입니까? 반항했다고요?」

「맞아요, 반항을 한 것입니다. 그는 잔인한 운명과 사실을 그대로 받아들이지 않고, 거기에 굴복하길 거부했습니다. 그는 정신과 이성의 이름으로, 번창하고 있는 도시의 4분의 3과 수천 명의 목숨을 앗아 간 자연의 터무니없는 포악에 대해 항의했습니다……. 놀라시는 겁니까, 아니면 웃고 계십니까? 놀라는 건 상관없지만, 웃고 계신다면 삼가길 바랍니다! 볼테르의 태도는 하늘을 향해 화살을 쏘았다는 저 옛 갈리아인의 진정한 후예다운 태도입니다……. 아십니까, 엔지니어 양반, 이것이야말로 자연에 대한 정신의 적개심, 자랑스러운 불신, 자연과 그 사악하고 불합리한 힘에 대한 비판 정신의 고매한 권리 주장입니다. 왜냐하면 자연은 힘이기 때문입니다. 그리고 자연의 이 폭력적인 힘을 감수하고, 그것과 타협하는 것은…… 잘 들어 두세요, 그것도 마음속으로 그것과 타협하는 것은 노예적인 태도이기 때문입니다. 이러한 볼테르의 태도는 육체를 사악하고 악마적인 원칙으로 간주하면서도 전혀 모순에 빠지지 않고, 기독교적인 위선으로 회귀하는 죄를 저지르지 않는 인문주의의 한 예이기도 합니다. 당신이 나에 대해 말하는 모순은 언제나 동일합니다. 〈정신 분석의 어떤 점이 나쁘다고 생각합니까?〉라고 당신은 물었습니다. 나쁜 것은 아무것도 없습니다……. 분석이 교화와 해방, 진보를 지향하는 한 말입니다. 분석이 무덤의 추악한 썩은 냄새를 동반할 때는 좋지 않습니다. 육체에 관해서도 이와 마찬가지입니다. 육체의 해방과 아름다움, 관능의 자유, 행복과 쾌락을 추구할 때 육체는 존중되고 옹호되어야 합니다. 그러나 둔중함과 나태의 원칙이 되어 광명으로 가는 움직임을 방해할 때 육체는 멸시되어야 합니다. 육체가 병과 죽음의 원칙을 대변할 때, 육체의 특수한 정신이 전도(顚倒)의 정신이면서, 또 부패와 욕정과 치욕의 정신일 때, 그럴 때 육체는 경멸받아야 합니다……」

세템브리니는 말을 마치기 위해 이 마지막 말을 한스 카스토르프의 바로 코앞에서 거의 목소리를 죽이고 급하게 말해 버렸다. 한스 카스토르프에게 구원의 손길이 다가왔기 때문이다. 요아힘이 손에 엽서 두 장을 들고 독서실에 들어왔다. 그러자 문필가는 말을 중단하고 재빨리 사교적인 경쾌한 표정을 지었지만, 그의 제자 ─ 한스 카스토르프를 제자라고 부를 수 있다면 ─ 에게 그런 기민한 인상을 눈치채지 못하게 할 수는 없었다.

「아, 오셨군요, 소위 님! 사촌을 찾아다니셨죠 ─ 미안합니다! 우리는 여기서 대화를 나누었습니다 ─ 내 말이 틀린 것이 아니라면, 심지어 우리는 열띤 논쟁을 했던 셈입니다. 당신의 사촌은 결코 못된 불평가가 아닙니다. 그에게 논쟁이 중요 문제로 대두되는 순간, 그는 상당히 위험한 논적이더군요.」

〈중권에 계속〉

열린책들 세계문학 217 마의 산 상

옮긴이 윤순식 부산에서 태어나 서울대학교 독어독문학과를 졸업하고 동 대학원에서 석사와 박사 학위를 받았다. 공군사관학교에서 독일어 전임 교수를 역임했고, 독일 마르부르크 대학교에서 수학했다. 박사 후 연수 과정으로 베를린 훔볼트 대학교에서 현대 독문학을 연구하였으며, 한양대학교 연구 교수를 역임하고 오랫동안 서울대학교에서 강의했다. 현재 덕성여자대학교 교양학부 초빙 교수로 재직 중이다.
주요 논문으로는 「토마스 만의 소설 『魔의 山』에 나타난 反語性 考察」, 『부덴브로크 일가』에 나타난 아이러니 연구」, 「작품 내재적 해석학으로서의 독어독문학」, 「현대 독일어권 문학에 나타난 병의 담론」, 「상상력과 현대 사회에 대한 다층적 해석」, 「병과 문학」, 「자아 탐색과 과거 극복」 등 다수가 있다. 『아이러니』, 『토마스 만』, 『전설의 스토리텔러 토마스 만』(공저)을 지었으며, 토마스 만의 『베네치아에서의 죽음』, 헤르만 헤세의 『로스할데』, 『나르치스와 골드문트』, 프란츠 카프카의 『변신』, 디트리히 슈바니츠의 『교양』(공역), 『괴테, 토마스 만, 니체의 명언들』 등을 우리말로 옮겼다.

지은이 토마스 만 **옮긴이** 윤순식 **발행인** 홍예빈·홍유진
발행처 주식회사 열린책들 **주소** 경기도 파주시 문발로 253 파주출판도시
전화 031-955-4000 **팩스** 031-955-4004 **홈페이지** www.openbooks.co.kr
Copyright (C) 주식회사 열린책들, 2014, *Printed in Korea.*
ISBN 978-89-329-1645-3 04850 **ISBN** 978-89-329-1499-2 (세트)
발행일 2014년 2월 20일 세계문학판 1쇄 2024년 7월 15일 세계문학판 8쇄

이 도서의 국립중앙도서관 출판예정도서목록(CIP)은 서지정보유통지원시스템 홈페이지(http://seoji.nl.go.kr)와 국가자료공동목록시스템(http://www.nl.go.kr/kolisnet)에서 이용하실 수 있습니다.(CIP제어번호 : CIP2014003922)